बटुकेश्वर दत्त
और
क्रांतिकारी आंदोलन

बटुकेश्वर दत्त
और
क्रांतिकारी आंदोलन

भैरव लाल दास

प्रभात
पेपरबैक्स
www.prabhatbooks.com

प्रकाशक

प्रभात पेपरबैक्स

4/19 आसफ अली रोड, नई दिल्ली–110002

फोन : 23289777 • हेल्पलाइन नं. : 7827007777

इ–मेल : prabhatbooks@gmail.com ❖ वेब ठिकाना : www.prabhatbooks.com

संस्करण

प्रथम, 2020

अ.मा.पु.स. 978-93-5322-917-7

BATUKESHWAR DUTT AUR KRANTIKARI ANDOLAN
by Shri Bhairab Lal Das

Published by **PRABHAT PAPERBACKS**
4/19 Asaf Ali Road, New Delhi-110002

ISBN 978-93-5322-917-7

लेखकीय आभार

सर्वप्रथम मैं श्री ताराकांत झा, माननीय सभापति, बिहार विधान परिषद् के प्रति अपनी हार्दिक कृतज्ञता व्यक्त करता हूँ, जिन्होंने कृपापूर्वक मुझे निर्देशित किया कि मैं महान् स्वतंत्रता सेनानी एवं बिहार विधान परिषद् के पूर्व सदस्य स्वर्गीय बटुकेश्वर दत्त की जीवनी पर आधारित एक पुस्तक तैयार करूँ। माननीय सभापति महोदय के इस निर्देश से मुझे न सिर्फ स्वर्गीय बटुकेश्वर दत्त के बारे में जानकारी प्राप्त करने का मौका मिला, बल्कि उनके अनन्य सहयोगी शहीद-ए-आजम भगत सिंह, भारतीय स्वतंत्रता संग्राम का इतिहास एवं क्रांतिकारी आंदोलन के इतिहास के बारे में भी पढ़ने का मौका मिला। मैं पुन: माननीय सभापति महोदय के प्रति आभार व्यक्त करता हूँ और आशा करता हूँ कि उनका ऐसा आदेश मुझे पुन: प्राप्त हो।

मैं डॉ. रामवचन राय, संयोजक, शताब्दी समारोह का भी आभारी हूँ, जिन्होंने समय-समय पर पुस्तक तैयार करने में मार्गदर्शन दिया। विधान परिषद् में सत्तारूढ़ दल के उपनेता श्री रामाश्रय प्रसाद सिंह एवं पूर्व सदस्य श्री इंद्र कुमार (सदस्य सचिव, बिहार विधान मंडल विधायी अध्ययन ब्यूरो) ऐसे महानुभाव हैं, जो स्वर्गीय बटुकेश्वर दत्तजी के साथ बिहार विधान परिषद् में सदस्य थे। उनकी प्रेरणा हमें सदैव मिलती रही। यह भी सुखद संयोग ही है कि स्व. बटुकेश्वर दत्त सदन में श्री इंद्र कुमारजी की बगल में बैठते थे। श्री इंद्र कुमारजी भावुक होकर कहते रहते हैं कि 'जो कंधा कभी भगत सिंह से टकराया था, वह मेरे कंधे से भी टकराता था।'

'भगत सिंह के सहयोगी बटुकेश्वर दत्त' शीर्षक से एक पुस्तक श्री अनिल वर्मा, न्यायिक पदाधिकारी द्वारा पूर्व में लिखी गई है। मेरी इस पुस्तक के लिए यह पथ-प्रदर्शक साबित हुई। मैंने अपनी इस पुस्तक में अनिल वर्माजी द्वारा लिखित सामग्रियों का भरपूर उपयोग किया है। मैं उनके प्रति आभार व्यक्त करना चाहता हूँ। बटुकेश्वर दत्त को पढ़ने के लिए भगत सिंह को पढ़ना आवश्यक है। दूसरे शब्दों में, भगत सिंह एवं बटुकेश्वर दत्त क्रांतिकारी इतिहास में एक-दूसरे के अत्यंत ही नजदीक रहे हैं। यह प्रसन्नता की

बात है कि भगत सिंह पर अब तक सैकड़ों पुस्तकें प्रकाशित हो चुकी हैं। प्रस्तुत पुस्तक में मैंने इन पुस्तकों का ही उपयोग किया है।

पुस्तक लेखन में बटुकेश्वर दत्त के परिवारजनों के निकट रहे एवं बिहार विधान परिषद् शताब्दी समारोह आयोजन समिति के उप-सचिव श्री विश्वंभर नाथ झा भी प्रेरित करते रहे हैं। मैं उनका भी आभारी हूँ। आयोजन समिति के सर्वश्री दामोदर यादव एवं अजय कुमार सिन्हा की अभिरुचि हमेशा इस पुस्तक में बनी रही है।

मैं सिमेज पब्लिक लाइब्रेरी, बोरिंग रोड, पटना के व्यवस्थापकों का भी आभारी हूँ, जिनके पास विषय से संबंधित अच्छा संग्रह है। विषय संकलन के क्रम में मैंने पटना अवस्थित बिहार रिसर्च सोसाइटी, संग्रहालय परिसर, सेंट जेवियर लाइब्रेरी, दीघाघाट, सिन्हा लाइब्रेरी, खुदा बख्श लाइब्रेरी एवं नई दिल्ली अवस्थित संसद् लाइब्रेरी एवं त्रिमूर्ति लाइब्रेरी में रक्षित सामग्रियों का उपयोग किया है। मैं इनके व्यवस्थापकों के प्रति आभार व्यक्त करता हूँ।

पटना विश्वविद्यालय के इतिहास विभाग के प्रोफेसर डॉ. प्रमोदानंद दासजी का विशेष रूप से आभार व्यक्त करना चाहता हूँ, जिन्होंने न सिर्फ संपूर्ण पांडुलिपि को पढ़ने का कष्ट किया, बल्कि इसमें वर्णित कतिपय त्रुटियों को ठीक करने की भी सलाह दी। इतिहास विषय पर पुस्तक लिखने की आरंभिक शिक्षा मैंने फादर (डॉ.) जोश कलापुरा, सेंट जेवियर कॉलेज, पटना से पाई है और इस अवसर पर मैं उन्हें भी स्मरण करता हूँ।

स्व. बटुकेश्वर दत्त की पुत्री डॉ. भारती बागची के प्रति मैं कृतज्ञ हूँ, जिन्होंने विषय से संबंधित अनेक सामग्रियाँ उपलब्ध कराईं और अपने संस्मरणों से लाभान्वित किया। मैंने उनके पैतृक गाँव ओआड़ी, थाना खंडाघोष, जिला वर्धमान का भ्रमण किया। यह स्थान वर्धमान जंक्शन से करीब 30 कि.मी. दक्षिण-पश्चिम में है। यहाँ मुझे श्री मधुसूदन चंद्र एवं श्री माधव बनर्जी ने महत्त्वपूर्ण विवरण दिए। वर्धमान विश्वविद्यालय के प्रो. सर्वजीत जाश ने भी बांग्ला भाषा में उपलब्ध विवरणों से लाभान्वित किया। अध्ययन के क्रम में श्री मालविंदरजीत सिंह वड़ाइच, चंडीगढ़; श्री आर.एस. गांगुली, अधिवक्ता, पटना हाई कोर्ट आदि का भी सहयोग मिला।

अंत में, मैं विधान परिषद् के प्रतिवेदन शाखा के सभी अधिकारियों के प्रति धन्यवाद व्यक्त करता हूँ, जिन्होंने कार्यालय की व्यस्ततम अवधि में भी मुझे सहयोग प्रदान किया, विशेष रूप से सर्वश्री प्रमोद कुमार, अनिल कुमार आनंद, मनोज कुमार सिन्हा, मुकेश कुमार सिन्हा एवं संजय कुमार धन्यवाद के पात्र हैं।

—भैरव लाल दास

अनुक्रम

आरंभिक जीवन

बटुकेश्वर दत्त का परिवार पश्चिम बंगाल के वर्धमान जिले के खंडाघोष थानांतर्गत ओआड़ी गाँव से संबद्ध है। उनका जन्म कानपुर में हुआ और वहीं उनकी शिक्षा-दीक्षा भी हुई। उनके पिता गोष्ठा बिहारी दत्त कानपुर में रेलवे कर्मचारी थे।[1] उनकी माता का नाम कमला कामिनी देवी था। वे धार्मिक प्रवृत्ति की थीं। बटुकेश्वर दत्त चार भाई-बहन थे। सबसे बड़े भाई का नाम विश्वेश्वर, मझले का बिरेश्वर एवं छोटे का बटुकेश्वर दत्त था। एक बहन प्रोमिला थी, जो अल्प आयु में ही विधवा हो गई थी। बड़े भाई विश्वेश्वर दत्त सेंट्रल बैंक ऑफ इंडिया, पटना में मैनेजर के पद पर कार्यरत थे।[2] गोष्ठा बिहारी दत्त मध्यम वर्गीय परिवार से आते थे।

बटुकेश्वर दत्त की जन्मतिथि के संबंध में कई स्थानों पर अलग-अलग ढंग से उल्लेख किया गया है। बटुकेश्वर दत्त का जन्म मई 1909 में हुआ,[3] लेकिन वर्धमान विश्वविद्यालय के इतिहास विभाग के प्रोफेसर सर्वजीत जाश के अनुसार, उनका जन्म बँगला तिथि द्वितीय अग्रहायण 1317 तदनुसार अंग्रेजी तिथि 18 नवंबर, 1911 को हुआ था।[4]

गोष्ठा बिहारी दत्त छुट्टियों एवं अन्य अवसरों पर अपने बच्चों के साथ अपने गाँव ओआड़ी आया करते थे। ओआड़ी गाँव में उनका पैतृक मकान अभी भी है। वह मकान दो मंजिला है एवं मिट्टी का बना हुआ है। उसकी छत करकट की है। तीन कमरोंवाला मकान पूरब रुख का है। उस मकान के बाईं ओर छोटा सा तालाब है। मकान के ठीक पीछे छोटा सा रास्ता है, जो बगल में प्राचीन शिव मंदिर की ओर जाता है। बटुकेश्वर दत्त के आँगन में आम का एक बड़ा पेड़ था, जिसे हाल में ही काट दिया गया। बटुकेश्वर दत्त का पूरा परिवार धार्मिक प्रवृत्ति का था। ओआड़ी में उनके आँगन के पूर्वी भाग में भी एक छोटा सा शिव मंदिर बना हुआ था। ओआड़ी गाँव के रहनेवाले एवं बटुकेश्वर दत्त को करीब से जाननेवाले श्री माधव बनर्जी के अनुसार, बटुकेश्वर दत्त ओआड़ी आने पर इसी घर में रहते थे।[5]

बाल्यकाल में बटुकेश्वर दत्त अपने मित्रों के साथ आँगन में अवस्थित पेड़ की डालों पर खेलते थे; परंतु उनका सबसे प्रिय खेल साँस रोकना था। वे अपने मित्रों के साथ अधिक-से-अधिक देर तक साँस रोककर रखने का खेल खेलते थे।[6] किशोरावस्था में ओआड़ी गाँव आने पर बटुकेश्वर दत्त अपने समवयस्क अन्य बच्चों के साथ खेलते समय कुछ अलग-थलग रहने लगे थे। उनके हाथों में इतिहास की किताबें होती थीं और वे खेल रहे बच्चों से अलग हटकर पुस्तक पढ़ते रहते थे।[7] प्रोमिला अपने छोटे भाई बटुकेश्वर दत्त को बहुत स्नेह देती थी। बटुकेश्वर अपनी दीदी से राणा प्रताप, मंगल पांडेय, झाँसी की रानी लक्ष्मीबाई आदि देश-प्रेमी वीर-वीरांगनाओं की कहानियाँ सुना करते थे। इससे उनके मन में देश-प्रेम की भावना बलवती हुई।[8]

बटुकेश्वर दत्त की आरंभिक शिक्षा कानपुर में ही हुई। कानपुर में अवस्थित थियोसॉफिकल हाई स्कूल में वर्ष 1923 में वे आठवीं कक्षा में पढ़ते थे। छात्र जीवन तक उनके मन में देश-प्रेम की भावना जाग्रत् हो चुकी थी। देश-प्रेम की भावना को छात्रों तक पहुँचाने के लिए रामकृष्ण मिशन द्वारा परचे तैयार करवाए जाते थे। परचों को छात्रों तक पहुँचाने का काम भी छात्रों द्वारा ही करवाया जाता था। उन परचों में विदेशी शासन के विरुद्ध बातें लिखी रहती थीं। बटुकेश्वर दत्त ने परचा को छात्रों तक पहुँचाने का काम अपने हाथ में लिया। मध्याह्न में अन्य बच्चे जब वर्ग से बाहर चले जाते थे, बटुकेश्वर दत्त उनके बैग में उन परचों को रख देते थे।[9]

उच्च कक्षा में बटुकेश्वर दत्त का नामांकन पंडित पृथ्वीनाथ चक (पी.पी.एन.) हाई स्कूल में कराया गया। पढ़ाई के दौरान ही उनका संपर्क विप्लवी नेपालेश्वर बनर्जी उर्फ नेपाल बाबू से हुआ, जो महान् क्रांतिकारी शचींद्र नाथ सान्याल के मित्र थे। कानपुर में एक बँगला स्कूल में वे शिक्षक थे। क्रांति का ककहरा बटुकेश्वर दत्त को नेपाल बाबू ने ही सिखाया। उन्होंने ही बटुकेश्वर दत्त को गैरिबाल्डी और मेजिनी की राष्ट्र-प्रेम की पुस्तकें पढ़ने को दीं। उन पुस्तकों के अध्ययन ने दत्त को राष्ट्र एवं मानवता की सेवा करने के लिए प्रेरित किया।[10] नेपाल बाबू के संपर्क में आने के बाद बटुकेश्वर दत्त का परिचय शचींद्र नाथ सान्याल, सुरेश भट्टाचार्य, सुरेंद्रनाथ पांडेय एवं विजय कुमार सिन्हा आदि क्रांतिकारियों से हुआ।

वर्ष 1924 में शचींद्र नाथ सान्याल ने कानपुर में ही हिंदुस्तान प्रजातांत्रिक संघ के नाम से एक क्रांतिकारी पार्टी का गठन किया। वर्ष 1925 में भारतीय कम्युनिस्ट पार्टी का गठन हुआ था और उसका प्रथम अखिल भारतीय सम्मेलन भी वहीं पर आयोजित किया गया था। क्रांतिकारी आंदोलन को नेतृत्व देनेवाले योगेशचंद्र चटर्जी उस दौर में कानपुर में ही रहते थे। सुरेश भट्टाचार्य कानपुर के पटकापुर में बंगाली मेस चलाते थे। बटुकेश्वर दत्त ने कानपुर में विजय कुमार सिन्हा, अजय घोष और सुरेंद्रनाथ पांडेय के

साथ मिलकर कानपुर जिम्नास्टिक क्लब, सती चौरा घाट में आरंभ किया और वहीं से हस्तलिखित क्रांति पत्रिका भी निकाली जाने लगी, जिसमें बटुकेश्वर दत्त के साथ-साथ विजय कुमार सिन्हा, संतोष कुमार मुखर्जी एवं अजय कुमार घोष वगैरह लेख लिखते थे। हलधर वाजपेयी नामक मित्र द्वारा संचालित जिम्नास्टिक क्लब में जाकर बटुकेश्वर दत्त निशानेबाजी भी सीखने लगे थे।

बटुकेश्वर दत्त जवाहरलाल नेहरू के व्यक्तित्व से प्रभावित हुए बिना नहीं रह सके। उस समय कांग्रेस सेवा दल में जनरल ऑफिसर इन कमांड (जी.ओ.सी.) के रूप में नेहरू कानपुर आए थे। सेवा दल में कार्य करते हुए खाकी वरदी पहनकर बटुकेश्वर दत्त ने उन्हें एकदम करीब से सलामी दी थी। एक बार विजय कुमार सिन्हा एवं राज कुमार सिन्हा के साथ विद्यालय के प्राचार्य कक्ष की छत पर जाकर बटुकेश्वर दत्त ने तिरंगा भी फहराया था। इन सब घटनाओं के कारण कानपुर के क्रांतिकारियों के बीच बटुकेश्वर दत्त बहुत लोकप्रिय हो गए।[11] उन्होंने सन् 1925 में मैट्रिक तथा 1927 में आई.ए. पास किया, परंतु वे क्रांतिकारी आंदोलन में संलग्न होने के कारण बी.ए. की परीक्षा नहीं दे सके।[12] कानपुर में ही बटुकेश्वर दत्त का परिचय भगत सिंह से हुआ।

भगत सिंह एवं बटुकेश्वर दत्त

भगत सिंह का जन्म 27 सितंबर, 1907 को पंजाब के लायलपुर जिलांतर्गत बंगा नामक गाँव में हुआ था। अब यह स्थान पाकिस्तान में है। जन्म के समय भगत सिंह के पिता सरदार किशन सिंह लाहौर सेंट्रल जेल में भारत के स्वतंत्रता संग्राम में भाग लेने के जुर्म में बंद थे। ब्रिटिश सरकार भगत सिंह के चाचा सरदार अजित सिंह से इतनी डरी हुई थी कि उन्हें बर्मा की मांडले जेल में बंद करके रखा गया था। अजित सिंह को ढाई साल की सजा दी गई थी और दो साल अपने घर पर उन्हें नजरबंद रखा गया था। उनके पिता एवं चाचा पर कुल मिलाकर 42 मुकदमे ब्रिटिश सरकार द्वारा दायर किए गए थे। उनके एक चाचा ब्रिटिश सरकार के विरुद्ध आंदोलन चलाने के लिए वर्ष 1907 में भारत से बाहर चले गए और ईरान, तुर्की एवं ऑस्ट्रिया के रास्ते जर्मनी पहुँचे। प्रथम विश्व युद्ध में जर्मनी की पराजय के बाद वे ब्राजील चले गए। वर्ष 1946 में जब भारत में अंतरिम सरकार का गठन हुआ, तब जवाहरलाल नेहरू के प्रयास के बाद वे भारत लौटे। भगत सिंह ने भारत सोसाइटी नामक संस्था का गठन किया और ब्रिटिश सरकार ने उन्हें भी लाहौर सेंट्रल जेल में डाल दिया। उनकी मृत्यु 23 वर्ष की अवस्था में ही हो गई।

भगत सिंह की माँ विद्यावती देवी और दादी माँ जय कौर उनके जन्म के समय अतिरिक्त प्रसन्न हुईं, क्योंकि भगत सिंह के जन्म के तीसरे दिन उनके पिता एवं चाचा की जेलों से मुक्ति हुई। उनकी दादी माँ ने इन्हें भाग्यवान की उपाधि

दी, इसलिए उनका नाम भगत सिंह रखा गया। भगत सिंह के बड़े भाई का नाम जगत सिंह था, जिनकी मृत्यु काफी कम उम्र में हो गई। इस प्रकार भगत सिंह ज्येष्ठ पुत्र माने गए।

भगत सिंह की आरंभिक शिक्षा बंगा गाँव के प्राथमिक विद्यालय में हुई। बाद में सरदार किशन सिंह का पूरा परिवार लाहौर के नजदीक नवाकोट में आ गया। भगत सिंह का नामांकन डी.ए.वी. स्कूल, लाहौर में करा दिया गया। वहाँ पर उन्होंने अंग्रेजी के अतिरिक्त संस्कृत एवं उर्दू विषयों की पढ़ाई की।

भगत सिंह की पारिवारिक पृष्ठभूमि देश-प्रेम एवं राष्ट्रीयता से ओत-प्रोत थी। अपने चाचा सरदार अजित सिंह से वे अधिक प्रभावित थे; लेकिन सबसे अधिक प्रभाव करतार सिंह सराभा के व्यक्तित्व के कारण पड़ा। पंजाब के किसान परिवार से आनेवाले करतार सिंह सराभा अमेरिका और कनाडा में गदर आंदोलन प्रारंभ कर वर्ष 1914-15 में भारत वापस लौटे थे। रास बिहारी बोस एवं करतार सिंह सराभा जैसे क्रांतिकारी बंगा गाँव आकर भगत सिंह के पिता सरदार किशन सिंह से विमर्श करते एवं चंदा भी लेते थे। लाहौर षड्यंत्र केस में करतार सिंह सराभा की गिरफ्तारी सन् 1915 में हुई और मात्र 20 वर्ष की अवस्था में ही उन्हें फाँसी पर लटका दिया गया। फाँसी के समय उन्होंने रस्सी को चूम लिया था। उस समय इस बात की बहुत चर्चा हुई थी। भगत सिंह की आयु उस समय मात्र 9 वर्ष की थी।[13]

करतार सिंह सराभा के व्यक्तित्व से भगत सिंह बहुत प्रभावित थे। सराभा की तसवीर वे हमेशा अपने पास रखते थे। अपनी माँ को सराभा का फोटो दिखाकर वे कहते कि यही मेरे गुरु, अभिभावक और शिक्षक हैं। भगत सिंह की गिरफ्तारी के समय भी उनकी जेब में सराभा की तसवीर थी। इसके अतिरिक्त भगत सिंह नंद किशोर मेहता, लाला पुंडी दास, सूफी अंबा प्रसाद, पंजाब केसरी लाला लाजपतराय आदि से भी प्रभावित थे।[14]

वर्ष 1919 में रॉलेट एक्ट के विरुद्ध देश भर में प्रदर्शन हुए। अमृतसर के जलियाँवाला बाग में हजारों निहत्थे प्रदर्शनकारियों पर जनरल डायर ने गोलियाँ बरसा दीं। घटना में सैकड़ों लोग मारे गए। देश भर में ब्रिटिश सरकार के विरुद्ध प्रदर्शन होने लगे। जलियाँवाला कांड में शहीद हुए लोगों को श्रद्धांजलि देने भगत सिंह अमृतसर पहुँचे। शहीदों के खून से जलियाँवाला बाग लाल हो गया था। भगत सिंह पाजामा और कमीज पहने हुए थे। उनकी जेब में एक छोटा सा बोतलनुमा गिलास था।[15] वहाँ पहुँचकर भगत सिंह को ऐसा लगा, मानो भारत माता उन्हें शपथ दिला रही हो कि जलियाँवाला बाग में शहीदों के खून का एक भी कतरा व्यर्थ नहीं जाए। तुम्हें इसके लिए सबकुछ त्यागना होगा और यहाँ तक कि अपने जीवन को भी त्यागने की कसम खानी होगी। भगत सिंह

ने खून से सनी हुई मिट्टी उठानी चाही। मिट्टी कड़ी थी। भगत सिंह ने बगल में पड़ा नुकीला पत्थर उठाया और उसकी सहायता से मिट्टी निकालने लगे। मिट्टी निकालकर उसे बोतल में भर लिया।[16]

घर में बिना किसी को बताए भगत सिंह अमृतसर चले गए थे। घर पर लोग काफी चिंतित थे। जब भगत सिंह घर पहुँचे तो उनकी बहन ने उन्हें आम खाने के लिए दिया, जो भगत सिंह के हिस्से का था। भगत सिंह ने उसकी ओर ध्यान नहीं दिया। अपनी बहन को उन्होंने खूनी मिट्टी से भरा हुआ गिलास दिखाया और विस्तार से जलियाँवाला कांड का वर्णन किया कि किस प्रकार अंग्रेजों ने भारतीयों की हत्या की है। भगत सिंह कुछ फूल तोड़कर लाए और गिलास के चारों ओर सजा दिए।[17]

वर्ष 1920 में गांधीजी ने असहयोग आंदोलन की शुरुआत की और इस क्रम में लोगों का आह्वान किया कि वे न्यायालय, सरकारी नौकरी आदि का त्याग कर दें। उन्होंने छात्रों का भी आह्वान किया कि वे स्कूल-कॉलेज छोड़ दें और आंदोलन में कूद पड़ें। भगत सिंह ने सन् 1921 में भी डी.ए.वी. स्कूल छोड़ दिया। उस समय वे नौवीं कक्षा के छात्र थे। बाद में उन्होंने विशेष परीक्षा देकर अपना नामांकन नेशनल कॉलेज, लाहौर में करवाया। उस समय वह कौमी विद्यापीठ, लाहौर से संबंधित था, लेकिन वहाँ नामांकन होना आसान नहीं था। इसके लिए भगत सिंह ने जयदेव गुप्ता के साथ दो महीने तक रात-रात भर अध्ययन किया।[18]

भगत सिंह वर्ष 1923-24 में लाहौर के नेशनल कॉलेज के छात्र थे। उनके साथ यशपाल, भगवती चरण, सुखदेव, राम किशन, तीर्थ राम एवं झंडा सिंह आदि छात्रगण भी पढ़ते थे, जो बाद में प्रसिद्ध क्रांतिकारी हुए। भगवती चरण एवं सुखदेव के साथ तो भगत सिंह की घनिष्ठता अंतिम दिनों तक बनी रही। कॉलेज में भाई परमानंद और लाला लाजपतराय का विशेष भाषण होता रहता था। राष्ट्रीयता एवं देशभक्ति का पाठ इन नेताओं से भगत सिंह ने कॉलेज में पाया। कॉलेज में इतिहास के शिक्षक प्रो. जयचंद विद्यालंकार थे। प्रो. विद्यालंकार भगत सिंह को क्रांति के संबंध में अलग से शिक्षा देते थे। नेशनल कॉलेज में एक नेशनल ड्रामेटिक क्लब था, जिसके माध्यम से समय-समय पर नाटक का आयोजन किया जाता था।[19]

'सम्राट् चंद्रगुप्त' नाटक में भगत सिंह ने शशि गुप्त का अभिनय किया। 'महाराणा प्रताप', 'महाभारत' आदि नाटकों में भी भगत सिंह ने अभिनय किया। कॉलेज के प्राचार्य आचार्य जुगल किशोरजी थे। भाई परमानंद, जयचंद्र विद्यालंकार, चिंगाड़ियाँ के प्रसिद्ध कवि और शिक्षक छबील दास यहीं थे। इसके अतिरिक्त प्रो. सोढ़ी, प्रो. मेहता, पंडित चेतराम आदि भी वहाँ पढ़ाते थे।[20]

जब भगत सिंह बी.ए. के छात्र थे, परिवारजनों ने उनकी शादी करानी चाही।

खासकर उनकी दादी की बहुत इच्छा थी कि भगत सिंह शादी करें, ताकि वे अपनी बहू को देख सकें। भगत सिंह की शादी माँवलाँ, सरगोदा के सरदार तेजा सिंह की बहन के साथ तय कर दी गई। जब भगत सिंह घर पर थे, उस समय लड़की पक्ष के लोग उन्हें देखने के लिए आए। उनके साथ भगत सिंह ने मधुर व्यवहार किया, उन्हें छोड़ने के लिए लाहौर तक गए; परंतु वहाँ से आने के बाद पिताजी से कहा कि वे शादी नहीं करेंगे।[21]

भगत सिंह जब वापस लाहौर पहुँचे तो उन्होंने अपने पिता को एक मर्मस्पर्शी पत्र लिखा। उसमें स्पष्ट रूप से लिखा गया कि ''मेरी उम्र शादी करने की नहीं है। मेरा देश मुझे बुला रहा है। मैंने शपथ ले ली है कि मैं अपने देश की सेवा करूँगा। मेरा परिवार देशभक्ति की भावना से सराबोर है। चाचा स्वर्ण सिंह की मृत्यु सन् 1910 में हो गई। मृत्यु के समय वे जेल में बंद थे। चाचा अजित सिंह विदेश में आंदोलनरत हैं। आपने स्वयं जेल का कष्ट झेला है। मैं आपके पदचिह्नों पर चलना चाहता हूँ। मुझे शादी के बंधनों में न बाँधें, बल्कि आशीर्वाद दें कि मैं देश-सेवा के पथ पर बढ़ता रहूँ।''

हालाँकि पिताजी ने पुनः भगत सिंह को पत्र लिखा और अनुरोध किया कि परिवारजनों की बात मानते हुए वे शादी के लिए तैयार हो जाएँ, लेकिन प्रत्युत्तर में भगत सिंह ने अपने पिताजी को पुनः पत्र लिखा। यह पत्र पूर्व में लिखे गए पत्र की अपेक्षा अधिक निश्चयात्मक था। उन्होंने लिखा कि ''आपने अपने पत्र में चर्चा की है कि यदि मैं (भगत सिंह) शादी के लिए तैयार नहीं होऊँगा तो दादी माँ को तकलीफ होगी। लेकिन क्या आपने उस भारत माँ की तकलीफ की चिंता की है, जिसके हजारों बेटे हैं। यदि मैं यहाँ रहूँगा तो मुझे शादी करने के लिए विवश होना पड़ेगा। इसलिए मैं कहीं बाहर जा रहा हूँ।''

अल्प वयस में ही इच्छा न रहते हुए भी उनकी दादी ने शादी निश्चित करानी चाही और इससे चिढ़कर भगत सिंह ने लाहौर छोड़ने का निश्चय किया। सन् 1923 के अगस्त के अंतिम सप्ताह या सितंबर के प्रथम सप्ताह में उन्होंने घर छोड़ दिया। इस संबंध में शचींद्र नाथ सान्याल ने अपनी पुस्तक 'बंदी जीवन' में उल्लेख किया है कि ''चूँकि मेरी धारणा थी कि क्रांतिकारी आंदोलन में उसे ही हिस्सा लेना चाहिए, जिन्होंने घर छोड़ दिया हो। भगत सिंह की शादी हो जाती तो ऐसा संभव नहीं था। इसलिए मैंने कहा कि घर छोड़ दो। भगत सिंह ने ऐसा ही किया।''[22] भगत सिंह को कॉलेज के प्राचार्य जयचंद्र विद्यालंकार ने एक पत्र दिया, जो कानपुर में गणेश शंकर विद्यार्थी के नाम से संबोधित था। शचींद्र नाथ सान्याल ने उन्हें सुरेश चंद्र भट्टाचार्य के नाम एक और चिट्ठी दी।

कानपुर पहुँचने के बाद भगत सिंह पहले मणिलाल अवस्थी के घर पर रुके।[23] भगत सिंह ने शुरू में अखबार बेचकर अपने लिए धन उपार्जन किया।[24]

योगेश चंद्र चटर्जी के संपर्क में आने के बाद भगत सिंह के रहने की व्यवस्था

बंगाली मेस में हो गई। मेस में ही रहनेवाले सुरेश चंद्र भट्टाचार्य पहले किसी अन्य अखबार में काम करते थे और उन्होंने वह अखबार छोड़कर 'प्रताप' में नौकरी आरंभ की, जिसके संपादक गणेशशंकर विद्यार्थी थे। सुरेशचंद्र भट्टाचार्य ने ही भगत सिंह को 'प्रताप' अखबार के संपादकीय विभाग में काम पर लगवा दिया। बंगाली मेस में एक पंजाबी सिख की उपस्थिति पुलिस एवं सी.आई.डी. को मिल रही थी। इसे वे सामान्य रूप से नहीं ले रहे थे। इसके अतिरिक्त, कानपुर के बंगाली लड़कों के क्रांतिकारी गतिविधियों में शामिल होने के संबंध में प्रमाण जुटाने के लिए खुफिया विभाग के जतिन बनर्जी एवं दुर्गा प्रसाद उन दिनों कानपुर आने वाले थे और इसकी भनक सुरेश चंद्र भट्टाचार्य को लग गई थी। उन्होंने इसकी सूचना गणेश शंकर विद्यार्थी को दी। विद्यार्थीजी ने समस्या का हल निकालते हुए 'प्रताप' कार्यालय का एक कमरा भगत सिंह को रहने के लिए दे दिया।[25] 'प्रताप' कार्यालय में अन्य क्रांतिकारियों का भी संगम था। अत: भगत सिंह का संपर्क बटुकेश्वर दत्त, चंद्रशेखर आजाद, जोगेश चंद्र चटर्जी, विजय कुमार सिन्हा आदि से हुआ।[26]

क्रांतिकारी गतिविधियों में शचींद्र नाथ सान्याल रासबिहारी बोस का दायाँ हाथ थे। गदर पार्टी के लोगों ने उनसे अनुरोध किया कि क्रांतिकारी संगठनों को फिर से एकबद्ध किया जाए। अब तक बाबा केशर सिंह थटगढ़ आदि की गिरफ्तारी हो चुकी थी। सान्यालजी गणेश शंकर विद्यार्थीजी के संपर्क में आए। हिंदुस्तान रिपब्लिकन आर्मी के योगेश चंद्र चटर्जी एवं चंद्रशेखर आजाद आदि के नजदीकी होने के कारण ही शचींद्र नाथ सान्याल का संपर्क गणेश शंकर विद्यार्थी से हुआ था।[27]

गणेश शंकर विद्यार्थी 'प्रताप' के संपादक थे और काफी निर्भीक थे। देश भर के क्रांतिकारियों की वे मदद करते थे एवं आश्रय भी देते थे। 'प्रताप' कार्यालय में एक प्राइवेट रूम भी था, जिसमें केवल गणेश शंकर विद्यार्थीजी की अनुमति से ही कोई प्रवेश कर सकता था या ठहर सकता था। भागलपुर से निकलनेवाले 'देश' के पूर्व संपादक बटुक देव शर्मा स्वयं एक बड़े क्रांतिकारी थे। एक बार उन्हें पता लग गया कि उनकी गिरफ्तारी होने वाली है। उन्होंने गणेश शंकर विद्यार्थी को आवेदन भेजा और उन्हें वहाँ बुला ही नहीं लिया गया, बल्कि 'प्रताप' में नौकरी भी दी गई।[28]

वरिष्ठ क्रांतिकारी सुरेश चंद्र भट्टाचार्य ने ही भगत सिंह का परिचय बटुकेश्वर दत्त से करवाया। दोनों की मुलाकात की व्यवस्था कानपुर के फूलबाग में करवाई गई थी। फूलबाग के एक कुंज में भगत सिंह को बैठाकर सुरेश चंद्र भट्टाचार्य यह कहकर गए कि मैं यहाँ शीघ्र बटुकेश्वर दत्त को लेकर आता हूँ। थोड़ी देर के पश्चात् बटुकेश्वर दत्त अकेले ही भगत सिंह के पास पहुँच गए। अपना परिचय उन्होंने भगत सिंह को इसलिए नहीं दिया, क्योंकि उन्हें शक हुआ कि शायद यह व्यक्ति भगत सिंह हो या नहीं हो।

उधर भगत सिंह बटुकेश्वर दत्त को पुलिस का भेदिया समझ बैठे। क्रोध में आकर भगत सिंह बटुकेश्वर दत्त पर हमला ही करने वाले थे कि सुरेश चंद्र भट्टाचार्य वहाँ पहुँच गए और उन्होंने दोनों क्रांतिकारियों का एक दूसरे से परिचय कराया।[29] भगत सिंह का परिचय बलवंत सिंह और बटुकेश्वर दत्त का परिचय मोहन के नाम से करवाया गया। इसके बाद दोनों में अटूट मित्रता स्थापित हो गई।

बटुकेश्वर दत्त और भगत सिंह की जोड़ी बहुत प्रिय जोड़ी बन गई। दोनों ही बहुत खूबसूरत, मेधावी और अध्ययनशील थे। दोनों के चिंतन में अंतर यह था कि भगत सिंह प्रत्येक तथ्य को तर्क की कसौटी पर कसकर उसे ग्रहण करते थे और बटुकेश्वर दत्त भावना में बहकर तथ्य की छानबीन करना उचित नहीं समझते थे। एक बुद्धि द्वारा संचालित होता था तो दूसरा हृदय द्वारा। दोनों ही सुरुचि-संपन्न निष्कलुष भावनाओं के व्यक्ति थे और साहसी भी थे।[30] बटुकेश्वर दत्त भगत सिंह को बंगाल के प्रसिद्ध कवि काजी नजरुल इसलाम की विद्रोही कविताएँ सुनाया करते थे, जिसे भगत सिंह ने कई-कई बार सुना। उन कविताओं से भगत़ सिंह बहुत प्रभावित हो गए।[31] बटुकेश्वर दत्त से भगत सिंह ने बांग्ला सीखी और उनकी सहायता से कार्ल मार्क्स की किताबें भी पढ़ीं।[32]

बटुकेश्वर दत्त ने भगत सिंह का परिचय सुरेंद्रनाथ पांडेय, विजय कुमार सिन्हा, राज कुमार सिन्हा, रामदुलारे त्रिवेदी एवं अजय घोष आदि से कराया। दत्त की प्रेरणा से ही भगत सिंह ने कार्ल मार्क्स का अध्ययन किया और फिर यहीं हिंदुस्तान प्रजातंत्र संघ नामक क्रांतिकारी दल में शामिल हुए थे। उनके महान् व्यक्तित्व के निर्माण में बटुकेश्वर दत्त के योगदान को सहज नकारा नहीं जा सकता है।[33] मैनपुरी षड्यंत्र केस के मुकदमे के पश्चात् क्रांतिकारियों को गणेश शंकर विद्यार्थी का आशीर्वाद प्राप्त था। वर्ष 1924 तथा 1925 में जब बामरौली, विचपुरी, द्वारकापुर तथा काकोरी में राजनीतिक डकैतियाँ पड़ीं तो संयुक्त प्रांत ने घबराकर इधर-उधर के अनेक व्यक्तियों को बंदी बना लिया था। उनमें से बहुत से ऐसे स्वयंसेवक भी थे, जिनकी सेवाएँ गणेश शंकर विद्यार्थी लेते थे।[34] उनमें से अनेक लोगों पर पुलिस ने नजर रखना आरंभ कर दिया। बटुकेश्वर दत्त का संपर्क 'प्रताप' कार्यालय से था और इसलिए पुलिस के मुखबिर उनके पीछे भी रहने लगे।

'प्रताप' कार्यालय में ही 'जागो देशवासियो!' के शीर्षक से एक परचा छापा गया। भगत सिंह अपने क्रांतिकारी साथियों को साथ लेकर प्रतापगढ़ के दशहरा मेला में लोगों के बीच इसे बाँट रहे थे। इसी बीच पुलिस की नजर पड़ गई और पुलिस ने उन लोगों को गिरफ्तार करना चाहा, लेकिन पुलिस को चकमा देकर वे लोग मेले से फरार हो गए।[35] इसी अवधि में दिल्ली में सांप्रदायिक दंगा हुआ। 'प्रताप' अखबार के प्रतिनिधि की हैसियत से उन्हें समाचार लिखने के लिए दिल्ली भेजा गया। उनके द्वारा भेजी गई रिपोर्ट की प्रशंसा की गई।[36]

प्रतापगढ़ कांड के बाद पुलिस अधिक चौकन्नी हो गई। कानपुर में रहने पर पुलिस की नजर भगत सिंह पर पड़ सकती थी। गणेश शंकर विद्यार्थी ने भगत सिंह को अलीगढ़ जिले के शादीपुर नामक गाँव में एक विद्यालय का प्रधानाध्यापक बनाकर भेज दिया।[37]

वर्ष 1924 में कानपुर में आई भीषण बाढ़ के कारण स्थिति दयनीय हो गई। बाढ़-पीड़ितों की सहायता के लिए भगत सिंह कानपुर आ गए।[38] बटुकेश्वर दत्त, भगत सिंह एवं अन्य साथीगण मिलकर बाढ़-पीड़ितों की सहायता में कूद पड़े। बटुकेश्वर दत्त एवं भगत सिंह को यह जिम्मेवारी मिली कि वे नदी के किनारे लालटेन लेकर खड़े रहें, ताकि बाढ़ में बहते हुए आदमी या मवेशी को यह पता चल सके कि यहाँ पर कोई है और वह किनारे आकर सहायता प्राप्त कर सके। पूरी लगन से बटुकेश्वर दत्त अपने कार्य में रात-रात भर लगे रहते थे।

एक दिन सुबह घर वापस आने पर बड़े भाई ने कर्कश शब्दों में रात भर घर से अनुपस्थित रहने के संबंध में पूछा। यह भी कहा कि जहाँ रात में थे, वहीं वापस चले जाओ। इस घर में तुम्हारे रहने के लिए जगह नहीं है। बड़े भाई की बातों से बटुकेश्वर दत्त बहुत व्यथित हुए। उन्होंने कानपुर छोड़ दिया। कुछ दिनों बाद भगत सिंह भी कानपुर छोड़कर लाहौर चले गए।

भगत सिंह की प्रथम जेल यात्रा

25 अक्तूबर, 1926 को दशहरा का दिन था। लाहौर के तितलीबाग से अपनी मनपसंद तितलियों को देखकर भगत सिंह लौट रहे थे। इसी बीच किसी ने दशहरा मेले में बम विस्फोट कर दिया। 12 लोग मारे गए और 56 घायल हुए। 29 मई, 1927 को पुलिस ने भगत सिंह को गिरफ्तार कर लिया। सच्चाई यह थी कि वह बम पुलिस के मुखबिर चन्नादिन ने फेंका था, जिसकी बाद में सर्पदंश से मृत्यु हो गई। गिरफ्तारी के बाद एक महीना तक भगत सिंह को लाहौर जेल में रखा गया। उसके बाद उन्हें वार्स्टल जेल भेज दिया गया। बाद में भगत सिंह निर्दोष रिहा किए गए।[39]

बटुकेश्वर दत्त की बनारस यात्रा

उस समय बटुकेश्वर दत्त की माँ जीवित थीं। दत्त की बड़ी बहन प्रोमिला बनारस में रहती थीं। माता भी गंभीर रूप से बीमार थीं और उनकी इच्छा थी कि उनकी मृत्यु काशी में हो। बटुकेश्वर दत्त आज्ञाकारी पुत्र की तरह माता की इच्छा पूरी करने हेतु उन्हें लेकर काशी निकल पड़े। लेकिन तब तक वे अंग्रेज सरकार की नजरों में आ चुके थे। बनारस पुलिस को सरकार की ओर से यह संदेश मिल गया कि बटुकेश्वर दत्त बनारस आ रहे हैं, लेकिन उन्हें किसी भी रूप में बनारस में रहने नहीं दिया जाए। बनारस

पुलिस ने सबसे पहले उनके बहन और बहनोई पर दबाव डाला कि वे किसी भी रूप में बटुकेश्वर दत्त को बनारस में प्रवेश न करने दें, लेकिन उनके बहन-बहनोई ने यह मानने से साफ इनकार कर दिया।[40]

इसके बाद पुलिस उनके मकान मालिक के पीछे पड़ी और उसे बुरी तरह डराया-धमकाया गया। मकान मालिक को बताया गया कि यदि बटुकेश्वर दत्त इस मकान में रुके तो तुम्हें जेल भेज दिया जाएगा। मकान मालिक धर्म-संकट में पड़ गया। मकान में किराएदार के रूप में बंगाली परिवार बहुत दिनों से रह रहे थे और इस प्रकार उनके साथ उनका एक भावनात्मक संबंध बन गया था। इधर ब्रिटिश पुलिस का दबाव था। मकान मालिक ब्रिटिश पुलिस के दबाव के आगे हार गया। उधर बटुकेश्वर दत्त अपनी वृद्धा माँ को लेकर बनारस रेलवे स्टेशन पर उतरे और टमटम पर बैठकर अपने बहन-बहनोई के यहाँ आए। घर के बाहर बहन-बहनोई खड़े थे। बहनोई की आँखों में आँसू थे और बहन तो लगातार रो रही थीं। बटुकेश्वर दत्त अपनी माँ को लेकर टमटम पर बैठे हुए थे। उनकी बहन की भी हार्दिक इच्छा थी कि मरणासन्न माँ का अंतिम दर्शन हो सके, लेकिन वे अपनी माँ को लेकर अपने घर में प्रवेश नहीं कर सके। हारकर अपनी माँ को लेकर बटुकेश्वर निकट के एक मठ में चले गए और वहीं पर उनकी माँ ने स्वर्गधाम की राह पकड़ी।[41]

जिस समय माँ की मृत्यु हुई, बटुकेश्वर दत्त की उम्र 16-17 वर्ष थी। पिता पहले ही चल बसे थे। परिवार का तिरस्कार वे झेल ही चुके थे। उन्होंने अपने जीवन का लक्ष्य देश की आजादी ही बना लिया। एक बार पं. विष्णुकांत शर्मा ने भगत सिंह एवं बटुकेश्वर दत्त दोनों की जन्मी-कुंडली तैयार की, जो अभी भारत के उच्चतम न्यायालय के संग्रहालय में संरक्षित है। भगत सिंह की कुंडली में लिखा गया कि ये अल्पायु हैं और इनकी मृत्यु जल्दी हो जाएगी। बटुकेश्वर दत्त के बारे में लिखा गया कि इनके जीवन का अधिकतर भाग संन्यासी की तरह गुजरेगा। मृत्यु इन्हें छूकर निकल जाएगी, लेकिन ये अल्पायु नहीं होंगे।[42]

माता-पिता की मृत्यु के बाद बटुकेश्वर दत्त कानपुर नहीं गए और कलकत्ता चले गए। कलकत्ता जाकर उन्होंने बड़ा बाजार में दरजी का काम सीखना और हावड़ा के एक मेस में रहना आरंभ किया।[43]

बटुकेश्वर दत्त को कानपुर से कलकत्ता प्रवास के बारे में भी कई तरह के तथ्य मिलते हैं। पहला यह कि पिता की मृत्यु के बाद बड़े भाई के अभिभावकत्व में उन्हें रहना था और उनका तिरस्कार वे बरदाश्त नहीं कर पा रहे थे। माँ की मृत्यु हो चुकी थी। क्रांतिकारी संगठनों में संलग्न होने के कारण वे बी.ए. की परीक्षा नहीं दे पाए थे। इधर काकोरी ट्रेन डकैती में कानपुर के क्रांतिकारी अधिक थे और उनकी धर-पकड़

तेजी से हो रही थी। योगेश चंद्र चटर्जी एवं सुरेश चंद्र भट्टाचार्य को दस वर्ष की सजा हो चुकी थी। उधर कलकत्ता राष्ट्रीय स्तर पर क्रांतिकारी गतिविधियों के प्रमुख गढ़ के रूप में उभर रहा था और वहाँ श्रमिक एवं किसान आंदोलन अपनी राह पकड़ चुका था। कानपुर में क्रांतिकारी गतिविधियों की निष्क्रियता और कलकत्ता की सक्रियता ने बटुकेश्वर दत्त को कलकत्ता प्रवास को प्रेरित किया।[44]

कलकत्ता में कम्युनिस्ट आंदोलन के नेता मुजफ्फर अहमद से बटुकेश्वर दत्त की भेंट हुई। मुजफ्फर अहमद से किसी दोस्त ने बटुकेश्वर दत्त के बारे में चर्चा की और बताया कि बांग्लाभाषी एक लड़का बहुत ही लगनशील एवं देश-प्रेम से भरा हुआ है। कानपुर में शिक्षा-दीक्षा होने के कारण वह हिंदी पढ़-लिख सकता है एवं बोल भी सकता है। उसने अपनी पढ़ाई हिंदी माध्यम से ही की है।[45] मुजफ्फर अहमद ने अपने उस दोस्त से कहा कि किसी भी तरह उस लड़के को लेकर कार्यालय में आओ; और वह बटुकेश्वर दत्त को लेकर उनके कार्यालय में पहुँच गया। उस समय बटुकेश्वर दत्त की उम्र 18 वर्ष के आसपास होगी। मुजफ्फर अहमद ने अपने संस्मरण में लिखा कि बटुकेश्वर दत्त के आने से सांगठनिक कार्यों में बहुत मदद मिली। उस समय कलकत्ता की विभिन्न फैक्ट्रियों में उत्तर प्रदेश व बिहार क्षेत्र के मजदूर कार्य करते थे, जिनकी भाषा हिंदी थी। भारत में मजदूर आंदोलन सन् 1928 तक तेजी से बढ़ चुका था। हिंदी में पोस्टर तैयार करने से वे अपनी बात सुगमता से उन तक पहुँचाने लगे। जिस समय हावड़ा में भंगियों की हड़ताल हुई, मुजफ्फर अहमद के साथ बटुकेश्वर दत्त ने भी भाषण किया था। मुजफ्फर अहमद हावड़ा के उस मेस तक पहुँच गए थे, जहाँ बटुकेश्वर दत्त रहते थे और उनसे यह वचन ले लिया कि जब भी उन्हें आवश्यकता होगी, बटुकेश्वर दत्त निश्चित वहाँ पहुँचेंगे।[46]

मुजफ्फर अहमद की बटुकेश्वर दत्त के साथ समीपता का एक बड़ा कारण कानपुर से उनका संबंध भी था। कम्युनिस्ट पार्टी की आरंभिक गतिविधियाँ कानपुर में होने लगी थीं। 8 मई, 1923 को कानपुर में ही शौकत उस्मानी को गिरफ्तार किया गया था। इसके कुछ ही दिनों बाद 17 मई, 1923 को कलकत्ता में मुजफ्फर अहमद को गिरफ्तार कर लिया गया और उन लोगों पर जो मुकदमा चलाया गया, उसे 'कानपुर षड्यंत्र केस' के नाम से जाना जाता है। पुन: मेरठ षड्यंत्र केस भी 1923 से लेकर 1928 तक चला, जिसमें मुजफ्फर अहमद को उम्रकैद की सजा दी गई थी; लेकिन इलाहाबाद हाई कोर्ट में दिग्गज वकील एम.सी. छागला एवं कैलाशनाथ काटजू द्वारा पैरवी किए जाने पर मुजफ्फर अहमद की सजा तीन वर्ष कर दी गई थी। कानपुर में ही 26 दिसंबर, 1925 को सत्यभक्त द्वारा कम्युनिस्ट पार्टी का सम्मेलन बुलाया गया था, जिसमें मुजफ्फर अहमद ने सक्रिय रूप से भाग लिया था।[47]

बटुकेश्वर दत्त कलकत्ता में बंगाल वर्क्स एवं पीजेंट्स पार्टी के सदस्य बन गए। मुजफ्फर अहमद को सख्त बीमारी के कारण सितंबर 1925 में अल्मोड़ा जेल से रिहा कर दिया गया था। उन्होंने दिसंबर 1925 में कानपुर में बुलाए गए कम्युनिस्ट सम्मेलन में भाग लिया।[48]

वर्ष 1925 में इसी कम्युनिस्ट सम्मेलन में मनुष्य द्वारा मनुष्य के शोषण का समर्थन करनेवाली सभी व्यवस्थाओं के उन्मूलन की घोषणा की गई। बाद में क्रांतिकारियों ने भी शोषण की भर्त्सना की।

संदर्भ—

1. एस.पी. सेन, डिक्शनरी ऑफ नेशनल बायोग्राफी, खंड-1 ए-डी, इंस्टीट्यूट ऑफ हिस्टोरिकल स्टडीज, कलकत्ता, पृ. 381
2. वही
3. नागेंद्र मोहन प्रसाद श्रीवास्तव, जयश्री दत्त, 'आजादी की जंग, बिहार के मशहूर क्रांतिकारी', बिहार हिंदी ग्रंथ अकादमी, पटना, 2001, पृ. 57
4. सर्वजीत जाश, प्रथम बंगाली इंकलाबी बटुकेश्वर दत्त, एवरी टाइम्स, 2010-11, पृ. 1 (बांग्ला)
5. मधुसूदन, बांग्ला समाचार पत्रिका आयला, जुलाई 2011, पृ. 2
7. डिक्शनरी ऑफ नेशनल बायोग्राफी, खंड-1, पृ. 381
8. निरोद वरण सरकार, वर्धमानेर रत्नभंडार, वर्धमान, 2005, पृष्ठ 128-129 (बांग्ला)
9. बटुकेश्वर दत्त की पुत्री प्रो. भारती बागची से लिये गए साक्षात्कार के आधार पर
10. अनिल वर्मा, 'भगत सिंह के सहयोगी : बटुकेश्वर दत्त', पृ. 8
11. वही
12. एन.एम.पी. श्रीवास्तव, 'रिमेंबरिंग बटुकेश्वर दत्त द रिवॉल्यूशनरी', दैनिक सर्चलाइट, पटना, दिनांक 16 जुलाई, 1978 एवं 14 अप्रैल, 1979
13. भगवान सिंह राणा, 'भगत सिंह, एन इमॉर्टल रिवॉल्यूशनरी ऑफ इंडिया', डायमंड पॉकेट बुक्स प्रा.लि., एक्स-30, ओखला, इंडस्ट्रियल एरिया, फेज-2, नई दिल्ली-110020, पृ. 20
14. वही
15. मालविंदरजीत सिंह वड़ाइच, 'भगत सिंह द इटर्नल रिबेल', पृ. 70
16. वही
17. वही
18. उपर्युक्त, पृ. 17
19. उपर्युक्त, पृ. 18
20. उपर्युक्त, पृ. 70
21. भगवान सिंह राणा, 'भगत सिंह एन इमॉर्टल रिवॉल्यूशनरी ऑफ इंडिया', पृ. 20
22. मालविंदरजीत सिंह वड़ाइच, 'भगत सिंह द इटर्नल रिबेल', पृ. 23
23. वारिंद्र सिंह संधू, 'युगद्रष्टा भगत सिंह', राजपाल एंड संस, दिल्ली, 1997, पृष्ठ 146-147
24. भगवान सिंह राणा, 'भगत सिंह, एन इमॉर्टल रिवॉल्यूशनरी ऑफ इंडिया', पृ. 23

25. हंसराज रहबर, 'भगत सिंह एक ज्वलंत इतिहास'
26. मोतीलाल भार्गव, 'आधुनिक भारत के निर्माता गणेश शंकर विद्यार्थी', प्रकाशन विभाग, सूचना और प्रसारण मंत्रालय, भारत सरकार, 1992, पृ. 57
27. मालविंदरजीत सिंह वड़ाइच, 'भगत सिंह द इटर्नल रिबेल', पृ. 24
28. मोतीलाल भार्गव, 'आधुनिक भारत के निर्माता गणेश शंकर विद्यार्थी', पृ. 56
29. श्रीकृष्ण सरल, 'क्रांतिकारी कोश', प्रभात प्रकाशन, 4/19 आसफ अली रोड, नई दिल्ली-110002, प्रथम संस्करण, 1998, पृ. 103
30. वही, पृ. 104
31. बटुकेश्वर दत्त की पुत्री डॉ. भारती बागची से लिये गए साक्षात्कार के आधार पर
32. भगवान सिंह राणा, 'भगत सिंह एन इमॉर्टल रिवॉल्यूशनरी ऑफ इंडिया', पृ. 23
33. अनिल वर्मा, 'भगत सिंह के सहयोगी : बटुकेश्वर दत्त', पृ. 16
34. मोतीलाल भार्गव, 'आधुनिक भारत के निर्माता गणेश शंकर विद्यार्थी', पृ. 56
35. भगवान सिंह राणा, 'भगत सिंह, एन इमॉर्टल रिवॉल्यूशनरी ऑफ इंडिया', पृ. 23
36. वही
37. वही
38. वही
39. वही, पृष्ठ-30
40. रामाश्रय प्रसाद सिंह, बिहार विधान परिषद् द्वारा बटुकेश्वर दत्त के निधन के बाद हुए शोक प्रस्ताव, बिहार विधान परिषद् वाद-वृत्त, दिनांक 20 जुलाई, 1965, पृ. 21
41. अनिल वर्मा, 'भगत सिंह के सहयोगी, बटुकेश्वर दत्त', पृ. 18
42. आर.एस. गांगुली, अधिवक्ता, पटना हाई कोर्ट द्वारा दिए गए विवरण के आधार पर
43. सर्वजीत जाश, 'प्रथम बंगाली इंकलाबी बटुकेश्वर दत्त, एवरी टाइम्स', 2010-11, पृ. 1 (बांग्ला)
44. अनिल वर्मा, 'भगत सिंह के सहयोगी : बटुकेश्वर दत्त', पृ. 19
45. सर्वजीत जाश, 'प्रथम बंगाली इंकलाबी बटुकेश्वर दत्त, एवरी टाइम्स', 2010-11, पृ. 1 (बांग्ला)
46. उपर्युक्त
47. एस.एल. नागौरी, जीतेश नागौरी, 'आधुनिक भारत का सामाजिक, आर्थिक एवं राजनीतिक इतिहास' (1858-1956), यूनिवर्सिटी बुक हाउस प्रा.लि., जयपुर, 2004, पृ. 219-221
48. कल्पना दत्त, 'चटगाँव शस्त्रागार पर आक्रमण : संस्मरण', अंग्रेजी, 1945

□

तत्कालीन भारत की राजनीतिक स्थिति

क्रांतिकारी संगठनों से नवयुवकों का जुड़ाव तत्कालीन भारत की राजनीतिक एवं सामाजिक परिस्थितियों की देन थी। 26 दिसंबर, 1924 को कर्नाटक के बेलगाम में कांग्रेस का अधिवेशन महात्मा गांधी की अध्यक्षता में हुआ। उसमें निर्णय लिया गया कि असहयोग आंदोलन को समाप्त किया जाए एवं रचनात्मक कार्यक्रमों में कार्यकर्ताओं को संलग्न होने का आह्वान किया गया।[1] कांग्रेस के अंदर भी देशबंधु चित्तरंजन दास तथा मोतीलाल नेहरू ने स्वराज पार्टी नाम से एक दल की स्थापना की। मांटेग्यु-चेम्सफोर्ड सुधार के पहले चुनाव में कांग्रेस और महात्मा गांधी काउंसिल प्रवेश का सैद्धांतिक रूप से विरोध कर चुके थे। स्वराज पार्टी उससे सहमत थी और महात्मा गांधी तथा उनके अनुयायी उसके विरुद्ध थे। नेताओं के समक्ष कोई संग्रामशील कार्यक्रम नहीं था। महात्मा गांधी एवं उनके अनुयायियों पर लोगों का भरोसा कम होने लगा था। इसी बीच देशबंधु चित्तरंजन दास की मृत्यु हो गई। सन् 1927 में कांग्रेस का मद्रास अधिवेशन हुआ, जिसमें साइमन कमीशन के बारे में चर्चा की गई। इसके बाद नेहरू समिति गठित हुई, जो एक प्रकार से स्वराज का प्रारूप तैयार कर रही थी।[2]

भारतीय जनता अभी अंग्रेजी सरकार के दमन-चक्र का खुले रूप से विरोध करने का तरीका सीख रही थी। इस क्रम में कई ऐसी घटनाओं का जिक्र आता है, जो सीधे तौर पर अंग्रेजी सत्ता को चुनौती देनेवाली थीं, हालाँकि इसका असर संपूर्ण भारत पर नहीं पड़ा, परंतु टुकड़ों-टुकड़ों में एवं क्षेत्रीय स्तर पर इसका व्यापक असर पड़ा।

बारदोली सत्याग्रह

बंबई प्रदेश की सरकार ने 30 जून, 1927 को सूरत जिले के बारदोली (गुजरात) तालुक का लगान 20-25 प्रतिशत बढ़ा दिया। बंबई की लेजिस्लेटिव काउंसिल ने प्रस्ताव पास किया कि इस बड़े लगान की वसूली रोक रखी जाए। फिर भी सरकार सहमत न हुई। इसके विरुद्ध वहाँ के किसानों ने आंदोलन आरंभ किया और एक बड़ी सभा

कर सरकार के राजस्व अधिकारी के पास लगान में वृद्धि को अनुचित बताते हुए उसे कम करने का अनुरोध किया। कोई फल नहीं निकलते देख 6 सितंबर, 1927 एवं 4 फरवरी, 1928 को उन्होंने दूसरी सभा की और बढ़ा लगान न देने का आखिरी फैसला किया। उन्होंने वल्लभभाई पटेल को अपना नेतृत्व करने को आमंत्रित किया। गांधीजी की इजाजत से पटेल ने उस आंदोलन का नेतृत्व सँभाला। पुलिस ने सख्ती का रास्ता अपनाया और वे किसानों के घरों में घुसते, उन्हें मारते-पीटते तथा फिर उनके मवेशियों एवं दूसरी चल संपत्ति को लेकर चल देते।[3] बारदोली की घटनाओं के समाचार सारे देश में बड़ी तेजी से फैले और देशवासियों की कड़ी प्रतिक्रिया हुई। गांधीजी की अपील पर 12 जून, 1928 को सारे देश में 'बारदोली दिवस' मनाया गया।[4]

नवंबर 1928 में ऑल इंडिया इंडिपेंडेंस लीग की स्थापना हुई। उसके नेता जवाहरलाल नेहरू और सुभाषचंद्र बोस थे। उन्होंने देश के मध्य वर्ग को, खासकर नौजवानों व छात्रों को, राजनीति की तरफ खींचा और ब्रिटिश राज के खिलाफ प्रगतिशील शक्तियों को संगठित करने में बड़ा काम किया। साइमन कमीशन का बहिष्कार और बारदोली सत्याग्रह के कारण सारे देश में आंदोलन की फिजा थी। मजदूर आंदोलन सुधारवादी नेताओं को चुनौती दे रहे थे। जगह-जगह पर यूनियनें बन रही थीं। किसान-मजदूर पार्टियाँ पूर्ण स्वाधीनता का नारा बुलंद कर ब्रिटिश साम्राज्यवाद के विरुद्ध संग्राम का आह्वान कर रही थीं; जबकि नौजवानों की टोली राष्ट्रवादी क्रांतिकारी गुप्त संगठनों, यूथ लीगों अथवा इंडिपेंडेंस लीग के सदस्य बनकर और सिर पर कफन बाँधकर स्वाधीनता-संग्राम में उतर पड़ने को बेचैन थी। कांग्रेस के अंदर जवाहरलाल नेहरू तथा सुभाषचंद्र बोस के नेतृत्व में गरम दल इंडिपेंडेंस लीगें बनाकर माँग बुलंद कर रहा था कि कांग्रेस का लक्ष्य डोमीनियन स्टेट्स नहीं, पूर्ण स्वाधीनता होना चाहिए।[5] दिसंबर 1928 के अंतिम सप्ताह में कांग्रेस का कलकत्ता अधिवेशन मोतीलाल नेहरू की अध्यक्षता में शुरू हुआ, जिसमें गांधीजी नेहरू रिपोर्ट को पास कराने तथा डोमीनियन स्टेट्स को कांग्रेस का लक्ष्य बनाने के लिए प्रयत्न कर रहे थे। गांधीजी ब्रिटिश शासकों को दिए जानेवाले दो साल के समय को घटाकर एक साल करने को राजी हो गए थे और उनके दबाव से जवाहरलाल झुक गए थे तथा उन्होंने अपना संशोधन वापस ले लिया था; लेकिन सुभाषचंद्र बोस ने प्रस्ताव वापस नहीं लिया था। खुले अधिवेशन में जब सुभाष ने अपना संशोधन पेश किया तो जवाहरलाल ने उसका समर्थन किया। सुभाष और जवाहर के संशोधन के पक्ष में 973 वोट आए थे, जबकि गांधी के प्रस्ताव के पक्ष में 1,350 वोट।[6]

इंडियन नेशनल कांग्रेस के कलकत्ता अधिवेशन (1928) ने ब्रिटिश शासकों को नेहरू रिपोर्ट स्वीकार करने के लिए एक साल का समय दिया था। प्रस्ताव में कहा गया था कि अगर ब्रिटिश शासकों ने उसे न माना तो कांग्रेस असहयोग आंदोलन और

लगानबंदी का रास्ता अपनाएगी। पेशावर और कानपुर में क्रांतिकारियों के विरुद्ध मुकदमा चलाए जाने के बावजूद उनकी शक्ति बढ़ी थी। वे ब्रिटिश साम्राज्यवादियों को जड़ से उखाड़ फेंकने और देश को पूर्ण स्वाधीन बनाने का नारा बुलंद कर रहे थे। अत: ब्रिटिश साम्राज्यवादियों ने पहले क्रांतिकारी शक्तियों के इस अगुआई करने वाले दस्ते को ध्वस्त करने का फैसला किया। क्रांतिकारियों के बढ़ते प्रभाव को रोकने के लिए वर्ष 1928-30 में ब्रिटिश शासकों ने चार कदम उठाए—जन सुरक्षा कानून (पब्लिक सेफ्टी ऐक्ट), ह्विटली कमीशन, ट्रेड डिस्प्यूट्स ऐक्ट और मेरठ षड्यंत्र केस।

विश्व के अन्य देशों में मजदूर संगठन एवं साम्यवादी विचारधाराओं का विकास हो रहा था। विदेशी मजदूर संगठनों की चाहत थी कि भारत जैसे बड़े देश में भी मजदूर संगठनों का विकास हो। कम्युनिस्ट इंटरनेशनल, रेड ट्रेड यूनियन इंटरनेशनल और माइनॉरिटी मूवमेंट (ब्रिटिश ट्रेड यूनियनों के वामपक्ष) ने हिंदुस्तान के मजदूर आंदोलनों में मदद की। ब्रिटेन के मजदूर आंदोलन के वामपंथी पक्ष ने जॉर्ज एलीसन, फिलिप स्प्राट और बेन ब्रैडले जैसे नेताओं को हिंदुस्तान के मजदूर आंदोलन को क्रांतिकारी दिशा में संगठित करने में सहायता देने के लिए भारत भेजा; लेकिन भारत सरकार इसके विरोध में थी। ब्रैडले और स्प्राट जैसे लोगों को ब्रिटिश भारत से निकाल देने के लिए ब्रिटिश शासकों ने एक विधेयक जुलाई 1928 में ही तैयार किया था।[7] इसे नाम दिया गया था भारत से निष्कासन विधेयक (रिमूवल फ्रॉम इंडिया बिल)। केंद्रीय विधानसभा में गैर-सरकारी पक्ष ने इसका विरोध किया तो सरकारी पक्ष ने चतुराई से उसे सेलेक्ट समिति के जिम्मे करने का प्रस्ताव किया और वह सितंबर 1928 में पास हो गया। सेलेक्ट समिति में सरकारपरस्त आदमी भरे गए थे। इस समिति ने सर्वसम्मति से कुछ परिवर्तन के साथ, जिन पर सरकार को कोई एतराज न था, 24 सितंबर को उसे जन सुरक्षा विधेयक (पब्लिक सेफ्टी बिल) नाम देकर केंद्रीय विधानसभा में पेश किया।[8]

गैर-सरकारी पक्ष ने देख लिया कि यद्यपि इसका उद्देश्य विदेशी कम्युनिस्टों को भारत आने से रोकना बताया जाता है, लेकिन यह कानून व्यवहार में उन सब भारतीयों के खिलाफ जाएगा, जो समाजवाद की बातें करेंगे और उसके लिए आंदोलन करेंगे। यह पूर्ण स्वाधीनता की बात करनेवालों के भी खिलाफ जाएगा। शीघ्र ही राष्ट्रवादी और साम्यवादी—दोनों इसके शिकार होंगे। अत: उन्होंने इसका डटकर विरोध किया। केंद्रीय विधानसभा में इसका विरोध करते हुए लाला लाजपतराय ने कहा कि यह वस्तुत: खुद भारतीयों के खिलाफ, राष्ट्रवादियों और मजदूरपंथियों के खिलाफ है। उन्होंने कहा कि इस बिल के पास हो जाने पर जवाहरलाल और श्रीनिवास आयंगर जैसे लोगों पर भी मुकदमा चलेगा, जो पूर्ण स्वाधीनता की माँग करते हैं।[9] मतदान के समय पक्ष और विपक्ष में बराबर वोट आए। ऐसी स्थिति में विधानसभा के अध्यक्ष विट्ठलभाई पटेल ने बिल

के विरुद्ध वोट दिया और बिल गिर गया। सरकार ने कुछ संशोधनों के साथ उसे फिर जनवरी 1929 में केंद्रीय विधानसभा में पेश किया। इस बार साफ कहा गया कि इसका उद्‌देश्य साम्यवादी आंदोलनों पर अंकुश लगाना है। ब्रिटिश शासकों को यह कतई पसंद नहीं था कि भारत का मजदूर आंदोलन और कम्युनिस्ट आंदोलन अंतरराष्ट्रीय आंदोलन से संबंध रखे। अतः इन संशोधनों के जरिए उन्होंने अंतरराष्ट्रीय मजदूर आंदोलन के साथ भारत के राजनीतिक संगठनों के, खासकर कम्युनिस्टों के नेतृत्व में चलनेवाले संगठनों के संपर्क को काटने की कोशिश की। अप्रैल 1929 में सरकार ने उसे केंद्रीय विधानसभा में पास कराना चाहा तो अध्यक्ष विट्‌ठलभाई पटेल ने इसकी इजाजत नहीं दी। इस बीच 20 मार्च, 1929 को सारे देश में कम्युनिस्ट गिरफ्तार किए जा चुके थे और मेरठ षड्‌यंत्र केस चलाने की तैयारी हो रही थी। पटेल ने कानूनी सवाल खड़ा कर दिया और कहा कि चूँकि इस विधेयक और मुकदमे के सवाल एक ही हैं, अतः जब तक मुकदमे का फैसला नहीं हो जाता, तब तक उस पर विधानसभा में विचार नहीं किया जा सकता। गिरफ्तार लोगों को रिहा करके सरकार उसे पास करा सकती है। पटेल के इजाजत न देने पर सरकार ने उसे अध्यादेश के रूप में सारे देश में लागू किया। पब्लिक सेफ्टी बिल पर बहस में हिस्सा लेते हुए मोतीलाल नेहरू ने कहा कि क्या आप विचारों को भारत से बाहर रखने के लिए काँटेदार तार लगा सकते हैं और कृत्रिम दीवारें खड़ी कर सकते हैं? वे दिन लद गए, जब आप ऐसा कर सकते थे।[10]

भारत की आर्थिक स्थिति

साम्राज्यवादी देशों ने इस आर्थिक संकट का बोझ अपने उपनिवेशों के कंधों पर डालकर अपना मुनाफा बरकरार रखने की कोशिश की। भारत की कृषि से पैदा वस्तुओं—अन्न, पाट, कपास, चाय, कॉफी आदि के दाम तेजी से गिरे। भारत मुख्यतः कृषि उत्पादनों का निर्यात करता था और ब्रिटेन से कारखानों का तैयार माल मँगवाता था। ब्रिटेन के पूँजीपति दोनों हाथ मुनाफा बटोरने लगे। अपने माल पर थोड़ी सी रियायत देकर वे भारत का माल आधे दाम पर खरीदने लगे। किसान तबाह हो गए। उनकी आमदनी आधी हो गई; लेकिन उन्हें तरह-तरह के कर, लगान, कर्ज का ब्याज वगैरह पहले से ज्यादा देने पड़ते। अतः उन पर कर्ज और भी बढ़ गया। बहुतों को अपनी जमीन बेच देने पर बाध्य होना पड़ा। जमींदारों और सूदखोरों की बन आई।

सन् 1922 में देश भर में मजदूर हड़ताल फैली थी। भारत में औद्योगिक मजदूरों में ब्रिटिश शासन एवं नीतियों के प्रति घोर असंतोष था। प्रथम विश्व युद्ध की तबाही का असर भारत के औद्योगिक परिवेश पर भी पड़ा। उद्योग मालिक अधिक-से-अधिक मुनाफा कमाना चाहते थे। सरकार की नीतियाँ मजदूर-विरोधी थीं। मुद्रास्फीति बहुत

गहरी हो गई। वर्ष 1919-20 के दौरान देश में हड़तालों का सिलसिला आरंभ हो गया। 4 नवंबर से 2 दिसंबर, 1919 तक कानपुर वूलेन मिल्स में हड़ताल हुई। 7 दिसंबर, 1919 से 9 जनवरी, 1920 तक जमालपुर में रेलवे कामगारों द्वारा हड़ताल की गई। 9 से 18 जनवरी, 1920 तक कलकत्ता जूट मिल कामगारों ने हड़ताल घोषित की। 2 जनवरी से 3 फरवरी, 1920 तक बंबई की जनरल हड़ताल हुई। 31 जनवरी, 1920 को बंबई स्थित ब्रिटिश इंडिया नेविगेशन कंपनी में हड़ताल हुई। 20 से 31 जनवरी, 1920 तक रंगून के मिल कामगारों की हड़ताल हुई। 26 जनवरी से 16 फरवरी तक सोलापुर के मिल कामगारों ने हड़ताल की। 24 फरवरी से 29 मार्च, 1920 तक टाटा आयरन एंड स्टील कंपनी, जमशेदपुर में हड़ताल हुई। 9 मार्च, 1920 से बंबई के मिल कामगारों ने हड़ताल की। 20 से 26 मार्च, 1920 तक मद्रास के मिल मजदूरों की हड़ताल हुई। 20 से 26 मार्च, 1920 तक अहमदाबाद के मिल मजदूरों ने हड़ताल की। सरकार के अनुसार, वर्ष 1920 के उत्तरार्द्ध में केवल बंगाल में 110 हड़तालें हुईं। 23 दिसंबर, 1921 को प्रिंस ऑफ वेल्स के आगमन के दौरान कलकत्ता में पूर्ण हड़ताल रही।[11] इस समय तक राजनीतिक दलों को आर्थिक मदद मजदूर संगठनों से ही मिलती थी।

सन् 1928 में भारत में हड़तालों की बाढ़ और मजदूर आंदोलन की बढ़ती शक्ति तथा बदलते चरित्र को देखकर ब्रिटिश साम्राज्यवादियों ने मजदूरों की हालत की जाँच करने और कम्युनिस्टों का असर कम करने का उपाय खोजने के लिए ह्विटली कमीशन भारत भेजा। मजदूरों के अधिकांश संगठनों ने उसका बहिष्कार करने का फैसला किया। वर्ष 1929 की जनवरी से लेकर मार्च तक उस कमीशन के विरुद्ध कितने ही प्रदर्शन हुए और कितनी ही सभाएँ की गईं। उन सभाओं में देश की पूर्ण स्वाधीनता और शोषण के अंत के नारे बुलंद किए गए।

क्रांतिकारी संघर्ष की पृष्ठभूमि

वैसे तो सन् 1857 की क्रांति के बाद ही भारत में सशस्त्र क्रांति की शुरुआत हो चुकी थी, परंतु '90 के दशक के बाद भारत में क्रांतिकारी गतिविधियों की पुनः सुगबुगाहट आरंभ हो गई। सन् 1897 में चाफेकर बंधुओं द्वारा ब्रिटिश अधिकारी वॉल्टर रैंड के वध के बाद भारत में क्रांतिकारी आंदोलन जोर पकड़ने लगा। सन् 1905 में हुए बंगाल विभाजन के बाद देशवासियों, खासकर बंगाल के नवयुवकों, में अंग्रेज सरकार के विरुद्ध घृणा और गहरा गई।[12]

सन् 1908 में खुदीराम बोस और प्रफुल्ल चाकी की शहादत का काफी गहरा असर भारत के नौजवानों पर हुआ था। वर्ष 1914-15 में पंजाब में गदर आंदोलन फैला, जिसे करतार सिंह सराभा का नेतृत्व हासिल हुआ।[13] इनमें प्रथम विश्व युद्ध के दौरान

रासबिहारी बोस और शचींद्र नाथ सान्याल द्वारा चलाया गया आंदोलन, हार्डिंग पर बम फेंकने का मामला, गदर आंदोलन, मैनपुरी षड्यंत्र और लाहौर का प्रथम षड्यंत्र आदि प्रमुख थे। आंदोलन के पीछे बंगाल, महाराष्ट्र और यूरोप के आतंकवादी आंदोलनों की भी पृष्ठभूमि थी। पंजाब में जमीन के मालिकाना संबंधी नियम में परिवर्तन से लोगों को लगा कि उनकी जमीन अंग्रेज सरकार द्वारा छीन ली जाएगी। इससे वे उग्र हो गए। भगत सिंह के परिवार पर भी इसका व्यापक असर पड़ा। पंजाब के किसानों द्वारा उग्र आंदोलन किए गए। आंदोलन के बाद किसानों की व्यापक गिरफ्तारियाँ हुईं। भगत सिंह के चाचा अजित सिंह को मांडले जेल भेज दिया गया। स्वर्ण सिंह को भी जेल में बंद कर दिया गया। भगत सिंह के पिता किशन सिंह गिरफ्तारी से बचने के लिए नेपाल चले गए।[14]

उत्तर भारत में 1920 के दशक में हुआ क्रांतिकारी आंदोलन अनेक स्थितिजन्य कारणों से उपजा था। निस्संदेह उसकी उत्पत्ति का आधार वे क्रांतिकारी आंदोलन थे, जो पहले हो चुके थे। नए क्रांतिकारी आंदोलन के लगभग सभी प्रमुख सदस्यों ने असहयोग आंदोलन में सक्रिय रूप से भाग लिया था; परंतु इसके बाद क्रांतिकारी संगठनों की काररवाई थोड़ी कम हो गई। कारण, महात्मा गांधी भारतीय राजनीति में उभरकर सामने आए। क्रांतिकारियों को लगने लगा कि गांधीजी के नेतृत्व में भारत विदेशी शासकों को बाहर कर देगा। गांधीजी के आह्वान पर क्रांतिकारी संगठनों के नौजवान गांधीजी द्वारा बताए गए रास्ते पर चल पड़े। अब तक ब्रिटिश शासकों पर आक्रमण का भार भारत के मध्यवर्गीय क्रांतिकारी नौजवानों और उनके संगठनों पर था।

गांधीजी द्वारा एक वर्ष के अंदर आजादी प्राप्त करने के दिए गए वायदे से नौजवानों में नया जोश उत्पन्न हुआ था। जन-साधारण में भी अभूतपूर्व जन चेतना जाग्रत् हुई थी। अहिंसक सत्याग्रह में भाग लेनेवालों में योगेश चंद्र चटर्जी, चंद्रशेखर आजाद, भगत सिंह, सुखदेव, जतिनदास, भगवती चरण वोहरा, यशपाल, शिव वर्मा, डॉ. गया प्रसाद और जयदेव कपूर थे।[15] इन युवाओं ने गांधीजी के आह्वान पर अपनी पढ़ाई-लिखाई को तिलांजलि तक दे डाली थी और यहाँ तक कि अपने घरों को भी छोड़ चुके थे।

परंतु चौरी-चौरा की हिंसक घटनाओं के बाद गांधीजी द्वारा सन् 1922 में जन आंदोलन एकाएक बंद कर दिया गया। गांधीजी ने जिस प्रकार आंदोलन वापस लिया, उससे नवयुवकों में घोर असंतोष फैला। वे राजनीतिक स्थिति के बारे में जितना चिंतन करते थे, उन्हें वर्तमान नेतृत्व में अधिक-से-अधिक दोष दिखाई देता था। गांधीवाद को वे लोग अस्वीकार कर चुके थे और दूसरे विकल्प की तलाश में भी लग गए थे। उसी विकल्प की तलाश में वे क्रांतिकारी आंदोलन की राह पर चल निकले। इसने राष्ट्रवादी कार्यकर्ताओं को पुनः क्रांति के रास्ते पर धकेल दिया। वे क्रांतिकारी आंदोलन असहयोग

आंदोलन की विफलता और भारतीय राजनीति पर उसके स्थायी कुप्रभाव के फलस्वरूप उत्पन्न हुए थे।

वर्ष 1924 में श्रीपाद अमृत डांगे, मुजफ्फर अहमद, नलिनी गुप्त और शौकत उस्मानी पर कानपुर षड्यंत्र केस में मुकदमे चलाए गए और प्रत्येक को चार वर्ष के कारावास की सजा सुनाई गई।

सन् 1925 के बाद देश की जो हालत हुई, उससे आमतौर पर मध्य वर्गीय नौजवानों में राष्ट्रीय आंदोलन के तत्कालीन नेताओं के प्रति असंतोष बढ़ता गया। इसी का परिणाम कांग्रेस के अंदर गरम दल का उदय और कांग्रेस के बाहर नौजवानों के तरह-तरह के जन संगठनों का निर्माण था। सुभाषचंद्र बोस और जवाहरलाल नेहरू के नेतृत्व में जगह-जगह यूथ लीगों की स्थापना हुई थी।

क्रांतिकारी संगठनों की गतिविधियों पर पुलिस की हमेशा नजर रहती थी। कानपुर बोल्शेविक षड्यंत्र केस में चार लोगों पर मुकदमा चलाया गया था—गुलाम हुसैन, सिंगारवेलू चेट्टियार, रामचरण लाल शर्मा और मानवेंद्र नाथ राय। चेट्टियार काफी बीमार थे। गुलाम हुसैन ने माफी माँग ली। रामचरण शर्मा ने फ्रांसीसी राज्य पांडिचेरी में शरण ली और मानवेंद्र नाथ राय देश के बाहर थे।[16] यह मामला सेशन कोर्ट तक गया। चौरा-चौरी केस में 172 लोगों को फाँसी की सजा देनेवाला बदनाम जज एच.एल. होम न्याय का स्वाँग करने बैठा और हरेक को चार साल की सजा दी।

काकोरी कांड

लखनऊ-हरदोई रेलवे लाइन पर एक छोटा सा रेलवे स्टेशन है, जो लखनऊ से करीब 8 किलोमीटर की दूरी पर है। 9 अगस्त, 1925 को एक छोटे से स्टेशन काकोरी से एक पैसेंजर ट्रेन चली। ट्रेन मील-डेढ़ मील चली होगी कि सेकंड क्लास में बैठे हुए तीन नौजवानों ने गाड़ी रोक ली और दूसरों ने मिलकर गाड़ी में जा रहा सरकारी खजाना लूट लिया। उन्होंने पहले ही जोर से आवाज देकर सभी यात्रियों को समझा दिया था कि वे डरें नहीं, क्योंकि उनका उद्‌देश्य यात्रियों को नुकसान पहुँचाने का नहीं, सिर्फ सरकारी खजाना लूटने का है। खैर, वे गोलियाँ चलाते रहे। वह (कोई यात्री) आदमी गाड़ी से उतर पड़ा और गोली लग जाने से मारा गया।[17] इसके लिए काकोरी मुकदमे में उन पर ट्रायल चला था। उसमें रामप्रसाद बिस्मिल, अशफाक उल्ला खाँ, राजेंद्रनाथ लाहिड़ी एवं रोशन सिंह को फाँसी की सजा मिली। शचींद्र नाथ सान्याल, योगेश चंद्र चटर्जी, गोविंद चरण राम एवं मुकुंदी लाल को आजीवन कारावास की सजा हुई तथा अन्य 12 लोगों को कम सजा दी गई। इस कांड में चंद्रशेखर आजाद को भगोड़ा घोषित कर दिया गया।[18]

नौजवान भारत सभा की स्थापना

लाहौर में नौजवान भारत सभा के संस्थापकों में भगत सिंह भी थे। पुलिस रिपोर्ट के अनुसार, इसकी स्थापना मार्च 1926 में हुई थी।[19] इसके संस्थापकों में राम किशन, शार्दूल सिंह, भगवती चरण वोहरा, केदार नाथ सहगल, मीर अब्दुल माजिद, डॉ. सत्यपाल, सैफुद्दीन किचलू, पिंडी दास और कवि लालचंद फलक थे।[20] स्थापना के समय घोषणा की गई थी कि वह एक राष्ट्रवादी राजनीतिक संस्था है, जो नौजवानों के संगठन पर विशेष ध्यान देगी। इसने पंजाब के नौजवानों में क्रांतिकारी विचार फैलाने में बड़ा काम किया। सन् 1928 में इसने पंजाब की मजदूर-किसान (किरती किसान) पार्टी के साथ संबंध स्थापित किया। उसी वर्ष भगत सिंह और उनके साथियों ने नौजवान भारत सभा का घोषणा-पत्र निकाला। उसमें स्पष्ट कहा गया था कि जनक्रांति के जरिए ही देश की गुलामी खत्म की जा सकती है। उसमें 'जन-गण द्वारा, जन-गण के लिए' क्रांति का नारा बुलंद किया गया था।

हालाँकि नौजवान भारत सभा के घोषणा-पत्र में सन् 1928 की बंबई के कपड़ा मिल मजदूरों की आम हड़ताल को बड़ा महत्त्व दिया गया था, तथापि इसमें मजदूर वर्ग के संगठित क्रांतिकारी संघर्षों का महत्त्व कम करके आँका गया था। नौजवान भारत सभा मजदूरों और किसानों के क्रांतिकारी जन संगठनों के निर्माण में शक्ति लगाना अनावश्यक समझती थी। गाँवों में आंदोलन के प्रचार पर उसकी सहमति थी, लेकिन सभा की धारणा थी कि जनता को जगाने के लिए क्रांति कार्य अनिवार्य है।

सन् 1928 में ऑल इंडिया यूथ लीग की स्थापना की गई थी; किंतु ऐसे भी नौजवान संगठन थे, जिन पर कांग्रेस नेताओं का प्रभाव न था। कम्युनिस्टों ने यंग वर्कर्स लीग की स्थापना की थी। वह खासकर कलकत्ता और बंबई में बहुत सक्रिय थी। बंगाल के नौजवानों के संगठनों की विशेषता यह थी कि वे कांग्रेस के अंदर भी काम करते थे और सशस्त्र क्रांति का रास्ता भी अपनाते थे। ब्रिटिश शासक इन यंग वर्कर्स लीगों के कामों से बड़े चिंतित थे।

सोवियत क्रांति और साम्यवाद की चर्चाएँ भारत में भी आरंभ हो चुकी थीं और इस संबंध में सूचना एवं साहित्य भारत में भी उपलब्ध होने लग गए। लाहौर में दो प्रसिद्ध पुस्तकालय थे। लाला लाजपतराय द्वारा लाहौर में द्वारका दास पुस्तकालय की स्थापना की गई थी। उस पुस्तकालय में इन सब चीजों पर खूब चर्चा होने लगी। दूसरा पुस्तकालय एफ.सी. कॉलेज पुस्तकालय था। उसका उपयोग कॉलेज में पढ़नेवाले छात्र अधिक करते थे। द्वारकादास पुस्तकालय में सोवियन संघ से संबंधित किताबें आसानी से उपलब्ध हो जाती थीं। भगत सिंह, सुखदेव आदि उन किताबों का खूब अध्ययन करते थे, जिसका प्रभाव उन नवयुवकों पर पड़ा। भगत सिंह और सुखदेव सोवियत संघ को

अपना आदर्श तक मानने लगे। नौजवान भारत सभा ने सन् 1928 में फ्रेंड्स ऑफ रशिया वीक भी आयोजित किया। 16 दिसंबर, 1928 को लाहौर के ब्रेडलॉ हॉल में काकोरी दिवस मनाया गया, जिसमें आनंद किशोर, मुंशी अहमद दीन आदि ने भाषण दिया था।[21] वर्ष 1929 में छात्र संगठन की स्थापना की गई। संगठन ने काकोरी दिवस और करतार सिंह सराभा की पुण्य तिथि का आयोजन भी किया।[22] बाद में लाहौर जेल में भगत सिंह ने 24 जनवरी, 1930 को लेनिन डे मनाया और मॉस्को शुभकामनाएँ भेजीं।[23]

मलविंदर जीत सिंह वड़ाइच ने लिखा है कि लाला लाजपतराय द्वारा स्थापित द्वारका दास लाइब्रेरी में राजनीति से संबंधी पुस्तकों का अच्छा संग्रह था, जिनमें मार्क्सवादी और सोवियत रूस पर ऐसी पुस्तकें भी शामिल थीं, जिन्हें सरकार ने जब्त नहीं किया था। इस पुस्तकालय की पुस्तकों के चयन में लाला जगन्नाथ और लाला फिरोज चंद्रजी सहयोग देते थे।[24] लाहौर के क्रांतिकारियों ने इस पुस्तकालय से पूरा लाभ उठाया। इस काम में उन्हें पुस्तकालय के अध्यक्ष और क्रांतिकारियों के हमदर्द श्री राजाराम शास्त्री से काफी सहायता मिली थी। पुस्तकें प्राप्त करने का एक और स्रोत रामकृष्ण एंड संस नाम की किताबों की एक दुकान थी। यह दुकान लाहौर के अनारकली बाजार में थी। इसके पास इंग्लैंड से जब्तशुदा पुस्तकें मँगवाने की अच्छी व्यवस्था थी।[25]

भगत सिंह के सहकर्मी किशोरी लाल जालंधर ने उल्लेख किया है कि वर्ष 1923-24 में लाहौर में नवयुवकों एवं समाजकर्मियों की बैठक लाला लाजपतराय के घर में भी चलती थी। उनके बीच विचार चलता था कि आयरलैंड वालों का आजादी का मार्ग सही है या रूस वालों का सिद्धांत सही है। विचारों के क्रम में अधिकतर लोगों का विचार होता था कि रूस वालों का सिद्धांत सही है। वे लोग इस विषय पर भी विचार करते थे कि रूस वालों का ढंग क्या है।[26]

उस समय राष्ट्रीय स्तर पर कोई भी क्रांतिकारी संगठन सक्रिय नहीं था। बंगाल में अनुशीलन समिति एवं युगांतर कार्य कर रही थीं, पंजाब में गदर पार्टी थी। बिहार एवं उत्तर प्रदेश में हिंदुस्तान रिपब्लिकन आर्मी थी।[27]

इतिहासकारों ने क्रांतिकारी आंदोलनों की कड़ी में साइमन कमीशन के बहिष्कार का मील के पत्थर के रूप में उल्लेख किया है। साइमन कमीशन के बहिष्कार ने भारतीय स्वतंत्रता आंदोलन को एक नई दिशा दी।

साइमन कमीशन

मांटेग्यू-चेम्सफोर्ड प्रतिवेदन ने दस वर्षीय पुनरीक्षा का प्रावधान लागू किया था और भारत सरकार अधिनियम, 1919 में भी उक्त प्रावधान था। ब्रिटिश संसद् ने 1927 में उस अनुच्छेद को संशोधित करने वाले भारत सरकार (वैधानिक आयोग) अधिनियम

पारित करने के साथ सर जॉन साइमन की अध्यक्षता में सात सदस्यीय एक आयोग भारत रवाना किया।[28]

सन् 1928 में भारत के भाग्य का निपटारा करने के लिए विलायत से एक कमीशन आया, जिसके प्रमुख इंग्लैंड के प्रसिद्ध वकील सर जॉन साइमन थे। लाला लाजपतराय उन दिनों कांग्रेस से एक तरह से अलग हो रहे थे, बल्कि सच बात तो यह है कि कई मामलों में अंतिम दिनों में उन्होंने कांग्रेस का जबरदस्त विरोध किया था, जिसका अकाट्य प्रमाण जवाहरलाल नेहरू द्वारा प्रकाशित 'बंच ऑफ लेटर्स' के अंतर्गत मोतीलाल नेहरू के एक पत्र में है—''मुल्क की निगाहों में वे गिरते चले जा रहे थे; क्योंकि वे जो कुछ भी कहते थे, उसमें सांप्रदायिकता की मात्रा बहुत रहती थी।''[29]

साइमन कमीशन के छह सदस्यों में हाउस ऑफ लॉर्ड्स के सदस्य सर्वश्री विस्कॉट बुराहम एवं स्ट्रेथकॉना, हाउस ऑफ कॉमन्स के सदस्य सर्वश्री ई.सी.जी. कॉडोगन एवं जी.आर. लेन फॉक्स के अतिरिक्त लेबर पार्टी के सदस्य सर्वश्री सी.आर. एटली एवं वर्नन हर्टशॉर्न थे। लेबर पार्टी उस समय राजसत्ता के विरोधी पक्ष में थी। लेबर पार्टी के प्रतिनिधि वर्नन हर्टशॉर्न को बदलकर स्टीफेन वॉल्श को प्रतिनिधि बनाया गया, क्योंकि वनर्न हर्टशॉर्न ने काम करने की अपनी अनिच्छा व्यक्त की थी। इस कमीशन का अध्यक्ष सुप्रसिद्ध सांविधानिक अधिवक्ता और हाउस ऑफ कॉमन्स में लेबर पार्टी के प्रमुख सदस्य जॉन साइमन को बनाया गया।[30]

इस आयोग को यह पता लगाने को कहा गया कि ब्रिटिश भारत में सरकार की पद्धति किस प्रकार कार्य कर रही है, शिक्षा के विकास की क्या स्थिति है तथा प्रतिनिधि संस्थानों का कैसा विकास हो रहा है? भारत में जवाबदेह सरकार के सिद्धांत की स्थापना वांछित है भी या नहीं? यदि है तो किस हद तक? द्वितीय सदन की स्थापना की आवश्यकता है या नहीं? इस प्रश्न के साथ-साथ वर्तमान जवाबदेह सरकार की जिम्मेदारी बढ़ाई जाए, परिवर्तित की जाए अथवा सीमित की जाए? इन सब विषयों पर इसे प्रतिवेदन प्रस्तुत करने को कहा गया।[31]

साइमन कमीशन का गठन भारत की तत्कालीन शासन व्यवस्था का अध्ययन करने, ब्रिटिश भारत में शिक्षा की वृद्धि और प्रातिनिधिक संस्थानों के विकास के स्तर पर प्रतिवेदन देना था। इस कमीशन को यह देखना था कि उत्तरदायी सरकार का सिद्धांत लागू करना कहाँ तक उचित होगा। सरकार के स्वरूप में प्रसार, परिवर्तन या संकोचन एवं प्रांतीय विधान मंडलों में द्वितीय सदन की स्थापना के संबंध में भी अपना विचार देना था।[32]

नवंबर 1927 के पहले सप्ताह में वाइसराय लॉर्ड इरविन अपना दौरा रद्द कर दिल्ली वापस आए। भारत के प्रमुख राजनीतिक नेताओं को तार भेजकर संदेश दिया गया

गया कि वाइसराय 5 नवंबर, 1927 को मिलना चाहते हैं। गांधीजी उस वक्त मंगलोर में थे। सभी नेतागण यही समझे कि वाइसराय कोई जरूरी राजनीतिक वार्त्ता करना चाहते हैं। सब लोग अपना-अपना काम छोड़कर दिल्ली आए। वहाँ आने पर वाइसराय ने एक कागज थमा दिया और उन्हें विदा कर दिया। पट्टाभि सीतारामैया ने गांधीजी को उद्धृत करते हुए लिखा कि यह काम तो एक आने के लिफाफे से भी हो सकता था।[33] नेताओं ने कागज को देखा, पढ़ा और पढ़कर उनका चेहरा तमतमा गया। सबको लगा कि उनका और सारे देश का अपमान किया गया है।

उस कागज में साइमन कमीशन की नियुक्ति की सूचना थी। 5 नवंबर को यह सूचना भारतीय नेताओं को दी गई। 8 नवंबर को इसकी घोषणा सारे देश में की गई। जल्दबाजी की वजह इंग्लैंड की अंदरूनी राजनीति थी। सन् 1929 में वहाँ आम चुनाव होने वाला था। साइमन कमीशन में ब्रिटेन की तीनों प्रमुख पार्टियों—कंजर्वेटिव, लिबरल और लेबर पार्टी के प्रतिनिधि रखे गए थे। भारत का एक भी प्रतिनिधि उसमें नहीं था।

साइमन कमीशन के साथ सहयोग करने के लिए वाइसराय द्वारा नामजद एक सूची तैयार की गई। उसमें पूँजीपतियों और जमींदारों के कुछ प्रांतीय संघों के सदस्य गण, ब्रिटिश प्लांटरों व उद्योगपतियों के संगठन और उनके साथ जुड़े लोगों को रखा गया। मुस्लिम लीग में साइमन कमीशन के बहिष्कार के सवाल पर सन् 1928 में फूट पड़ गई। कमीशन के साथ सहयोग के पक्षपाती, पंजाब के संप्रदायवादी मोहम्मद शफी के नेतृत्व में एक गुट लीग से अलग हो गया। लीग के अंदर के कांग्रेसी मुसलमान भी नेतृत्व पर अधिकार के प्रयत्न में असफल होकर उससे अलग हो गए थे। ऐसी स्थिति में मुहम्मद अली जिन्ना ने नेतृत्व सँभाला। साइमन कमीशन के बहिष्कार के सवाल पर वे कांग्रेस के साथ थे। अवध के तालुकदारों, पंजाब के बड़े जमींदारों, बंगाल के जमींदारों तथा ब्रिटिश भारत के अन्य भागों के बड़े जमींदारों ने ज्ञापन प्रस्तुत कर ब्रिटिश हुकूमत के प्रति अपनी वफादारी का इजहार किया था।

कमीशन में सदस्यों के मनोनयन को लेकर सर्वप्रथम इंग्लैंड में ही आलोचना के स्वर उभरे। लॉयड नामक नेता ने सबसे पहले 'टाइम्स ऑफ इंडिया' के पूर्व संपादक स्टेनली रीड को टेलीफोन पर बताया कि "जिन लोगों को इस कमीशन में रखा गया है, उन्हें आप पसंद नहीं करेंगे और मैं भी नहीं करता हूँ।"[34]

भारतवासियों को यह स्पष्ट हो गया था कि ब्रिटिश उपनिवेशवादी सरकार स्वराज वगैरह की बात तो दूर रही, भारतवासियों को कोई भी बड़ा अधिकार नहीं देना चाहती थी। कांग्रेस का अधिवेशन दिसंबर 1927 में मद्रास में हुआ। उसमें साइमन कमीशन के बहिष्कार का नारा दिया गया।

साइमन कमीशन 3 फरवरी, 1928 को इंग्लैंड से बंबई पहुँचा। बंबई की धरती

पर कमीशन का स्वागत हड़ताल, जुलूस एवं विरोधी नारों से हुआ। ब्रिटिश शासकों ने बंबई का रंग-ढंग देखकर साइमन कमीशन को तुरंत दिल्ली रवाना किया; लेकिन वहाँ भी उसका स्वागत काले झंडों और 'गो बैक, साइमन' (वापस जाओ, साइमन) के नारों के साथ किया गया। केंद्रीय विधानसभा ने भी साइमन का स्वागत करने से इनकार कर दिया। 18 फरवरी को लाला लाजपतराय ने वहाँ प्रस्ताव रखा कि साइमन कमीशन से कोई भी संबंध कभी नहीं रखा जाएगा और इसके पक्ष में 68 एवं विपक्ष में 62 वोट आए।[35] इसके साथ ही 'साइमन, वापस जाओ' का नारा देश के कोने-कोने में गूँजने लगा।

30 अक्तूबर, 1928 को साइमन कमीशन लाहौर पहुँचा। इससे पहले ही मदन मोहन मालवीय लाहौर आ चुके थे और लाला लाजपतराय के यहाँ रुके थे। 30 अक्तूबर की सुबह केदारनाथ सहगल, भगत सिंह आदि लालाजी के यहाँ आए और अनुरोध किया कि लाला लाजपतराय संयुक्त राजनीतिक दल द्वारा आयोजित विरोध रैली का नेतृत्व करें।[36] भगत सिंह ने लालाजी से अनुमति ली कि इस विरोध रैली में नौजवान सभा एवं कांग्रेस के करीब 25,000 नवयुवक अग्रिम पंक्ति में रहेंगे। लाला लाजपतराय के नेतृत्व में विशाल जन-समूह ने साइमन कमीशन के खिलाफ प्रदर्शन करने का निर्णय लिया।

साइमन कमीशन के विरुद्ध प्रदर्शन कार्यक्रम लाहौर स्टेशन पर होने वाला था। वहाँ पुलिस बड़ी तेजी से काँटोंवाली तार लगा रही थी और एक रेलिंग-सी लगाई हुई थी। क्रांतिकारियों ने एक प्रकार से लालाजी को चारों ओर से घेर रखा था। एक नवयुवक के हाथ में छाता था, ताकि लालाजी को सूर्य की प्रखर किरणों से बचाया जा सके। जनता के हाथों में काले झंडे थे और लोग 'साइमन गो बैक' तथा 'इनकलाब जिंदाबाद' के नारे लगा रहे थे। एक ओर जहाँ लाहौर की जनता विरोध प्रदर्शन पर उतारू थी, वहीं प्रशासन इस विरोध रैली को रोकने के विषय को प्रतिष्ठा से जोड़कर देख रहा था। दोनों में से कोई पीछे हटने के लिए तैयार नहीं थे।[37] सबसे पहले रायजादा हंसराज (जालंधरवाले) ने रेलिंग पर हाथ रखा तो सांडर्स ने उन्हें दो-तीन डंडे मार दिए। इस पर लाला लाजपतराय ने सांडर्स को डाँटते हुए पूछा कि तुमने इसे क्यों मारा है? तुम कौन हो और तुम्हारी ऑथोरिटी क्या है? उन्होंने अपना नाम नहीं बताया था। सांडर्स ने लालाजी को भी पीटना आरंभ कर दिया। पहली लाठी छाती पर, दूसरी लाठी कंधे पर और तीसरी लाठी उनके माथे पर पड़ी। तत्पश्चात् स्कॉट स्वयं लाठियों से धुनाई करने लगा। लालाजी का पूरा शरीर खून से लथपथ हो गया। इतने में डॉ. सतपाल ने उनको पीछे कर दिया। सतपाल को भी कई लाठियाँ लगीं।[38] लालाजी को बचाने के लिए डॉ. गोपीचंद्र भी आगे आए।[39]

लाठी प्रहार से मर्मांतक होने के बावजूद लाला लाजपतराय के प्रतिरोध करने की क्षमता और जोश पर कोई विपरीत प्रभाव नहीं पड़ा। 30 अक्तूबर, 1928 को संध्या काल लाहौर के मोरी गेट पर साइमन कमीशन के विरोध में आयोजित सभा को लालाजी

ने संबोधित करते हुए कहा कि "मेरे शरीर पर पड़ी हर लाठी, ब्रिटिश साम्राज्यवाद के कफन की अंतिम कील साबित होगी।"[40] पुलिस के लाठी प्रहार से वे शय्यागत हो गए। लाठी-चार्ज के बाद एक लहर चली कि इसकी निष्पक्ष जाँच होनी चाहिए। सरकार ने इस लाठी-चार्ज की निष्पक्ष जाँच की माँग को अस्वीकार कर दिया।[41]

लालाजी 18 दिनों तक ही जिंदा रह सके। 17 नवंबर, 1928 को लाला लाजपतराय का इस चोट के कारण देहांत हो गया।[42]

लाला लाजपतराय के देहांत से पूरे देश में शोक व क्रोध की लहर दौड़ गई। सी.आर. दास की विधवा वासंती देवी ने देश के युवाओं को ललकारा—"क्या कोई युवक इतने बड़े राष्ट्रीय अपमान का बदला नहीं लेगा?"[43]

इस घटना की चर्चा ब्रिटेन के हाउस ऑफ कॉमंस में सदन के सदस्य वेडगुड ने भी की। उन्होंने सरकार से अनुरोध किया कि वह सदन को इस बात की स्पष्ट जानकारी दे कि सरकार लाला लाजपतराय की मृत्यु के लिए किसी प्रकार दोषी नहीं है। लेकिन सरकार यह मानने के लिए तैयार नहीं हुई कि लालाजी की मृत्यु के लिए सरकार दोषी है। सरकार ने सदन में उत्तर दिया कि ऐसे कोई साक्ष्य सामने नहीं आए, जिससे यह साबित हो सके कि लाठी-चार्ज के दौरान घायल होने के कारण ही लालाजी की मृत्यु हुई।[44]

साइमन कमीशन का विरोध पूरे भारत में हुआ। 9 दिसंबर, 1928 को बिहार प्रांत के कांग्रेस सदस्यों की बैठक हुई।[45] पटना में डॉ. राजेंद्र प्रसाद के नेतृत्व में साइमन कमीशन के बहिष्कार का कार्यक्रम रखा गया था, जो लगभग शांतिपूर्ण रहा। 12 दिसंबर, 1928 को कड़कड़ाती सर्दी में हार्डिंग (शहीद) पार्क के एक किनारे पर कमीशन के पक्षधरों को खड़ा करवाया गया था, जिनकी संख्या अधिक से अधिक 150-200 होगी। उनमें से अधिकतर सरकारी कर्मचारी और चपरासी ही थे। उसी पार्क के दूसरे किनारे पर करीब 30 हजार प्रदर्शनकारी गण हाथों में 'साइमन गो बैक' की तख्ती लिये हुए नारेबाजी कर रहे थे। गांधीजी द्वारा अहिंसा के उद्‌देश्य को प्रचारित करने का यह असर हुआ कि इतनी बड़ी संख्या में प्रदर्शनकारियों की उपस्थिति के बावजूद किसी तरह की हिंसा नहीं हुई। तत्कालीन इंस्पेक्टर जनरल मि. स्वैन साइमन कमीशन के विरोध की काररवाई पर नजर रखे हुए थे; लेकिन इसके बाद पूरे राज्य में 'साइमन, गो बैक' के नारे बिहार के बच्चों की जुबान पर आ गए।[46]

संदर्भ—

1. के.के. दत्त, 'द कंप्रीहेंसिव हिस्टरी ऑफ बिहार', खंड-III, पार्ट-I, पृ. 272
2. मन्मथनाथ गुप्त, भारतीय क्रांतिकारी आंदोलन का इतिहास, आत्माराम एंड संस, कश्मीरी गेट, दिल्ली-110006, पृ. 235

3. अयोध्या सिंह, 'भारत का मुक्ति संग्राम', मैकमिलन इंडिया लिमिटेड, नई दिल्ली, प्रथम संस्करण 1977, पृ. 544
4. हिंदू, 9 जनवरी, 1929
5. अयोध्या सिंह, पृ. 549
6. सुबोध राय, 'कम्युनिज्म इन इंडिया', भारत के सचिव के नाम वाइसराय का 8 जुलाई, 1928 का तार : 1925-1934, पृ. 33
8. वही, भारत सचिव के नाम वाइसराय का 23 सितंबर, 1928 का तार, पृ. 40
9. पट्टाभि सीतारामैया, 'हिस्टरी ऑफ इंडियन नेशनल कांग्रेस', पृ. 555-56
10. द लेजिस्लेटिव असेंबली डिबेट्स, भाग 1, 1929, पृष्ठ 531-32
11. शिवानी किंकर चौबे, 'भारत में उपनिवेशवाद : स्वतंत्रता संग्राम और राष्ट्रवाद', ग्रंथ शिल्पी (इंडिया) प्रा. लि., जी-82, विजय चौक, लक्ष्मी नगर, दिल्ली-92, पृ. 118
12. मालविंदरजीत सिंह वड़ाइच, पृ. 70
13. चमन लाल, 'भगत सिंह', मेधा बुक्स, नवीन शाहदरा, दिल्ली-32
14. मालविंदरजीत सिंह वड़ाइच, पृ. 70
15. बिपिन चंद्र, 'भारत में उपनिवेशवाद और राष्ट्रवाद', अनामिका पब्लिशर्स एंड डिस्ट्रिब्यूटर्स, 29ए, पॉकेट डी, दीप इन्क्लेव, अशोक विहार-III, दिल्ली-110052, पृ. 198
16. शिवानी किंकर चौबे, पृ. 130
17. मालविंदरजीत सिंह बड़ाइच व गुरुदेव सिंह सिद्धू, 'भगत सिंह को फाँसी', राजकमल, 2010, पृ. 73
18. वही, पृ. 206
19. सुबोध राय, 'कम्युनिज्म इन इंडिया', 1925-34, पृ. 39
20. भगवान सिंह राणा, 'भगत सिंह, एन इमॉर्टल रिवॉल्यूशन ऑफ इंडिया', डायमंड पॉकेट बुक्स प्रा.लि., एक्स-30, ओखला इंडस्ट्रियल एरिया, फेज-2, नई दिल्ली-110020, पृ. 28
21. मालविंदरजीत सिंह वड़ाइच, पृ. 50
22. भगवान सिंह राणा, पृ. 29
23. बिपिन चंद्र, पृष्ठ 230-231
24. मालविंदरजीत सिंह वड़ाइच, पृ. 50
25. मालविंदरजीत सिंह वड़ाइच व गुरुदेव सिंह सिद्धू, 'भगत सिंह को फाँसी', राजकमल, 2010, पृ. 33
26. चमनलाल, 'भगत सिंह', मेधा बुक्स, नवीन शाहदरा, दिल्ली 110032, 2009, पृ. 216
27. मालविंदरजीत सिंह वड़ाइच, 'भगत सिंह द इटर्नल रिबेल', पृ. 70
28. शिवानी किंकर चौबे, 'भारत में उपनिवेशवाद : स्वतंत्रता संग्राम और राष्ट्रवाद', पृ. 124
29. मन्मथनाथ गुप्त, 'भारतीय क्रांतिकारी आंदोलन का इतिहास'
30. के.के.दत्त, 'फ्रीडम मूवमेंट इन बिहार', खंड-2, पृ. 3
31. शिवानी किंकर चौबे, पृ. 124
32. इंडिया इन 1925-1928 (कलकत्ता 1928), पृ. 385
33. पट्टाभि सीतारामैया, 'हिस्टरी ऑफ इंडियन नेशनल कांग्रेस', पृ. 535

34. स्टेनली रीड, 'दि इंडिया आई नो', 1897–1947, पृ. 191
35. द लेजिस्लेटिव असेंबली डिबेट्स (दिल्ली, 1928), भाग–1, खंड–1
36. मालविंदरजीत सिंह वड़ाइच, पृ. 49
37. डॉ. भगवान सिंह राणा, पृ. 35
38. चमनलाल, 'भगत सिंह', पृ. 218
39. मालविंदरजीत सिंह वड़ाइच, पृ. 49
40. चमनलाल, 'भगत सिंह', पृ. 23
41. मन्मथनाथ गुप्त, पृष्ठ 227
42. चमनलाल, 'भगत सिंह', पृष्ठ–219
43. वही, पृ. 23
44. डॉ. भगवान सिंह राणा, 'भगत सिंह', पृ. 36
45. पी.एन. ओझा, 'हिस्टरी ऑफ इंडियन नेशनल कांग्रेस इन बिहार', 1885–1985, के.पी. जायसवाल रिसर्च इंस्टीट्यूट, 1985, पृ. 329
46. वही, पृ. 271

□

हिंदुस्तान रिपब्लिकन आर्मी का गठन

शचींद्र नाथ सान्याल, योगेश चंद्र चटर्जी और रामप्रसाद बिस्मिल के नेतृत्व में वर्ष 1924 में हिंदुस्तान रिपब्लिकन आर्मी की स्थापना की गई थी। भारत नौजवान सभा की स्थापना के कुछ समय बाद ही भगत सिंह कानपुर आ गए। वहाँ उन्होंने हिंदुस्तान रिपब्लिकन आर्मी के साथ संपर्क स्थापित किया, जिसका मुख्य कार्यक्षेत्र संयुक्त प्रांत था। गाँव के नौजवानों को क्रांतिकारी गतिविधियों के बारे में जानकारी देने के लिए ये लोग क्रांतिकारियों के फोटो के साथ उनकी जीवनी के बारे में लोगों को बताते थे। भगत सिंह ने इस कार्य में बटुकेश्वर दत्त की मदद ली। इसमें वे मैजिक लैंटर्न का भी प्रयोग करते थे।[1]

हालाँकि भारत में क्रांतिकारी संगठनों की कमी नहीं थी, परंतु अधिकतर संगठन क्षेत्रीय स्तर पर कार्यरत थे। उनका कोई अखिल भारतीय संगठन नहीं था, जो सभी संगठनों के बीच समन्वय स्थापित कर क्रांतिकारी गतिविधियों को दिशा देता। इस उद्देश्य की पूर्ति के लिए पंजाब, संयुक्त प्रांत, आगरा व अवध, राजपूताना और बिहार-उड़ीसा के क्रांतिकारी गुप्त संगठनों के सदस्यों ने मिलकर हिंदुस्तान रिपब्लिकन सोशलिस्ट एसोसिएशन की स्थापना की। यह इन सब गुटों का ऐक्यबद्ध संगठन था। इसकी स्थापना में भगत सिंह, सुखदेव, चंद्रशेखर आजाद वगैरह सक्रिय थे।

भगत सिंह की विशेष क्रांतिकारी देन यही है कि उनके समय से क्रांतिकारियों का आदर्श समाजवादोन्मुखी हो गया तथा उनका मानसिक धरातल भी परलोकापेक्षी धार्मिक होने के स्थान पर इहलोकापेक्षी सामाजिक ही विशेषत: हो गया। काकोरी युग के पं. रामप्रसाद बिस्मिल, शचींद्रनाथ सान्याल, योगेशचंद्र चटर्जी आदि का भारतीय प्रजातंत्र संघ भगत सिंह और उनके साथियों के प्रभाव से हिंदुस्तानी समाजवादी प्रजातंत्र के रूप में विकसित हुआ।

9 एवं 10 सितंबर, 1928 को दिल्ली के फिरोजशाह तुगलक किले के ऐतिहासिक खंडहरों में युवा क्रांतिकारियों की आयोजित गुप्त बैठक में पाँच प्रांतों से दस क्रांतिकारियों

ने भाग लिया। इस सभा में नए एवं पूर्ण कार्यक्रम की रूपरेखा तैयार हुई, नए नेतृत्व का चयन किया गया और एक अलग नाम भी रखा गया—हिंदुस्तान सोशलिस्ट रिपब्लिकन एसोसिएशन (आर्मी)।[2] 'सोशलिस्ट' शब्द जोड़ने का प्रस्ताव भगत सिंह द्वारा लाया गया और इसका समर्थन सुखदेव, विजय कुमार सिन्हा एवं शिव वर्मा ने किया था। बैठक में भगत सिंह, सुखदेव, विजय कुमार सिन्हा, शिव वर्मा, सुरेंद्रनाथ पांडेय, कुंदनलाल, ब्रह्मदत्त मिश्रा, जयदेव कपूर, फणींद्रनाथ घोष, मनमोहन बैनर्जी आदि उपस्थित थे। देश भर में बिखरे क्रांतिकारी संगठन अनुशीलन, युगांतर, हिंदुस्तान प्रजातांत्रिक सेना, बनारस, रिवॉल्यूशनरी पार्टी आदि क्षेत्रीय दलों का एकीकरण किया गया था और चंद्रशेखर आजाद को सशस्त्र दल का नेता अर्थात् कमांडर इन चीफ बनाया गया था।

इसमें बिहार के दो, पंजाब के दो, राजस्थान के एक और संयुक्त प्रांत (उत्तर प्रदेश) के पाँच क्रांतिकारियों ने भाग लिया। संयुक्त प्रांत के दो साथियों ने बैठक में भाग लेने से इनकार कर दिया, क्योंकि दूसरे साथियों ने उनकी कुछ शिकायतों को नहीं माना था। इस प्रकार, केवल आठ साथियों ने ही बातचीत में भाग लिया। चंद्रशेखर आजाद को सुरक्षा की दृष्टि से दिल्ली नहीं लाया गया था, लेकिन सभी मुद्दों पर उनसे पूर्व में ही सहमति ले ली गई थी।[3] दिल्ली की केंद्रीय बैठक में साइमन कमीशन पर हमले, योगेशचंद्र चटर्जी एवं शचींद्र सान्याल को जेल से छुड़ाने तथा बम फैक्ट्रियों को स्थापित करने के प्रस्ताव भी पारित हुए। यह भी तय हुआ कि दल के सक्रिय सदस्य अपने परिवारजनों से संपर्क नहीं रखेंगे और घर छोड़ देंगे।

भगत सिंह और भगवतीचरण वोहरा की बुद्धि तीव्र थी। उनमें अपने विचारों को लिखित रूप में अभिव्यक्त करने की विलक्षण योग्यता भी थी। आंदोलन के सिद्धांतकारों में शिव वर्मा, विजय कुमार सिन्हा, सुखदेव और यशपाल आदि थे। चंद्रशेखर आजाद में सैन्य नेता के सारे गुण मौजूद थे, परंतु अंग्रेजी में लिखी पुस्तकों के भावार्थ वे दूसरों से पढ़वाकर समझते थे। भगवतीचरण वोहरा ने 'द फिलॉसफी ऑफ द बंब' (बम का दर्शन) आजाद के साथ हुई चर्चा एवं उनके कहने पर ही तैयार की थी। इसके नेताओं ने क्रांतिकारी आंदोलन की बड़ी-बड़ी समस्याओं के बारे में अपने विचार 'बम का दर्शन' नामक पुस्तिका में प्रकट किए थे, जो सन् 1929 में गैर-कानूनी तरीके से छापी गई थी।

उसके नाम के साथ 'सोशलिस्ट' शब्द नौजवानों के अंदर समाजवाद की बढ़ती लोकप्रियता का सूचक था। समाजवाद क्रांतिकारी संघर्ष का आवश्यक दौर है, इसे स्पष्ट रूप से और अच्छे शब्दों में हिंदुस्तान रिपब्लिकन सोशलिस्ट एसोसिएशन के नीति संबंधी वक्तव्यों में प्रकट किया गया। इसके सैनिक संगठन का नाम रिपब्लिकन आर्मी पूर्ववत् बना रहा। हिंदुस्तान रिपब्लिकन सोशलिस्ट एसोसिएशन का अंतिम लक्ष्य स्वाधीनता प्राप्त

करना और समाजवादी राज्य की स्थापना था। उसके आंदोलन का मुख्य रूप आतंकवाद के साथ-साथ जन-आंदोलन था।[4]

दिसंबर 1928 में भगत सिंह कलकत्ता गए। बंगाल के प्रसिद्ध क्रांतिकारियों में त्रैलोक्य चक्रवर्ती, पुतुल चंद्र गांगुली आदि उस समय जेल से छूटकर बाहर आ चुके थे। भगत सिंह ने उन दोनों से मुलाकात की। उन्होंने बताया कि दिल्ली मीटिंग के लिए बंगाल को आमंत्रित करने जो साथी पहले आए थे, उन्हें दुर्भाग्यवश एक गलत आदमी से मिला दिया गया था। भगत सिंह ने दोनों नेताओं को दिल्ली के फैसलों से अवगत कराया और सभी मुद्दों पर उनकी सहमति भी प्राप्त कर ली। उन्होंने उत्तर भारत के कुछ साथियों को बम बनाने का प्रशिक्षण देने के लिए यतींद्रनाथ दास को आगरा भेजने के लिए सहमति भी प्राप्त कर ली।[5]

नई क्रांतिकारी पार्टी (सद्यः गठित हिंदुस्तान सोशलिस्ट रिपब्लिकन आर्मी) भारत के सभी भागों में सक्रिय थी।[6] इस पार्टी के दो प्रमुख सदस्य श्री फणींद्र नाथ घोष और सरदार भगत सिंह को बिहार में पार्टी के काम का भार सौंपा गया था। भगत सिंह सितंबर 1928 में बिहार आए।

हिंदुस्तान सोशलिस्ट रिपब्लिकन आर्मी के कार्यक्रम और विचारधारा में पुराने व नए का सम्मिश्रण था। हिंदुस्तान रिपब्लिकन आर्मी के युवा क्रांतिकारियों को जहाँ एक ओर पुराने कार्यक्रम को जारी रखने का अवसर मिला, वहीं उन्हें नए एवं उच्च कोटि के कार्यक्रमों को तैयार करने तथा कार्यान्वित करने की सुविधा भी प्राप्त हुई। परिणामस्वरूप एक ऐसा क्रांतिकारी कार्यक्रम तैयार हुआ, जिसमें विकसित क्रांतिकारी समाजवादी कार्यक्रम के साथ-साथ व्यक्तियों अथवा समूहों द्वारा की जानेवाली सशस्त्र क्रांतिकारी कार्रवाइयों को भी शामिल किया गया।

कुछ दिनों बाद आगरा में दो मकान किराए पर लिये गए। एक मकान में बम बनाने का काम होता था और दूसरे में क्रांतिकारी रहते थे। इस एसोसिएशन ने बम बनाने के कारखाने स्थापित किए और हथियार इकट्ठा किए। बम बनाने में सहायता के लिए बंगाल के सुप्रसिद्ध क्रांतिकारी यतींद्रनाथ दास को खासतौर पर कलकत्ता से पंजाब बुलाया गया था और उसके बाद वे आगरा पहुँचे थे। बम बनाने का प्रशिक्षण लेनेवालों में चंद्रशेखर आजाद, भगत सिंह, सुखदेव, राजगुरु, बटुकेश्वर दत्त, शिव वर्मा, जयदेव कपूर, सदाशिवराव मलकापुरकर, भगवानदास माहौर तथा अन्य कुछ लोग थे।[7]

हिंदुस्तान सोशलिस्ट रिपब्लिकन एसोसिएशन द्वारा जो प्रथम तीन बम फैक्टरी स्थापित की गईं, उनमें आगरा में अवस्थित बम फैक्टरी थी और वहाँ पर बटुकेश्वर दत्त को रखने का फैसला किया गया। बटुकेश्वर दत्त घर छोड़ चुके थे, अतः वहाँ रहने में उन्हें कोई कठिनाई नहीं हुई।

आगरा में बम फैक्टरी स्थापित करने के पीछे क्रांतिकारियों के कई उद्देश्य थे। कानपुर में क्रांतिकारियों की अधिक आवा-जाही के कारण ब्रिटिश खुफिया एजेंसी वहाँ अधिक सक्रिय हो गई थी, इसलिए दल द्वारा निर्णय लिया गया कि आगरा में दल का मुख्यालय बनाया जाए। दूसरा उद्देश्य था कि काकोरी षड्यंत्र केस में योगेशचंद्र चटर्जी आगरा जेल में बंद थे और उन्हें वहाँ से छुड़ाना था। शिव वर्मा द्वारा आगरा के नूरी गेट के पास प्रथम मंजिल पर एक मकान पाँच रुपए प्रतिमाह किराए पर लिया गया था। आगरा में ही हींग की मंडी तथा नाई की मंडी में दो अलग-अलग मकान किराए पर लिये गए थे। नाई की मंडीवाले मकान का किराया 13 रुपए प्रतिमाह था और उसका उपयोग दल के सदस्यों के रहने के लिए किया जाता था, जबकि हींग की मंडी (मकान संख्या 178 4) वाले मकान, जिसका किराया 15 रुपए प्रतिमाह था, का उपयोग बम फैक्टरी के लिए किया जाता था। बम फैक्टरी का आरंभ 14 फरवरी, 1929 के दोपहर बाद आरंभ हुआ। शुरुआत में भगत सिंह एवं सुखदेव (पंजाब), फणींद्रनाथ घोष (बिहार), ललित मुखर्जी (संयुक्त प्रांत), सदाशिव मलकापुरकर (झाँसी) को लिया गया और बाद में बटुकेश्वर दत्त, राजगुरु, शिव वर्मा, विजय कुमार सिन्हा, चंद्रशेखर आजाद, जयदेव कपूर, वैशंपायन आदि भी इस कार्य में शामिल हो गए। 24 फरवरी को प्रथम पाँच बम बनाए गए, जिनमें एक बम बटुकेश्वर दत्त ने भी बनाया था।[8]

क्रांतिकारी योगेशचंद्र चटर्जी को पुलिस हिरासत से छुड़ाने की योजना बनी, परंतु वह सफल नहीं हो सकी। इससे क्रांतिकारियों में हताशा की भावना थी। साइमन कमीशन पर नागपुर में बम फेंकने की योजना भी इसलिए सफल नहीं हो पाई, क्योंकि दल के पास धन का पूर्णतः अभाव था। इस बीच भगत सिंह कलकत्ता में आयोजित कांग्रेस के राष्ट्रीय अधिवेशन से भाग लेकर लौटे थे और स्वराज के मुद्दे पर कांग्रेस के पीछे हटने के निर्णय पर बहुत ही दुःखी हुए थे।

सांडर्स हत्याकांड

लाला लाजपतराय की शहादत के समय क्रांतिकारी समिति के कई सदस्य लाहौर में मौजूद थे। उन्होंने जल्दी से अपनी एक सभा बुलाई, जिसमें यह तय हुआ कि चूँकि सारे भारतवर्ष की माँग है, इसलिए लाला लाजपतराय की शहादत का बदला लिया जाए। 9 एवं 10 दिसंबर को क्रांतिकारी समिति की बैठक लाहौर के मजंग भवन में हुई। उस बैठक में चंद्रशेखर आजाद, भगत सिंह, सुखदेव, बी.के. सिन्हा, कुंदन लाल आदि उपस्थित थे।[9] उसी बैठक में तय हुआ कि लाला लाजपतराय की हत्या के लिए जिम्मेदार पुलिस अफसर को मार डाला जाए।[10]

उस वक्त विश्वास किया जाता था कि लाला लाजपतराय की मृत्यु साइमन कमीशन

के खिलाफ प्रदर्शन के दौरान स्कॉट की लाठी के आघातों से हुई थी। क्रांतिकारियों ने खून का बदला खून से लेने का निर्णय लिया और स्कॉट को मृत्युदंड देने का फैसला किया। भगत सिंह ने बैठक में ही संकल्प लिया कि सिर्फ स्कॉट को नहीं, अनेक अंग्रेज अफसरों को मृत्युदंड दिया जाएगा, यहाँ तक कि गवर्नर को भी जिंदा नहीं रहने दिया जाएगा। एक भारतीय की मृत्यु का बदला दस अंग्रेजों को मारकर लिया जाएगा।[11] बैठक में दुर्गा देवी भी उपस्थित थीं और उन्होंने निर्णय सुनाया कि सर्वप्रथम स्कॉट का वध किया जाए। भगत सिंह ने यह जिम्मेवारी अपने ऊपर ली। वध के लिए दल द्वारा चार व्यक्ति नियुक्त हुए—1. चंद्रशेखर आजाद, 2. शिवराम राजगुरु, 3. भगत सिंह, 4. जयगोपाल। हालाँकि दुर्गा देवी ने इस बात के लिए दबाव डाला कि वे स्वयं भी इस समूह में रहेंगी, परंतु चंद्रशेखर आजाद ने निर्णय सुना दिया कि महिलाओं को ऐसे एक्शन से दूर रखा जाना चाहिए। क्रांतिकारियों को शहर से बाहर भेजने के कार्य में महिलाओं की मदद ली जाएगी।[12]

तदनुसार जयगोपाल मिस्टर स्कॉट की टोह में रहने लगे। चंद्रशेखर आजाद को इस पूरे एक्शन की देखरेख करनी थी। लाहौर के एस.पी. कार्यालय पर स्कॉट के आने-जाने पर निगाह रखने के लिए जयगोपाल को जिम्मेदारी दी गई। 13 व 15 दिसंबर, 1928 को समिति की पुनः बैठक हुई और इसमें जयगोपाल द्वारा सारा विवरण प्रस्तुत किया गया। इसके बाद स्कॉट के वध का पूरा खाका तैयार किया गया। प्रत्येक सदस्य को अलग-अलग कार्य दिया गया। जयगोपाल को यह कहा गया कि वह कार्यालय के बाहर खड़ा रहेगा और जैसे ही स्कॉट अपने कार्यालय से बाहर निकलेगा, वह रूमाल हिलाकर इसका इशारा करेगा। राजगुरु एवं भगत सिंह स्कॉट को गोली मारेंगे। चंद्रशेखर आजाद और सुखदेव को यह जिम्मेदारी मिली कि जब राजगुरु और सुखदेव हत्या करने के बाद भागेंगे तो उनका पीछा कोई नहीं करे।[14] 17 दिसंबर को जयगोपाल को अपने कार्य में लगा दिया गया। स्कॉट का कार्यालय पंजाब सिविल सचिवालय के अंदर था। गलती जयगोपाल से हुई और वह स्कॉट को ठीक से नहीं पहचान पाया। स्कॉट की जगह सांडर्स कार्यालय से निकला था और जयगोपाल ने उसे ही स्कॉट समझ लिया। जयगोपाल अपनी साइकिल के साथ इस प्रकार खड़ा था, ताकि लोगों को यह लगे कि उसकी साइकिल खराब हो गई है। साइकिल के साथ जयगोपाल को भेजने के पीछे एक और कारण था कि यदि किसी कारणवश स्कॉट पर चलाई गई गोली उसे नहीं लगती है तो साइकिल से स्कॉट का पीछा किया जाए और उसे गोली मार दी जाए। भगत सिंह और राजगुरु गेट के एक तरफ खड़े थे। कार्यालय के ठीक विपरीत डी.ए.वी. कॉलेज का परिसर था और आजाद वहाँ खड़े थे। इसी रास्ते से भगत सिंह और राजगुरु को गोली चलाने के बाद भागना था। आजाद के पास उस समय माउजर पिस्तौल था और उसकी मारक क्षमता सामान्य पिस्तौल से अधिक

थी। आजाद की जेब में अलग से दो गोलियों की दो मैगजीन थीं।[15]

विजय कुमार एवं शिव वर्मा को सशस्त्र टुकड़ी की सहायता करने के लिए लगाया गया और राजगुरु पैदल निकले। बाकी लोग साइकिल पर थे। क्रांतिकारी दल ने सांडर्स को नहीं, बल्कि स्कॉट को, यानी उसके बड़े अफसर को मारना चाहा था, पर पहचानने में गलती के कारण सांडर्स मारा गया। 17 दिसंबर, 1928 की शाम लगभग चार बजे हैट पहने सांडर्स अपनी मोटर साइकिल से कार्यालय से निकला। जयगोपाल उसे स्पष्ट न पहचान सका और उसने इशारा कर दिया। सांडर्स जैसे ही सड़क पर आया, राजगुरु ने उसकी गरदन पर गोली चला दी, क्योंकि वह एक्शन में हमेशा आगे रहना चाहता था। हालाँकि तय योजना के मुताबिक भगत सिंह को गोली चलानी थी। वह लड़खड़ाकर वहीं गिर गया। भगत सिंह थोड़ी दूर पर थे और सारी घटना को देख रहे थे। भगत सिंह ने पहचान कर कहा कि "पंडितजी, यह स्कॉट नहीं है।"[16]

कोई धोखा न रह जाए, इसलिए भगत सिंह आगे बढ़े और सांडर्स पर कई गोलियाँ बरसा दीं। इसके बाद वे डी.ए.वी. कॉलेज की ओर भागे। हेड कांस्टेबल चनन सिंह और मिस्टर फार्न इन सारी गतिविधियों को देख रहे थे। भगत सिंह आदि को खदेड़ने के लिए चनन सिंह और फार्न दोनों बढ़े, परंतु भगत सिंह ने एक गोली फार्न को मारी और वह वहीं रुक गया, लेकिन चनन सिंह पर मौत सवार थी। इधर भगत सिंह और राजगुरु डी.ए.वी. कॉलेज के अहाते में एक छोटे से दरवाजे में घुस गए और चनन सिंह ने वहाँ तक उनका पीछा किया। अभी तक चंद्रशेखर आजाद चुप थे। जब उन्होंने देखा कि चनन सिंह इस कदर पीछा कर रहा है तो उन्होंने अपने माउजर पिस्तौल से चनन सिंह को ढेर कर दिया।[17] लाहौर का माहौल एकदम गरम हो उठा।

ट्रैफिक इंस्पेक्टर डब्ल्यू.जी. फार्न ने 17 दिसंबर, 1929 को सांडर्स हत्याकांड की प्रथम सूचना रिपोर्ट थाने में दर्ज करवाई, जिसके अनुसार करीब 4 बजकर 25 मिनट पर यह घटना हुई थी। यह थाना अनारकली में 164 नंबर एफ.आई.आर. के रूप में दर्ज हुई और भारतीय दंड विधान की धारा 302, 120(बी), 109 के तहत मुकदमा दर्ज किया गया और मोहर्रर अहमद अली ने फारसी में इसे दर्ज भी किया। अनारकली थाने के इंस्पेक्टर मणिराम ने इस संबंध में थाना डायरी में दिनांक 17 दिसंबर को ही दर्ज किया कि जाँच कार्य जारी है।[18]

इस एक्शन के कुछ सप्ताह पहले भगत सिंह ने फिरोजपुर जाकर अपने बाल वगैरह कटवा लिये थे और अब सिर्फ मूँछ रखे थे।[19] इस वेश में लाहौर में उन्हें कोई नहीं पहचानता था। 18 दिसंबर की रात लाहौर में पोस्टर लगाया गया, जिसमें कहा गया कि लाला लाजपतराय की मृत्यु का बदला ले लिया गया है।[20]

क्रांतिकारियों द्वारा अंग्रेज सरकार को बहुत बड़ी चुनौती दी गई थी। सांडर्स के वध

की गूँज पूरे भारत में फैली। भारतवासियों ने क्रांतिकारियों द्वारा किए गए कृत्य को लाला लाजपतराय की हत्या का बदला माना। इस अवसर पर जवाहरलाल नेहरू ने लिखा—"जब लालाजी मरे तो उनकी मृत्यु अनिवार्य रूप से उन पर जो हमला हुआ था, उसके साथ संयुक्त हो गई और दुःख से कहीं बढ़कर देश के लोगों में क्रोध भड़क उठा। इस बात को समझने की आवश्यकता है, क्योंकि उसके समझने पर ही हमें बाद की घटनाओं, विशेषकर भगत सिंह और उत्तर भारत में उनकी आकस्मिक और अद्भुत ख्याति समझ में आ सकती है। किसी कार्य की नींव का कारण समझे बिना उसके करने वाले की प्रशंसा या निंदा करना आसान है। भगत सिंह को पहले बहुत से लोग नहीं जानते थे। उनकी प्रसिद्धि एक हिंसात्मक या क्रांतिकारी कार्य के लिए नहीं हुई। भगत सिंह इसलिए प्रसिद्ध हुए कि ऐसा ज्ञात हुआ कि उन्होंने कम-से-कम उस समय के लिए लाला लाजपतराय की और इस प्रकार उनके जरिए से सारे देश के सम्मान की रक्षा की। वह एक प्रतीक हो गया। लोग इस कार्य को तो भूल गए, किंतु यह प्रतीक कुछ महीनों के अंदर फैल गया और पंजाब का हर गाँव और शहर तथा उत्तर भारत उसके नामों से गूँजने लगा।"[21]

अंग्रेज सरकार सांडर्स के हत्यारों को किसी भी स्थिति में गिरफ्तार करना चाहती थी। इस हत्या के बाद पूरा ब्रिटिश सरकारी तंत्र हिल गया था। सांडर्स के वध के बाद सभी क्रांतिकारियों ने लाहौर छोड़ दिया और बाहर निकल गए।

क्रांतिकारियों को लगा कि अब लाहौर में रहना मुश्किल है और वे लोग लाहौर से बाहर जाने की युक्ति सोचने लगे। रेलवे स्टेशन पर सी.आई.डी. की जबरदस्त नजर थी और इस बात को क्रांतिकारी भी जानते थे। सुखदेव ने इसकी जिम्मेदारी सँभाली। 19 दिसंबर, 1928 को 8 बजे शाम भगत सिंह को लेकर सुखदेव और राजगुरु दुर्गा भाभी के यहाँ पहुँचे।[22] दुर्गा भाभी के पति भगवती चरण वोहरा उन दिनों दल के काम से कलकत्ता गए थे। जिस समय भगत सिंह आदि वहाँ पहुँचे, दुर्गा भाभी के घर में संस्कृत का शिक्षक संस्कृत पढ़ा रहा था। सुखदेव ने दुर्गा भाभी से इस संस्कृत शिक्षा को त्यागने की सलाह दी। उनके इशारे पर संस्कृत शिक्षक को उस दिन घर से जाने का इशारा कर दिया गया। उन्होंने कहा कि सांडर्स के हत्यारे को लाहौर से बाहर भेजना है। इस कार्य में उनकी मदद चाहिए और इस दरम्यान गोलीबारी भी हो सकती है। दुर्गा भाभी ने उनसे पूछा कि वह कौन है? सुखदेव के साथ भगत सिंह भी थे, लेकिन उनकी नजर दूसरी ओर थी। भगत सिंह लंबा कोट एवं यूरोपियन हैट पहने हुए थे। सुखदेव ने भगत सिंह की ओर इशारा करते हुए कहा कि यही आदमी है और क्या दुर्गा भाभी इसे पहचानती हैं? दुर्गा भाभी ने कहा कि नहीं। सुखदेव ने कहा कि **वही जाटू हैगा, जिसनूँ सँगतरे खुआए सी।** अब दुर्गा भाभी की नजर भगत सिंह पर पड़ी और उनके मुँह से हठात् निकला—भगत। जोर की हँसी हुई। दुर्गा भाभी ने बाद में एक साक्षात्कार में बताया कि जब कभी भगत सिंह

घर आते थे तो घर में रखे फल या ड्राईफ्रूट उन्हें खाने के लिए दे देती थी। चूँकि पुलिस की नजर उनके घर पर बराबर रहती थी, इसलिए भगत सिंह को साहब के वेश में लाया गया और राजगुरु को नौकर के वेश में। राजगुरु के हाथ में एक पोटलीनुमा कुछ चीजें थीं, शायद नौकर के वेश के लिए जरूरी सामान थे। दुर्गा भाभी ने उसे नौकर ही समझ खाना एक प्लेट में घर के बाहर भिजवा दिया था, जबकि भगत सिंह को साहब की तरह व्यवहार करते हुए खाना दिया गया। इस बात को लेकर दुर्गा भाभी को बहुत अफसोस होता था कि उस दिन राजगुरु के साथ नौकर का-सा व्यवहार किया गया।[23]

सुखदेव ने दुर्गा भाभी से घर में रखे कुछ रुपयों की भी माँग की। दुर्गा भाभी ने निस्संकोच घर में रखे पाँच सौ रुपए निकालकर सुखदेव को दे दिए। पैसे लेकर सुखदेव घर से बाहर गए और ट्रेन का टिकट खरीद लाए।[24] आधे घंटे के बाद सुखदेव पुनः घर पर पहुँचे और दुर्गा भाभी से पूछा कि क्या आप छुट्टी ले सकती हैं? दुर्गा भाभी उस समय स्कूल में शिक्षिका थीं और 21 तारीख से क्रिसमस की छुट्टी होने वाली थी। उन्होंने हामी भर दी, लेकिन सुखदेव ने कहा कि कल सुबह ही उन्हें निकलना है और उनके साथ उनका छोटा पुत्र शची भी होगा। दुर्गा देवी ने पुनः स्वीकारात्मक उत्तर दे दिया।[25] लाहौर स्थित दुर्गा भाभी के घर में दो किराएदार रहते थे, जिनमें से एक सी.आई.डी. का आदमी था और इस प्रकार उनके घर पर पुलिस की नजर हमेशा बनी रहती थी। इस स्थिति में कोई भी क्रांतिकारी उनके घर पर बहुत ही सतर्क होकर आते थे। सी.आई.डी. का आदमी दुष्ट प्रकृति का भी था। दुर्गा भाभी अकेली रहती थीं और वह हमेशा इस ताक में रहता था कि किस प्रकार इस अकेली औरत को बदनाम करा दे।[26]

दूसरे दिन सुबह ताँगे से वे लोग घर से निकले। 5.30 बजे कलकत्ता मेल से भगत सिंह दुर्गा भाभी एवं उनके नन्हे पुत्र शची को लेकर कलकत्ता के लिए निकल पड़े। भगत सिंह अपने कॉलर को ऊपर किए हुए थे, जिससे उनका चेहरा थोड़ा ही दिखता था और उस पर नन्हे बालक शची को वे इस तरह पकड़े हुए थे, जिससे लगभग पूरा चेहरा ही ढक जाता था। दुर्गा देवी ने शची को लेकर ट्रेन की प्रथम श्रेणी में यात्रा की और उस समय राजगुरु उनका अर्दली बने रहे। दूसरी ओर, उसी ट्रेन से चंद्रशेखर आजाद तीर्थ यात्रियों की एक टोली बनाकर उनके साथ एक पंडे के रूप में लाहौर से निकल गए।[27] सांडर्स के वध के बाद सी.आई.डी. की शक की सुई ऐसे युवक की ओर घूम रही थी, जो 5 फीट 5 इंच लंबा है। डब्ल्यू.जी. फर्न ने एफ.आई.आर. में भी इसका जिक्र किया था। भगत सिंह ने सांडर्स हत्याकांड से पहले ही अपने बाल व दाढ़ी कटा लिये थे। इस प्रकार भगत सिंह का सरदारवाला वेश खत्म हो गया। लॉन्ग कोट और हैट पहनकर भगत सिंह कलकत्ता गए।

कलकत्ता में बटुकेश्वर दत्त से मुलाकात हुई। यहाँ भी पुलिस द्वारा पहचाने जाने का डर था। भगत सिंह दिन में सोते थे और रात में क्रांतिकारियों से मुलाकात के लिए

निकलते थे। जब उन्हें लगा कि कलकत्ता में रहना खतरे से खाली नहीं रह गया तो उन्होंने कलकत्ता छोड़ने की सोची। वहाँ से वे बटुकेश्वर दत्त के पैतृक गाँव वर्धमान जिले के ओआड़ी पहुँचे। ओआड़ी पहुँचकर भगत सिंह ने वह कोट और हैट बटुकेश्वर दत्त को दे दिया और साधारण वेश में ओड़ाई से बॉयचंडी होते हुए निकले थे। वह ड्रेस अभी भी बटुकेश्वर दत्त की सुपुत्री भारती बागची के पास सुरक्षित है।[28]

कलकत्ता-दिल्ली मुख्य रेल मार्ग पर दुर्गापुर एवं वर्धमान रेलवे जंक्शन के बीच में अवस्थित खाना नामक जंक्शन पर भगत सिंह को लेकर बटुकेश्वर दत्त ट्रेन से उतरे एवं पैदल ओआड़ी गाँव की ओर चल दिए। उनके मन में यह था कि यदि वर्धमान स्टेशन पर उतरा जाएगा तो हो सकता है, पुलिस के आदमी या अन्य कोई उन दोनों को पहचान लें। ओआड़ी में बटुकेश्वर दत्त का पैतृक आवास था। कुछ दिनों तक वे वहीं पर रुके रहे। लेकिन इस बात की भनक पुलिस को लग गई। इससे पहले कि पुलिस ओआड़ी गाँव पहुँचती, बटुकेश्वर दत्त एवं भगत सिंह जमीन के अंदर बनी सुरंग में घुस गए।[29]

बटुकेश्वर दत्त के पैतृक मकान के पीछे घोष परिवार का मकान है, जिसे 'घोषवारी' के नाम से जाना जाता है। पुरानी ईंटों से बना तीन कमरे का मकान, छोटा आँगन। इस आँगन में प्रवेश उत्तर दिशा से है। मकान की उम्र लगभग 150 वर्ष होगी। उस मकान को इस परिवार के पूर्वज रामगोंडोर घोष ने बनवाना आरंभ किया और उनके पुत्र ताराचंद घोष ने उसे पूरा करवाया। उस समय ताराचंद घोष की आर्थिक स्थिति सुदृढ़ थी और घर में अनाज के अलावा बहुमूल्य सामान जैसे सोना-चाँदी भी रहता था। चोरों के प्रकोप से ताराचंद ने युक्ति लगाकर सबसे उत्तरवाले कमरे की उत्तरी दीवार से सटी एक और दीवार खड़ी करवा दी। उस दीवार की संरचना अंग्रेजी के 'एल' टाइप से करवा दी। कमरे की मुख्य दीवार लगभग दो फीट की दूरी पर खड़ी करवाई। इस प्रकार दोनों दीवारों के बीच में लंबी सी खाली जगह तैयार हो गई। कमरे की सतह तो ऊँची करवा दो, परंतु उस सुरंग जैसी जगह को यों ही छोड़ दिया। उस सुरंग में जाने के लिए बड़ा ही अनोखा रास्ता तैयार किया गया और वह था लकड़ी की अलमारी। लकड़ी की अलमारी को दीवार का ही अंग बना लिया गया था। जब आवश्यकता होती, उस अलमारी को पहले दीवार से निकाल लिया जाता और सुरंग में सामान या आदमी को रखकर पुनः दीवार को यथास्थान रखवा दिया जाता। ताराचंद घोष के दो लड़के थे—रामहरि घोष और राखाहरि घोष। राखाहरि घोष के पुत्र हुए अनंत कुमार घोष। अनंत कुमार घोष के दो लड़के हुए नागेंद्रनाथ घोष और खगेंद्रनाथ घोष। नागेंद्र नाथ घोष की पत्नी का नाम पंकज बाला देवी था। खगेंद्रनाथ घोष के पुत्र शैलेंद्र नाथ घोष हुए, जो साहित्यिक कार्यों में प्रतिष्ठित हुए। नागेंद्रनाथ घोष के दो लड़के हुए—देवी प्रसाद घोष और विजय प्रसाद घोष। विजय प्रसाद घोष की पत्नी हेमंतबाला देवी हुईं और उनके पुत्र का नाम प्रणव

कुमार घोष है और उनकी पत्नी रेखा रानी घोष हैं। उनके दो पुत्र सुप्रभात घोष और सुप्रगण्य घोष हैं। इस परिवार का भारतीय स्वतंत्रता आंदोलन में बहुत महती योगदान है।

नागेंद्रनाथ घोष की पत्नी पंकजबाला उस समय जीवित थीं, जब भगत सिंह को लेकर बटुकेश्वर दत्त ओआड़ी गाँव पहुँचे थे। उन्हें पता लग गया था कि पुलिस उन दोनों को खोज रही है। बटुकेश्वर दत्त को उस सुरंग के बारे में शायद पहले से पता था। इसी कारण सांडर्स हत्याकांड के बाद वे भगत सिंह को लेकर ओआड़ी पहुँचे थे। पंकजबाला देवी ने उनकी बहुत सहायता की। ओआड़ी गाँव में तीन दिनों तक ब्रिटिश पुलिस दिन-रात घर-घर की तलाशी लेती रही। पंकजबाला देवी ने बटुकेश्वर दत्त एवं भगत सिंह को उस सुरंग में छिपाकर रखा। जब पुलिस इस गाँव से चली गई। उसके बाद भगत सिंह एवं बटुकेश्वर दत्त ने सुबह 3 बजे अपना वेश बदला और गाँव के दक्षिण जानेवाला रास्ता पकड़कर बॉयचंडी स्टेशन पर आए और पैसेंजर ट्रेन पकड़कर वहाँ से निकल गए।[30]

घोष परिवार के श्री प्रणव घोष अभी तक उस मकान में अपनी पत्नी के साथ रहते हैं। जिस सुरंग ने भगत सिंह एवं बटुकेश्वर दत्त को तीन दिन एवं तीन रात तक अपने पास रखा, उनकी जान बचाई, आज तक उस सुरंग की हालत पर किसी की नजर नहीं गई है। प्रणव घोष की आर्थिक हालत अत्यंत जर्जर हो चुकी है। उस मकान की हालत भी ऐसी हो गई है कि वह कभी भी गिर सकता है। यदि समाज की नजर इस सुरंग की रक्षा करने की ओर नहीं गई तो भारतीय इतिहास का एक जीवंत स्तंभ यों ही समाप्त हो जाएगा। अभी तक यह पता नहीं लगाया जा सका है कि वह सुरंग कितनी दूर तक जाती है। ओड़ाई में ग्रामीणों के अनुसार वह सुरंग बहुत दूर तक जाती है।

घोष परिवार के नागेंद्र नाथ घोष अनुशीलन समिति के सक्रिय सदस्य थे और दक्षिणी वर्धमान जिले के संयोजक भी थे। उनके घर में अनुशीलन समिति की कई बैठकें भी हो चुकी हैं। ओआड़ी गाँव के एक ग्रामीण ने यह भी बताया कि भले ही इस सुरंग की स्थापना ताराचंद घोष ने की हो, लेकिन इस सुरंग का उपयोग पहले में भी अनुशीलन समिति के सदस्यों को छुपाने के लिए कई बार हो चुका है। पंकजबाला देवी इस तथ्य से अवगत थीं, लेकिन उनके घर में और किसी को इसके बारे में जानकारी नहीं थी। जब बटुकेश्वर दत्त भगत सिंह को लेकर ओआड़ी गए और अपनी कठिनाई पंकजबाला देवी को बताई तो उन्होंने इस रहस्य की जानकारी बटुकेश्वर दत्त को दी कि उनके घर में एक सुरंग है, जिसमें भगत सिंह को छुपाया जा सकता है।[31]

संदर्भ—

1. सर्वजीत जाश, 'प्रथम बंगाली इनकलाबी बटुकेश्वर दत्त', एवरी टाइम्स, 2010-11, पृ. 1 (बांग्ला)

2. बिपिन चंद्र, 'भारत में उपनिवेशवाद और राष्ट्रवाद', पृ. 200
3. मालविंदरजीत सिंह वड़ाइच, गुरुदेव सिंह सिद्धू, 'भगत सिंह को फाँसी', राजकमल, 2010, पृ. 36
4.. अजय घोष, 'भगत सिंह एंड हिज कॉमरेड्स', बंबई, 1946, पृ.-3-5
5. मालविंदरजीत सिंह वड़ाइच, पृ. 36
6. के.के. दत्त, 'बिहार में स्वातंत्र्य आंदोलन का इतिहास', भाग-2, प्रकाशन, बिहार हिंदी ग्रंथ अकादमी, प्रेमचंद मार्ग, राजेंद्र नगर, पटना-16, प्रथम संस्करण 1974, द्वि.1998, पृ. 33
7. श्रीकृष्ण सरल, 'क्रांतिकारी कोश', प्रभात प्रकाशन, 4/19 आसफ अली रोड, नई दिल्ली-110002, प्रथम संस्करण, 1998, पृ. 103
8. अनिल वर्मा, 'भगत सिंह के सहयोगी : बटुकेश्वर दत्त', पृ. 22
9. मालविंदरजीत सिंह वड़ाइच, 'भगत सिंह द इटर्नल रेबेल', पृ. 80
10. चमनलाल, 'भगत सिंह', मेधा बुक्स, नवीन शाहदरा, दिल्ली 110032, 2009, पृ. 23
11. भगवान सिंह राणा, 'भगत सिंह, एन इम्मोर्टल रिवॉल्यूशनरी ऑफ इंडिया', डायमंड पॉकेट बुक्स प्रा.लि., एक्स-30, ओखला इंडस्ट्रियल एरिया, फेज-II, नई दिल्ली-110020, 2009, पृ. 37
12. वही, पृ. 37
13. चमनलाल, पृ. 23
14. डॉ. भगवान सिंह राणा, पृ. 37
15. वही
16. चमनलाल, पृ. 24
17. मन्मथनाथ गुप्त, पृ. 228
18. मालविंदरजीत सिंह वड़ाइच, 'भगत सिंह द इटर्नल रिबेल', पृ. 85
19. चमनलाल, 'भगत सिंह', मेधा बुक्स, नवीन शाहदरा, दिल्ली 110032, 2009, पृ. 25
20. वही
21. मन्मथनाथ गुप्त, 'भारतीय क्रांतिकारी आंदोलन का इतिहास', दिल्ली 110006, 1996
22. चमनलाल, 'भगत सिंह', पृ. 25
23. वही, पृ. 201
24. वही, पृ. 25
25. वही, पृ. 201
26. वही, पृ. 201
27. मन्मथनाथ गुप्त, पृ. 229
28. भारती बागची, बटुकेश्वर दत्त की पुत्री से लिये गए साक्षात्कार के आधार पर
29. माधव बनर्जी, ग्राम ओआड़ी, वर्धमान के साथ साक्षात्कार
30. ग्राम ओआड़ी के माधव बनर्जी, मधुसूदन चंद्र, प्रणव घोष एवं अन्य ग्रामीणों से लिये गए साक्षात्कार के आधार पर
31. ओआड़ी गाँव में मिली जानकारी के आधार पर

असेंबली बम विस्फोट की पृष्ठभूमि

भगत सिंह कलकत्ता चले गए, किंतु वे चुप बैठने वाले नहीं थे। वहाँ पर उस समय कांग्रेस का अधिवेशन चल रहा था। कलकत्ता में भगत सिंह सोहन सिंह जोश और कांग्रेस के कुछ अन्य प्रतिनिधियों से मिले। त्रैलोक्यनाथ चटर्जी, प्रतुलचंद्र गांगुली आदि से भी वे वहाँ मिले। भगत सिंह का जो प्रसिद्ध चित्र फैल्ट हैट में मिलता है, वह भी कलकत्ता में ही खींचा गया था। श्री गांगुली भगत सिंह से इतने प्रभावित हुए कि उन्होंने उन्हें अपना पिस्तौल तक दे डाला। असेंबली में बम फेंकने के बाद जो पिस्तौल उनसे बरामद की गई थी, वह श्री प्रतुलचंद्र गांगुली की ही थी। कुछ ही दिनों बाद अपनी बम योजना को साकार रूप देने के उद्देश्य से भगत सिंह ने कलकत्ता छोड़ दिया। कलकत्ता में उन्हें क्रांतिकारियों ने नया नाम दिया था हरि। हरि जब कलकत्ता से रवाना हुए तो सुशीला दीदी ने अपने खून से उनके मस्तक पर तिलक किया, जिस प्रकार राजपूत बहनें रणक्षेत्र में योद्धा को तिलक लगाकर भेजती हैं।[1]

वहीं पर उन्होंने जतींद्र नाथ दास से आग्रह किया कि उत्तर भारत में क्रांतिकारियों को बम बनाने का प्रशिक्षण देने के लिए वे राजी हो जाएँ। सबसे पहले कलकत्ता में कमलनाथ तिवारी के घर पर गन पाउडर निर्माण का प्रशिक्षण आरंभ हुआ।[2] बाद में आगरा, लाहौर एवं सहारनपुर में बम फैक्टरियों का संचालन आरंभ हुआ। झाँसी में बम परीक्षण की जगह खोजी गई। आगरा में आकर क्रांतिकारी गण एक महीना रहते और बम निर्माण का प्रशिक्षण लेकर अन्य जगहों पर जाकर बम निर्माण का प्रशिक्षण अन्य लोगों को देते थे।[3] उन दिनों बम निर्माण के कई और कारखाने भी खुले, जिनसे मोटे तौर पर यशपाल, किशोरीलाल तथा भगवतीचरण का संबंध था। दल ने भगत सिंह के संबंध में यह तय किया कि वे रूस चले जाएँ और सुखदेव तथा बटुकेश्वर दत्त असेंबली में बम फेंकें, किंतु इस संबंध में भगत सिंह और सुखदेव में कुछ विशेष मतभेद हो गया, जिससे भगत सिंह ने यह तय किया कि वह असेंबली में बम फेंककर आत्मसमर्पण कर देंगे।[4] श्री भगवानदास माहौर लिखते हैं—''क्रांति प्रयास के इस विकास मार्ग में भगत

सिंह एक ऐसे व्यक्ति थे, जिसे अंग्रेजी में 'मोड़ सूचक पाषाण चिह्न' कहा जाता है। समय और समाज की आवश्यकताओं ने भगत सिंह को ही माध्यम बनाकर उत्तर भारत के संगठित गुप्त सशस्त्र क्रांतिकारियों को समाजवाद की ओर उन्मुख कर दिया तथा क्रांतिकारी कार्य-कलाप को धार्मिक मनोभूमि से ऊपर उठाया। उत्तर भारत का गुप्त क्रांतिकारी प्रयास तब तक इटली के मेजिनी, गैरीबाल्डी एवं आयरलैंड के सिनफिन के मध्यवर्गीय नेताओं के आदर्श से अनुप्राणित था और भगत सिंह के माध्यम से ही उसने रूसी क्रांति एवं लेनिन व स्टालिन के समाजवादी आदर्शों के प्रभाव को ग्रहण किया। भगत सिंह के ही माध्यम से 'भारत माता की जय' और 'वंदे मातरम्' के जयघोष के स्थान पर भारतीय गुप्त सशस्त्र क्रांति प्रयास ने 'क्रांति चिरंजीवी' हों, 'इनकलाब जिंदाबाद', 'साम्राज्यवाद का नाश हो' आदि नारे लगाए और जहाँ क्रांतिकारी पुलिस की यंत्रणाओं और मृत्यु के भय से मुक्त होने के लिए शरीर व नश्वरता एवं आत्मा के नित्यत्व का निदिध्यासन, पद्मासन लगाए गीता पाठ करते हुए नजर आते थे, वहाँ वे अब मार्क्स की 'कैपिटल' का स्वाध्याय करते नजर आए।

वर्ष 1926 में बिस्मिल, अशफाक, रोशन सिंह और राजेंद्रनाथ लाहिड़ी की फाँसी से देश भर में प्रतिरोध का अपेक्षित वातावरण तैयार नहीं हो पाया और इससे भगत सिंह दुःखी थे। वे कुछ और करना चाहते थे, जिससे वे किसानों व मजदूरों के अधिक निकट आ सकें। सांडर्स हत्याकांड में भी ऐसा नहीं हो पाया था। उन दिनों बंबई मिल मजदूरों द्वारा हड़ताल की जा रही थी और मिल मजदूर हिंसक संघर्ष पर उतारू हो गए थे। सरकार मिल मालिकों के समर्थन में ट्रेड डिस्प्यूट बिल लाना चाहती थी।[5]

कलकत्ता प्रवास के दौरान ही भगत सिंह ने जतींद्र नाथ दास को इस बात के लिए राजी कर लिया था कि वे उत्तर भारत के क्रांतिकारियों को बम निर्माण की कला का प्रशिक्षण देंगे। सर्वप्रथम यह कार्य बिहार के कमलनाथ तिवारी के कलकत्ता निवास पर आरंभ हुआ और वहाँ बारूद निर्माण की कला का प्रशिक्षण दिया गया। आगरा में बम निर्माण का कार्य आरंभ करने का निर्णय लिया गया और वहीं पर प्रशिक्षण केंद्र भी खोला गया। एक महीने का प्रशिक्षण लेकर क्रांतिकारी गण अपने नगर में बम निर्माण आरंभ करते। सुखदेव ने लाहौर एवं शिव वर्मा ने सहारनपुर में ऐसी फैक्टरी आरंभ की थी। झाँसी के निकट अवस्थित जंगल का चयन बम का परीक्षण करने के लिए किया गया, जहाँ भगत सिंह भी उपस्थित रहते।[6]

आगरा में हींग की मंडी और नमक की मंडी में दो मकान किराए पर लिये गए। एक घर में बम निर्माण का कार्य होता था और दूसरे घर का उपयोग क्रांतिकारी रहने के लिए करते थे। हिसप्रस की केंद्रीय समिति की बैठक हुई, जिसमें तत्कालीन सभी प्रमुख क्रांतिकारियों ने भाग लिया। उस बैठक में भगत सिंह ने अंग्रेजी शासन की दमनकारी

नीतियों की कटु आलोचना की और केंद्रीय असेंबली द्वारा कुछ ऐसे कानून बनाए जाने की भी चर्चा की, जिसके माध्यम से जनता के पास अपनी बात रखने के सारे अधिकार भी समाप्त होने वाले थे।[7]

भगत सिंह ने बैठक में इस बात पर जोर दिया कि जब तक बलिदान नहीं किया जाएगा, ब्रिटिश शासन एवं उनकी दमनकारी नीतियों के विरुद्ध भारतीयों को जानकारी नहीं मिल सकती है। चंद्रशेखर आजाद ने पूछा कि ऐसा कार्य किस प्रकार किया जा सकता है।[8]

भगत सिंह के मानस-पटल पर कॉलेज के दिनों में ही फ्रांस की असेंबली में बम का धमाका करने वाले प्रसिद्ध क्रांतिकारी वेलाँ का चित्र समाया हुआ था और दिल्ली असेंबली में बम विस्फोट की योजना के लिए वेलाँ की यह अंत:प्रेरणा निहित थी।[9]

उनका पूरा नाम ऑगस्टे वेलियन था। 9 दिसंबर, 1893 को उन्होंने पेरिस के पैलेस बॉबोर्न में प्रवेश किया और पब्लिक गैलरी की दूसरी कतार में जाकर बैठ गए। एक कांटी बम उन्होंने अपनी सीट पर से सभाकक्ष में फेंका, जिससे बीस सभासद मामूली रूप से जख्मी हो गए थे। पुलिस ने वेलियन को गिरफ्तार कर लिया। गिरफ्तारी के बाद उसने अपने बयान में कहा कि वह तो शांति का पक्षधर था; लेकिन ऐसा हिंसक कृत्य उसने क्यों किया, इस बारे में वह दुनिया को बताना चाहता है। ''हमने यह देखा कि सत्ता में बैठे हुए लोग लोगों का दोहन कर रहे हैं। मैं कुछ दिन पहले पेरिस वापस आया और आकर अपने घर की हालत को देखा। मुझे पूरा विश्वास हो गया कि इस दरिद्रता का मुख्य कारण सत्ता में बैठे लोगों की क्रूरता है और मैंने बहुत विचार करने के बाद इस पर प्रहार करने का निश्चय किया। मेरे इस कृत्य से उन लोगों को निश्चित रूप से लाभ होगा, जो बेबसी, गरीबी और दरिद्रता में जीते हैं।''

भगत सिंह ने वेलाँ द्वारा पेरिस में किए गए बम विस्फोट का जब अध्ययन किया तो उसके मन में यह बात निश्चय कर गई कि अंग्रेजी सरकार को हटाने के लिए असेंबली में उसी तरीके से बम विस्फोट किया जाए, जिस प्रकार वेलाँ ने किया था। उसके लिए वेलाँ एक नायक की भाँति उभरकर आए, जिसने सोए हुए देश में क्रांति की ज्वाला को धधकाने के लिए तथा क्रूर व अमानवीय सरकार को चुनौती देने के लिए फ्रांस की असेंबली में बम फेंका था। उसके मन में विचार आया, यही समय है...यही ठीक समय है। अभी नहीं तो फिर कभी नहीं। उन्होंने फैसला ले लिया। दिल्ली केंद्रीय असेंबली में बम फेंका जाए। राष्ट्र का सोया हुआ स्वाभिमान जगाने, देश भर में क्रांति की ज्वाला भड़काकर कांग्रेस के समझौतावादी इरादों को तहस-नहस करने और ब्रिटिश हुकूमत का मनोबल तोड़ने के लिए इससे अधिक कारगर तरीका कोई नहीं हो सकता था। बम फेंककर गिरफ्तारी दी जाए और अपने बयानों से तथा शहादत समूचे देश का

ध्यान संपूर्ण स्वाधीनता लेने के संकल्प पर केंद्रित किया जाए। अपनी इस योजना को कलकत्ता प्रवास में सबसे पहले उन्होंने अनुशीलन समिति के उच्च कोटि के नेता श्री प्रतुलचंद्र गांगुली के सामने रखा। श्री गांगुली ने वह योजना बहुत पसंद की और उन्हें कलकत्ता से ही कुछ बम दिलाए गए।[10]

केंद्रीय समिति ने भगत सिंह के प्रस्ताव को स्वीकार कर लिया। अब इस पर विचार होना था कि बम फेंकने के लिए कौन जाए? इस प्रश्न पर समिति के सदस्यों की अलग-अलग राय थी। सबसे पहले भगत सिंह ने अपना नाम इस कार्य के लिए सुझाया। भगत सिंह का तर्क था कि हिसप्रस के उद्देश्य को न्यायालय को मंच बनाकर वे बहुत अच्छे तरीके से जनता तक पहुँचा सकते हैं और इतना करने में अन्य साथी सक्षम नहीं हैं।[11]

आरंभ में चंद्रशेखर आजाद इस बात के लिए राजी नहीं हुए कि बम फेंककर पुलिस के समक्ष आत्मसमर्पण कर दिया जाए, परंतु भगत सिंह अपनी बात पर अटल रहे। चंद्रशेखर आजाद इस बात को जानते थे कि सांडर्स हत्याकांड में पुलिस भगत सिंह को खोज रही है और यदि वह आत्मसमर्पण करते हैं तो पुलिस उन्हें सांडर्स हत्याकांड में लपेट लेगी और इसका सीधा अर्थ फाँसी होगा। परंतु भगत सिंह की सोच थी कि जब तक क्रांतिकारी आत्मबलिदान नहीं करेंगे, भारतीयों के सोए हुए जन-मानस को जाग्रत् नहीं किया जा सकता है।[12]

चंद्रशेखर आजाद ने अंग्रेज सरकार की न्यायालय व्यवस्था की चर्चा करते हुए कहा कि ऐसी स्थिति में भगत सिंह को न्यायालय की औपचारिकता पूरी कर फाँसी की सजा हो सकती है। दल के दूसरे सदस्यों ने भी चंद्रशेखर आजाद के तर्क को स्वीकार करते हुए भगत सिंह के बदले किसी अन्य सदस्य को यह जिम्मेदारी देने की आवश्यकता पर बल दिया। उनकी नजर में भगत सिंह की बौद्धिक क्षमता अन्य सदस्यों से अधिक है और संगठन की शक्ति भी उनमें है। ऐसी स्थिति में एक बार पुलिस द्वारा गिरफ्तार हो जाने के बाद संगठन को भगत सिंह की इन शक्तियों का लाभ नहीं मिल पाएगा। दूसरी ओर, कई अन्य सदस्य इस कार्य के लिए अपना नाम देने के लिए तैयार थे।[13]

भगत सिंह ने यह प्रस्ताव भी दिया कि जब वाइसराय असेंबली में इन बिलों को पास करने की घोषणा करें, तभी बम फेंका जाए और हिसप्रस के उद्देश्य को प्रकट करने वाले परचे भी फेंके जाएँ। भगत सिंह का उद्देश्य जहाँ एक ओर औपनिवेशिक अंग्रेजी शासन पर कुठाराघात करना था, वहीं दूसरी ओर भारत की जनता को भी जगाना था।

जब असेंबली बम विस्फोट के लिए क्रांतिकारियों के चयन की बात हुई तो भगत सिंह एवं सुखदेव का नाम आया। इस पर बटुकेश्वर दत्त, जो हमेशा शांत एवं गंभीर रहते थे, एकाएक उफन पड़े। उन्होंने स्वयं को क्रांति संगठन का सबसे पुराना साथी बताते हुए कहा कि कई ऐसे मौके आए, जब उन्हें एक्शन में शामिल नहीं किया गया। इस बार वे

चुप बैठने वाले नहीं हैं। उन्होंने कलकत्ता का क्रांतिकारी संगठन छोड़कर इस दल के लिए काम किया है और यदि उन्हें असेंबली बम विस्फोट में शामिल होने का मौका नहीं दिया जाएगा तो वे क्रांति कार्य छोड़कर वापस कलकत्ता चले जाएँगे और गंगा किनारे रहकर राम-नाम जपना शुरू कर देंगे। उनके इस कथन पर अन्य क्रांतिकारी न सिर्फ सहमत हुए, बल्कि दो क्रांतिकारियों में से एक बटुकेश्वर दत्त के नाम पर उन्होंने स्वीकृति भी प्रदान कर दी। दूसरे क्रांतिकारी भगत सिंह थे। असेंबली में बम फेंकने के लिए यह योजना बनी कि सरदार भगत सिंह तथा बटुकेश्वर दत्त असेंबली में बम फेंकें और आजाद एवं अन्य दो सदस्य जाकर उनको बचा लाएँ। किंतु भगत सिंह ने इस योजना के आखिरी हिस्से को पसंद नहीं किया और कहा कि देश में जागृति पैदा करने के लिए उनका गिरफ्तार हो जाना आवश्यक है। हम एक प्रकार से विह्वल हो जाते हैं कि एक व्यक्ति, जिसने अभी मुश्किल से यौवन की चौखट पर पाँव रखा है, वह अपना सर्वस्व बलिदान करने के लिए तैयार हो जाता है। किंतु यह तो क्रांतिकारियों के लिए मामूली बात है।[14]

भगत सिंह ने आगे बढ़कर बटुकेश्वर दत्त के नाम का समर्थन किया था। दूसरे सदस्य के रूप में शिव वर्मा के नाम पर विचार-विमर्श हुआ। तीसरा नाम जयदेव का लिया गया और चौथा नाम राजगुरु का आया। शिव वर्मा को उपयुक्त नहीं समझकर क्रांतिकारियों ने उनके स्थान पर विजय कुमार सिन्हा के नाम पर विचार किया। केंद्रीय समिति ने गहन विचार-विमर्श के बाद बटुकेश्वर दत्त और रामशरण दास को असेंबली में बम फेंकने के लिए चुना।[15]

रामशरण दास पुराने क्रांतिकारी थे और सन् 1915 के लाहौर षड्यंत्र केस में उन्हें कालापानी की लंबी सजा मिली थी और सजा भुगतने के बाद वे कुछ दिन पहले वापस आए थे।

दल की केंद्रीय समिति की जिस बैठक में दिल्ली असेंबली में बम फेंकने का निश्चय किया गया, उनमें सुखदेव नहीं थे। भगत सिंह का आग्रह था कि इस काम के लिए उसे अवश्य भेजा जाए; लेकिन बाकी सदस्यों ने उनकी यह बात नहीं मानी। समिति ने भगत सिंह की बात न मानकर दूसरे दो साथियों को भेजने का निश्चय किया। दो-तीन दिन बाद जब सुखदेव आया और उसे इस तरह के निर्णय का पता चला तो उसने उसका सख्त विरोध किया। उसका कहना था कि पकड़े जाने के बाद अदालत के मंच से दल के सिद्धांत, उद्देश्य और बम विस्फोट के राजनीतिक महत्त्व को भली प्रकार भगत सिंह ही रख सकता है। इस संबंध में केंद्रीय समिति की बैठक से पहले उसकी ओर से भगत सिंह से आग्रह किया गया था कि वे स्वयं इस काम को करें। जब केंद्रीय समिति के दूसरे सदस्यों से वह अपनी बात न मनवा सका तो उसने भगत सिंह से अलग जाकर बात की।

उसके व्यवहार में बड़ी कठोरता थी। बातों-बातों में उसने भगत सिंह को काफी सख्त बातें कह डालीं, "तुम में अहंकार आ गया है। तुम समझने लगे हो कि तुम्हारे ही सिर पर दल का सारा दारोमदार है। तुम मौत से डरने लगे हो, कायर हो।" आदि। उसका तर्क था, "जब तुम जानते हो कि तुम्हारे सिवा दूसरा कोई दल के उद्‌देश्य को अच्छी तरह नहीं रख सकेगा तो फिर तुमने केंद्रीय समिति को यह फैसला क्यों लेने दिया कि तुम्हारे स्थान पर और कोई बम फेंकने जाएगा?"

उसने भाई परमानंद के बारे में लाहौर हाई कोर्ट के शब्दों का भी जिक्र किया कि "वह दल का मस्तिष्क और सूत्रधार होते हुए भी व्यक्तिगत तौर पर वह कायर है और संकट के कामों में दूसरों को आगे झोंककर अपने प्राण बचाता रहा है। तुम्हारे लिए भी एक दिन वैसा ही कहा जाएगा।" उसने भगत सिंह की ओर घूरते हुए कहा।

भगत सिंह ने जितना ही सुखदेव के आरोपों का प्रतिरोध किया, वह उतना ही कठोर होता गया। भगत सिंह के यह कहने पर कि तुम मेरा अपमान कर रहे हो, उसने कठोर शब्दों में उत्तर दिया—"मैं अपने मित्र के प्रति अपना कर्तव्य पूरा कर रहा हूँ।" अंत में भगत सिंह यह कहकर उठ पड़ा कि "आगे तुम मुझसे कभी बात न करना।"

भगत सिंह के आग्रह पर केंद्रीय समिति की बैठक फिर से बुलाई गई। सुखदेव केवल बैठा रहा, बोला एक शब्द नहीं। भगत सिंह की जिद के सामने समिति को अपना फैसला बदलना पड़ा। सुखदेव उसी शाम किसी से बात किए बगैर लाहौर चला गया।

भारत के स्वतंत्रता संग्राम के इतिहास में भगत सिंह पूजनीय हैं, लेकिन उन्हें इस लायक सुखेदव ने बनाया। हालाँकि सुखदेव ने एक प्रकार से अपने घनिष्ठ मित्र को शहादत के पथ पर अग्रसर होने के लिए बाध्य किया; लेकिन यदि भगत सिंह को सुखदेव जैसा मित्र न मिला होता तो शायद भगत सिंह भारतवासियों के लिए सबसे अधिक गर्व का विषय नहीं बन पाते।[16]

बटुकेश्वर दत्त यह जानकर बहुत प्रसन्न हुए कि उनका अभिन्न मित्र उनके साथ असेंबली बम विस्फोट में जाएगा। उन्हें इस बात की अधिक प्रसन्नता हुई कि भगत सिंह ने स्वयं उनके नाम पर सहमति प्रदान की थी।

मालविंदरजीत सिंह वड़ाइच के अनुसार, चंद्रशेखर आजाद और दूसरे लोग असेंबली में बम फेंककर निकल आने के पक्ष में थे; लेकिन भगत सिंह इसके लिए राजी नहीं हुए। उनका तर्क था कि जनता को जगाने के लिए उच्चतम बलिदान की आवश्यकता है।

यहाँ पर यह कहना ही गलत है कि असेंबली में बम फेंकने के लिए सुखदेव को चुना गया था। आगरा में केंद्रीय समिति की पहले दिन की मीटिंग में जो दो नाम तय हुए थे, वे थे बटुकेश्वर दत्त और विजय कुमार सिन्हा। इस काम के लिए किसी भी स्तर पर सुखदेव का नाम समिति में विचारार्थ नहीं आया। इसमें संदेह नहीं कि असेंबली में

बम फेंकने के लिए विजय कुमार सिन्हा के स्थान पर भगत सिंह को भेजने के लिए सुखदेव पूरी तरह उत्तरदायी था। उसने यह इसलिए किया, क्योंकि वह ईमानदारी के साथ विश्वास करता था कि भगत सिंह के अलावा और किसी के जाने से काम का राजनीतिक उद्देश्य पूरा नहीं होगा। जहाँ तक उच्चतम बलिदान का सवाल है, क्रांतिकारी आंदोलन में बलिदान की कमी नहीं रही (और हर बलिदान उच्चतम होता है)। ऐसा नहीं था कि भगत सिंह एक निराश एवं विफल मनोरथ नौजवान था, जिसने असेंबली में बम फेंककर आत्महत्या करने का एक आसान रास्ता निकाल लिया था।[17]

बटुकेश्वर दत्त की प्रसन्नता अपनी जगह थी, लेकिन क्रांतिकारियों के मन में अपने साथियों से सदा के लिए बिछुड़ने का बहुत अधिक गम था। हिसप्रस की केंद्रीय समिति की बैठक में भगत सिंह और बटुकेश्वर दत्त के नाम पर अंतिम रूप से निर्णय लिये जाने के बाद ही चंद्रशेखर आजाद एवं अन्य क्रांतिकारियों के मन में यह बात बैठ गई कि असेंबली बम कांड के बाद इन लोगों को पुलिस पकड़ लेगी और अंतिम परिणति फाँसी की सजा ही होगी। व्यूह-रचना के क्रम में मार्च और अप्रैल 1929 के बीच भगत सिंह, चंद्रशेखर आजाद, बटुकेश्वर दत्त एवं अन्य क्रांतिकारीगण लगातार आगरा से दिल्ली आते-जाते रहते थे, क्योंकि उस समय क्रांतिकारियों का मुख्यालय आगरा ही था। आजाद ने स्वयं सारी तैयारियों का जिम्मा लिया। इस कार्य में सहयोग देने के लिए शिव वर्मा और जयदेव को दिल्ली में रुकने के लिए कहा गया और बाकी सभी क्रांतिकारियों को दिल्ली छोड़कर बाहर जाने का हुक्म दिया गया। दिल्ली में 151 रोशन आरा मैन्शन, बाजार सीताराम, बंता आश्रम, कूचा घासी राम आदि जगहों पर किराए के मकान में इन क्रांतिकारियों ने डेरा जमाया।[18]

आजाद जब झाँसी जा रहे थे तो उन्हें छोड़ने के लिए शिव वर्मा दिल्ली स्टेशन तक आए। रास्ते में आजाद ने भावुक होकर कहा कि "अब भगत सिंह और बटुकेश्वर दत्त कुछ ही दिनों के मेहमान हैं। इसके बाद वे देश की संपत्ति हो जाएँगे। तब उनकी यादें ही हमारे पास रह जाएँगी। इसलिए उनके आराम एवं तकलीफ का विशेष ध्यान रखा जाए।" चंद्रशेखर आजाद भावुक प्रवृत्ति के युवक नहीं थे, लेकिन वे दिल से नहीं चाहते थे कि इस काम में भगत सिंह को भेजा जाए। लेकिन सुखदेव और स्वयं भगत सिंह की जिद के सामने उन्होंने स्वयं को समर्पित कर दिया।[19]

इधर राजगुरु केंद्रीय समिति के इस फैसले से बिल्कुल नाखुश हो गए। हालाँकि जिस समय केंद्रीय समिति की बैठक में असेंबली बम विस्फोट में भगत सिंह एवं बटुकेश्वर दत्त के नाम पर अंतिम फैसला हो रहा था, उस समय वे केंद्रीय समिति की बैठक में उपस्थित नहीं थे और अपने गृह नगर पूना जिले के खेड गए हुए थे। उनके अंदर भी देश के लिए मर मिटने की ज्वाला थी और दूसरी बात, संगठन के भीतर उन्हें

भगत सिंह से साहसिक कार्यों में भाग लेने की एक तरह से प्रतिद्वंद्विता भी थी। दिल्ली से विदा लेने के बाद आजाद झाँसी आ गए और राजगुरु उनसे मिलने झाँसी आ पहुँचे। राजगुरु का अनुरोध था कि वे असेंबली बम कांड में भाग लेने के लिए सबसे उपयुक्त हैं, इसलिए भगत सिंह के बदले उन्हें अवसर दिया जाए। राजगुरु अपनी बात पर लगातार जोर देते रहे। पिंड छुड़ाने की गरज से आजाद ने एक चुटका भगत सिंह के नाम लिखकर राजगुरु को दे दिया। उसमें लिखा था कि यदि भगत सिंह उचित समझें तो बटुकेश्वर दत्त के स्थान पर राजगुरु को ले जाएँ। राजगुरु बहुत उत्साहित हुए और चुटका लेकर भगत सिंह से मिले। भगत सिंह ने जहाँ एक ओर राजगुरु की भावना का आदर किया, वहीं दूसरी ओर यह भी समझाने का प्रयत्न किया कि अब एक्शन का समय आ गया है और फिर से केंद्रीय समिति की बैठक बुलाना आसान नहीं है। इसलिए राजगुरु इस काम को नहीं कर सकते हैं। पुन: राजगुरु ने वापस आकर चंद्रशेखर आजाद से इस बात की शिकायत की; परंतु आजाद ने उनकी शहादत होने की इच्छा पर विशेष ध्यान नहीं दिया। झुँझलाकर राजगुरु निकल गए और उन्होंने अपनी इच्छा दोहराई कि वे अकेले ही देश के लिए कुछ कर सकने का सामर्थ्य रखते हैं।[20]

असेंबली बम विस्फोट की घटना आजाद की सांगठनिक शक्ति की चुनौती थी। अंग्रेज शासन का डंका आधी दुनिया पर चलता था और शासन के केंद्र असेंबली में बम फेंका जाना था। यह कोई आसान काम नहीं था और इस बात को आजाद भलीभाँति समझते थे। इसलिए उन्होंने इस बात का ध्यान रखा कि कहीं कोई चूक न रह जाए। अभी इस बात का अंतिम रूप से निर्णय नहीं हो पाया था कि असेंबली में बम फेंकने के बाद भगत सिंह और बटुकेश्वर दत्त पुलिस के समक्ष आत्मसमर्पण कर देंगे अथवा क्रांतिकारी एक्शन के बाद वहाँ से उन्हें छुड़ाकर ले आएँगे। हालाँकि सुखदेव से लंबी बहस होने के बाद भगत सिंह ने केंद्रीय समिति के समक्ष इस बात का ऐलान कर दिया था कि वे आत्मसमर्पण कर देंगे और न्यायालय को मंच बनाकर अपनी बात देश की जनता के समक्ष रखेंगे; लेकिन आजाद संगठन के इस हीरे को ऐसे ही छोड़ना नहीं चाहते थे और किसी भी स्थिति में उन्हें आत्मसमर्पण करने से रोकना चाहते थे। आजाद ने दोनों ही स्थितियों को ध्यान में रखकर व्यूह-रचना आरंभ की। जयदेव एवं शिव वर्मा को दिल्ली में ही रोक लिया गया था और उन्हें इन दोनों के लिए रहने के लिए मकान की व्यवस्था करने, असेंबली आने-जाने के लिए पास की व्यवस्था करने और स्थिति के सारे पहलुओं का बारीकी से अध्ययन करने का जिम्मा सौंपा गया।

जयदेव ने इस काम के लिए रामशरण दास की ही मदद ली और हौजकाजी पुलिस थाना से महज 100 मीटर की दूरी पर एक चबूतरा किराएदार चौगा सिंह से पाँच रुपए प्रतिमाह उप-किराए पर लिया; लेकिन वहाँ पर साइकिल रखने के लिए

विवाद हो गया और इन लोगों को वह जगह छोड़नी पड़ी।

जयदेव मकान ढूँढ़ने कई जगहों पर गए और उन्हें सफलता नई सड़क पर मिली। वहाँ पर एक मकान मालकिन श्रीमती मुकुंदी थीं, लेकिन वह शादीशुदा लोगों को ही अपना मकान किराए के रूप में देना चाहती थीं। भगत सिंह, जयदेव या शिव वर्मा आदि की शादी तो हुई नहीं थी और उधर मकान मालकिन किसी कुँवारे व्यक्ति को मकान देने के लिए तैयार नहीं थीं। ऐसी स्थिति से बचने के लिए जयदेव ने भगत सिंह को अपना बड़ा भाई बनाकर मकान मालकिन के समक्ष पेश किया और यह बताया कि इनकी शादी अभी-अभी हुई है और कुछ दिनों के बाद ये भाभी को लेकर आ जाएँगे।[21]

इस बात की पुष्टि अन्य लेखकों ने भी की है। वैशंपायन ने अपनी पुस्तक में वर्णन किया है कि पहले सीताराम बाजार स्थित एक मकान 10 रुपए प्रतिमाह किराए पर लिया गया, लेकिन उसका मकान मालिक एक गुंडा था। इन लोगों के पास पैसों का काफी अभाव था, इसलिए इन लोगों ने एक हलवाई के यहाँ उधारी खाना आरंभ किया। बाद में सुखदेव ने ही कहीं से पैसों का प्रबंध किया, तब जाकर उस हलवाई की उधारी चुकाई जा सकी।[22]

एक्शन की तैयारी आरंभ हो गई थी। कूचा घासीराम स्थित बंता आश्रम में एक कमरा किराए पर लिया गया और जयदेव कपूर ने मारवाड़ी हाई स्कूल के ड्रिल मास्टर राजबली सिंह से संपर्क कर एक टाइपराइटर की व्यवस्था की। हिसप्रस का गुलाबी रंग का लेटरहेड इन लोगों के पास था। इन लोगों ने उसी टाइपराइटर पर 30-40 परचे टाइप किए।

जयदेव कपूर के एक स्वजातीय देवेंद्र नाथ टंडन असेंबली भवन के सुरक्षा विभाग में कार्यरत थे। जातीय आधार देकर जयदेव ने उनसे दोस्ती की। जयदेव ने अपना परिचय तृतीय वर्ष, राजनीतिशास्त्र विभाग, दिल्ली कॉलेज में पढ़नेवाले छात्र के रूप में दिया और अपना उद्देश्य असेंबली पुस्तकालय में रखी अच्छी-अच्छी पुस्तकों का उपयोग करना बताया। इस प्रकार, जयदेव के लिए असेंबली भवन में एक कमरे से दूसरे कमरे में जाने में कोई रुकावट नहीं रह गई। जयदेव ने धीरे-धीरे कांग्रेस पार्टी के कुछ सदस्यों से भी दोस्ती कर ली। इस प्रकार जयदेव के लिए असेंबली भवन में स्वयं जाना और दूसरे के लिए पास का इंतजाम करना आसान होता चला गया। जयदेव को ही यह जिम्मेदारी दी गई थी कि असेंबली में पास के साथ और पास के वगैरह दाखिल होने का पूरा प्रबंध करे।[23]

बिना पास असेंबली में दाखिल होने के उद्देश्य से जयदेव कपूर ने असेंबली में एक ऐसे निगरानी अधिकारी से दोस्ती गाँठी, जिसे कविता का शौक था और जयदेव उसके लिए आदर्श श्रोता थे। उसने जयदेव और उनके साथियों को असेंबली में बिना रोक-टोक आने की सुविधा दे दी।[24]

जयदेव अपने कई साथियों को असेंबली भवन का निरीक्षण करवाकर आ गए।

एक बार तो चंद्रशेखर आजाद जयदेव के साथ असेंबली के अंदर तक गए और उन्होंने व्यूह-रचना के तहत सबकुछ देख लिया कि कहाँ से एक्शन किया जा सकता है, कहाँ से भागा जा सकता है, कहाँ मोटर खड़ी करनी है, ताकि असेंबली में बम फेंकने के बाद भगत सिंह को बचाया जा सके; लेकिन भगत सिंह चंद्रशेखर आजाद को इस कदम से अपने को अलग रखने के लिए दृढ़ निश्चय कर चुके थे। वे किसी भी हालत में असेंबली बम विस्फोट के बाद जान बचाकर भागने के लिए तैयार नहीं थे, बल्कि आत्मसमर्पण करने लिए तैयार हो चुके थे।[25]

भगत सिंह और बटुकेश्वर दत्त ने 3 अप्रैल एवं 6 अप्रैल को संयुक्त रूप से असेंबली भवन का निरीक्षण किया और सारी चीजों के बारे में एक सटीक व्यूह-रचना तैयार कर ली। उन्हें इस बात की पूरी जानकारी मिल चुकी थी कि कौन सदस्य कहाँ बैठते हैं, बम कहाँ फेंका जाना है, बम कैसे भीतर ले जाना ठीक रहेगा। इस बात की पुष्टि अपने साक्ष्य में दिल्ली पुलिस के कमिश्नर ने भी अदालत में बाद में की। भगत सिंह एवं बटुकेश्वर दत्त 6 अप्रैल को पुरानी दिल्ली रेलवे स्टेशन से ताँगे में सवार होकर असेंबली पहुँचे थे।[26] अपनी पहचान छुपाने के लिए भगत सिंह ने सिर के बाल एवं दाढ़ी कटवा ली थी। पंजाब से असेंबली के सदस्य डॉ. सैफुद्दीन किचलू से भी जयदेव ने अपनी जान-पहचान कर ली थी और बाद में भगत सिंह उनसे मिले भी थे।

3 अप्रैल, 1929 को दिल्ली के कश्मीरी गेट में रामनाथ फोटोग्राफर के साथ बटुकेश्वर दत्त एवं भगत सिंह ने अलग-अलग फोटो खिंचवाए। फोटोग्राफर को उन्होंने कहा कि चूँकि उन दोनों को विदेश जाना है, इसलिए फोटो की आवश्यकता है। इस बात पर लेखकों में मतभेद है कि अलग-अलग फोटो को फिर एक कैसे किया गया। प्रख्यात लेखक एवं न्यायविद् अनिल वर्मा ने अपनी पुस्तक 'भगत सिंह के सहयोगी : बटुकेश्वर दत्त' में लिखा है कि शिव वर्मा पिस्तौल से आतंकित कर फोटोग्राफर से फोटो ले आए और इस क्रम में उन्हें अपनी जान जोखिम में डालनी पड़ी थी।[27] बाद में उसी फोटो का प्रयोग सभी जगहों पर हुआ।

संदर्भ—

1. एस.के. वार्ष्णेय, 'शहीद-ए-आजम भगत सिंह', पाराशर पुस्तक भंडार, 30/21-ए, प्रथम तल, गली नंबर-9, विश्वास नगर, शाहदरा, दिल्ली 110032, 2004, पृ. 64
2. चमनलाल, 'भगत सिंह', मेधा बुक्स, नवीन शाहदरा, दिल्ली 110032, 2009, पृ. 201
3. वही
4. मन्मथनाथ गुप्त, 'भारतीय क्रांतिकारी आंदोलन का इतिहास'
5. मालविंदरजीत सिंह वड़ाइच, 'भगत सिंह : द इटर्नल रेबेल', पृ. 100
6. भगवान सिंह राणा, 'भगत सिंह : एन इम्मोर्टल रिवॉल्यूशनरी ऑफ इंडिया', पृ. 42

7. मन्मथनाथ गुप्त, उपरोक्त
8. भगवान सिंह राणा, 'भगत सिंह : एन इम्मोर्टल रिवॉल्यूशनरी ऑफ इंडिया', पृ. 43
9. अनिल वर्मा, 'भगत सिंह के सहयोगी : बटुकेश्वर दत्त', नेशनल बुक ट्रस्ट, इंडिया, पृ. 32
10. एस.के.वार्ष्णेय, पृ. 64
11. अनिल वर्मा, पृ. 33
12. भगवान सिंह राणा, पृ. 43
13. अनिल वर्मा, पृ. 33
14. श्रीकृष्ण सरल, 'क्रांतिकारी कोश', प्रभात प्रकाशन, 4/19, आसफ अली रोड, नई दिल्ली-110002, प्रथम संस्करण, 1998, पृ. 107
15. अनिल वर्मा, पृ. 33
16. मन्मथनाथ गुप्त, क्रांतिदूत भगत सिंह
17. मालविंदरजीत सिंह वड़ाइच, गुरुदेव सिंह सिद्धू, 'भगत सिंह को फाँसी', राजकमल, 2010, पृ. 37
18. भगवान सिंह राणा, 'भगत सिंह', पृ. 43
19. अनिल वर्मा, पृ. 37
20. वही
21. मालविंदरजीत सिंह वड़ाइच, 'भगत सिंह द इंटरनल रेवेल द्वितीयक स्रोत-भगत सिंह के सहयोगी : बटुकेश्वर दत्त', पृ. 37
22. अनिल वर्मा, पृ. 37
23. चमनलाल, 'भगत सिंह', मेधा बुक्स, नवीन शाहदरा, दिल्ली-110032, 2009, पृ. 181
24. वही
25. अनिल वर्मा, पृ. 36
26. वही, पृ. 38
27. वही

□

असेंबली में बम विस्फोट : अंग्रेज शासन की नींव पर चोट

8 अप्रैल, 1929 को असेंबली की कारवाई 11 बजे पूर्वाह्न आरंभ होने वाली थी। शासकों के मन में एक प्रकार से विजय का भाव था। चूँकि वाइसरॉय लॉर्ड इरविन के आदेशानुसार असेंबली में दो ऐतिहासिक बिलों पर फैसला होना था, लेकिन शायद अंग्रेज अधिकारियों को इस बात की गंध भी नहीं लग पाई थी कि असेंबली में कुछ अनहोनी होनी है।

जयदेव के प्रयासों से तथा एक नामित सदस्य की अनुशंसा पर भगत सिंह एवं बटुकेश्वर दत्त के लिए पास की व्यवस्था हो चुकी थी।[1] खाकी कमीज, निक्कर और नीले रंग का कोट पहने हुए भगत सिंह, हलके नीले रंग का कोट धारण किए हुए बंगाल से आनेवाले बटुकेश्वर दत्त कुल मिलाकर यूरोपियन वेशभूषा में वहाँ पहुँचे और सदन के मुख्य दरवाजे पर आए। भगत सिंह हैट भी पहने हुए थे। उनके पास अतिथि पास था और उन्हें पब्लिक गैलरी में जाना था। वे आसानी से पब्लिक गैलरी में प्रवेश पा गए। हाफ पैंट की जेब में ऊपर से अखबार मोड़कर रखा गया था। यहाँ पर यह चतुराई बरती गई थी कि जिस हिंदुस्तानी सदस्य के हस्ताक्षर से उन्हें पास दिया गया था, वह पास भगत सिंह एवं बटुकेश्वर दत्त से वापस ले लिया गया और उसे किसी ने नहीं देखा।

भारत का राजनीतिक वातावरण उन दिनों कुछ अधिक गरम था। भारतवासियों का मानना था कि ब्रिटिश सरकार सार्वजनिक सुरक्षा विधेयक (पब्लिक सेफ्टी बिल) और औद्योगिक विवाद विधेयक (ट्रेड्स डिस्प्यूट्स बिल) के जरिए हिंदुस्तानियों पर मनमाना जुल्म करने, उनके खिलाफ उठती हर बुलंद आवाज को रौंद देने की असीमित शक्तियाँ प्राप्त कर रही है। हालाँकि इन बिलों का विरोध करने का साहस भारत के मुट्ठी भर लोगों के अतिरिक्त और किसी को नहीं था।

असेंबली में बैठक की अध्यक्षता विट्ठलभाई पटेल कर रहे थे। कारवाई को

देखने के लिए भारत के प्रमुख समाचार-पत्रों के संवाददाता अपनी गैलरी में मौजूद थे। गैलरी में देश के प्रमुख नेता सरदार वल्लभभाई पटेल, देवदास गांधी, ब्रजलाल नेहरू, महादेव देसाई आदि भी मौजूद थे। सदन के अंदर प्रमुख राष्ट्रीय नेता मोतीलाल नेहरू, मोहम्मद अली जिन्ना, एन.पी. केलकर, एम.आर. जयकर, पं. मदनमोहन मालवीय अपनी-अपनी सीटों पर बैठे हुए थे। गृह सदस्य सर जॉर्ज शुस्टर भी अपनी जगह पर बैठे हुए थे। प्रेसीडेंट गैलरी में लॉर्ड साइमन बैठे हुए थे, जिनके आयोग को पूरे देश में कहीं भी सम्मान नहीं मिल पाया था और 'साइमन गो बैक' से पूरा भारत गूँज उठा था।

औद्योगिक विवाद विधेयक (ट्रेड्स डिस्प्यूट्स बिल) को सरकार ने येन-केन-प्रकारेण पास करवा लिया। इस बिल के उपबंधों के अनुसार, औद्योगिक मजदूरों की हड़ताल पर पाबंदी लगा दी गई। परंतु सार्वजनिक सुरक्षा विधेयक (पब्लिक सेफ्टी बिल) के पास होने में पेंच फँसा हुआ था। सदन अभी इस पर 56-38 मतों से बँटा हुआ था। पूर्व में ये विधेयक असेंबली में बहुमत के आधार पर खारिज किए जा चुके थे, परंतु सरकार वाइसराय के वीटो पावर के आधार पर इन्हें पास कराने पर तुली हुई थी। बिल सदन में बहस के लिए 21 मार्च को पेश किया गया, लेकिन अध्यक्ष ने उसे 2 अप्रैल, 1929 तक के लिए स्थगित कर दिया। 2 अप्रैल को उन्होंने निर्णय दिया कि चूँकि बिल का आधार और मेरठ षड्यंत्र केस में अभियुक्तों के खिलाफ लगाए गए अभियोग एक जैसे हैं, अतः इस स्थिति में बिल पर जो बहस होगी, उससे अभियुक्तों के बचाव पर असर पड़ेगा। इन कारणों से उन्होंने बिल पर बहस की अनुमति नहीं दी। 4 अप्रैल को भारत सरकार ने उसे फिर सदन के सामने पेश किया और बहस की अनुमति माँगी।[2] अध्यक्ष ने अपना नियमन पढ़ना आरंभ किया। उन्होंने कहा कि सरकार के रुख से आसन को चुनौती मिली है।[3]

असेंबली के अध्यक्ष विट्ठलभाई पटेल ने अपनी राय देने के लिए अपने आसन से उठकर कहना शुरू किया—As the trade dispute bill is now out of way, I propose to giving my ruling...

इसी समय की प्रतीक्षा भगत सिंह एवं बटुकेश्वर दत्त को थी। पब्लिक गैलरी में बैठे दोनों नवयुवक फुरती से अपनी जगह से उठे। भगत सिंह ने अपनी जेब से अखबार के टुकड़ों में लिपटा बम निकाला और गृह सदस्य सर जॉर्ज शुस्टर के ठीक पीछेवाली सीट के आगे फेंक दिया। उस सीट पर कोई नहीं बैठा था और बम सावधानी से लकड़ी की बेंच और लकड़ी की दीवार के बीच में फेंका गया। सदन में बम फटने से तेज धमाका हुआ। हॉल में अँधेरा छा गया। सभी गैलरियों में अफरा-तफरी मच गई और लोग अपनी-अपनी सीटों से उठकर भागने लगे। लोगों की चीख-पुकार सुनाई दे रही थी। इसी बीच बटुकेश्वर दत्त ने दूसरा बम फेंका। इससे गाढ़ा नीला धुआँ निकल रहा था। इसी बीच

भगत सिंह ने अपना रिवॉल्वर निकालकर दो हवाई फायर कर दिए। सभी लोग भागना चाह रहे थे, लेकिन दरवाजे से बाहर निकलना आसान नहीं था। सभी लोग अपनी जान बचाकर भागना चाह रहे थे और इस क्रम में चीख, चीत्कार व कोलाहल मचा हुआ था। अध्यक्ष की सीट पर से विट्ठलभाई पटेल ने 'ऑर्डर-ऑर्डर' कहकर सदन में शांति व्यवस्था बनाने की एक नाकाम कोशिश की, परंतु स्थिति की विकरालता को देखते हुए वे भी कुरसी छोड़कर चले गए। लॉर्ड साइमन प्रेसीडेंट गैलरी से भाग खड़े हुए और गृह सदस्य सर जॉर्ज शुस्टर तो इतने डरे हुए थे कि वे अपनी डेस्क के नीचे ही दुबक गए। कुछ सदस्य गैलरी में चले आए और कुछ ने तो शौचालय आदि में छिपकर अपनी जान बचाई। चार सदस्य—मोतीलाल नेहरू, मोहम्मद अली जिन्ना, पं. मदन मोहन मालवीय और वित्त सदस्य सर जेम्स क्रेयर की जीवटता देखने लायक थी। सदन के भीतर से जब नीला धुआँ छँटा तो स्थिति कुछ साफ हुई, लेकिन ये चारों लोग अपनी-अपनी सीटों पर यथावत् बैठे हुए थे, बाकी पूरा सदन खाली हो चुका था। बम विस्फोट में सर्वश्री सर जॉर्ज शुस्टर, सर वोमनजी दलाल एवं तीन अन्य सदस्यों को चोटें आईं।[4]

जवाहरलाल नेहरू ने अपनी आत्मकथा के पृष्ठ 193 में लिखा है कि 8 अप्रैल, 1929 को जब केंद्रीय असेंबली में ट्रेड डिस्प्यूट बिल पारित हुआ और अध्यक्ष विट्ठलभाई पटेल पब्लिक सेफ्टी बिल पर अपनी रूलिंग देने को खड़े हुए, ठीक उसी समय हिंदुस्तान सोशलिस्ट रिपब्लिकन आर्मी नोटिस शीर्षक लिये हुए एक लाल इश्तहार के साथ दो बम दर्शक दीर्घा से सदन में फेंके गए। अभियुक्तों ने जैसा कि बाद में बयान दिया, बम फेंकने का उद्‌देश्य आवाज करना, हलचल मचाना था, किसी को आहत करना नहीं था।[5]

जब स्थिति कुछ सँभली, उसके कुछ क्षण बाद भगत सिंह और बटुकेश्वर दत्त ने अंग्रेजी में नारेबाजी आरंभ की—Long live revolution (इनकलाब जिंदाबाद), Down fall with imperialism (साम्राज्यवाद का नाश हो), Workers of world unite (दुनिया के मजदूरो एक हो) के नारों से सदन फिर गूँज उठा। बटुकेश्वर दत्त ने इसी बीच गुलाबी रंग के कई परचे सदन में फेंक दिए, जो लहराते हुए कई कुरसियों पर गिरे और नीचे जमीन पर भी। परचे में हिंदुस्तान समाजवादी प्रजातंत्र सेना का नोटिस था और इसकी शुरुआत 'बहरों को सुनाने के लिए ऊँची आवाज की जरूरत होती है', से की गई थी। (अनुलग्नक)

पब्लिक गैलरी और सदन में बैठे सदस्य अपनी जान बचाकर भाग निकले और यदि भगत सिंह एवं बटुकेश्वर दत्त चाहते तो इस चिल्ल-पों में आसानी से बाहर भाग सकते थे, लेकिन उनकी योजना भागने की थी ही नहीं। उनके सामने दो उद्‌देश्य थे—अंग्रेजी साम्राज्यवाद का अंत करना और उसके लिए भारत की जनता को जगाना। उनके विचार में इसके लिए यह आवश्यक था कि भारतवासियों के मन में अंग्रेजों की सत्ता के प्रति

भय खत्म किया जाए और इसीलिए वे आत्मसमर्पण करना चाहते थे।

बम फेंकने के बाद भगत सिंह और बटुकेश्वर दत्त अपनी सीटों पर यथावत् बैठे रहे। अब तक अंग्रेज शासक को यह पता चल गया था कि दर्शक दीर्घा में बैठे दोनों नवयुवक ही बम फेंकने वाले हैं। भगत सिंह के हाथ में रिवॉल्वर था और उस रिवॉल्वर को वे अपनी उँगली में ऐसे नचा रहे थे, जैसे छोटी उम्र का कोई बच्चा अपने खिलौने को नचाता है। पुलिस अधिकारी इंस्पेक्टर जॉनसन और सार्जेंट टैरी भगत सिंह के इस रूप को देखकर अत्यधिक डर गए और उनका साहस नहीं हुआ कि वे भगत सिंह के नजदीक जाएँ। पुलिस अधिकारियों की स्थिति भगत सिंह ताड़ गए और उन्होंने उन अधिकारियों को यह विश्वास दिलाना चाहा कि रिवॉल्वर में गोली नहीं है, लेकिन पुलिस इंस्पेक्टर का साहस नहीं हुआ कि इसके बाद भी भगत सिंह के नजदीक तक जाएँ। इसके बाद भगत सिंह ने अपना रिवॉल्वर गैलरी में एक ओर रख दिया और अंग्रेज पुलिस ऑफीसर को भरोसा दिलाया कि अब उनके पास और कोई हथियार नहीं है। इसके बाद इंस्पेक्टर जॉनसन एवं टैरी आगे बढ़ने का साहस कर सके और दोनों व्यक्तियों को गिरफ्तार किया गया तथा उनकी तलाशी ली गई।[6]

जब पुलिस अधिकारी उन्हें गिरफ्तार कर ले जाने लगे तो सदन में 'इनकलाब जिंदाबाद' का नारा एक बार फिर लगाया गया, जो बाद में भारत में आत्मसम्मान के नारे के रूप में जन-जन की जुबान पर छा गया। 'इनकलाब जिंदाबाद' हमारी राजनीति में दूसरा महत्त्वपूर्ण नारा था, जिसे पहली बार भगत सिंह ने उस दिन लगाया था।[7]

भारतीय जनता की तरह भारतीय प्रेस भी घुटन में थी। भारतीय प्रेस गुलामी के शिकंजे में छटपटाती हुई जनता के प्रति अपने उत्तरदायित्व का ईमानदारी एवं निष्ठा से निर्वाह नहीं कर पा रही थी। असेंबली बम कांड की घटना ने भारतीय जनता से पहले भारतीय प्रेस को इस घुटन से निकलने का मौका दे दिया। भगत सिंह एवं बटुकेश्वर दत्त द्वारा फेंके गए परचों को बड़ी मुस्तैदी से सदन से हटा दिया गया और अंग्रेज शासक ने भरपूर कोशिश की कि इन परचों के बारे में बाहर कोई चर्चा नहीं हो, लेकिन दिल्ली के अंग्रेजी दैनिक 'हिंदुस्तान टाइम्स' के एक संवाददाता ने बहुत ही होशियारी और फुरती से एक परचा उड़ाकर अपनी जेब में रख लिया और सदन से बाहर हो गया। बाद में 'हिंदुस्तान टाइम्स', दिल्ली के सांध्यकालीन संस्करण में यह परचा छाप दिया गया और इस प्रकार यह आम जनता के लिए उपलब्ध हो गया।[8]

उस समय खबर बाहर भेजने के जितने भी साधन उपलब्ध थे, उस पर सरकारी अधिकारियों का सेंसर होता था। बिना सरकारी अधिकारी की सहमति के कोई भी ऐसा समाचार बाहर नहीं भेजा जा सकता था, जो सरकार के विरुद्ध हो। दिल्ली में 'द स्टेट्समैन' अखबार के संवाददाता लाला दुर्गादास थे। उन्होंने असेंबली बम कांड की

खबर टेलीफोन द्वारा कलकत्ता भेजनी चाही, परंतु अपनी कोशिश में वे सफल नहीं हो पाए; लेकिन दुर्गादास के लिए अंग्रेज अधिकारियों को चकमा देना इतना कठिन नहीं था। उन्होंने बड़ी चालाकी से 'द स्टेट्समैन' के लंदन कार्यालय को इस घटना से संबंधित रिपोर्ट भेज दी। समाचार कलकत्ता भेजना कठिन था, न कि लंदन भेजना, क्योंकि अधिकारियों की नजर में लंदन भेजे जानेवाले समाचार को सेंसर से गुजारने की आवश्यकता नहीं थी। लंदन कार्यालय से यह समाचार 'द स्टेट्समैन' के कलकत्ता कार्यालय तक पहुँचा। अब तक एसोसिएटेड प्रेस ऑफ इंडिया के माध्यम से इस घटना से संबंधित समाचार कलकत्ता के दूसरे समाचार-पत्रों तक पहुँच चुका था; लेकिन तब तक 'द स्टेट्समैन' अपनी तैयारी कर चुका था और उसका असेंबली बम विस्फोट विशेषांक छपकर बाजार में आ चुका था।

अंग्रेज सरकार ने समाचार-पत्रों को इस घटना के बारे में सावधानी बरतने की सलाह दी, परंतु बावजूद इसके 'हिंदुस्तान टाइम्स', लाहौर के 'द ट्रिब्यून' (10 अप्रैल एवं 11 अप्रैल, 1929), दैनिक 'आज', वाराणसी (10 अप्रैल, 1929) आदि में खबर छप गई थी और अब पूरा देश इस घटना की जानकारी ले चुका था। भगत सिंह एवं बटुकेश्वर दत्त द्वारा खींचे गए फोटोग्राफ्स 'वंदे मातरम्' (अंक 12 अप्रैल), 'द हिंदुस्तान टाइम्स' (18 अप्रैल) एवं 'द पायोनियर' (20 अप्रैल) में प्रकाशित हुए थे और बाद में ये फोटो विभिन्न स्थलों पर दल से सहानुभूति रखनेवालों ने छपवाकर पूरे भारत में वितरित किए थे।[9]

संदर्भ—

1. भगवान सिंह राणा, 'भगत सिंह, एन इम्मोर्टल रिवॉल्यूशनरी ऑफ इंडिया', पृ. 44
2. मालविंदरजीत सिंह वड़ाइच, 'भगत सिंह को फाँसी', राजकमल, 2010, पृ. 48
3. सुभाष सी. कश्यप, 'हिस्टरी ऑफ पार्लियामेंट ऑफ इंडिया', पृष्ठ 168-201
4. अनिल वर्मा, 'भगत सिंह के सहयोगी : बटुकेश्वर दत्त', नेशनल बुक ट्रस्ट ऑफ इंडिया, पृ. 1-2
5. के.के. दत्त, 'बिहार में स्वातंत्र्य आंदोलन का इतिहास', भाग-2, बिहार हिंदी ग्रंथ अकादमी, प्रेमचंद मार्ग, राजेंद्र नगर, पटना-16, द्वितीय संस्करण 1998, पृ. 33
6. अनिल वर्मा, पृ. 5
7. नित्यानंद सिंह, 'भारत के स्वतंत्रता संग्राम का इतिहास', सत्या प्रकाशन, रोड नंबर-13बी, राजेंद्र नगर, पटना-16, पृष्ठ 108
8. अनिल वर्मा, पृ. 42
9. वही, पृ. 38

□

बम विस्फोट के बाद का घटनाक्रम

पुलिस सार्जेंट एच.जी. टैरी और ट्रैफिक इंस्पेक्टर जॉनसन द्वारा भगत सिंह एवं बटुकेश्वर दत्त को गिरफ्तार किया गया और उनकी तलाशी ली गई। भगत सिंह की पैंट की जेब से कारतूस भरी हुई एक मैगजीन बरामद हुई थी। बटुकेश्वर दत्त के पास महज एक पैंफ्लेट एवं कुछ अखबार ही मिले।[1] इसके बाद उन्हें मि. कोलिन्स के कक्ष में ले जाया गया, जहाँ उनसे प्राप्त सामग्री की जब्ती आदि की औपचारिकताएँ पूरी की गईं। घटना के बारे में प्रथम सूचना रिपोर्ट दोपहर 1 बजे नई दिल्ली पुलिस थाने में हेड मोहर्रिर मो. अमीन ने दर्ज कराई, जिसका रिपोर्ट क्रमांक 113 दिनांक 8-4-1929 है। प्रथम सूचना रिपोर्ट में बम विस्फोट की घटना का विस्तृत विवरण दर्ज कराया गया और दोनों क्रांतिकारियों पर भारतीय दंड विधान की धारा 307 एवं विस्फोटक पदार्थ अधिनियम की धारा-3 के तहत अपराध कायम किया गया था। भगत सिंह एवं बटुकेश्वर दत्त को पुलिस द्वारा नई दिल्ली कोतवाली ले जाया गया।

जिस समय भगत सिंह एवं बटुकेश्वर दत्त को गिरफ्तार करके पुलिस गाड़ी में चाँदनी चौक थाना ले जाया जा रहा था, उस समय भगवती चरण वोहरा, उनकी पत्नी दुर्गा भाभी और उनका बेटा शची एक ताँगे में बैठकर जा रहे थे और उनकी ठीक बगल से पुलिस गाड़ी निकली। बच्चा शची तुरंत ही भगत सिंह को पहचान गया और देखते ही जोर से चिल्लाया—"लंबू चाचा!" लेकिन दुर्गा भाभी ने तुरंत अपनी हथेली से शची का मुँह बंद कर दिया।[2]

कोतवाली थाना में पुलिस के समक्ष उन्होंने कोई भी बयान देने से साफ इनकार कर दिया और पुलिस के समक्ष कहा कि उन्हें जो भी कहना है, वे अदालत में ही कहेंगे। इसके बाद पुलिस ने उन्हें एडीशनल डिस्ट्रिक्ट मजिस्ट्रेट एफ.बी. पूल के समक्ष प्रस्तुत किया, जिन्होंने बिना कोई समय गँवाए उन्हें पुलिस हिरासत में दिनांक 8-4-1929 से 22-4-1929 तक के लिए सौंप दिया। इसके बाद दोनों क्रांतिकारियों को अलग कर दिया गया। भगत सिंह को चाँदनी चौक स्थित कोतवाली थाना तथा बटुकेश्वर दत्त को

रायसीना हिल्स पर संसद् मार्ग स्थित नई दिल्ली कोतवाली में बंद करके रखा गया।[3]

बिना जिला मजिस्ट्रेट की अनुमति के इन दोनों क्रांतिकारियों से बातचीत करने की इजाजत किसी को भी नहीं थी। बटुकेश्वर दत्त नई दिल्ली कोतवाली में बंद थे और हवालात के भीतर ऐसे ही टहल रहे थे। इस बीच एक सूटेड-बूटेड व्यक्ति उनकी बगल से गुजरा और जाते हुए यह कह गया, "नौजवान, आज तुमने इतिहास बना दिया है!"[4]

पुलिस के समक्ष असेंबली बम विस्फोट की घटना बहुत बड़ी चुनौती बनकर सामने आई थी। पुलिस यह जानना चाहती थी कि आखिर क्रांतिकारियों के मन में ऐसी घटना किए जाने का विचार कहाँ से आया। पुलिस ने नई दिल्ली कोतवाली में बंद बटुकेश्वर दत्त का दिल जीतने एवं सारी बात उगलवाने के लिए अपने पुराने सहयोगी तसद्दुक हुसैन को भेजा। तसद्दुक हुसैन के बारे में पुलिस अधिकारियों को विश्वास था कि वह क्रांतिकारियों का विश्वास जीतकर उनसे सारा राज जान सकता है। इससे पहले भी तसद्दुक हुसैन को काकोरी षड्यंत्र केस के अशफाक उल्ला खाँ का मुखबिर बनाने के लिए भेजा गया था; परंतु उनके समक्ष इसकी एक भी नहीं चली और यह असफल होकर वापस आ गया। तसद्दुक हुसैन ने बटुकेश्वर दत्त के पास जाकर उनके कपड़े बदलवा दिए और बातों में लगाकर यह जानने की कोशिश की कि क्या उन्होंने 'पासिंग शो' फिल्म देखी है? उस फिल्म में इसी तरह के धमाके की घटना को फिल्माया गया था। लेकिन बटुकेश्वर दत्त ने कुछ भी बताने से इनकार कर दिया और तसद्दुक हुसैन उलटे पाँव वापस आने को मजबूर हो गया।

भारत के वॉइसराय द्वारा लंदन स्थित भारत के राज्य सचिव को तार द्वारा घटना की जानकारी दी गई। तार संख्या-1320 एस। दिनांक 8-4-1929 द्वारा भेजे गए तार में घटना का संक्षिप्त वर्णन करते हुए बताया गया कि बम विस्फोट से किसी को गंभीर चोट नहीं आई है। सदस्य श्री बी.जी. दलाल को कुछ चोटें आई हैं और वे बम धमाके से बहुत घबरा गए थे। बम विस्फोट की घबराहट में सदन ने इसे बृहस्पतिवार तक के लिए स्थगित कर दिया। दो व्यक्ति गैलरी से पकड़े गए हैं। इसके बाद तार क्रमांक 1322 दिनांक 8-4-1929 पुनः लंदन भेजा गया, जिसमें घटना का विस्तारपूर्वक वर्णन दिया गया। उसमें कहा गया कि "गिरफ्तार किए गए दो व्यक्ति—लाहौर का भगत सिंह, जो कि फरार था और पुलिस को उसकी तलाश थी तथा एक बंगाली बटुकेश्वर दत्त हैं। कहा जाता है कि दोनों बम भगत सिंह ने फेंके थे। पहला आगे की सरकारी बेंचों के पास गिरा तथा दूसरा पीछे वाली सरकारी बेंचों पर। बम फेंकने के पश्चात् भगत सिंह ने एक स्वचालित पिस्तौल से दो गोलियाँ चलाईं, जो बाद में जाम हो गई। तब दोनों व्यक्तियों ने क्रांतिकारी परचे सदन में फेंके। परचे में यह दावा किया गया कि सरकार द्वारा पब्लिक सेफ्टी एवं ट्रेड डिसप्यूट्स बिल जैसे दमनकारी कानून लागू करने और मजदूर

नेताओं की अंधाधुंध गिरफ्तारियों के कारण उन्होंने यह काररवाई की है। दोनों व्यक्तियों ने न तो बच निकलने की कोशिश की और न ही अपनी गिरफ्तारी में रोक-टोक की।

''सर बी.जी. दलाल की जाँघ पर जख्म हुआ था और वे अस्पताल में हैं। सर जॉर्ज शुस्टर एवं दो अन्य अधिकारियों को मामूली चोटें आई हैं। यह बात वर्णनीय है कि बमों द्वारा कोई गंभीर हानि नहीं हुई, भले ही सीटों को भारी नुकसान पहुँचा है। पास की दीवारों और यहाँ तक कि सदन की छत को भी नुकसान पहुँचा है। (संदर्भ : गृह विभाग (राजनीतिक) 1929 भारत सरकार, फाइल नं. 192 (गुप्त), पृष्ठ 101 एवं 102, राष्ट्रीय अभिलेखागार, नई दिल्ली)[5]

8 अप्रैल, 1929 को ही दिल्ली के पुलिस कमिश्नर ने गृह विभाग के सचिव को घटना का विवरण देते हुए घायल व्यक्तियों की सूची भेजी। उस सूची में सर जॉर्ज शुस्टर, सर बोमान जी. दलाल, एम.एल.ए. मि. एस.एन. राय एवं मि. पी.आर. राव, रेलवे वित्तायुक्त का नाम शामिल था। अपने प्रतिवेदन में दिल्ली पुलिस के कमिश्नर ने लिखा कि इन लोगों को बम के टुकड़ों से चोटें नहीं आईं, बल्कि फर्श पर टूटे हुए भागों, ईंटों एवं फर्नीचर आदि से चोटें पहुँची हैं।

वॉइसराय ने भी इस मौके पर एक वक्तव्य जारी किया और बताया कि दोनों अभियुक्तों द्वारा इस बात का ध्यान रखा गया कि बम विस्फोट में किसी की जान नहीं जाए। अगर वे चाहते तो बहुत बड़ा विनाश कर सकते थे। उनका निशाना सेंट्रल असेंबली का संस्थान था।

घटना की प्रतिक्रिया

महात्मा गांधी इस काररवाई से काफी क्षुब्ध हुए। उन्होंने इसे पागलपन से परिपूर्ण, बदले एवं कायरतापूर्ण भावनाओं का फल बताया। उन्होंने कहा कि ''आजादी के नाम पर बम फेंकनेवालों ने देश की आजादी के लक्ष्य को नुकसान पहुँचाया है। अहिंसा में विश्वास रखनेवाली कांग्रेस और इसके सदस्य इस कृत्य के प्रति गुप्त रूप से भी कोई सहानुभूति प्रकट न करें। अगर हमें अपने कार्यक्रमों में श्रद्धा है और हम उसे लगन से करते रहें तो एक बड़ी हद तक हम बम फेंकनेवालों पर अंकुश लगा सकते हैं। इसके लिए जो लोग विवेकशील हैं, उन्हें खुलेआम और पूरे हृदय से इन विस्फोटों की निंदा करनी चाहिए, ताकि हमारे बहके हुए देशभक्तों ने हिंसा की व्यर्थता और हिंसात्मक गतिविधियों से हर बार जो बड़ा भारी नुकसान पहुँचाया है, उसे समझा जाए।''[6]

कांग्रेसी सदस्य दीवान चमनलाल ने कहा कि बम फेंकना पागलपन का काम है। दीवान चमनलाल लाहौर चुनाव में लाला लाजपतराय के विरोध में खड़े हुए थे और भगत सिंह एवं उनके साथियों ने दीवान चमनलाल को चुनाव जिताने के क्रम में लाला

लाजपतराय का विरोध तक किया था। उसने अपने वक्तव्य में उन क्रांतिकारियों को इस घटना के लिए कसूरवार ठहराया था। एक ओर कांग्रेस से जुड़े संगठन की ओर से इस घटना के विरोध में वक्तव्य आ रहे थे, वहीं कुछ लोग ऐसे भी थे, जिन्हें आनेवाले समय को पढ़ने का इल्म था और उनमें से कई लोगों ने इस घटना के बारे में सधी टिप्पणी की। जलियाँवाला कांड के लिए कुख्यात सर माइकल ओ' डायर ने इस घटना के संदर्भ में अंग्रेज सरकार की कटु आलोचना करते हुए कहा कि भारतीय अब सोचने लगे हैं कि अब हम शासन करने के लिए सक्षम नहीं रहे हैं। दिल्ली की यह घटना सत्ता से जुड़े हुए लोगों की दिग्भ्रमित नीतियों का दुष्परिणाम है। अत: अब गंभीरता से यह विचार किया जाना चाहिए कि हम या तो बेहतर तरीके से शासन करें अथवा सत्ता ही छोड़ दें।[7]

असेंबली बम विस्फोट में फेंके गए परचे जब देश के समक्ष आए तो इसके द्वारा आम जनता में क्रांतिकारी संगठनों की नीतियाँ एवं वैचारिक पक्ष सामने आए। लोगों की समझ में आने लगा कि क्रांतिकारियों का उद्देश्य संपूर्ण साम्राज्यवादी व्यवस्था को ध्वस्त करना है। क्रांतिकारियों की भावना के संबंध में आम जनता में इससे पहले अलग-अलग सोच थी। क्रांति के पीछे कौन सी अवधारणा है, इसको लेकर भी लोगों में कई तरह के विचार थे; लेकिन भगत सिंह एवं बटुकेश्वर दत्त द्वारा असेंबली हॉल में फेंके गए परचे जब बाहर आए तो इससे लोगों का भ्रम दूर हो गया। क्रांतिकारी दल की नीतियाँ और वैचारिक पक्ष राष्ट्र के सामने आया था। डॉ. डुबलिश का मानना है कि क्रांतिकारियों का असेंबली में बम फेंकने का मुख्य उद्देश्य राष्ट्र का ध्यान केंद्रित करना था। वे सीधी कारवाई द्वारा पूर्ण स्वाधीनता के साथ ही राजनीतिक गतिविधियों में आई शिथिलता को दूर करना चाहते थे।[8]

बम विस्फोट की घटना से वे सभी प्रभावित थे, जिनका संबंध भारत से था। अंग्रेज सरकार और शासन-प्रणाली की व्यापक आलोचना आरंभ हो गई। असेंबली में परचे फेंकने की घटना की पुनरावृत्ति लंदन के हाउस ऑफ कॉमंस में अप्रैल 1929 के अंतिम सप्ताह में हुई। वहाँ पर एक पुरुष और एक महिला ने 'साइमन कमीशन मुर्दाबाद' एवं 'सरकार मुर्दाबाद' के नारे लगाते हुए इसी प्रकार के परचे फेंके। इस प्रकार असेंबली में की गई यह घटना पूरी दुनिया में दमनकारी नीतियों के विरोध के सशक्त माध्यम की एक मिसाल बन गई थी।[9]

असेंबली भवन में बम विस्फोट की घटना की प्रतिक्रिया बिहार में भी हुई। पटना में भगत सिंह और बटुकेश्वर दत्त के चित्र सहित एक इश्तहार की प्रतियाँ बिकीं। उसके लेखक संभवत: प्रो. ज्ञान साहा थे और उसका मूल्य हर प्रति 1 आना था। 17 अगस्त, 1929 की रात में पटना में दो स्थानों—छज्जूबाग और बड़ा डाकखाना के फाटक पर बिल्ले चिपकाए गए। पहला बड़ा इश्तहार का शीर्षक था—'भूख हड़तालियों के प्रति

सहानुभूति दिखाओ, रक्षा कोष हेतु चंदा दो'। दूसरे छोटे इश्तहार का शीर्षक था—'प्रत्येक राष्ट्र को दमन एवं अत्याचार के विरुद्ध विद्रोह करने का अधिकार है'।[10]

प्रो. ज्ञान साहा को सरकार अतिवादी विचारधारा का क्रांतिकारी समझती थी। सरकार की दृष्टि में श्री साहा पूर्ण स्वतंत्रता प्राप्त करने हेतु क्रांति का समर्थन करते थे। श्री साहा पटना क्रांतिकारी पार्टी के नेता मणींद्र नारायण राय, बिहार नेशनल कॉलेज के प्राध्यापक और हिंदुस्तान रिपब्लिकन एसोसिएशन की पंजाब शाखा के नेता श्री जयचंद्र विद्यालंकार के साथ घनिष्ठ रूप से संबद्ध थे। नई क्रांतिकारी पार्टी के एक प्रमुख नेता श्री एम.एन. राय 1929 में पटना आए। पुलिस को संदेह था कि श्री राय ने प्रो. ज्ञान साहा के साथ गुप्त बातचीत की थी। अगस्त 1929 में श्री राय ने पटना में मैजिक लालटेन की सहायता से भारत के प्राचीन वैभव की तुलना में वर्तमान गरीबी तथा अंग्रेजी ईस्ट इंडिया कंपनी के कर्मचारियों की क्रूरताओं पर भाषण दिया। इसके लिए श्री राय को 17 अगस्त को गिरफ्तार कर लिया गया; परंतु हाई कोर्ट द्वारा जमानत पर उन्हें छोड़ दिया गया था।[11]

असेंबली में बम विस्फोट हो जाने के कारण पब्लिक सेफ्टी बिल पारित नहीं हो सका था। असेंबली के पहले चुने हुए अध्यक्ष विट्ठलभाई पटेल थे। इन दोनों विधेयकों को लेकर उनके और सरकार के बीच के मतांतर चर्चा के विषय बन गए। असेंबली बम कांड के समय भारत के वॉइसराय लॉर्ड इरविन थे। वे सेक्रेटरी ऑफ स्टेट के बुलावे पर लंदन गए हुए थे और वॉइसराय का अस्थायी प्रभार मद्रास के गवर्नर लॉर्ड गोस्टचेन के पास था। घटना के तुरंत बाद उन्होंने असेंबली के अध्यक्ष श्री विट्ठलभाई पटेल के साथ बैठक की। सरकार का दबाव था कि इस एक्ट को पारित समझा जाए, लेकिन विट्ठलभाई पटेल इसके लिए तैयार नहीं थे। अंत में वॉइसराय को गवर्नमेंट ऑफ इंडिया एक्ट 1919 की धारा-72 में प्राप्त असाधारण अधिकार का सहारा लेना पड़ा और पब्लिक सेफ्टी बिल को ऑर्डिनेंस के रूप में जारी कर दिया गया। येन-केन प्रकारेण ट्रेड डिस्प्यूट बिल भी पारित करा लिया गया। ये दोनों ऐक्ट अंग्रेजी सरकार के लिए प्रतिष्ठा का प्रश्न बन चुके थे। जब लॉर्ड इरविन लंदन से भारत वापस आए तो दोनों सदनों की एक संयुक्त बैठक 12 अप्रैल, 1929 को आहूत की गई। अपने अभिभाषण में वॉइसराय लॉर्ड इरविन ने इस घटना की घोर निंदा की और साथ ही अध्यक्ष विट्ठलभाई पटेल द्वारा की गई नियमों की व्याख्या की भी आलोचना की।[12]

इसके पूर्व 24 सितंबर, 1928 को पब्लिक सेफ्टी बिल के द्वितीय वाचन के बाद सदन में मतदान कराया गया था। विधेयक के पक्ष में 61 और विपक्ष में 61 मत पड़े। आसन पर विट्ठलभाई पटेल थे और उन्हें अपना निर्णायक मत देना था। पटेल ने प्रस्ताव के विरोध में अपना मत दिया और प्रस्ताव पारित नहीं हो सका। पटेल ने कहा कि यदि कोई दल या व्यक्ति इस तरह का कोई प्रस्ताव लाना चाहता है तो उसे सर्वप्रथम सदन

के सदस्यों का विश्वास हासिल करना चाहिए। गृह सदस्य निश्चित रूप से ऐसे प्रयास में असफल रहे हैं और ऐसी परिस्थिति में वे आसन से अपेक्षा नहीं कर सकते कि वह प्रस्ताव के पक्ष में अपना मत दे। इसलिए मैं अपना मत 'न' पक्ष में देता हूँ और इस तरह 'हाँ' पक्ष में 61 और 'न' पक्ष में 62 मत पड़े।[13]

8 अप्रैल, 1929 को भगत सिंह एवं बटुकेश्वर दत्त द्वारा केंद्रीय असेंबली में बम फेंकने के बाद सरकार के प्रतिनिधि गृह सदस्य एवं अध्यक्ष विट्ठलभाई पटेल के बीच गंभीर विवाद उभरकर सामने आ गया। विवाद का विषय केंद्रीय विधानसभा के हाता का निर्धारण था। गृह सदस्य सुरक्षा के नाम पर संपूर्ण केंद्रीय विधानसभा के परिक्षेत्र को अपने अधीन लेना चाहते थे। भारत सरकार और दिल्ली के मुख्य सुरक्षा आयुक्त ने कहा कि सदन एवं उसके पूरे परिक्षेत्र की सुरक्षा की बंदोबस्ती की जिम्मेवारी के विषय में निर्णय लेने के बारे में वे ही सक्षम अधिकारी हैं, लेकिन पटेल साहब का कहना था कि केंद्रीय असेंबली के हाता का अधिकार-क्षेत्र उनका है। अध्यक्ष ने अपने अधिकार का प्रयोग करते हुए दर्शक दीर्घा बंद करवा दी। करीब एक महीने तक दोनों पक्षों के बीच तनातनी रही। गवर्नर जनरल को मध्यस्थता करनी पड़ी और निर्णय लिया गया कि असेंबली के भीतरी हाता के सुरक्षाकर्मियों की कमान असेंबली के अध्यक्ष के पास रहेगी, लेकिन बाहरी सुरक्षा का भार पुलिस पर होगा। इसके बाद केंद्रीय असेंबली में अलग से 'वॉच एंड वार्ड' शाखा की स्थापना की गई।[14]

11 अप्रैल, 1929 को पटेल ने दूसरी बार लाए गए पब्लिक सेफ्टी बिल को सदन में पेश करने की अनुमति नहीं दी। आसन का तर्क था कि मेरठ षड्यंत्र केस अभी न्यायालय में विचाराधीन है, अतः इस पर सदन में खुलकर बहस नहीं की जा सकती। आसन की दृष्टि में पब्लिक सेफ्टी बिल का जो कथ्य है और न्यायालय में जो मुकदमे चल रहे हैं, दोनों में समानता है और ऐसी स्थिति में आसन को यह अधिकार है कि वह बहस के लिए अनुमति न दे। आसन की ओर से सरकार के समक्ष गंभीर चुनौती पेश की गई थी। 12 अप्रैल, 1929 को वॉइसराय ने सदन को संबोधित किया और आसन द्वारा नियमों की व्याख्या की कटु आलोचना की गई। लेकिन पटेल भी चुप बैठने वाले नहीं थे। उन्होंने सदन एवं आसन पर वॉइसराय द्वारा किए गए आघात की भर्त्सना की और अपना विरोध दर्ज कराया। वॉइसराय को पुनः अगले ही दिन वक्तव्य जारी करना पड़ा, जिसमें उन्होंने आसन एवं सदन के अधिकार की सुरक्षा के संबंध में किसी प्रकार की कटौती नहीं किए जाने के संबंध में कहा; लेकिन उन्होंने लगे हाथ सदन की संचालन नियमावली के नियम 17-ए में संशोधन का आदेश भी पारित कर दिया, जिसके तहत आसन को बहस रोकने से संबंधित अधिकार था। सरकार का पक्ष भारी पड़ रहा था। गैर-सरकारी सदस्य एस.सी. मित्रा द्वारा सदन में इस पर आपत्ति प्रकट की गई। इतना

ही नहीं, श्री मित्रा ने सरकार के इस कृत्य के विरुद्ध निंदा प्रस्ताव भी पेश कर दिया, जिसमें बिना सदन में बहस कराए और सदन को विश्वास में लिये सदन के अधिकार में कटौती या परिवर्तन क़ी बात सरकार द्वारा की गई थी। सरकार की ओर से आश्वासन दिया गया कि भविष्य में जब कभी भी सदन से संबंधित विषय में संशोधन की बात की जाएगी, सदन को इस बारे में अवगत कराया जाएगा और सदन को विश्वास में लेकर ही इस प्रकार की कोई कारवाई की जाएगी।[15]

भगत सिंह को चाँदनी चौक स्थित कोतवाली थाना तथा बटुकेश्वर दत्त को रायसीना हिल्स पर संसद् मार्ग स्थित नई दिल्ली कोतवाली में बंद करके रखा गया। 9 अप्रैल, 1929 को सुबह पानी पीने के लिए कहा गया तो भगत सिंह ने पुलिस से कहा कि वे पिछले चौबीस घंटे से भूखे हैं। गहमागहमी के बीच किसी पुलिस अधिकारी को इस बात का ध्यान भी नहीं रहा कि जो कैदी पिछले चौबीस घंटे से पुलिस लॉकअप में है, उसे कम-से-कम खाने के लिए पूछा जाए। खैर, भगत सिंह को भोजन दिया गया और पीने के लिए पानी भी दिया गया।

इसके बाद पुलिस ने शिनाख्त कारवाई आरंभ कराई। पहली शिनाख्त परेड मजिस्ट्रेट प्रथम श्रेणी सरदार अब्दुल समद के आदेश से 13 अप्रैल, 1929 को नई दिल्ली पुलिस थाना में हुई, जहाँ सर शोभा सिंह, पशरिमा, सी.बी.ओ. ब्राइन, जी.ई.ओ. ब्राइन, जॉनसन एवं टैरी की हुई और इन लोगों ने बटुकेश्वर दत्त की शिनाख्त की। दूसरी शिनाख्त परेड पुरानी दिल्ली कोतवाली में हुई थी, जहाँ इन्हीं गवाहों ने भगत सिंह की पहचान की। पुलिस के समक्ष बहुत बड़ी चुनौती इस केस के हल को लेकर थी और इसलिए पुलिस चाहती थी कि कोई भी प्रयास असफल नहीं हो। भगत सिंह एवं बटुकेश्वर दत्त को लेकर पुलिस उन सभी जगहों पर गई, जहाँ घटना के पूर्व वे लोग अस्थायी तौर पर रहे थे और वहाँ पर मकान मालिक एवं आस-पड़ोस के लोगों से उन दोनों की शिनाख्त करवाई गई। पुलिस ने दिल्ली के लगभग सभी धोबियों को बुलाकर यह पूछा कि इनमें से किसी ने भगत सिंह एवं बटुकेश्वर दत्त के कपड़े वगैरह धोए थे या नहीं। बहुत से टाइपराइटर मँगाकर एवं हाथ से चलनेवाले प्रेस का मजमून इकट्ठा कर यह पता लगाने की कोशिश की गई कि परचे छापने के लिए इनमें से किस का सहारा लिया गया था। 16 अप्रैल, 1929 को भगत सिंह एवं बटुकेश्वर दत्त दोनों को ही कोतवाली पुराना सचिवालय भेज दिया गया।

जब पुलिस के किसी भी हथकंडे का असर उन दोनों क्रांतिकारियों पर नहीं हुआ तो पुलिस ने उन लोगों के साथ बर्बरतापूर्ण व्यवहार करना आरंभ कर दिया। सबसे पहले उन्हें घटिया खाना देना शुरू किया गया, ताकि वे लोग खाने के बिना तड़पना आरंभ कर दें; लेकिन शायद क्रांतिकारियों के तेवर से पुलिस अनजान थी। 19 अप्रैल को खराब भोजन के विरोध में बटुकेश्वर दत्त ने भूख हड़ताल आरंभ कर दी। शायद स्वाधीनता संग्राम के

इतिहास में बटुकेश्वर दत्त पहले सेनानी थे, जिन्होंने भूख हड़ताल को अपना हथियार बनाया। हालाँकि इतिहासकार इस तथ्य की ओर विशेष ध्यान अब तक नहीं दे पाए हैं। मजिस्ट्रेट अब्दुल समद ने उन्हें मनाने की कई कोशिशें कीं, परंतु वे सफल नहीं हो सके।

इसके बाद पुलिस अधिकारियों द्वारा भगत सिंह एवं बटुकेश्वर दत्त के मनोबल को तोड़ने और उनसे क्रांतिकारी संगठनों के बारे में संपूर्ण जानकारी लेने की कोशिश आरंभ हो गई। इसके लिए पुलिस ने कई तरह के हथकंडे अपनाए। सबसे पहले बटुकेश्वर दत्त एवं भगत सिंह को यह बताने की कोशिश की गई कि पूरा देश, क्रांतिकारी संगठन के नेतागण एवं कांग्रेस दल के नेतागण उनके इस कृत्य की घोर निंदा कर रहे हैं। इसके लिए वे उन्हें फर्जी बयान, पिट्ठू अखबारों में छापे गए बयानों को दिखाते थे; लेकिन पुलिस के किसी भी हथकंडे के सामने भगत सिंह एवं बटुकेश्वर दत्त टूटने के लिए तैयार नहीं हुए। हालाँकि दोनों अलग-अलग लॉकअप में बंद थे। बाद में बटुकेश्वर दत्त ने अपने बयान में बताया कि मुझे भगत सिंह पर और भगत सिंह को मुझ पर अटूट विश्वास था और इस कारण वे पूर्व निर्धारित कार्यक्रमों से किसी भी प्रकार अडिग होने वाले नहीं थे। अंत में अंग्रेज सरकार ही थक गई और उन्होंने 'द ट्रिब्यून', लाहौर के 21 अप्रैल, 1929 के अंक में यह बात प्रकाशित हुई कि अभियुक्तों ने न तो कोई बयान दिया है और न ही वे अप्रूवर बने हैं।[16]

22 अप्रैल, 1929 को एडिशनल डिस्ट्रिक्ट मजिस्ट्रेट एफ.बी. पूल के आदेश से दोनों क्रांतिकारियों को 7 मई, 1929 तक न्यायिक हिरासत में दिल्ली जेल भेज दिया गया। एडिशनल डिस्ट्रिक्ट मजिस्ट्रेट की अदालत में भगत सिंह की ओर से प्रख्यात वकील आसफ अली उपस्थित हुए; परंतु बटुकेश्वर दत्त की ओर से कोई भी वकील अदालत में उपस्थित नहीं हुआ। दोनों क्रांतिकारी नहीं चाहते थे कि अदालत या न्यायालय में उनकी ओर से कोई वकील पैरवी करे, क्योंकि वे अंग्रेजी शासन की क्रूरता के प्रति पूर्ण आश्वस्त थे कि वही होगा, जो सरकार चाहेगी। न्यायालय अथवा वकील तो सिर्फ एक नाटक है और दिखावा है। भगत सिंह ने अपने पिता को इस संबंध में पत्र लिखकर स्पष्ट कर दिया था। इससे पूर्व भगत सिंह के पिता सरदार किशन सिंह भगत सिंह से मिलने के लिए दिल्ली आए थे। वे अपने पुत्र से मिलना चाहते थे, परंतु पुलिस ने इसकी इजाजत नहीं दी। इसके बाद 25 अप्रैल को वकील आसफ अली ने ए.डी.एम. एफ.बी. पूल की अदालत के समक्ष आवेदन देकर इस बात के लिए अनुरोध किया कि भगत सिंह के पिता को भगत सिंह से मुलाकात करने की अनुमति दी जाए। अदालत ने इस अनुरोध को स्वीकार किया और सरदार किशन सिंह की मुलाकात 3 मई, 1929 को दिल्ली जेल में भगत सिंह से हुई। उस समय वकील आसफ अली और जेलर भी मौजूद थे।

संदर्भ—

1. अनिल वर्मा, 'भगत सिंह के सहयोगी : बटुकेश्वर दत्त', नेशनल बुक ट्रस्ट, इंडिया, पृ. 40
2. भगवान सिंह राणा, 'भगत सिंह, एन इम्मोर्टल रिवॉल्यूशनरी ऑफ इंडिया', पृ. 47
3. अनिल वर्मा, पृ. 42
4. वही
5. वही, पृ. 44
6. वही, पृ. 46
7. वही, पृ. 46
8. वही
9. दैनिक 'द ट्रिब्यून', लाहौर, 2 मई, 1929
10. के.के. दत्त, पटना पुलिस रिपोर्ट, 19 अगस्त, 1929, बिहार में स्वातंत्र्य आंदोलन का इतिहास, भाग-2, बिहार हिंदी ग्रंथ अकादमी, प्रेमचंद मार्ग, राजेंद्र नगर, पटना-16, द्वितीय संस्करण 1998, पृष्ठ 38-39
11. वही, पृ. 39
12. लेजिस्लेटिव असेंबली डिबेट्स भाग-III, 1929, पृ. 2995
13. सुभाष सी. कश्यप, 'हिस्टरी ऑफ पार्लियामेंट ऑफ इंडिया', पृ. 170
14. वही
15. वही, पृ. 171
16. अनिल वर्मा, पृ. 48

□

अदालती काररवाई

7 मई, 1929 को असेंबली बम कांड के दोनों अभियुक्त भगत सिंह एवं बटुकेश्वर दत्त के विरुद्ध अभियोग-पत्र अतिरिक्त जिला मजिस्ट्रेट एफ.बी. पूल की अदालत में आरंभ किया गया। अभियुक्तों की ओर से आसफ अली वकील थे, जबकि सरकारी वकील लोक अभियोजक रायबहादुर श्री आर.बी. सूरजनारायण थे।

अदालती काररवाई दिल्ली जेल में ही आरंभ हुई और दिल्ली जेल के एक बड़े कमरे को अदालती रूप दिया गया। पुलिस अदालती काररवाई एवं सुरक्षा व्यवस्था को लेकर काफी भयभीत व सतर्क थी और यही कारण है कि दिल्ली जेल के अंदर ही काररवाई आरंभ हुई। दिल्ली जेल की अदालती काररवाई को देखने के लिए कुछ ही लोगों को अनुमति मिल पाई, जिनमें कुछ खास पत्रकार, वकील एवं अभियुक्तों के निकट संबंधी थे। अदालती काररवाई को देखने के लिए वकील श्री आसफ अली की पत्नी और एडवोकेट श्रीमती अरुणा आसफ अली, भगत सिंह के माता-पिता, उनकी चाची (सरदार अजीत सिंह की पत्नी) एवं प्रशिक्षण लेनेवाले दो मजिस्ट्रेट थे। उनकी सुरक्षा जाँच का जिम्मा दिल्ली गेट थाने के सब इंस्पेक्टर शेख अब्दुल रहमान पर था, जबकि सुरक्षा व्यवस्था में सी.आई.डी. के लोगों के अतिरिक्त पुलिस के बहुत से जवानों को लगाया गया था। सहायक पुलिस अधीक्षक श्री आर.बी. मलिक, उपाधीक्षक देवी दयाल, श्री अली, पं. राम माधव, ट्रैफिक इंस्पेक्टर सी. जॉनसन आदि जुटे हुए थे।

10.08 बजे भगत सिंह एवं बटुकेश्वर दत्त को अदालत में उपस्थित किया गया। अदालत में आते ही भगत सिंह ने 'इनकलाब जिंदाबाद' और बटुकेश्वर दत्त ने 'नौकरशाही मुर्दाबाद' के नारे लगाए। उनके नारों से शेर के गरजने जैसी आवाज आ रही थी। वे लगातार नारेबाजी करते रहे और इस दरम्यान उनकी मुट्ठी बँधी हुई थी और हाथ लगातार हवा में लहरा रहे थे। नारेबाजी के बाद अदालत में एक अजीब सनसनी फैल गई और अदालती मनहूसी बिखर-सी गई। अंग्रेज मजिस्ट्रेट को नारेबाजी एक तरह से अपनी बेइज्जती लगी और उसने तुरंत पुलिस को आदेश दिया कि दोनों अभियुक्तों के

हाथों में हथकड़ी डाल दी जाए। लेकिन अंग्रेज अफसर की लोहे की छोटी सी हथकड़ी में इतनी ताकत कहाँ से आएगी, जो अंग्रेज सरकार को चुनौती देनेवाले क्रांतिकारियों के मनोबल पर जरा भी प्रभाव डाल सके। उनके ऊपर कोई प्रभाव नहीं पड़ा। अदालती काररवाई के दौरान वे हँसते रहे और प्रसन्नचित्त रहे। उन्हें हथकड़ियाँ डाले हुए ही एक बेंच पर बैठा दिया गया, जहाँ पर पुलिस के आदमी बैठे हुए थे। अभियोजन पक्ष की ओर से एक-एक कर ग्यारह गवाह पेश किए गए—सी.बी.ओ. ब्राइन, एस.एन. राय, पी.आर. राव, रायबहादुर ए.पी. दुबे, एम.पी. रॉबसन, डॉ. जे.के. सेन, डॉ. द्वारकाधीश, एस.आई. रामस्वरूप, मेडिकल ऑफिसर कर्नल रेहनाद। भगत सिंह को अपने माता-पिता से मिलने की आज्ञा दी गई; परंतु अदालत ने समाचार-पत्र पढ़ने के उनके अनुरोध को ठुकरा दिया।

दूसरे दिन भी यही क्रम रहा और अदालत में उपस्थित होते ही भगत सिंह एवं बटुकेश्वर दत्त ने 'इनकलाब जिंदाबाद' और 'नौकरशाही मुर्दाबाद' के गगनभेदी नारे लगाए। इस दिन अभियोजन पक्ष की ओर से सर शोभा सिंह, सार्जेंट एच.डी. टैरी, ट्रैफिक इंस्पेक्टर सी. जॉनसन, सब इंस्पेक्टर चैत सिंह, मजिस्ट्रेट अब्दुल समद, सब इंस्पेक्टर हंसराज एवं जमील अहमद के बयान लिये गए। इसके बाद अभियोजन पक्ष की ओर से साक्ष्य लेने की काररवाई समाप्त हो गई।

अब बारी थी भगत सिंह एवं बटुकेश्वर दत्त के बयान देने की। उन्होंने इसके लिए इनकार कर दिया। अदालत ने बटुकेश्वर दत्त से पूछा कि क्या तुम 8 अप्रैल, 1929 को असेंबली में उपस्थित थे, तो उन्होंने जवाब दिया कि मैं अभी इस स्थिति पर कोई बयान नहीं दूँगा। अदालत ने भगत सिंह से 'इनकलाब जिंदाबाद' के नारे का अर्थ पूछा। इस पर अभियुक्त के वकील आसफ अली ने आपत्ति उठाई और उसे अदालत ने स्वीकार कर लिया। इसके बाद आसफ अली ने 40 मिनट लंबी बहस की, जिसे अदालत ने सुना। जब दोनों अभियुक्तों ने अपना कोई बयान नहीं दिया तो भगत सिंह एवं बटुकेश्वर दत्त पर भारतीय दंड संहिता की धारा-307 एवं विस्फोटक पदार्थ अधिनियम की धारा 3 के अंतर्गत प्रथम दृष्ट्या अपराध बनना पाते हुए उनका प्रकरण माननीय सत्र न्यायालय को कमिट कर दिया गया। अदालत ने बटुकेश्वर दत्त को उन पर लगाए गए आरोप को सुनाकर पुनः पूछा कि क्या वे चाहते हैं कि सत्र न्यायालय में बचाव साक्षी समन कर आहूत किए जाएँ? लेकिन बटुकेश्वर दत्त ने कोई जवाब नहीं दिया और सिर्फ इतना ही कहा कि इस बारे में वे बाद में विचार करेंगे। पत्र संख्या 2387/एम. दिनांक 10-5-1929 द्वारा मजिस्ट्रेट एफ.बी. पूल ने अभियुक्तों को सेशन कोर्ट के सुपुर्द कर दिया। अपने पत्र में अभियोजन पक्ष के बीस गवाहों एवं सफाई पक्ष के पाँच गवाहों की सूची का उल्लेख किया गया। सफाई पक्ष के गवाहों में प्रख्यात राष्ट्रीय नेता मदन मोहन

मालवीय का नाम सम्मिलित था। सबसे अचरज की बात थी कि सर जॉर्ज शुस्टर का नाम घायलों की सूची में भी था, परंतु अभियोजन पक्ष की ओर से उनका साक्ष्य अदालत में नहीं करवाया गया। उनका नाम बचाव पक्ष के गवाहों की सूची में डाल दिया गया था। बाद में सफाई वकील ने श्री शुस्टर का साक्ष्य कराने पर जोर नहीं दिया। गुलाब रसूल, पुलिस उपाधीक्षक, सी.आई.डी. दिल्ली की ओर से एक आवेदन पत्र 14 मई, 1929 को मजिस्ट्रेट एफ.बी. पूल के समक्ष दिया गया, जिसमें साक्ष्य सूची में कुछ और नाम जोड़ने का अनुरोध किया गया था। इनमें सी. क्लिफ, यू.एच. डेविस, इंस्पेक्टर हर्स्ट एवं एस.एस.पी. दिल्ली आर.सी. जैफरी का नाम शामिल था। 28 मई, 1929 को मजिस्ट्रेट एफ.बी. पूल ने सेशन जज, दिल्ली को प्रेषित अपने पत्र संख्या 2694/एम द्वारा कुछ अतिरिक्त जानकारी माँगी। इसके जवाब में सेशन जज ने अदालती काररवाई के लिए एक स्टेनोग्राफर एवं असेसर्स के बैठने की व्यवस्था करने का निर्देश दिया। दिल्ली के सेशन जज उस समय लियोनार्ड मिडिलस्टोन, आई.सी.एस. थे। उन्होंने मजिस्ट्रेट पूल को एक पत्र दिनांक 13-5-1929 भेजा, जिसके अनुसार अभियोजन एवं गवाह पक्षों के साक्ष्य हेतु 4, 5 व 6 जून, 1929 को होनी तय की गई और तदनुसार उन्हें समन भेजने का निर्देश भी जारी कर दिया गया। इसके अनुसार 4 व 5 जून, 1929 को अभियोजन पक्ष के गवाहों का साक्ष्य होना था और 6 जून, 1929 को गवाह पक्ष का साक्ष्य होना था। सेशन जज के निर्देशानुसार दिल्ली जेल में ही अदालत लगाई जानी थी और असेसर्स के रूप में नियुक्ति हेतु पत्र संख्या 446 दिनांक 30 मई, 1929 को जारी किया गया, जिसके अनुसार बंशीधर कपूर, गणेश प्रसाद, लाला जगन्नाथ एवं लाला कृपाशंकर जूरी में असेसर्स के रूप में नियुक्त किए गए।

अब तक अंग्रेज सरकार इन मामलों का जल्द-से-जल्द निबटारा करने के बारे में तैयार हो चुकी थी। कुछ ही दिनों में मजिस्ट्रेट के स्तर पर सारी काररवाई हो जाना और उसे तुरंत सेशन कोर्ट में विचारार्थ अग्रसारित किया जाना, सेशन कोर्ट द्वारा तुरंत काररवाई हेतु तिथि-निर्धारण हो जाना इस बात का सूचक है कि अंग्रेज सरकार इस मामले का शीघ्र पटाक्षेप चाहती थी।[1] सबसे आश्चर्य की बात तो यह हुई कि महज आठ दिनों के अंदर सेशन कोर्ट से इस मामले का निर्णय आ गया।

सेशन कोर्ट की अदालत : 4 जून, 1929 को दिल्ली के सेशन जज लियोनार्ड मिडिलस्टोन, आई.सी.एस. की अदालत में मुकदमे की सुनवाई दिल्ली जेल के भीतर बनाई गई अदालत में आरंभ की गई। सुरक्षा का ताम-झाम तो पूर्ववत् ही रहा, लेकिन इस बीच क्रांतिकारियों की नारेबाजी में न तो किसी प्रकार का परिवर्तन हुआ और न ही उनका स्वर थोड़ा भी नरम पड़ा। जैसे ही भगत सिंह एवं बटुकेश्वर दत्त को सुबह 10.30 बजे अदालत में लाया गया, गगनभेदी नारा गूँज उठा। भगत सिंह हमेशा की तरह

'इनकलाब जिंदाबाद' के नारे लगा रहे थे और बटुकेश्वर दत्त 'साम्राज्यवाद का नाश हो' के नारे लगा रहे थे। अदालत में दोनों अभियुक्तों ने अपने ऊपर लगाए गए आरोपों को सिरे से नकारते हुए इस पर विचारणा की माँग की। इसकी प्रक्रिया आरंभ हुई और उसी दिन अर्थात् 4 जून को ही, अभियोजन पक्ष के गवाहों की गवाही आरंभ हो गई। सबसे पहले कर्नल डॉ. रेनाल्ड का बयान करवाया गया। उन्होंने इससे पहले मजिस्ट्रेट के समक्ष जो बयान दिया था, उसे ही पढ़कर सुना दिया गया, जिसे उन्होंने स्वीकार कर लिया और उसे ही अभिलेख का हिस्सा बना दिया गया। यही प्रक्रिया अन्य गवाहों के बारे में भी अपनाई गई। बम विस्फोट कांड में घायलों की चिकित्सा तीन डॉक्टरों—सर्वश्री कर्नल डॉ. रेनाल्ड, डॉ. द्वारकाधीश एवं डॉ. जे.के. सेन ने की थी और तीनों की गवाही चिकित्सीय साक्षी के रूप में कराई गई थी। इसके बाद एस.एन. राय, सचिव, गृह विभाग, राय बहादुर ए.पी. दुबे, पी.आर. राव का बयान लिया गया। उन लोगों ने बम विस्फोट की घटना का प्रत्यक्षतः वर्णन तो किया, लेकिन किसी ने भी यह नहीं बताया कि बम फेंकनेवाले भगत सिंह एवं बटुकेश्वर दत्त थे। इसके बाद मामले के प्रत्यक्षदर्शी गवाह सरदार शोभा सिंह का बयान लिया गया। अपने बयान में सरदार शोभा सिंह ने बताया कि अपने मित्र के भोजन के आमंत्रण पर वे सेंट्रल असेंबली में आए थे। जिस मित्र ने उन्हें आमंत्रण दिया था, वे विजिटर्स गैलरी में सीट नंबर 139 के ऊपर की ओर बैठे हुए थे। 12.30 बजे के आसपास वे असेंबली में आए और अपने मित्र को खोज रहे थे। तभी उन्होंने देखा कि गैलरी में खड़ा एक व्यक्ति सिगरेट जैसी कोई चीज नीचे फेंक रहा है और उससे विस्फोट हुआ। इसके बाद उन्होंने देखा कि पहलेवाले व्यक्ति के पास खड़े दूसरे व्यक्ति ने भी कुछ फेंका और उससे भी धुआँ एवं धमाका हुआ। इसके बाद उसने रिवॉल्वर के फायर की दो आवाजें सुनीं और बाद में पुलिसवालों ने उन दोनों व्यक्तियों को गिरफ्तार कर लिया। सरदार शोभा सिंह ने ही यह पहचान की थी कि पहला बम भगत सिंह द्वारा फेंका गया था और दूसरा बम बटुकेश्वर दत्त द्वारा फेंका गया था। सरदार शोभा सिंह ही एकमात्र ऐसे सरकारी गवाह थे, जिन्होंने अपनी गवाही में कहा था कि उन्होंने भगत सिंह एवं बटुकेश्वर दत्त को बम फेंकते हुए देखा था और बाद में उन्होंने उनकी शिनाख्त भी की थी।

4 जून, 1929 को ही सार्जेंट एच.जी. टैरी, ट्रैफिक इंस्पेक्टर सी. जॉनसन का साक्ष्य हुआ। इसके बाद दिल्ली पुलिस के सब इंस्पेक्टर हंसराज का साक्ष्य लेकर अदालत की काररवाई समाप्त कर दी गई; लेकिन क्रांतिकारियों ने अदालत की काररवाई समाप्त होने के समय भी 'इनकलाब जिंदाबाद' और 'साम्राज्यवाद का नाश हो' के नारे बुलंद किए। उनका यह क्रम लगातार जारी रहा। जब भी उन्हें अदालत में लाया जाता और जब वे अदालत से बाहर निकलते, अपने नारों से अदालत को गुंजायमान करते।

5 जून, 1929 को रॉयल इंश्योरेंस कंपनी, कलकत्ता के डब्ल्यू.एच. डेविस एवं धर्मटोला स्ट्रीट, कलकत्ता के एस. क्लाइफ की गवाही हुई, जो घटना के समय पब्लिक गैलरी में बैठे थे। इसके बाद ऑफिशिएटिंग चीफ इंस्पेक्टर ऑफ एक्सप्लोसिव डॉ. डब्ल्यू. पी. रॉबसन की गवाही हुई। उसने अदालत के समक्ष अपना लंबा-चौड़ा वक्तव्य दिया। 6 जून को सबसे पहले रॉबसन की अधूरी गवाही को पूरा किया गया। इसके बाद इंस्पेक्टर हर्स्ट, लोक निर्माण विभाग, नई दिल्ली के अधिकारी एच.एफ. विल्सन, मजिस्ट्रेट प्रथम श्रेणी अब्दुल समद, लोक निर्माण के ड्राफ्ट्समैन जमील अहमद, हेड मोहर्रिर अमीन, सब इंस्पेक्टर अली शाह, सब इंस्पेक्टर राम सिंह, सब इंस्पेक्टर चेतराम तथा नई दिल्ली के वरिष्ठ पुलिस अधीक्षक आर.सी. सैफरी के बयान लिये गए। इसके बाद सरकारी वकील राय बहादुर सूरजभान ने अभियोजन पक्ष के साक्ष्य को समाप्त घोषित कर दिया।

इसके बाद भगत सिंह एवं बटुकेश्वर दत्त की बारी आई। इस घड़ी का वे बहुत दिनों से इंतजार कर रहे थे। उन्होंने अपना एक लिखित बयान अदालत के सामने प्रस्तुत किया, जिसे उनके वकील आसफ अली ने पढ़कर अदालत को सुनाया। इस बयान के माध्यम से क्रांतिकारियों को अपने दल के महान् उद्देश्यों को दुनिया के सामने प्रस्तुत करने का स्वर्णिम अवसर मिला था। (अनुलग्नक—हमने बम क्यों फेंके)

सेशन कोर्ट में भगत सिंह और बटुकेश्वर दत्त पर जो मुकदमा चला, उस समय बटुकेश्वर दत्त का 'प्रताप' के एक अंक में वक्तव्य प्रकाशित किया गया, जिसमें विस्तार से बताया गया कि बम क्यों फेंके गए।[2]

सेशन जज ने इस बयान को बार-बार पढ़ा और उसे यह बात तुरंत समझ में आ गई कि इसके माध्यम से क्रांतिकारियों ने अंग्रेज सरकार के विरुद्ध भारतीय जन-मानस को जाग्रत् करने की चेष्टा की है और इसका दूरगामी प्रभाव पड़ना स्वाभाविक है। अदालत ने इस बयान के प्रचार-प्रसार पर अंकुश लगा दिया और इस हेतु बचाव पक्ष के वकील आसफ अली को 8 जून, 1929 को 2.30 बजे हाजिर होने और बयान के आपत्तिजनक अंश को हटाने का निर्देश दिया। किसी कारणवश यह सुनवाई उस दिन नहीं हो सकी और इसे अगले दिन, अर्थात् 9 जून, 1929 को 10 बजे तक के लिए टाल दिया गया। अदालत ने अपना फैसला सुनाया और दिल्ली के कमिश्नर को भी हुक्म दिया कि इस आदेश को लागू किया जाए। अदालत के फैसला के अनुसार भगत सिंह एवं बटुकेश्वर दत्त द्वारा दिए गए बयान को सार्वजनिक करने पर रोक लगा दी गई थी; लेकिन क्रांतिकारी संगठन इसके लिए पूर्व से तैयारी कर चुके थे। जैसे ही 6 जून को भगत सिंह एवं बटुकेश्वर दत्त ने अपना लिखित बयान कोर्ट में अपने वकील के माध्यम से पेश किया, क्रांतिकारी साथियों ने उसकी टंकित प्रतियाँ तैयार करवाकर समाचार-

पत्रों में प्रकाशन हेतु प्रेषित कर दीं। सबसे पहले यह 'पायनियर' में प्रकाशित हुआ और इसके बाद देश भर के लगभग प्रत्येक समाचार-पत्र ने इसे स्थान दिया। भगत सिंह द्वारा स्थापित नौजवान भारत सभा ने इसकी हजारों प्रतियाँ तैयार करवा लीं और भगत सिंह एवं बटुकेश्वर दत्त द्वारा फेंके गए परचे में छपी तसवीरों के साथ इसे पूरे देश में वितरित करवा दिया गया। इसका बहुत व्यापक असर हुआ। अब तक जो क्रांतिकारी संगठनों द्वारा किए गए जा रहे कार्यों की निंदा करते थे, इस बयान को पढ़कर उनके मन में भी क्रांतिकारियों के प्रति अच्छी भावना का उदय हुआ। जनता में जागृति लाने के लिए क्रांतिकारी संगठनों का यह प्रयोग बहुत ही सफल रहा।[3]

सेशन कोर्ट में बचाव पक्ष की ओर से डॉ. सी.ए. मंसूरी, एनायलेटिक एक्सपर्ट, अलीगढ़ विश्वविद्यालय का साक्ष्य 7 जून, 1929 को हुआ, जिन्होंने बम की वैज्ञानिक क्षमता का आकलन करते हुए बताया कि बम का स्वरूप ऐसा नहीं था कि इससे किसी की जान चली जाए अथवा संपत्ति का नुकसान हो। 10 जून, 1929 को पं. मदन मोहन मालवीय का साक्ष्य कराया गया, जिसमें मुख्य रूप से यह बताने की चेष्टा की गई कि बम विस्फोट का मकसद किसी की जान लेना नहीं था। इसके बाद दोनों पक्षों की गवाही की प्रक्रिया का अंत कर दिया गया। 12 जून, 1929 को फैसले के लिए दिन निश्चित कर दिया गया। अपने बचाव में बटुकेश्वर दत्त एवं भगत सिंह ने कोई प्रयास नहीं किया। उनका उद्देश्य क्रांतिकारी संगठन के उद्देश्य से भारत की जनता को अवगत कराना और सुस्त पड़े भारतीय जनमानस को आजादी के प्रति जाग्रत् करना था और इस काम में वे काफी सफल रहे थे। उन्हें अपने मुकदमों एवं उसके परिणाम के बारे में किसी प्रकार की कोई चिंता नहीं थी।

यों तो अंग्रेज सरकार की व्यवस्था के बारे में अभी भी कसीदे काढ़नेवालों की संख्या कम नहीं है। वे अंग्रेजों द्वारा प्रतिपादित व्यवस्था की तुलना करते हुए इसे श्रेष्ठ ठहराने की कोशिश करते रहे हैं। तत्कालीन भारत के लिए असेंबली बम विस्फोट की घटना सबसे चर्चित घटना में से एक थी और इस कारण अंग्रेजी शासन व्यवस्था दबाव में आई थी; लेकिन यदि इस घटना के क्रमिक एवं कानूनी पहलुओं का अध्ययन किया जाए तो बहुत सी त्रुटियाँ सामने आती हैं। न्यायविद् श्री अनिल वर्मा ने अपनी पुस्तक 'भगत सिंह के सहयोगी : बटुकेश्वर दत्त' में इन पहलुओं का विश्लेषण किया है। उनके अनुसार, इस मुकदमे की देखरेख तत्कालीन अंग्रेजी सरकार के आला अफसर द्वारा कराई गई थी; परंतु 8 अप्रैल, 1929 को बम विस्फोट के तुरंत बाद घायलों का चिकित्सकीय इलाज नहीं करवाया गया था। इस घटना में घायल हुए पी.आर. राव, एन.एन. राय तथा ए.पी. दुबे की चिकित्सा 10 अप्रैल, 1929 को कराई गई और सर जॉर्ज शुस्टर एवं बोमनजी दलाल की चिकित्सा 12 अप्रैल, 1929 को कराई गई। चिकित्सकीय सहायता या परीक्षण

करवाने में क्यों विलंब किया गया, इसका कोई कारण न तो सार्वजनिक किया गया और न अदालत को ही बताया गया। चिकित्सकीय परीक्षण में विलंब होने का मुख्य कारण यह हो सकता है कि बम विस्फोट में उन्हें बिल्कुल ही साधारण खरोंच आई थी, जिस कारण चिकित्सक से परामर्श लेना उचित नहीं समझा गया। यदि इस तथ्य को अदालत के सामने रखा गया होता तो अदालत का निष्कर्ष सामान्य तौर यह हो सकता था कि बम की मारक क्षमता बहुत ही कम थी; लेकिन अंग्रेजी सरकार इस तथ्य को अदालत के सामने रखने के लिए कृत-संकल्प थी कि बम की मारक क्षमता अत्यधिक थी और बम फेंकने का उद्देश्य लोगों के जान-माल को हानि पहुँचाना था। बम विस्फोट में सबसे अधिक चोट सर जॉर्ज शुस्टर एवं सर बोमनजी दलाल को लगी थी, लेकिन उन दोनों महानुभावों को कभी भी अदालत के सम्मुख प्रस्तुत नहीं किया गया।

भगत सिंह के रिवॉल्वर से दो फायर होने की बात अभियोग-पत्र में कही गई थी, लेकिन इस पर आयुध अधिनियम की धारा-25 एवं 27 के अंतर्गत कोई आरोप तक नहीं लगाया गया। किसी भी सरकारी गवाह ने अदालत में यह नहीं बताया कि रिवॉल्वर से जो फायर किए गए, उसका उद्देश्य किसी को जान से मारना था, लेकिन इस तथ्य की ओर अदालत का ध्यान आकृष्ट नहीं किया गया। तीसरी महत्त्वपूर्ण बात बम की प्रकृति के संबंध में थी। अदालत में बम विशेषज्ञ डॉ. रॉबसन का बयान करवाया गया था, लेकिन उन्होंने अदालत में स्वीकार किया कि उन्हें घटनास्थल नहीं दिखाया गया, अन्यथा वे दूसरा तथ्य अदालत में प्रस्तुत करते। आरोप-पत्र में सिर्फ बम विस्फोट का जिक्र किया गया; लेकिन यह विस्फोट किसी सदस्य की हत्या के उद्देश्य से किया गया, इस बारे में कुछ भी उल्लिखित नहीं था।

उस समय की प्रथा के अनुसार, कोर्ट की मदद के लिए ज्यूरी सिस्टम था, जिसकी सहायता से कोर्ट अंतिम निर्णय तक पहुँचता था। असेसर के समक्ष सात विचारणीय प्रश्न रखे गए थे, परंतु उन लोगों ने भिन्न एवं विरोधाभासी विचार रखे। एक असेसर ने कहा कि दोनों अभियुक्त दोनों अपराधों में निर्दोष हैं। दूसरे ने दोनों को हत्या के प्रयास में निर्दोष, परंतु बम विस्फोट के लिए दोषी ठहराया था; जबकि तीसरे ने भगत सिंह को दोनों धाराओं के लिए दोषी और बटुकेश्वर दत्त को हत्या के प्रयास के लिए निर्दोष बताया था। चौथे असेसर के अनुसार, दोनों ही अभियुक्त दोनों अपराधों के लिए दोषी हैं।[4]

12 जून, 1929 को वही हुआ, जिसका अंदाजा प्रायः सभी लोगों को था। अदालत में प्रवेश करते समय भगत सिंह एवं बटुकेश्वर दत्त के हाथों में हथकड़ी थी, परंतु उनके चेहरे पर भय या तनाव का कोई निशान नहीं था। अदालत के सामान्य दिनों की तरह उन्होंने 'इनकलाब जिंदाबाद' एवं 'साम्राज्यवाद का नाश हो' के नारे के साथ अदालत में प्रवेश किया। सेशन जज मि. लियोनार्ड मिडिलस्टोन ने मुकदमा संख्या 9/29 सम्राट् बनाम

भगत सिंह एवं बटुकेश्वर दत्त के मुकदमे में 41 पृष्ठों एवं 18 कंडिकाओं में लिखित ऐतिहासिक निर्णय सुना दिया।[5] इस मुकदमे में सेशन जज ने भगत सिंह एवं बटुकेश्वर दत्त को दोषी ठहराते हुए आजीवन निर्वासन अर्थात् आजन्म कालापानी की सजा सुनाई।

इतिहासकारों का मानना है कि सेशन जज ने अदालत में उपस्थापित तथ्यों के परे जाकर यह निर्णय सुनाया था और ऐसा भी कहा जाता है कि निर्णय सुनाने के पीछे सरकारी दबाव भी कार्य कर रहा था। इस क्रम में अदालत ने बचाव पक्ष की दलीलों की ओर ध्यान नहीं दिया, बल्कि अभियोजन पक्ष द्वारा तैयार किए गए दस्तावेजों के आधार पर ही अभियुक्तों को दोषी करार दे दिया। भगत सिंह एवं बटुकेश्वर दत्त की ओर से अदालत को यह बताया गया था कि असेंबली में बम फेंकने के उनके कृत्यों को उनके अभिप्राय एवं उद्देश्य से पृथक् करके नहीं समझा जा सकता है; परंतु अदालत ने उनकी दलील को स्वीकार नहीं किया। अदालत ने अपने निर्णय में उल्लेख किया कि साधारणतः उद्देश्य से अपराध की कानूनी स्थिति पर कोई प्रभाव नहीं पड़ता है। अदालत के सामने जो अपराध आया है, उसी पर हमें विचार करना है। अदालत का मानना था कि जब कोई व्यक्ति भीड़ से भरे कमरे में एक जिंदा बम, जो पर्याप्त बल के साथ विस्फोट कर सकता है, फेंकता है तो यह स्वाभाविक उपधारणा की जाएगी कि उसका आशय उस कमरे में मौजूद लोगों की हत्या करना अथवा ऐसी चोटें पहुँचाना था, जिसके बारे में वह यह जानता था कि उससे मृत्यु हो सकती है।

सेशन जज ने माना कि अभियुक्तों ने यह काम जान-बूझकर किया था और इसकी उन्होंने तैयारी भी की थी। अदालत ने यह दलील भी स्वीकार नहीं की कि बम कमजोर थे। अदालत ने माना कि उनकी हरकतें न्यायोचित नहीं थीं। वे ऐसा काम दोबारा भी कर सकते हैं। उन्होंने लिखा कि सामान्यतः इन नौजवानों को एक दोषपूर्ण सजा नहीं दी जानी चाहिए, परंतु इन्हें कठोरतम दंड से दंडित किए जाने की आवश्यकता है। इसलिए दोनों को आजीवन निर्वासन की सजा सुना दी गई थी। अदालती आदेश से ही भगत सिंह को पंजाब के मियाँवाली जेल एवं बटुकेश्वर दत्त को सेंट्रल जेल, लाहौर भेजा गया।

उस दिन के बाद से वे दोनों नाम पूरे भारतवर्ष में एक घरेलू चीज हो गए। पान की दुकान से लेकर बड़े-बड़े महलों तक में इन दोनों के चित्र इसके बाद दिखने लगे। यों तो बहुत से क्रांतिकारियों ने इसके पहले बयान दिए थे और उनसे काफी सनसनी भी पैदा हुई थी और जनता की प्रशंसा भी उन्हें मिली थी, किंतु सरदार भगत सिंह तथा बटुकेश्वर दत्त ने जो बयान दिया था, उसकी अपील सिर्फ हृदय के प्रति नहीं, बल्कि लोगों के दिमाग की थी। इसके पहले किसी भी क्रांतिकारी ने अदालत में खड़े होकर इतना विद्वत्तापूर्ण बयान नहीं दिया था।[6] भगत सिंह के बयान से जनता को मालूम हो गया कि क्रांतिकारी समिति सही मायने में जनता के लिए लड़ रही है।[7]

इसके अतिरिक्त, भगत सिंह के पीछे एक रोमांटिक पृष्ठभूमि थी, इसलिए उन्होंने जो कुछ भी कहा, उसकी अपील लाख गुना हो ही गई। जो कुछ उन्होंने कहा, वह भी महत्त्वपूर्ण था। भगत सिंह ने जो बयान दिया, उससे सूचित होता था कि उन्होंने रूस के आदर्श को पूर्ण रूप से अपना लिया था और साफ तौर पर एक तरह से कह-सा दिया था कि वर्गहीन समाज की स्थापना उनके कर्मों का उद्देश्य था। 'इनकलाब जिंदाबाद' हमारी राजनीति में दूसरा महत्त्वपूर्ण नारा था। पहला नारा था—'वंदे मातरम्'।[8]

इधर 8 अप्रैल, 1929 को केंद्रीय असेंबली में बम विस्फोट के सिलसिले में भगत सिंह एवं बटुकेश्वर दत्त पर मुकदमा चला और 12 जून, 1929 को दोनों को आजीवन कारावास की सजा दे दी गई।

क्रांतिकारियों ने जिस प्रकार सेशन कोर्ट को मंच बनाकर अपने क्रांतिकारी विचारों से जनता को अवगत कराने एवं भारतीय जन-मानस को आजादी के आग्रह के प्रति सचेत होने का सफल प्रयास किया था, उसी प्रकार वे हाई कोर्ट को भी करना चाहते थे। इस उद्देश्य से सेशन जज के फैसले के विरुद्ध हाई कोर्ट, लाहौर में दांडिक अपील क्रमांक-748/1929, भगत सिंह एवं अन्य बनाम सम्राट् जून 1929 में ही दायर कर दी गई; लेकिन इससे पूर्व भगत सिंह को लाहौर के एडिशनल एस.पी. सांडर्स की हत्या के सिलसिले में लपेटा जाना था और इसकी तैयारी आरंभ हो चुकी थी।

इससे पहले 23 अक्तूबर, 1928 को दशहरे के दिन मेले में एक बम फटा था, जिसमें 10 लोग मारे गए तथा 30 लोग घायल हुए थे। इसकी जाँच करने के क्रम में दो छात्र गिरफ्तार हुए, जिससे पता लगा कि भगत सिंह का सांडर्स हत्या में हाथ था तथा भगवतीचरण एक प्रमुख क्रांतिकारी थे। इस बीच में क्रांतिकारियों की ओर से कुछ ढिलाई का काम हो रहा था, उससे भी जाँच करते-करते कुछ बातें मालूम हुईं। 15 अप्रैल, 1928 को पुलिस ने एक मकान पर छापा मारा, जिसमें सुखदेव, किशोरी लाल तथा जयगोपाल गिरफ्तार हो गए। आठ दिन के अंदर ही जयगोपाल मुखबिर बन गया। 2 मई को हंसराज बोहरा गिरफ्तार किया गया, वह भी मुखबिर बन गया। दोनों मुखबिरों को माफी दे दी गई। 23 मई को सहारनपुर में पुलिस ने एक मकान पर छापा मारा और शिव वर्मा तथा जयदेव को गिरफ्तार कर लिया। 7 जून को बिहार के मौलनिया नामक स्थान में एक डकैती डाली गई, जिसमें मकान मालिक जान से मारा गया। उस डकैती के संबंध में फणींद्र घोष नामक एक व्यक्ति गिरफ्तार हुआ, जो मुखबिर हो गया। इसने सब घटनाओं को एक में जोड़ दिया। इस प्रकार एक मुकदमा तैयार हुआ, जिसमें सोलह व्यक्तियों पर मुकदमा चला, बाकी भागे हुए थे। जिन पर मुकदमा चला, उनके नाम हैं—1. सुखदेव, 2. किशोरी लाल, 3. शिव वर्मा, 4. गया प्रसाद, 5. यतींद्रनाथ दास, 6. जयदेव कपूर, 7. भगत सिंह, 8. बटुकेश्वर दत्त, 9. कमलनाथ त्रिवेदी, 10. जितेंद्र

सान्याल, 11. आशाराम, 12. देशराज, 13. प्रेम दत्त, 14. महावीर सिंह, 15. सुरेंद्र पांडेय, 16. अजय घोष। भागे हुए लोगों में से विजय कुमार सिंह बरेली में, शिवराम राजगुरु पूना में तथा कुंदनलाल उत्तर प्रदेश में गिरफ्तार कर लिये गए। लाहौर में मुकदमा चला।[2]

किंतु इसी बीच हिंदुस्तान रिपब्लिकन सोशलिस्ट एसोसिएशन के लाहौर के गुप्त केंद्र और बम के कारखाने का पता पुलिस को लग गया। चंद्रशेखर आजाद को छोड़कर बाकी सभी नेता गिरफ्तार कर लिये गए। बंगाल से लेकर पंजाब तक गिरफ्तारियाँ हुईं और लाहौर लाकर सोलह नौजवानों पर सम्राट् की हुकूमत को उलटने के षड्यंत्र का मुकदमा चलाया गया। इसी मुकदमे का नाम 'लाहौर षड्यंत्र केस' (1929) पड़ा। प्रथम विश्वयुद्ध के दौरान 'लाहौर षड्यंत्र केस' ब्रिटिश हुकूमत को उलटने के अभियोग में चला था। इस बार भी अभियोग प्रायः वैसा ही था। पंजाब पुलिस ने कई लोगों पर सरकार के विरुद्ध षड्यंत्र करने का अभियोग लगाया और उन पर मुकदमा चलाया। उनमें श्री भगत सिंह और बटुकेश्वर दत्त भी थे। उन दोनों के विषय में सरकार की ओर से आरोप लगाया गया था कि उन्होंने देश भर में क्रांतिकारी षड्यंत्र का संगठन किया था।

लाहौर हाई कोर्ट में भगत सिंह द्वारा दायर मुकदमे की सुनवाई में विलंब हो गया। कारण, सरकार सांडर्स हत्याकांड का सूत्र जोड़ने में व्यस्त थी। लाहौर हाई कोर्ट के जस्टिस सर सेसिल फोर्ड (के.सी.) एवं जस्टिस जेम्स एडीशन (आई.सी.एस.) की अदालत में बटुकेश्वर दत्त की ओर से एडवोकेट आसफ अली ने पैरवी की, जबकि भगत सिंह इस बात के लिए तैयार नहीं हुए कि उनकी ओर से कोर्ट में पैरवी की जाए। वे स्वयं अपना मुकदमा लड़ना चाहते थे और इसकी उन्होंने तैयारी भी कर ली थी। लाहौर हाई कोर्ट में 8 जनवरी, 1930 को मुकदमा आरंभ हुआ। सरकार की ओर से सरकारी वकील रायबहादुर सूरज नारायण एवं अब्दुल रशीद थे। एडवोकेट आसफ अली ने आरंभ में दो दिनों तक बहस की थी, जिसके बीच-बीच में भगत सिंह भी अपना पक्ष रखते थे। भगत सिंह ने यहाँ भी अपना लिखित बयान न्यायालय के समक्ष पेश किया। भगत सिंह ने इसी प्रकार का बयान सेशन कोर्ट में मि. लियोनार्ड मिडिलस्टोन की अदालत में दिया था। इस बार जो लिखित वक्तव्य तैयार किया गया था, वह अपने आप में ऐतिहासिक तो था ही, उसमें राजनीतिक परिपक्वता एवं अनूठी तर्क-शक्ति का सहारा लिया गया था। भारतीय ऐतिहासिक दस्तावेजों में सम्मिलित इस लिखित दस्तावेज को काफी सम्मान मिला। (अनुलग्नक)

संदर्भ—

1. अनिल वर्मा, 'भगत सिंह के सहयोगी : बटुकेश्वर दत्त', पृ. 56
2. के.के. दत्त, 'बिहार में स्वातंत्र्य आंदोलन का इतिहास', भाग-2, बिहार हिंदी ग्रंथ अकादमी,

प्रेमचंद मार्ग, राजेंद्र नगर, पटना-16, द्वितीय संस्करण, 1998, पृ. 38

3. अनिल वर्मा, पृ. 67
4. वही, पृ. 67
5. फाइल संख्या 171, गृह राजनीतिक विभाग, राष्ट्रीय अभिलेखागार, नई दिल्ली
6. मन्मथनाथ गुप्त, 'भारतीय क्रांतिकारी आंदोलन का इतिहास', आत्माराम एंड संस, कश्मीरी गेट, दिल्ली 110006, संस्करण : 1996, पृ. 227
7. वही, पृ. 229-234
8. श्रीकृष्ण सरल, 'क्रांतिकारी कोश', प्रभात प्रकाशन, 4/19 आसफ अली रोड, नई दिल्ली-110002, प्रथम संस्करण 1998, पृ. 107
9. मन्मथनाथ गुप्त, पृ. 233

□

बंदी जीवन और भूख हड़ताल

बटुकेश्वर दत्त एवं भगत सिंह को आजन्म कारावास की सजा मिलने के बाद एक ही ट्रेन के अलग-अलग डिब्बों में बैठाकर लाहौर जेल एवं पंजाब के मियाँवाली जेल ले जाया जा रहा था। बटुकेश्वर दत्त ने अपने व्यवहार से अंग्रेज सार्जेंट को प्रसन्न कर लिया और लाहौर स्टेशन पहुँचने के कुछ स्टेशन पहले ही भगत सिंह को बटुकेश्वर दत्त के डिब्बे में ले आया गया। वहाँ पर भगत सिंह ने बटुकेश्वर दत्त को अपनी योजना के बारे में फिर से याद दिलाया कि जेल पहुँचने के बाद जेल की व्यवस्था को सुधारने के लिए हमें भूख हड़ताल आरंभ करनी है।

15 जून, 1929 को भगत सिंह मियाँवाली जेल पहुँचे। उस समय वहाँ पर 1914-15 के गदर आंदोलन, मार्शल लॉ एजीटेशन और बब्बर अकाली आंदोलनों में संलिप्त क्रांतिकारीगण आजन्म कारावास की सजा भुगत रहे थे।

क्रांतिकारी संगठन को पल्लवित व पुष्पित करने के लिए यह आवश्यक था कि क्रांतिकारियों के मन से जेल यातना एवं कष्ट को दूर किया जाए। इस प्रकार से यह भारत माता की सेवा ही होती। दोनों क्रांतिकारियों ने मन बना लिया था कि सेशन कोर्ट एवं हाई कोर्ट को मंच बनाने के बाद जेल के माध्यम से साम्राज्यवादी सरकार की कुनीतियों पर प्रहार करना है और उन्होंने इसकी रूपरेखा तैयार कर ली थी। भगत सिंह ने उन लोगों के साथ मिलकर भूख हड़ताल आरंभ कर दी।

मियाँवाली जेल पहुँचने के तुरंत बाद भगत सिंह को जानकारी मिली कि सांडर्स हत्याकांड की सुनवाई 26 जून, 1929 से लाहौर में आरंभ होनी है। इस कांड के अन्य अभियुक्तगण लाहौर जेल में बंद थे और मुकदमे की तैयारी के संबंध में भगत सिंह को इन अभियुक्तों के साथ लगातार विचार-विमर्श करना आवश्यक था। उन्होंने पंजाब के इंस्पेक्टर जनरल, जेल को इस संबंध में एक पत्र लिखा और आग्रह किया कि उन्हें लाहौर जेल में ही अन्य कैदियों के साथ रखने की आज्ञा दी जाए। इस कांड में अन्य अभियुक्तगण सुखदेव, यतींद्रनाथ दास, अजय घोष, शिव वर्मा, गया प्रसाद, जयदेव

कपूर लाहौर की बोर्स्टल जेल में बंदी थे; जबकि बटुकेश्वर दत्त को सेंट्रल जेल, लाहौर में रखा गया था।

असेंबली बम विस्फोट की घटना के पूर्व भी भगत सिंह को जेल जाने का मौका मिला था। वर्ष 1927 में दशहरा कांड के सिलसिले में उन्हें 15 दिनों तक लाहौर जेल के अंदर रहने का मौका मिला था; परंतु बटुकेश्वर दत्त को ऐसा अनुभव नहीं हुआ था। किंतु ये दोनों मित्र जानते थे कि जेल व्यवस्था क्या होती है, वहाँ पर कैदियों के साथ पाशविक अत्याचार किस प्रकार होते हैं, वहाँ पर क्रांतिकारियों के विरुद्ध मुखबिर किस प्रकार तैयार किए जाते हैं और इस माध्यम से क्रांतिकारी संगठनों की गतिविधियों पर अंकुश लगाने का काम किस प्रकार किया जाता है।

काकोरी कांड के कैदियों का अनशन

सन् 1927 में काकोरी के कैदी जेलों में आए थे। इन लोगों ने जेल में आते ही विशेष व्यवहार की माँग रखी और इस संबंध में सरकार को अर्जी वगैरह भेजी। काकोरी केस के नौजवान पहले से ही अनशन के पक्ष में थे, किंतु बड़े उन्हें रोकते थे। खैर, आखिर किसी प्रकार बड़े भी एक दिन ऊब गए और सामूहिक रूप से विशेष व्यवहार की माँग रखकर अनशन किया। इस प्रकार सैद्धांतिक रूप में राजनीतिक, विशेषकर क्रांतिकारी, कैदियों ने विशेष व्यवहार की माँग रखकर इसके पहले कभी भारतीय जेलों में अनशन नहीं किया था। अनशन का ऐलान होते ही सब लोग बाँटकर अलग-अलग बंद कर दिए गए और इस प्रकार चेष्टा की गई कि वह अनशन असफल रहे। नौजवानों से अलग-अलग कहा गया कि उन्हें विशेष व्यवहार दिया जाएगा और बूढ़ों से कहा गया कि उनका मुकदमा खराब हो जाएगा; किंतु सरकार की यह चाल व्यर्थ गई। अनशन प्रारंभ होते ही अधिकारी वर्ग जिस बात के लिए ना-ना कह रहे थे, उसी का नैतिक औचित्य तो मानने लगे, किंतु कानून की दृष्टि से अपनी विवशता प्रकट करने लगे। मुकदमा चलना बंद हो गया और जज, मजिस्ट्रेट, आई.जी. सभी बारी-बारी से जेल जाने लगे तथा अभियुक्तों को अनशन की व्यर्थता समझाने लगे।

अनशन के ग्यारहवें दिन प्रांतीय सरकार ने एक विज्ञप्ति निकाली, जिसमें यह घोषित किया गया था कि चूँकि अभियुक्त डकैत हैं, इसलिए सरकार उनके विशेष व्यवहार की माँग को स्वीकार नहीं कर सकती। यह विज्ञप्ति बाकायदा सब अभियुक्तों को दिखलाई गई और उन लोगों से कहा गया कि अब तो कोई आशा नहीं है, उन्हें अनशन तोड़ देना चाहिए। उस विज्ञप्ति में यह कहा गया कि अभियुक्तों ने अनशन के पहले बाहर से क्लोरल नामक एक मादक द्रव्य मँगाया, ताकि उसके सेवन से भूख की ज्वाला कम हो जाए। सरकार की इस सार्वजनिक अस्वीकृति के बाद ही अभियुक्तों की माँगों के संबंध

में गंभीर विचार होने लगे और अभियुक्तों से समझौते की बातें होने लगीं। इस बीच अभियुक्तों को रबर की नली द्वारा खाना खिलाना प्रारंभ हो गया था।

सोलहवें दिन संध्या 4 बजे अनशन के संबंध में अंतिम बातचीत हुई। इस बातचीत के फलस्वरूप यह तय हुआ कि अभियुक्तों को मेडिकल ग्राउंड पर वही व्यवहार दिया जाएगा, जो गोरे कैदियों को मिलता है, यानी लगभग 10 आने रोज के मूल्य की खुराक प्रत्येक व्यक्ति को दी जाएगी। बाद में सरकार अपने वायदे से इस आधार पर मुकर गई कि इस समय उनके स्वास्थ्य के लिए इस खुराक की जरूरत नहीं है।

लाहौर जेल में बंद बटुकेश्वर दत्त ने जेल में सरकार की इस वादा-खिलाफी के विरुद्ध आवाज उठाई और उन्होंने ऐलान कर दिया कि राजनीतिक कैदियों के विशेष व्यवहार लेकर के ही वे अनशन छोड़ेंगे। जब लाहौर षड्यंत्र के लोगों ने इस बात को देखा कि दो साथी राजनीतिक कैदियों के लिए लड़ते हुए अपने प्राण दे रहे हैं तो उन्होंने भी ऐलान कर दिया कि यदि भगत सिंह एवं दत्त की माँग न मानी गई तो 13 जुलाई से वे भी अनशन कर देंगे। अब सरकार को इस पर बड़ी फिक्र हुई, क्योंकि सरकार देख रही थी कि इन अनशनों का देश के जनमत पर क्या प्रभाव हो रहा है।

जब सरकार ने लाहौर षड्यंत्रवालों की धमकी सुनी तो उसने यह चाल चली और कहा कि मेडिकल ग्राउंड पर विशेष व्यवहार ले लो। भगत सिंह एवं दत्त जानते थे कि काकोरीवालों को ऐसी ही बातें कहकर चकमा दिया गया था। जब श्री गणेशशंकर विद्यार्थी ने भगत सिंह को यह बात मान लेने के लिए कहा तो उन्होंने साफ कह दिया कि एक बार सरकार यह चाल खेलकर लोगों को धोखा दे चुकी है। वे अब इसमें नहीं पड़ सकते। इस प्रकार, भगत सिंह एवं दत्त के पास तार व संदेश आए, किंतु उन्होंने किसी की न सुनी और अपने अनशन युद्ध को जारी रखा।

जेल में दुर्व्यवहार के प्रतिवाद में इन नौजवानों ने 15 जून, 1929 से भूख हड़ताल शुरू कर दी। उनकी माँग थी कि उनके साथ राजनीतिक कैदियों जैसा व्यवहार किया जाए। इस भूख हड़ताल को केंद्र कर सारे देश में आंदोलन शुरू हुआ। आरंभ में इन दोनों की भूख हड़ताल को जेल के अंदर खास समर्थन नहीं मिला, लेकिन धीरे-धीरे अन्य कैदी भी भूख हड़ताल में शामिल हो गए। भूख हड़ताल की खबरें बाहर आने लगीं और धीरे-धीरे उसका प्रचार होने लगा। उनके साथ हमदर्दी में पंजाब के सभी राजनीतिक कैदियों ने भूख हड़ताल की। लोगों की सहानुभूति भूख हड़ताल के कैदियों के साथ होने लगी और समाचार-पत्रों में इसका विवरण भी छपने लगा। आरंभ में बटुकेश्वर दत्त को सेल में डाल दिया गया और इसके बाद उन्हें बेड़ी डाल दी गई। 10 एवं 13 जुलाई को अदालत में बटुकेश्वर दत्त को पेश किया जाना था, लेकिन जेल के अधिकारी बटुकेश्वर दत्त को सबक सिखाना चाहते थे। 23 जून, 1929 को सेल से बाहर खबर आई कि

बटुकेश्वर इतने कमजोर हो गए हैं कि वे न तो बोल सकते हैं, न ही अपनी टाँगों पर खड़े हो सकते हैं। 30 जून, 1929 को पूरे देश में 'भगत सिंह-बटुकेश्वर दत्त दिवस' मनाया गया, किंतु सरकार ने इस बात पर कोई ध्यान नहीं दिया।

1 जुलाई, 1929 को लाहौर में एक विराट् सभा हुई। उसने भूख हड़तालियों की माँग का समर्थन किया। भारत के अन्य स्थानों पर भी सभाएँ हुईं, प्रदर्शन हुए और नारे बुलंद किए गए—'सब राजनीतिक कैदियों को रिहा करो'! 'इनकलाब जिंदाबाद'! 'हिंदुस्तान हिंदुस्तानियों का है'![1]

भगत सिंह एवं बटुकेश्वर दत्त जेल में अनशन से काफी कमजोर हो गए थे। 10 जुलाई, 1929 को सांडर्स हत्याकांड में उनकी पेशी हुई। तब तक वे इतने कमजोर हो गए थे कि स्ट्रेचर पर लादकर उन्हें लाया गया। सुनवाई विशेष मजिस्ट्रेट राय साहब पं. श्रीकृष्ण की अदालत में लगाई गई थी। वहाँ पर भी उन्होंने अदालत में आते ही 'इनकलाब जिंदाबाद' का जोरदार नारा लगाया, जिसकी गूँज समाचार-पत्रों के माध्यम से पूरे देश में हुई। भारतीय समाचार-पत्रों ने विश्वास जताया कि भूख हड़तालियों की कोशिशें एक-न-एक दिन सकारात्मक परिणाम देंगी।

सबसे पहले बटुकेश्वर दत्त को उनके इस अपराध के लिए निर्दयतापूर्वक पीटा गया, लेकिन बटुकेश्वर दत्त ने भोजन करना स्वीकार नहीं किया। बटुकेश्वर दत्त से मिलने के लिए डॉ. किचलू लाहौर जेल गए थे और दैनिक 'द ट्रिब्यून', लाहौर (10 जुलाई, 1929) में दिए अपने साक्षात्कार में उन्होंने बताया कि बटुकेश्वर दत्त की स्थिति काफी खतरनाक हो गई है। जेल के अंदर उनके साथ मारपीट की गई है और उन्होंने स्वयं उनके शरीर पर चोट के निशान देखे हैं।

बोर्स्टल जेल में जब भूख हड़ताल आरंभ हुई तो यतींद्रनाथ दास ने उसका विरोध किया था। उन्हें यह विश्वास नहीं था कि भूख-हड़ताल क्रांति का एक कारगर औजार हो सकती है। उन्हें लगता था कि कुछ दिन तक भूख हड़ताल करने के बाद आखिर अपनी हड़ताल तो क्रांतिकारियों को वापस लेनी ही होगी। इसलिए वे इसके पक्ष में नहीं थे। वे क्रांतिकारियों की मौत पुलिस की गोली या न्यायालय द्वारा दी गई फाँसी की सजा आदि से होना ही श्रेयस्कर समझते थे। उन्हें लगता था कि भूख हड़ताल करके अपनी मृत्यु की ओर धीरे-धीरे सरकना ही है और वे इसके पक्षधर नहीं थे। उन्होंने अपनी बात अन्य क्रांतिकारी साथियों को समझानी चाही, लेकिन जेल में बंद अन्य क्रांतिकारी तो भगत सिंह एवं बटुकेश्वर दत्त द्वारा किए गए आह्वान से इतने जोश में भर गए थे कि उन्होंने यतींद्रनाथ दास की एक न सुनी। इसके बाद 13 जुलाई, 1929 को यतींद्रनाथ दास भी भूख हड़ताल में शामिल हो गए, जो उनकी मृत्युपर्यंत रहा।

14 जुलाई, 1929 को भारत सरकार के गृह सदस्य को बटुकेश्वर दत्त एवं भगत

सिंह ने एक पत्र लिखा, जिसमें उन्होंने कई प्रकार की माँग की। पत्र के अनुसार—वे लोग राजनीतिक कैदी हैं और उन्हें जेल में अच्छा खाना मिलना चाहिए, जैसा खाना यूरोपियन कैदियों को दिया जाता है। भले ही खुराक में अंतर हो, लेकिन भोजन का स्तर वैसा ही होना चाहिए। उन्हें मेहनत करने के नाम पर जेल में सम्मानहीन काम करने के लिए बाध्य नहीं किया जाए। उन्हें पुस्तक लिखने और लिखने का हर सामान जेल की ओर से मिलना चाहिए तथा किस विषय पर पुस्तक लिखनी है, इस बारे में जेल के अधिकारी पूर्व स्वीकृति दे सकते हैं। एक अखबार की प्रति रोजाना देने की माँग उन्होंने की। राजनीतिक कैदी के लिए अलग वार्ड की व्यवस्था हो और वहाँ वे सभी सुविधाएँ मिलें, जो एक यूरोपियन कैदी को मिलती हैं। उन्हें स्नान करने की सुविधा मिलनी चाहिए और पहनने के लिए अच्छे कपड़े मिलने चाहिए।

इससे पूर्व जेल व्यवस्था पर सुधार के लिए पं. जगत नारायण और खान बहादुर खाफिज हिदायत हुसैन की समिति सरकार द्वारा बनाई गई थी। अपने पत्र में भगत सिंह एवं बटुकेश्वर दत्त ने इस समिति द्वारा दिए गए सुझावों को लागू करने की माँग की, क्योंकि इसमें राजनीतिक कैदियों के साथ अच्छी श्रेणी के कैदियों जैसा व्यवहार किए जाने की सिफारिश की गई थी। पत्र का असर यह हुआ कि पंजाब सरकार ने 15 जुलाई को भोजन में कुछ सुधार वैसे कैदियों के लिए दिए, जिन्हें स्वास्थ्य के आधार पर ऐसा किया जाना चाहिए था। क्रांतिकारी चाहते थे कि यह व्यवस्था स्थायी तभी हो सकती है, जब इस व्यवस्था का प्रसारण सरकारी गजट में हो।

भूख हड़ताल की कोशिश में बटुकेश्वर दत्त सबसे आगे थे और सबसे पहले उन्होंने ही लाहौर जेल में भूख हड़ताल आरंभ की थी। सरकारी अधिकारियों की नजर में भूख हड़ताल एक प्रकार की खुराफात ही थी, जिससे निबटना उन्हें आसान नहीं लग रहा था।

भूख हड़ताल समाप्त कराने के लिए बटुकेश्वर दत्त से जेल में मिलने के लिए 25 जुलाई, 1929 को गणेशशंकर विद्यार्थी आए, लेकिन बटुकेश्वर दत्त ने भूख हड़ताल खत्म करने से मना कर दिया। इधर लगातार बटुकेश्वर दत्त की हालत खराब हो रही थी, लेकिन वे अपने अनशन पर डटे हुए थे।

भूख हड़ताल से विमुख करने के लिए जेल अधिकारियों ने तरह-तरह के हथकंडे अपनाए, लेकिन क्रांतिकारीगण भी इसके लिए कमर कस चुके थे कि वे अपने संकल्प पर अडिग रहेंगे। जेल अधिकारियों द्वारा गुणवत्तापूर्ण एवं सुगंधित भोजन तैयार कर क्रांतिकारियों की कोठरियों में रखवा दिया जाता था, ताकि भूखा मन डोल जाए। पानी के घड़े को हटाकर दूध से भरे घड़े उनकी कोठरियों में रखवा दिए जाते थे, ताकि प्यास लगने पर पानी नहीं मिले और उन्हें दूध पीना पड़े; लेकिन क्रांतिकारियों ने वही किया, जो उन्होंने ठाना था। सुगंधित भोजन या तो बेकार पड़ा रह गया अथवा उसे फेंक दिया

गया। दूध से भरे घड़े फोड़ दिए गए। जेल अधिकारियों ने तब इस तरह का अपना प्रयास छोड़ा।

जब क्रांतिकारियों के सम्मुख जेल अधिकारियों के सारे प्रयास विफल हो गए, तब उन्होंने अंतिम रूप से बर्बर प्रयास करने की ठानी। डॉक्टरों के साथ जेल के आठ-दस पठान मुस्टंडे सिपाहियों को इस कार्य के लिए लगाया गया। वे लोग किसी एक क्रांतिकारी को घेरकर पकड़ लेते और उसे पूरी तरह काबू में कर लेते। इस क्रम में उस क्रांतिकारी को जमीन पर पटक दिया जाता और लोग उसे दबोचकर उस पर बैठ जाते, ताकि शरीर में कम-से-कम हरकत हो। फिर डॉक्टर रबर की एक नली नाक के रास्ते घुसाता और दूध उड़ेल दिया जाता; लेकिन क्रांतिकारी इस प्रयास को विफल करने के लिए भी तरकीब निकालने लगे। पहले से गरम पानी पी लेना, लाल मिर्च निगल लेना आदि किया जाने लगा, ताकि ज्यों ही दूध डालने के लिए नली नाक में घुसाई जाए, इतनी खाँसी हो कि सारा दूध बाहर आ जाए। अजय घोष नामक एक क्रांतिकारी ने तो दो मक्खियाँ निगल लीं और सारा दूध बाहर आ गया।

जेल अधिकारियों एवं क्रांतिकारियों के बीच का यह खेल चल ही रहा था कि 26 जुलाई, 1929 को एक अत्यंत दुःखद घटना हो गई। बलपूर्वक दूध पिलाने के क्रम में यतींद्रनाथ दास के फेफड़े में दूध चला गया और उनका फेफड़ा दूध से भर गया। वे बेहोश हो गए, लेकिन उन्हें देखनेवाला कोई नहीं था, क्योंकि चिकित्सक तो अपना विजयोल्लास मना रहे थे कि मुस्टंडों की सहायता से उन्होंने क्रांतिकारियों को दूध पिला दिया है। इधर यतींद्रनाथ दास छटपटा रहे थे, लेकिन उन्होंने जेल के डॉक्टरों की सहायता लेने से साफ इनकार कर दिया। उनकी हालत में लगातार गिरावट आ रही थी। उनकी हालत देखकर 28 जुलाई, 1929 को भगत सिंह एवं बटुकेश्वर दत्त ने क्रांतिकारी साथियों को संदेश भेजा कि भूख हड़ताल तोड़ दी जाए, केवल मैं और दत्त ही भूख हड़ताल पर रहेंगे; लेकिन क्रांतिकारियों ने उनकी बात को अनसुना कर दिया। सरकार पर लगातार दबाव बढ़ रहा था।

17 अगस्त, 1929 को उनकी चिकित्सकीय जाँच के लिए डॉक्टर जेल के भीतर गए, परंतु बटुकेश्वर दत्त ने इसमें भी कोई सहयोग नहीं किया। जेल अधीक्षक, लाहौर ने भारत सरकार के गृह सचिव को इस संबंध में एक पत्र लिखा, जिसमें बटुकेश्वर दत्त के मेडिकल प्रतिवेदन का जिक्र किया गया है। उसमें लिखा गया है कि बटुकेश्वर दत्त ने नाड़ी देखने एवं थर्मामीटर से शरीर का तापमान लेने के लिए चिकित्सक को अनुमति नहीं दी, तथापि चिकित्सक ने उनकी देह को छुआ। ऐसा नहीं लगता है कि उन्हें बुखार हो। उन्हें जबरदस्ती भोजन दिया जा रहा है, जिसका वे लगातार उग्र विरोध कर रहे हैं।[2]

2 सितंबर को बटुकेश्वर दत्त एवं भगत सिंह को भूख हड़ताल किए 81 दिन हो गए

थे और अन्य क्रांतिकारियों को 53 दिन। विशेष मजिस्ट्रेट पं. श्रीकृष्ण के साथ सरकारी वकील कलिंदर अली खाँ, बचाव पक्ष के वकील अमरदास, डी.सी. खन्ना, दलजीत सिंह, बटुकेश्वर दत्त की बहन प्रोमिला एवं भगत सिंह के पिता किशन सिंह जेल के अंदर आए। बटुकेश्वर दत्त सेल नंबर 120 एवं भगत सिंह सेल नंबर 103 में बंद थे। विशेष मजिस्ट्रेट ने उन क्रांतिकारियों से भेंट की और स्थिति के बारे में जानकारी माँगी। उन्होंने सरकार के अधिकारियों द्वारा किए जा रहे बर्बर व्यवहार, तिरस्कार, असुविधा एवं अभाव का पूरा-पूरा वर्णन किया।

2 सितंबर, 1929 को परिस्थितियों की जाँच के लिए पंजाब जेल जाँच समिति नामक एक उप-समिति का गठन किया गया, जिसमें चार सदस्य थे। उन सदस्यों ने जेल का निरीक्षण किया और भूख हड़ताल पर रहे क्रांतिकारियों से मुलाकात भी की। उनके साथ वार्त्ता में भगत सिंह भी शामिल हुए। यतींद्रनाथ दास की हालत पर विशेष चर्चा हुई और सरकार की ओर से पक्ष रखा गया कि यदि क्रांतिकारीगण भूख हड़ताल तोड़ दें तो यतींद्रनाथ दास को रिहा कर दिया जाएगा। क्रांतिकारियों के लिए चारपाई, मेज, कुरसी, अखबार और प्रकाश की व्यवस्था जेल द्वारा की गई।[3]

क्रांतिकारियों ने अपना अनशन नहीं तोड़ा। पंजाब जेल समिति ने अनशन तुड़वाने के लिए एक उप-समिति बना दी। 2 सितंबर, 1929 को संध्या समय श्री यतींद्रनाथ दास के अतिरिक्त लाहौर के सभी कैदियों ने उप-समिति के समझाने पर अनशन तोड़ दिया। इस उप-समिति ने दास के लिए यह सिफारिश की कि वह छोड़ दिए जाएँ, क्योंकि उनकी हालत बहुत खराब हो गई थी।

2 सितंबर, 1929 को ही भगत सिंह एवं उनके सभी क्रांतिकारी मित्रों ने भूख हड़ताल समाप्त कर दी, लेकिन जतिन दास भूख हड़ताल पर डटे रहे। जेल समिति के सदस्यों द्वारा जो आश्वासन दिया गया था, उसका पालन जेल अधिकारियों द्वारा नहीं किया गया और भगत सिंह एवं बटुकेश्वर दत्त को लाहौर षड्यंत्र केस में अभियुक्त बनाए गए क्रांतिकारियों के साथ जेल में विचार-विमर्श करने का अवसर नहीं दिया गया। इससे दु:खी होकर भगत सिंह, बटुकेश्वर दत्त एवं अन्य लोग पुनः 4 सितंबर, 1929 से भूख हड़ताल पर चले गए।[4]

भूख हड़ताल की खबर लगातार छप रही थी और यह एक प्रकार से भारतीयों के जागरण का कार्य भी कर रही थी। जवाहरलाल नेहरू ने अगस्त के आरंभ में वक्तव्य दिया कि "आज भगत सिंह और बटुकेश्वर दत्त के अनशन का बावनवाँ दिन है। विद्यार्थीजी ने अपनी आँखों से लाहौर षड्यंत्र केस के अभियुक्तों के शरीर पर निशान देखे हैं, जो उन्हें बलात्पान कराते समय बने हैं।" नेहरूजी ने जेल में जाकर क्रांतिकारियों से मुलाकात भी की और कहा कि उनका उद्देश्य है कि राजनीतिक बंदियों के साथ सम्मानजनक

व्यवहार किया जाए। मोतीलाल भी इस विषय में चुप न रह सके। उन्होंने अखबारों में वक्तव्य दिया कि भगत सिंह, बटुकेश्वर दत्त, यतींद्रनाथ दास ने यह अनशन बहुत दिनों से कर रखा है। वे और उनके साथी यह व्रत अपने लिए नहीं कर रहे हैं। विद्यार्थीजी ने अपनी आँखों से लाहौर षड्यंत्र केस के अभियुक्तों के शरीर पर चोटों के निशान देखे हैं, जो उन्हें बलात्पान कराते समय आए हैं।

इधर यतींद्रनाथ दास की हालत लगातार खराब होती जा रही थी। क्रांतिकारियों के सम्मुख यतींद्रनाथ दास को बचाना एक बड़ी समस्या थी और इसे देखते हुए उन्होंने उनसे अपना अनशन समाप्त करने का आग्रह किया, जिसे दास ने नहीं माना। भगत सिंह एवं अन्य लोगों ने निर्णय लिया कि आवश्यक है कि भूख हड़ताल समाप्त कर दी जाए और उन्होंने भूख हड़ताल समाप्त करने की घोषणा कर दी; लेकिन यतींद्रनाथ दास ने अपनी भूख हड़ताल समाप्त नहीं। उन्हें मनाने के लिए कांग्रेस पार्टी के नेतागण सहित कई सरकारी अधिकारी आए और जमानत पर रिहा होकर अस्पताल में अपना इलाज कराने का आग्रह किया; लेकिन यतींद्रनाथ दास अपनी जिद पर डटे रहे। जब भगत सिंह ने देखा कि जिनके लिए हड़ताल तोड़ी गई, वे खुद हड़ताल पर डटे हुए हैं तो उन्होंने फिर से हड़ताल आरंभ कर दी। यतींद्रनाथ दास ने कहा कि मैं अपने क्रांतिकारी साथियों के बीच ही मरना चाहता हूँ।

6 अगस्त, 1929 को एक सरकारी विज्ञप्ति निकली, किंतु उस विज्ञप्ति में सरकार ने कोई ऐसी बात नहीं लिखी, जिससे जनमत संतुष्ट होता; बल्कि ऐसी बातें थीं, जिनसे जनमत और रुष्ट होता। सरकार के लिए भगत सिंह, दत्त, यतींद्र की माँगें मान लेना बड़ी कठिन बात थी; क्योंकि राजनीतिक कैदियों को राजनीतिक कैदी मान लेने का अर्थ यह होता था कि सरकार जेलों के अंदर जो अपने शत्रुओं को बराबर प्रतिहिंसा की आग में दग्ध कर उनको गिराने की चेष्टा करती थी, उस उपाय से हाथ धोती। आतंकवाद और निरे आतंकवाद पर प्रतिष्ठित ब्रिटिश सरकार के लिए यह बहुत बड़ा त्याग था, सरकार भरसक इस बात को मानना नहीं चाहती थी।

गवर्नर साहब शिमला से लाहौर आए तो लोगों में आस जगी कि वे कुछ करेंगे। उन्होंने जेल अधिकारियों से बातचीत भी की और पुनः चुपके से वापस शिमला चले गए। 9 अगस्त, 1929 को सरकार ने एक और विज्ञप्ति निकाली। इसमें भी कोई खास बात नहीं थी। अगस्त के दूसरे सप्ताह में पंजाब सरकार ने एक जेल समिति बना दी। सरकार झुकी तो, किंतु दिखाना चाहती थी कि वह अकड़ में है।

इस अनशन की सहानुभूति में विभिन्न जेलों में अनशन हुए। मुकदमे का यह हाल था कि उसकी तारीखें बराबर बढ़ती चली जा रही थीं। जेल जाँच समिति के सभापति पंजाब की जेलों के इंस्पेक्टर जनरल थे। वह एक दिन जेल तशरीफ ले गए और उन्होंने

क्रांतिकारियों को आश्वासन दिया, ''मैं जेल समिति का प्रधान हूँ। मैं आप लोगों को आश्वासन देता हूँ कि मैं आपकी सब शिकायतों को दूर करूँगा, आप अनशन त्याग दें।''

यतींद्रनाथ दास की अंतिम घड़ियाँ : सितंबर के प्रारंभ में ही डॉक्टर कह रहे थे कि यतींद्रनाथ दास के जीने की कोई आशा नहीं। रक्त का दौरा केवल हृदय के आसपास था। सारा शरीर सुन्न पड़ता जा रहा था। दास यह जानते थे कि वे धीरे-धीरे मृत्यु की ओर अग्रसर हो रहे हैं। फिर इस पर दारुण यंत्रणा भी थी। दास के रिश्तेदारों से कहा गया कि वे जमानत दें; किंतु दास से इस विषय में पूछा गया तो उन्होंने इनकार कर दिया। इस पर सरकार के इशारे पर कुछ लोगों ने चुपके से जमानत दाखिल कर दी। सरकार को तो अपनी झूठी इज्जत बचानी थी। इतने पर भी दास ने सरकार का काम बनने न दिया। जमानत के कागज पर यतींद्र दास के दस्तखत होने जरूरी थे। उन्होंने उस कागज पर दस्तखत करने से इनकार कर दिया। सरकार ने इस पर यह उड़ा दिया कि दास तो बिना शर्त रिहा होने के लिए अनशन कर रहे हैं। किंतु जनता सब जानती थी। जालिम होने के अलावा सरकार अब जनता की आँखों में झूठी भी हो गई।

यतींद्रनाथ दास अब अकेले अनशन कर रहे थे। उनके साथियों ने उनका साथ छोड़ दिया था। दास की मृत्यु अब निश्चित थी। साम्राज्यवाद काफी झुक चुका था। वह अब इससे अधिक झुकने के लिए तैयार नहीं था। उसका काफी अपमान हो चुका था। वह अब इससे अधिक बरदाश्त नहीं कर सकता था। सरकार ने सोचा कि कहीं यतींद्र दास के मरने पर लाहौर में दंगा न हो जाए, इसलिए उसने बाहर से भी अधिक पुलिस मँगवा ली।

अंग्रेज सरकार इन सब मामलों पर नजर रखे हुई थी और अब तक यह मामला उसके गले की हड्डी बन चुका था। सरकार अतिशीघ्र इस मामले का पटाक्षेप करना चाहती थी; परंतु न्यायिक प्रक्रिया में विलंब होने एवं क्रांतिकारियों द्वारा सहयोग नहीं किए जाने के कारण उसे यह समझ में आ रहा था कि न्यायिक प्रक्रिया बहुत लंबी चलेगी। क्रांतिकारीगण जिस प्रकार अदालती काररवाई के माध्यम से आम जनता को प्रेरित कर रहे थे, उससे भी सरकार बहुत परेशान हो गई। रही-सही बात लाहौर हाई कोर्ट द्वारा जारी किए गए आदेश ने पूरी कर दी, जिसमें उसने मजिस्ट्रेट को अदालती काररवाई संक्षिप्त कर मामले को हाई कोर्ट में संदर्भित करने से मना कर दिया था। सरकार चाहती थी कि अदालती काररवाई जल्द-से-जल्द पूरी कर दोषियों को सजा दे दी जाए। उसके सामने अब कोई विकल्प नहीं था।

सरकार अदालती प्रक्रिया संबंधी कानून को बदलने पर आमादा हो गई और इस उद्देश्य से 12 सितंबर, 1929 को सेंट्रल असेंबली में एक बिल लाया गया। उस बिल का मुख्य उद्देश्य यह था कि यदि न्यायालयीय कार्य में अभियुक्त स्वयं उपस्थित नहीं होंगे तो भी न्यायालय की प्रक्रिया जारी रहेगी। इस बिल का विपक्ष ने कड़ा विरोध किया

और चूँकि भारत की जनता इस बिल के उद्देश्य को समझ चुकी थी, इसलिए जनता ने भी भारी विरोध किया। फलतः बिल पारित नहीं हो सका; लेकिन सरकार इसके लिए तैयार होकर बैठी थी। वॉइसराय लॉर्ड इरविन ने गवर्नर जनरल की हैसियत से गवर्नमेंट ऑफ इंडिया एक्ट 1915 की धारा 72 के विशेषाधिकार का प्रयोग करते हुए लाहौर षड्यंत्र केस ऑर्डिनेंस नंबर 1130 पारित कर दिया और उस केस को एक ट्रिब्यूनल को सौंप दिया गया। इस ऑर्डिनेंस के प्रावधानों के अनुसार, ट्रिब्यूनल की प्रक्रिया तब भी जारी रहेगी, जब अभियुक्त अनुपस्थित रहें, बचाव के वकील एवं गवाह अनुपस्थित रहें अथवा सरकारी गवाह का जिरह नहीं हो। इसका एक प्रमुख तत्त्व यह भी था कि इस ट्रिब्यूनल द्वारा पारित आदेश के विरुद्ध कहीं भी अपील नहीं की जा सकती थी, चाहे ट्रिब्यूनल द्वारा मृत्युदंड ही क्यों न दिया जाए। ट्रिब्यूनल में जस्टिस जे. कोल्डस्ट्रीम को अध्यक्ष बनाया गया, जबकि जस्टिस आगा हैदर, बार एट लॉ और जस्टिस जी.सी. हिल्टन, आई.सी.एस. सदस्य के रूप में शामिल हुए। न्याय का खोखलापन जनता के समक्ष आ गया था और क्रांतिकारी इस बात से खुश थे कि अब जनता समझ चुकी है कि अंग्रेज सरकार की नीयत कैसी है और उसकी न्याय व्यवस्था किस प्रकार की है। क्रांतिकारियों को यह भी विश्वास था कि इससे अंग्रेजी सरकार के प्रति जनता की नफरत बढ़ेगी और जनता अपने अधिकारों के प्रति सचेत होकर सामने आएगी।[5]

12 सितंबर, 1929 को असेंबली में मोहम्मद अली जिन्ना ने ब्रिटिश हुकूमत पर बरसते हुए क्रांतिकारियों द्वारा जेलों में की जा रही भूख हड़ताल की चर्चा की। उन्होंने कहा कि "यह युद्ध की घोषणा है। आप जानते हैं कि ये लोग प्राणोत्सर्ग के लिए कृतसंकल्प हैं। यह कोई हँसी-खेल नहीं है। हर व्यक्ति आमरण अनशन नहीं कर सकता है। जो व्यक्ति अनशन करता है, उसकी शुद्ध आत्मा होती है और अपने अनशन के उद्देश्य के न्यायपूर्ण होने का विश्वास होता है। जनता सरकार की एक घृणित व्यवस्था का विरोध करती है। यह भी याद रखना कि बाहर हजारों नौजवान हैं। महोदय, क्या आप भूख हड़ताल से अधिक प्रताड़ना की कल्पना भी कर सकते हैं ? इनका उद्देश्य गलत है या सही, इसके बारे में विचार हो सकता है; लेकिन ये नवयुवक स्वयं द्वारा घोषित दंड झेल रहे हैं और यह बहुत ही कठिन कार्य है, लेकिन अभी भी इन्हें न्याय व्यवस्था पर भरोसा है। आप जानते हैं कि इन नवयुवकों ने निश्चित कर लिया है कि ये अपनी जान दे देंगे। यह कोई हँसी-खेल की बात नहीं है। मैं गृह सदस्य महोदय से अनुरोध करता हूँ कि ऐसा निश्चय कोई नहीं कर सकता है कि वह भूखा रहते हुए अपनी जान दे दे। कृपया आप इसे आजमाएँ, कुछ देर के लिए ही आजमाकर देख लें कि कैसा अनुभव होता है। जिन नवयुवकों ने भूख हड़ताल कर अपनी जान देने का निश्चय किया है, उन लोगों के पास भी आत्मा है। वे लोग कोई साधारण अपराधी

नहीं हैं और न ही किसी साधारण अपराध के सिलसिले में उन्हें जेल में रखा गया है। भारतवासियों को न्याय मिले, इसके लिए वे लोग भूख हड़ताल कर रहे हैं। महोदय, मेरी बात की ओर ध्यान दिया जाए। मैं भगत सिंह द्वारा किए गए कृत्यों का समर्थन नहीं करता हूँ और यह मैं सदन में बोल रहा हूँ। गलत हो या सही, लेकिन भारत के नवयुवकों में उत्तेजना है। आप उन नवयुवकों को इस तरह के अपराध करने से रोक सकने में अक्षम हैं। आप सिर्फ इतना ही कह सकते हैं कि वे नवयुवक गुमराह हो गए हैं। भारत की शासन व्यवस्था अक्षम एवं निंदनीय है और इस व्यवस्था को जनता द्वारा तिरस्कृत कर दिया गया है। इस बारे में आप ठंडे तर्क दे सकते हैं। हम आपकी बातें ठंडे दिल से सुन सकते हैं और आपके द्वारा दिए गए जवाब पर अपना तर्क भी दे सकते हैं। यहाँ पर हम सत्ता पक्ष के सदस्यों के बारे में कोई भाषण भी दे सकते हैं; लेकिन इतना याद रखिए कि इसके बाहर हजारों नौजवान हैं, जो आपकी शासन व्यवस्था की निंदा कर रहे हैं।''[6]

देशभक्ति के इस महान् जज्बे से भारत ही नहीं, दुनिया भर के देशों के युवकों ने तथा अधेड़ उम्र के लोगों ने भी गंभीर काररवाई की है। जिन्ना ने आयरलैंड के प्रधानमंत्री कासग्रेव का उदाहरण दिया, जो सरकार बनाने का निमंत्रण मिलने से दो सप्ताह पहले तक मृत्युदंड के अधीन थे।[7]

जिन्ना ने सरकार से पूछा, ''ये देशभक्त सरकार से आखिर माँग क्या रहे हैं? क्या वे सोने के लिए गद्दे माँग रहे हैं या नहाने के लिए बाथटब? वे सिर्फ बुनियादी जरूरतें पूरी करने और कुछ बेहतर व्यवहार की ही माँग कर रहे हैं। शिष्टता के नाम पर क्यों उनकी इतनी छोटी सी माँग भी पूरी नहीं की जा सकती?''

14 सितंबर को मोहम्मद अली जिन्ना ने पुनः सेंट्रल असेंबली में सरकार के विरुद्ध भाषण देना आरंभ कर दिया। उन्होंने सरकार से सख्ती से कहा, ''अपने नागरिकों के साथ सख्ती से दमन करने के व्यवहार की जगह क्या आपके लिए यह बेहतर नहीं होगा कि आप जनता की इस नाराजगी और संघर्ष के कारणों की जड़ तक जाएँ और उन्हें समझें? टैक्स अदा करनेवाली भारतीय जनता का पैसा अपने देश की स्वतंत्रता के लिए लड़ने और संघर्ष करने वाले नागरिकों पर मुकदमा चलाकर खर्च करने का आपको कोई हक नहीं है।''[8]

उन्होंने कहा कि ''जो आदमी भूख हड़ताल पर जाता है, उस आदमी के पास आत्मा होती है। वह उस आत्मा द्वारा परिचालित होता है और अपने लक्ष्य के न्यायप्रिय होने में यकीन रखता है। ब्रिटिश सरकार इन देशभक्त नवयुवकों की भूख हड़ताल को बहाना बनाकर, उन नवयुवकों पर मुकदमा चलाकर उन्हें खत्म कर देना चाहती है।'' जिन्ना ने अपने शांत और विश्वसनीय तर्कों से युवकों पर चलाए जानेवाले मुकदमों को

कानूनी रूप देने की ब्रिटिश कोशिश का भंडाफोड़ कर दिया।[9]

हालाँकि इस बिल के विरोध में कई सदस्यों ने भाषण दिया, परंतु मत विभाजन में सत्ता पक्ष को 55 मत मिले, जबकि विरोधी पक्ष को मात्र 47 वोट और इस प्रकार बिल पारित हो गया। विधेयक के विरोध में मोतीलाल नेहरू, एन. जयकर, रफी अहमद किदवई, रंगास्वामी आयंगर और मोहम्मद अली जिन्ना आदि ने मतदान किया था। जिन्ना ने अपने भाषण में ही स्पष्ट कर दिया था कि इस विधेयक के पारित होने से भगत सिंह आदि के खिलाफ मुकदमा न्याय के साथ मजाक होगा और यही हुआ भी।[10]

शिमला में हुए केंद्रीय असेंबली के इस सेशन की रिपोर्ट देते हुए ट्रिब्यून के विशेष संवाददाता ने लिखा कि जिन्ना ने अपने शानदार भाषण द्वारा पूरी असेंबली पर बहुत गहरा असर छोड़ा। जिन्ना के भाषण से प्रसन्न होकर सदन ने बार-बार तालियाँ बजाकर उनके भाषण की प्रशंसा की और सदन के अध्यक्ष ने इस विधेयक को शनिवार तक के लिए स्थगित कर दिया।[11]

गृह सदस्य जेम्स क्रीयर ने आपराधिक प्रक्रिया नियमावली में संशोधन प्रस्तावित करते हुए यह प्रावधान पेश किया था कि आरोपी की उपस्थिति को और गैर-जरूरी मानते हुए उसकी या उसके वकील की गैर-हाजिरी में ही मुकदमे की काररवाई पूरी कर ली जाए। विट्ठलभाई पटेल की अध्यक्षता में हुई सदन की विशेष बहस में एन.सी. केलकर (मुंबई), ट्रेड यूनियन के नेता अब्दुल हई, पंजाब कांग्रेस के नेता दीवान चमनलाल, मुंबई के जमनादास मेहता और मोहम्मद अली जिन्ना ने बिल का विरोध किया था।[12]

मोहम्मद अली जिन्ना ने भगत सिंह और बटुकेश्वर दत्त के पत्र का हवाला देते हुए अपना भाषण सदन के समक्ष रखा था। उनके अनुसार, 8 अप्रैल, 1929 को बमकांड के लिए उन्हें मात्र एक महीने में ही दंडित करके 19 मई, 1929 को जीवन भर के लिए देशबदर करके उनके साथ भयंकर अमानवीय व्यवहार किया जा रहा था। जिन्ना ने सवाल किया कि आप उन पर मुकदमा चला रहे हैं या उन्हें प्रताड़ित कर रहे हैं ? उन्होंने यह भी कहा कि ब्रिटिश राज में लगता है कि पंजाब एक भयावह जगह है।[13]

14 सितंबर को उनके बलिदान के उपलक्ष्य में सारे देश में हड़ताल मनाई गई। मोतीलाल नेहरू के हस्तक्षेप से सरकारी आश्वासन पाकर बाकी ने भूख हड़ताल समाप्त कर दी थी। इस भूख हड़ताल के दौरान मेरठ षड्यंत्र केस के 25 अभियुक्तों ने संयुक्त ज्ञापन देकर धमकी दी थी कि अगर राजनीतिक कैदियों के साथ अच्छा व्यवहार न किया गया तो वे भी भूख हड़ताल करेंगे।[14]

13 सितंबर को 1 बजकर 5 मिनट पर यतींद्र, देश का प्यारा यतींद्र, बोर्स्टल जेल में साम्राज्यवाद के विरुद्ध लड़ते हुए शहीद हो गया। श्री यतींद्रनाथ दास की भूख

हड़ताल के चौंसठवें दिन मृत्यु हो गई। इनकी मृत्यु से देश को भारी धक्का लगा। पिछले अनेक वर्षों में अन्य किसी घटना ने जन-चेतना को इतना अधिक स्पर्श नहीं किया था। देश भर में इसके विरोध में विराट् प्रदर्शन हुए।[15]

उधर शहीद की मिट्टी के लिए तैयारियाँ होने लगीं। श्री सुभाषचंद्र बोस ने उनके पार्थिव शव को कलकत्ता भेजे जाने के लिए 600 रुपए भेज दिए। बंगाल चाहता था कि अपने इस लाल को मरने के बाद अपनी ही गोद में स्थान दे। उधर बंबई वालों ने कहा, ''खर्चा हम देंगे।'' इस पर पंजाबवालों ने कहा, ''क्या पाँच नदियों वाला यह प्रांत इतना गरीब हो गया है! नहीं, खर्चा हम देंगे।''

शहीद यतींद्रनाथ दास का शव लाहौर से कलकत्ता लाया गया। उनका वहाँ ऐसा स्वागत हुआ कि सरकार दंग रह गई। उनका शव हावड़ा ले जाए जाते समय जब गया स्टेशन से गुजरा तो एक सरकारी रिपोर्ट के अनुसार लगभग 2,000 लोग गया रेलवे स्टेशन पर जमा हो गए और वहाँ एक सहानुभूतिपूर्ण प्रदर्शन हुआ।[16]

कलकत्ता में शहीद यतींद्रनाथ दास के शव को आम जन के दर्शनार्थ एक पार्क में रखा गया। एक अनुमान के अनुसार वहाँ करीब पाँच लाख लोगों ने उनके दर्शन किए। 17 सितंबर, 1930 को वॉइसराय ने लंदन जो टेलीग्राम भेजा, उसमें कहा गया कि शव-यात्रा में लगभग 5 लाख लोग एकत्र हुए थे और भारत में अब तक जितनी भी शव-यात्रा हुई हैं, इतनी अधिक भीड़ किसी में नहीं देखी गई थी।[17]

रामानंद चट्टोपाध्याय (1865-1943) मासिक पत्रिका 'बांग्ला प्रवासी' निकालते थे, जिन्होंने बाद में अंग्रेजी में 'मॉडर्न रिव्यू' के नाम से निकालना आरंभ दिया। यतींद्रनाथ दास की शहादत के बाद वर्ष 1929 में 'मॉडर्न रिव्यू' में उन्होंने 'इनकलाब जिंदाबाद' का अर्थ क्या है और जनता पर इसका क्या प्रभाव होगा, इस संबंध में विस्तार से लिखा।[18]

लेख में 'इनकलाब जिंदाबाद' की घोर आलोचना की गई। उस समय रामानंद चट्टोपाध्याय जेल में थे, इसलिए बटुकेश्वर दत्त एवं भगत सिंह ने 22 दिसंबर, 1929 को मजिस्ट्रेट के माध्यम से 'मॉडर्न रिव्यू' में चिट्ठी लिखी, लेकिन इससे पहले वह लाहौर से प्रकाशित होने वाले 'द ट्रिब्यून' में प्रकाशित हुई। बटुकेश्वर दत्त एवं भगत सिंह ने अपने पत्र में लिखा कि इनकलाब के माध्यम से हम भारतवासियों को बताना चाहते हैं कि विप्लव क्या है। हम विप्लव का इस तरह प्रचार करना चाहते हैं कि विप्लव का अर्थ खून बहाना नहीं है।

बिहार के लगभग प्रत्येक महत्त्वपूर्ण नगर में प्रदर्शन हुए। 24 सितंबर, 1929 को क्रांतिकारी शहीद यतींद्रनाथ दास की स्मृति में पटना में एक जुलूस निकाला गया।[19]

पंजाब जेल समिति की खिचड़ी पकती रही। सन् 1930 के फरवरी में लाहौरवालों

ने सरकार की बातों से निराश होकर फिर अनशन कर दिया। बात यह है कि लाहौरवालों ने सुना कि उनकी सजा सुनाने के दिन करीब आ रहे हैं। कहीं ऐसा न हो कि वे भी काकोरीवालों की तरह सरकार द्वारा उल्लू बनाए जाएँ। इसके अतिरिक्त, उन्होंने यह भी सोचा कि कहीं यतींद्र दास का त्याग उनके बाद वालों की वजह से व्यर्थ न जाए, इसलिए उन्होंने अनशन शुरू कर दिया।

इसकी खबर बरेली जेल में बंद सर्वश्री राजकुमार सिंह, मुकुंदीलाल, शचींद्र बक्शी तथा मन्मथनाथ गुप्त को लगी। वे लोग भी अनशन पर चले गए। वे लोग काकोरी षड्यंत्र केस में जेल में बंद थे।

यतींद्रनाथ दास की मृत्यु बटुकेश्वर दत्त, भगत सिंह एवं अन्य क्रांतिकारियों के लिए असहनीय आघात था। पूरा देश इस दु:ख से दु:खी हो गया। ऐसा लगता था, मानो भारत की जनता इस दु:ख को झेल नहीं पाएगी। पूरे वातावरण में उत्तेजना थी। लोग सरकार से आशा करते थे कि किसी भी स्थिति में भूख-हड़ताल समाप्त करवाई जाए। अंत में सरकार को झुकना पड़ा और क्रांतिकारियों की विजय हुई। उन्हें राजनीतिक बंदी मान लिया गया और पढ़ने-लिखने व भोजन आदि की सुविधाओं के बारे में सरकार ने निर्णय ले लिया। 114 दिन लंबी भूख हड़ताल का अंत 5 अक्तूबर, 1929 को हुआ। हालाँकि क्रांतिकारियों की यह बहुत बड़ी जीत थी, परंतु यतींद्रनाथ दास की मृत्यु पर बह रहे आँसुओं के बीच इस जीत का जश्न भारत नहीं मना रहा था। बिहार के लगभग प्रत्येक महत्त्वपूर्ण नगर में प्रदर्शन हुआ।

दिसंबर 1929 में हिंदुस्तान सोशलिस्ट रिपब्लिक एसोसिएशन का अधिवेशन लाहौर में हुआ था और इस अधिवेशन में एसोसिएशन का घोषणा-पत्र (मैनिफेस्टो) परचा के रूप में वितरित हुआ। उसमें कहा गया था कि उनके भव्य आदेशों की महानता और उनके महान् बलिदानों पर किसी को संदेह नहीं है; लेकिन उनकी सामान्य गतिविधियाँ गोपनीय होने के कारण देश को उनकी वर्तमान नीति और इरादों की जानकारी नहीं है।[20]

वर्ष 1930 में जेल से ही भगत सिंह ने अपने मित्र जयदेव को चिट्ठी लिखी कि "हम आपके प्रति आभारी रहेंगे, यदि आप बटुकेश्वर दत्त के लिए एक जोड़ी कपड़े व जूते भेज दीजिए।" उन्होंने मित्र को लिखा कि "हम इसके लिए आपसे पहले भी आग्रह कर सकते थे, परंतु बटुकेश्वर दत्त इसके लिए तैयार नहीं थे।" जयदेव ने भगत सिंह के आग्रह करने के बाद उनके लिए एक जोड़ी जूते भेजे थे, परंतु बटुकेश्वर दत्त के लिए नहीं भेजे थे, क्योंकि ऐसा आग्रह नहीं किया गया था। भगत सिंह ने जयदेव को एक और अनुरोध किया कि बटुकेश्वर दत्त के लिए कुरता भी सिलाकर भेज दिया जाए। भगत सिंह ने नाप लिखा—'छाती की चौड़ाई 34 इंच, शेक्सपीयर कॉलर, हाफ हाथ।'[21]

संदर्भ—

1. अजय घोष, 'भगत सिंह एंड हिज कॉमरेड्स', बंबई 1946, पृ. 8–10
2. फाइल संख्या–71 सी, संख्या–36/4/1930, होम पॉलिटिकल डिपार्टमेंट, राष्ट्रीय अभिलेखागार, नई दिल्ली
3. मालविंदरजीत सिंह वड़ाइच, 'भगत सिंह द इटर्नल रेबेल', प्रकाशन विभाग, सूचना एवं प्रसारण मंत्रालय, भारत सरकार, 2007, अंग्रेजी, पृ. 124
4. वही, पृष्ठ 124
5. श्री अनिल वर्मा, 'भगत सिंह के सहयोगी : बटुकेश्वर दत्त', पृ. 90
6. मालविंदरजीत सिंह वड़ाइच, 'भगत सिंह द इटर्नल रिबेल', पृ. 124
7. चमनलाल, 'भगत सिंह', मेधा बुक्स, नवीन शाहदरा, दिल्ली–110032, 2009, पृ. 94
8. वही, पृ. 95
9. वही
10. वही, पृ. 95
11. वही, पृ. 94
12. वही,पृ. 95
13. वही, पृ. 94
14. 'न्यू एज', 20 मार्च, 1955
15. के.के. दत्त, कांग्रेस सचिवों की 1929 के लिए रिपोर्ट, संदर्भ : 'बिहार में स्वातंत्र्य आंदोलन का इतिहास', भाग–2, पृ. 39
16. वही
17. मालविंदरजीत सिंह वड़ाइच, पृ. 123
18. सर्वजीत जाश, 'प्रथम बंगाली इनकलाबी बटुकेश्वर दत्त', एवरी टाइम–पूजा टाइम, 2010–11, पृ. 2 (बांग्ला)
19. के.के. दत्त, 'बिहार में स्वातंत्र्य आंदोलन का इतिहास', पृ. 40
20. बिपिन चंद्र, 'भारत में उपनिवेशवाद और राष्ट्रवाद', अनामिका पब्लिशर्स एंड डिस्ट्रीब्यूटर्स (प्रा.) लिमिटेड, 29 ए, पॉकेट डी, दीप एन्क्लेव, अशोक विहार III, दिल्ली–110052, 1998, पृ. 197
21. सर्वजीत जाश, 'प्रथम बंगाली इनकलाबी बटुकेश्वर दत्त', एवरी टाइम्स पूजा टाइम्स, 2010–11, बांग्ला, पृ. 2

□

लाहौर षड्यंत्र केस में अदालती काररवाई

सेंट्रल जेल, लाहौर की चारदीवारी के अंदर लाहौर षड्यंत्र केस की सुनवाई स्पेशल मजिस्ट्रेट राय साहब पं. श्रीकृष्ण की अदालत में 10 जुलाई, 1929 को आरंभ हुई। सरकारी वकील कार्डेन नोड, पुलिस अभियोजक खान बहादुर कलिंदर खान एवं गोपाल लाल थे और इधर बचाव पक्ष की ओर से लाला दुलीचंद, मेहता पूरनचंद, मलिक बरकत अली, डब्ल्यू.सी. दत्त, अमोलक कपूर आदि थे, जिनमें से अधिकतर का संबंध राष्ट्रीय आंदोलन से भी था।

इस समय क्रांतिकारीगण जेल के भीतर भूख हड़ताल कर रहे थे और इससे उनकी शारीरिक स्थिति में काफी दयनीय परिवर्तन हो चुका था। भगत सिंह एवं बटुकेश्वर दत्त का शरीर सूखकर काँटा हो चुका था, लेकिन उनके जोश में किसी प्रकार की कमी नहीं आई थी। अदालत में उन्हें स्ट्रेचर पर लादकर लाया गया और अदालत में प्रवेश करते ही उन्होंने 'इनकलाब जिंदाबाद' और 'साम्राज्यवाद का नाश हो' के नारे लगाए। नारेबाजी से स्पेशल मजिस्ट्रेट नाराज हो गए और उन्होंने अदालत में नारेबाजी पर रोक लगा दी। बचाव पक्ष के वकील ने अदालत की इस काररवाई को पुलिस अभियोजक का हस्तक्षेप माना, परंतु न्यायालय ने इस तथ्य को नकार दिया। लाहौर षड्यंत्र केस में कुल 25 अभियुक्तों पर लाहौर के सीनियर एस.पी. हैमिल्टन हार्डिंग ने भारतीय दंड विधान की धारा 121, 121ए, 122 एवं 123 तथा विस्फोटक पदार्थ अधिनियम के अंतर्गत आरोप-पत्र दायर किया था। इन 25 अभियुक्तों में चंद्रशेखर आजाद, भगत सिंह, बटुकेश्वर दत्त, सुखदेव, राजकुमार, विजय कुमार सिन्हा, जितेंद्रनाथ सान्याल, जयदेव कपूर, आज्ञाराम, महावीर सिंह, कमलनाथ तिवारी, किशोरीलाल, शिव वर्मा, गया प्रसाद, सुरेंद्रनाथ पांडेय, अजय घोष, कुंदनलाल, देशराज व प्रेमदत्त शामिल थे। चंद्रशेखर आजाद फरार थे और बाकी अभियुक्तों को स्पेशल मजिस्ट्रेट के समक्ष पेश किया गया था, जिन पर सरकार का तख्ता पलटने हेतु हथियार व गोला-बारूद इकट्ठा करने, एडिशनल एस.पी. सांडर्स एवं हेड कॉन्स्टेबल चनन सिंह की हत्या करने, असेंबली में बम विस्फोट, राजद्रोह तथा सरकार

के खिलाफ युद्ध छेड़ने का आरोप लगाया गया था।

11 जुलाई को भगत सिंह, बटुकेश्वर दत्त एवं अन्य साथियों ने स्पेशल मजिस्ट्रेट के समक्ष आवेदन दिया कि उन्हें अखबार पढ़ने, सरकारी खर्च पर अच्छा भोजन देने की व्यवस्था की जाए। भगत सिंह एवं बटुकेश्वर दत्त ने यह भी माँग रखी कि उन दोनों को एक ही जगह रखने की व्यवस्था की जाए, ताकि वे मुकदमे के लिए आवश्यक विचार-विमर्श कर सकें। उन्हें अपने वकील एवं रिश्तेदारों से विमर्श करने की स्वतंत्रता दी जाए। अदालत ने अगले दिन उनकी माँगों को ठुकरा दिया, लेकिन उन्हें पेपर व पेंसिल तथा अखबार पढ़ने की थोड़ी सुविधा अवश्य दी गई। 11 जुलाई को ही अदालत में एस.पी. खान बहादुर अब्दुल अजीज ने बयान दिया कि नौजवान भारत सभा के बाबू सिंह से सांडर्स हत्याकांड में भगत सिंह के शामिल होने की बात पुलिस को मालूम हुई थी।

15 एवं 16 जुलाई, 1929 को बटुकेश्वर दत्त को तेज बुखार था और इस कारण वे दोनों दिन अदालत में उपस्थित नहीं हुए। सरकारी वकील ने 15 जुलाई को अभियुक्त के उपस्थित नहीं होने पर कड़ी आपत्ति दर्ज कराई। बटुकेश्वर दत्त के वकील अमरदास थे और मजिस्ट्रेट ने उनसे कहा कि वे दत्त की ओर से सफाई पेश करें। लेकिन वकील अमरदास ने ऐसा करने से इसलिए मना कर दिया, क्योंकि ऐसा करने का अनुरोध अभियुक्त बटुकेश्वर दत्त की ओर से नहीं किया गया था। जब 16 जुलाई को भी बटुकेश्वर दत्त अदालत में उपस्थित नहीं हुए तो अभियोजन पक्ष के दबाव में अदालत ने अपनी ओर से एक वकील नियुक्त करने का आदेश पारित कर दिया।

लेकिन इस परिस्थिति को सरकारी वकील ताड़ चुके थे। उन्होंने अदालत की इस काररवाई के विरोध में लाहौर हाई कोर्ट में एक अर्जी दायर कर दी, जिसमें उन्होंने मजिस्ट्रेट के इस अधिकार को चुनौती दी थी कि अभियुक्त की गैर-हाजिरी में और उनसे बिना सहमति लिये किसी वकील की नियुक्ति अदालत कर दे। इस मामले की सुनवाई 26 जुलाई को लाहौर हाई कोर्ट के मुख्य न्यायाधीश शादीलाल एवं जस्टिस एलन ब्रॉडवे के समक्ष हुई। अपने आदेश में न्यायालय ने कहा कि दंड प्रक्रिया की धारा 561(ए) के अंतर्गत अदालत को ऐसा करने का अधिकार नहीं है।[1] सरकारी वकील इस बात से चिंतित थे कि यदि अदालत की ओर से वकील नियुक्त कर दिया जाता है तो कहीं हाई कोर्ट में जाकर अदालत की संपूर्ण काररवाई को ही अयोग्य न ठहरा दिया जाए।

इधर क्रांतिकारियों की भूख हड़ताल जारी थी। मजिस्ट्रेट उन्हें स्ट्रेचर पर अदालत में उपस्थित होने के लिए बाध्य कर रहे थे। इस हेतु क्रांतिकारियों को हथकड़ी लगाकर लाया जाता था, जिसमें से एक हाथ सिपाही का होता था और दूसरा क्रांतिकारी का। इसके विरुद्ध भगत सिंह ने अदालत को ललकारते हुए कहा कि यह क्रांतिकारियों का अपमान है कि एक साधारण सिपाही के साथ उनके हाथ बाँधे जा रहे हैं। उन्होंने यह

भी कहा कि अदालत पुलिस अधीक्षक के इशारे पर सारा काम रही है। यदि ऐसा ही किया जाना है तो न्याय का यह नाटक बंद कर दिया जाए और पुलिस को आदेश दिया जाए कि वह अपनी मनमानी करे।

भूख हड़ताल के कारण 17 जुलाई से लेकर 3 अक्तूबर तक लगातार सुनवाई टलती रही, क्योंकि अभियुक्तगण अदालत में उपस्थित नहीं होते थे। 4 अक्तूबर, 1929 को जब अदालती काररवाई में उन लोगों ने भाग लिया तो चिर-परिचित अंदाज में उन्होंने 'इनकलाब जिंदाबाद' का नारा लगाया। इतना ही नहीं, अब वे लोग क्रांति गीत भी अदालत में गाने लगे। उनके चेहरे पर विजय का भाव था और एक तरह से ये अदालत को जन जागरण का मंच बना चुके थे। मजिस्ट्रेट की उनके सामने कुछ नहीं चल पाती थी, क्योंकि मजिस्ट्रेट द्वारा दिया गया आदेश उनके लिए कुछ मायने नहीं रखता था। पहला क्रांति गीत—'भारत न रह सकेगा हरगिज गुलामखाना' उन्होंने स्पेशल मजिस्ट्रेट की अदालत में गाया। इसके बाद 'इनकलाब जिंदाबाद', 'वंदे मातरम्' के राष्ट्रीय गीत गाए जाने लगे।

सरफरोशी की तमन्ना अब हमारे दिल में है,
देखना है जोर कितना बाजु-ए-कातिल में है।

यह गाना उन दिनों बहुत लोकप्रिय हो गया था, जिसे स्पेशल मजिस्ट्रेट की अदालत में उन क्रांतिकारियों ने गाया था। उन दिनों अदालती काररवाई देखने के लिए भारी भीड़ जमा हो जाती थी।

19 अक्तूबर, 1929 को लाहौर में द्वितीय पंजाब छात्र सम्मेलन आयोजित हुआ, जिसमें बटुकेश्वर दत्त और भगत सिंह की शुभेच्छा वार्त्ता पढ़ी गई। उसमें कहा गया कि युवकों को संयम और साधना के साथ अपना जीवन व्यतीत करना चाहिए और देश के हर गाँव तक यह आवाज पहुँचा देनी चाहिए, ताकि गरीब और झोंपड़ी तक में रहनेवाले के मन में यह विचार उत्पन्न होना चाहिए कि भारत का स्वाधीन होना आवश्यक है।

21 अक्तूबर, 1929 को अदालती काररवाई में एक नई घटना हो गई। बटुकेश्वर दत्त, भगत सिंह आदि अदालत में उपस्थित थे। जयगोपाल नामक क्रांतिकारी गद्दार निकल गया और वह पुलिस से जा मिला। उस दिन जयगोपाल अदालत में उपस्थित था और एक विचित्र प्रकार की ऐंठन का प्रदर्शन कर रहा था। क्रांतिकारियों के लिए जयगोपाल द्वारा किया गया कृत्य बेशर्मी थी, जिस पर उसे शर्म करनी चाहिए थी; लेकिन उसका आचरण इसके विपरीत हुआ। प्रेमदत्त नामक क्रांतिकारी जयगोपाल की वह हरकत देखकर बरदाश्त नहीं कर पाया और उसने अपनी चप्पल निकालकर उस पर दे मारी। अदालत में हंगामा मच गया। अदालत ने प्रेमदत्त को तीन महीने तक अकेले रखने का

आदेश दिया और यह भी आदेश दिया कि सभी क्रांतिकारियों को हथकड़ी लगा दी जाए। इसका क्रांतिकारियों ने विरोध किया और विरोध-स्वरूप उन्होंने अदालत की कारवाई में भाग लेने से इनकार कर दिया। उनकी माँग थी कि जब तक अदालत अपने आदेश को वापस नहीं लेगी, वे अदालत की कारवाई में भाग नहीं लेंगे।

पुलिस द्वारा बल-प्रयोग किया गया, लेकिन उन पर कोई असर नहीं हुआ। पहले दिन बल-प्रयोग के बाद भी 16 में से केवल 5 अभियुक्तों को ट्रक पर लादकर अदालत में लाया जा सका; परंतु अदालत के गेट पर वे इस तरह एक-दूसरे से चिपक गए कि पुलिस बल-प्रयोग द्वारा भी उन्हें ट्रक से उतार नहीं सकी। अगले दिन पुलिस ने वादा किया कि अदालत पहुँचकर हथकड़ियाँ खोल दी जाएँगी, परंतु पुलिस अपने वादे से मुकर गई। अदालत में जब भोजन के लिए हथकड़ी खोली गई तो उसके बाद क्रांतिकारियों ने हथकड़ी पहनने से मना कर दिया। इसके बाद अदालत के आदेश से खूनी पठानों को क्रांतिकारियों को पीटने के लिए छोड़ दिया गया। मुस्टंडे पठानों ने अदालत में और बाद में जेल के भीतर क्रांतिकारियों की निर्मम पिटाई की। अदालत के भीतर सबके समक्ष की गई पिटाई को देखकर कई महिलाएँ अचेत होकर गिर गईं। बाद में भगत सिंह ने मजिस्ट्रेट के समक्ष बहुत ही कड़े शब्दों में इस घटना की निंदा की थी और इसे असभ्य एवं बर्बर कहा था। इस घटना की प्रतिक्रिया-स्वरूप पूरे देश में जनता उठ खड़ी हुई और सरकार एवं अदालत के इस बर्बर कांड की निंदा की जाने लगी। क्रांतिकारियों ने ऐलान कर दिया कि उनकी हत्या कर दी जाए, परंतु वे अदालती कारवाई में भाग नहीं लेंगे। सरकार ने हार मान ली और मजिस्ट्रेट ने हथकड़ी लगाने का अपना आदेश वापस ले लिया। इसके बाद अदालती कारवाई आगे बढ़ी।

इस बीच अदालत में क्रांतिकारियों से मिलने के लिए अनेक राष्ट्रीय नेता, जिनमें सुभाषचंद्र बोस, बाबा गुरुदत्त सिंह, के.एफ. नरीमन, कालाकाँकर के राजा साहब, रफी अहमद किदवई, मोहनलाल सक्सेना एवं मोतीलाल नेहरू आदि आए। उनमें से कई लोगों को जेल में क्रांतिकारियों से मिलने नहीं दिया गया। इधर क्रांतिकारियों के आंदोलन में अदालती कारवाई को लेकर पूरे भारत में जन-चेतना विकसित हो रही थी। लोग क्रांतिकारी संगठनों के प्रति आकर्षित हो रहे थे। सरकार इससे बहुत चिंतित थी। सरकार को यह पता था कि अभी तो स्पेशल मजिस्ट्रेट कोर्ट में अदालत की कारवाई अत्यंत ही प्रारंभिक अवस्था में है और इसका असर पूरे भारतवर्ष में इस कदर हो गया है। इसके बाद मामला सेशन कोर्ट में जाएगा और उसके बाद हाई कोर्ट में। तब तक तो भारत में क्रांति आ जाएगी और इसमें अंग्रेज सरकार झुलस जाएगी। आजिज आकर सरकार ने दंड प्रक्रिया संहिता की धारा 561-ए के तहत एक याचिका प्रस्तुत की, जिसमें हाई कोर्ट से माँग की गई कि वह स्पेशल मजिस्ट्रेट को यह आदेश दे कि अदालती कारवाई

संक्षिप्त रूप से पूरा कर मामला हाई कोर्ट को विचारार्थ सौंप दिया जाए। इसके विरोध में हाई कोर्ट में भगत सिंह एवं बटुकेश्वर दत्त ने स्वयं बहस की और विजय प्राप्त की।[2]

लाला दुलीचंद लाहौर के प्रख्यात वकील थे और उनका संबंध राष्ट्रवादी आंदोलन से भी था। वे बचाव पक्ष की ओर से विधि सलाहकार के रूप में अदालती काररवाई में भाग लेते थे; लेकिन सरकारी वकील कर्नाड नोड ने मजिस्ट्रेट को इस बात के लिए बाध्य किया कि लाला दुलीचंद को बैठने की जगह न दी जाए। अदालत के दुर्व्यवहार के कारण दुलीचंद अदालती काररवाई छोड़कर चले गए। 29 जनवरी, 1930 के बाद क्रांतिकारियों ने अदालती काररवाई का बहिष्कार कर दिया। बटुकेश्वर दत्त एवं भगत सिंह ने मजिस्ट्रेट को एक पत्र लिखा, जिसमें उन्होंने अदालती काररवाई को एक नाटक मात्र बताया। उन्होंने यह भी कहा कि वे विचाराधीन कैदी हैं, परंतु अदालत एवं पुलिस उनके साथ अपराधियों जैसा व्यवहार करती है। इतना ही नहीं, उन्हें कैदी के रूप में जो अधिकार प्राप्त है, पुलिस उससे भी उन्हें वंचित करती है। उन्होंने उल्लेख किया कि बटुकेश्वर दत्त बंगाल के रहनेवाले हैं। उनसे मिलने के लिए उनकी संबंधी श्रीमती लज्जावती आईं, परंतु उन्हें मिलने नहीं दिया गया। इसी प्रकार, बिहार के रहनेवाले कमलनाथ तिवारी से मिलने के लिए श्रीमती पार्वती आईं, परंतु मिलने के उनके आवेदन को बिना कारण रद्द कर दिया गया।

नवंबर 1929 में जेल सुधार समिति द्वारा की गई सिफारिशों पर अमल नहीं हुआ था और सरकार इस बहाने जनवरी 1930 तक पहुँच चुकी थी। अभी तक इस पर अमल नहीं हो पाया था। क्रांतिकारियों ने अब इसे आधार बनाने का निर्णय लिया। एक सप्ताह का नोटिस देकर 4 फरवरी से भूख हड़ताल पुनः आरंभ कर दी गई। जेल अधिकारीगण अब भूख हड़ताल से निबटने का रास्ता देख चुके थे। उन्होंने फिर पठानों द्वारा बलात्पान की प्रक्रिया आरंभ कर दी। बटुकेश्वर दत्त की भूख हड़ताल के तेरहवें दिन की स्थिति के बारे में चिकित्सकीय अभिलेख में चर्चा की गई है—'तापमान 97 डिग्री, नाड़ी 60 प्रति मिनट, गले में तकलीफ एवं कुछ भी निगल नहीं पाने की तकलीफ बताई गई है। गले में खराबी आ जाने के कारण जबरदस्ती दूध पिलाने की प्रक्रिया एक दिन रोक देने की सलाह दी जाती है। शरीर काफी कमजोर है।'[3]

पंजाब के गवर्नर द्वारा 18 फरवरी, 1930 को टेलिग्राम पी. नं. 269 द्वारा लाहौर षड्यंत्र केस के अभियुक्तों के बारे में रिपोर्ट भेजी गई और अनुरोध किया गया कि उन्हें बलात्पान नहीं कराया जाए। उस समय लॉर्ड इर्विन वाइसरॉय थे और उन्होंने टेलिग्राम संख्या आर.ए. 576-वी दिनांक 19-02-1930 द्वारा सेक्रेटरी ऑफ स्टेट फॉर इंडिया, लंदन को अभियुक्तों की स्थिति के बारे में एवं जेल समिति द्वारा सुझाए गए कुछ सुझावों को स्वीकार करने के संबंध में विवरण भेजा। भारत सरकार क्रांतिकारियों द्वारा उत्पन्न

किए गए दबाव से घबरा गई। दोष-सिद्ध कैदियों के लिए ए, बी एवं सी श्रेणी बना दी गई। अपनी माँग को मानते हुए देख बटुकेश्वर दत्त एवं उनके साथियों ने अगले ही दिन भूख हड़ताल समाप्त कर दी, लेकिन भूख हड़ताल समाप्त होने के अगले ही दिन सभी कैदियों को सी श्रेणी में रख दिया गया। इस प्रकार सरकार अपने किए गए वायदे से मुकर गई। 8 फरवरी से लेकर 8 मार्च तक अदालती काररवाई की प्रक्रिया बाधित रही। मजिस्ट्रेट की अदालत में काररवाई आरंभ हुए लगभग आठ माह बीत चुके थे। अब तक 607 गवाहों में से मात्र 228 गवाहों का ही परीक्षण हो सका था।

संदर्भ—

1. आई.एल.आर. 1930, लाहौर, पृ. 220
2. सम्राट् बनाम सुखदेव एवं अन्य ए.आई.आर. 1930, लाहौर, पृ. 465
3. क्रमांक-क्यू 35/111/1930, पृ. 12, होम पॉलिटिकल डिपार्टमेंट, राष्ट्रीय अभिलेखागार, नई दिल्ली, बटुकेश्वर दत्त की मेडिकल रिपोर्ट

□

ट्रिब्यूनल की काररवाई

अंग्रेज सरकार इस बात को लेकर चिंतित थी कि क्रांतिकारी संगठन के सदस्य अपने सदस्यों को छुड़ाने के लिए कोई काररवाई कर सकते हैं, इसलिए सुरक्षा व्यवस्था को लेकर सरकार अधिक सतर्क थी। महाराजा पटियाला के भव्य महल को 'पूँछ हाउस' के नाम से पुकारा जाता था। इसी महल में ट्रिब्यूनल की काररवाई 5 जून, 1930 को 10 बजे पूर्वाह्न आरंभ हुई। सबसे पहले ट्रिब्यूनल के तीनों सदस्य जस्टिस जे. कोल्डस्ट्रीम, अध्यक्ष; जस्टिस आगा हैदर, बार एट लॉ और जस्टिस जी.सी. हिल्टन, आई.सी.एस. पधारे तथा उसके बाद भगत सिंह, बटुकेश्वर दत्त एवं उनके साथियों को प्रस्तुत किया गया। न्यायालय में क्रांतिकारीगण पधारेंगे और नारेबाजी करेंगे, यह बात तो लगभग सभी लोग मान चुके थे। इस बार भगत सिंह एवं बटुकेश्वर दत्त ने 'इनकलाब जिंदाबाद' का नारा लगाया, लेकिन वे लोग कुछ और करना चाहते थे। भगत सिंह एवं उनके साथियों ने 'सरफरोशी की तमन्ना' गीत गाना आरंभ कर दिया

अंग्रेज न्यायाधीशगण इन पंक्तियों के अर्थ समझ नहीं पा रहे थे और इसके लिए उन्होंने लोक अभियोजक गोपाल प्रसाद की सहायता ली। गीत खत्म हुआ और अदालती काररवाई आरंभ हुई। सबसे पहले राजगुरु ने ट्रिब्यूनल के गठन को इस आधार पर चुनौती दी कि वॉइसराय के पास सामान्य दिनों में इस प्रकार का अधिकार नहीं है। भगत सिंह ने इस कानून को चुनौती देने के लिए 15 दिनों का समय चाहा, परंतु ट्रिब्यूनल के अध्यक्ष कोल्डस्ट्रीम उनकी किसी बात को मानने के लिए तैयार नहीं थे। उन्होंने उनके सभी अनुरोधों को ठुकरा दिया। सरकारी वकील ने पाँच अभियुक्तों सर्वश्री संत गुरुदयाल, भगवतीचरण, चंद्रशेखर आजाद, कैलाशपति और यशपाल को फरार घोषित कर दिया। लाहौर के सीनियर एस.पी. ने सबसे पहले गवाह के तौर पर भगोड़ा क्रांतिकारी जयगोपाल की गवाही करवाई, जिसका बयान काफी लंबा चला। इसके बाद शचींद्रनाथ सान्याल का बयान हुआ। सान्याल का बयान इस दिन पूरा नहीं हो सका।

क्रांतिकारीगण अब तक न्यायालय को अपने प्रचार का मंच बनाने की कला में

प्रवीण हो चुके थे। अब तक यह भार भगत सिंह एवं बटुकेश्वर दत्त पर था, परंतु जब लाहौर षड्यंत्र केस की सुनवाई विशेष ट्रिब्यूनल में होनी आरंभ हुई तो अन्य क्रांतिकारी इससे चूकने वाले नहीं थे। शचींद्रनाथ सान्याल ने मोर्चा सँभाला और उन्होंने बिना अदालत की इजाजत लिये महावीर सिंह, बटुकेश्वर दत्त, डॉ. गया प्रसाद, कुंदनलाल एवं स्वयं की ओर से अदालत को संबोधित करना आरंभ कर दिया, ''अंग्रेजों ने हिंदुस्तानियों की इतनी हत्याएँ की हैं कि हम चाहें भी तो उनका बदला नहीं ले सकते हैं। लोगों को गुलाम बनाना दुनिया का सबसे बड़ा अपराध है और अंग्रेज इसके अपराधी हैं। वे अपनी शक्ति से इनसान के जन्मसिद्ध अधिकार आजादी को दबाना चाहते हैं। क्रांतिकारी आरोपी नहीं हैं, बल्कि वे हिंदुस्तान का सम्मान व गौरव बचानेवाले हैं। आरोपी तो वे हैं, जो अंग्रेजी राज का प्रतिनिधित्व करते हैं।''[1]

अदालत ने शचींद्रनाथ सान्याल को जैसे ही वक्तव्य देने से रोका, क्रांतिकारियों ने अदालत में 'इनकलाब जिंदाबाद' का नारा लगाना आरंभ कर दिया और अदालती काररवाई पर एक प्रकार से विराम-सा लग गया। ट्रिब्यूनल के अध्यक्ष कोल्डस्ट्रीम ने सान्याल के इस वक्तव्य को राष्ट्रद्रोह का प्रचार मानते हुए काररवाई से हटा दिया, लेकिन सान्याल द्वारा प्रस्तुत किए गए हस्तलिखित कागज को अभिलेख में रख लिया। इधर राजगुरु ने भी अदालत में मोर्चा सँभाला और उर्दू भाषा में अपना भाषण शुरू कर दिया—''अंग्रेजी राज ने हिंदुस्तान का खून चूस लिया है और इसे गरीबी व लाचारी की स्थिति में ला दिया है। इस सरकार का अंतिम नियंत्रण कुछ ही लोगों के हाथ में है।'' जब अदालत को उनकी भाषा समझ में नहीं आई तो राजगुरु ने अपने लिए मराठी अनुवादक भी नियुक्त करवा लिया।

दूसरे दिन 18 अभियुक्तों को ट्रिब्यूनल की ओर से अवगत कराया गया कि यदि वे चाहें तो सरकारी खर्चे पर अपने लिए वकील नियुक्त करवा सकते हैं; परंतु बटुकेश्वर दत्त ने अदालत के अनुरोध को अस्वीकार कर दिया और कहा कि मैं इस अदालत के किसी भी सवाल का जवाब देने से इनकार करता हूँ। लेकिन भगत सिंह ने लाला दुलीचंद को अपना वकील नियुक्त करने का अनुरोध किया, जिसे अदालत ने स्वीकार कर लिया। क्रांतिकारीगण अदालत में आते, नारेबाजी करते, अमर गीत गाते और बैठ जाते। उनका लगातार ऐसा व्यवहार ट्रिब्यूनल के अध्यक्ष को बहुत नागवार गुजरा। वे भीतर से क्रांतिकारियों के प्रति नफरत से भर गए। 12 जून को भी कुछ इसी प्रकार की काररवाई हुई और क्रांतिकारियों ने अदालत में गीत गाया। अध्यक्ष कोल्डस्ट्रीम ने गाना बंद करने का हुक्म दिया, परंतु क्रांतिकारियों ने नहीं माना। गुस्से में आकर अध्यक्ष ने अभियुक्तों को हथकड़ियाँ लगाने का हुक्म दिया और प्रेस प्रतिनिधियों तथा अन्य लोगों को ट्रिब्यूनल से बाहर चले जाने का हुक्म दिया। इसके बाद उसने पुलिस को

इन क्रांतिकारियों को नृशंसतापूर्वक पीटने का हुक्म दिया। पुलिस ने अध्यक्ष के हुक्म का पालन किया। क्रांतिकारियों पर पाशविक एवं बर्बर अत्याचार किया जाने लगा। ट्रिब्यूनल का फर्श खून से लाल हो गया। क्रांतिकारियों को बेड़ियाँ पहना दी गईं और ट्रिब्यूनल की काररवाई रोक दी गई।

अदालत में पुलिस जब अत्याचार कर रही थी, ट्रिब्यूनल के एक सदस्य जस्टिस आगा हैदर भी वहीं बैठे थे। वे ट्रिब्यूनल से उठकर बाहर जाने लगे। अध्यक्ष कोल्डस्ट्रीम को यह बात समझ में आ गई कि यदि जस्टिस आगा हैदर ट्रिब्यूनल से उठकर चले जाते हैं तो अंग्रेजी न्याय व्यवस्था के मुँह पर कालिख पुत जाएगी। वे जस्टिस आगा हैदर के समक्ष गिड़गिड़ाने लगे। जस्टिस आगा हैदर उनके अनुरोध पर वहाँ रुक तो गए, परंतु उन्होंने अखबार से अपना मुँह ढक लिया और कहा कि कम-से-कम खुदा से यह तो कह सकूँगा कि अन्याय तो हुआ, लेकिन मैंने अपनी आँखों से नहीं देखा। जस्टिस कोल्डस्ट्रीम और जस्टिस हिल्टन ने ट्रिब्यूनल के आदेश पत्रक पर यह आदेश लिखवाया कि कैदियों के दुर्व्यवहार व असहयोग के कारण न्यायालय की काररवाई स्थगित कर दी गई है। उन्होंने यह भी अनुरोध किया कि जस्टिस आगा हैदर भी इस पत्रक पर दस्तखत कर दें। परंतु उन्होंने ऐसा करने से इनकार कर दिया। उन्होंने लिखा—''मैं अभियुक्तों को जेल भेजने के आदेश का भागीदार नहीं था और इन सबके लिए किसी भी तरह से, जो आज यहाँ हुआ, जिम्मेदार नहीं हूँ। मैं इन सबसे अपने को असंबद्ध करता हूँ।''

अध्यक्ष कोल्डस्ट्रीम और सरकारी वकील कार्डेन नोड ने पंजाब के गवर्नर के माध्यम से वॉइसराय को संदेश भेजा कि जब तक जस्टिस आगा हैदर इस ट्रिब्यूनल में सदस्य रहेंगे, इन क्रांतिकारियों को फाँसी पर लटकाना संभव नहीं होगा। इसके लिए कार्डेन नोड एक बार जस्टिस हैदर की कोठी पर गए। उन्हें प्रलोभन दिया गया कि यदि इन क्रांतिकारियों को फाँसी की सजा दे दी जाएगी तो जस्टिस आगा हैदर को बदले में या तो वॉइसराय की कैबिनेट का सदस्य या फिर प्रिवी काउंसिल में जज बनवा दिया जाएगा। जस्टिस आगा हैदर प्रखर राष्ट्रवादी एवं न्यायप्रिय न्यायाधीश थे। इस मामले में अभियुक्तों के वकील की अनुपस्थिति में वे स्वयं गवाहों से जिरह करके उनके न्यायसंगत हितों की संरक्षा करते थे। जब कार्डेन नोड उनसे मिलने उनकी कोठी पर गए और ऐसा आग्रह किया तो उन्होंने अर्दली के माध्यम से कार्डेन को अपने बँगले से बाहर निकलवा दिया था।[2]

अदालत में पुलिस अत्याचार के बाद क्रांतिकारियों ने अदालत के बहिष्कार का निर्णय लिया। बचाव पक्ष के वकील से कहा गया कि वे अदालत में उपस्थित नहीं हों। अब अदालत में सिर्फ सरकारी पक्ष रह गए थे। क्रांतिकारियों के साथ-साथ जस्टिस

आगा हैदर की ख्याति पूरे भारत में फैल रही थी। लोग उनके यशोगान में लीन हो रहे थे। इन सब बातों की जानकारी अंग्रेज सरकार को भी हो रही थी। अब सरकार ने इस ट्रिब्यूनल से जस्टिस आगा हैदर को हटाने की व्यूह-रचना आरंभ कर दी, लेकिन अंग्रेज सरकार अपनी व्यवस्था का दंभ भी जनता के समक्ष रखना चाहती थी। इस उद्‌देश्य से ट्रिब्यूनल से न सिर्फ जस्टिस आगा हैदर को हटाया गया, बल्कि अध्यक्ष कोल्डस्ट्रीम को भी हटा दिया गया। नए ट्रिब्यूनल का गठन हुआ, जिसके अध्यक्ष जस्टिस जी.सी. हिल्टन बनाए गए और जस्टिस अब्दुल कादिर एवं जस्टिस जे.के. ट्रैप को सदस्य बनाया गया। लेकिन बटुकेश्वर दत्त एवं भगत सिंह सरकार के इस निर्णय को भी मानने के लिए तैयार नहीं थे। उन्होंने अपने पत्र में लिखा कि जिस समय क्रांतिकारियों पर न्यायालय में पुलिस की ज्यादतियाँ हो रही थीं, उस समय जस्टिस जी.सी. हिल्टन भी ट्रिब्यूनल के सदस्य थे और वहाँ पर उपस्थित भी थे। जब तक जस्टिस हिल्टन क्षमा-याचना नहीं करेंगे, वे इसका बहिष्कार जारी रखेंगे। ट्रिब्यूनल में क्रांतिकारियों ने आने से साफ मना कर दिया। सेंट्रल जेल एवं बोर्स्टल जेल, लाहौर के इंचार्ज लगातार ट्रिब्यूनल में आकर पेश करते थे। भगत सिंह एवं बटुकेश्वर दत्त दोनों ने आज अदालत में हाजिर होने से साफ इनकार कर दिया है। दोनों को सेंट्रल जेल के मेन गेट तक लाया गया, जहाँ पुलिस इंस्पेक्टर ने उनको बाजू से पकड़ा और अदालत में जाने का आदेश दिया, जहाँ पर उन दोनों ने हिलने से मना कर दिया। शुरू में तो अभियुक्तों को जबरदस्ती अदालत में लाने का हुक्म दिया गया, परंतु अधिकारियों की यह कोशिश भी नाकाम रही। अभियुक्त इतने जीवट वाले थे कि उन्हें मार डाला जा सकता था, परंतु जबरदस्ती किसी कार्य के लिए बाध्य नहीं किया जा सकता था।

अंग्रेज सरकार की समझ में यह बात आ चुकी थी कि क्रांतिकारियों के दो ही प्रमुख नेता हैं—भगत सिंह एवं बटुकेश्वर दत्त। क्रांतिकारियों द्वारा अपनाए गए रुख से अदालती काररवाई की किरकिरी हो चुकी थी। दूसरी ओर, क्रांतिकारीगण पूरे देश में नायक की भाँति आदर पाने में कामयाब हो गए थे। अदालती काररवाई की गति को देखकर ऐसा लग रहा था कि अभी यह बहुत लंबी चलेगी। अंग्रेज सरकार अब क्रांतिकारियों की स्थिति में परिवर्तन करना चाह रही थी। इनमें से एक विचार था कि बटुकेश्वर दत्त एवं भगत सिंह को अलग-अलग कर दिया जाए। न्यायालय के सम्मुख बटुकेश्वर दत्त की असेंबली बम विस्फोट कांड में मिले आजीवन निर्वासन की सजा थी। न्यायालय को इस बात की जानकारी थी कि सांडर्स हत्याकांड में बटुकेश्वर दत्त की भागीदारी इतनी नहीं है कि उन्हें आजीवन कारावास से अधिक की सजा दी जा सकती है। दूसरी बात, बटुकेश्वर दत्त के विरुद्ध न्यायालय में पुष्ट आरोप भी नहीं लगाए गए थे। गवाही में उनकी भागीदारी की बात सामने आई थी। अतएव न्यायालय ने बटुकेश्वर दत्त को सांडर्स

हत्याकांड से मुक्त करने का फैसला सुनाया।

बटुकेश्वर दत्त भगत सिंह के अभिन्न मित्र थे और उनका सबसे बड़ा उद्देश्य अपने मित्र के साथ क्रांतिकारी संगठन का कार्य करना था। लेकिन क्रांतिकारियों को इस बात का एहसास हो गया कि अंग्रेज सरकार बटुकेश्वर दत्त को सिर्फ इसलिए छोड़ना चाहती है, ताकि क्रांतिकारी संगठनों का आपसी समन्वय कमजोर हो। 16 जुलाई, 1930 को बटुकेश्वर दत्त अपने प्रिय मित्र भगत सिंह, राजगुरु व सुखदेव से बिछुड़ गए और जेल अधिकारियों ने उन्हें लाहौर सेंट्रल जेल से अलग कर दिया। भगत सिंह अपने इस प्रिय साथी से बिछुड़कर बहुत दु:खी हुए। बटुकेश्वर दत्त को सेंट्रल जेल, लाहौर से मुल्तान जेल स्थानांतरित कर दिया गया था। वे करीब छह माह तक मुल्तान जेल में बंद थे। बाद में 7 अक्तूबर, 1930 को सांडर्स हत्याकांड में शामिल होने के आरोप में विशेष ट्रिब्यूनल द्वारा भगत सिंह, राजगुरु और सुखदेव को फाँसी की सजा सुना दी गई। इसके बाद भगत सिंह ने बटुकेश्वर दत्त को पत्र लिखा।

7 अक्तूबर, 1930 को सांडर्स हत्याकांड मुकदमे में सुनाए गए फैसले के अनुसार, शिवराम राजगुरु, सुखदेव तथा भगत सिंह को फाँसी; विजय कुमार सिंह, महावीर सिंह, किशोरी लाल, शिव वर्मा, गया प्रसाद, जयदेव और कमलनाथ तिवारी को आजन्म कारावास; कुंदनलाल को सात वर्ष तथा प्रेमदत्त को तीन वर्ष की सजा दी गई।[3]

भगत सिंह को फाँसी न दी जाए, इस बात के लिए देश के कोने-कोने में हड़ताल व प्रदर्शन हुए। बंबई में ट्रेनें तक रोकी गईं। 11 फरवरी, 1931 की प्रिवी काउंसिल में इस मुकदमे की अपील हुई, किंतु वह खारिज कर दी गई।[4]

बटुकेश्वर दत्त मुल्तान जेल में बंद थे और क्रांतिकारियों से दूर अकेले सिर्फ सोचते रहते थे। वहाँ उनका कोई भी साथी नहीं था। वे जेल में अधिकतर समय चुपचाप रहते थे। इधर पंजाब सरकार बटुकेश्वर दत्त को मुल्तान जेल में स्थानांतरित करने से बहुत डरी हुई थी। सरकार की नजर में बटुकेश्वर दत्त आपराधिक षड्यंत्र रचनेवाले महारथी थे। पंजाब सरकार के गृह सचिव सी.एम.जी. ओगिलो ने गृह सचिव एच.एच. इमर्सन को प्रेषित गोपनीय पत्र संख्या-32073 जेल्स, दिनांक 4-11-1930 द्वारा भारत सरकार के गृह सचिव को पत्र लिखकर इस तथ्य से अवगत कराया कि बटुकेश्वर दत्त असेंबली बम विस्फोट में सजायाफ्ता हैं और इस प्रकार वे पंजाब के बंदी न होकर दिल्ली के बंदी हैं। लाहौर एवं पंजाब से उनका पुराना संबंध है और यहाँ पर उन्हें रखना सुरक्षा की दृष्टि से उचित नहीं है। पंजाब के गृह सचिव ने यह भी सलाह दी कि उन्हें मद्रास प्रेसीडेंसी की जेल में स्थानांतरित किया जाना चाहिए, ताकि वहाँ किसी से कोई संपर्क नहीं हो।[5]

भारत सरकार ने मद्रास प्रेसीडेंसी के सचिव को पत्र संख्या-77/13/30 दिनांक

6-11-1930 भेजकर उनसे अनापत्ति की माँग की। मद्रास प्रेसीडेंसी के विधि (सामान्य) विभाग के सचिव राय बहादुर यू.वी. रामाराव अग्रवाल ने भारत सरकार को पत्र संख्या 4953 विविध प्रेषित कर सहमति प्रदान की और यह भी उल्लेख किया कि बटुकेश्वर दत्त को सलेम जेल में रखा जाएगा, जहाँ आदतन अपराधी रहते हैं। उन्हें 'सी' ग्रेड का दर्जा दिया जाएगा। उन्हें सत्याग्रही कैदियों से भी अलग रखा जाएगा। भारत सरकार के होम पॉलिटिकल विभाग द्वारा पत्र क्रमांक संख्या-77/13/30, दिनांक 30-12-1930 के आधार पर बटुकेश्वर दत्त को मुल्तान जेल से सलेम सेंट्रल जेल में स्थानांतरित कर दिया गया। वर्ष 1931 के आरंभ में बटुकेश्वर दत्त सलेम जेल पहुँच गए, जहाँ पर उनका कैदी क्रमांक 2570 था।

सलेम जेल में बटुकेश्वर दत्त को सी दर्जा दिया गया, जबकि कानून के अनुसार उन्हें बी दर्जा दिया जाना चाहिए था। इस हेतु उन्होंने सरकार के समक्ष आवेदन भेजा, जिसे निरस्त कर दिया गया।[6]

हालाँकि कुछ ही दिनों बाद सलेम जेल में सजायाफ्ता क्रांतिकारी कमलनाथ तिवारी एवं कुंदनलाल को भी स्थानांतरित कर दिया गया। इसके बाद बटुकेश्वर दत्त का बंदी जीवन कुछ हर्षित हुआ। उन्होंने वहाँ सत्याग्रही कैदियों के साथ दोस्ती कर ली और तमिल भाषा भी सीख ली।

ट्रिब्यूनल ने सांडर्स हत्याकांड में भगत सिंह, राजगुरु एवं सुखदेव को मृत्युदंड की सजा सुनाई थी और उसके विरुद्ध क्रांतिकारियों ने प्रिवी काउंसिल, लंदन में अपील की, लेकिन वहाँ से अपील खारिज हो गई। इसके विरोध में पूरे भारत में जनांदोलन आरंभ हुए, लेकिन लोगों को लग रहा था कि क्रांतिकारियों को फाँसी से नहीं बचाया जा सकता है। बटुकेश्वर दत्त अपने मित्र से मिलना चाह रहे थे और इस हेतु उन्होंने जेल अधिकारियों के समक्ष आवेदन भी दिए; लेकिन अधिकारियों ने उनके आवेदन को निरस्त कर दिया। बटुकेश्वर दत्त अपने मित्र से मिलने के लिए व्याकुल थे, लेकिन कुछ नहीं कर सकते थे। अंत में, उन्होंने भगत सिंह के पिता को 5 मार्च, 1931 को पत्र लिखा और अपनी व्यथा का वर्णन किया।

देश के कोने-कोने से आवाज बुलंद हुई कि क्रांतिकारियों की फाँसी की सजा रद्द की जाए; लेकिन ब्रिटिश शासकों ने तीनों क्रांतिकारियों को 23 मार्च, 1931 की शाम को फाँसी दे दी और तीनों शहीदों के शवों को रात को चुपचाप सतलज नदी के किनारे जला दिया। तीनों नौजवानों की इस शहादत का समाचार बिजली की तरह सारे देश में फैल गया। 24 मार्च को लाहौर, बंबई, मद्रास, कलकत्ता आदि जगहों पर हड़तालें हुईं।

भगत सिंह को फाँसी दिए जाने से पूरे देश में शोक की लहर दौड़ गई। कचहरी में दिए गए भगत सिंह तथा बटुकेश्वर दत्त के बयान से बिहार के युवकों पर बहुत प्रभाव

पड़ा। पटना युवक संघ काफी दिनों तक इस बयान के भिन्न-भिन्न पहलुओं से बहस करता रहा। पटना में भगत सिंह तथा बटुकेश्वर दत्त की तसवीर एक आने में बिकती थी, जिसके साथ पटना युवक संघ के नेता ज्ञान साहा का 1 परचा भी रहता था। भगत सिंह को फाँसी दिए जाने के बाद पटना में 26 मार्च, 1931 को पूर्ण हड़ताल हुई। शाम को एक सभा में श्रीकृष्ण सिंह तथा जगत नारायण लाल ने सरकार द्वारा उठाए गए दमनकारी कदमों की काफी भर्त्सना की। पटना जिला बोर्ड ने इसके विरोध में एक प्रस्ताव पास किया।[7]

बटुकेश्वर दत्त का जीवन भगत सिंह के बिना अधूरा रह गया था। सलेम जेल में बटुकेश्वर दत्त 1931 से जनवरी 1933 तक रहे। इस बीच भगत सिंह, राजगुरु एवं सुखदेव को फाँसी दे दी गई। चंद्रशेखर आजाद, यतींद्रनाथ दास एवं भगवतीचरण वोहरा शहीद हो चुके थे और लगभग सभी मुख्य क्रांतिकारी गिरफ्तार हो चुके थे। वर्ष 1929-30 का लाहौर षड्यंत्र केस एक अनोखी घटना थी। जिस दिन केंद्रीय असेंबली में बम फटा, उस दिन से लगाकर भगत सिंह, राजगुरु और सुखदेव की फाँसी के दिन तक सारी जनता की आँखें उस ओर लगी रहीं। सभी जानना चाहते थे कि मौत से न डरनेवाले इन वीरों के क्या सिद्धांत हैं और किस चीज के लिए ये लड़ रहे हैं। किसी और घटना में जनता ने इतनी दिलचस्पी नहीं दिखाई। भगत सिंह और उनके साथियों के बारे में बड़े-बड़े गीत लिखे गए, कविताएँ लिखी गईं। उनकी कथा वीर गाथा बन गई। बच्चे-बच्चे की जबान पर उनका नाम चढ़ गया। लोग हमेशा एक-दूसरे से बात करते थे कि आखिर ये कैसे कौन हैं, जो एकाएक इतने लोकप्रिय बन गए? इनका उद्देश्य क्या था? ये इतनी सहानुभूति और प्रशंसा के पात्र कैसे बन गए?[8]

क्रांति की रोशनी कुछ मंद पड़ गई थी, लेकिन अभी क्रांतिकारी थके नहीं थे। क्रांति की ज्वाला को तेज करने के पीछे सरकार का कुछ निर्णय भी था। 19 जनवरी, 1933 को क्रांतिकारी महावीर सिंह को वेल्लारी जेल से सलेम भेज दिया गया, जिन्हें देखकर बटुकेश्वर दत्त अत्यंत प्रसन्न हुए। 20 जनवरी, 1933 को महावीर सिंह, बटुकेश्वर दत्त एवं अन्य कैदियों को लेकर विख्यात 'महाराजा' जहाज अंडमान के लिए निकल पड़ा, जहाँ 23 जनवरी, 1933 को वे लोग पहुँचे। जहाज में कैदियों की स्थिति के बारे में विजय कुमार सिन्हा ने अपनी पुस्तक 'अंडमान्स : द इंडियन बास्टाइल' एवं महावीर सिंह ने अपने पिता को भेजे गए पत्र में वर्णन किया है। लेकिन सबसे अहम प्रश्न यह था कि बटुकेश्वर दत्त को दक्षिण भारत से अंडमान भेजने का निर्णय किस परिस्थिति में लिया गया। इस बारे में सेंट्रल असेंबली में बंगाल के सदस्य श्री एस.सी.मिश्रा ने प्रश्न के माध्यम से सरकार पर प्रहार भी किया था।[9]

संदर्भ—

1. अनिल वर्मा, 'भगत सिंह के सहयोगी : बटुकेश्वर दत्त', पृ. 92
2. वही, पृ. 95
3. श्रीकृष्ण सरल, 'क्रांतिकारी कोश', पृ. 233
4. मन्मथनाथ गुप्त, 'भारतीय क्रांतिकारी आंदोलन का इतिहास', पृ. 233
5. फाइल संख्या-7/13 जेल 1930, होम पॉलिटिकल डिपार्टमेंट, राष्ट्रीय अभिलेखागार, नई दिल्ली
6. फाइल संख्या-23/1/31 जेल, होम पॉलिटिकल डिपार्टमेंट, राष्ट्रीय अभिलेखागार, नई दिल्ली
7. एन.एम.पी. श्रीवास्तव, 'आजादी की जंग, बिहार के मशहूर क्रांतिकारी', पृ. 66
8. अजय कुमार घोष, 'सरदार भगत सिंह और उनके साथी', स्वर्ण जयंती, 1/5971, कबूल नगर, शाहदरा, दिल्ली 110032, वर्ष 2002, पृ. 17
9. फाइल संख्या-7/16/33 जेल्स, होम पॉलिटिकल डिपार्टमेंट, राष्ट्रीय अभिलेखागार

□

कालापानी

बटुकेश्वर दत्त भगत सिंह के उस कथन को हमेशा याद रखते थे, जिसमें उन्होंने ने कहा था कि मैं तो जा रहा हूँ, लेकिन बचे हुए क्रांतिकारी भारत की आजादी के लिए हमेशा तत्पर रहेंगे। बटुकेश्वर दत्त को अंडमान जेल भेज दिया गया। जेल में बंद रहकर भारत की आजादी के लिए क्या कुछ किया जा सकता है, इसके बारे में उन्होंने सोचना शुरू किया। उस जेल में विभिन्न क्रांतिकारी घटनाओं से संबद्ध सेनानीगण कैदी बनाए गए थे। वर्ष 1920-21 में महात्मा गांधी द्वारा आरंभ किए गए असहयोग आंदोलन के कारण अंडमान जेल में कई स्वतंत्रता सेनानियों को भेजा गया था। 9 अगस्त, 1925 को काकोरी से लखनऊ जा रही ट्रेन में डकैती हुई थी, जिसे 'काकोरी षड्यंत्र केस' के नाम से जाना जाता है। इस कांड में कई संग्रामियों को भी अंडमान जेल की सजा दी गई थी। सांडर्स वध एवं असेंबली बम विस्फोट की घटना के बाद संग्रामियों की आमद अंडमान जेल में बढ़ी। इसी वर्ष लाहौर बम फैक्टरी का उद्भेदन हुआ, जिसमें करीब 7 हजार बम बनाने की क्षमता की सामग्री की बरामदगी हुई थी। इसी तरह की फैक्टरी सहारनपुर में भी पकड़ी गई थी। पुलिस ने वर्ष 1929 में लाहौर षड्यंत्र केस एवं अन्य मामलों में कई संग्रामियों को पकड़ा और कालापानी की सजा दी। 18 अप्रैल, 1930 को चिट्टगोंग की घटना हुई थी, जो क्रांतिकारी इतिहास में अनूठी थी और इसे चिट्टगोंग आर्मरी रेड के नाम से जाना जाता है। वर्ष 1930-33 के बीच सिर्फ बंगाल में 23 ऑफिसरों की हत्या हुई, 36 घायल हुए और 47 हत्या के असफल प्रयास किए गए, 167 डकैती की घटनाएँ हुईं, 16 जगहों पर बम विस्फोट हुए।[1]

अंडमान जेल की भौगोलिक स्थिति भारतीय जेलों से भिन्न थी। प्रसिद्ध स्वतंत्रता सेनानी विनायक दामोदर सावरकर ने अपनी पुस्तक 'मेरा आजीवन कारावास' में अंडमान द्वीप समूह एवं अंडमान जेल की व्यवस्था के बारे में विस्तृत वर्णन किया है। उन्होंने लिखा है कि अंडमान द्वीप कलकत्ता से लगभग 600 मील की दूरी पर है। बीच में छोटे-छोटे द्वीप पुंज, थोड़ा सागर, पुनः द्वीप पुंज—इस क्रम से यह एक द्वीपमाला बंगाल

के उपसागर में बिखरी हुई है। उसमें अंडमान सबसे बड़ा द्वीप है। वह तीन भागों में विभाजित है, जिन्हें उत्तर अंडमान, मध्य अंडमान और दक्षिण अंडमान की संज्ञाएँ दी गई हैं। इस द्वीप के मानचित्र में दी हुई आकृति देखकर यह स्पष्ट होता है कि इसका नाम 'अंडमान' क्यों पड़ा। अंडाकृति होने के कारण इसका अंडमान नाम संभवनीय प्रतीत होता है। उत्तर अंडमान की लंबाई 51 मील, मध्य अंडमान की लंबाई 59 मील तथा दक्षिण अंडमान 59 मील लंबा है और रटलैंड द्वीप 11 मील लंबा है। इस पुंज को बड़ा अंडमान कहा जाता है। उसके अतिरिक्त उसके 29 मील दक्षिण की ओर छोटा अंडमान है, जिसकी लंबाई 30 मील और चौड़ाई 17 मील है।[2] कालापानी अर्थात् अंडमान द्वीप समूह वर्तमान भारत में बंगाल की खाड़ी में स्थित शहतूत के आकार का 343 द्वीपों का एक समूह है, जो कलकत्ता से 1,225 कि.मी. एवं मद्रास से 1,191 कि.मी. दूर स्थित है। ब्रिटिश साम्राज्यवादियों ने पहली बार सन् 1794 में इस स्थान का कारागार के रूप में उपयोग आरंभ किया था और धीरे-धीरे इसकी गणना दुनिया के भयंकरतम कारावास स्थलों में होने लगी। ब्रिटिश हुकूमत आजादी के मतवालों का मनोबल तोड़ने, उन्हें एकांतता की पीड़ा देकर घुट-घुटकर मरने तथा क्रूरतम यातनाएँ भुगतने के लिए अंडमान जेल का उपयोग करती थी। यह पावन धरा सन् 1857 के प्रथम स्वाधीनता संग्राम से लेकर स्वतंत्रता-प्राप्ति के पूर्व तक हजारों महान् स्वाधीनता संग्राम सेनानियों की दमन गाथाओं, शौर्य एवं बलिदान की साक्षी रही है।[3]

आज तक इस द्वीप में उल्लेखनीय उपनिवेश न होने के कारण इधर-उधर दूर-दूर तक ऐसे घने जंगल, जिनकी भूमि को कभी सूर्य किरणों का स्पर्श तक नहीं हुआ, फैले हुए हैं। ऊँचे-ऊँचे पहाड़, जो समुद्र-तट से ऊपर-ऊपर चढ़ते जा रहे हैं और घने जंगलों के अतिरिक्त इस बात का अभी स्पष्ट अनुमान नहीं लगाया जा सकता कि इस इलाके में और क्या है; किंतु फिर भी वन विभाग के अधिकारियों ने जी-तोड़ परिश्रम कर, निरंतर कष्ट झेलकर जंगल के स्थलों, वृक्षों और वस्तुस्थिति की यथासंभव छानबीन करके अब उनका मानचित्र भी बनाया है। इस द्वीप के पहाड़ों में सबसे ऊँचा पहाड़ संडलमाउंट नामक चोटी है, जिसकी ऊँचाई 3,000 फीट है। बड़ी नदी यहाँ पर एक भी नहीं है, पर जगह-जगह पर पहाड़ों के कल-कल कर बहते झरने विपुल मात्रा में हैं।[4]

इस इलाके में घने जंगलों के कारण प्राचीन काल में वर्षा की अविरल झड़ियाँ लगी रहती थीं। ग्रीष्म ऋतु में भी रिमझिम-रिमझिम बारिश होती ही रहती; लेकिन जिस-जिस भाग में जंगल की कटाई होकर बस्ती बन गई है और भूमि को थोड़ा साफ करके, जोतकर खेती के योग्य जमीन तैयार की गई और नारियल के बगीचे लगाए गए हैं, उस ओर ऋतुमान लगभग हिंदुस्तान के उष्ण इलाकों जैसा ही रहा है। वर्षा और ग्रीष्म, यही दो ऋतुएँ स्पष्ट रूप से दिखाई देती हैं। शीत या जाड़े का मौसम बस, झाँकता हुआ

निकल जाता है। इस द्वीप के चारों ओर से ही नहीं, बल्कि प्रत्येक दो टुकड़ों के बीच में से भी समुद्र के घुसे होने और इन द्वीपों की लंबाई व चौड़ाई में छोटे होने के कारण यहाँ-वहाँ खाड़ियों और दलदल का साम्राज्य फैला हुआ है। इन खाड़ियों के जल में जंगल के सूखे पत्तों की एक के ऊपर एक परतें जमा होकर सड़ती हैं। इसी से मलेरिया का प्रादुर्भाव तथा प्रभाव अत्यंत कष्टप्रद होता है। मक्खियाँ, जो इस मलेरिया का प्रसार करती हैं, इधर इतनी विपुल और विविध जातियों की हैं कि वर्णन करना असंभव है। कुछ भीतर की ओर मच्छर सदृश मक्खियाँ झुंड-के-झुंड इधर-उधर एक साथ गुनगुनाती हुई भिनभिनाती हैं, जैसे तार में पिरोया हुआ जाल। कुछ बड़ी-बड़ी मक्खियाँ अपने लंबे-लंबे पैरों पर खड़ी रहकर इतनी तेजी से झूलती हैं कि उस दोलायमान अवस्था में यह कहना कठिन होता है कि वह एक काली रेखा है या मक्खी।[5]

जंगलों में उन मक्खियों के अतिरिक्त जोंक, साँप व कनखजूरे की भी भरमार रहती है। वे जोंक भी मलेरिया का प्रसार करती हैं। कीचड़ में, नीचे पड़े हुए पत्तों और सूखे पत्तों के ढेरों में ही नहीं, अपितु वृक्षों की डालियों पर, पत्तों पर वे जोंकें चिपकी रहती हैं। गरमी में दुबककर कहीं छिपी बैठी वे जोंकें रिमझिम बरखा बरसते ही बाहर निकल पड़ती हैं। मानव गंध सूँघते ही आनंदित होती हैं। ऊपर से वृक्षों व पत्तों से टप-टप कूद पड़ती हैं। नीचे पाँव पड़ते ही वे तलवे चाटने लगती हैं और मानव शरीर की पिंडलियों व जाँघों, जो भी हिस्सा मिले, उससे चिपककर सुप-सुप लहू सुड़कने लगती हैं। बड़े-बड़े बदमाश पाजी कंटक लोग, जो कारागृह के कठोर-से-कठोर दंड से नहीं घबराते, वे जब जंगल की कटाई के लिए जाते हैं तो उन जोंकों के भय से काँपने लगते हैं। जंगल से काम करके बंदी जब शाम ढले वापस लौटते, तब ऐसा लगता जैसे वे लहू में नहाकर आए हैं; क्योंकि यहाँ-वहाँ सर्वत्र जोंकों के काटने से शरीर में छेद हो जाते और उन छेदों से लहू की पतली सी धारा निकलती रहती। अच्छा, वे जोंकें भी एक या दो नहीं, इधर मनुष्य अपने हाथों में मुट्ठी भर-भरकर उन्हें अपने शरीर से उखाड़कर फेंक रहा है और उधर छोटी-बड़ी जोंकों के झुंड ऊपर से कूदकर या नीचे से चढ़कर अथवा आजू-बाजू से आकर चिपकते जाते हैं।[6]

इन जंगलों में भयंकर साँपों की तरह के गिरगिटों का भी, जो जोंकों की तरह ही नहीं बल्कि उनसे भी घातक होते हैं, बसेरा होता है। ये एक हाथ लंबे तथा एक इंच से मोटे विषैले साँप जैसे, जिन्हें वहाँ 'कनखजूरे' कहा जाता है, इतने विषैले होते हैं कि उनके डसने से मनुष्य को लकवा मार जाता है और असह्य वेदना होती है। यहाँ साँप बहुत ही कम हैं, लेकिन वाइपर नामक अत्यंत विषैला एक छोटा सा साँप मिलता है। कभी-कभी अजगर भी मिलते हैं। सदियों से इन जंगलों में किसी भी मनुष्य का अधिक प्रवेश न होने के कारण इन सब प्राणियों की अत्यधिक वृद्धि होती रही है, जो परस्पर

भक्षण की मर्यादा से ही कदाचित् कमी होती होगी। इन जंगलों में बाघ, शेर, रीछ आदि खूँखार पशु नहीं पाए जाते। जंगली सुअर मिलते हैं। पक्षियों में यहाँ भारतीय पक्षी कुछ अधिक संख्या में नहीं थे। अंग्रेज सरकार ने मैना, तोता, बाज, गिलहरी, मोर आदि जीवों को यहाँ लाकर छोड़ दिया। इतना ही नहीं, कौए मँगवाकर उनकी बस्ती बसाने में भी उन्होंने कोई कसर नहीं छोड़ी। पक्षियों की तरह हिरण, कुत्ते, सियार आदि पशु तथा बहुत सारे पालतू प्राणी भी वहाँ ले जाकर छोड़ दिए गए। इसी कारण अब अंडमान में प्रायः सभी उपयुक्त भारतीय प्राणी उपलब्ध हैं। समुद्री आश्चर्य की तो कोई सीमा ही नहीं। शंख, सीपियाँ, पत्थर, कितनी रंग-बिरंगी सुंदर आकृतियाँ, कितने प्रकार, मानो विश्वकर्मा का वैचित्र्य हो। उसकी शोभा का वर्णन कैसे किया जाए!

अंडमान द्वीपमाला का उल्लेख मार्को पोलो और निकोलो आदि यूरोपियन तथा कुछ अरबी सैलानियों के प्राचीन लेखों में उपलब्ध है; परंतु इस द्वीप से हिंदुस्तान का संबंध अति प्राचीनकाल से अवश्य रहा होगा। मगध देश से श्रीलंका की ओर अनेक समुद्री यात्राएँ होने के वर्णन इतिहास में उपलब्ध हैं और उसी तरह आंध्र, तमिल आदि दक्षिणी लोगों के ब्रह्मदेश, स्याम, पेगू, जावा आदि देशों पर राजनीतिक आक्रमण होने के जो वर्णन मिलते हैं, उससे स्पष्ट दिखाई देता है कि भारतीय सागर-यात्री इस द्वीप से भलीभाँति परिचित थे। इस द्वीप का स्पष्ट नाम-निर्देश ग्यारहवीं सदी में पांड्य राजाओं के आक्रमण के वर्णन में मिलता है। इस सागर विजेता वीर ने पेगू पर आक्रमण करके उस पर विजय प्राप्त की और अपनी उस विजयी सेना को वापस लाते समय अंडमान और निकोबार—इन दो द्वीपों पर अपना अधिकार प्रस्थापित करके फिर अपने सफल नौसाधनों—अपनी जलसेना के साथ भारतभूमि वापस लौटा। इस तरह तत्कालीन लेखों में उसकी प्रशस्ति की गई है। इन यात्रियों तथा विजेताओं, जो भिन्न-भिन्न समय पर गए हुए थे, की पुरातन जानकारी अभी तक कुछ अधिक उपलब्ध नहीं है। हम बंदीवास में थे, तब एक अधिकारी ने बताया था कि जब खुदाई का काम चल रहा था, उस समय प्राचीन राजमहल के अवशेष बरामद हुए थे। परंतु इसकी छानबीन करने का उचित अवसर हमें आज तक नहीं मिला कि यह समाचार कहाँ तक साधार था और उसके पश्चात् कौन-कौन से पुरावशेष उपलब्ध हुए। हाँ, इतना तो सिद्ध हो गया कि भारतीयों की बस्ती तथा प्रशासन इस द्वीप पर कभी हुआ करता था।[7]

किंतु ऐसा प्रतीत होता है कि इस बस्ती तथा प्रशासन का अंडमान के मूल निवासियों पर कुछ अधिक प्रभाव नहीं पड़ा। जिस तरह उन बस्तियों द्वारा की गई बुआई अथवा कृषि व वास्तुकर्मों का प्रभाव उस द्वीप के प्रकृति-निर्मित स्वरूप पर कुछ अधिक समय तक नहीं टिक सका, उसी प्रकार उन भारतीय बस्तियों की मानसिक, बौद्धिक या धार्मिक संस्कृति का प्रभाव भी वहाँ बसे मूल निवासी जनों पर कुछ टिका दिखाई नहीं देता।

एक नन्हा सा द्वीप—सागर से घिरा हुआ। उस पर सतत बस्ती बनाकर उसका प्राकृतिक वन्य स्वरूप परिवर्तित करने के लिए भारत का उससे घनिष्ठ संबंध बना रहना अत्यंत आवश्यक था। आधुनिक जीवन की आवश्यकता की सारी चीजें हिंदुस्तान से वहाँ ले जाने से ही वहाँ के जीवन-सुधार का क्रम सरल हो सकता है। हिंदुस्तान अथवा बाह्य सुसंस्कृत जगत् से नाता टूटते ही नए पहुँचे मनुष्यों का भी वहाँ वन्य अवस्था में पहुँच जाना स्वाभाविक है। जर्मन महायुद्ध के समय कभी-कभी चार महीने जब हिंदुस्तान के जलयान सामान सहित अंडमान नहीं जा सके, तब उस कालखंड में जीवन की सुधारक आवश्यकताओं अथवा क्रम को इतनी अधिक मात्रा में त्यागना अनिवार्य हो गया कि पचास वर्षों के अंदर-अंदर वहाँ के सभी निवासियों को बिना वस्त्रों के रहना पड़ा तथा खेती-बाड़ी, शाकाहार और अन्नाभाव में मांसाहारी बनना पड़ा। ऐसी अवस्था में अंडमान में समुद्र-गमन निषिद्ध समझने के कालखंड में अंडमान से पहले ही गए हुए भारतीय वहाँ के मूल वन्य निवासियों को सुधारने के बदले स्वयं ही जंगली बने और आगे नए रक्त-संबंध असंभव होने के कारण वे वन्य निवासी या तो लुप्त हो गए होंगे या उनका विनाश हो गया होगा; क्योंकि इस द्वीप में आज भी जो लोग मूल निवासी के रूप में पाए जाते हैं, उनका रहन-सहन काफी हद तक विश्व के अन्य प्रदेशों की उन वन्य जनजातियों से ही मिलता-जुलता है, जिनकी गणना रहन-सहन के ढंग से अति प्राचीन जनजातियों में की जाती है। जावा द्वीप के आसपास फैले हुए द्वीप समूह बंदर जैसे मनुष्यों के लिए प्रसिद्ध हैं। स्वयं वहाँ के डॉक्टरों ने हमें दिखाया कि निकोबार से बंदी के रूप में लाए गए एक-दो मनुष्यों की दुम की हड्डी दो-तीन इंच ऊपर उठी हुई है, जिससे उनका कुरसी पर पीठ टिकाकर सीधा बैठना भी असंभव था। उनकी उस दुम पर बालों का अभाव था और उससे सटकर दुम के बालों के गुच्छे को स्नायु वहाँ नहीं लटक रही थी। उनकी ठुड्डी तथा मुख की रचना हू-ब-हू वानरों जैसी थी।[8]

अंडमान का नवीन इतिहास साधारणत: सन् 1776 से आरंभ होता है। इससे पूर्व सिंगापुर, पेनांग, मलक्का, टेनासेरीम आदि द्वीपों तथा स्थलों से कालेपानी का दंड प्राप्त लोगों को निर्वासित किया जाता था। इंजीनियर कोलब्रुक तथा कैप्टन ब्लेअर जैसे दो उद्योगी अंग्रेजों ने सन् 1776 की संधि में अंडमान में उपनिवेश प्रस्थापित करने का प्रयास किया। उससे पूर्व कई बार अंग्रेजों की नौकाएँ भटककर इस द्वीप के किनारे आ लगी थीं। उनके भयंकर वर्णन आज भी पढ़ने को मिलते हैं। कैप्टन ब्लेअर ने जब उपनिवेश प्रस्थापित करने का प्रयास किया, तब अंडमान की जलवायु नगरवासियों के स्वास्थ्य के लिए बहुत हानिकर थी। जो लोग उधर प्रस्थापित किए गए, उनमें से एक भी मनुष्य अधिक समय तक जीवित नहीं रह सका। उस ब्लेअर साहब के नाम से ही अंडमान का वर्तमान बंदरगाह 'पोर्ट ब्लेअर' नाम से जाना जाता है। आगे सन् 1857-58 के स्वतंत्रता

संग्राम में जो हजारों सैनिक पराभूत होकर द्वीपांतर के भयानक दंड के शिकार बने, उन्हें इसी अंडमान में लाया गया। तभी से इस उपनिवेश का सुसंबद्ध श्रीगणेश हुआ। जब हम अंडमान गए थे, तब सन् 1857 की राज्य-क्रांति में भाग लेनेवालों में से जो थोड़े लोग जीवित थे, उनमें से एक वृद्ध ने यह सुनते ही कि हम भी राज्य-क्रांति के कारण ही आए हैं, हमारा अभिनंदन करते हुए एक प्रेमपूर्ण संदेश भेजा था।[9]

ब्रिटिश साम्राज्यवाद ने हमेशा अपने पराजित शत्रुओं के साथ हद दर्जे का दुर्व्यवहार किया है। सन् 1857 में किस प्रकार गदरियों के साथ अमानुषिक अत्याचार किया गया, इसको यदि छोड़ भी दें तो भी इस संबंध में ब्रिटेन की नीति संपूर्ण रूप से प्रतिहिंसामूलक तथा जघन्य रही है। ब्रिटिश साम्राज्यवाद ने बर्मा-विजय के बाद बर्मा के बंदी रणबाँकुरों के साथ कैसा बरताव किया, उसकी गवाही तो बरेली सेंट्रल जेल के दो नंबर हाते की चार नंबर बैरक दे रही है। ये कोठरियाँ क्या हैं, तहखाने या जिंदों की कब्रें हैं। वहाँ कहीं से भी रोशनी नहीं आती है। दिन में भी रात रहती है।[10]

ब्रिटिश काल की यातना भूमि भयावह सेल्यूलर जेल तीन मंजिला है, जो सन् 1905 में बनकर तैयार हुई थी। इसकी सात भुजाएँ थीं। पहली भुजा में 105, दूसरी में 102, तीसरी में 150, चौथी में 53 तथा पाँचवीं, छठी एवं सातवीं भुजा में क्रमश: 93, 60 एवं 126 सेल थे। यहाँ कुल 689 सेल अर्थात् एकांत कमरे थे। इन्हीं सेलों के कारण इस जेल का नाम 'सेल्यूलर जेल' पड़ा था। हर शाखा को बंद करने के लिए भी लौह द्वार थे और सबको एक जगह से नियंत्रित करने के लिए भी लौह द्वार की व्यवस्था थी। कंट्रोल टावर में एक ही प्रहरी सभी शाखाओं पर नजर रखता था। वहाँ सशस्त्र सैनिक चौबीसों घंटे पहरे पर रहते थे। 21 वार्डर भी कैदियों पर कड़ी नजर रखते थे।[11]

सावरकरजी ने मराठी में 'माझी जन्मठेप' नाम से अपने जेल जीवन का वर्णन लिखा है। पहले जो लोग गए थे, उनमें अधिकांश बंगाली थे, इसलिए शुरू-शुरू में राजनीतिक कैदी बंगाली कहलाते थे; किंतु जब पंजाब आदि प्रांतों से सैकड़ों भाई गिरफ्तार हो-होकर आने लगे तो हमें ऐसा ही एक दूसरा अजीब नाम दिया गया। तब हम 'बमगोले' वाले कहलाए। इन बदमाश कैदियों का 'डी' लिखा है। 'डी' माने डेंजरस।[12]

शुरू में राजनीतिक कैदियों को नारियल का रेशा निकालना पड़ता था, लेकिन उसके बाद उनसे सख्ती बरती जाने लगी। उन लोगों को कोल्हू दिए गए। आपस में बात करने पर ही सात दिनों की हथकड़ी मिलने लगी। सख्त-से-सख्त काम दिए जाने लगे। राजनीतिक कैदियों का स्वास्थ्य खराब हो या अच्छा, ये सब सख्त काम उन्हें दे दिए जाते थे। लोग कोठरियों में बंद कोल्हू पेरते, थोड़ी देर के लिए रोटी लेने के लिए खुलते। यदि इस बीच में वह अभागा कैदी यह चेष्टा करता कि हाथ-पैर धो ले या बदन पर थोड़ी धूप सेंक ले तो नंबरदार का पारा चढ़ जाता था। वह माँ-बहन की सैकड़ों

गालियाँ देता था। हाथ धोने को पानी नहीं मिलता था, पीने के पानी के लिए तो नंबरदार के सैकड़ों निहोरे करने पड़ते थे। पनीहा पानी नहीं देता था। जो कहीं से उसे एकाध चुटकी तंबाकू की दे दी तो अच्छी बात है, नहीं दी तो उलटी शिकायत होती कि ये पानी फिजूल बहाते हैं और जेल में यह एक बड़ा जुर्म है। यदि किसी जमादार से शिकायत की तो उबल पड़ता—दो कटोरी का हुक्म है, तुम तो तीन पी गया। क्या तुम्हारे बाप के यहाँ से आएगा? नहाने की तो कल्पना ही अपराध था। हाँ, वर्षा हो तो कोई भले ही नहावे। खाने का भी यही हाल। खाना लेकर कोठरी बंद हो गई, कैदी खा पाया या नहीं, किंतु बाहर से हल्ला होने लगा—बैठो मत। शाम को तेल पूरा हो गया तो ठीक, नहीं तो पीटे जाओ और जो सजा मिलेगी, सो अलग। ऐसे वातावरण में खाते तो कैसे? बहुत से कैदी तो ऐसा करते कि मुँह में कौर रख लिया और कोल्हू में चलने लगे। सौ में एकाध ऐसे थे कि जो दिन भर मेहनत करने पर 30 पौंड निकाल पाते थे। जो न निकाल पाते, उन पर जमादार व नंबरदार डंडबाजी करते। लात-घूँसे, जूते पड़ते। कॉलेज के छात्र तथा अध्यापक श्रेणी के राजनीतिक कैदियों को भी कोल्हू मिला तो बीमार हो गए; किंतु निर्दयी जेल अधीक्षक डेविड बारी के राज में 102 डिग्री से कम बुखार नहीं माना जाता था, यानी उसे न अस्पताल भेजा जाता, न काम से छुट्टी मिलती। जिस बदकिस्मत को बुखार, दस्त या उलटी न होकर सिरदर्द, हृदय रोग या ऐसा कोई अप्रत्यक्ष रोग होता, उसकी तो शामत ही आ जाती।

अंडमान जेल में बंद कैदियों की कठिनाइयों के बारे में उल्लेख करते हुए श्रीकृष्ण सरल लिखते हैं कि "अंडमान में अन्न-वस्त्र की तकलीफ, मार-पीट, गाली यह सब असुविधा तो थी ही, किंतु एक और भयंकर तकलीफ थी, जिसका उल्लेख करने में किसी को भी संकोच हो सकता है। वह था मल-मूत्र पर रोक-टोक। सवेरे, शाम और दोपहर के सिवा टट्टी-पेशाब भी नहीं फिर सकते। रात को टट्टी फिरो तो सवेरे भंगी शिकायत करे और पेशी की नौबत आए। खड़ा हथकड़ी हो गई तो आठ घंटे बँधे खड़े रहो। सब कैदियों के साथ वही एक ही व्यवहार। दूसरे कैदी तो ऐसा कर लेते थे कि चोरी से दीवार पर ही पेशाब कर दिया या खड़े-खड़े जमादार की नजर बचा सबके सामने कर दिया; किंतु राजनीतिक कैदी ऐसा कैसे करते? इसलिए वे हर तरह से घाटे में रहते। पुस्तक पढ़ना एक प्रकार से अपराध था।[13]

रामरखा नामक एक राजनीतिक कैदी ने जनेऊ पहनने के अधिकार पर या किसी अन्य छोटी बात पर अनशन कर प्राण दे दिए। उन दिनों इतनी छोटी बात मनवाने के लिए भी जान दे देनी पड़ती थी।[14]

भारतवर्ष में बढ़ती क्रांतिकारी घटनाओं के कारण सरकारी अधिकारियों को यह बात समझ में आ गई थी कि वर्तमान न्यायिक प्रणाली के अंतर्गत क्रांतिकारियों को सजा

दिलाना संभव नहीं है। इसी कारण समरी ट्रायल और विशेष ट्रिब्यूनल का गठन किया गया। सरकार द्वारा बनाए गए नियम के अनुरूप पहले स्वतंत्रता सेनानियों को भारत की विभिन्न बीस जेलों में रखा जाता था; लेकिन वर्ष 1932 के बाद सरकारी नीतियों में परिवर्तन किया गया। जेलों में बंद क्रांतिकारियों ने जेल के नियमों के उल्लंघन की लगातार सफल कोशिशें कीं। भारतीय समाचार-पत्रों में इन विद्रोहियों के पक्ष में लगातार खबर छपने से भारतीय जनमानस उनके पक्ष में था।[15]

13 जुलाई, 1932 को भारत सचिव, लंदन सर सैमुएल होरे ने हाउस ऑफ कॉमंस को सूचित किया कि जेल अनुशासन को बनाए रखने के लिए यह निर्णय लिया गया है कि विद्रोही काररवाई में संलग्न 100 से अधिक लोगों को विभिन्न जेलों से स्थानांतरित कर अंडमान भेजा जाएगा। लेकिन सरकार के इस कदम की भारतीय जनमानस में घोर प्रतिक्रिया हुई और विभिन्न समाचार-पत्रों में इस निर्णय के विरुद्ध लेख छपे। 14 जुलाई, 1932 को 'अमृत बाजार पत्रिका' के संपादकीय में निम्नलिखित बातें लिखी गईं—

"सर सैम्युअल होरे को यह पता नहीं है कि भारत में जनमानस जैसी भी कुछ चीज होती है। वर्ष 1919 में भारतीय जेल समिति का गठन हुआ था और समिति ने अपने प्रतिवेदन में इस बात की घोर आलोचना की थी कि अंडमान जैसी जगह पर, जहाँ का जीवन अत्यंत अस्वास्थ्यकर है, वहाँ जेल का निर्माण किया जाए। समिति द्वारा दिए गए इस प्रतिवेदन के आधार पर एबॉलिशन ऑफ द ट्रांसपोर्टेशन बिल का जन्म हुआ था। 23 सितंबर, 1922 को इस बिल को केंद्रीय विधानसभा में उपस्थापित करते हुए सर विलियम विन्सेंट, जो तत्कालीन गृह सदस्य थे, ने कहा था कि सरकार की इच्छा मृत्युदंड को समाप्त करना ही नहीं है, बल्कि अंडमान को जेल के रूप में रखने का भी सरकार का इरादा नहीं है। सरकार की इस सदिच्छा के फलस्वरूप कई प्रांतीय सरकारों ने अपने कैदियों को अंडमान से वापस बुलाना आरंभ कर दिया था और उसके बाद से ही अंडमान के कालापानी की सजा मिलनी कैदियों को बंद हो गई थी।"

14 जुलाई, 1932 को 'अमृत बाजार पत्रिका' के संपादकीय में अमेरिका की चर्चित जेल डार्टमूर की चर्चा की गई थी—"लेकिन क्या अमेरिकी सरकार ने कभी भी यह कदम उठाया कि जेल में अनुशासन तोड़नेवाले कैदियों को पृथक् जेल में रखने की व्यवस्था की जाए? लेकिन भारत सरकार ने जेल समिति के पृष्ठ 281 पर उल्लिखित तथ्यों का जिक्र किया, जिसमें मृत्युदंड एवं कालापानी की सजा को बिल्कुल एवं तुरंत प्रभाव से समाप्त नहीं करने की बात कही गई थी।" 10 जून, 1933 को 'अमृत बाजार पत्रिका' ने पुनः संपादकीय लिखकर याद दिलाया कि वर्ष 1919 में भारतीय जेल समिति (कारड्यू समिति) की स्थापना इसलिए हुई थी कि वह भारत के विभिन्न जेल प्रशासनों का अध्ययन करे और उसने अपने प्रतिवेदन में इस बात का जिक्र किया

था कि राजनीतिक कैदी अथवा सामान्य कैदी भी आगे से अंडमान नहीं भेजे जाएँगे। इसमें खतरनाक कैदी का जिक्र किया गया था और इसका मतलब होता था कि (क) ऐसे खतरनाक कैदी, जिन्होंने हत्या की है और वस्तुतः उन्हें फाँसी मिलनी चाहिए थी, लेकिन फाँसी नहीं देकर उन्हें कालापानी की सजा दी गई है। (ख) ऐसे डकैतों को, जिनके कारण जेल एवं उसके आसपास असुरक्षा का गंभीर वातावरण बना रहता है।[16]

सरकार के इस निर्णय की आलोचना कई स्तरों पर हुई। प्रसिद्ध विद्वान् एल.पी. माथुर ने अपनी पुस्तक 'हिस्टरी ऑफ दि अंडमान एंड निकोबार आईलैंड, 1756-1966' के पृष्ठ 209 पर इस बात का जिक्र किया है कि भारतीय जेल समिति ने राजनीतिक कैदी का कोई जिक्र नहीं किया था, लेकिन भारत सरकार ने भारतीय जेल समिति के प्रतिवेदन को बिल्कुल ही नकार दिया है।[17] सरकार अपनी मनमानी पर उतर चुकी थी और भारतीयों द्वारा इसकी काफी आलोचना हुई; परंतु हुआ वही, जो सरकार चाहती थी। 15 अगस्त, 1932 को चिट्टगोंग आर्मरी रेड केस के 25 अभियुक्तों को अंडमान भेजा गया।[18]

23 जनवरी, 1933 को बटुकेश्वर दत्त अपने क्रांतिकारी साथीगण सर्वश्री विजय कुमार सिन्हा, कमलनाथ तिवारी, महावीर सिंह, कुंदनलाल एवं डॉ. गया प्रसाद जैसे क्रांतिकारियों के साथ अंडमान पहुँचे। वहाँ पहुँचकर उन्होंने प्रत्यक्ष रूप से कैदियों की नारकीय स्थिति देखी और उसे स्वयं भी भोगा; लेकिन उन्होंने इसकी तैयारी भी कर ली थी।

बटुकेश्वर दत्त के समक्ष भारतीय आजादी का केवल एक ही पर्याय बचा हुआ था—जेल में कैदियों के साथ होने वाले अमानवीय अत्याचार को रोकना। उन्होंने अन्य कैदियों के साथ जेल प्रशासन के समक्ष राजनीतिक बंदियों को मिलनेवाली सुविधाओं की माँग की। अंडमान जेल संघर्ष के नायकों में से बटुकेश्वर दत्त थे। उन्होंने आरंभ में ही ग्रेड 'बी' एवं ग्रेड 'सी' कैदियों को मिलनेवाले बेहतर भोजन आदि की माँग की। मुख्य रूप से उनकी माँग निम्न थी—

(क) पुस्तक लिखने की सामग्री और रात में सेल में प्रकाश की सुविधा उपलब्ध कराई जानी चाहिए।

(ख) अपने परिवार एवं मातृभूमि से सरोकार रखने के लिए पत्र लिखने और पत्र प्राप्त करने तथा अखबार पढ़ने की सुविधा मिलनी चाहिए।

(ग) भोजन की गुणवत्ता एवं पोषक तत्त्वों का समावेश होना चाहिए, ताकि कैदियों का स्वास्थ्य ठीक रहे।

अधिकारियों ने उनकी माँग को निरस्त कर दिया। फलस्वरूप क्रांतिकारियों ने अंडमान जेल में भूख हड़ताल का नोटिस दिया और कहा कि यदि एक माह के अंदर

उनकी माँग नहीं मानी गई तो वे भूख हड़ताल पर चले जाएँगे। इधर अधिकारीगण भी क्रांतिकारियों से निबटने की पूरी तैयारी कर चुके थे और उन्होंने भी एक माह का समय क्रांतिकारियों को अपनी माँगों पर पुनर्विचार करने के लिए दिया।

फरवरी 1933 में प्रथम भूख हड़ताल आरंभ होती, लेकिन वहाँ के जेल अधीक्षक ने आश्वासन दिया कि उनकी माँगों पर सहानुभूतिपूर्वक विचार किया जाएगा। तीन महीने तक कैदियों ने अपनी माँग स्वीकार करने के लिए इंतजार किया, लेकिन कुछ नहीं हुआ तो उन्होंने लिखित आवेदन दिया; पर कुछ भी जवाब नहीं दिया गया।

इसके बाद अप्रैल 1933 में चेतावनी देकर एक माह बाद 12 मई, 1933 को भूख हड़ताल आरंभ कर दी गई। 12 मई, 1933 को ग्रेड 'सी' के 56 कैदियों में से 56 कैदियों ने भूख हड़ताल आरंभ कर दी। अंडमान में बटुकेश्वर दत्त के नेतृत्व में पहली भूख हड़ताल हुई थी।[19] उन भूख हड़तालियों के नेताओं में बटुकेश्वर दत्त एवं कमलनाथ तिवारी थे। जेल अधिकारियों ने उन्हें वार्ड नं. 5 से स्थानांतरित कर वार्ड नं. 7 में रख दिया, ताकि उनका अन्य कैदियों से कोई संपर्क नहीं हो सके और वस्तुस्थिति की जानकारी भारत सरकार एवं भारत सचिव, लंदन को इसकी सूचना दे दी गई।[20] 17 मई, 1933 को जेल अधीक्षक डेविड बारी के आदेश पर बलात्पान आरंभ किया गया। इसमें कई मुस्टंडे सिपाहियों को लगाया गया।

पंजाब के जेल आई.जी. कर्नल बार्कर, जिन्हें पूर्व में लाहौर जेल का अनुभव था, को स्थानांतरित कर अंडमान जेल का प्रभारी पदाधिकारी बनाए जाने का आदेश निर्गत किया गया। कर्नल बार्कर लाहौर में अपने बर्बर तरीकों के बावजूद भूख हड़तालियों की हड़ताल समाप्त कराने में विफल रहा था; लेकिन उसने यहाँ भी वही पुरानी प्रक्रिया आरंभ की, जो उसने लाहौर में की थी। कैदियों को जमीन पर पटककर, उनके सीने पर घुटना रखकर, नाक में नली डालकर दूध पेट में उड़ेला जाता था। लाहौर जेल में यतींद्रनाथ दास की मृत्यु हो जाने के कारण जेल प्रशासन की काफी आलोचना हुई थी।[21]

हड़ताल के पाँचवें दिन प्रशासन ने बलात्पान (forced feeding) आरंभ की। कैदियों के मुँह में रबर पाइप ठूँस दिया जाता था। मुस्टंडे जवानों को इस कार्य में लगाया जाता था। चार-पाँच आदमी मिलकर एक कैदी को पटक देते थे और जब कैदी जमीन पर पटका जाता था तो पाँचों मुस्टंडे जवान कैदियों की छाती, पेट एवं घुटनों पर अपना ठेहुना रख देते थे। इसके बाद मुँह के रास्ते पेट में नली डाल दी जाती थी और सिपाहियों के लिए यह एक प्रकार की आनंददायी क्रीड़ा होती थी। महावीर सिंह (संयुक्त प्रांत) उत्तर प्रदेश के रहनेवाले थे और भगत सिंह के घनिष्ठ सहयोगी थे। 17 मई, 1933 की शाम को दस-बारह व्यक्तियों ने मिलकर महावीर सिंह को जमीन पर पटका और उनकी नाक के माध्यम से नली मुँह में डालकर दूध उड़ेला गया; लेकिन दूध महावीर सिंह

के फेफड़े में चला गया और वे मछली की तरह तड़पने लगे। किंतु उनकी चिकित्सा की व्यवस्था नहीं हुई और रात में लगभग 12 बजे उनकी मृत्यु हो गई। महावीर सिंह लाहौर षड्यंत्र केस के मुख्य अभियुक्त बनाए गए थे। अंडमान के जेल प्रशासन के लिए मृत्यु एक सामान्य घटना थी। क्रूर आयरिश जेलर डेविड बारी ने उनके शव को समुद्र में फिंकवा दिया; लेकिन इससे क्रांतिकारियों के मनोबल पर कोई असर नहीं पड़ा।[22]

महावीर सिंह की मृत्यु के बाद भूख हड़ताली और जोश में आ गए और उनका आंदोलन चलता रहा। अंडमान के कैदियों की मृत्यु और भूख हड़ताल की खबरें लगातार अखबारों में छप रही थीं और भारतभूमि पर जनमानस उद्वेलित हो रहा था। इसका असर भारत सरकार पर पड़ता था।[23]

उनकी मृत्यु का समाचार जब भारत के विभिन्न समाचार-पत्रों में प्रकाशित हुआ तो भारतीय जनमानस में एक प्रकार से खलबली मच गई। रवींद्रनाथ ठाकुर ने तार संवाद देकर कैदियों से आग्रह किया कि वे अपनी भूख हड़ताल समाप्त कर दें। उन्होंने अपने तार संवाद में लिखा कि Your motherland will never forget her full blown flowers. लेकिन कैदियों ने अपना जो प्रत्युत्तर रवींद्रनाथ ठाकुर को भेजा, वह जेल अधिकारियों ने अपने पास ही रख लिया, रवींद्रनाथ ठाकुर तक पहुँचने नहीं दिया। इन घटनाओं का असर भारत सरकार के अधिकारियों पर पड़ा और भारत सरकार ने 28 मई, 1933 को एक विज्ञप्ति जारी कर बताया कि महावीर सिंह की मृत्यु का कारण स्वास्थ्य खराब रहने के बावजूद भोजन का बहिष्कार किया जाना था और इससे जेल की प्रशासनिक प्रणाली पर गहरा धक्का लगा है। हालाँकि अपनी विज्ञप्ति में सरकार ने बलात्पान की कहीं कोई चर्चा नहीं की और यह भी कहा कि 16 मई, 1933, यानी कि मृत्यु के एक दिन पूर्व तक, वे बिल्कुल ठीक-ठाक थे।[24]

क्रांतिकारीगण भूख हड़ताल पर डटे रहे। 26 मई, 1933 की सुबह बंगाल के स्वतंत्रता सेनानी मानकृष्ण नामदास की मृत्यु न्यूमोनिया के कारण हो गई। 28 मई, 1933 को भारत सरकार ने प्रेस विज्ञप्ति के माध्यम से स्वीकार किया कि दो कैदियों की मृत्यु हुई है।

अंडमान जेल में आरंभ हुई भूख हड़ताल की प्रकृति लाहौर जेल में चलाई गई भूख हड़ताल की भाँति ही थी। इसकी चर्चा न सिर्फ अंडमान में होनी आरंभ हुई, बल्कि मुख्य भूमि भारत में भी शुरू हो गई। अंडमान जेल में इस भूख हड़ताल में ग्रेड 'सी' के कैदियों के अतिरिक्त ग्रेड 'बी' के कैदी भी शामिल हो गए। उनकी मुख्य माँगों में सम्मानजनक व्यवहार, मानव के खाने योग्य भोजन, पढ़ने-लिखने व पत्राचार की सुविधा तथा रात में रोशनी की व्यवस्था आदि थे; लेकिन सरकार भी इन क्रांतिकारियों से निबटने के अपने पुराने तरीकों को दोहराने पर आमादा थी। मृत्यु का सिलसिला यहीं खत्म नहीं

हुआ। अनशन के क्रम में मोहित मित्रा एवं मोहन किशोर भी शहीद हो गए। अंडमान जेल में बंद एक स्वाधीनता सेनानी मोहित मोहन मित्रा थे, जो पटना के रहनेवाले थे। उन्हें 18 अप्रैल, 1932 को कलकत्ता के चीफ मेट्रोपोलिटन मजिस्ट्रेट की अदालत ने आर्म्स एक्ट में पाँच साल कैद की सजा दी थी। वे सन् 1934 में जेल से छूटने वाले थे। उन्होंने अंडमान जेल में 12 मई, 1933 को भूख हड़ताल शुरू की। 17 दिनों की भूख हड़ताल के बाद उनकी मृत्यु 29 मई, 1933 को हो गई।[25]

उनकी मृत्यु का कारण न्यूमोनिया बताया गया। उनकी मृत्यु भी बलात्पान के कारण 29 मई को हो गई; लेकिन सरकारी विज्ञप्ति में उनकी मृत्यु का कारण न्यूमोनिया बताया गया। इसके अतिरिक्त, एक और बंगाली अभियुक्त, जिसका नाम मोहन किशोर था, वह भी इसी प्रकार बलात्पान के कारण मारा गया। एल.पी. विद्यार्थी ने अपनी पुस्तक के पृष्ठ 212 पर यह लिखा है कि 26 मई, 1933 को कैदी मानकृष्ण नामदास की मृत्यु न्यूमोनिया के कारण हुई। बांग्ला भाषा में लिखी पुस्तक 'मुक्ति-तीर्थ अंडमान' में जिक्र किया गया है कि मोहन किशोर के नाम के अंत में 'नमोदास' लिखा था और इसीलिए दोनों एक ही व्यक्ति के नाम थे।[26]

13 जून, 1933 को केंद्रीय विधान परिषद् के सदस्य अजहर अली, अमरनाथ दत्त, बी.बी. जाधव, एस.सी. जोग, बी.एन. मित्रा, एस.सी. मिश्रा, गया प्रसाद सिंह आदि ने प्रश्न के माध्यम से इस पर चर्चा की, जिसका जवाब गृह सदस्य सर हैरी हैंग ने दिया। इस बीच विधानसभा के सदस्यगण गृह सचिव से 13 जून, 1933 को मिले और अंडमान की घटनाओं की निष्पक्ष जाँच की माँग की।[27]

17 जून, 1933 को लेफ्टिनेंट कर्नल बार्कर सेल्युलर जेल, पोर्ट ब्लेअर पहुँचे। उस समय 55 कैदी भूख हड़ताल पर थे। कर्नल बार्कर इससे पहले लाहौर जेल में थे, जहाँ उन्हें बलात्पान करवाने का अनुभव था। जब लाहौर जेल में लाहौर षड्यंत्र केस के स्वतंत्रता सेनानी भूख हड़ताल पर चले गए तो कर्नल बार्कर ने इससे निपटने के लिए मेडिकल ऑफिसरों की एक टीम गठित की और उनके साथ बैठक भी की। मेडिकल ऑफिसरों ने कर्नल बार्कर को बलात्पान के तरीके बताए और इस संबंध में उन्हें विस्तृत जानकारी दी। कर्नल बार्कर अपने इसी अनुभव को यहाँ पुनः दोहराना चाहते थे।

पोर्ट ब्लेअर पहुँचने के बाद कर्नल बार्कर ने सबसे पहले कड़ा रुख अख्तियार करते हुए कैदियों के पीने के पानी का प्रबंध बंद कर देने का आदेश दिया। इस घटना का विवरण विजय कुमार सिन्हा ने सन् 1939 में प्रकाशित अपनी पुस्तक 'इन अंडमान्स, द इंडियन बास्टाइल' के पृष्ठ 62 पर चर्चा की है कि 24 घंटे तक किसी भी भूख हड़ताली को एक बूँद पानी नहीं मिला और दो कैदियों को बेहोशी की हालत में अस्पताल में भरती कराया गया, जहाँ सीनियर मेडिकल ऑफिसर ने उनकी गंभीर स्थिति बताई।[28]

यह पुस्तक अंडमान जेल के अध्ययन के संबंध में अध्ययन का महत्त्वपूर्ण स्रोत है।

हालाँकि यतींद्रनाथ दास की मृत्यु के बाद उनके इस प्रयास की काफी आलोचना भी हुई थी, परंतु न तो सरकार के पास और न ही जेल प्रशासन के पास भूख हड़तालियों से निबटने के कोई और रास्ते थे। कर्नल बार्कर ने उन भूख हड़तालियों के मनोबल को तोड़ने के लिए एक और तरीका अपनाया। वह यह था कि जितने भी भूख हड़ताली थे, उन्हें एक-दूसरे से अलग कर दिया गया और जेल प्रशासन की यह लगातार कोशिश हुई कि उन्हें एक-दूसरे से न तो बातचीत करने दी जाए, न ही कोई संपर्क बनाने दिया जाए। मेडिकल ऑफिसरों ने उन्हें यह भी सलाह दी कि अधिक मात्रा में द्रव्य-भोजन पाइप के माध्यम से कैदियों के पेट में डालने की आवश्यकता नहीं है, बल्कि इतना ही डालना चाहिए, जिससे उनकी जिंदगी बची रह सके।[29]

26 जून, 1933 को सुबह एकाएक जेल के उपाधीक्षक एवं वरिष्ठ चिकित्सा पदाधिकारी जेल के अन्य उच्च अधिकारियों के साथ जेल के अंदर आए और भूख हड़ताल पर डटे कैदियों को निर्देश दिया कि वे सेल्युलर जेल के सेंट्रल टावर के पास कतारबद्ध हों। जेल अधिकारियों के निर्देश के अनुसार भूख हड़ताली क्रमबद्ध रूप से कतार में वहाँ जमा हो गए। इस क्रम में वैसे भूख हड़तालियों को नहीं लाया जा सका, जिनकी हालत अत्यंत खराब हो गई थी और जो खड़े रह पाने की स्थिति में नहीं थे। इसके बाद अधिकारियों ने उन्हें यह बताया कि उनकी शिकायतें दूर कर दी जाएँगी और उन्हें सारी सुविधाएँ उपलब्ध कराई जाएँगी। लेकिन एक ही साँस में अधिकारियों ने उन्हें यह भी बता दिया कि उन्हें कुछ भी सुविधाएँ तब तक उपलब्ध नहीं कराई जाएँगी, जब तक वे भूख हड़ताल पर डटे रहेंगे। हालाँकि वे भूख हड़तालियों के समक्ष एक प्रकार से समर्पण कर रहे थे, परंतु वे भूख हड़तालियों को यह बताना चाहते थे कि उनकी हेठी अभी तक कायम है और वे कैदियों के आगे झुकने को तैयार नहीं हैं। भूख हड़तालियों ने अंग्रेज अधिकारियों द्वारा दिए गए आश्वासन के संबंध में आपस में विचार-विमर्श किया और उस विचार-विमर्श में उन्हें भी शामिल किया गया, जो अस्पताल में भरती थे। हड़ताल के 46वें दिन 26 जून, 1933 को अंग्रेज सरकार ने क्रांतिकारियों की माँगों को स्वीकार कर लिया और क्रांतिकारियों ने शाम के समय भूख हड़ताल समाप्त कर दी। अंडमान के मुख्य आयुक्त द्वारा भेजे गए संदेश की मार्फत भारत सरकार को यह जानकारी मिली कि बंदियों ने भूख हड़ताल समाप्त कर दी है। हालाँकि उन्होंने कहा कि हड़ताल तोड़ने के पूर्व किसी तरह की कोई शर्त नहीं रखी गई और कैदियों ने बिना शर्त के हड़ताल समाप्त कर दी है।[30]

46 दिनों की लंबी हड़ताल के बाद भूख हड़तालियों की माँग स्वीकार की गई और 26 जून, 1933 को भूख हड़ताल समाप्त हुई।[31]

कैदियों ने अपने तीन साथियों के प्राणोत्सर्ग करने के बाद यह विजय हासिल की थी। इसके बाद निम्न सुविधाएँ कैदियों को मिलने लगीं—

(क) सरकार द्वारा पुस्तक, अखबार एवं पत्रिकाएँ उपलब्ध कराई जाएँगी; लेकिन कैदियों द्वारा उन्हें खरीदा जाएगा। कैदी स्वयं भी उन्हें पढ़ सकते हैं और समूह में भी पढ़ सकते हैं। इसका लाभ दूसरे कैदी भी उठा सकते हैं। इसके साथ ही कैदियों को बैठक करने, वाद-विवाद में भाग लेने और चर्चा-आलोचना करने की छूट दी जाएगी।

(ख) संचार सुविधाओं में बढ़ोतरी हुई और पूर्व से स्थापित नियमों को शिथिल किया गया।

(ग) भोजन की गुणवत्ता में सुधार किया गया। अब कैदियों को भोजन की सामग्री खरीदने और रसोईघर के निरीक्षण की सुविधा प्रदान की गई। बंगाली कैदियों को हरेक दूसरे दिन मछली देने की व्यवस्था आरंभ की गई।

इसके अतिरिक्त, सी क्लास के राजनीतिक कैदियों को बेडशीट, मच्छरदानी, तकिया, तौलिया व चादर दी गई और यह भी अनुमति दी गई कि वे अपने खर्च पर जाँघिया, गंजी और भोजन सामग्री खरीद सकते हैं। कैदियों के लिए आउटडोर एवं इनडोर खेल की व्यवस्था की गई। इनमें कैरम बोर्ड, शतरंज, ताश, पिंग-पांग, फुटबॉल एवं वॉलीबॉल खेलने की सुविधा शामिल थी; साथ ही संगीत एवं नाटक कार्यक्रमों का मंचन करने की सुविधा भी आरंभ हुई। काम के घंटों में कमी की गई और अब कैदियों को कम शक्तिवाला काम दिया जाने लगा। हिंदू कैदियों को दुर्गा-पूजा मनाने की छूट दी गई।

विजय कुमार सिन्हा ने इन सुविधाओं की चर्चा करते हुए अपनी पुस्तक में लिखा है कि "पहले बौद्धिक एवं सांस्कृतिक कार्यक्रमों पर सख्त पाबंदी थी, जिसमें अब ढील दी गई। अब हम पत्रिका खरीद सकते थे और ये पत्रिकाएँ देश में छपनेवाले एवं विदेशों में छपनेवाली—दोनों प्रकार की थीं। अब हम लोग अपने मित्रों एवं संबंधियों से पार्सल के माध्यम से किताबें भी मँगवा सकते थे। कैदियों के लिए जेल गेट पर जो निधि जमा होती थी, उसमें से हम लोग अपने लिए पत्रिकाएँ एवं किताबें खरीद सकते हैं। सरकार की ओर से कैदियों के पुस्तकालय के लिए फर्नीचर एवं साज-सामान की आपूर्ति की गई। शनैः-शनैः सरकार द्वारा इस पुस्तकालय के लिए किताबों की खरीद भी की गई। रात के 10 बजे तक प्रत्येक सेल में प्रकाश की व्यवस्था की गई। सरकारी खर्चे पर साप्ताहिक पत्रिकाएँ 'द स्टेट्समैन', 'द टाइम्स', 'द इलेस्ट्रेटेड वीकली ऑफ इंडिया' खरीदी जाने लगीं और बंगाली साप्ताहिक पत्रिका में 'संजीवनी' एवं 'बंगवासी' नामक पत्रिका की खरीद की जाने लगी। बाद में हिंदी पत्रिका की आपूर्ति भी आरंभ हो गई। पूर्व में दी गई सजा में अत्यंत ढील दी गई और डिवीजन-II के राजनीतिक

कैदियों को वापस उनके कक्ष में भेज दिया गया। अब हम लोग जेल के अंदर बेरोक-टोक घूम सकते थे। पहले वार्ड में शाम 6 बजे ताला लगा दिया जाता था, जिसे बढ़ाकर अब 8 बजे कर दिया गया। सबसे महत्त्वपूर्ण बात यह हुई कि अब जेल अधिकारियों के व्यवहार में शालीनता झलकने लगी और अब हमें लगने लगा कि हमारे साथ ऐसी कोई बात नहीं हो रही है, जिससे यह लगे कि हमारे प्रति जेल अधिकारियों के मन में किसी प्रकार की घृणा का भाव है।''[32]

बंदी अधिनियम, 1894 की धारा-60 के अधीन दोष-सिद्ध बंदियों के वर्गीकरण एवं उपचार के नियम बनाए गए और भोजन व्यवस्था में सुधार, प्रकाश की व्यवस्था, अखबार, पत्राचार करने की सुविधा, चिकित्सा सुविधा आदि माँगें मान ली गईं। जेल में पुस्तकालय की व्यवस्था करने की पुरानी माँग भी मान ली गई। बटुकेश्वर दत्त इससे बहुत प्रसन्न हुए और पुस्तकों से उनका नजदीकी संबंध फिर से बहाल हो गया। भूख हड़ताल की समाप्ति के बाद अंडमान में एक पुस्तकालय की स्थापना की गई। कैदियों ने फिर से क्रीड़ा-विनोद में भाग लेना आरंभ कर दिया। रसोईघर का नियंत्रण पुनः कैदियों के हाथ में आ गया। राजनीतिक कैदियों को लेकर अधिकारियों में व्याप्त अलग मनोदशा धीरे-धीरे कम पड़ने लगी और उनसे सामान्य कैदियों की तरह व्यवहार किया जाने लगा। राजनीतिक कैदियों को भी सामान्य भोजन मिलने लगा।[33]

बटुकेश्वर दत्त ने अंडमान जेल में बंद अन्य क्रांतिकारियों, जैसे—विजय कुमार सिन्हा, जयदेव कपूर, शिव वर्मा, डॉ. गया प्रसाद, निरंजन सेन, बागेश्वर राय, गोपाल आचार्य आदि करीब 35 क्रांतिकारियों के साथ मिलकर कम्युनिस्ट कंसोलिडेशन की स्थापना की। जेल के अंदर हस्तलिखित पत्रिका का प्रकाशन तथा वाद-विवाद आदि कार्यक्रम भी आरंभ किए गए, जिसके मूल में भारत की आजादी ही थी। राजनीतिक बंदियों ने राजनीतिक गोष्ठियों में भाग लेना आरंभ कर दिया था। उन राजबंदियों के राजनीतिक गोष्ठियों के नेतृत्वकर्ता बटुकेश्वर दत्त, शिव वर्मा, डॉ. नारायण राय, जयदेव कपूर आदि थे।[34]

विजय कुमार सिन्हा इन गतिविधियों के आयोजन में अधिक सक्रिय रहते थे। उनका जन्म 17-1-1909 को कानपुर में हुआ था और उनके पिता का नाम मार्कंडेय दास था। वे क्राइस्ट चर्च कॉलेज में अध्ययन करते थे। जब वे हाई स्कूल में पढ़ते थे, उसी समय उनका संपर्क क्रांतिकारी संगठन के सदस्यों से हुआ और वे हिंदुस्तान रिपब्लिकन आर्मी के सक्रिय सदस्य बन गए। विजय कुमार सिन्हा, बटुकेश्वर दत्त एवं अजय घोष एक ही वर्ग में पढ़ते थे। लाहौर षड्यंत्र केस में भी उन्हें अभियुक्त बनाया गया और लगभग दो वर्षों तक वे भूमिगत रहे। बाद में लाहौर जेल में हुई भूख हड़ताल में भी उन्होंने भाग लिया था। उन्हें आजीवन कारावास की सजा मिली थी और उनका स्थानांतरण अंडमान

जेल में किया गया था। वहाँ पहुँचकर भी उन्होंने भूख हड़ताल में हिस्सा लिया। उनके भाई राजकुमार सिन्हा को काकोरी षड्यंत्र केस में अभियुक्त बनाया गया था। विजय कुमार सिन्हा को वर्ष 1937 में अंडमान से स्थानांतरित कर भारत की जेल में भेजा गया और वर्ष 1938 में उन्हें कारावास से मुक्त कर दिया गया; लेकिन वर्ष 1941-45 में उन्हें पुनः हिरासत में ले लिया गया था।[35]

13 नवंबर, 1933 को पुनः सर सैम्युअल होरे ने असेंबली में अपना वक्तव्य दिया कि अंडमान को शनैः-शनैः उन्मुक्त कॉलोनी का दर्जा दे दिया जाएगा और ऐसे ही कैदियों का स्थानांतरण वहाँ होगा, जो वहाँ जाना चाहते हैं; लेकिन वर्ष 1934 तक कैदियों की संख्या बढ़कर 200 से अधिक हो गई। 14 फरवरी, 1935 को गृह सदस्य ने पुनः असेंबली में भाषण दिया कि ऐसे क्रांतिकारी, जिन्होंने अपना अपराध स्वीकार कर लिया है और जिन्हें अंडमान जेल भेज दिया गया है, उनकी संख्या 237 है। उनमें बंगाल के 208, बिहार एवं उड़ीसा के 13, पंजाब के 7, मद्रास के 6 और दिल्ली के 3 कैदी हैं। वर्ष 1967 में उन कैदियों ने बंगाल में 'अंडमान एक्स पॉलिटिकल प्रिजनर्स फ्रेटरनिटी साइकिल' की स्थापना की और वर्ष 1932-38 के बीच में अंडमान में रहे कैदियों ने अपना संस्मरण भी पुस्तिका के रूप में प्रकाशित करवाया है। अंडमान में कैदियों की संख्यावत् स्थिति इस प्रकार है—

1910-20		**1932-1938**
38	बंगाल	332
11	उत्तर प्रदेश	09
81	पंजाब	03
00	बिहार	18
00	दिल्ली	1
00	मद्रास	3
03	महाराष्ट्र	0
कुल 133		**कुल 366**

लेकिन दुर्भाग्यवश, बहुत दिनों तक अधिकारियों के मन में ऐसी भावना नहीं रह सकी। एक वर्ष के अंदर ही अधिकारियों का व्यवहार पूर्ववत् ही हो गया और वे पुनः अपने पुराने रंग में आ गए। वर्ष 1934 में कैदियों का पहला जत्था अंडमान जेल पहुँचा। अंडमान जेल में पूर्व से बंद कैदी उन नए कैदियों से मिलना चाहते थे; लेकिन

अधिकारियों ने उनकी एक न सुनी और उनके नए कैदियों से मिलने पर सख्त पाबंदी लगा दी गई। पुराने कैदियों को उनके वार्ड में ले जाकर बंद कर दिया गया। पुराने कैदियों में से एक कैदी के निकट मित्र, जो नए कैदियों के झुंड में थे, अंडमान आए थे। स्वभावत: पुराने कैदियों को उनसे मिलने की इच्छा बलवती हुई, लेकिन वार्डर ने उनकी एक नहीं सुनी। वार्डर ने कैदियों को गालियाँ दीं और उनके साथ दुर्व्यवहार किया। शिकायत जेल अधीक्षक से की गई, परंतु जेल अधीक्षक ने बिना पूरी बात सुने अथवा दोनों पक्षों को सुने आदेश सुनाया कि शिकायत करने वाले पुराने कैदी को अलग ले जाकर एक वार्ड में अकेला बंद कर दिया जाए। जेल अधीक्षक के इस आदेश के विरोध में कैदियों ने जेल के कुछ अनुशासन का पालन करने से इनकार कर दिया।

विजय कुमार सिन्हा ने अपनी पुस्तक के अध्याय सात में इन घटनाओं का जिक्र करते हुए लिखा है कि "जेल अधीक्षक ने अनुशासन भंग करने वाले समस्त दोषी कैदियों को सजा सुना दी। श्रेणी-2 के समस्त कैदियों से सुविधाएँ छीन ली गईं और उन्हें श्रेणी-3 के कैदियों के समान सुविधाएँ मिलनी आरंभ हो गईं। कैदियों को मिलनेवाली सुविधाए, जैसे—सेल में प्रकाश, खेल की सुविधा, अखबार एवं पत्रिकाएँ पढ़ने की सुविधाओं को खत्म कर दिया गया। हम लोगों ने अपने प्रयास से कुछ पुरानी टूटी हुई कुरसियाँ एवं फर्नीचर पुस्तकालय में रखे। वार्ड में से लकड़ी की चारपाई को भी हटा दिया गया। उन चारपाइयों को कैदियों के सामने ही तोड़ डाला गया और उन्हें जला भी दिया गया। हम लोगों के एक वार्ड से दूसरे वार्ड में घूमने की आजादी को भी बंद कर दिया गया।"[36]

लेकिन कैदी भी जेल प्रशासन के दुर्व्यवहार के आगे झुकनेवाले नहीं थे। जेल अधीक्षक साप्ताहिक परेड के लिए जेल के अंदर आए। सामान्य शिष्टाचार के अनुसार कैदियों को जेल अधीक्षक के सम्मुख कतार में खड़ा होना था; लेकिन कैदियों ने ऐसा करने से साफ इनकार कर दिया और वे जेल के अंदर जेल अधीक्षक के समक्ष बैठ गए। जेल अधीक्षक ने पहले तो उन्हें बुरी तरह डाँटा, लेकिन कैदियों पर इसका कोई असर नहीं हुआ। जेल अधीक्षक ने इसमें अपना अपमान देख 60-70 मुस्टंडे सिपाहियों को बुलाया और उन्हें यह आदेश दिया गया कि किसी भी तरह इन कैदियों को परेड में खड़ा करवाया जाए; लेकिन मुस्टंडे सिपाही अपने उद्‌देश्य में सफल नहीं हो सके। इसके बाद जेल अधीक्षक ने अपना कार्यक्रम रद्‌द कर दिया और वे गुस्से में तमतमाए हुए जेल से बाहर चले गए।

कुछ दिनों के बाद नए जेल अधीक्षक ने योगदान किया। अपने पहले राउंड के बाद ही उन्हें यह एहसास हो गया कि जेल में अनुशासन की बहुत कमी है। उन्होंने इसका जिक्र अपने मातहतों से किया और यह भी कहा कि वे इस जेल में कैदियों को पाठ पढ़ाने आए हैं और उनका पहला उद्‌देश्य क्रांतिकारी कैदियों को पालतू बनाना है। विजय

कुमार सिन्हा ने अपनी पुस्तक 'अंडमान्स दि इंडियन बास्टाइल' के पृष्ठ 155 पर लिखा है कि ''नए जेल अधीक्षक दिन-प्रतिदिन कैदियों को मिलनेवाली सुविधाओं में कमी करते चले गए। कैदियों के सम्मुख लड़ाई के अलावा और कोई रास्ता नहीं रह गया था। जेल अधीक्षक के दुर्व्यवहार के विरोध में कैदियों ने तीन दिनों की भूख हड़ताल की।''

15 सितंबर, 1936 को एक कैदी ने अंडमान के मुख्य आयुक्त को अपना लिखित प्रतिवेदन दिया, जिसमें निम्न तथ्यों को समाहित किया गया था—

नए जेल अधीक्षक के आने के बाद अकारण कैदियों की कठिनाइयाँ बढ़ा दी गई हैं और प्रत्येक दिन कैदियों पर मनमाने ढंग से नई पाबंदियाँ लगाई जा रही हैं। हमें अपमानित करने एवं हमारा मान-सम्मान कम करने के लिए रोजाना नई-नई तरकीबें ढूँढ़ी जाती हैं और उन्हें अमल में लाया जाता है। कैदियों को पूर्व से जो सुविधाएँ प्राप्त थीं, उनमें लगातार कमी की जा रही है। अस्पताल में इलाज कराना दूभर एवं कष्टकारक हो गया है। मुख्य चिकित्सा पदाधिकारी ही जेल अधीक्षक के प्रभार में हैं और जब अस्पताल में कोई कैदी अपना इलाज कराने के लिए जाते हैं तो वे सहानुभूतिपूर्वक इलाज करने के बदले उन्हें कई प्रकार की प्रताड़ना देते हैं। हम लोग पिछले कई वर्षों से यहाँ दुर्गा-पूजा का आयोजन किया करते थे; लेकिन इस बार अकारण हमें ऐसा करने से रोक दिया गया है। हम लोगों के समक्ष भीषण जल संकट उत्पन्न हो गया है। पूर्व में हमें ऐसा अधिकार प्राप्त था कि हम अपने मित्रों एवं संबंधियों को पत्र लिख सकते थे और वहाँ से भी हमें पत्र आ सकता था; लेकिन अब ऐसा करने से मना कर दिया गया है। उत्तर प्रदेश की जेलों में भी हमें विभिन्न प्रकार के अखबार, जिनमें 'द स्टेट्समैन' शामिल था, पढ़ने को दिए जाते थे; लेकिन हमें यहाँ इन सुविधाओं से भी वंचित कर दिया गया है। रसोईघर की व्यवस्था में नित्य नई प्रकार की समस्याएँ आ रही हैं। कैदियों ने अपनी भूख हड़ताल आरंभ कर दी; लेकिन भूख हड़ताल के दूसरे दिन ही अंडमान में नए मुख्य आयुक्त ने कार्यभार सँभाला और साथ ही जेल में नए मुख्य चिकित्सा पदाधिकारी ने भी कार्यभार सँभाला। कैदियों एवं प्रशासन के बीच वार्त्ता हुई और एक सम्मानजनक बिंदु पर आकर भूख हड़ताल समाप्त हुई।[37]

लेकिन एक बार पुनः कैदियों को कठिनाइयों का सामना करना पड़ा और जैसा कि हमेशा से होता आया था, इस बार भी चिकित्सा व्यवस्था में कमी के कारण कैदियों में असंतोष बढ़ा। कई कैदियों को आँख एवं दाँत से संबंधित व्याधियाँ थीं। कई कैदियों को तपेदिक रोग भी था; लेकिन चिकित्सकों ने उनके उपचार में कोई दिलचस्पी नहीं दिखाई और उलटे उनके साथ भेदभावपूर्ण व्यवहार किए गए।

कैदियों को आपूर्ति किए जानेवाले राशन की गुणवत्ता अत्यंत ही घटिया थी। कैदियों को तीन दिन के अंतराल पर मछली की आपूर्ति किए जाने का प्रावधान था; लेकिन

उसमें लगातार कमी की जा रही थी। इसकी शिकायत की गई, लेकिन इसके प्रत्युत्तर में जेल अधिकारियों ने अखिल भारतीय खाद्य संस्थान, कन्नूड़ द्वारा जारी विज्ञप्ति की ओर ध्यान दिलाया, जिसमें कहा गया था कि मछली में जितने पौष्टिक तत्त्व पाए जाते हैं, उतने ही पौष्टिक तत्त्व मूँगफली में भी पाए जाते हैं। कैदियों को मछली की आपूर्ति बंद कर दी गई और इसके बदले उन्हें सड़ी-गली, कीड़ों द्वारा नष्ट की हुई मूँगफली की आपूर्ति की जाने लगी। जेल में अनुशासन भंग करने पर कैदियों को संचार सुविधा से वंचित करने, अखबार व पत्र-पत्रिका पढ़ने, खेल की सुविधा बंद होने, एक वार्ड से दूसरे वार्ड में घूमने पर पाबंदी लगा दी जाती थी। इतना ही नहीं, यदि कैदियों को जेल से छूटने का आदेश भी होता था तो अनुशासन भंग करने के नाम पर उनकी सजा बढ़ा दी जाती थी। जेल अधिकारियों के दुर्व्यवहार के विरोध में कैदियों ने दुर्गा-पूजा मनाना बंद कर दिया। अनुशासन भंग करने की स्थिति में कैदियों को नंगा कर दिया जाता था और उन पर कोड़े बरसाए जाते थे। यह कैदियों के लिए शर्मनाक एवं अमानवीय स्थिति होती थी। अधिकतर कैदी किसी-न-किसी प्रकार की गंभीर बीमारी से ग्रसित थे। कई कैदी तो जेल अधिकारियों के दुर्व्यवहार के कारण पागल तक हो गए।[38]

इसके बाद तीन वर्षों तक कैदियों एवं अधिकारियों के बीच विभिन्न मुद्दों पर तकरार, झगड़ा, भूख हड़ताल का क्रम चलता रहा। कैदियों ने अपने इस अधिकार को छिनने से बचा लिया, जिनमें पुस्तकें व पत्रिकाएँ पढ़ने तथा कैदियों के आपस में विचार-विमर्श का अधिकार भी था। इस प्रकार कैदियों को भारतवर्ष में हो रही विभिन्न घटनाओं की जानकारी भी मिलनी आरंभ हो गई और वरिष्ठ एवं अनुभवी कैदियों ने आपसी बातचीत के माध्यम से राजनीतिक चेतना के बारे में जानकारी देना भी आरंभ कर दिया। राजनीतिक कैदियों को विश्व भर में हो रही राजनीतिक घटनाओं की जानकारी मिलनी भी आरंभ हो गई। इसके पूर्व वे क्रांतिकारी संगठनों की काररवाइयों के बारे में अनजान थे। अब उन्हें इस बात का मौका मिल गया कि वे आजादी के ताने-बाने को फिर से कैसे बुनें और दूसरी तरफ क्रांतिकारी संगठनों के कार्यों का एक तरह से उन्हें मूल्यांकन करने का मौका भी मिल गया। जब भी कैदियों को मौका मिलता, वे एक-दूसरे से मिलते और स्वतंत्रता आंदोलन के संबंध में चर्चा करते।

इस परिचर्चा का भारतीय स्वाधीनता आंदोलन पर बहुत बड़ा प्रभाव पड़ा। क्रांतिकारी कैदी यह मानने लगे कि मात्र क्रांतिकारी गतिविधियों के आधार पर अंग्रेजी सरकार को भारत से निकाल फेंकना संभव नहीं है और स्वाधीनता इस रास्ते से कठिन भी है। उन्हें यह महसूस होने लगा था कि जब तक भारत की आम जनता को स्वाधीनता आंदोलन के साथ नहीं जोड़ा जाएगा, आजादी लगभग असंभव है। उन्हें यह लगने लगा था कि अभी तक स्वाधीनता संग्राम के साथ भारत की आम जनता को न तो जोड़ा गया है और न ही

जोड़ने का प्रयास किया गया है। अंडमान जेल में हुई परिचर्चा का असर यह भी हुआ कि अब क्रांतिकारी अपने नए रास्ते की तलाश करने लगे थे। जब उन कैदियों की अंडमान से रिहाई हुई तो उनमें से अनेक ने कम्युनिस्ट पार्टी के कार्यों से अपने को संबद्ध कर लिया। इसका एक बड़ा कारण यह था कि अंडमान जेल में उपलब्ध कराई गई अधिकतर पुस्तकें तत्कालीन विश्व मानचित्र पर कम्युनिस्ट आंदोलनों से ही संबंधित थीं।[39]

वर्ष 1935 के बाद भारतीय राजनीति एवं प्रशासनिक व्यवस्था में परिवर्तन का दौर आरंभ हो गया। भारत सरकार अधिनियम, 1935 पारित हो गया था और इसके बाद राज्यों में चुनाव का दौर आरंभ हो गया। नौ राज्यों में कांग्रेस को बहुमत प्राप्त हुआ और कांग्रेस समर्थित दलों की सरकार भी बनी। राज्य सरकार को कई मामलों में दिए गए अधिकारों में वृद्धि की गई। कांग्रेस पार्टी काफी वर्षों से अंडमान जेल में बंद कैदियों के पक्ष में आवाज उठाती रही थी और कांग्रेस पार्टी की यह पुरानी माँग रही थी कि वर्ष 1932 के बाद अंडमान में बंद कैदियों को रिहा किया जाए। विधानसभा में निर्दलीय एवं अन्य सदस्यों ने भी कांग्रेस पार्टी की इस माँग के साथ सुर में सुर मिलाया और विधानसभा में मुखर होकर यह माँग रखी गई कि अंडमान जेल में बंद राजनीतिक कैदियों को भारतवर्ष की जेलों में स्थानांतरित किया जाए।[40]

भारत सरकार चाहती थी कि राज्य सरकार के साथ अधिक-से-अधिक सामंजस्य स्थापित किया जाए और इस हेतु सत्याग्रही कैदियों को जेल से रिहा कर दिया जाए। वॉइसराय लॉर्ड लिनलिथगो और कांग्रेस के मुख्य नेताओं के बीच कई दौर की वार्त्ताएँ हुईं। फलस्वरूप सात प्रांतों में कांग्रेस ने अपनी सरकार का गठन किया। कांग्रेस की माँगों में अंडमान से क्रांतिकारी कैदियों की मुख्य भूमि पर वापसी भी एक माँग थी।

वर्ष 1934 में हुए कांग्रेस अधिवेशन में कांग्रेस के एक धड़े ने कम्युनिस्ट दर्शन से प्रभावित होकर अपनी बात को रखना आरंभ कर दिया था और इसी वर्ष ऑल इंडिया पीजेंट्स ऑर्गेनाइजेशन एवं ऑल इंडिया स्टुडेंट्स फेडरेशन की स्थापना हुई। हालाँकि इन सब घटनाओं के बारे में अंडमान जेल में कैदियों को प्रत्यक्ष रूप से जानकारी नहीं थी, लेकिन देश में राजनीतिक बयार में परिवर्तन तो होने ही लगा था।

वर्ष 1936 में कांग्रेस पार्टी ने अपना घोषणा-पत्र जारी किया और उसमें जेल प्रशासन में सुधार के बारे में बातें की गईं। जेलों में राजनीतिक बंदियों के साथ व्यवहार का प्रश्न अंग्रेजी सरकार की एक पुरानी समस्या रही है। माँग की गई कि उसमें सुधार किया जाए और उसे मानवीय बनाने के लिए प्रयत्न किया जाना चाहिए। बंदियों के साथ मानवीय तथा उचित ढंग से व्यवहार किया जा सके, इसके लिए जेल प्रशासन के संपूर्ण आधार को बदलना आवश्यक है।[41]

28 अप्रैल, 1936 को भारत सरकार के गृह सचिव सर हेनरी क्रेक को अंडमान के

कैदियों ने अपनी सारी कठिनाइयों का जिक्र करते हुए एक आवेदन दिया और इसी वर्ष सर हेनरी क्रेक ने अंडमान जेल के अंदर की घटनाओं, विशेषकर राजनीतिक कैदियों की स्थिति की जानकारी लेने के लिए अंडमान जेल का भ्रमण किया। अपने आवेदन में कैदियों ने जिक्र किया कि भारत की आजादी के आंदोलन में भाग लेनेवाले राजनीतिक कैदियों पर से दमनकारी कानून हटाया जाए तथा उन्हें जेल से मुक्त किया जाए, ताकि वे राजनीतिक आंदोलनों में अधिक-से-अधिक भाग ले सकें। अपने आवेदन में कैदियों ने यह भी कहा कि आम जनता की इच्छा-शक्ति के कारण ही अंग्रेज अधिकारी भारत में शासन कर रहे हैं और यह आम जनता की इच्छा ही है कि उन्हें रिहा किया जाए। कैदियों ने यह भी माँग रखी कि राजनीतिक कैदियों को श्रेणीबद्ध किए जाने की परंपरा पर भी ध्यान आकृष्ट किया जाए। कैदियों ने आवेदन में अंडमान जेल में व्याप्त अराजकता, तानाशाही, बंदी जीवन के कष्टों के बारे में पूर्ण विवरण पेश किया। कैदियों द्वारा भारत सचिव को भेजे गए आवेदन-पत्र ही कैदियों के भारतवर्ष की जेलों में स्थानांतरण के आधार बने।

जुलाई 1937 के बाद भारत के राजनीतिक घटनाक्रम में तेजी से परिवर्तन आया और कांग्रेस पार्टी द्वारा कई राज्यों में सरकार का गठन किया गया। इसके साथ ही अंडमान के राजनीतिक कैदियों की स्थिति में भी परिवर्तन आने की सुगबुगाहट आरंभ हो गई। अंडमान में बंद राजनीतिक कैदियों ने पुस्तकालय में उपलब्ध राजनीति-शास्त्र, इतिहास व अर्थशास्त्र की किताबों का गहन अध्ययन किया था; लेकिन ऐसा करते-करते वे ऊब चुके थे। वे अन्य कैदियों के साथ इन सब विषयों पर चर्चा करते-करते भी थक-से गए थे। इस बीच स्पेन, फ्रांस और अबीसीनिया आदि देशों में लोग अपने देश की आजादी के लिए लगातार संघर्ष कर रहे थे और उनके संघर्ष की गाथा भी छन-छनकर अंडमान जेल में बंद उन कैदियों तक आती रहती थी। उनके दिलों में इसके लिए छटपटाहट थी कि जिस समय भारतवर्ष के हजारों भूखे-नंगे-निहत्थे लोग अपनी भावना को वोट के माध्यम से व्यक्त करने के लिए मतदान केंद्रों तक गए, उस समय आजादी के ये प्रमुख सेनानी अपने को अंडमान जेल में बंद किए हुए थे। उन्हें यह बात समझ में नहीं आ रही थी कि उन्हें क्या करना चाहिए।

इसी सोच के अधीन कैदियों ने 9 जुलाई, 1937 को वॉइसराय को आवेदन प्रेषित किया।[42]

आवेदन में पुनः इस बात का जिक्र किया गया कि भारत की आजादी के लिए जिन लोगों ने प्रयास किया, उन्हें आज अंडमान जेल में निरुद्ध किया गया है। आवेदन में वॉइसराय का ध्यान उनके एवं भारत सचिव के इस बयान की ओर आकृष्ट किया गया, जिनमें प्रशासन का उद्देश्य एवं जनता के साथ सद्भाव की स्थिति का जिक्र किया

गया था। आवेदन में वर्ष 1818 रेग्युलेशन-III के अधीन पारित बंगाल एवं असम के क्रिमिनल लॉ अमेंडमेंट एक्ट की विभिन्न धाराओं का उल्लेख किया गया, जिनके अंदर बिना कोर्ट में पेशी किए हुए लगभग 2,500 से अधिक कैदियों को विभिन्न जेलों के अंदर रखा गया है। इसी क्रम में 400 से अधिक राजनीतिक कैदियों को वर्ष 1932 के बाद अंडमान जेलों में बंद करके रखा गया है और वर्तमान में जिनकी संख्या 300 है। आवेदन में माँग की गई कि भारत के लोगों की यह इच्छा है कि अंडमान में बंद कैदियों को शीघ्र रिहा किया जाए। आवेदन में कैदियों की माँग को राष्ट्रीय माँग का दर्जा दिया गया और यह भी माँग की गई कि अंडमान में कैदियों के स्थानांतरण की व्यवस्था को हमेशा के लिए खत्म कर दिया जाए।[43]

गृह सचिव सर हेनरी क्रेक ने अंडमान का दौरा किया; लेकिन जब वह वापस भारत लौटे तो उन्होंने कहा कि अंडमान जेल में स्थिति बहुत अच्छी है। कैदियों को कोई खास असुविधा नहीं है। उन्होंने अंडमान जेल को 'कैदियों के स्वर्ग' की संज्ञा दी। वहाँ के कैदी सिर्फ अपनी रिहाई चाहते हैं। असेंबली में उठाए गए मुद्‌दों का जवाब देते हुए उन्होंने इन बात से इनकार किया कि अंडमान जेल में कोई भी कैदी गंभीर बीमारी से पीड़ित है।[44]

उन्होंने इस तथ्य को असेंबली में छुपा लिया कि बीमारी के कारण ही कई कैदियों को भारत में अवस्थित जेलों में स्थानांतरित किया गया है। इस प्रकार सर हेनरी क्रेक ने अंडमान जेल की जैसी स्थिति का वर्णन किया, वस्तुत: ठीक उसके विपरीत वहाँ स्थिति थी। अंडमान जेल में नारकीय स्थिति थी, जबकि वहाँ की स्थिति में बताया गया कि यह तो कैदियों के स्वर्ग के समान है।[45]

सर हेनरी क्रेक द्वारा जिस शब्दजाल से अंडमान जेल की स्थिति का वर्णन किया गया था, साफ जाहिर था कि उस पर भारतीय जनता को बिल्कुल ही विश्वास नहीं हुआ। असेंबली में एक सदस्य ने प्रतिवाद करते हुए कहा कि जब वहाँ की स्थिति इतनी सुंदर हो गई है तो फिर भारत की राजधानी दिल्ली के बदले पोर्ट ब्लेअर कर दी जानी चाहिए।[46]

असेंबली में उनकी बातों पर अविश्वास जताया गया और असेंबली के बाहर भारतीय जनता के कई समूहों ने उस पर प्रतिक्रिया व्यक्त करते हुए उसे छलावा बताया। असेंबली सदस्यों ने सरकार के सम्मुख माँग रखी कि सदस्यों की एक समिति अंडमान जेल के दौरे पर जानी चाहिए। सरकार को सदस्यों की बात माननी पड़ी और दो सदस्यगण—रायजादा हंसराज (कांग्रेस) और मोहम्मद यामीन खान (मुसलिम लीग) ने अक्तूबर 1936 में पोर्ट ब्लेअर का दौरा किया।[47] अंडमान के कैदियों ने इस अवसर का लाभ उठाया और उन्होंने 13 अक्तूबर, 1936 को एक विस्तृत आवेदन उन सदस्यों के माध्यम से भारत सरकार को प्रेषित किया।[48] वह आवेदन 28 अप्रैल, 1936 को भेजे

गए आवेदन का ही दूसरा रूप था। कैदियों ने भारत सरकार के समक्ष आवेदन रखा, जिसमें साफ तौर पर वर्णन किया गया था कि वे भारत के लिए समर्पित हैं और उनकी माँग भारत में रहनेवाली जनता की माँग है।

13 अक्तूबर, 1936 को ही अंडमान के 239 कैदियों के हस्ताक्षर से एक स्मार पत्र रायजादा हंसराज और एम. यामीन खान वाले दो सदस्यीय प्रतिनिधिमंडल को सौंपा गया, जिसमें अंडमान जेल की स्थिति के बारे में विस्तार से वर्णन किया गया था। सर हेनरी क्रेक द्वारा कहे गए शब्दों का उपहास उड़ाते हुए उन कैदियों ने अंडमान की स्थिति का वर्णन कैदियों के लिए नरक के रूप में किया। उन्होंने अपने आवेदन में कहा कि एक ओर जहाँ सरकार इस बात पर जोर देती रही है कि वह अंडमान जेल के कैदियों की संख्या में निरंतर कमी करेगी, वहीं दूसरी ओर वर्ष 1932 से लगातार हाथों में हथकड़ियाँ एवं डंडा-बेड़ी डाले हुए कैदियों की संख्या में लगातार वृद्धि होती ही जा रही है और अब यह संख्या बढ़कर 310 हो गई है। यहाँ कैदियों की स्थिति बहुत ही खराब है। लोग प्रतिदिन इंच-दर-इंच मृत्यु की ओर बढ़ रहे हैं और अब तक 55 कैदियों की मृत्यु हो चुकी है। उन्होंने अपने आवेदन में तीनों भूख हड़ताली कैदियों की स्थितियों का वर्णन किया। उन्होंने वर्णन किया कि आठ कैदियों को भारतभूमि की जेलों में इस कारण मरने के लिए भेज दिया गया, क्योंकि उन्हें तपेदिक रोग हो गया था। आठ व्यक्ति अभी भी अंडमान जेल में ही हैं, जबकि उन्हें तपेदिक रोग है। चार कैदी अन्य गंभीर बीमारियों से ग्रसित हैं। गंभीर रोग से ग्रसित होने के कारण बारह कैदी मरने के करीब हैं।

रोग की स्थिति के बारे में प्रतिवेदन में उल्लेख किया गया कि अपच, अजीर्ण एवं दस्त सामान्य बीमारी है।[49] मलेरिया और इन्फ्लुएंजा भी सामान्य बीमारी है और शायद ही कोई हो, जिसे यह बीमारी नहीं हो। राजनीतिक कैदियों में करीब एक-तिहाई ऐसे हैं, जो आँख की बीमारी से ग्रसित हैं, जिनमें से शिव वर्मा की हालत अत्यंत ही दयनीय है। करीब एक-तिहाई ऐसे हैं, जिन्हें पायरिया की बीमारी है और उनका इलाज भी अत्यंत ही बेरुखी से किया जाता है। अधिकतर कैदियों का वजन लगातार घट रहा है। धीमे बुखार से पीड़ित कैदियों के इलाज के बारे में डॉक्टरों का कहना है कि इसका इलाज संभव नहीं है। डॉक्टरों के अनुसार, अंडमान में खराब जलवायु, अत्यधिक वर्षा, दूषित जलापूर्ति, स्नान करने योग्य पानी का अभाव सामान्यतया होने के कारण यहाँ के लोगों का स्वास्थ्य काफी खराब रहता है। लोगों को खाने के लिए शुद्ध एवं पर्याप्त व्यवस्था नहीं है। लोग वर्षा के पानी को जमा कर रखते हैं और उसी से उनका सामान्य जीवन चलता है। इस कारण पेट की समस्या, कब्ज, डिसेंट्री, कृमि रोग आदि बीमारी से अधिकतर लोग ग्रसित रहते हैं।

आवेदन में कहा गया कि श्रेणी तीन के राजनीतिक कैदियों की स्थिति सबसे दयनीय

है। उन्हें खाने के लिए पर्याप्त सामग्री की आपूर्ति नहीं होती है। इस वर्ग के कैदियों को अलग रखने की व्यवस्था नहीं होने के कारण उन्हें अधिक कठिनाई होती है। जिन कैदियों को भारत भेजा गया है, उनमें से अधिकतर राजनीतिक कैदी ही हैं, जो तपेदिक की बीमारी से ग्रसित थे। कैदियों को सांसारिक जगत् से एकदम अलग रखा जाता है और पिछले पाँच वर्षों में पाँच अवसर ही ऐसे आए, जब राजनीतिक कैदियों को उनके संबंधियों से मिलने की अनुमति दी गई थी। उन्हें अपने संबंधियों एवं मित्रों को पत्र लिखने की आजादी नहीं है और वे अपने लिए अपने मित्र एवं संबंधियों के सामने पैसा, पुस्तक अथवा दवा के बारे में लिख सकते हैं। सर हेनरी क्रेक महोदय ने असेंबली में बयान दिया है कि अंडमान के कैदियों को बहुत सारी सुविधाएँ दी जा रही हैं। उनमें से कई सुविधाएँ तो ऐसी हैं, जो भारतीय जेल में रहनेवाले कैदियों को भी उपलब्ध नहीं हैं; लेकिन हेनरी क्रेक के बयान में सच्चाई का अभाव है। ये सुविधाएँ उन कैदियों को मिलती हैं, जो जेल के बाहर, लेकिन अंडमान में रहते हैं। अंडमान जेल की स्थिति बहुत ही खराब है। वहाँ पर पुस्तकालय के लिए जो निधि दी गई है, उसका उपयोग पुरानी पुस्तकों को खरीदने के लिए किया जाता है। भारतीय जेलों में कैदियों को समाचार-पत्र पढ़ने की सुविधा दी जाती है; परंतु अंडमान में इन चीजों पर प्रतिबंध है, यहाँ तक कि यदि कैदी अपने संबंधियों से माँगे गए पैसों से अखबार पढ़ना चाहें तो भी वे वैसा नहीं कर सकते हैं। आवेदन में पुनः सर हेनरी क्रेक द्वारा कैदियों को फुटबॉल खेलने की व्यवस्था का जिक्र किए जाने का उपहास उड़ाते हुए कहा गया कि 300 कैदियों को खेलने के लिए एक फुटबॉल है, जिसमें दर्जनों चिप्पियाँ हैं और इतने कैदियों को खेलने के लिए फुटबॉल मैदान का आकार टेनिस कोर्ट जैसा ही है।[50] स्थानीय समाचार-पत्रों के माध्यम से कैदियों को ज्ञात हो चुका था कि 13 अक्तूबर, 1936 को सदस्य श्री एल.के. मित्रा द्वारा उठाए गए विषय पर जवाब देते हुए पुनः हेनरी क्रेक ने कैदियों द्वारा सुनाए गए वृत्तांत को कपोल-कल्पना करार दिया। इसके जवाब में कैदियों ने पुनः अंडमान दौरे पर आई दो सदस्यीय समिति को 18 अक्तूबर, 1936 को एक ज्ञापन दिया।[51]

उस ज्ञापन में कहा गया कि हेनरी क्रेक महोदय ने असेंबली में बताया है कि अंडमान के कैदियों के अच्छे स्वास्थ्य का कारण वहाँ की समुचित चिकित्सा व्यवस्था है, जिसकी संपूर्ण व्यवस्था सरकार द्वारा की गई है और सरकार को इसके लिए धन्यवाद दिया जाना चाहिए; लेकिन वस्तुस्थिति इससे अलग है। जिन राजनीतिक कैदियों को तपेदिक की बीमारी हो गई है, वे अस्पताल में इलाज के लिए भरती हैं और कोई भी चिकित्साकर्मी, चाहे डॉक्टर हो या अन्य, कई गज की दूरी से ही उनका इलाज करते हैं। कोई उनके नजदीक तक नहीं जाता। सर हेनरी क्रेक के उस बयान का भी उपहास उड़ाया गया, जिसमें कहा गया था कि जितने कैदी अंडमान भेजे गए हैं, उनका स्वास्थ्य

अंडमान आने के पूर्व से ही खराब था। कैदियों ने अपने आवेदन में कहा कि उन सब कैदियों के स्वास्थ्य की जाँच अंडमान भेजे जाने के पूर्व भारत में जेल के डॉक्टरों द्वारा की गई थी। आवेदन में यह भी कहा गया कि क्रेक महोदय ने जेल के अंदर आने की जहमत भी नहीं उठाई, ताकि वे देख सकते कि राजनीतिक कैदी सेल के अंदर किस प्रकार रहते हैं और इतनी भीषण गरमी में भी उनके लिए प्रकाश तक की व्यवस्था नहीं की गई है। क्रेक साहब ने जो प्रतिवेदन दिया है, उसका संबंध सच्चाई पर आधारित नहीं है। जिन लोगों ने अंडमान जेल के अंदर जाकर स्थिति का अवलोकन किया है, वे सच्चाई से पूर्णतः अवगत हो गए हैं।

इन चीजों का असर व्यवस्था पर बहुत गंभीर रूप से पड़ा। कैदियों के लिए आम माफी की योजना बनाई जाने लगी, जिनमें राजद्रेह के कैदी भी थे। कैदियों के ऊपर लगाए गए सभी तरह के प्रतिबंधों को उठाने पर भी सहमति बनने के आसार दिखने लगे।

राजनीतिक कैदियों ने राज्यों के नव-निर्वाचित प्रधानमंत्री एवं मंत्रियों तक अपना संदेश भिजवाया। उस संदेश में भी कैदियों ने वॉइसराय को भेजे गए अपने आवेदन में नई राज व्यवस्था का, कांग्रेस पार्टी का घोषणा-पत्र एवं भारतीय शासन अधिनियम, 1935 के विभिन्न उपबंध सहित आम जनता की राष्ट्रीय माँग पर विचार करने तथा उसे तत्काल प्रभाव से लागू करने की माँग की।

विजय कुमार सिन्हा ने अपनी पुस्तक में इस बात का जिक्र किया है कि जब हम लोगों ने अपनी माँग विभिन्न राज्यों के प्रधानमंत्रियों के समक्ष रख दी, उसके बाद इन माँगों को कार्यान्वित करने के लिए हम लोगों ने भूख हड़ताल आरंभ की। हड़ताली कैदियों का मानना था कि यदि भूख हड़ताल पर रहे कैदियों को पुनः बलात्पान कराया जाएगा और यदि इस क्रम में किसी की मृत्यु होती है तो सरकार के इस असंवैधानिक कृत्य के विरुद्ध पूरा भारत उठ खड़ा होगा। 7 जुलाई, 1937 को कांग्रेस-शासित राज्यों के प्रधानमंत्रियों ने शपथ ग्रहण की और 18 जुलाई, 1937 को कैदियों ने भूख हड़ताल पर जाने के संबंध में वॉइसराय को अपना नोटिस भिजवा दिया।[52]

नोटिस में जिक्र किया गया कि इससे पूर्व 9 जुलाई को आवेदन दिया गया था, जिस पर कोई काररवाई नहीं की गई। यदि 24 जुलाई तक सकारात्मक काररवाई की सूचना प्राप्त नहीं होती है तो 24 जुलाई, 1937 से ही भूख हड़ताल आरंभ की जाएगी।

23 जुलाई, 1937 को अंडमान के मुख्य आयुक्त अंडमान जेल के अंदर गए और कैदियों के साथ वार्त्ता की। उन्होंने बताया कि सरकार की ओर से सूचना आ गई है और सरकार की यह इच्छा कदापि नहीं है कि सभी कैदियों को आम माफी दी जाए। यदि कैदी भूख हड़ताल पर जाते हैं तो उनके विरुद्ध जेल अधिनियम के तहत काररवाई की जाएगी। श्रेणी-विहीन, निर्वासन, विशेष सुविधा से वंचित किया जाना, खेल, प्रकाश

एवं समूह वार्त्तालाप की सुविधा से भी उन्हें वंचित कर दिया जाएगा। मुख्य आयुक्त ने दो-टूक शब्दों में कहा कि कैदियों को राजनीतिक गतिविधियों में भाग लेने की छूट नहीं दी जा सकती है और इसी कारण उन्होंने राज्यों के प्रधानमंत्रियों को भेजे गए आवेदन को अग्रसारित नहीं किया है। इन सब बातों का जिक्र करते हुए मुख्य आयुक्त ने कैदियों से अनुरोध किया कि वे भूख हड़ताल पर जाने का अपना इरादा छोड़ दें, अन्यथा उन्हें कैदियों को नियमानुसार दंडित करने के लिए बाध्य होना पड़ेगा।

विजय कुमार सिन्हा ने अपनी पुस्तक में लिखा कि मुख्य आयुक्त की चेतावनी का कैदियों पर कोई असर नहीं पड़ा और उनकी बातों को सुनकर कैदी मुसकराने लगे। कैदियों का मानना था कि देशवासियों के साथ होने के लिए किसी के प्रमाण-पत्र की आवश्यकता नहीं है। राष्ट्रीय स्वाधीनता संग्राम में भाग लेना हरेक देशवासी का कर्तव्य है और कोई भी उन्हें इन चीजों से वंचित नहीं कर सकता है। राजनीतिक कैदी सरकार के इस आचरण का विरोध करते हैं और इसे कतई बरदाश्त नहीं किया जा सकता है।[53]

मुख्य आयुक्त के जाने के बाद कैदियों ने भूख हड़ताल पर जाने की अपनी प्रतिबद्धता दोहराई। रसोईघर प्रबंधन समिति की ओर से कैदियों के लिए सहभोज का आयोजन किया गया। यह आयोजन इस बात का द्योतक था कि इनमें से कई लोग मृत्यु का वरण कर रहे हैं और उनके साथ यह अंतिम भोजन है। सहभोज के बाद देशभक्ति गीत का भी गान हुआ।[54]

24 जुलाई, 1937 से भूख हड़ताल आरंभ हो गई, जिनमें कुल 183 कैदियों ने भाग लिया। कैदी अपने सेल में बैठकर पुस्तकें पढ़ते रहते थे; लेकिन कुछ दिनों के बाद ही उनसे यह अधिकार भी छीन लिया गया और अब जेल में सिर्फ धार्मिक पुस्तकें ही उपलब्ध थीं।

अंडमान जेल में बटुकेश्वर दत्त के नेतृत्व में दूसरी बार 24 जुलाई, 1937 को भूख हड़ताल शुरू हुई। उनके साथ बिहारी बंदी भी भूख हड़ताल में शामिल हो गए। देश भर में हंगामा मच गया। अंडमान में तब बंगाल के 339, बिहार के 19, उत्तर प्रदेश के 11, असम के 5, पंजाब के 3, दिल्ली के 2 और मद्रास के 2 बंदी थे। बंदियों के स्वास्थ्य को लेकर विधानसभाओं में सवाल पूछे जाने लगे। बंगाल के मुख्यमंत्री ने नेताओं को पत्र लिखा। बिहार विधानसभा में भी अंडमान के बंदियों की भूख हड़ताल को लेकर सवाल पूछे गए। प्रधानमंत्री श्रीकृष्ण सिंह ने इस संबंध में पोर्ट ब्लेअर और केंद्र सरकार को पत्र लिखा। भूख हड़ताल के समय बिहार के 19 कैदी थे।[55]

कैप्टन चौधरी अंडमान जेल के वरिष्ठ चिकित्सा पदाधिकारी थे और कैदियों के लिए यह दुर्भाग्यपूर्ण था कि वे अपने कर्तव्य के प्रति अत्यधिक सचेत रहते थे। उन्होंने अपने कनिष्ठ सहयोगियों से बलात्पान जैसे विषय पर गंभीर मंत्रणा की और सहयोगियों

को चेतावनी भी दे डाली कि जिस प्रकार वर्ष 1933 में बलात्पान के दौरान कैदियों की मृत्यु हुई थी, वैसी किसी प्रकार की घटना इस बार नहीं होनी चाहिए। अब कैदियों को यह बात समझ में आ गई कि कैप्टन चौधरी उनमें से किसी कैदी को मरने नहीं देंगे; लेकिन भारत में कैदियों के प्रति जज्बात में तब ही वृद्धि हो सकती है, जब उनमें से किसी कैदी की बलात्पान के दौरान मृत्यु हो जाए। उन्होंने इसका हल भी ढूँढ़ निकाला। पहले तपेदिक, अस्थमा, अस्थिरोग से पीड़ित रोगियों को भूख-हड़ताल पर आने की मनाही की गई थी। विचारोपरांत ऐसे कैदियों की माँग को भी स्वीकार कर लिया गया। अब भूख हड़ताल पर गए कैदियों की संख्या बढ़कर 230 हो गई, अर्थात् राजनीतिक कैदियों की कुल संख्या 290 में से 230 कैदी भूख हड़ताल पर चले गए।

जेल अधिकारियों ने कैदियों की भूख हड़ताल से निबटने की पूरी तैयारी कर रखी थी। उन्होंने कैदियों को अतिरिक्त कंबल, अतिरिक्त ग्लूकोज की आपूर्ति, ब्रांडी, अतिरिक्त अंडा, पीने का पानी एवं नहाने के लिए गरम पानी की व्यवस्था कर रखी थी; लेकिन अधिकारियों की तत्परता के कारण किसी भी कैदी की मृत्यु नहीं हुई।

30 जुलाई, 1937 को भारत सरकार द्वारा एक विज्ञप्ति प्रकाशित की गई, जिसमें अंडमान जेल में बंद कैदियों के परिजनों, संबंधियों एवं इष्ट मित्रों द्वारा दिए गए वक्तव्य को प्रकाशित किया गया। उसमें कहा गया था कि अंडमान के कैदियों को भूख हड़ताल समाप्त कर देनी चाहिए; लेकिन महिलाओं व छोटी बच्चियों द्वारा की गई अपील का बहुत गहरा असर उन भूख हड़तालियों पर पड़ा। हालाँकि उन्होंने तार द्वारा सूचित किया कि कैदियों के बारे में चिंता करने की आवश्यकता नहीं है।[56]

लेकिन अंडमान में कैदियों द्वारा की जा रही भूख हड़ताल का असर देश की विभिन्न जेलों में बंद अन्य कैदियों पर भी पड़ा और उनके समर्थन में वे लोग भी आ गए। फैयाजुल हक को अंडमान जेल के एक कैदी ने तार भेजा था और उस तार के कारण फैयाजुल हक ने बंगाल में एक बड़ा जुलूस निकाला, जिसके समर्थन में अनेक लोग आए। फैयाजुल हक ने बंगाल सरकार को भी तार द्वारा इसकी सूचना दी और माँग की कि इन राजनीतिक कैदियों को अंडमान जेल से रिहा किया जाए। भारत सरकार ने पुनः दूसरी विज्ञप्ति 12 अगस्त, 1937 को निकाली, जिसमें कहा गया कि भूख हड़ताल पर गए कैदियों की जिद के कारण यह स्थिति उत्पन्न हुई है और भारत सरकार इसके पक्ष में नहीं है कि कैदियों को आम रिहाई दी जाए। यदि यह माँग मान ली जाती है तो इसका असर भारत की विभिन्न जेलों में बंद अन्य कैदियों पर भी पड़ेगा और वे भी इसी तरह की माँग मानने के लिए दबाव डालना आरंभ कर देंगे। भारत सरकार ने यह भी स्पष्ट किया कि जब तक अंडमान के कैदी भूख हड़ताल पर रहेंगे, उनके साथ किसी भी प्रकार की रियायतें नहीं दी जाएँगी।

भारत सरकार द्वारा प्रकाशित विज्ञप्ति का यह अर्थ निकाला जाने लगा कि यदि भूख हड़ताल समाप्त कर दी जाती है तो अंडमान जेल में बंद कैदियों को भारत की जेलों में स्थानांतरित करने की काररवाई आरंभ कर दी जाएगी; लेकिन कैदियों के लिए यह बहुत छोटी माँग थी। उनके सम्मुख बड़ी माँग आजादी की थी। इसी बीच जवाहरलाल नेहरू एवं भूलाभाई देसाई जैसे राष्ट्रीय नेताओं की ओर से प्रेषित तार भी कैदियों को मिला, जिसमें अनुरोध किया गया था कि वे लोग भूख हड़ताल समाप्त कर दें, क्योंकि जब तक वे भूख हड़ताल पर रहेंगे, अंग्रेज अधिकारी उनसे वार्त्ता नहीं करेंगे। उन्होंने यह भी जिक्र किया कि कैदियों की अधिकांश माँगें स्वीकार करने के संबंध में सरकार विचार कर रही है। इसके बाद असेंबली में एक प्रस्ताव पारित किया गया, जिसमें कहा गया था कि अंडमान जेल के कैदियों को भारत भूमि पर अवस्थित जेलों में स्थानांतरित करने की व्यवस्था की जाए। 28 अगस्त, 1937 को महात्मा गांधी एवं रवींद्रनाथ टैगोर द्वारा प्रेषित तार भी कैदियों को मिला, जिसमें कहा गया कि कांग्रेस कार्य समिति की ओर से पारित प्रस्ताव में कहा गया है कि यह पूरे देश की जनता की माँग है कि अंडमान के कैदियों को भूख हड़ताल समाप्त कर देनी चाहिए और वे स्वयं सरकार के साथ विमर्श कर रहे हैं, ताकि कैदियों की माँगों को स्वीकार कर लिया जाए; लेकिन लगे हाथ महात्मा गांधी ने आतंकवादी गतिविधियों में संलिप्त रहे कैदियों के समक्ष यह माँग भी रखी कि वे उन्हें यह सूचित कर दें कि अब आगे से वे किसी भी प्रकार के हिंसक आंदोलनों में भाग नहीं लेंगे, जैसा उन्होंने पूर्व में किया है और इस प्रकार वे यह भी सूचित करें कि उन्हें अहिंसा के सिद्धांत में विश्वास उत्पन्न हो गया है। महात्मा गांधी एवं अन्य द्वारा भेजे गए तार पर कैदियों ने विचार-विमर्श किया और निर्णय लिया गया कि भूख हड़ताल समाप्त कर दी जाए। कैदियों की ओर से महात्मा गांधी को इस आशय का तार भेज दिया गया कि आगे वे क्रांतिकारी गतिविधियों में संलग्न नहीं होंगे।

सरकार ने फिर वही पुरानी तरकीब अर्थात् जबरदस्ती दूध पिलाने का कार्य आरंभ किया; लेकिन क्रांतिकारी इस बार फिर से अपनी पूरी शक्ति के साथ डटे हुए थे। इस बार भूख हड़ताल में अंडमान के कैदियों के साथ बंगाल सहित कई जेलों के कैदी भी अपनी जेलों में भूख हड़ताल में शामिल हो गए। भूख हड़ताल की खबरें जोर पकड़ने लगीं। इस बार भूख हड़ताल 45 दिनों तक चली। सेंट्रल असेंबली में पुनः मोहनलाल सक्सेना द्वारा अंडमान जेल में बंद बटुकेश्वर दत्त एवं अन्य कैदियों के संबंध में प्रश्न उठाए गए।[57]

कई राष्ट्रीय नेताओं ने क्रांतिकारियों, जेल अधिकारियों एवं सरकार को पत्र लिखकर इस भूख हड़ताल को समाप्त करवाने का आह्वान किया; लेकिन इसका नतीजा कुछ भी नहीं निकला। पुनः अंग्रेज सरकार को क्रांतिकारियों की माँगों के आगे झुकना पड़ा।

अंडमान प्रशासन के मुख्य आयुक्त जेल में आए और क्रांतिकारियों की सेल के ताले खुलवाकर उन्हें महात्मा गांधी, रवींद्रनाथ टैगोर सहित कई राष्ट्रीय नेताओं द्वारा लिखे गए पत्र सौंपे गए। अंग्रेज सरकार इस बात के लिए राजी हो गई थी कि क्रांतिकारियों को मुख्य भूमि पर स्थित जेलों में भेज दिया जाएगा। इसके बाद क्रांतिकारियों की हुई बैठक में भूख हड़ताल खत्म करने का निर्णय लिया गया।

सरकार ने आश्वासन दिया कि अंडमान जेल में बंद कैदियों को भारत की जेलों में स्थानांतरित किया जाएगा। 15 दिनों के अंदर एस.एस. महाराजा नामक जहाज क्रांतिकारियों को लेने के लिए पोर्ट ब्लेअर बंदरगाह पर खड़ा था। कैदियों को पहले ट्रक से और पुनः छोटी नाव की सहायता से 'महाराजा' जहाज तक भेजा गया। क्रांतिकारी मुख्य भूमि पर आते समय प्रसन्न थे। सितंबर 1937 में प्रथम जत्था एवं नवंबर 1937 में द्वितीय जत्थे को रवाना किया गया। 18 जनवरी, 1938 को जब अंतिम जत्था अंडमान जेल से रवाना हुआ, इसके बाद अंडमान में राजनीतिक कैदियों की संख्या शून्य हो गई।[58]

लेकिन इस प्रसन्नता में पुनः बाधा आ गई। 'महाराजा' जहाज पर क्रांतिकारियों की सुरक्षा के लिए नियुक्त अंग्रेज कमांडेंट ने बंदियों को प्रांत के आधार पर विभाजित करना आरंभ किया। अंग्रेज अधिकारी के अनुसार, बंदियों को उनके निर्धारित राज्य स्थित जेलों में स्थानांतरित किया जाना था। इसका क्रांतिकारियों ने पुरजोर विरोध किया। स्थिति यहाँ तक आ गई कि मृदुभाषी बटुकेश्वर दत्त ने कमांडेंट को चेतावनी दी कि उनके इस प्रयास का विरोध किया जाएगा और यदि इस बीच किसी की जान चली जाती है तो इसके लिए उसे ही जिम्मेदार बनाया जाएगा। इसके बाद बटुकेश्वर दत्त ने जहाज के मास्टर को बुलाया और उनसे कागज-कलम की माँग की, ताकि वे भारत सरकार से अंग्रेज सार्जेंट द्वारा किए जा रहे कार्यों की शिकायत कर सकें। जहाज का मास्टर घबरा गया। उसने अपनी बात बटुकेश्वर दत्त के समक्ष रखनी चाही कि इस बीच समुद्र से भारत सरकार को किस प्रकार उनकी शिकायतें भेजी जा सकती हैं; लेकिन बटुकेश्वर दत्त ने कानूनी प्रक्रिया समझाते हुए कहा कि भले ही वे पानी के जहाज पर हैं, परंतु कानूनी दृष्टि से वे कैदी हैं और नियमानुसार कैदियों द्वारा भेजे गए शिकायती पत्र को वायरलेस के माध्यम से भारत सरकार को उन्हें भेजना ही होगा। मास्टर को उनकी शिकायत भारत को वायरलेस से भेजनी पड़ी। बटुकेश्वर दत्त अपने क्रांतिकारी साथियों के साथ भारत की मुख्य भूमि पर आ रहे थे।[59]

संदर्भ—

1. आर.सी. मजूमदार, 'हिस्टरी ऑफ फ्रीडम मूवमेंट ऑफ इंडिया, वॉल्यूम III', अध्याय-VII
2. विनायक दामोदर सावरकर, 'मेरा आजीवन कारावास', प्रभात प्रकाशन, 4/19 आसफ अली

रोड, नई दिल्ली 110002, वर्ष 2009, पृ. 69
3. अनिल वर्मा, 'भगत सिंह के सहयोगी : बटुकेश्वर दत्त', नेशनल बुक ट्रस्ट इंडिया, पृ. 105
4. विनायक दामोदर सावरकर, पृ. 69
5. आर.सी. मजूमदार, 'पेनल सेटलमेंट इन अंडमान्स', गजेटियर यूनिट्स, संस्कृति विभाग, शिक्षा एवं समाज कल्याण विभाग, भारत सरकार, पृष्ठ संख्या 293-324
6. वही
7. विनायक दामोदर सावरकर, पृ. 72
8. वही, पृ. 72-75
9. वही, पृ. 76
10. श्रीकृष्ण सरल, 'क्रांतिकारी कोश', प्रभात प्रकाशन, 4/19 आसफ अली रोड, नई दिल्ली-110002, प्रथम संस्करण, 1998, पृ. 242
11. अनिल वर्मा, पृ. 105
12. श्रीकृष्ण सरल, 'क्रांतिकारी कोश'
13. वही, पृ. 245
14. वही
15. लेजिस्लेटिव असेंबली डिबेट्स, 25 अगस्त, 1937
16. आर.सी. मजूमदार, पेनल सेटलमेंट इन अंडमान्स, पृष्ठ संख्या 293-324
17. एल.पी. माथुर, 'हिस्टरी ऑफ दि अंडमान एंड निकोबार आईलैंड' (1756-1966), पृ. 209
18. आर.सी. मजूमदार, पेनल सेटलमेंट इन अंडमान्स, पृष्ठ संख्या 293-324
19. स्वतंत्रता संग्राम में बिहार के बलिदानी, बिहार विधान परिषद्, पटना, पृष्ठ 144-146
20. टेलिग्राफ संख्या-1914/1933, दिनांक 21 मई, 1933, भारत सरकार के गृह विभाग के माध्यम से सेक्रेटरी ऑफ स्टेट को प्रेषित टेलिग्राम
21. आर.सी. मजूमदार, 'पेनल सेटलमेंट इन अंडमान्स', पृष्ठ संख्या 293-324
22. वही
23. वही
24. वही
25. स्वतंत्रता संग्राम में बिहार के बलिदानी, बिहार विधान परिषद्, पटना, पृष्ठ 144-146
26. आर.सी. मजूमदार, 'पेनल सेटलमेंट इन अंडमान्स', पृष्ठ संख्या 293-324
27. वही
28. वही
29. वही
30. अंडमान के कैदी बंकिम चक्रवर्ती के स्मरण पर आधारित पुस्तिका
31. आर.सी. मजूमदार, 'पेनल सेटलमेंट इन अंडमान्स', पृष्ठ संख्या 293-324
32. वही
33. अंडमान के कैदी बंकिम चक्रवर्ती के स्मरण पर आधारित पुस्तिका
34. वही
35. वही

36. विजय कुमार सिन्हा, 'अंडमान्स दि इंडियन बास्टाइल' पृ. 153-54
37. आर.सी. मजूमदार, 'पेनल सेटलमेंट इन अंडमान्स', पृष्ठ संख्या 293-324
38. वही
39. वही
40. वही
41. डॉ. के.के. दत्त, कांग्रेस चुनाव घोषणा पत्र-1936, संदर्भ : 'बिहार में स्वातंत्र्य आंदोलन का इतिहास', भाग-2, बिहार हिंदी ग्रंथ अकादमी, पटना, प्रेमचंद मार्ग, राजेंद्र नगर, पटना-6, जून 1998, पृ. 463
42. विजय कुमार सिन्हा, पृ. 175-177
43. आर.सी. मजूमदार, 'पेनल सेटलमेंट इन अंडमान्स, पृष्ठ संख्या 293-324
44. विधानसभा वादवृत्त, 13 अक्तूबर, 1936
45. विजय कुमार सिन्हा, पृ. 125-127
46. विधानसभा वादवृत्त, 13 अक्तूबर, 1936
47. विजय कुमार सिन्हा, पृ. 128-131
48. वही, पृ. 131-147
49. वही, पृ. 159
50. आर.सी. मजूमदार, 'पेनल सेटलमेंट इन अंडमान्स', पृष्ठ संख्या 293-324
51. विजय कुमार सिन्हा, पृ. 146-150
52. वही, पृ. 181-182
53. वही, पृ. 184
54. वही, पृ. 185-186
55. स्वतंत्रता संग्राम में बिहार के बलिदानी, बिहार विधान परिषद्, पृष्ठ 144-146
56. आर.सी. मजूमदार, 'पेनल सेटलमेंट इन अंडमान्स', पृष्ठ संख्या 293-324
57. फाइल संख्या-एफ-22/72/37, होम पॉलिटिकल डिपार्टमेंट, राष्ट्रीय अभिलेखागार, नई दिल्ली
58. आर.सी. मजूमदार, 'पेनल सेटलमेंट इन अंडमान्स', पृष्ठ संख्या 293-324
59. अनिल वर्मा, पृष्ठ 110

□

भारत आगमन

बटुकेश्वर दत्त एवं अन्य कैदियों को लेकर 'महाराजा' जहाज सायं करीब 6 बजे कलकत्ता बंदरगाह के प्रिंसेप्स तट पर पहुँच गया।[1] 14 सितंबर, 1937 की तारीख थी। यहाँ पर राजनीतिक बंदियों को राज्य के अनुसार छाँटने का काम आरंभ हुआ। कैदियों को रेल मार्ग से भेजने के लिए हावड़ा एवं सियालदह स्टेशन पर लाया गया। बटुकेश्वर दत्त को दिल्ली जेल भेजा गया, क्योंकि असेंबली बम कांड में वे दिल्ली राज्य के कैदी थे। उन्हें जेल में अलग कोठरी में रखा गया था।

बिहार की जेलों में उस समय अंडमान जेल से 40 ऐसे बंदी आ गए, जिन पर आतंकवादी होने का आरोप था। उनमें से अधिकांश हिंदुस्तान सोशलिस्ट रिपब्लिक एसोसिएशन से जुड़े हुए थे। पहले राजनीतिक मामलों के मंत्री के.बी. सहाय ने और उसके बाद प्रधानमंत्री श्रीकृष्ण सिंह ने भागलपुर एवं हजारीबाग जेलों में बंद कैदियों से मुलाकात की। प्रधानमंत्री ने गवर्नर को पत्र लिखा कि 23 कैदियों को रिहा किया जाए। प्रधानमंत्री ने कहा कि बंदियों ने हिंसा में विश्वास करना छोड़ दिया है। बिहार के कुल 23 बंदियों में शामिल थे—योगेंद्र शुक्ल, केदारमणि शुक्ल, सूरजनाथ चौबे, कन्हाई लाल मिश्र, श्याम अग्रवाल, श्यामदेव नारायण, महंत रामशरण दास, सकलदीप राउत, रामप्रताप सिंह, राम प्रसाद सिंह, लेख नारायण लाल, दयानंद झा, ब्रह्मदेव नारायण ठाकुर, चंद्रिका सिंह, राधे प्रसाद, पन्नालाल, राम बाबू, अंजनी कुमार सिंह, शिव प्रसाद, सत्य नारायण मिश्र और राजेंद्र प्रसाद।[2]

बिहार में 30 जनवरी, 1938 को राजनीतिक बंदी दिवस मनाया गया। हजारीबाग के आठ बंदी 17 जनवरी, 1938 से और चार बंदी 26 जनवरी, 1938 से भूख हड़ताल पर चले गए।[3] बंदियों की रिहाई को लेकर श्रीकृष्ण सिंह मंत्रिमंडल ने 15 फरवरी, 1938 को इस्तीफा दे दिया। इस मसले पर महात्मा गांधी ने बयान दिया। वाइसरॉय के बयान पर गांधीजी की प्रतिक्रिया आई। गवर्नर और श्रीकृष्ण सिंह का बयान आया और इस तरह कैदियों को छोड़े जाने का मार्ग प्रशस्त हुआ।[4]

इधर भारत के राजनीतिक क्षितिज पर अंडमान के कैदियों के समर्थन में काररवाई आरंभ हो चुकी थी। पॉलिटिकल प्रिजनर्स रिलीफ समिति का गठन हुआ, जिसके अध्यक्ष डॉ. राजेंद्र प्रसाद एवं मंत्री रफी अहमद किदवई बनाए गए। इस बीच बटुकेश्वर दत्त काफी अस्वस्थ हो चुके थे। उनसे मिलने राजेंद्र बाबू दिल्ली जेल गए और वहाँ की स्थिति के बारे में जवाहरलाल नेहरू को अवगत कराया। साथ ही उन्होंने यह भी अनुरोध किया कि बटुकेश्वर दत्त को बिहार जेल में स्थानांतरित किया जाए। इस बीच बिहार सरकार राजनीतिक कैदियों की आम माफी योजना पर कार्य कर रही थी। बिहार के प्रधानमंत्री डॉ. श्रीकृष्ण सिंह इस मामले में काफी उदारता बरत रहे थे और राजेंद्र बाबू की सोच यह थी कि ऐसा करने से बटुकेश्वर दत्त की भी माफी हो सकती है। दूसरे, बिहार जेल में अंडमान के कई कैदी बंद थे और यदि बटुकेश्वर दत्त को बिहार जेल में स्थानांतरित किया जाता है तो उन्हें उन कैदियों के साथ घुलने-मिलने का अवसर मिलेगा, जिससे उनके स्वास्थ्य में सुधार भी आएगा। राजनीतिक नेताओं ने इस संबंध में पत्राचार करना आरंभ किया और बटुकेश्वर दत्त दिल्ली जेल से पटना के बाँकीपुर जेल में स्थानांतरित कर दिए गए।[5] सन् 1938 में उन्हें बाँकीपुर केंद्रीय कारागार (पटना) भेज दिया गया। वे असह्य दर्द तथा क्षय रोग से पीड़ित थे। काराधीक्षक की रिपोर्ट पर बिहार के प्रधानमंत्री श्रीकृष्ण सिंह ने भारत सरकार को पत्र लिखकर बिगड़े स्वास्थ्य के आधार पर बटुकेश्वर दत्त की रिहाई की सिफारिश की।[6]

बाँकीपुर जेल आने के बाद भी बटुकेश्वर दत्त के स्वास्थ्य में कोई सुधार नहीं हुआ, बल्कि उनका स्वास्थ्य लगातार बिगड़ता ही जा रहा था। डॉ. राजेंद्र प्रसाद ने 28 जुलाई, 1938 को बिहार के प्रधानमंत्री डॉ. श्रीकृष्ण सिंह को पत्र लिखकर अनुरोध किया कि लगातार गिरते स्वास्थ्य के कारण बटुकेश्वर दत्त को जेल से रिहा कर दिया जाए। 31 जुलाई, 1938 को प्रधानमंत्री डॉ. श्रीकृष्ण सिंह ने पत्र लिखकर डॉ. राजेंद्र प्रसाद को आश्वस्त किया कि वे इस बारे में अग्रतर काररवाई करेंगे। उन्होंने यह भी उल्लेख किया कि बीमार होने के संबंध में पुलिस महानिदेशक को निर्देशित किया गया है कि वे बटुकेश्वर दत्त की मेडिकल जाँच कराएँ और उसकी प्रति उपलब्ध कराएँ तथा साथ ही यह भी लिखा कि बटुकेश्वर दत्त की ओर से बिजली-पंखा एवं संगीत उपकरण उपलब्ध कराने का अनुरोध किया गया था, जिसे स्वीकार कर लिया गया है और वह व्यवस्था करवा दी गई है।

10 अगस्त, 1938 को न्यायिक सचिव, राँची ने भारत सरकार के गृह सचिव को तार देकर बताया कि 9 अगस्त की एक रिपोर्ट के अनुसार, क्रांतिकारी कैदी बटुकेश्वर दत्त असह्य पेट-दर्द से पीड़ित हैं। उनका सामान्य स्वास्थ्य गिर रहा है तथा अगस्त में उनका वजन 10 पौंड कम हो गया है। वे जेल में अपना ऑपरेशन कराना नहीं चाहते

और ऑपरेशन के समय अपने परिवार के साथ रहना चाहते हैं। उन्हें क्षय रोग भी है। 13 अगस्त, 1938 की रिपोर्ट के अनुसार, उनमें कोई सुधार नहीं है। काराधीक्षक ने उनकी जल्द-से-जल्द रिहाई की सिफारिश की है। प्रादेशिक सरकार ने भी उनकी तुरंत रिहाई की माँग की है।[7]

1 सितंबर, 1938 को महात्मा गांधी ने बंगाल के गवर्नर एवं कार्यवाहक वाइसरॉय लॉर्ड बेबॉर्न को बटुकेश्वर दत्त को चिकित्सा के आधार पर रिहा करने के लिए तार भेजा।[8]

बाँकीपुर जेल में बटुकेश्वर दत्त गंभीर रूप से बीमार पड़ गए। 3 सितंबर, 1938 को केंद्रीय असेंबली के सदस्य मोहन लाल सक्सेना ने बटुकेश्वर दत्त के स्वास्थ्य का जायजा लेने के लिए बाँकीपुर जेल में उनसे मुलाकात की।[9]

4 सितंबर, 1938 को अपने संपादकीय में 'सर्चलाइट' अखबार ने बटुकेश्वर दत्त को रिहा नहीं करने के लिए सरकार पर कड़ा प्रहार किया। संपादकीय में कहा गया कि असेंबली बम केस में प्रसिद्धि प्राप्त किए बटुकेश्वर दत्त असह्य पेट-दर्द से पीड़ित हैं। उनके फेफड़े की हालत भी बहुत खराब है। केंद्रीय असेंबली के सदस्य मोहन लाल सक्सेना बृहस्पतिवार को उनसे जेल में मिले थे और उन्हें काफी बिगड़े स्वास्थ्य में पाया। कई महीनों से वे बाँकीपुर जेल में जीवन-मृत्यु के बीच झूल रहे हैं और उनकी हालत रोज बद से बदतर होती जा रही है। हमारी जाँच-पड़ताल से भी ऐसी ही बातों का पता चला है। पटना मेडिकल कॉलेज के विशेषज्ञों ने उनकी पूरी जाँच-पड़ताल के बाद उनके स्वास्थ्य के संबंध में बहुत ही गंभीर रिपोर्ट दी है। हमारी अपनी रिपोर्ट है कि तीनों विशेषज्ञों के विचार से सिविल सर्जन एवं काराधीक्षक ने अपनी सहमति व्यक्त की है तथा स्वास्थ्य के आधार पर उनकी अविलंब रिहाई की माँग की है। जहाँ तक हमारी जानकारी है, विशेषज्ञों की राय से अपनी सहमति जाहिर करते हुए बिहार सरकार ने भी भारत सरकार के पास उनकी रिहाई की कड़ी सिफारिश की है। यह बात अब समझ के बाहर है कि भारत सरकार उनकी रिहाई में आनाकानी क्यों कर रही है। बटुकेश्वर दत्त की रिहाई के विरुद्ध सभी तर्क बेबुनियाद हैं; जबकि बिहार सरकार उनके कार्यकलापों की लिखित जवाबदेही लेने को तैयार है। उनकी रिहाई में देरी करना भारत सरकार की बेहूदगी है तथा निर्दयता का अपराधीकरण है।[10]

भारत सरकार के गृह सचिव उस समय शिमला में थे और वहाँ से उन्होंने 3 सितंबर, 1938 को बिहार सरकार के न्यायिक सचिव को पत्र लिखा। भारत सरकार बटुकेश्वर दत्त को इस शर्त पर रिहा करने को तैयार हुई कि वे अपने को हिंसक राजनीति से दूर रखेंगे।[11]

पत्र में बिहार सरकार द्वारा प्रेषित पत्र संख्या 2221-जे दिनांक 10 अगस्त, 1938 का उल्लेख करते हुए कहा गया कि सी.आर.पी.सी. की धारा 401 के तहत प्रदत्त अधिकार के अंतर्गत कैदी संख्या 2190-ए बटुकेश्वर दत्त, जो फिलहाल बाँकीपुर जेल

में निरुद्ध हैं, को न्यायालय द्वारा दी गई सजा पूर्ण होने के पूर्व ही मुक्त किया जा सकता है, बशर्ते वे किसी भी प्रकार के हिंसक आंदोलन, कारवाइयाँ या हिंसक राजनीति से संबंध रखनेवाले व्यक्ति या संगठन के साथ अपने संबंध नहीं रखेंगे। वे प्रादेशिक सरकार की बिना पूर्वानुमति के बंगाल, पंजाब तथा दिल्ली प्रदेशों की सीमा में दाखिल नहीं होंगे। पत्र में उल्लेख किया गया कि अगर इस तरह की लिखित स्वीकृति बटुकेश्वर दत्त दें और उसे भारत सरकार को प्रेषित किया जाए तो उनकी बाकी सजा माफ की जा सकती है तथा उन्हें रिहा किया जा सकता है; परंतु शर्तों का उल्लंघन करने पर सजा की माफी वापस ली जा सकती है तथा सी.आर.पी.सी. की धारा 401 के तहत उन्हें फिर से सजा भुगतने के लिए जेल भेजा जा सकता है। कैदी बटुकेश्वर दत्त को यह सूचना दे देनी चाहिए कि बंगाल सरकार अपनी सीमा में उन्हें दाखिल होने देना नहीं चाहती।

बटुकेश्वर दत्त का स्वास्थ्य लगातार खराब हो रहा था और उनका वजन गिर रहा था। बटुकेश्वर दत्त के समक्ष रिहाई की शर्तें रखी गईं, जिन्हें उन्होंने मान लिया। उस समय बाँकीपुर के काराधीक्षक ए.डब्ल्यू. वेस्ट थे और गवाही के रूप में उन्होंने उस पर हस्ताक्षर किए।[12]

बटुकेश्वर दत्त ने एक पत्र के स्वरूप में अपनी स्वीकृति दी और भारत सरकार को प्रेषित किए जानेवाले पत्र में उन्होंने उल्लेख किया कि आपके पत्रांक 5/27/37-जेल्स दिनांक 3 सितंबर, 1938 के आलोक में मैं निम्न घोषणा करता हूँ। मैं प्रत्यक्ष या परोक्ष रूप से स्वयं को किसी भी तरह की हिंसक राजनीति या किसी ऐसे संगठन से अपने को संबद्ध नहीं करूँगा, जिसका उद्देश्य या तरीका हिंसात्मक हो। मैं राज्य सरकार की बिना पूर्वानुमति के बंगाल, पंजाब और दिल्ली राज्य की सीमा में प्रवेश नहीं करूँगा। पत्र के नीचे उन्होंने अपने हस्ताक्षर किए और 8 सितंबर, 1938 की तारीख भी अंकित की। अधीक्षक, बाँकीपुर जेल कैप्टन ए.डब्ल्यू. वेस्ट, आई.एम.एस. ने भी अपने प्रतिहस्ताक्षर किए।[13] उसी दिन, अर्थात् 8 सितंबर, 1938 को बटुकेश्वर दत्त बाँकीपुर जेल से रिहा हुए।[14] उन्होंने पटना को ही अपना घर बना लिया। पटना में वे बड़े भाई विशेश्वर दत्त के साथ उनके पटना निवास में रहने लगे।

महात्मा गांधी ने शेगाँव, वर्धा से 16 सितंबर, 1938 को बटुकेश्वर दत्त को एक पत्र लिखा, जिसमें उनके स्वास्थ्य-लाभ की कामना की गई। दत्त बाबू ने भी गांधीजी के प्रति आभार-स्वरूप एक पत्र लिखा।

विशेश्वर दत्त के साथ वे इस बीच पटना के अतिरिक्त जमशेदपुर एवं मोतिहारी में भी रहे और बटुकेश्वर दत्त उनके साथ ही रहते थे।[15]

सन् 1939 में बिहार सरकार ने हिंदी में प्रकाशित एक परचे को जब्त कर लिया, जिसका नाम 'रणभेरी' था तथा जिसे बड़े पैमाने पर 18 अगस्त, 1939 को पटना में

बाँटा गया था। परचे में सशस्त्र क्रांति की सीख दी गई थी। परचे का संदेश था—'अगर तुम अपने जीवन को उत्सर्ग करना चाहते हो तो बहादुर बनो, भारत के दुश्मनों के मनों में भय पैदा कर दो, बटुकेश्वर दत्त व भगत सिंह की तरह किसी भी तरह की कठिनाई सहने के लिए तैयार रहो, जतींद्र दास की तरह मजबूत इरादे वाले आदमी फिर पैदा करो, 1857 की तरह फिर क्रांति शुरू करो।'[16]

अप्रैल 1939 में कानपुर किसान संघ एवं जिला राजनीतिक अधिवेशन की संयुक्त बैठक में यशपाल, योगेशचंद्र चटर्जी, बलदेव सिंह, रामदुलारे त्रिवेदी, राजकुमार सिन्हा आदि के साथ बटुकेश्वर दत्त भी उपस्थित थे।[17]

सन् 1939 में वे कानपुर में मो. यूनुस से मिले थे। सन् 1939-40 में वे कांग्रेस के एक अधिवेशन में कनखल, हरिद्वार गए थे। वहाँ पर क्रांतिकारी एवं सुप्रख्यात लेखक मन्मथनाथ गुप्त से उनकी मुलाकात हुई। सन् 1941 में दत्त का डॉ. जोशीज नर्सिंग होम, दिल्ली में ऑपरेशन हुआ था। सन् 1941 में वे अल्मोड़ा गए थे और वहाँ काफी दिनों तक रुके थे।[18]

बटुकेश्वर दत्त ने सन् 1942 के 'अंग्रेजो, भारत छोड़ो' आंदोलन में सक्रिय रूप से भाग लिया। उन्हें पुनः मोतिहारी एवं मुजफ्फरपुर जेल में बंदी बनाया गया और गंभीर यातनाएँ दी गईं। इसके विरोध में वे पुनः भूख हड़ताल पर चले गए। जेल के विषाक्त वातावरण के कारण वे गंभीर रूप से बीमार पड़ गए। उनका फेफड़ा खराब होना आरंभ हो गया।[19] वर्ष 1945 में उन्हें पटना निवास पर ही होम इंटर्न कर दिया गया।[20]

अंग्रेज सरकार द्वारा होम इंटर्न बनाने के पीछे कई उद्देश्य थे। इन लोगों के पीछे पुलिस हमेशा लगी रहती थी और इसीलिए इन दिनों बटुकेश्वर दत्त कम लोगों से मिलते थे। उन्हें लगता था कि जिन लोगों से भी वे मिलेंगे, पुलिस उन्हें शक के आधार पर अकारण तंग करेगी। वे आठ वर्ष तक रॉयल प्रिजनर ऑफ पंजाब थे और बिहार में उन्हें फिक्स कर दिया गया था। उसी समय भारत विभाजन की तैयारियाँ भी चल रही थीं और अंग्रेज सरकार को यह डर था कि इन क्रांतिकारियों का संबंध लाहौर एवं अन्य शहरों से है। हो सकता है, वे लोग भारत विभाजन नहीं हो, इसलिए क्रांतिकारी तैयारियाँ करें। आजादी मिलने के बाद भी पुलिस को यही डर रहता था। इसलिए उन्हें पंजाब नहीं जाने दिया गया। पुलिस को यह भी डर रहता था कि यदि उन्हें पंजाब जाने दिया जाएगा तो वे लाहौर चले जाएँगे।[21]

वर्ष 1945 में सरकार ने उन्हें देवघर (तब बिहार, अब झारखंड में स्थित) के उनके घर में नजरबंद कर दिया। उस समय उनके अग्रज विशेश्वर दत्त देवघर में स्थित बैंक में कार्यरत थे और बटुकेश्वर दत्त उनके साथ ही रहते थे। भारत के आजाद होने के बाद 1947 में उनकी रिहाई हुई।[22]

वे कानपुर में बसना चाहते थे; परंतु अनुग्रह नारायण सिन्हा, जो बिहार के वित्त मंत्री थे, ने उन्हें पटना में आकर बसने के लिए जोर लगाया।[23]

जिस समय भगत सिंह तथा बटुकेश्वर दत्त ने असेंबली में बम फेंका था, उस समय अनुग्रह नारायण सिन्हा भी असेंबली की दीर्घा में बैठे थे। उन्होंने बटुकेश्वर दत्त को बम फेंकते एवं गिरफ्तार होते हुए अपनी आँखों से देखा था।[24]

उसी समय से बटुकेश्वर दत्त के प्रति उनके मन में असीम आदर और स्नेह उत्पन्न हो गया था।

बटुकेश्वर दत्त ने अपने विवाह के संबंध में वैवाहिक विज्ञापन प्रकाशित कराया। पहला प्रस्ताव अंजलि का आया। अंजलि के पिता सतीशचंद्र दास बंगाल के आसनसोल के निकट एक कोलियरी में ठेकेदारी करते थे। पहले उनके पास मार्बल की कई खदानें थीं, लेकिन बाद में उनके हाथ से वे खदानें चली गईं और वे आर्थिक रूप से थोड़े कमजोर हो गए थे। विवाह के समय अंजलि की उम्र 20 वर्ष थी। उन्होंने कलकत्ता के प्रख्यात सर आशुतोष कॉलेज से स्नातक की परीक्षा पास की थी।[25]

18 नवंबर (बटुकेश्वर दत्त का जन्मदिन), 1947 को अंजलि देवी के साथ बटुकेश्वर दत्त की शादी आसनसोल में हुई। शादी के बाद अपनी जीवन-संगिनी को लेकर वे देवघर ही पहुँचे, जहाँ उनके बड़े भाई रहते थे।[26]

कुछ दिनों बाद बटुकेश्वर दत्त अपने परिवार के साथ पटना आ गए और जक्कनपुर मुहल्ले में डॉ. एन.सी. घोष के मकान के नजदीक श्यामल चंद्र घोष के मकान में किराएदार के रूप में रहने लगे। वहाँ वे आठ साल तक रहे। जीविकोपार्जन का उनके पास कोई साधन नहीं था। दूसरी ओर, अंजलि देवी धनाढ्य परिवार से आती थीं। अंजलि देवी ने कभी भी ऐसा आभास नहीं होने दिया कि उन्हें आर्थिक रूप से कमी है, बल्कि उन्हें तो गर्व था कि वे एक महान् स्वतंत्रता सेनानी की पत्नी हैं।[27]

8 जून, 1949 को बटुकेश्वर दत्त एवं अंजलि देवी के घर एक पुत्री ने जन्म लिया, जिसका नाम 'कुक्कू' रखा गया। बाद में यह 'कुक्कू' भारती बागची बनीं, जो संप्रति मगध महिला कॉलेज, पटना में अर्थशास्त्र विभाग की अध्यक्ष हैं। अंत में बटुकेश्वर दत्त ने परिस्थिति से समझौता करते हुए अपनी पत्नी अंजलि दत्त को शिक्षिका के रूप में योगदान करने के लिए राजी किया। अंजलि दत्त ने वर्ष 1954 में बाँकीपुर गर्ल्स हाई स्कूल में शिक्षिका की नौकरी प्राप्त की और वर्ष 1987 में वहाँ से सेवानिवृत्त हुईं। बटुकेश्वर दत्त ने पटना के जक्कनपुर मुहल्ले में ही कार्तिक दास से जमीन का एक छोटा टुकड़ा भी खरीद लिया।

आजाद भारत के प्रथम राष्ट्रपति डॉ. राजेंद्र प्रसाद के दिल में बटुकेश्वर दत्त के लिए एक अलग स्थान था। उनकी रिहाई में भी डॉ. राजेंद्र प्रसाद ने काफी सक्रिय भूमिका का

निर्वाह किया था। उन्हें यह पता था कि बटुकेश्वर दत्त के पास जीविका का कोई साधन नहीं है। बटुकेश्वर दत्त के जेल जीवन एवं स्वतंत्रता आंदोलन के दौरान उनके संघर्ष का उल्लेख करते हुए उन्होंने 17 जून, 1949 को बिहार सरकार को इस आशय का पत्र लिखा कि बदले परिवेश में वे देश और समाज की समर्पित भाव से सेवा कर सकते हैं। अतः यदि संभव हो तो श्री दत्त के जीविकोपार्जन के अवसर जुटाने में सहानुभूतिपूर्वक आवश्यक मदद की जाए। हालाँकि बटुकेश्वर दत्त को किसी प्रकार का रोजगार उपलब्ध कराने की दिशा में सरकार ने कोई सकारात्मक पहल नहीं की, परंतु गृह निर्माण हेतु सरकार की ओर से ऋण उपलब्ध कराया गया। अनुग्रह नारायण सिंह ने उन्हें दस हजार रुपयों का अनुदान दिया। इससे पटना के जक्कनपुर में उन्हें एक मकान बनाने में मदद मिली।

किस्त भी उन्होंने जमा की, लेकिन बाद में सरकार ने उनकी आर्थिक अवस्था को देखते हुए बाकी ऋण माफ कर दिया।[28]

उन्होंने पटना सिटी में बिस्कुट-डबल रोटी का एक छोटा सा कारखाना खोला, लेकिन उसमें काफी घाटा हो गया। जल्द ही उसे भी बंद कर देना पड़ा।[29]

इसके बाद उन्होंने टूरिस्ट एजेंट एवं बस परिवहन के काम में भी हाथ डाला, परंतु सभी कार्यों में उन्हें असफलता ही मिली।[30]

सरकार ने राजनीतिक पीड़ितों की सहायता एवं उनकी आजीविका के लिए कुछ योजनाएँ आरंभ कीं। इनमें एक बस का परमिट भी था। बटुकेश्वर दत्त को कुछ मित्रों ने सलाह दी कि वे इसके लिए आवेदन दें। आवेदन लेकर वे पटना के कमिश्नर कार्यालय पहुँचे। कमिश्नर ने उन्हें देखा और पूछा कि क्या आप राजनीतिक पीड़ित हैं ? बटुकेश्वर दत्त ने स्वीकारात्मक उत्तर दिया। कमिश्नर ने उन्हें जिला पदाधिकारी द्वारा निर्गत ऐसा कोई सबूत देने के लिए कहा। महान् धैर्य धारण करने वाले बटुकेश्वर दत्त को यह बरदाश्त नहीं हुआ। उन्होंने अपना आवेदन कमिश्नर के सामने ही फाड़ दिया और बहुत ही दुःखी मन से वापस चले आए।

कुछ दिनों के बाद भारत के (तत्कालीन) राष्ट्रपति डॉ. राजेंद्र प्रसाद ने उनसे कुशल-क्षेम पूछी तो उन्होंने हताशा में कहा कि अब हम लोगों के लिए अपमान ही बचा है और उन्होंने पटना कमिश्नर द्वारा कही गई सारी बातों को उनके सामने दोहरा दिया। राजेंद्र बाबू वस्तुस्थिति से अवगत हुए और उन्होंने बिहार के मुख्यमंत्री को फोन पर एक तरह से फटकारते हुए कहा कि यह बहुत ही लज्जा की बात है कि पटना के कमिश्नर बटुकेश्वर दत्त जैसे महान् स्वतंत्रता सेनानी को नहीं पहचानते हैं और उनसे स्वतंत्रता सेनानी होने का प्रमाण-पत्र माँगा जाता है। कुछ ही दिनों के बाद उन्हें बस परमिट मिल गया। इससे दत्तजी बहुत प्रसन्न हुए। पटना से आरा का परमिट मिला था और बस चलनी आरंभ भी हो गई। एक बार वे अपनी पुत्री भारती को उस बस में

बैठाकर पटना से आरा तक ले गए। उस दिन बस में और कोई यात्री नहीं था, सिर्फ पिता-पुत्री ही थे। (भारती बागची के साक्षात्कार पर आधारित) लेकिन जिस आदमी से बिस्कुट की छोटी फैक्टरी नहीं चली हो और वह बस के धंधे में आ जाए तो उसका फल क्या होने वाला था? बस की सारी कमाई एजेंट और स्टाफ मिलकर खा जाते थे। कुछ ही दिनों बाद बस बंद हो गई।

बटुकेश्वर दत्त बाद के दिनों में सादगीपूर्ण जीवन व्यतीत करने लगे। वे किसी भी प्रकार के आडंबर से दूर रहते थे। उन्होंने खादी धारण करना आरंभ कर दिया। स्वभाव से वे मितभाषी तो थे ही, जेल से छूटने के बाद उन्होंने लोगों से बात करना भी कम कर दिया। वे अधिक समय घर का काम-काज करते, अपने घर के आसपास फूल-पत्तियों को सँवारने में समय व्यतीत करते। सिगरेट एवं मांसाहार भी उन्होंने छोड़ दिया। घर की आर्थिक स्थिति अच्छी नहीं थी, लेकिन फिर भी घर पर गरीब लोग कुछ-न-कुछ सहायता के लिए आ ही जाते थे। बटुकेश्वर दत्त इसमें बहुत ही उदारता बरतते थे और जो भी पास में रहता, उसे गरीबों को दे देते थे।

भारती बागची उस समय माउंट कार्मेल स्कूल में पढ़ती थीं। अंजलि दत्त स्कूल चली जाती थीं। बटुकेश्वर दत्त नियमित रूप से अपनी पुत्री को साइकिल से स्कूल पहुँचाते थे और छुट्टी होने के बाद साइकिल से ही उसे घर लाते थे। कभी-कभी स्कूल में शिक्षक-अभिभावक बैठक होती थी और वे उसमें भी भाग लेते थे। हालाँकि स्कूल के शिक्षक-शिक्षिकाओं को उनके क्रांतिकारी इतिहास के बारे में जानकारी मिल गई थी, परंतु वे आमतौर पर बहुत कम लोगों से खुलते थे। कभी-कभी स्कूल की शिक्षिका भारती को पुस्तकालय का कार्ड तैयार करने या अन्य किसी कार्य से छुट्टी होने के बाद भी स्कूल में रोक लेती थीं तो उनसे मिलने के लिए बटुकेश्वर दत्त स्कूल के भीतर तक जाते और शिक्षकों से बात करते।[31] घर पर भी उनसे मिलने के लिए बहुत कम ही लोग आते थे। 'आर्यावर्त' व 'इंडियन नेशन' के एक वरिष्ठ सहयोगी दीनानाथ झा उनसे मिलने के लिए हमेशा आया करते थे और उनकी खूब बातें होती थीं। दोपहर बाद उन लोगों की बैठक डॉ. एन.सी. घोष के यहाँ भी हुआ करती थी। उस बैठक में नकुलेश्वर चटर्जी, डॉ. शिशिर कुमार घोष उर्फ ड्यूक घोष, श्यामल चंद्र घोष, मन्मथनाथ मुखर्जी आदि भाग लेते थे। बटुकेश्वर दत्त प्रायः अपने घर में ही रहते थे और कम लोगों से मिलते थे। पटना मार्केट में किसी होमियोपैथिक चिकित्सक के यहाँ कभी-कभी जाते थे और बैठकर बातें करते थे।[32] अपने घर में इतिहास की पुस्तकें पढ़ना पसंद करते थे और ए.एन. सिन्हा संस्थान के पुस्तकालय में बैठकर पुस्तकें पढ़ते थे। घर में अच्छी चाय पीना उन्हें पसंद था और यदि अच्छी किस्म के चावल का बना भात खाने को मिलता तो वे खूब चाव से खाते थे।[33] लोगों से कम मिलना या कम बात करने के पीछे किसी

अन्य तरह की भावना नहीं थी। संघर्ष के दिनों में, खासकर जेल आंदोलन में, अंग्रेज पुलिस ने उन्हें बहुत पीटा था और खासकर बूट से छाती के किनारे (पँजड़ा) पीटा था। वह चोट उन्हें हमेशा परेशान करती रहती थी। उस चोट से वे इतने मर्मांतक रहते थे कि उन्हें चुपचाप रहना ही अच्छा लगता था।[34] अपने घर के परिसर में वे फूल लगाना पसंद करते थे और उनकी बगिया में रंग-बिरंगे फूल खिले रहते थे। उन पौधों की सेवा वे खूब लगन से करते थे। खादी धोती, आधी बाँह का कुरता और चप्पल, यही उनकी पोशाक थी। वे प्राय: साइकिल से घूमते थे। हालाँकि कार्य के सिलसिले में उन्हें रिक्शा का सहारा भी लेना पड़ता था, लेकिन उसे वे पसंद नहीं करते थे और कहते थे कि आदमी द्वारा खींची जा रही सवारी पर एक आदमी का बैठा रहना अच्छा नहीं लगता है। वे पूजा-पाठ में कम विश्वास करते थे, शायद ही कभी किसी तीर्थ-यात्रा पर गए हों। उनके अनुसार, मनुष्य की सेवा करना ही सबसे बड़ा धर्म है। खाली समय में वे प्राय: पुस्तकें पढ़ा करते थे। कभी-कभी अपने संस्मरण भी लिखते थे, जो प्राय: 'आर्यावर्त' या 'इंडियन नेशन' में छपता था। एक बार आई.एम.ए. हॉल, पटना में 'विप्लवी' नाटक हुआ था और उसमें उन्होंने भाषण भी किया था। आमतौर पर घर में वे प्रसन्न रहते थे। भारतीजी की पढ़ाई पर उनका विशेष ध्यान रहता था। माउंट कार्मेल में पढ़ते समय ही उन्हें पितृ-स्नेह प्राप्त हुआ था। बाद के दिनों में तो वे बीमार हो गए।[35]

हालाँकि पटना में वे अकेलापन महसूस करते थे। अपने क्रांतिकारी साथियों से वे एक प्रकार से बिछुड़ गए थे और यह मलाल उन्हें हमेशा रहता था। वे देश के बारे में हमेशा सोचा करते थे और इस बात को लेकर हमेशा चिंतित रहते थे। पटना से बाहर, लखनऊ, पहुँचने पर उनके चेहरे पर अतिरिक्त प्रसन्नता आ जाती थी, क्योंकि वहाँ उन्हें क्रांतिकारी साथियों का सान्निध्य मिलता था। लखनऊ जाकर वे हमेशा किसी-न-किसी क्रांतिकारी साथी के घर पर ही रुकते थे।

पटना में उनका आना-जाना बहुत कम लोगों के पास होता था। ए.एन. सिन्हा संस्थान के पुस्तकालय में बैठकर आधुनिक इतिहास की पुस्तकें पढ़ना उन्हें अच्छा लगता था। राजनीतिज्ञों में अनुग्रह नारायण सिन्हा के पास बैठकर वे घंटों बातें करते थे।[36] उनसे मिलने के लिए प्रसिद्ध इतिहासकार आर.सी. मजूमदार कई बार उनके घर पर आए।

बटुकेश्वर दत्त बहुभाषाविद् थे। बांग्ला उनकी मातृभाषा थी। उनका छात्र जीवन कानपुर में आरंभ हुआ, इसलिए हिंदी एवं अंग्रेजी उन्होंने आसानी से सीख ली। क्रांतिकारी संगठनों के साथियों के साथ लाहौर एवं पंजाब के क्षेत्रों से उनका लगाव बढ़ा और इस क्रम में उन्होंने उर्दू भी सीख ली। जब वे सलेम जेल में बंद थे तो कामराज के संपर्क में आए। लगभग दो वर्षों की अवधि में उन्होंने वहाँ तमिल भाषा का अच्छा ज्ञान प्राप्त कर लिया था।

जेल से छूटने के बाद वे अपने क्रांतिकारी जीवन के बारे में घटनाओं को लिखते थे, खासकर भगत सिंह के साथ अपने संबंधों पर उन्होंने बहुत कुछ लिखा था। उनकी इच्छा थी कि संस्मरण के रूप में उनकी यह पुस्तक छपे, लेकिन ऐसा संभव नहीं हो पाया। अल्पायु में वे स्वर्गीय हो गए। उनकी वह हस्तलिखित डायरी बहुत दिनों तक सुरक्षित थी। फिर एक दिन एक परिचित महाशय उस डायरी को पढ़ने के बहाने ले गए और फिर कभी वापस नहीं आए। इस प्रकार, भारतीय इतिहास का सुंदर दस्तावेज थोड़ी सी असावधानी के कारण गुम हो गया।[37] सन् 1962 में हुई मोटर दुर्घटना में उन्हें बहुत चोट लगी और उनका इलाज आरंभ हुआ।

सन् 1963 में बिहार के राज्यपाल अनंत शयनम् आयंगर थे और उनका स्नेह बटुकेश्वर दत्त को प्राप्त था। वर्ष 1963 में बिहार विधान परिषद् के सदस्य डॉ. बी.आर. मित्रा के निधन के बाद खाली हुई सीट पर उनका मनोनयन किया गया।[38] वे बिहार विधान परिषद् के सदस्य के रूप में 3 अक्तूबर, 1963 से 6 मई, 1964 तक रहे।[39]

हालाँकि उन्हें विधान परिषद् का सदस्य बना दिया गया, लेकिन उन्होंने सदस्य के रूप में सुविधा का लाभ नहीं के बराबर लिया। उन्होंने आवास तक का उपयोग नहीं किया। उस समय बिहार के मुख्यमंत्री श्री के.बी. सहाय थे। राजनीतिक क्षेत्र में यह आशा लगाई जा रही थी कि बटुकेश्वर दत्त को पुनः बिहार विधान परिषद् में सदस्य के रूप में मनोनीत कर लिया जाएगा, लेकिन ऐसा नहीं हो सका।[40]

भगत सिंह के पैतृक गाँव पंजाब के खटकर कलाँ में भगत सिंह की मूर्ति का अनावरण हुआ था और पटना में बटुकेश्वर दत्त ने उस न्यूजरील को एक कार्यक्रम में देखा। उस न्यूजरील में भगत सिंह की माँ विद्यावती को दिखाया गया था। न्यूजरील देखकर उन्हें बहुत खुशी हुई। कारण, इसी से उन्हें पता चला कि भगत सिंह की माँ, जिन्हें वे 'माँ' कहकर ही बुलाते थे, अभी जिंदा हैं। शहीद यतींद्रनाथ दास के छोटे भाई एवं क्रांतिकारी किरण दास से उन्होंने संपर्क किया और सारी बातों की जानकारी ली। 9 सितंबर, 1963 को बटुकेश्वर दत्त खटकर कलाँ माँ से मिलने के लिए पहुँचे। उस भावुक क्षण के बारे में लेखक अनिल कुमार वर्मा ने अपनी पुस्तक 'भगत सिंह के सहयोगी बटुकेश्वर दत्त' में वर्णन किया है कि उस दिन वहाँ उत्सव जैसा माहौल था। बैंडवाले बाजे बजा रहे थे और हर तरफ जन-समूह इस कदर उनकी अगवानी के लिए आतुर था, मानो उनके लाड़ले भगत सिंह ही दूसरे लोक से लौटकर आ रहे हों। घर के दरवाजे प्रातःकाल से ही खुले हुए थे और माँ तो द्वार पर ही अपने बेटे की बाट जोह रही थीं। भगत सिंह 33 वर्ष बाद अपने मित्र की काया में अपने गाँव, अपने घर वापस लौट रहे थे। जब दोपहर के समय दत्त कुलतार सिंह (भगत सिंह के भाई) के साथ घर की ड्योढ़ी पर पहुँचे तो वहाँ का माहौल अचानक ही मार्मिक हो गया। माँ को देखते

ही उनके नयन सजल हो गए। माँ की भी यही स्थिति थी। माँ-बेटे एक-दूसरे से लिपट गए। वर्षों के बिछुड़े माँ-बेटे का मिलन मर्मस्पर्शी था। दत्त बाबू ने माँ के चरणों की रज अपने माथे से लगा ली। माँ ने वात्सल्य से उनका मस्तिष्क अनेक बार चूमा और कहा, "बेटे, तुम पहले जैसे ही दत्त हो!" इसके बाद वे दोनों अतीत की सुनहरी यादों में खो गए और बातचीत का अंतहीन सिलसिला शुरू हो गया।

कांग्रेस पार्टी के जवाहरलाल नेहरू आजाद भारत के प्रधानमंत्री बने। बटुकेश्वर दत्त की सीधे तौर पर किसी राजनीतिक दल से संबद्धता नहीं थी। वर्ष 1963-64 में भारतीय संसद् द्वारा प्रकाशित दस्तावेज में भगत सिंह एवं बटुकेश्वर दत्त को आतंकवादी कहा गया। इससे बटुकेश्वर दत्त को बहुत क्लेश हुआ। भगत सिंह की माता विद्यावती से मिलने के लिए वे खट्टर कलाँ, पंजाब गए हुए थे और वापसी में दिल्ली में तीन-चार दिनों तक रुके। इस क्रम में उन्होंने जवाहरलाल नेहरू से मुलाकात की और संसद् द्वारा प्रकाशित दस्तावेज में 'आतंकवाद' शब्द पर कड़ा विरोध दर्ज कराया। मुलाकात के समय श्रीमती इंदिरा गांधी एवं लोकसभा के अध्यक्ष सुरेंद्रनाथ घोष भी उपस्थित थे। जवाहरलाल नेहरू ने कहा कि बटुकेश्वर दत्त जैसे महान् व्यक्ति से मिलना प्रसन्नता की बात है।[41]

हालाँकि नेहरूजी स्वीकार करते थे कि क्रांतिकारियों तथा कांग्रेस के स्वाधीनता संघर्ष के मार्ग अलग थे, लेकिन मूल लक्ष्य एक ही था। 27 फरवरी, 1964 को जवाहरलाल नेहरू की मृत्यु हुई। बटुकेश्वर दत्त काफी आहत हुए। उदास मन से उन्होंने पटना से प्रकाशित 'सर्चलाइट' अखबार में नेहरूजी को श्रद्धांजलि अर्पित करते हुए लिखा कि "नेहरूजी की मृत्यु से एक युग का अंत हो गया है।"[42]

वर्ष 1964 में भगत सिंह एवं उनके साथियों पर आधारित फिल्म 'शहीद' के निर्माण के सिलसिले में प्रख्यात फिल्म अभिनेता मनोज कुमार बटुकेश्वर दत्त से मिलने के लिए आए। उन्होंने उसमें खूब दिलचस्पी ली और बहुत महत्त्वपूर्ण जानकारियाँ उपलब्ध कराईं।

कम्युनिस्ट पार्टी के संस्थापकों में से एक मुजफ्फर अहमद ने एक बार लिखा कि बटुकेश्वर दत्त ने जेल से छूटने के बाद भी कम्युनिस्ट पार्टी की सदस्यता ग्रहण नहीं की, लेकिन कम्युनिस्ट पार्टी की गतिविधियों से वे बहुत दूर नहीं रहते थे। उनके साथ अंडमान जेल में रहनेवाले कैदी देवकुमार दास एवं रणधीर दासगुप्ता के माध्यम से अनुरोध भेजा कि उनके एक मित्र को कम्युनिस्ट पार्टी की सदस्यता दिलवानी है। उन्होंने यह भी संदेश दिया कि उनके विरुद्ध जो आरोप लगाए गए हैं, वे पूरी तरह निराधार हैं। उनके अनुरोध को कम्युनिस्ट पार्टी ने स्वीकार कर लिया। मुजफ्फर अहमद ने आगे लिखा कि "बटुकेश्वर दत्त के अनुरोध पर इस तरह कई लोगों का कम्युनिस्ट पार्टी में योगदान कराया गया।"[43]

संदर्भ—

1. अनिल वर्मा, 'भगत सिंह के सहयोगी : बटुकेश्वर दत्त', नेशनल बुक ट्रस्ट, पृ. 112
2. बिहार विधानसभा वाद-विवाद, दिनांक 10 मई, 1938
3. के.के. दत्त, 'कांप्रिहेंसिव हिस्टरी ऑफ बिहार', खंड-II, पृष्ठ 287
4. 'स्वतंत्रता संग्राम में बिहार के बलिदानी', बिहार विधान परिषद्, पृ. 144-46
5. अनिल वर्मा, पृ. 113
6. एन.एम.पी. श्रीवास्तव, 'आजादी की जंग, बिहार के मशहूर क्रांतिकारी', पृ. 68
7. वही
8. अनिल वर्मा, पृ. 113
9. एन.एम.पी. श्रीवास्तव, पृ. 68
10. वही, पृ. 69
11. एन.एम.पी. श्रीवास्तव, पृ. 150
12. एन.एम.पी. श्रीवास्तव, 'आजादी की जंग, बिहार के मशहूर क्रांतिकारी', पृ. 69, उद्धरण पॉलिटिकल (स्पेशल), बिहार सरकार, फाइल नं. 363, 1938
13. संचिका सं. 363, वर्ष 1938, पॉलिटिकल (स्पेशल) बिहार सरकार, एन.एम.पी. श्रीवास्तव, 'स्ट्रगल फॉर फ्रीडम, सम ग्रेट इंडियन रिवॉल्यूशनरीज', के.पी. जायसवाल रिसर्च इंस्टिट्यूट, पटना, 1988, पृ. 150
14. 'स्वतंत्रता संग्राम में बिहार के बलिदानी', बिहार विधान परिषद्, पृष्ठ 144-46
15. एस.पी. सेन, 'डिक्शनरी ऑफ नेशनल बायोग्राफी', खंड-1 (ए-डी), इंस्टीट्यूट ऑफ हिस्टोरिकल स्टडीज, कलकत्ता, पृ. 381
16. एन.एम.पी. श्रीवास्तव, 'आजादी', पृष्ठ 68
17. अनिल वर्मा, पृ. 113
18. वही, पृ. 115
19. वही
20. एस.पी. सेन, 'डिक्शनरी ऑफ नेशनल बायोग्राफी', पृ. 381
21. रविशंकर गांगुली (अधिवक्ता, पटना हाई कोर्ट) से हुए साक्षात्कार के आधार पर
22. अनिल वर्मा, पृ. 115
23. एन.एम.पी. श्रीवास्तव, पृष्ठ 70
24. एन.एम.पी. श्रीवास्तव, 'अनुग्रह नारायण सिंह, मेकर ऑफ मॉडर्न बिहार', ए.एन. सिन्हा इंस्टीट्यूट ऑफ सोशल स्टडीज, 18 जून, 1997
25. अनिल वर्मा, पृ. 116
26. भारती बागची से साक्षात्कार पर आधारित
27. अनिल वर्मा, पृ. 117
28. वही, पृ. 118
29. भारती बागची द्वारा दिए गए साक्षात्कार के आधार पर
30. अनिल वर्मा, पृ. 126
31. भारती बागची द्वारा दिए गए साक्षात्कार के आधार पर

32. वही
33. वही
34. आर.एस. गांगुली (अधिवक्ता, पटना हाई कोर्ट) से हुए साक्षात्कार के आधार पर
35. भारती बागची द्वारा दिए गए साक्षात्कार के आधार पर
36. वही
37. अनिल वर्मा, पृ. 118
38. बिहार गजट (एक्स्ट्राऑर्डिनरी), दिनांक 4-9-1963
39. सदस्य परिचय, बिहार विधान परिषद्, पृ. 255-56
40. अनिल वर्मा, पृ. 118
41. वही, पृ. 121
42. वही
43. सर्वजीत जाश, 'प्रथम बंगाली इनकलाबी बटुकेश्वर दत्त', एवरी टाइम-पूजा टाइम, 2010-11, पृ. 2, बांग्ला

□

अंतिम संध्या

बटुकेश्वर दत्त हमेशा कहा करते थे कि आदर्श योगी और क्रांतिकारियों में बहुत फर्क नहीं होता है। वे दोनों ही मृत्यु के भय से मुक्त होते हैं। वर्ष 1941 में जोशी अस्पताल, नई दिल्ली में उनका ऑपरेशन हुआ था। उसके बाद वे स्वस्थ हो गए थे। सन् 1962 में एक मोटर दुर्घटना में वे घायल हो गए और उनका इलाज भी हुआ; लेकिन वे पूरी तरह स्वस्थ नहीं हुए थे। 1964 में वे पुनः बीमार पड़े और बिस्तर पकड़ लिया। 10 अगस्त को उन्हें पटना मेडिकल कॉलेज अस्पताल में भरती कराया गया, लेकिन उनकी आर्थिक स्थिति ऐसी नहीं थी कि अच्छी तरह उनका इलाज हो सके। पटना में जैसी चिकित्सा व्यवस्था उपलब्ध थी, अपना इलाज वे करा रहे थे; लेकिन बीमारी ठीक होने का नाम नहीं ले रही थी। बटुकेश्वर दत्त ने अपनी स्थिति के बारे में अपने मित्र चमनलाल आजाद को पत्र लिखा। उन्होंने 'वीर अर्जुन' अखबार में एक लेख लिखा, जिसमें बटुकेश्वर दत्त के क्रांतिकारी जीवन की चर्चा करते हुए उनकी स्थिति के बारे में विस्तार से वर्णन किया और यह भी लिखा कि क्या दत्त जैसे क्रांतिकारी को भारत में जन्म लेना चाहिए? भगवान् ने इतने महान् शूरवीर को हमारे देश में जन्म देकर भारी भूल की है। खेद की बात है कि जिस व्यक्ति ने देश को स्वतंत्र कराने के लिए अपने प्राणों की बाजी लगा दी और जो फाँसी से बाल-बाल बच गया, वह आज बहुत दयनीय स्थिति में अस्पताल में पड़ा एड़ियाँ रगड़ रहा है और उसे कोई पूछनेवाला भी नहीं है।

बिहार में इसकी कोई प्रतिक्रिया नहीं हुई, लेकिन भारत सरकार के सत्ता के गलियारों में खलबली मच गई। चमनलाल ने पंजाब के मंत्री भीमलाल सच्चर एवं तत्कालीन केंद्रीय गृह मंत्री गुलजारीलाल नंदा से भी संपर्क किया और आग्रह किया कि बटुकेश्वर दत्त का इलाज दिल्ली के वेलिंगटन अस्पताल में कराया जाए। पंजाब सरकार तुरंत हरकत में आई और मुख्यमंत्री श्री रामकिशन एवं गृहमंत्री दरबारा सिंह ने पंजाब सरकार की ओर से तुरंत एक हजार रुपए का चेक बिहार के मुख्यमंत्री के.बी. सहाय को भेजा और यह भी लिखा कि यदि बिहार सरकार उनका इलाज कराने में सक्षम

नहीं है तो पंजाब सरकार उनका दिल्ली या चंडीगढ़ में इलाज कराने का संपूर्ण खर्च उठाने के लिए तैयार है। सरकार की उदासीनता के कारण कुछ ही दिनों पूर्व प्रख्यात स्वतंत्रता सेनानी वैकुंठनाथ शुक्ल की मृत्यु इलाज के अभाव में हो गई थी और इसको लेकर बिहार सरकार की बहुत आलोचना भी हुई थी। इसलिए सरकार किसी भी तरह की कोताही करने के मूड में नहीं थी। सरकार की तत्परता के बाद पटना के प्रख्यात चिकित्सक डॉ. मुखोपाध्यायजी उनका इलाज करने लगे, परंतु स्थिति में किसी प्रकार का सुधार नहीं आया।

चमनलाल आजाद स्वयं पटना आए और बिहार के राज्यपाल अनंत शयनम् आयंगर एवं चिकित्सक डॉ. मुखोपाध्याय से उन्होंने स्वयं भेंट की। कुछ नई जाँचें भी कराई गईं। जाँच में पता चला कि उनकी रीढ़ की हड्डी में कुछ गड़बड़ी है और अब तक जो इलाज हुआ, वह बिल्कुल ही गलत हो रहा था। चमनलाल आजाद ने फैसला किया कि दत्त बाबू को इलाज के लिए दिल्ली ले जाया जाए। 22 नवंबर, 1964 को बटुकेश्वर दत्त इलाज के लिए दिल्ली पहुँचे। दिल्ली स्टेशन पर पत्रकारों के प्रश्नों का जवाब देते हुए उन्होंने कहा कि मुझे स्वप्न में भी खयाल न था कि मैं यहाँ उस दिल्ली में, जहाँ मैंने बम डाला था, एक अपाहिज की तरह स्ट्रेचर पर लाया जाऊँगा। सफदरजंग अस्पताल में उन्हें भरती कराया गया। उनसे मिलने के लिए मन्मथनाथ गुप्त एवं अन्य स्वतंत्रता सेनानी यहाँ आने लगे। डॉक्टरों के परामर्श के अनुसार रीढ़ की हड्डी को ठीक करने के लिए उन्हें कोबाल्ट की किरणों का उपचार दिया जाना था। 23 नवंबर को पहली बार कोबाल्ट ट्रीटमेंट दिया गया। बाद में उन्हें इसके लिए ऑल इंडिया मेडिकल इंस्टीट्यूट में भरती कराया गया और जाँच के बाद पता चला कि उन्हें कैंसर है। बीमारी के बारे में सुनकर पूरा देश स्तब्ध रह गया। उनसे मिलने के लिए चमनलाल आजाद, शहीद यतींद्रनाथ दास के भाई किरणदास, किशोरीलाल एवं मन्मथनाथ गुप्त भी अकसर आते थे। प्रसिद्ध राजनेता के. कामराज भी अस्पताल में उनसे मिलने के लिए आए। बिहार के शिक्षा एवं स्वास्थ्य मंत्री भी अनेक बार आए। पंजाब के मुख्यमंत्री रामकिशन तो कई बार दिन में दो-दो बार उनसे मिलने आ जाते थे। तत्कालीन प्रधानमंत्री लाल बहादुर शास्त्री भी अस्पताल में उनसे मिलने के लिए आए।[1]

भगत सिंह की माता विद्यावती तो उसी दिन काफी व्यथित हो गईं, जिस दिन उन्हें बटुकेश्वर दत्त को कैंसर होने के बारे में पता चला। वे बटुकेश्वर दत्त को अपने पुत्र भगत सिंह के समान ही मानती थीं। तब तक उनकी उम्र 85 वर्ष हो गई थी और वे कभी अपने गाँव में रहतीं तो कभी बटुकेश्वर दत्त को देखने दिल्ली चली आतीं। उनके पास जो भी पैसे थे, सारे उन्होंने बटुकेश्वर दत्त के इलाज के लिए भिजवा दिए। अप्रैल माह के अंत में राष्ट्रपति डॉ. सर्वपल्ली राधाकृष्णन एवं प्रधानमंत्री लाल बहादुर शास्त्री

उनसे मिलने के लिए अस्पताल पहुँचे। 13 जुलाई, 1965 को बटुकेश्वर दत्त की स्थिति अत्यंत ही नाजुक हो गई। उस दिन उनकी पत्नी अंजलि दत्त भी वहाँ नहीं थीं। वे अपनी पुत्री भारती का पटना कॉलेज में नामांकन कराने के लिए आई थीं। एकाएक उनकी तबीयत खराब हो गई। कांग्रेस दल के उपनेता सुरेंद्र मोहन घोष रात 2 बजे अस्पताल पहुँचे। ऑक्सीजन लगाई गई और अंजलि दत्तजी को पटना खबर की गई। इसके दूसरे दिन अंजलि दत्त दिल्ली पहुँच गईं।

लेकिन बटुकेश्वर दत्त का अंत करीब आ गया था। एक दिन पंजाब के मुख्यमंत्री रामकिशनजी पुनः उनसे मिलने के लिए आए। उन्होंने पूछा कि हम आपको कुछ देना चाहते हैं। आपकी जो भी इच्छा हो, माँग लीजिए। बटुकेश्वर दत्त की आँखें छलछला आईं। होंठों से अस्पष्ट स्वर फूटे, ''मुझे कुछ नहीं चाहिए। बस, मेरी यही अंतिम इच्छा है कि मेरा दाह-संस्कार मेरे मित्र भगत सिंह की समाधि की बगल में किया जाए।'' धीरे-धीरे उनकी याददाश्त भी चली गई। लाहौर षड्यंत्र केस के किशोरीलाल अंतिम व्यक्ति थे, जिनकी उन्होंने पहचान की थी। डॉक्टरों ने कई तरह के प्रयास किए। अंत एकदम नजदीक आ गया था। माता विद्यावती को खबर दी गई और वे कार से ही दिल्ली के लिए चल पड़ीं। अस्पताल में पहुँचकर माता विद्यावती बटुकेश्वर दत्त का सिर अपनी गोद में रखकर लेकर बैठी थीं। शायद भगत सिंह द्वारा फाँसी के पूर्व कहे गए अंतिम शब्द याद आ रहे थे, 'मैं तो अब चला जाऊँगा, परंतु अपना एक हिस्सा दत्त के रूप में छोड़े जा रहा हूँ।' 17 जुलाई को बटुकेश्वर दत्त के मुँह से सिर्फ 'माँ-माँ' का उच्चारण हो रहा था। पत्नी अंजलि, बेटी भारती, माँ विद्यावती, बहन बीबी अमर कौर—सब आँखों में आँसू लिये हुए उनके पलंग के इर्द-गिर्द रहतीं। 20 जुलाई, 1965 की रात 1 बजकर 50 मिनट पर बटुकेश्वर दत्त ने इस दुनिया को अलविदा कह दिया।

पूरा देश शोकाकुल हो गया। प्रधानमंत्री लालबहादुर शास्त्री ने एम्स में आकर श्री दत्त के पार्थिव शरीर पर श्रद्धा-सुमन अर्पित किए। महामहिम राष्ट्रपति महोदय की ओर से भी सेना के कमांडर्स ने माल्यार्पण किया। सूचना एवं प्रसारण मंत्री श्रीमती इंदिरा गांधी, केंद्रीय गृह मंत्री श्री गुलजारीलाल नंदा, केंद्रीय मंत्री वाई.बी. चव्हाण भी उन्हें श्रद्धांजलि देने आए। सशस्त्र बल द्वारा शस्त्र उलटकर उन्हें परंपरागत ढंग से अंतिम सलामी दी गई। बटुकेश्वर दत्त के शव के पीछे लंबा जुलूस था। शव को उसी असेंबली हाउस (वर्तमान संसद् भवन) में लाया गया, जहाँ बटुकेश्वर दत्त एवं भगत सिंह ने बम विस्फोट किया था। वहाँ लोकसभा अध्यक्ष सरदार हुकुम सिंह, केंद्रीय मंत्री सरदार स्वर्ण सिंह, राज्यसभा के सचिव श्री बी.एन. बनर्जी ने उन्हें पुष्पांजलि दी। सांसद कमलनाथ तिवारी भी थे, जो उनके साथ अंडमान जेल में नौ वर्ष तक बंदी रहे थे। केंद्रीय स्वास्थ्य मंत्री एवं बिहार के रहनेवाले ललितनारायण मिश्र भी संसद् भवन में श्रद्धांजलि देने के

लिए पहुँचे, जिन्होंने एक दिन पूर्व ही बटुकेश्वर दत्त के इलाज के लिए चौबीस हजार रुपए के स्वीकृत्यादेश पर दस्तखत किया था।[2]

शव-यात्रा में उनके पुराने क्रांतिकारी साथी विश्वनाथ वैशंपायन, सदाशिव मलकापुरकर एवं भगवानदास माहौर भी थे। जंतर-मंतर पर शव-यात्रा को अल्पविराम दिया गया। वहाँ अखिल भारतीय कांग्रेस समिति की ओर से माल्यार्पण किया गया। भारतीय जन संघ के सचिव बलराज मधोक एवं विजय कुमार मल्होत्रा तथा दिल्ली के डिप्टी मेयर एच.के.एल. भगत ने भी उन्हें श्रद्धांजलि दी। कनॉट प्लेस से गुजरते हुए शव-यात्रा चाँदनी चौक स्थित टाउन हॉल पहुँची। आम जनता के दर्शनों के लिए वहाँ शव को रखा गया। रात 8.30 बजे श्री दत्त का शव टाउन हॉल से पुनः जुलूस के साथ दिल्ली जंक्शन रेलवे स्टेशन ले जाया गया और एक स्पेशल बोगी में रखा गया। श्रीमती अंजलि दत्त, कुमारी भारती, माँ विद्यावती, भगत सिंह की बहन अमर कौर एवं अन्य क्रांतिकारी साथी उसमें बैठे। उस बोगी को दिल्ली फिरोजपुर मेल में जोड़ दिया गया और रात 8.45 बजे ट्रेन दिल्ली स्टेशन से रवाना हो गई। वह गाड़ी भिन्न भिन्न स्टेशनों पर रुकती रही। रात में हजारों-हजार लोग फूल-माला लेकर आते और पार्थिव शरीर पर चढ़ाते। फूल-माला से ट्रेन की पूरी बोगी भर जाती और रास्ते में उसे हटाना पड़ता।[3]

21 जुलाई, 1965 को फिरोजपुर रेलवे स्टेशन पर पंजाब के मुख्यमंत्री श्री रामकिशन, उनके मंत्रिमंडल के सदस्य एवं राज्य सरकार के अधिकारीगण अगवानी के लिए उपस्थित थे। पार्थिव शरीर को नेहरू पार्क में एक मंच पर रखा गया और वहाँ हजारों लोगों ने श्रद्धा-सुमन अर्पित किए। भारत-पाकिस्तान सीमा से कुछ दूरी पर हुसैनीवाला में उनका अंतिम संस्कार किया जाना था, जहाँ पर पहले से ही भगत सिंह, सुखदेव एवं राजगुरु की समाधि है। बटुकेश्वर दत्त के शववाहन को स्वयं मुख्यमंत्री रामकिशन एवं अन्य लोग खींचकर चितास्थल तक लाए। सशस्त्र बलों ने परंपरागत विदाई दी और मौन धारण किया गया।[4]

माता विद्यावती ने बटुकेश्वर दत्त को स्नेह से दुलारने के पूर्व भगत सिंह, राजगुरु एवं सुखदेव के चित्रों को जब स्पर्श किया तो उपस्थित जन-समुदाय के दुःख की सीमा न रही। उनके बड़े भाई विशेश्वर दत्त ने मुखाग्नि देनी चाही, जो बटुकेश्वर दत्त की मृत्यु से एक दिन पूर्व शाम को दिल्ली पहुँचे थे, परंतु पंजाब के लोगों ने इस पर आपत्ति जताई और कहा कि बटुकेश्वर दत्त के आप भाई हैं, यह हम लोग नहीं जानते हैं; क्योंकि आप कभी भी उनकी चिकित्सा की व्यवस्था देखने के लिए दिल्ली नहीं आए। हम लोग सिर्फ अंजलि दत्त व भारतीजी को पहचानते हैं और इसलिए मुखाग्नि उनकी बेटी भारती ही देंगी और यही हुआ। मुखाग्नि उनकी बेटी भारती द्वारा दी गई।[5] मुखाग्नि के समय जन-सैलाब ने नारे लगाए—"बटुकेश्वर दत्त अमर रहें! भगत सिंह अमर रहें!"

चितास्थल के नजदीक ही शोक सभा आयोजित की गई, जिसे पंजाब के मुख्यमंत्री श्री रामकिशन ने संबोधित करते हुए कहा कि "श्री दत्त 34 वर्ष बाद फिर कभी जुदा न होने के लिए अपने शहीद साथियों से जा मिले हैं। जिस वाणी ने 'इनकलाब जिंदाबाद' का नारा लगाया था, वह आज मौन हो गई है; परंतु श्री दत्त ने देश के लिए जो बलिदान दिया है, उसके लिए उनकी स्मृति सदैव देशवासियों को प्रेरणा देती रहेगी।" 27,000 रुपए की एकमुश्त राशि फिरोजपुर के डिप्टी कमिश्नर ने स्थानीय नागरिकों की ओर से सम्मान निधि के रूप में श्रीमती अंजलि दत्त को दी। वह राशि अभी भी भारती बागची के पास यादगार के रूप में जमा है।[6] पंजाब सरकार की ओर से मुख्यमंत्री ने 5,000 रुपए एकमुश्त एवं 250 रुपए प्रतिमाह पेंशन देने की घोषणा की।[7]

बटुकेश्वर दत्त के दाह-संस्कार के बाद अंजलि एवं भारती हरिद्वार पहुँचीं और हरिद्वार में उनका श्राद्धकर्म किया गया। अस्थि-विसर्जन प्रयाग (इलाहाबाद) में संगम में किया गया। अस्थि-विसर्जन का कार्य राजकुमार सिन्हा द्वारा हुआ। वे विजय कुमार सिन्हा के अग्रज थे। श्राद्धकर्म में अनेक क्रांतिकारीगण सम्मिलित हुए थे, जिनमें लखनऊ के रामकिशन खेत्री का परिवार भी उपस्थित था।[8]

भगत सिंह एवं बटुकेश्वर दत्त के परिवारजनों में भी घनिष्ठ संबंध रहा है। माता विद्यावती देवी बटुकेश्वर दत्त को अपना ही पुत्र समझती थीं और उनका वही स्नेह अंजलि दत्त एवं बेटी भारती को भी मिलता रहा। बटुकेश्वर दत्त के पटना निवास पर माता विद्यावती का कई बार आना हुआ। इतना ही नहीं, भारती की शादी में उन्होंने स्नेहवश आर्थिक सहायता भी की थी।

बटुकेश्वर दत्त को जो सम्मान मिलना चाहिए, वह नहीं मिल पाया। वर्ष 2009 में भारत सरकार द्वारा भगत सिंह का जन्मशती वर्ष मनाया गया और उस अनुष्ठान में भारत के तत्कालीन प्रधानमंत्री मनमोहन सिंह भी उपस्थित हुए। उस समारोह में भाग लेने के लिए बटुकेश्वर दत्त की पुत्री भारती बागची को भी आमंत्रित किया गया।

पश्चिम बंगाल सरकार का तथ्य एवं संस्कृति विभाग भगत सिंह के ऊपर 'पश्चिम बंगाल पत्रिका' विशेषांक का प्रकाशन कर चुका है, परंतु प्रथम बंगाली इनकलाबी बटुकेश्वर दत्त के बारे में सरकार द्वारा कुछ नहीं किया गया। बटुकेश्वर दत्त के पैतृक निवास ओआड़ी ग्राम में 'विप्लवी बटुकेश्वर दत्त सेवा संघ' के नाम से एक क्लब है और यहाँ पर हर साल द्वितीय अग्रहण को बटुकेश्वर दत्त का जन्मदिन उत्साहपूर्वक मनाया जाता है। पश्चिम बंगाल हेरिटेज कमीशन द्वारा जो आदेश निर्गत किया गया है, उसके क्रम संख्या-5 पर बटुकेश्वर दत्त के पैतृक मकान की मरम्मत एवं संरक्षण का उल्लेख है।[9] बटुकेश्वर दत्त के पैतृक आवास को हेरिटेज घोषित किए जाने के बावजूद कोई मरम्मत एवं संरक्षण का कार्य वहाँ अभी तक नहीं किया जा सका है। हालाँकि पश्चिम बंगाल

सरकार का ध्यान इस ओर आकृष्ट हुआ है, परंतु इस दिशा में सम्यक् प्रयास नहीं किया गया है। ओड़ाई गाँव में बटुकेश्वर दत्त के पैतृक मकान के मालिकाना हक के संबंध में कई बार विवाद उत्पन्न हुए और प्रशासन को हस्तक्षेप तक करना पड़ा। बटुकेश्वर दत्त की पुत्री प्रो. भारती बागची ने स्पष्ट किया कि बटुकेश्वर दत्त के पैतृक मकान को हेरिटेज घोषित किए जाने के बाद वहाँ संरचना आदि के संबंध में सम्यक् प्रयास किए जाने की आवश्यकता है। उस जमीन एवं मकान का मालिकाना हक बटुकेश्वर दत्त के तीन भाइयों—वीरेश्वर दत्त, विशेश्वर दत्त एवं बटुकेश्वर दत्त के नाम है। हालाँकि अन्य भाइयों एवं उनके परिवारजनों द्वारा ओओड़ी गाँव के खेत वगैरह दूसरों को स्थानांतरित कर दिया गया है, परंतु उनमें से किसी भाई एवं उनके परिवारजनों को इस बात पर शायद ही कोई आपत्ति है कि उनके पैतृक मकान को हेरिटेज घोषित किया जाए; लेकिन गाँव के कुछ दबंग लोगों की नजर उस जमीन पर है और वे लोग प्रशासन को गलत तथ्य दे रहे हैं कि यह जमीन भाइयों के आपसी विवाद के बीच में है और शायद इसी कारण सरकार को बाधा हो रही है। प्रो. भारती बागची के अनुसार, चूँकि यह जमीन निजी है, इसलिए इस पर कोई भी कार्य करने से पूर्व परिवार के सदस्यों की सहमति आवश्यक है। पश्चिम बंगाल सरकार को वहाँ संरचना स्थापित करने के पूर्व बटुकेश्वर दत्त के परिवारजनों के साथ बैठकर एक विमर्श करना चाहिए, ताकि इस महान् स्वतंत्रता सेनानी के पैतृक मकान को हेरिटेज घोषित किया जा सके और वहाँ पर कुछ ऐसी व्यवस्था हो, ताकि आनेवाली पीढ़ी भारतीय स्वतंत्रता संग्राम के इस महानायक के बारे में विस्तार से जानकारी ले सके।

मकान के आगे का बरामदा, उसमें लगी इमारती लकड़ियाँ आदि गाँव के लोगों द्वारा ही गायब की जा चुकी हैं। मकान खँडहर की हालत में है और यदि सत्प्रयास तुरंत आरंभ नहीं किए गए तो मकान को और क्षति पहुँच सकती है। ओआड़ी के ग्रामीणों जैसे—उत्पल, शंभूनाथ दास आदि ने बताया कि सरकार द्वारा पूर्व में यह निर्णय लिया गया था कि यहाँ पर एक लोकमंच का निर्माण किया जाएगा और इसके लिए स्थानीय विधायक को निधि का आवंटन भी किया गया। इस लोकमंच के निर्माण का ग्रामीणों द्वारा विरोध किया गया कि यह जमीन एवं मकान बटुकेश्वर दत्त का है और वे एक प्रसिद्ध स्वतंत्रता सेनानी थे। अतएव यहाँ पर सबसे पहले इस मकान को संरक्षित किए जाने की आवश्यकता है और ऐसा ही निर्णय पश्चिम बंगाल के हेरिटेज कमीशन द्वारा लिया गया है।

यह एक सुखद संयोग ही है कि सुश्री सुप्रभा सरकार इसी ओआड़ी गाँव की रहनेवाली थीं, जो नजरुल संगीत की विख्यात गायिका थीं। गांधीवादी नेता विजय कुमार भट्टाचार्य एवं उनकी पत्नी का इस गाँव से बहुत लगाव था और यही कारण है कि

ओआड़ी गाँव के लोग जहाँ एक तरफ बटुकेश्वर दत्त को लेकर गौरवान्वित हैं, वहीं गांधीवादी नेता का सामीप्य भी उन्हें प्राप्त हुआ है। ओआड़ी गाँव में मधुसूदन चंद्र द्वारा स्थापित विप्लवी बटुकेश्वर दत्त सेवा संघ में बटुकेश्वर दत्त के साथ-साथ विजय कुमार भट्टाचार्य की भी तसवीर लगी हुई है।

पश्चिम बंगाल सरकार द्वारा मुद्रित वर्ग-11 की पाठ्य पुस्तक 'भारत का आधुनिक विश्व इतिहास', लेखक डॉ. चट्टोपाध्याय एवं मुखोपाध्याय, वर्ष 2005 के पृष्ठ-237 पर भगत सिंह के साथ बटुकेश्वर दत्त द्वारा असेंबली बम विस्फोट की संक्षिप्त चर्चा की गई है। चर्चा के दौरान वर्धमान विश्वविद्यालय के इतिहास विषय के एक छात्र ने बहुत ही सारगर्भित प्रश्न उठाया कि यदि बटुकेश्वर दत्त ने असेंबली बम विस्फोट में भगत सिंह के साथ भाग न लिया होता तो क्या उनका स्वतंत्रता संग्राम में कम योगदान होता। पश्चिम बंगाल सरकार एवं वर्तमान समाज को, खासकर शिक्षकों एवं अभिभावकों को स्वतंत्रता संग्राम में क्रांतिकारियों की भूमिका शिक्षा देते समय वर्तमान पीढ़ी को, सभी तथ्यों से अवगत कराना चाहिए। निश्चय ही पश्चिम बंगाल सरकार को पाठ्य पुस्तक में विप्लवी बटुकेश्वर दत्त पर थोड़ा विस्तार से चर्चा करने के लिए प्रेरित करना चाहिए।

ओआड़ी गाँव में एक हाई स्कूल अवस्थित है और यहाँ पर ओआड़ी एवं आसपास के गाँव के बच्चे पढ़ते हैं। हाई स्कूल काफी जीवंत है और बच्चे एवं शिक्षकों की उपस्थिति, स्कूल भवन आदि हर्षित करते हैं। स्कूल के प्राचार्य कक्ष में भारतवर्ष एवं पश्चिम बंगाल से संबंधित महान् विभूतियों के कई चित्र लगे हुए हैं; लेकिन यहाँ पर भी बटुकेश्वर दत्त का चित्र नहीं लगा हुआ है। जिज्ञासा करने पर स्कूल के प्रधानाचार्य का कहना था कि किसी ने लाकर नहीं दिया, इसलिए नहीं लगाया गया है। यह पूछने पर कि क्या और फोटो किसी ने लाकर दिया है अथवा वे स्वयं अपने स्तर से प्रयास करके लाए हैं ? प्रश्न को टालते हुए वे ओआड़ी गाँव के रहनेवाले एक शिक्षक की ओर इशारा करते हैं कि ये आपको विशेष जानकारी देंगे। शिक्षक महाशय को इस बात के लिए तो गर्व है कि बटुकेश्वर दत्त इसी गाँव के रहनेवाले थे, परंतु इससे अधिक वे कोई भी जानकारी नहीं देते हैं। क्या भारतीय स्वतंत्रता संग्राम के इतिहास के बारे में बच्चों से चर्चा की जाती है ? इस प्रश्न का जवाब वे स्वयं न देकर बच्चों के वर्ग में ले जाते हैं। कक्षा-9 में लगभग 40 छात्र-छात्राएँ उपस्थित हैं। सिर्फ एक छात्र बटुकेश्वर दत्त के बारे में जानता है और वह भी इतना ही कि वे इस गाँव के रहनेवाले थे और असेंबली में बम फेंका था। गाँव के पास की सड़क का नाम 'बटुकेश्वर दत्त पथ' है। शिक्षक का मानना था कि बच्चों को जानकारी होनी चाहिए, क्योंकि उनकी पाठ्य पुस्तक में इसकी चर्चा है; लेकिन फिर उन्हें याद आता है कि ग्यारहवीं कक्षा की पाठ्य पुस्तक में इसकी चर्चा है। वे ग्यारहवीं कक्षा तक चलते हैं, परंतु उस कक्षा के छात्रों को उस दिन परीक्षा की

तैयारी के लिए छुट्टी दे दी गई है। ओआड़ी गाँव की रहनेवाली और दसवीं कक्षा में पढ़नेवाली जयंती कर्मकार नामक एक छात्रा ने बताया कि हम लोगों ने अपने स्कूल में आज तक बटुकेश्वर दत्त के बारे में कोई चर्चा नहीं सुनी। सरकार एवं अभिभावकों को न सिर्फ बटुकेश्वर दत्त, बल्कि स्वतंत्रता संग्राम से संबंधित व्यक्तियों एवं घटनाओं के संबंध में नई पीढ़ी को जानकारी देनी चाहिए और इसके लिए आसान तरीका भी खोजना आवश्यक है, अन्यथा नई पीढ़ी इन जानकारियों से अनभिज्ञ रह जाएगी।

पटना में जक्कनपुर मुहल्ला के गौड़ीय मठ से आरंभ होनेवाली सड़क का नाम 'बटुकेश्वर दत्त मार्ग' रखा गया था और इसके लिए बिहार सरकार के तत्कालीन मंत्री श्री रामाश्रय प्रसाद सिंह ने भी रुचि ली थी; लेकिन कुछ वर्षों के बाद 2002-03 में इस शिलापट्ट को वहाँ से हटा दिया गया। बाद में उसी मुहल्ले में, जहाँ उनका घर था, उस गली का नाम 'बटुकेश्वर दत्त लेन' रख दिया गया। वहाँ जो नामपट्ट लगा हुआ था, उसे भी तीन बार हटा दिया गया; लेकिन स्थानीय लोगों ने बाद में उसे सीमेंट से जोड़ दिया और वह नामपट्ट अभी भी लगा हुआ है। जक्कनपुर के स्थानीय लोगों की इच्छा है कि गौड़ीय मठ से लेकर डी.वी.सी. चौक तक की सड़क का नाम 'बटुकेश्वर दत्त मार्ग' ही रहने दिया जाए और ऐसा पटना नगर निगम के आदेश से हुआ है। इसके अतिरिक्त, दिल्ली में बटुकेश्वर दत्त कॉलोनी है। लुधियाना में मुख्य मार्ग पर दत्त-भगत सिंह चौक अवस्थित है। पटना में बेली रोड पर आशियाना मोड़ से रामनगरी जानेवाली सड़क के किनारे बस स्टॉप बटुकेश्वर दत्त के नाम से था, परंतु नई सड़क बनने के क्रम में वहाँ लगे बिजली के ट्रांसफार्मर एवं बस स्टॉप का बोर्ड भी हटा दिया गया और इस प्रकार वहाँ से नाम भी हट गया। पटना में एक भी पार्क, पुस्तकालय, भवन आदि का नाम बटुकेश्वर दत्त के नाम पर नहीं है। उनकी कोई भी मूर्ति पूरे पटना या बिहार में नहीं है।

प्रो. भारती बागची को इस बात का दु:ख है कि संसद् भवन में लगाए गए चित्रों में भगत सिंह को तो स्थान दिया गया, परंतु बटुकेश्वर दत्त को अपने प्रिय मित्र से अलग कर दिया गया। उन्होंने साक्षात्कार में बताया कि इस प्रकार का निर्णय जो लोग लेते हैं, उन्हें भारत का क्रांतिकारी इतिहास एवं उसकी संवेदनशीलता के बारे में थोड़ी कम जानकारी होती है। बटुकेश्वर दत्त की मृत्यु जब नजदीक आ गई थी तो तत्कालीन पंजाब सरकार के मुख्यमंत्री ने उनसे पूछा कि वे उनके लिए क्या कर सकते हैं? उन्होंने न तो अपनी पत्नी के लिए कुछ माँगा और न ही अल्पवयसा अपनी बेटी के लिए। उन्होंने सिर्फ एक चीज माँगी कि मृत्यु के बाद उनका दाह-संस्कार वहीं किया जाए, जहाँ भगत सिंह का स्मारक है। इस प्रकार वे क्रांतिकारी आंदोलन में तो भगत सिंह के साथ रहे ही, मरने के बाद भी वे उनसे अलग नहीं हुए। लेकिन इन चीजों की ओर कम लोगों का ध्यान जाता है और वे दत्त-भगत को अलग करने के बारे में निर्णय ले लेते हैं।[10]

भारती बागची ने बताया कि उनके माता-पिता ने बड़े ही परिश्रम से जक्कनपुर में वह मकान बनवाया था; लेकिन अब वह काफी पुराना हो गया था, रहने लायक भी नहीं रह गया था। इसलिए उस मकान को तोड़कर वहाँ पर अब बटुकेश्वर मेंशन बनाया जा रहा है।

बटुकेश्वर दत्त के बड़े भाई वीरेश्वर दत्त के पुत्र का नाम तारापद दत्त है और वे कर्नाटक राज्य में रहते हैं। दूसरे भाई विशेश्वर दत्त के पुत्र का नाम रबिंद्र नाथ दत्त है और उनकी तीन पुत्रियाँ भी हैं। बटुकेश्वर दत्त की पुत्री का नाम भारती बागची है और उन्हें तीन पुत्र हैं, जिनके नाम क्रमशः भाष्कर बागची, निलंजन बागची एवं अविक बागची है। बटुकेश्वर दत्त की एक बहन भी थीं, जिनका नाम प्रोमिला था।

संदर्भ—

1. अनिल वर्मा, 'भगत सिंह के सहयोगी बटुकेश्वर दत्त', पृ. 131
2. वही, पृ. 13
3. भारती बागची के साक्षात्कार पर आधारित
4. अनिल वर्मा, पृ. 134
5. भारती बागची के साक्षात्कार पर आधारित
6. वही
7. अनिल वर्मा, पृ. 136
8. भारती बागची द्वारा दिए गए साक्षात्कार पर आधारित
9. पत्रांक 292/पी-118/डब्ल्यू.बी.एच.सी./2009-10, दिनांक 17 मई, 2010, पश्चिम बंगाल हेरिटेज कमीशन, 43, शेक्सपीयर सरणी, कोलकाता-700017
10. भारती बागची द्वारा दिए गए साक्षात्कार पर आधारित

□

भावुक बटुकेश्वर दत्त

कानपुर में भगत सिंह एवं बटुकेश्वर दत्त की प्रिय जोड़ी बन गई, लेकिन दोनों के चिंतन में अंतर यह था कि भगत सिंह प्रत्येक तथ्य को तर्क की कसौटी पर कसकर उसे ग्रहण करते थे और बटुकेश्वर दत्त भावना में बहकर निर्णय लेते थे। तथ्य की छानबीन करना वे बहुत उचित नहीं समझते थे। एक बुद्धि द्वारा संचालित होता था तो दूसरा हृदय द्वारा।[1] बम निर्माण से बचे हुए समय में बटुकेश्वर दत्त कोई-न-कोई पुस्तक पढ़ते रहते थे। खाने-पीने की चिंता किसी को नहीं थी। यदि मिल गया तो खा लिया और नहीं मिला तो भूखे ही सो गए। कुछ लोग ऐसे थे, जो भूखे होने पर हाय-तौबा मचाने लगते थे और कुछ उस पीड़ा को चुपचाप सह लिया करते थे। बटुकेश्वर दत्त उन व्यक्तियों में थे, जो कभी किसी अभाव की शिकायत नहीं करते थे।[2]

एक बार ऐसा संयोग आया कि आगरा के एक मकान में बटुकेश्वर दत्त, विजय कुमार सिन्हा, शिव वर्मा और जयदेव कपूर ही रह गए, शेष साथी किसी कार्य से आगरा के बाहर चले गए। उन लोगों के पास जितने पैसे थे, वे समाप्त हो गए और स्थिति भूखों रहने की आ गई। उन लोगों को लगातार तीन दिनों तक भोजन नसीब नहीं हुआ। इस स्थिति से कैसे निकला जाए, इस बारे में शिव वर्मा ने प्रयास करना आरंभ किया। उन्होंने अपनी स्थिति आगरा कॉलेज में पढ़नेवाले और छात्रावास में रहनेवाले एक मित्र के सामने रखी और उस दयाशील मित्र ने आग्रह किया कि तुम मेरे साथ भोजन करने के लिए मेरे छात्रावास में आ जाओ। जब छात्रावास के सभी लड़के भोजन कर चुके, तब शिव वर्मा को लेकर उसके मित्र महाराज के यहाँ भोजन करने के लिए पहुँचे। शिव वर्मा के दोस्त ने महाराजजी को बताया कि आज भूख बहुत जोरों से लगी है और भोजन करने के लिए वे अपने साथ अपने एक मित्र को भी लाए हैं और इन्हें भी बहुत भूख लगी है। वे लोग आज जमकर भोजन करेंगे। महाराजजी सदाशयी व्यक्ति थे और उन्होंने आश्वासन दिया कि आप लोग जमकर भोजन कीजिए, कोई दिक्कत नहीं है।

जाड़े के दिन थे और दोनों साथी कोट पहने हुए थे। नीचे जमीन पर पालथी मारकर

वे लोग बैठ गए और भोजन करने लगे। महाराजजी का ध्यान रोटी बनाने में तवे पर था। परोसनेवाला लड़का आता, दो-दो रोटियाँ दोनों की थाली में डाल देता और वापस चला जाता। ज्यो ही परोसनेवाला लड़का पीठ फेरता, दोनों दोस्त एक-एक रोटी अपने-अपने कोट में डाल लेते। महाराजजी उन्हें हिदायत देते कि तुम लोग चबा-चबाकर भोजन करो, लेकिन वे लोग तो आधा खाना खा रहे थे और आधा छिपाकर रख रहे थे। जब शिव वर्मा को यह अंदाज हो गया कि भूखे दोस्तों के लिए पर्याप्त रोटी की व्यवस्था हो गई है तो उन्होंने महाराज को धन्यवाद दिया और स्वादिष्ट खाने के लिए उनकी प्रशंसा भी की।[3] रोटी लेकर शिव वर्मा अपने दोस्त के कमरे में आए और फिर समस्या रखी। उन्होंने कहा कि रोटी तो पर्याप्त मात्रा में रख ली गई है, परंतु सब्जी चुराना संभव नहीं था। सिर्फ रोटी तो खाई नहीं जाएगी और उनके पास पैसे बिल्कुल नहीं हैं, यह बात पहले ही बता दी गई है। शिव वर्मा ने अपने दोस्त से साफ शब्दों में कहा कि कुछ पैसे भी दिए जाएँ, ताकि वे एक डबला (छोटी हाँडी) दही बाजार से खरीद लाएँ और ले जाकर अपने साथियों को दही-रोटी का भोजन कराएँ। मित्र महाशय को मानना ही था। शिव वर्मा छात्रावास से चुराई रोटी और मित्र के पैसे से खरीदी गई दही का डबला लेकर अपने आवास पर आए।

वहाँ आकर देखा कि बटुकेश्वर दत्त कमरे के आँगन में अकेले बैठे हुए हैं और पुस्तक पढ़ रहे हैं। विजय कुमार सिन्हा और जयदेव कहीं बाहर निकले हुए थे। शिव वर्मा ने बटुकेश्वर दत्त से कहा कि वे भोजन कर लें; लेकिन बटुकेश्वर दत्त को यह बात अच्छी नहीं लगी कि जब चारों दोस्त तीन दिनों से लगातार भूखे हैं तो फिर अकेले भोजन कैसे कर लिया जाए। उन्होंने शिव वर्मा से कहा कि दोस्त लोग कहीं बाहर घूमने गए हुए हैं। उन दोस्तों को भी आ जाने दें तो सब मिलकर भोजन करेंगे। तब तक दही और रोटी को यहीं ताक (दीवार के बीच में सामान रखने के लिए बनाई गई छोटी रैक) में रख दो। शिव वर्मा ने उनकी बात काटी कि पता नहीं दोस्त लोग बाहर से घूमकर कब लौटेंगे। बटुकेश्वर दत्तजी भोजन कर लें। लेकिन बटुकेश्वर दत्त नहीं माने और कहा कि साथियों को छोड़कर मुझसे अकेले भोजन नहीं किया जाएगा। उन्हें आ जाने दें। तब तक मैं पुस्तक पढ़कर समय काटता हूँ। तब शिव वर्मा बाहर अपने दोस्तों को खोजने के लिए निकल गए।

दही का डबला और रोटी ताक में रखे हुए थे। बटुकेश्वरजी अपनी पुस्तक पढ़ने में तल्लीन थे। ऊपर छत पर से लाल मुँह वाला बंदर सबकुछ देख रहा था। बंदर नीचे उतरा और चुपके से रोटी का बंडल मुँह में दबा लिया। दही के डबला के ऊपर कागज को काले धागे से लपेटा गया था। रोटी का बंडल मुँह में एवं दही का डबला हाथ में लेकर बंदर भागा। इसी क्रम में बंदर ने अपना हाथ काले धागे में फँसा लिया और जोरदार

छलाँग मारी। परिणाम यह हुआ कि रोटी का डबला हाथ से छूट गया और आँगन में पूरा दही बिखर गया। बटुकेश्वर दत्त का जब ध्यान टूटा तो देखा कि रोटी का बंडल बंदर महाशय के मुँह में है और दही का डबला नीचे गिरा है। कुछ देर बाद सारे दोस्त भोजन करने के लिए वापस आए तो स्थिति देखकर चकरा गए। बटुकेश्वरजी ने सारी स्थिति स्पष्ट करते हुए कहा कि बड़ा श्रम करके साथी शिव वर्मा हमारे लिए रोटियाँ लाए थे। वे तो सब हनुमानजी को अर्पित हो चुकी हैं और भरपेट भोजन की तृप्ति के फलस्वरूप यह आशीर्वाद उन्होंने हमारे सहन में बिखरा दिया है। शिव वर्मा ने कहा कि मैंने बटुकेश्वर को भोजन कर लेने के लिए बहुत आग्रह किया था, परंतु ये नहीं माने। इन्होंने न तो स्वयं भोजन किया और अपने साथियों को भी भोजन से वंचित होने से नहीं रोका। अब पता नहीं कितने दिनों के बाद भोजन के दर्शन होंगे।[4]

काकोरी ट्रेन डकैती के षड्यंत्र में प्रख्यात क्रांतिकारी योगेशचंद्र चटर्जी को सम्मिलित कर लिया गया था और उन्हें दस वर्ष के कारावास की सजा सुनाई गई थी। पहले वे आगरा जेल में बंद थे और बाद में उन्हें लखनऊ जेल में स्थानांतरित करने का आदेश सुनाया गया।

14 फरवरी, 1929 को हींग की मंडी, आगरावाले मकान में योगेशचंद्र चटर्जी के संबंध में विचार-विमर्श हुआ। सेंट्रल समिति के सात सदस्यों में से छह सदस्य सर्वश्री फोनेंद्र, भगत सिंह, चंद्रशेखर आजाद, शिव वर्मा, सुखदेव और बी.के. सिन्हा सम्मिलित हुए। एक सदस्य श्री कुंदन लाल आगरा से बाहर रहने के कारण इसमें शामिल नहीं हुए। बैठक में लिये गए निर्णय के अनुसार, योगेश चटर्जी को पुलिस हिरासत से छुड़ाने के लिए एक समिति का गठन किया गया, जिसमें भगत सिंह, चंद्रशेखर आजाद, बी.के. सिन्हा, शिव वर्मा, राजगुरु, भगवान दास और बटुकेश्वर दत्त को शामिल किया गया। 16 फरवरी, 1929 को बी.के. सिन्हा ने समाचार दिया कि योगेश चटर्जी का जेल से स्थानांतरण होने वाला है। 16 फरवरी को सायं 6 बजे बटुकेश्वर दत्त को आगरा स्टेशन पर स्थिति पर नजर रखने के लिए भेजा गया, परंतु उन्होंने आकर सूचित किया कि योगेश चटर्जी को 5.30 बजे शाम में ही ट्रेन से लखनऊ भेजा जा चुका है; लेकिन योगेश चटर्जी को शाम में कानपुर पुलिस लॉक अप में रखा जाएगा, क्योंकि रात में लखनऊ के लिए ट्रेन नहीं है। इसके बाद निर्णय लिया गया कि कानपुर में पुलिस लॉकअप पर हमला कर उन्हें छुड़ा लिया जाए। 8.30 बजे शाम को ही बचाव समिति कानपुर के लिए प्रस्थान कर गई। उनके पास एक पिस्तौल, दो रिवॉल्वर और एक बम था। लेकिन कानपुर पहुँचने पर बचाव समिति को यह महसूस हुआ कि कानपुर पुलिस लॉकअप की सुरक्षा व्यवस्था सटीक की गई है।[5]

चंद्रशेखर आजाद ने अपनी योजना के अनुसार, कानपुर में योगेशचंद्र चटर्जी को

रखने के लिए मकान की व्यवस्था करने का भार एक अन्य साथी पर सौंपा गया था, लेकिन वह व्यवस्था संभव नहीं हो पाई; दूसरी बात, आगरा से कानपुर के रास्ते में भगत सिंह का बटुआ किसी जेबकतरे ने काट लिया, जिसमें पचास रुपए के अतिरिक्त भगत सिंह का ड्राइविंग लाइसेंस भी था। चंद्रशेखर आजाद ने जब आगरा पुलिस लॉकअप का निरीक्षण किया तो वह एक्शन के लिए उपयुक्त नहीं दिखा। वे लोग स्टेशन पर खड़े रहे और इसी बीच में हथकड़ी में योगेशचंद्र चटर्जी को सामने से लेकर पुलिस निकल गई और जेल जानेवाली लॉरी में उन्हें बैठा दिया गया। भावुक बटुकेश्वर दत्त बाद में फूट-फूटकर रोने लगे। जब चंद्रशेखर आजाद को सारी बात की जानकारी मिली तो उन्होंने कहा कि यदि मैं आक्रमण का आदेश दे देता तो हम लोग योगेश दा को छुड़ा भी नहीं सकते थे और शायद हम लोगों में से कोई भी जीवित नहीं बचता। बिना कोई ठोस उपलब्धि के इतनी जानें झोंक देना कोई अक्लमंदी की बात नहीं होती।[6]

बटुकेश्वर दत्त जब आजीवन कारावास का दंड भुगतकर दिल्ली लौटे तो वे वह जेल देखने गए, जहाँ गिरफ्तारी के पश्चात् उन्हें और भगत सिंह को रखा गया था। वहाँ पर उन्होंने पाया कि उस स्थान पर अस्पताल भवन का निर्माण कराया जा रहा है। उन्होंने कार्य स्थल पर उपस्थित इंजीनियर से जिज्ञासा की, जिसने उन्हें नक्शे पर दिखाया कि अमुक जगह पर पुरानी जेल की वह कोठरी थी। उस कोठरी को तोड़ दिया गया था और खाली मैदान बना दिया गया था, जहाँ कुछ लड़के व लड़कियाँ बैडमिंटन खेल रहे थे। बटुकेश्वर दत्त वहाँ बैठकर उन बच्चों को खेलते हुए देखने लगे। जब खेल समाप्त हुआ तो एक युवक उनके सामने आया और पूछा कि आप हमें खेलते हुए देख रहे थे। क्या आप भी खेल में रुचि रखते हैं? उन्होंने उत्तर दिया कि मुझे खेल में कोई रुचि नहीं है। मैं इस मैदान को इसलिए देख रहा था, क्योंकि किसी समय इसी स्थान पर जेल की वह कोठरी थी, जहाँ असेंबली भवन में बम विस्फोट करने के पश्चात् भगत सिंह और बटुकेश्वर दत्त को रखा गया था। युवकों को उत्तर सुनकर बहुत आश्चर्य हुआ और एक युवक ने आगे बढ़कर पूछा कि ये भगत सिंह और बटुकेश्वर दत्त कौन थे? युवक का प्रश्न सुनकर बटुकेश्वर दत्त ने मौन धारण कर लिया। उन्हें यह पता नहीं चल रहा था कि यह पीढ़ी देश के लिए क्या करके दिखाएगी, जिसे यह भी पता नहीं है कि भगत सिंह और बटुकेश्वर दत्त कौन थे।[7]

संदर्भ—

1. श्रीकृष्ण सरल, 'क्रांतिकारी कोश', पृ. 104
2. वही
3. वही, पृ. 105

4. वही, पृष्ठ 107
5. मालविंदरजीत सिंह वड़ाइच, 'भगत सिंह दि इटर्नल रेबेल', प्रकाशन विभाग, सूचना एवं प्रसारण मंत्रालय, भारत सरकार, 2007, अंग्रेजी, पृ. 92
6. श्रीकृष्ण सरल, पृ. 107
7. श्रीकृष्ण सरल, पृ. 109

□

नौकरशाही सावधान!

जे.पी. सांडर्स के वध से लाला लाजपतराय की हत्या का बदला ले लिया गया

यह सोचकर कितना दुःख होता है कि जे.पी. सांडर्स जैसे एक मामूली पुलिस अफसर के कमीने हाथों द्वारा देश की 30 करोड़ जनता द्वारा सम्मानित एक नेता पर हमला करके उनके प्राण ले लिये गए। राष्ट्र का यह अपमान हिंदुस्तान के नवयुवकों को चुनौती था।

आज संसार ने देख लिया है कि हिंदुस्तान की जनता निष्प्राण नहीं हो गई है। उनका (नौजवानों का) खून जम नहीं गया। वे अपने राष्ट्र के सम्मान के लिए प्राणों की बाजी लगा सकते हैं और यह प्रमाण देश के उन युवकों ने दिया है, जिनकी स्वयं देश के नेता निंदा व अपमान करते हैं।

अत्याचारी सरकार सावधान!

इस देश की दलित व पीड़ित जनता की भावनाओं को ठेस मत पहुँचाओ। अपनी शैतानी हरकतें बंद करो। हमें हथियार न रखने देने के लिए बनाए तुम्हारे सब कानूनों और चौकसी के बावजूद पिस्तौल व रिवॉल्वर इस देश की जनता के हाथ में आते ही रहेंगे। यदि वे हथियार सशस्त्र क्रांति के लिए पर्याप्त न भी हुए तो भी राष्ट्रीय अपमान का बदला लेते रहने के लिए तो काफी रहेंगे ही। हमारे अपने लोग निंदा और अपमान करें। विदेशी सरकार चाहे हमारा कितना भी दमन कर ले, परंतु हम राष्ट्रीय सम्मान की रक्षा करने और विदेशी अत्याचारियों को सबक सिखाने के लिए सदा तत्पर रहेंगे। हम सब विरोध और दमन के बावजूद क्रांति की पुकार को बुलंद रखेंगे और फाँसी के तख्तों पर से भी पुकारकर कहेंगे—'इनकलाब जिंदाबाद'!

हमें एक आदमी की हत्या करने का खेद है; परंतु वह आदमी उस निर्दयी, नीच और अन्यायपूर्ण व्यवस्था का अंग था, जिसे समाप्त कर देना आवश्यक है। उस आदमी की हत्या हिंदुस्तान में ब्रिटिश शासन के कारिंदे के रूप में की गई है। यह सरकार संसार

की सबसे अत्याचारी सरकार है।

मनुष्य का रक्त बहाने के लिए हमें खेद है, परंतु क्रांति की वेदी पर कभी-कभी रक्त बहाना अनिवार्य हो जाता है। हमारा उद्‌देश्य एक ऐसी क्रांति से है, जो मनुष्य द्वारा मनुष्य के शोषण का अंत कर देगी।

'इनकलाब जिंदाबाद'!

18 दिसंबर, 1928

ह. बलराज
सेनापति,
पंजाब हिसप्रस

चमन लाल, भगत सिंह के संपूर्ण दस्तावेज, आधार प्रकाशन प्रा. लि.,
एस.सी.एफ. 267, सेक्टर-16, पंचकूला 134113 (हरियाणा), पृ. 173

□

हिंदुस्तानी समाजवादी प्रजातांत्रिक सेना

नोटिस

17 दिसंबर की घटना संबंधी

अब कोई रहस्य नहीं! कोई अनुमान नहीं!

जे.पी. सांडर्स मारा गया!

लाला लाजपतराय का बदला ले लिया गया !!

हिसप्रस की नियमावली (नियम 10-बी व सी) के अनुसार, इस बात की सूचना दी जाती है कि यह सीधी राजनीतिक प्रकृति के बदले की कारखाई थी। भारत के महान् बुजुर्ग लाला लाजपतराय पर किए गए अत्यंत घृणित हमले से उनकी मृत्यु हुई। यह इस देश की राष्ट्रीयता का सबसे बड़ा अपमान था और अब इसका बदला ले लिया गया है।

इसके बाद सभी से अनुरोध है कि हमारी शत्रु पुलिस को हमारा पता-ठिकाना बताने में किसी किस्म की सहायता न दें। जो कोई इस (सलाह) के विपरीत काम करेगा, उस पर सख्त कारखाई की जाएगी।

इनकलाब जिंदाबाद!

हस्ताक्षर
बलराज
23 दिसंबर, 1928
कमांडर-इन-चीफ

(8 अप्रैल, 1929 को असेंबली में बम फेंकने के बाद भगत सिंह और बटुकेश्वर दत्त द्वारा बाँटे गए अंग्रेजी परचे का हिंदी अनुवाद।)

सूचना

'बहरों को सुनाने के लिए बहुत ऊँची आवाज की आवश्यकता होती है।' प्रसिद्ध फ्रांसीसी अराजकतावादी शहीद वैलियाँ के ये अमर शब्द हमारे काम के औचित्य के साक्षी हैं।

पिछले दस वर्षों में ब्रिटिश सरकार ने शासन-सुधार के नाम पर इस देश का जो अपमान किया है, उसकी कहानी दोहराने की आवश्यकता नहीं है और न ही हिंदुस्तानी पार्लियामेंट पुकारी जानेवाली इस सभा ने भारतीय राष्ट्र के सिर पर पत्थर फेंककर उसका जो अपमान किया है, उसके उदाहरणों को याद दिलाने की आवश्यकता है। यह सब सर्वविदित और स्पष्ट है। आज फिर जब लोग साइमन कमीशन से कुछ सुधारों के टुकड़ों की आशा में आँखें फैलाए हैं और उन टुकड़ों के लोभ में आपस में झगड़ रहे हैं, विदेशी सरकार सार्वजनिक सुरक्षा विधेयक (पब्लिक सेफ्टी बिल) तथा औद्योगिक विवाद विधेयक (ट्रेड्स डिस्प्यूट्स बिल) के रूप में अपने दमन को एवं भी कड़ा कर लेने का यत्न कर रही है। इसके साथ ही आनेवाले अधिवेशन में अखबारों द्वारा राजद्रोह रोकने का कानून (प्रेस सैडिशन एक्ट) जनता पर कसने की भी धमकी दी जा रही है। सार्वजनिक काम करने वाले मजदूर नेताओं की अंधाधुंध गिरफ्तारियाँ यह स्पष्ट कर देती हैं कि सरकार किस रवैए पर चल रही है।

राष्ट्रीय दमन और अपमान की इस उत्तेजनापूर्ण परिस्थिति में अपने उत्तरदायित्व की गंभीरता को महसूस कर हिंदुस्तान समाजवादी प्रजातंत्र संघ ने अपनी सेना को यह कदम उठाने की आज्ञा दी है। इस कार्य का प्रयोजन यह है कि कानून का यह अपमानजनक प्रहसन समाप्त कर दिया जाए। विदेशी शोषक नौकरशाही जो चाहे करे, परंतु उसकी वैधानिकता का नकाब फाड़ देना आवश्यक है।

जनता के प्रतिनिधियों से हमारा आग्रह है कि वे इस पार्लियामेंट के पाखंड को छोड़कर अपने-अपने निर्वाचन क्षेत्रों को लौट जाएँ और जनता को व्रिदेशी दमन व शोषण के विरुद्ध क्रांति के लिए तैयार करें। हम विदेशी सरकार को यह बतला देना चाहते हैं कि हम सार्वजनिक सुरक्षा और औद्योगिक विवाद के दमनकारी कानूनों और लाला लाजपतराय की हत्या के विरोध में देश की जनता की ओर से यह कदम उठा रहे हैं।

हम अपने इस विश्वास को पुनः दोहराना चाहते हैं कि संसार के इतिहास ने अनेक बार इस ज्वलंत सच्चाई की घोषणा की है कि व्यक्तियों की हत्या करना तो सरल है, किंतु विचारों की हत्या नहीं की जा सकती।

बड़े-बड़े साम्राज्य नष्ट हो गए, पर विचार आज भी जीवित हैं। फ्रांस के ब्रूवाँ और रूस के जार—सब चले गए, जबकि क्रांतिकारी विजय की सफलता के साथ आगे बढ़ गए।

हम मनुष्य के जीवन को पवित्र समझते हैं। हम ऐसे उज्ज्वल भविष्य में विश्वास रखते हैं, जिसमें प्रत्येक व्यक्ति को पूर्ण शांति और स्वतंत्रता का अवसर मिल सके। हम इनसान का खून बहाने की अपनी विवशता पर दुःखी हैं, परंतु क्रांति द्वारा सबको समान स्वतंत्रता देने और मनुष्य द्वारा मनुष्य के शोषण को समाप्त कर देने के लिए क्रांति में कुछ-न-कुछ रक्तपात अनिवार्य है।

इनकलाब जिंदाबाद!

ह./-बलराज
कमांडर इन चीफ

चमन लाल, भगत सिंह के संपूर्ण दस्तावेज, आधार प्रकाशन प्रा. लि., एस.सी.एफ. 267, सेक्टर-16, पंचकूला 134113 (हरियाणा), पृ. 175

(असेंबली में बम फेंकने के बाद 6 जून, 1929 को दिल्ली के सेशन जज मि. लिओनार्ड मिडिल्टन की अदालत में दिया गया भगत सिंह और बटुकेश्वर दत्त का ऐतिहासिक बयान।)

असेंबली बम कांड पर सेशन कोर्ट में बयान

हमारे ऊपर गंभीर आरोप लगाए गए हैं। इसलिए यह आवश्यक है कि हम भी अपनी सफाई में कुछ शब्द कहें। हमारे कथित अपराध के संबंध में निम्नलिखित प्रश्न उठते हैं—(1) क्या वास्तव में असेंबली में बम फेंके गए थे? यदि हाँ, तो क्यों? (2) नीचे की अदालत में हमारे ऊपर जो आरोप लगाए गए हैं, वे सही हैं या गलत?

पहले प्रश्न के पहले भाग के लिए हमारा उत्तर स्वीकारात्मक है; लेकिन तथाकथित चश्मदीद गवाहों ने इस मामले में जो गवाही दी है, वह सरासर झूठ है। चूँकि हम बम फेंकने से इनकार नहीं कर रहे हैं, इसलिए यहाँ बता देना चाहते हैं कि सार्जेंट टेरी का यह कहना कि उन्होंने हममें से एक के पास से पिस्तौल बरामद की, यह एक सफेद झूठ है; क्योंकि जब हमने अपने आपको पुलिस के हाथों सौंपा तो हममें से किसी के पास कोई पिस्तौल नहीं थी। जिन गवाहों ने कहा है कि उन्होंने हमें बम फेंकते देखा था, वे झूठ बोलते हैं। न्याय व निष्कपट व्यवहार को सर्वोपरि माननेवाले लोगों को इन झूठी बातों से सबक लेना चाहिए, साथ ही हम सरकारी वकील के उचित व्यवहार तथा अदालत के अभी तक के न्यायसंगत रवैए को भी स्वीकार करते हैं।

पहले प्रश्न के दूसरे हिस्से का उत्तर देने के लिए हमें इस बम कांड जैसी ऐतिहासिक घटना के कुछ विस्तार में जाना पड़ेगा। हमने वह काम किस अभिप्राय से

तथा किन परिस्थितियों के बीच किया, इसकी पूरी एवं खुली सफाई आवश्यक है।

जेल में हमारे पास कुछ पुलिस अधिकारी आए थे। उन्होंने हमें बताया कि लॉर्ड इर्विन ने इस घटना के बाद ही असेंबली के दोनों सदनों के सम्मिलित अधिवेशन में कहा है कि यह विद्रोह किसी व्यक्ति विशेष के खिलाफ नहीं, बल्कि संपूर्ण शासन व्यवस्था के विरुद्ध था। यह सुनकर हमने तुरंत भाँप लिया कि लोगों ने हमारे इस काम के उद्देश्य को सही तौर पर समझ लिया है।

मानवता को प्यार करने में हम किसी से भी पीछे नहीं हैं। हमें किसी से व्यक्तिगत द्वेष नहीं है और हम प्राणिमात्र को हमेशा आदर की निगाह से देखते आए हैं। हम न तो बर्बरतापूर्ण उपद्रव करने वाले देश के कलंक हैं, जैसा कि सोशलिस्ट कहलानेवाले दीवान चमनलाल ने कहा है और न ही हम पागल हैं, जैसा कि लाहौर के 'द ट्रिब्यून' तथा कुछ अन्य समाचार-पत्रों ने सिद्ध करने का प्रयास किया है। हम तो केवल अपने देश के इतिहास, उसकी मौजूदा परिस्थिति एवं अन्य मानवोचित आकांक्षाओं के मननशील विद्यार्थी होने का विनम्रतापूर्वक दावा भर कर सकते हैं। हमें ढोंग व पाखंड से नफरत है।

एक अपकारजनक संस्था

यह काम हमने किसी व्यक्तिगत स्वार्थ या विद्वेष की भावना से नहीं किया है। हमारा उद्‌देश्य केवल उस शासन व्यवस्था के विरुद्ध प्रतिवाद प्रकट करना था, जिसके हर एक काम से उसकी अयोग्यता ही नहीं, बल्कि अपकार करने की असीम क्षमता भी प्रकट होती है। इस विषय पर हमने जितना विचार किया, उतना ही हमें इस बात का दृढ़ विश्वास होता गया कि वह केवल संसार के सामने भारत की लज्जाजनक तथा असहाय अव्यवस्था का ढिंढोरा पीटने के लिए ही कायम है और वह एक गैर-जिम्मेदार तथा निरंकुश शासन का प्रतीक है।

जनता के प्रतिनिधियों ने कितनी ही बार राष्ट्रीय माँगों को सरकार के सामने रखा, परंतु उसने उन माँगों की सर्वथा अवहेलना करके हर बार उन्हें रद्‌दी की टोकरी में डाल दिया। सदन द्वारा पास किए गए गंभीर प्रस्तावों को भारत की तथाकथित पार्लियामेंट के सामने ही तिरस्कारपूर्वक पैरों तले रौंदा गया है। दमनकारी तथा निरंकुश कानूनों को समाप्त करने की माँग करने वाले प्रस्तावों को हमेशा अवज्ञा की दृष्टि से ही देखा गया है और जनता द्वारा निर्वाचित सदस्यों ने सरकार के जिन कानूनों व प्रस्तावों को अवांछित एवं अवैधानिक बताकर रद्‌द कर दिया था, उन्हें केवल कलम हिलाकर ही सरकार ने लागू कर लिया है।

संक्षेप में, बहुत कुछ सोचने के बाद भी एक ऐसी संस्था के अस्तित्व का औचित्य हमारी समझ में नहीं आ सका, जो बावजूद उस तमाम शानो-शौकत के, जिसका आधार

भारत के करोड़ों मेहनतकशों की गाढ़ी कमाई है, मात्र दिल को बहलानेवाली एक थोथी, दिखावटी और शरारतों से भरी हुई संस्था है। हम सार्वजनिक नेताओं की मनोवृत्ति को समझ पाने में भी असमर्थ हैं। हमारी समझ में नहीं आता कि हमारे नेतागण भारत की असहाय परतंत्रता की खिल्ली उड़ानेवाले इतने स्पष्ट एवं पूर्व नियोजित प्रदर्शनों पर सार्वजनिक संपत्ति एवं समय बरबाद करने में सहायक क्यों बनते हैं।

हम इन प्रश्नों तथा मजदूर आंदोलन नेताओं की धर-पकड़ पर विचार कर ही रहे थे कि सरकार ट्रेड डिस्प्यूट बिल लेकर सामने आ गई। हम इसी संबंध में असेंबली की काररवाई देखने गए। वहाँ हमारा यह विश्वास और भी दृढ़ हो गया कि भारत की लाखों मेहनतकश जनता एक ऐसी संस्था से किसी बात की भी आशा नहीं कर सकती, जो भारत के बेबस मेहनतकशों की दासता तथा शोषकों की गला-घोंटू शक्ति की अहितकारी यादगार है।

अंत में वह कानून, जिसे हम बर्बर एवं अमानवीय समझते हैं, देश के प्रतिनिधियों के सिरों पर पटक दिया गया और इस प्रकार करोड़ों संघर्षरत भूखे मजदूरों को प्राथमिक अधिकारों से भी वंचित कर दिया गया और उनके हाथों से उनकी आर्थिक मुक्ति का एकमात्र हथियार भी छीन लिया गया। जिस किसी ने भी कमर-तोड़ परिश्रम करने वाले मूक मेहनतकशों की हालत पर हमारी तरह सोचा है, वह शायद स्थिर मन से यह सब नहीं देख सकेगा। बलि के बकरों की भाँति शोषकों और सबसे बड़ी शोषक स्वयं सरकार है, की बलिवेदी पर आएदिन होनेवाली मजदूरों की इन मूक कुर्बानियों को देखकर जिस किसी का दिल रोता है, वह अपनी आत्मा के चीत्कारों की उपेक्षा नहीं कर सकता।

गवर्नर जनरल की कार्यकारिणी समिति के पूर्व सदस्य स्वर्गीय श्री एस.आर. दास ने अपने प्रसिद्ध पत्र में लिखा था कि इंग्लैंड की स्वप्न निद्रा भंग करने के लिए बम का उपयोग आवश्यक था। श्री दास के इन्हीं शब्दों को सामने रखकर हमने असेंबली भवन में बम फेंके थे। हमने वह काम मजदूरों की तरफ से प्रतिरोध प्रदर्शित करने के लिए किया था। उन असहाय मजदूरों के पास अपने मर्मांतक क्लेशों को व्यक्त करने का और कोई साधन भी तो नहीं था। हमारा एकमात्र उद्देश्य था बहरे को सुनाना और उन पीड़ितों की माँगों पर ध्यान न देनेवाली सरकार को समय रहते चेतावनी देना।

हमारी ही तरह दूसरों की भी परोक्ष धारणा है कि प्रशांत सागर रूपी भारतीय मानवता की ऊपरी शांति किसी भी समय फूट पड़नेवाली एक भीषण तूफान की द्योतक है। हमने तो उन लोगों के लिए सिर्फ खतरे की घंटी बजाई है, जो आनेवाले भयानक खतरे की परवाह किए बगैर तेज रफ्तार से आगे की तरफ भागे जा रहे हैं। हम लोगों को सिर्फ यह बता देना चाहते हैं कि काल्पनिक अहिंसा का युग अब समाप्त हो चुका

है और आज की उठती हुई नई पीढ़ी को उसकी व्यर्थता में किसी भी प्रकार का संदेह नहीं रह गया है।

मानवता के प्रति हार्दिक सद्भाव तथा अमिट प्रेम रखने के कारण उसे व्यर्थ के रक्तपात से बचाने के लिए हमने चेतावनी देने के इस उपाय का सहारा लिया है और उस आनेवाले रक्तपात को हम ही नहीं, लाखों आदमी पहले से ही देख रहे हैं। ऊपर हमने 'काल्पनिक अहिंसा' शब्द का प्रयोग किया है। यहाँ पर उसकी व्याख्या कर देना भी आवश्यक है। आक्रामक उद्देश्य से जब बल का प्रयोग होता है तो उसे हिंसा कहते हैं और नैतिक दृष्टिकोण से उसे उचित नहीं कहा जा सकता; लेकिन जब उसका उपयोग किसी वैध आदर्श के लिए किया जाता है तो उसका नैतिक औचित्य भी होता है। किसी हालत में बल-प्रयोग नहीं होना चाहिए, यह विचार काल्पनिक और अव्यावहारिक है। इधर देश में जो नया आंदोलन तेजी के साथ उठ रहा है और जिसकी पूर्व सूचना हम दे चुके हैं, वह गुरु गोविंद सिंह, शिवाजी, कमाल पाशा, रिजा खाँ, वॉशिंगटन, गैरीबाल्डी, लाफाएट और लेनिन के आदर्शों से ही प्रस्फुटित है और उन्हीं के पदचिह्नों पर चल रहा है। चूँकि भारत की विदेशी सरकार तथा हमारे राष्ट्रीय नेतागण दोनों ही इस आंदोलन की ओर से उदासीन लगते हैं और जान-बूझकर उसकी पुकार की ओर से अपने कान बंद करने का प्रयत्न कर रहे हैं, अतः हमने अपना कर्तव्य समझा कि हम एक ऐसी चेतावनी दें, जिसकी अवहेलना न की जा सके।

हमारा अभिप्राय

अभी तक हमने इस घटना के मूल उद्देश्य पर ही प्रकाश डाला है। अब हम अपना अभिप्राय भी स्पष्ट कर देना चाहते हैं।

यह बतलाने की आवश्यकता नहीं है कि इस घटना के सिलसिले में मामूली चोटें खानेवाले व्यक्तियों या असेंबली के किसी अन्य व्यक्ति के प्रति हमारे दिलों में कोई वैयक्तिक विद्वेष की भावना नहीं थी। इसके विपरीत, हम एक बार फिर स्पष्ट कर देना चाहते हैं कि हम मानव जीवन को अकथनीय पवित्रता प्रदान करते हैं और किसी अन्य व्यक्ति को चोट पहुँचाने के बजाय हम मानव जाति की सेवा में हँसते-हँसते अपने प्राण विसर्जित कर देंगे। हम साम्राज्यशाही की सेना के भाड़े के सैनिकों जैसे नहीं हैं, जिनका काम ही नर-हत्या होता है। हम मानव जीवन का आदर करते हैं और बराबर उसकी रक्षा का प्रयत्न करते हैं। इसके बाद भी हम स्वीकार करते हैं कि हमने जान-बूझकर असेंबली भवन में बम फेंके।

घटनाएँ स्वयं हमारे अभिप्राय पर प्रकाश डालती हैं और हमारे इरादों की परख हमारे काम के परिणाम के आधार पर होनी चाहिए, न कि अटकल एवं मनगढ़ंत

परिस्थितियों के आधार पर। सरकारी विशेषज्ञ की गवाही के विरुद्ध हमें यह कहना है कि असेंबली भवन में फेंके गए बमों से वहाँ की एक खाली बेंच को ही कुछ नुकसान पहुँचा और लगभग आधे दर्जन लोगों को मामूली-सी खरोंचें भर आईं। सरकारी वैज्ञानिकों ने कहा है कि बम बड़े जोरदार थे और उनसे अधिक नुकसान नहीं हुआ, इसे एक अनहोनी घटना ही कहना चाहिए। पहले तो दोनों बम बेंचों व डेस्कों के बीच की खाली जगह में ही गिरे थे; दूसरे, उनके फूटने की जगह से दो फीट पर बैठे हुए लोगों को भी, जिनमें मि. पी.आर. राव, मि. शंकर राव तथा सर जॉर्ज शुस्टर के नाम उल्लेखनीय हैं, या तो बिल्कुल ही चोटें नहीं आईं या मात्र मामूली आईं। अगर उन बमों से जोरदार पोटैशियम क्लोरेट और पिक्रिड एसिड भरा होता, जैसा कि सरकारी विशेषज्ञ ने कहा है, तो इन बमों ने उस लकड़ी के घेरे को तोड़कर कुछ गज की दूरी पर खड़े हुए लोगों तक को उड़ा दिया होता और यदि उनमें कोई और भी शक्तिशाली विस्फोटक भरा जाता तो निश्चय ही वे असेंबली के अधिकांश सदस्यों को उड़ा देने में समर्थ होते। यही नहीं, यदि हम चाहते तो उन्हें सरकारी कक्ष में फेंक सकते थे, जो कि विशिष्ट व्यक्तियों से खचाखच भरा था या फिर उस सर जॉन साइमन को अपना निशाना बना सकते थे, जिसके अभागे कमीशन ने प्रत्येक विचारशील व्यक्ति के दिल में उसकी ओर से गहरी नफरत पैदा कर दी थी और जो उस समय असेंबली की अध्यक्ष दीर्घा में बैठा था। लेकिन इस तरह का हमारा कोई इरादा नहीं था और उन बमों ने उतना ही काम किया, जितने के लिए उन्हें तैयार किया गया था। यदि उससे कोई अनहोनी घटना हुई तो यही कि वे निशाने पर, अर्थात् निरापद स्थान पर गिरे।

एक ऐतिहासिक सबक

इसके बाद हमने उस कार्य का दंड भोगने के लिए अपने आपको जान-बूझकर पुलिस के हाथों समर्पित कर दिया। हम साम्राज्यवादी शोषकों को यह बतला देना चाहते थे कि मुट्ठी भर आदमियों को मारकर किसी आदर्श को समाप्त नहीं किया जा सकता है और न ही दो नगण्य व्यक्तियों को कुचलकर राष्ट्र को दबाया जा सकता है। हम इतिहास के इस सबक पर जोर देना चाहते थे कि परिचय-पत्र या परिचय चिह्न (Letter de Catchet) तथा बैस्टाइल (फ्रांस की कुख्यात जेल, जहाँ राजनीतिक बंदियों को घोर यंत्रणाएँ दी जाती थीं) फ्रांस के क्रांतिकारी आंदोलन को कुचलने में समर्थ नहीं हुए थे। फाँसी के फंदे और साइबेरिया की खानें रूसी क्रांति की आग को बुझा नहीं पाई थीं। तो फिर क्या अध्यादेश और सेफ्टी बिल्स भारत में आजादी की लौ को बुझा सकेंगे? षड्यंत्रों का पता लगाकर या गढ़े हुए षड्यंत्रों द्वारा नौजवानों को

सजा देकर अथवा एक महान् आदर्श के स्वप्न से प्रेरित नवयुवकों को जेलों में ठूँसकर क्या क्रांति का अभियान रोका जा सकता है? हाँ, सामयिक चेतावनी से, बशर्ते कि उसकी उपेक्षा न की जाए, लोगों की जानें बचाई जा सकती हैं और व्यर्थ की मुसीबतों से उनकी रक्षा की जा सकती है। आगाही देने का यह भार अपने ऊपर लेकर हमने अपना कर्तव्य पूरा किया है।

क्रांति क्या है?

भगत सिंह से नीचे की अदालत में पूछा गया था कि क्रांति से हम लोगों का क्या अभिप्राय है? इस प्रश्न के उत्तर में उन्होंने कहा था कि क्रांति के लिए खूनी लड़ाइयाँ अनिवार्य नहीं हैं और न ही उसमें व्यक्तिगत प्रतिहिंसा के लिए कोई स्थान है। वह बम और पिस्तौल का संप्रदाय नहीं है। क्रांति से हमारा अभिप्राय है—अन्याय पर आधारित मौजूदा समाज-व्यवस्था में आमूल परिवर्तन लाना।

समाज का प्रमुख अंग होते हुए भी आज मजदूरों को उनके प्राथमिक अधिकार से वंचित रखा जा रहा है और उनकी गाढ़ी कमाई का सारा धन शोषक पूँजीपति हड़प जाते हैं। दूसरों के अन्नदाता किसान आज अपने परिवार सहित दाने-दाने के लिए मोहताज हैं। दुनिया भर के बाजारों को कपड़ा मुहैया करानेवाला बुनकर अपने व अपने बच्चों के तन ढकने भर को भी कपड़ा नहीं पा रहा है। सुंदर महलों का निर्माण करने वाले राजगीर, लोहार तथा बढ़ई स्वयं गंदे बाड़ों में रहकर ही अपनी जीवन-लीला समाप्त कर जाते हैं। इसके विपरीत समाज के जोंक, शोषक पूँजीपति जरा-जरा सी बातों के लिए लाखों का वारा-न्यारा कर देते हैं।

यह भयानक असमानता और जबरदस्ती लादा गया भेदभाव दुनिया को एक बहुत बड़ी उथल-पुथल की ओर लिये जा रहा है। यह स्थिति अधिक दिनों तक कायम नहीं रह सकती। स्पष्ट है कि आज का धनिक समाज एक भयानक ज्वालामुखी के मुँह पर बैठकर रँगरलियाँ मना रहा है और शोषकों के मासूम बच्चे तथा करोड़ों शोषित लोग एक भयानक खड्ड की कगार पर चल रहे हैं।

आमूल परिवर्तन की आवश्यकता

सभ्यता का यह प्रासाद यदि समय रहते सँभाला न गया तो शीघ्र ही चरमराकर बैठ जाएगा। देश को एक आमूल परिवर्तन की आवश्यकता है और जो लोग इस बात को महसूस करते हैं, उनका कर्तव्य है कि साम्यवादी सिद्धांतों पर समाज का पुनर्निर्माण करें। जब तक यह नहीं किया जाता और मनुष्य द्वारा मनुष्य तथा राष्ट्र द्वारा दूसरे राष्ट्र का शोषण, जो साम्राज्यशाही के नाम से विख्यात है, समाप्त नहीं कर दिया जाता, तब

तक मानवता को उसके क्लेशों से छुटकारा मिलना असंभव है और तब तक युद्धों को समाप्त कर विश्व शांति के युग का प्रादुर्भाव करने की सारी बातें महज ढोंग के अतिरिक्त और कुछ भी नहीं हैं। क्रांति से हमारा मतलब अंततोगत्वा एक ऐसी समाज-व्यवस्था की स्थापना से है, जो इस प्रकार के संकटों से बरी होगी और जिसमें सर्वहारा वर्ग का आधिपत्य सर्वमान्य होगा और जिसके फलस्वरूप स्थापित होने वाला विश्व संघ पीड़ित मानवता को पूँजीवाद के बंधनों से और साम्राज्यवादी युद्ध की तबाही से छुटकारा दिलाने में समर्थ हो सकेगा।

सामयिक चेतावनी

यह है हमारा आदर्श और इसी आदर्श से प्रेरणा लेकर हमने एक सही तथा पुरजोर चेतावनी दी है; लेकिन अगर हमारी इस चेतावनी पर ध्यान नहीं दिया गया और वर्तमान शासन-व्यवस्था उठती हुई जन-शक्ति के मार्ग में रोड़े अटकाने से बाज नहीं आई तो क्रांति के इस आदर्श की पूर्ति के लिए एक भयंकर युद्ध का छिड़ना अनिवार्य है। सभी बाधाओं को रौंदकर आगे बढ़ते हुए उस युद्ध के फलस्वरूप सर्वहारा वर्ग अधिनायक तंत्र की स्थापना होगी। यह अधिनायक तंत्र क्रांति के आदर्शों की पूर्ति के लिए मार्ग प्रशस्त करेगा। क्रांति मानव जाति का जन्मजात अधिकार है, जिसका अपहरण नहीं किया जा सकता। स्वतंत्रता प्रत्येक मनुष्य का जन्मसिद्ध अधिकार है। श्रमिक वर्ग ही समाज का वास्तविक पोषक है। जनता की सर्वोपरि सत्ता की स्थापना श्रमिक वर्ग का अंतिम लक्ष्य है। इन आदर्शों के लिए और इस विश्वास के लिए हमें जो भी दंड दिया जाएगा, हम उसका सहर्ष स्वागत करेंगे। क्रांति की इस पूजा-वेदी पर हम अपना यौवन नैवेद्य के रूप में चढ़ाने लाए हैं, क्योंकि ऐसे महान् आदर्श के लिए बड़े-से-बड़ा त्याग भी कम है। हम संतुष्ट हैं और क्रांति के आगमन की उत्सुकतापूर्वक प्रतीक्षा कर रहे हैं।

इनकलाब जिंदाबाद!

चमन लाल, भगत सिंह के संपूर्ण दस्तावेज, आधार प्रकाशन प्रा. लि.,
एस.सी.एफ. 267, सेक्टर-16, पंचकूला 134113 (हरियाणा), पृ. 180

(दिल्ली के सेशन जज ने असेंबली बम केस में भगत सिंह को आजन्म कारावास का दंड दिया था। लाहौर हाई कोर्ट में उसकी अपील की गई। दिल्ली अदालत के निर्णय की आलोचना करते हुए भगत सिंह ने हाई कोर्ट में यह दूसरा बयान दिया।)

बम कांड पर हाई कोर्ट में बयान

हमारे उद्‌देश्य पर ध्यान दें

माई लॉर्ड, हम न वकील हैं, न अंग्रेजी विशेषज्ञ हैं और न हमारे पास डिग्रियाँ ही हैं, इसलिए हमसे शानदार भाषणों की आशा न की जाए। हमारी प्रार्थना है कि हमारे बयान की भाषा से संबंधित त्रुटियों पर ध्यान न देते हुए उसके वास्तविक अर्थ को समझने का प्रयत्न किया जाए। दूसरे तमाम मुद्‌दों को अपने वकीलों पर छोड़ते हुए मैं स्वयं एक मुद्‌दे पर अपने विचार प्रकट करूँगा। यह मुद्‌दा इस मुकदमे में बहुत महत्त्वपूर्ण है। मुद्‌दा यह है कि हमारी नीयत क्या थी और हम किस हद तक अपराधी हैं।

यह बड़ा पेचीदा मामला है, इसलिए कोई भी व्यक्ति आपकी सेवा में विचारों के विकास की वह ऊँचाई प्रस्तुत नहीं कर सकता, जिसके प्रभाव में हम एक खास ढंग से सोचने और व्यवहार करने लगे थे। हम चाहते हैं कि इसे दृष्टि में रखते हुए ही हमारी नीयत और अपराध का अनुमान लगाया जाए। प्रसिद्ध कानूनविद् सॉलोमन के अनुसार भी व्यक्ति को उसके आपराधिक आचरण के लिए उस समय तक सजा नहीं मिलनी चाहिए, जब तक उसका उद्‌देश्य कानून-विरोधी सिद्ध न हो।

सेशन जज की अदालत में हमने जो लिखित बयान दिया था, वह हमारे उद्‌देश्य की व्याख्या करता है और उस रूप में हमारी नीयत की व्याख्या भी करता था; लेकिन सेशन जज महोदय ने कलम की एक ही नोक से यह कहकर कि आमतौर पर अपराध को व्यवहार में लानेवाली बात कानून के कार्य को प्रभावित नहीं करती और इस देश में कानूनी व्याख्याओं में कभी-कभार उद्‌देश्य और नीयत की चर्चा होती है, हमारी सब कोशिशें बेकार कर दीं।

माई लॉर्ड, इन परिस्थितियों में सुयोग्य सेशन जज को उचित था कि या तो अपराध का अनुमान परिणाम से लगाते या हमारे बयान की मदद से मनोवैज्ञानिक पहलू का फैसला करते; पर उन्होंने इन दोनों में से एक भी काम नहीं किया।

विचारणीय बात यह है कि असेंबली में हमने जो दो बम फेंके, उनसे किसी भी व्यक्ति की शारीरिक या आर्थिक हानि नहीं हुई। यदि दूसरे दृष्टिकोण से देखा जाए तो जब तक अभियुक्त की मनोभावना का पता न लगाया जाए, उसके वास्तविक उद्‌देश्य का पता ही नहीं चल सकता। यदि उद्‌देश्य को पूरी तरह भुला दिया जाए तो किसी भी व्यक्ति के साथ न्याय नहीं हो सकता, क्योंकि उद्‌देश्य को नजरों में न रखने पर संसार के बड़े-बड़े सेनापति साधारण हत्यारे नजर आएँगे, सरकारी कर वसूल करने वाले अधिकारी चोर व जालसाज दिखाई देंगे और न्यायाधीशों पर भी कत्ल करने का अभियोग लगेगा। इस तरह तो समाज-व्यवस्था और सभ्यता खून-खराबा, चोरी और जालसाजी बनकर

रह जाएगी। यदि उद्देश्य की उपेक्षा की जाए तो किसी हुकूमत को क्या अधिकार है कि समाज के व्यक्तियों से न्याय करने को कहे? उद्देश्य की उपेक्षा की जाए तो हर धर्म-प्रचारक झूठ का प्रचारक दिखाई देगा और हरेक पैगंबर पर अभियोग लगेगा कि उसने करोड़ों भोले व अनजान लोगों को गुमराह किया। यदि उद्देश्य को भुला दिया जाए तो हजरत ईसा मसीह गड़बड़ करानेवाले, शांति भंग करने वाले और विद्रोह का प्रचार करने वाले दिखाई देंगे और कानून के शब्दों में खतरनाक व्यक्तित्व माने जाएँगे; लेकिन हम उनकी पूजा-प्रार्थना करते हैं। उनके प्रति हमारे दिलों में बेहद आदर है। उनकी मूर्ति हमारे दिलों में आध्यात्मिकता का स्पंदन पैदा करती है। यह क्यों? यह इसलिए कि उनके प्रयत्नों का प्रेरक एक ऊँचे दर्जे का उद्देश्य था। उस युग के शासकों ने उनके उद्देश्य को नहीं पहचाना। उन्होंने उनके बाहरी व्यवहार को ही देखा। लेकिन उस समय से लेकर इस समय तक उन्नीस शताब्दियाँ बीत चुकी हैं, क्या हमने तब से लेकर अब तक कोई तरक्की नहीं की? क्या हम ऐसी गलतियाँ दोहराएँगे? अगर ऐसा हो तो मानना पड़ेगा कि इनसानियत की कुर्बानियाँ, बड़े शहीदों के प्रयत्न बेकार रहे और आज भी हम उसी स्थान पर हैं, जहाँ आज से बीस शताब्दी पहले थे।

कानूनी दृष्टि से उद्देश्य का प्रश्न खास महत्त्व रखता है। जनरल डायर का उदाहरण लीजिए। उसने गोली चलाई और सैकड़ों निरपराध व शस्त्रहीन व्यक्तियों को मार डाला; लेकिन फौजी अदालत ने उसे गोली का निशाना बनाने का हुक्म देने की जगह लाखों रुपए इनाम दिए। एक और उदाहरण पर ध्यान दीजिए। श्री खड़ग बहादुर सिंह ने, जो एक गोरखा नौजवान है, कलकत्ता में एक अमीर मारवाड़ी को छुरे से मार डाला। यदि उद्देश्य को एक तरफ रख दिया जाए तो खड़ग बहादुर को मौत की सजा मिलनी चाहिए थी, लेकिन उसे कुछ वर्षों की सजा दी गई और उस अवधि से भी बहुत पहले मुक्त कर दिया गया। क्या कानून में कोई दरार रखनी थी, जो उसे मौत की सजा नहीं दी गई या उसके विरुद्ध हत्या का अभियोग सिद्ध न हुआ? उसने हमारी ही तरह अपना अपराध स्वीकार किया था, लेकिन उसका जीवन बच गया और वह स्वतंत्र है। मैं पूछता हूँ, उसे फाँसी की सजा क्यों नहीं दी गई? उसका कार्य जँचा-तुला था। उसने पेचीदा ढंग की तैयारी की थी। उद्देश्य की दृष्टि से उसका कार्य (एक्शन) हमारे कार्य की अपेक्षा ज्यादा घातक और संगीन था। उसे इसलिए बहुत ही नरम सजा मिली, क्योंकि उसका उद्देश्य नेक था। उसने समाज को एक ऐसी जोंक से छुटकारा दिलाया, जिसने कई एक सुंदर लड़कियों का खून चूस लिया था। श्री खड़ग बहादुर सिंह को महज कानून की प्रतिष्ठा बचाए रखने के लिए कुछ वर्षों की सजा दी गई।

यह सिद्धांत किस कदर गलत है। यह न्याय के बुनियादी सिद्धांत का विरोध है, जो कि इस प्रकार है। कानून आदमियों के लिए है, आदमी कानून के लिए नहीं है। इस

दशा में क्या कारण है कि हमें भी वे रियायतें न दी जाएँ, जो श्री खड्ग बहादुर सिंह को मिली थीं। स्पष्ट है कि उसे नरम सजा देते समय उसका उद्देश्य दृष्टि में रखा गया था, अन्यथा कोई भी व्यक्ति, जो किसी दूसरे को कत्ल करता है, फाँसी की सजा से नहीं बच सकता। क्या इसलिए हमें आम कानूनी अधिकार नहीं मिल रहा है कि हमारा कार्य हुकूमत के विरुद्ध था या इसलिए कि इस कार्य का राजनीतिक महत्त्व है?

माई लॉर्ड, इस दशा में मुझे यह कहने की आज्ञा दी जाए कि जो हुकूमत इन कमीनी हरकतों में आश्रय खोजती है, जो हुकूमत व्यक्ति के कुदरती अधिकार छीनती है, उसे जीवित रहने का कोई अधिकार नहीं। अगर यह कायम है तो आरजी तौर पर और हजारों बेगुनाहों का खून इसकी गरदन पर है। यदि कानून उद्देश्य नहीं देखता तो न्याय नहीं हो सकता और न ही स्थायी शांति स्थापित हो सकती है।

आटे में संखिया (जहर) मिलाना जुर्म नहीं, बशर्ते कि उसका उद्देश्य चूहों को मारना हो; लेकिन यदि उससे किसी आदमी को मार दिया जाए तो वह कत्ल का अपराध बन जाता है। लिहाजा ऐसे कानूनों पर जो युक्ति (दलील) पर आधारित नहीं और न्याय के सिद्धांत के विरुद्ध हैं, उन्हें समाप्त कर देना चाहिए। ऐसे ही न्याय-विरोधी कानूनों के कारण बड़े-बड़े श्रेष्ठ बौद्धिक लोगों ने बगावत के कार्य किए हैं।

हमारे मुकदमे के तथ्य बिल्कुल सादा हैं। 8 अप्रैल, 1929 को हमने सेंट्रल असेंबली में दो बम फेंके। उनके धमाके से कुछ लोगों को मामूली खरोंचें आईं। चेंबर में हंगामा हुआ, सैकड़ों दर्शक और सदस्य बाहर निकल गए। कुछ देर बाद खामोशी छा गई। मैं और मेरे साथी बटुकेश्वर दत्त खामोशी के साथ दर्शक गैलरी में बैठे रहे और हमने स्वयं अपने को प्रस्तुत किया कि हमें गिरफ्तार कर लिया जाए। हमें गिरफ्तार कर लिया गया। अभियोग लगाए गए और हत्या करने के प्रयत्न के अपराध में हमें सजा दी गई। लेकिन बमों से चार-पाँच आदमियों को मामूली चोटें आईं और एक बेंच को मामूली-सा नुकसान पहुँचा और जिन्होंने यह अपराध किया, उन्होंने बिना किसी किस्म के हस्तक्षेप के अपने आपको गिरफ्तारी के लिए पेश कर दिया। सेशन जज ने स्वीकार किया कि यदि हम भागना चाहते तो भागने में सफल हो सकते थे। हमने अपना अपराध स्वीकार किया और अपनी स्थिति स्पष्ट करने के लिए बयान दिया। हमें सजा का भय नहीं है; लेकिन हम यह नहीं चाहते कि हमें गलत तौर पर समझा जाए। हमारे बयान से कुछ पैराग्राफ काट दिए गए हैं, यह वास्तविक स्थिति की दृष्टि से हानिकारक है।

समग्र रूप में हमारे वक्तव्य के अध्ययन से साफ प्रकट होता है कि हमारे दृष्टिकोण से, हमारा देश एक नाजुक दौर से गुजर रहा है। इस दशा में काफी ऊँची आवाज में चेतावनी देने की जरूरत थी और हमने अपने विचारानुसार चेतावनी दी है। संभव है कि हम गलती पर हों, हमारा सोचने का ढंग जज महोदय के सोचने के ढंग से भिन्न हो;

लेकिन इसका यह अर्थ नहीं कि हमें अपने विचार प्रकट करने की स्वीकृति न दी जाए और गलत बातें हमारे साथ जोड़ी जाएँ।

'इनकलाब जिंदाबाद' और 'साम्राज्यवाद मुर्दाबाद' के संबंध में हमने जो व्याख्या अपने बयान में दी, उसे उड़ा दिया गया है, हालाँकि यह हमारे उद्‌देश्य का खास भाग है। 'इनकलाब जिंदाबाद' से हमारा यह उद्‌देश्य नहीं था, जो आमतौर पर गलत अर्थ में समझा जाता है। पिस्तौल और बम इनकलाब नहीं लाते, बल्कि इनकलाब की तलवार विचारों की सान पर तेज होती है और यही चीज थी, जिसे हम प्रकट करना चाहते थे। हमारे इनकलाब का अर्थ पूँजीवादी युद्धों की मुसीबतों का अंत करना है। मुख्य उद्‌देश्य और उसे प्राप्त करने की प्रक्रिया समझे बिना किसी के संबंध में निर्णय देना उचित नहीं है। गलत बातें हमारे साथ जोड़ना साफ-साफ अन्याय है।

इसकी चेतावनी देना बहुत आवश्यक था। बेचैनी रोज-रोज बढ़ रही है। यदि उचित इलाज न किया जाए तो रोग खतरनाक रूप ले लेगा। कोई भी मानवीय शक्ति इसकी रोकथाम न कर सकेगी। अब हमने इस तूफान का रुख बदलने के लिए यह काररवाई की। हम इतिहास के गंभीर अध्येता हैं। हमारा विश्वास है कि यदि सत्ताधारी शक्तियाँ ठीक समय पर सही काररवाइयाँ करतीं तो फ्रांस और रूस की खूनी क्रांतियाँ न बरस पड़तीं। दुनिया की कई बड़ी-बड़ी हुकूमतें विचारों के तूफान को रोकते हुए खून-खराबे के वातावरण में डूब गईं। सत्ताधारी लोग परिस्थितियों के प्रवाह को बदल सकते हैं। हम पहले चेतावनी देना चाहते थे और यदि हम कुछ व्यक्तियों की हत्या करने के इच्छुक होते तो अपने मुख्य उद्‌देश्य में असफल हो जाते। माई लॉर्ड, इस नीयत (भावना) और उद्‌देश्य को दृष्टि में रखते हुए हमने काररवाई की और इस काररवाई के परिणाम हमारे बयान का समर्थन करते हैं। एक और नुक्ता (पॉइंट) स्पष्ट करना आवश्यक है। यदि हमें बमों की ताकत के संबंध में कतई ज्ञान न होता तो हम श्री मोतीलाल नेहरू, श्री केलकर, श्री जयकर और श्री जिन्ना जैसे सम्माननीय राष्ट्रीय व्यक्तियों की उपस्थिति में क्यों बम फेंकते? हम नेताओं के जीवन किस तरह खतरे में डाल सकते थे? हम पागल तो नहीं हैं। और अगर पागल होते तो जेल में बंद करने की बजाय हमें पागलखाने में बंद किया जाता। बमों के संबंध में हमें निश्चित जानकारी थी। उसी के कारण हमने ऐसा साहस किया। जिन बेंचों पर लोग बैठे थे, उन पर बम फेंकना कहीं आसान काम था; लेकिन खाली जगह पर बमों का फेंकना निहायत मुश्किल काम था। अगर बम फेंकनेवाले सही दिमागों के न होते या वे असंतुलित दिमाग के होते तो बम खाली जगह की बजाय बेंचों पर गिरते। मैं तो कहूँगा कि खाली जगह के चुनाव के लिए जो हिम्मत हमने दिखाई, उसके लिए हमें इनाम मिलना चाहिए। इन हालात में माई लॉर्ड, हम सोचते हैं कि हमें ठीक तरह से समझा नहीं गया। आपकी

सेवा में हम चाहते हैं कि न तो हमसे अनुचित व्यवहार किया जाए, न ही हमारे संबंध में अनुचित राय दी जाए। सजा का सवाल हमारे लिए गौण है।

होम मेंबर के नाम पत्र

सेंट्रल जेल, लाहौर
24 जुलाई, 1929

श्रीमानजी
होम मेंबर, भारत सरकार

हमें (भगत सिंह और बटुकेश्वर दत्त) 12 जून, 1929 को दिल्ली के असेंबली बम केस में आजीवन कारावास का दंड सुनाया गया। जब तक हम दिल्ली जेल में हवालाती कैदी (अंडर ट्रायल) रहे, हमारे साथ बड़ा अच्छा सुलूक किया गया; पर जब से उस जेल से हमारी तब्दीली मियाँवाली और लाहौर सेंट्रल जेल में हुई, तब से हमारे साथ इखलाकी कैदियों जैसा सुलूक किया जा रहा है। पहले ही दिन हमने उच्च अधिकारियों से अच्छी खुराक तथा कुछ और सुविधाओं की माँग की और जेल की रोटी खाने से इनकार कर दिया। हमारी माँगें इस प्रकार थीं—

1. राजनीतिक कैदी होने के नाते हमें अच्छा खाना दिया जाना चाहिए, इसलिए हमारे भोजन का रूप यूरोपियन कैदियों जैसा होना चाहिए। हम उसी तरह की खुराक की माँग नहीं करते, बल्कि खुराक का स्तर वैसा चाहते हैं।

2. हमें मशक्कत के नाम पर जेलों में सम्मानहीन काम करने के लिए बाध्य नहीं किया जाना चाहिए।

3. बिना किसी रोक-टोक के पूर्व स्वीकृत (जिन्हें जेल अधिकारी स्वीकृत कर लें) पुस्तकें और लिखने का सामान लेने की सुविधा होनी चाहिए।

4. कम-से-कम एक दैनिक पत्र हरेक कैदी को मिलना चाहिए।

5. हरेक जेल में राजनीतिक कैदियों का एक विशेष वार्ड होना चाहिए, जिसमें उन सभी आवश्यकताओं की पूर्ति की सुविधा होनी चाहिए, जो यूरोपियनों के लिए होती है और एक जेल में रहनेवाले सभी राजनीतिक कैदी उस वार्ड में इकट्ठे रहने चाहिए।

6. स्नान के लिए सुविधाएँ मिलनी चाहिए।

7. अच्छे कपड़े मिलने चाहिए।

हमारी ये माँगें पूर्णतया उचित हैं, पर जेल अधिकारियों ने हमें एक दिन कहा कि उच्च अधिकारियों ने हमारी माँगें मानने से इनकार कर दिया है। इससे भी अधिक यह कि जबरदस्ती खाना देनेवाले हमारे साथ बड़ा बुरा सुलूक करते हैं। 11 जून, 1929 को

भगत सिंह जबरदस्ती खाना देने के पंद्रह मिनट बाद तक पूरी तरह बेसुध पड़े रहे। अतः हम यह निवेदन करते हैं कि बिना किसी ढील के यह दुर्व्यवहार बंद किया जाना चाहिए।

इसके साथ ही हमें यू.पी. जेल समिति में पं. जगत नारायण और खान बहादुर हाफिज हिदायत हुसैन की सिफारिश की तरफ इशारा करने की आज्ञा दी जाए। उन्होंने यह सिफारिश की है कि राजनीतिक कैदियों के साथ अच्छी श्रेणी के कैदियों जैसा सुलूक किया जाना चाहिए।

हम आपसे प्रार्थना करते हैं कि हमारी माँगों की ओर ध्यान दिया जाए।

आपके
भगत सिंह और बी.के. दत्त

नोट : राजनीतिक कैदियों से हमारा मतलब उन लोगों से है, जिन्हें शासन-विरोधी काररवाइयों के कारण सजा हुई। उदाहरण के लिए, वर्ष 1915-17 के लाहौर षड्यंत्र केस, काकोरी षड्यंत्र केस एवं अन्य विद्रोही केसों में सजा पाए लोग।

पंजाब जेल जाँच समिति के अध्यक्ष को पत्र

6 सितंबर, 1929

अध्यक्ष, पंजाब जेल जाँच समिति
और भूख हड़ताल उपसमिति के सदस्यगण, शिमला
(द्वारा अधीक्षक, बोस्टर्ल इंस्टीट्यूट, लाहौर)

प्रिय महोदय,

निम्नलिखित बातें हम आपके विचारार्थ रखने की अनुमति चाहते हैं—

1. कि हमने भूख हड़ताल छोड़ी नहीं थी, बल्कि सिर्फ सरकार के निर्णय तक इसे स्थगित किया था। हमारा विचार है कि हमने यह बात आपसे स्पष्ट कह दी थी और बार-बार फिर आपसे यह आग्रह किया था कि इसे जनता और साथ ही सरकार के सामने स्पष्ट कर दिया जाए।

हमें बहुत हैरानी हुई कि 4 सितंबर, 1929 के सिविल एंड मिलिट्री गजट में भूख हड़ताल उपसमिति के सदस्यों की ओर से दिए गए प्रेस वक्तव्य में इस बात का कोई जिक्र नहीं किया गया था। फिर भी, हमें उम्मीद है कि आप जल्द-से-जल्द यह कर देंगे।

2. हमने सिर्फ आश्वासन पर भूख हड़ताल स्थगित नहीं की थी कि आप और जाँच समिति के बाकी सदस्य हमारे संतोष के अनुसार हमारी माँगें मानते हुए इसकी सिफारिश कर देंगे। हममें से एक ने तो आपसे कहा था कि सरकार ने विगत समय में बहुत सारे मामलों में जाँच समिति की ऐसी सिफारिशें नहीं मानी थीं, क्योंकि इससे उनका लक्ष्य पूरा नहीं होता, उदाहरण-स्वरूप सकीन समिति का हवाला दिया गया था।

उन्हें संशय था कि आपकी समिति की सिफारिशों के साथ भी यही व्यवहार होगा। जवाब में आपने कहा था कि हमारे पास आने से पहले आपने स्थानीय सरकार से बात कर ली थी और आप हमें आश्वासन देने की स्थिति में थे कि सरकार इस मामले में ऐसा नहीं करेगी।

इस स्पष्ट और महत्त्वपूर्ण आश्वासन पर ही पूरे नौ घंटे की बहस के बाद हमने भूख हड़ताल स्थगित करना स्वीकार किया था।

इसके अतिरिक्त, आपने हमें विश्वास दिलाया था कि हमारी दृढ़ इच्छा के अनुसार साथी यतींद्रनाथ दास को, उनके स्वास्थ्य की नाजुक स्थिति को देखते हुए, रिहा कर दिया जाएगा।

दूसरे यह कि विचाराधीन कैदियों के रूप में हमारी माँगें, जिनमें सबसे महत्त्वपूर्ण हम सभी को (समेत साथी भगत सिंह और बटुकेश्वर दत्त) एक साथ आम बैरक में रखने की माँग सरकार एक या दो दिन में ही मान लेगी।

पर हमारी आशंकाएँ सही सिद्ध हुईं, जब उप-समिति की तगड़ी व एकमत सिफारिशों के बावजूद सरकार ने न तो साथी दास को रिहा करना स्वीकार किया और न ही साथी भगत सिंह एवं साथी दत्त को हमारे साथ रखना।

अत: इस तथ्य के तत्काल प्रमाण मिल गए हैं कि सरकार को आपकी सिफारिशों की कोई परवाह नहीं और हमें उम्मीद है, आप हमें यह कहने के लिए क्षमा करेंगे कि सरकार यही चाहती थी कि हमारी भूख हड़ताल तुड़वाने के लिए जननेता होने के आपके सम्माननीय पद का इस्तेमाल करे। हम और भी बता दें कि भूख हड़ताल स्थगित करने से पहले हमने बहुत ध्यान से इस बात पर विचार किया था कि जाँच समिति के वायदे पर कहाँ तक भरोसा किया जा सकता है। इस संबंध में साथी भगत सिंह और साथी दत्त की सलाह थी कि वर्तमान अवसर पर इसकी परीक्षा हो जाएगी। अब हम देख रहे हैं कि सरकार ने जबकि आपकी दो बहुत साधारण सिफारिशों की ओर भी ध्यान नहीं दिया, हमें तुरंत भूख हड़ताल आरंभ करने के लिए विवश किया है।

3. साथी दास की अवस्था बेहद चिंताजनक है और यदि सरकार यह सोचती है कि उनके देहांत के बाद हम अपने कर्तव्य से पीछे हट जाएँगे तो यह उसकी भयंकर

भूल है। हम सभी यह बता रहे हैं कि हम सब उन्हीं के रास्ते पर चलने के लिए तैयार हैं। फिर भी, निरंतर संघर्ष को ध्यान में रखते हुए सुविधा के लिए हम स्वयं को दो गुटों में बाँट रहे हैं, जिनमें से पहला गुट फौरन भूख हड़ताल शुरू कर रहा है।

यह निश्चय किया गया है कि जब पहले गुट के सदस्य का देहांत हो जाए तो दूसरे गुट में से एक सदस्य आगे आएगा।

हमने यह निर्णय इसकी पूरी गंभीरता को देखते हुए लिया है। अपने साथी दास के पद-चिह्नों पर चलने के सिवाय हमारे समक्ष और कोई भी सम्मानजनक व सरल रास्ता नहीं बचा है।

हम अपने कॉज को वाजिब व बाइज्जत समझते हैं, जिन्हें ऐसे गंभीर कदम उठाने पर मजबूर करने के बजाय कोई भी सरकार मान लेती। हम फिर बता दें कि हम यह संघर्ष इस निश्चय के साथ कर रहे हैं कि वाजिब व पवित्र लक्ष्य के लिए जीवन-पर्यंत संघर्ष करने के सिवाय और कोई भी चीज सम्माननीय व शानदार नहीं हो सकती।

अंत में, हम यह महसूस करते हैं कि हम अपना कर्तव्य पूरा नहीं कर रहे होंगे, यदि सरकार के सामने हमारे लक्ष्य को दिए समर्थन के लिए आपकी सच्ची हार्दिक रुचि और भारी कष्ट के प्रति आपका हार्दिक आभार न माने।

सच्चे दिल से, हम हैं आपके
लाहौर षड्यंत्र केस के भूख हड़ताली
शुक्रवार, 6 सितंबर, 1929
प्रात: 10 बजे

गृहमंत्री, भारत सरकार को तार

(ब्रिटिश साम्राज्य के विरुद्ध क्रांतिकारियों ने जेल में भी प्रतिदिन संघर्ष जारी रखा। जेलों में सुधार के लिए जो भूख हड़ताल शुरू की गई, वह कई मंजिलों से गुजरी। यतींद्रनाथ दास शहीद हुए। सरकार ने कुछ वायदे किए। एक बार भूख हड़ताल छोड़ी गई और फिर शुरू कर दी गई, क्योंकि सरकार के वायदों का झूठ उघड़ गया था। जनता के सामने सरकार की असलियत उघाड़ना उस अभियान का हिस्सा था। फिर शुरू हुई भूख हड़ताल में सरकार ने कई बेहूदा ढंग अपनाए, लेकिन क्रांतिकारी दृढ़ता से अपने विश्वासों पर स्थिर रहे। भगत सिंह और उनके साथी सभी कष्टों को हँसकर झेलने के सिद्धांत पर चलते रहे।)

20 जनवरी, 1930

प्रति,
गृहमंत्री, भारत
भगत सिंह और अन्य कैदियों की ओर से।

समिति के इस आश्वासन पर कि राजनीतिक कैदियों के साथ व्यवहार का प्रश्न हमारे संतोष के अनुसार शीघ्र ही अंतिम रूप में हल किया जा रहा है, हमने अपनी भूख हड़ताल स्थगित कर दी थी। अखिल भारतीय कांग्रेस समिति के भूख हड़ताल संबंधी प्रस्तावों की प्रतियाँ जेल अधिकारियों ने रोक ली हैं। कांग्रेस प्रतिनिधिमंडल को कैदियों से मिलने की अनुमति देने से इनकार कर दिया गया है। षड्यंत्र केस से संबंधित विचाराधीन व्यक्तियों पर पुलिस अधिकारियों की आज्ञा से 23 व 24 अक्तूबर, 1929 को बुरी तरह हमले किए गए।

गृह मंत्रालय, भारत सरकार को स्मरण-पत्र

द्वारा,
स्पेशल मजिस्ट्रेट लाहौर षड्यंत्र केस, लाहौर
28 जनवरी, 1930

20 जनवरी, 1930 के हमारे तार के संदर्भ में, जो नीचे दिया जा रहा है, हमें कोई उत्तर नहीं दिया गया—

गृह सदस्य, भारत सरकार, दिल्ली-लाहौर षड्यंत्र केस के विचाराधीन (अंडर ट्रायल) बंदियों ने इस आश्वासन पर भूख हड़ताल स्थगित की थी कि सरकार जेल समिति की सिफारिशों पर विचार कर रही है। अखिल भारतीय सरकारी कॉन्फ्रेंस समाप्त हो गई, लेकिन अभी तक कोई काररवाई नहीं की गई। राजनीतिक बंदियों के साथ प्रतिशोधात्मक व्यवहार अभी भी किया जा रहा है। निवेदन है कि लाहौर षड्यंत्र केस के बंदियों के बारे में सरकार हमें अपने अंतिम निर्णय से एक हफ्ते में अवगत करा दे।

जिस प्रकार उपर्युक्त तार में संक्षेप में बताया गया है, आपके ध्यान में हम यह लाना चाहते हैं कि पंजाब की जेलों में बंद लाहौर षड्यंत्र केस के बंदियों और प्रत्येक राजनीतिक बंदी को पंजाब जेल जाँच समिति के सदस्यों के इस आश्वासन से कि बहुत जल्द ही राजनीतिक बंदियों के व्यवहार का प्रश्न हमारी तसल्ली के अनुसार हल किया जा रहा है, भूख हड़ताल स्थगित करा दी। महान् शहीद यतींद्रनाथ दास की शहादत

के बाद यह मामला लेजिस्लेटिव असेंबली में उठा और सर जेम्स करींर ने सार्वजनिक रूप से यह आश्वासन दिया कि अब मन बदल गया है और तभी यह कहा गया था कि राजनीतिक कैदियों के साथ व्यवहार के प्रश्न पर उन्हें बहुत सहानुभूति है। ऐसे राजबंदियों ने, जो देश के भिन्न-भिन्न भागों की जेलों में भूख हड़ताल पर थे, उस समय उपर्युक्त आश्वासन और कुछ बंदियों की बदतर हालत को सामने रखकर पास किए गए अखिल भारतीय कांग्रेस समिति के पारित प्रस्ताव और निवेदन पर अपनी हड़ताल स्थगित कर दी थी। उस समय से सभी स्थानीय सरकारों ने अपनी सिफारिशें पेश कर दी हैं। अलग-अलग राज्यों की जेलों के इंस्पेक्टर जनरलों की बैठक जखनऊ में अभी समाप्त हुई है। अखिल भारतीय सरकारी कॉन्फ्रेंस का विचार-विमर्श दिल्ली में हुआ है। अखिल भारतीय कॉन्फ्रेंस पिछले दिसंबर गहीने गें हुई थी। एक माह से अधिक बीत चुका है, लेकिन सरकार ने अभी तक एक भी सिफारिश लागू नहीं की। इस तरह के लटकाए रखनेवाले व्यवहार में दूसरों की तरह हमें भी इस बात का भय है कि संभवत: इस सवाल को एक ओर कर दिया गया है। पिछले चार महीनों में जिस प्रकार भूख हड़तालियों और राजनीतिक बंदियों के साथ प्रतिशोधात्मक व्यवहार हुआ है, उससे हमारी आशंका और बलवती हुई है। जो यातनाएँ राजनीतिक बंदियों को दी जा रही हैं, उनके संबंध में पूरी जानकारी होना हमारे लिए बहुत कठिन है; लेकिन फिर भी, जेल की चारदीवारी में से जो थोड़ी-बहुत सूचनाएँ हमें मिल सकती हैं, वे हमें वस्तुस्थिति से परिचित कराने के लिए पर्याप्त हैं। ऐसे ही कुछ उदाहरण हम नीचे दे रहे हैं, जिनमें हम विचलित हुए बिना नहीं रह सके और जो सरकारी आश्वासनों से मेल नहीं खाते—

1. श्रीयुत् ब.क. बनर्जी, जो दक्षिणेश्वर बम केस के संबंध में लाहौर सेंट्रल जेल में पाँच वर्ष की सजा भुगत रहे हैं, गत वर्ष आम भूख हड़ताल में शामिल हो गए। उनकी सजा के हिसाब से उनकी रिहाई पिछले दिसंबर माह में हो जानी थी, लेकिन अब चार माह के लिए टाल दी गई है। इस जेल में लाहौर षड्यंत्र केस के संबंध में आजीवन बंदी की सजा भुगत रहे सत्तर वर्षीय वृद्ध बाबा सोहन सिंह को सजा दी गई है। इनमें से अनेक मामलों में कैद बढ़ा दी गई है, जबकि कुछ स्पेशल क्लास से हटा दी गई है। इसके अलावा, अन्यों में से मियाँवाली जेल में बंद सरदार काबुल सिंह और सरदार गोपाल सिंह को आम भूख हड़ताल में शामिल होने के कारण सजाएँ दी गई हैं। इनमें से अनेक मामलों में कैद बढ़ा दी गई है, जबकि कुछ स्पेशल क्लास से हटा दिए गए हैं।

2. इसी अपराध में अर्थात् आम भूख हड़ताल में शामिल होने के कारण आगरा सेंट्रल जेल में बंद सर्वश्री शचींद्रनाथ सान्याल, रामकृष्ण खत्री, सुरेशचंद्र भट्टाचार्य, रामकुमार सिन्हा, शचींद्रनाथ बख्शी, मन्मथनाथ गुप्त तथा काकोरी केस के अनेक बंदियों को सख्त सजाएँ दी गईं। विश्वस्त सूत्रों से पता चलता है कि श्री सान्याल को बेड़ियाँ

डालकर एकांत कोठरी में रखा गया है, जिसके कारण उनका स्वास्थ्य बिगड़ गया है। उनका वजन 18 पौंड कम हो गया है। मालूम हुआ कि श्री भट्टाचार्य तपेदिक के मरीज हैं। बरेली जेल के तीन बंदियों को भी सजाएँ दी गई हैं। उनकी समस्त सुविधाएँ वापस ले ली गईं, यहाँ तक कि अपने संबंधियों से मुलाकात एवं पत्र-व्यवहार करने जैसे आम अधिकार भी छीन लिये गए हैं। उनके वजन काफी कम हो गए हैं। इस संबंध में जवाहरलाल नेहरू ने सितंबर 1929 और जनवरी 1930 में दो प्रेस वक्तव्य दिए थे।

3. भूख हड़ताल के संबंध में अखिल भारतीय कांग्रेस का प्रस्ताव स्वीकृत होने के पश्चात् तार द्वारा अलग-अलग राजनीतिक बंदियों को भेजा गया। उनकी कॉपियाँ जेल अधिकारियों ने रोक लीं। फिर इस संबंध में सरकार ने बंदियों से मुलाकात के लिए कांग्रेस प्रतिनिधिमंडल को इजाजत नहीं दी।

4. पुलिस के उच्च अधिकारियों के आदेशानुसार 23 एवं 24 अक्तूबर, 1929 को लाहौर षड्यंत्र केस के मुलजिम बंदियों पर वहशियाना हमला किया गया। विवरण समाचार-पत्रों में प्रकाशित हुए हैं। स्पेशल मजिस्ट्रेट पं. श्रीकृष्ण ने हममें से एक व्यक्ति का बयान दर्ज किया था। उस बयान की कॉपी आपको 16 दिसंबर, 1929 को भेजी जा चुकी है; पर न तो पंजाब सरकार और न ही भारत सरकार ने उत्तर देने या हमारी ओर से जाँच कराने की माँग को आवश्यक समझा, जबकि दूसरी ओर से इसी घटना के संबंध में हिंसात्मक प्रतिशोध लेने के इरादे से स्थानीय सरकार ने हम पर मुकदमा चलाने की बहुत आवश्यकता महसूस की है।

5. दिसंबर 1929 के अंतिम सप्ताह में लाहौर बोर्स्टल जेल में कैद बंदी श्री किरणचंद्र दास तथा अन्य आठ को जब मजिस्ट्रेट की अदालत में लाकर पेश किया गया तो उन्हें हथकड़ियों व जंजीरों से जकड़ा हुआ था। यह पंजाब जेल जाँच समिति और पंजाब की जेलों के इंस्पेक्टर जनरल के समझौते का सरासर उल्लंघन था। यह ध्यान देने योग्य है कि ये जमानत योग्य जुर्म के तहत बंदी थे। इस संबंध में डॉ. मोहम्मद आलम, लाला दुनीचंद लाहौरवाले और लाला दुनीचंद अंबालावाले के लंबे बयान 'द ट्रिब्यून' में प्रकाशित हुए हैं।

जब हमें राजनीतिक बंदियों की समस्त यातनाओं का पता चला तो हमने भूख हड़ताल पुन: प्रारंभ करने से गुरेज किया। भले ही इस बात का हमें अत्यंत दु:ख था, लेकिन हमने सोचा कि समस्या जल्द ही तय हो जाएगी; लेकिन अब उपर्युक्त उदाहरणों की रोशनी में क्या हम यह मानें कि भूख हड़ताल की अनकही व भयंकर यातनाएँ और यतींद्रनाथ दास की महान् शहादत ऐसे ही चली गई? क्या हम यही मानें कि उभर रहे जन-आंदोलन को रोकने और संकटमय दौर को टालने की नीयत से ही सरकार ने हमें आश्वासन दिए थे? हम आशा करते हैं कि आप हमसे असहमत नहीं होंगे कि हमने

काफी समय तक धैर्य से प्रतीक्षा की है, लेकिन हम अनंत काल तक प्रतीक्षा नहीं कर सकते। सरकार ने अपने ढुलमुल व्यवहार एवं राजनीतिक बंदियों के साथ दुर्व्यवहार के चलते हमारे पास पुनः संघर्ष शुरू करने के अलावा कोई विकल्प नहीं रह गया है। हम जानते हैं कि भूख हड़ताल आरंभ करना और उसे जारी रखना कोई सरल कार्य नहीं; लेकिन साथ ही हम बता देते हैं कि भारत अन्य बहुत से यतींद्र और रामरक्खा सिंह एवं भानसिंह पैदा कर सकता है (अंतिम दोनों ने सन् 1917 में अंडमान द्वीपों में अपने जीवन का उत्सर्ग कर दिया था। पहले ने 92 दिनों की भूख हड़ताल के बाद आखिरी साँस ली और दूसरा 6 महीने तक चुपचाप अमानवीय अत्याचार सहते हुए महान् नायक की मृत्यु को प्राप्त हुआ)।

राजनीतिक बंदियों से अच्छे व्यवहार के समर्थन में जनता में से लोगों ने तथा हमने काफी कुछ कहा है। इसे दोहराने की जरूरत नहीं है। वर्गीकरण के मामले में सबसे अहम पक्ष और मूल मंतव्य की स्थापना के बारे में हम कुछ शब्द कहना चाहेंगे। वर्गीकरण के मापदंड के प्रश्न पर हंगामा हुआ है। अलग-अलग सरकारों के सुझाए हुए मापदंड में से मूल मंतव्य को बिल्कुल निकाल दिया गया है। यह वास्तव में अजब व्यवहार है। मात्र मूल मंतव्य से ही किसी भी काररवाई की सही कद्र का निर्णय किया जा सकता है। क्या हम यह समझें कि सरकार एक ऐसे हमलावर, जो अपने शिकार का शोषण करते हुए उसे जान से मार डालता है और एक खड़ग बहादुर, जो एक बदमाश की हत्या करके नौजवान लड़की की इज्जत बचाता है और समाज को एक दुराचारी व्यक्ति से मुक्ति दिलाता है, दोनों के बीच अंतर करने में असमर्थ है? क्या दोनों को एक ही वर्ग का व्यक्ति समझा जाए? क्या एक जैसा अपराध करने वाले दो व्यक्तियों में कोई अंतर नहीं, जिनमें एक स्वार्थी है और दूसरा निस्स्वार्थ? इसी तरह, क्या एक सामान्य हत्यारे और एक राजनीतिक कार्यकर्ता में कोई अंतर नहीं, भले ही राजनीतिक कार्यकर्ता हिंसा भी अपना ले, उसकी यह निस्स्वार्थता क्या उसे शेष अपराधियों से ऊँचा नहीं कर देती? ऐसी स्थितियों में हमारी मान्यता है कि वर्गीकरण के मापदंड में मंतव्य को सबसे मुख्य पक्ष की तरह लिया जाना चाहिए।

गत वर्ष हमारी भूख हड़ताल आरंभ होने पर जब इसी बात पर विचार के लिए अनेक जन-नेता, जिनमें डॉ. गोपीचंद और लाला दुनीचंद अंबालावाले भी थे, जिन्होंने पंजाब जेल में जाँच समिति की सिफारिशों पर हस्ताक्षर किए हैं, हमारे पास आए और जब उन्होंने बताया कि राजद्रोह के अपराध में सजा पाए राजनीतिक बंदियों को सरकार विशेष वर्ग के बंदी मानने पर विचार कर रही है, तब वास्तव में हत्या के अपराधियों को बाहर रखनेवाली हद तक की सिफारिश को समझौते के तौर पर मान लिया गया; लेकिन बाद में बहस के दौरान दूसरा ही रवैया अपना लिया गया और पंजाब जेल जाँच समिति

के लिए हवाले की शर्तोंवाला संयुक्त बयान इस तरह लिखा गया, जिससे प्रतीत होता था कि मूल मंतव्य का प्रश्न बिल्कुल ही अलग कर दिया गया है और समूचा वर्गीकरण दो चीजों पर आधारित था—

1. अपराध का ढंग और
2. अपराधी का सामाजिक स्तर।

इस मापदंड ने समस्या के निदान के बजाय उसे पेचीदा बना दिया।

अहिंसात्मक और हिंसात्मक अपराधोंवले राजनीतिक बंदियों में दो वर्गोंवाली बात हम समझ सकते थे, लेकिन पंजाब जेल जाँच समिति की सिफारिशों में सामाजिक स्तर का प्रश्न आ जाता है। जिस प्रकार चौधरी अफजल हक ने रिपोर्ट से असहमति की टिप्पणी में ठीक ही कहा है कि स्वतंत्रता के कार्य में जुटे रहने के कारण कंगाल हो गए राजनीतिक कार्यकर्ताओं का क्या होगा? क्या उन्हें किसी न्यायाधीश की दया पर छोड़ दिया जाए, जो प्रत्येक को साधारण अपराधी कहकर अपनी वफादारी सिद्ध करने की कोशिश करता रहेगा या यह आशा की जाए कि एक असहयोगी जेल से अच्छे व्यवहार की प्रार्थना करते हुए उन लोगों के आगे हाथ फैलाएगा, जिनके विरुद्ध वह जूझ रहा है? क्या यह ढंग इस बेचैनी के कारण को दूर करने का है या बढ़ाने का? तर्क दिया जा सकता है कि जेलों के बाहर दरिद्रता में जीते लोगों को जेलों में ऐशो-आराम की आशा नहीं रखनी चाहिए, जहाँ कि उन्हें सजा के उद्देश्य से बंदी बनाकर रखा गया है। पर वे कौन से सुधार हैं, जिनकी ऐश के लिए आवश्यकता होती है? क्या वे मात्र साधारण जीवन-स्तर की आवश्यकताएँ नहीं हैं? माँगी जानेवाली समस्त सुविधाओं के बावजूद जेल सदा जेल ही रहेगी। बाहर के लोगों को आकर्षित करने के लिए जेल कोई चुंबकीय शक्ति नहीं होती और न ही कभी हो सकती है। केवल जेल आने के लिए कोई भी अपराध नहीं करता। हम यह कहने का साहस रखते हैं कि किसी भी सरकार का यह बहुत घटिया तर्क होगा कि नागरिकों को इस दर्जे तक मोहताजगी हो गई है और उनके रहने का स्तर जेल के स्तर की अपेक्षा घटिया हो गया है। क्या ऐसे तर्क में सरकार के अस्तित्व की कोई संभावना शेष रह जाती है? खैर, इस समय हमें इन बातों से कोई सरोकार नहीं है। हम कहना चाहते हैं कि बेचैनी को दूर करने का सबसे बेहतर ढंग यह है कि राजनीतिक बंदियों को भिन्न वर्ग में रखा जाए। बाद में अगर आवश्यकता महसूस हो तो इसको पुनः दो वर्गों—एक, जो अहिंसक अपराधों में सजायाफ्ता हैं और दूसरे, जो हिंसक अपराधों में सजायाफ्ता हैं, में बाँटा जा सकता है। इस स्थिति में मंतव्य निर्णयात्मक पहलू बन जाएगा। यह कहना कि राजनीतिक मामलों में मंतव्य का फैसला नहीं किया जा

सकता, एक झूठा दावा है। यह कौन सी चीज है, जो आज जेल अधिकारियों से जेलों में राजनीतिकों को साधारण सुविधाओं से वंचित करने के लिए कहती है? वह कौन सी चीज है, जो उनकी नंबरदारियाँ छीनती है? वह कौन सी चीज है, जो अपराधियों से यह कहती है कि उन्हें शेष बंदियों से अलग रखा जाए? यही चीज वर्गीकरण में भी मदद कर सकती है।

जहाँ तक विशेष माँगों का संबंध है, हम पहले ही पंजाब जेल जाँच समिति से अपने स्मरण-पत्र में पूरी तरह कह चुके हैं। फिर भी, हम इस बात पर जोर देना चाहते हैं कि किसी भी राजनीतिक बंदी का चाहे जो अपराध हो, उसे सख्त और सम्मान-विरोधी मशक्कत नहीं मिलनी चाहिए और स्थानीय भाषा या अंग्रेजी का कम-से-कम एक समाचार-पत्र उन्हें दिया जाना चाहिए। अध्ययन के लिए सभी आवश्यक सुविधाएँ दी जानी चाहिए और व्यक्तिगत साधनों से भोजन व कपड़े पर खर्च बढ़ाने की इजाजत दी जानी चाहिए।

हम अभी भी आशान्वित हैं कि सरकार हमें और जनता को दिए गए आश्वासन को अविलंब कार्यरूप में लाएगी, ताकि भूख हड़ताल का फिर अवसर न दिया जाए। आगामी सात दिनों में यदि सरकार ने अपना आश्वासन पूरा न किया तो हम पुनः भूख हड़ताल करने के लिए बाध्य होंगे।

आपके
भगत सिंह, दत्त और अन्य कैदी
लाहौर षड्यंत्र केस

1. बाबा सोहन सिंह भकना (1867-1968), गदर पार्टी के पहले अध्यक्ष
2. काबुल सिंह गोविंदपुरी
3. गोपाल सिंह कौमी

तीसरी इंटरनेशनल, मॉस्को के अध्यक्ष को तार

24 जनवरी, 1930 को लेनिन दिवस के अवसर पर लाहौर षड्यंत्र केस के विचाराधीन कैदी अपनी गरदनों में लाल रुमाल बाँधकर अदालत में आए। वे काकोरी गीत गा रहे थे। मजिस्ट्रेट के आने पर उन्होंने 'समाजवादी क्रांति जिंदाबाद' और 'साम्राज्यवाद मुर्दाबाद' के नारे लगाए। फिर भगत सिंह ने निम्नलिखित तार तीसरी इंटरनेशनल, मॉस्को के अध्यक्ष के नाम प्रेषित करने के लिए मजिस्ट्रेट को दिया—

लेनिन दिवस के अवसर पर हम सोवियत रूस में हो रहे महान् अनुभव और

साथी लेनिन की सफलता को आगे बढ़ाने के लिए अपनी दिली मुबारकबाद भेजते हैं। हम अपने को विश्व क्रांतिकारी आंदोलन से जोड़ना चाहते हैं। मजदूर राज की जीत हो, सरमायादारी का नाश हो।

साम्राज्यवाद मुर्दाबाद!

24 जनवरी, 1930

विचाराधीन कैदी

लाहौर षड्यंत्र केस।

('द ट्रिब्यून', लाहौर, 26 जनवरी, 1930 को प्रकाशित)

हिंदुस्तानी समिति, बर्लिन के नाम तार

कृपया भारत में समाजवादी क्रांतिकारी आंदोलन के झंडाबरदारों में से एक कॉमरेड श्यामजी कृष्ण वर्मा के देहांत पर हमारा हार्दिक शोक अपने साथियों तक पहुँचाएँ।

उनका जीवन भारतीय मुक्ति के लंबे संघर्ष के आदर्श में एक राष्ट्रीय संपत्ति है, जो आजादी की लड़ाई के कार्यकर्ताओं को हमेशा प्रेरणा देता रहेगा।

5 अप्रैल, 1930

विचाराधीन कैदी

लाहौर षड्यंत्र केस

('द ट्रिब्यून', लाहौर, 8 अप्रैल, 1930 को प्रकाशित)

काकोरी केस के कैदियों के नाम तार

द्वारा स्पेशल मजिस्ट्रेट, लाहौर

कृपया निम्न तार तुरंत काकोरी कैदियों को भेज दें, जो बरेली जेल में भूख हड़ताल पर हैं और जिनके बारे में कहा जाता है कि वे गंभीर हालत में हैं।

आपके

भगत सिंह

बी.के. दत्त

तार

गुप्त, बख्शी, सिन्हा, मुकंदी लाल
काकोरी कैदी,
सेंट्रल जेल,
बरेली।

आपकी नाजुक हालत के बारे में जानकर बहुत दुःख है। हमारा पहला तार आप तक नहीं पहुँचा। हम आपसे हार्दिक निवेदन करते हैं कि सरकार की ओर से बंदियों के वर्गीकरण के अंतिम नोटिस को ध्यान में रखते हुए आप अपना संघर्ष त्याग दें। जहाँ तक नए नियमों के लागू होने का प्रश्न है, हमें एक साथ इंतजार करना चाहिए।

भगत
सिंह और दत्त

स्पेशल मजिस्ट्रेट, लाहौर के नाम

द्वारा, सुपरिंटेंडेंट, सेंट्रल जेल, लाहौर
11 फरवरी, 1930

मिस्टर मजिस्ट्रेट,

4 फरवरी, 1930 के सिविल एंड मिलिट्री गजट में प्रकाशित आपके बयान के संबंध में यह जरूरी जान पड़ता है कि हम अपने अदालत में आने के कारणों से आपको परिचित करवाएँ, ताकि कोई गलतफहमी और गलत प्रस्तुति संभव न हो।

पहले हम यह कहना चाहेंगे कि हमने अभी तक ब्रिटिश अदालतों का बायकॉट नहीं किया है। हम मि. लुइस की अदालत में जा रहे हैं, जो हमारे विरुद्ध जेल एक्ट की धारा-22 के अधीन मुकदमे की सुनवाई कर रहे हैं। यह घटना 29 जनवरी को आपकी अदालत में घटित हुई थी। लाहौर षड्यंत्र केस के संबंध में यह कदम उठाने के लिए हमें विशेष परिस्थितियों ने मजबूर किया है। हम शुरू से ही महसूस करते रहे हैं कि अदालत के गलत रवैए द्वारा या जेल के अथवा अन्य अधिकारियों द्वारा हमारे अधिकारों की सीमा लाँघकर हमें निरंतर जान-बूझकर परेशान किया जा रहा है, ताकि हमारी पैरवी में बाधाएँ डाली जा सकें। कुछ दिनों पहले जमानत की दरख्वास्त में हमने अपनी तकलीफें आपके सामने रखी थीं; लेकिन उस दरख्वास्त को कुछ कानूनी नुक्तों पर नामंजूर करते हुए आपने बंदियों की तकलीफों का जिक्र करना जरूरी नहीं समझा,

जिनके आधार पर जमानत की दरख्वास्त दी गई थी।

हम महसूस करते हैं कि मजिस्ट्रेट का पहला और मुख्य फर्ज यह होता है कि उसका व्यवहार निष्पक्ष तथा दोनों पक्षों के ऊपर उठा होना चाहिए, यहाँ तक कि उस दिन माननीय जस्टिस कोर्ट ने यह रूलिंग दी थी कि मजिस्ट्रेट को दूसरी सबसे महत्त्वपूर्ण बात अपने सामने रखनी चाहिए कि विचाराधीन कैदी को अपनी पैरवी के संबंध में किसी मुश्किल का सामना न करना पड़े और यदि कोई मुश्किल हो तो उसे दूर करना चाहिए, अन्यथा पूरा मुकदमा एक मजाक बनकर रह जाता है। लेकिन ऐसे महत्त्वपूर्ण मुकदमे में मजिस्ट्रेट का व्यवहार इससे उलटा रहा है, जिसमें 18 नवयुवकों पर गंभीर आरोपों, जैसे—हत्या, डकैती और षड्यंत्र के अधीन मुकदमा चलाया जा रहा है, जिनसे संभव है, उन्हें मृत्युदंड दिया जाए। जिन प्रमुख मुद्दों पर हम आपकी अदालत में न आने के लिए विवश हुए हैं, वे इस तरह हैं—

विचाराधीन कैदियों में से अधिकांश दूर-दराज प्रांतों से हैं और सभी मध्य वर्गीय लोग हैं। ऐसी स्थिति में उनके संबंधियों द्वारा उनकी पैरवी के लिए बार-बार आना न सिर्फ बहुत मुश्किल है, बल्कि असंभव है। वे अपने कुछ दोस्तों से मुलाकात करना चाहते थे, जिन्हें वे अपनी पैरवी की सभी जिम्मेदारियाँ सौंप सकते थे। साधारण बुद्धि का भी यही तकाजा है कि उन्हें मुलाकात करने का हक हासिल है, इस मकसद के लिए बार-बार प्रार्थना की गई, लेकिन सभी प्रार्थनाएँ अनसुनी रहीं।

श्री बी.के. दत्त बंगाल के रहनेवाले हैं और श्री कमलनाथ तिवारी बिहार के। दोनों अपनी-अपनी मित्र कुमारी लज्जावती व श्रीमती पार्वती से भेंट करना चाहते थे, लेकिन अदालत ने उनकी दरख्वास्त जेल अधिकारियों को भेज दी और उन्होंने यह कहकर दरख्वास्त रद्द कर दी कि मुलाकात सिर्फ संबंधियों व वकीलों से ही हो सकती है। यह मामला बार-बार आपके ध्यान में लाया गया; लेकिन ऐसा कोई कदम नहीं उठाया गया, जिससे बंदी पैरवी के लिए आवश्यक प्रबंध कर सकते। बाद में उन्हें इनका वकालतनामा हासिल करने पर भी मुलाकात करने की आज्ञा नहीं दी गई और यहाँ तक कि मजिस्ट्रेट ने जेल अधिकारियों को यह लिखने से भी इनकार कर दिया कि बंदी उसकी ओर से चलाए जा रहे मुकदमे की पैरवी के संबंध में इन मुलाकातों की माँग कर रहे थे और इस प्रकार बंदी ऊपर की अदालत में जाने योग्य नहीं रहे, लेकिन मुकदमे की सुनवाई जारी रही। इन परिस्थितियों में बंदी बिल्कुल विवश थे और उनके लिए मुकदमा मजाक से अधिक कुछ नहीं था। यह बात नोट करने योग्य है कि दूसरे बंदियों में भी अधिकांश की ओर से कोई वकील पेश नहीं हो रहा था।

मेरा वकील नहीं है और न ही मैं पूरे समय के लिए किसी को वकील रख सकता हूँ। मैं कुछ नुक्तों संबंधी कानूनी परामर्श चाहता हूँ और एक विशेष पड़ाव पर मैं चाहता

था कि वे (वकील) काररवाई को स्वयं देखें, ताकि अपनी राय बनाने के लिए वे बेहतर स्थिति में हों; लेकिन उन्हें अदालत में बैठने तक की जगह नहीं दी गई। हमारी पैरवी रोकने के लिए, हमें परेशान करने के लिए क्या संबंधित अधिकारियों की यह सोची-समझी चाल नहीं थी? वकील अपने सायलों (प्रार्थियों) के हितों को देखने के लिए अदालत में आता है, जो न तो स्वयं उपस्थित होते हैं और न उनका कोई प्रतिनिधि वहाँ होता है। इस मुकदमे की ऐसी कौन सी विशेष परिस्थितियाँ हैं, जिनसे मजिस्ट्रेट वकीलों के प्रति ऐसा सख्त रवैया अपनाने पर मजबूर हुए? इस प्रकार हर उस वकील की हिम्मत तोड़ी गई, जो बंदियों की मदद के लिए बुलाए जा सकते थे। श्री अमरदास को पैरवी (डिफेंस) की कुरसी पर बैठने की इजाजत देने की क्या तुक थी, जबकि वे किसी भी पक्ष का प्रतिनिधित्व नहीं कर रहे थे और न ही उन्होंने किसी को कानूनी परामर्श दिया? अपने मुख्तारों से मुलाकातों के संबंध में मुझे कानूनी सलाहकार से विचार-विमर्श करना था और इसी नुक्ते को लेकर हाई कोर्ट जाने के लिए उनसे कहना था; लेकिन उनके साथ इस संबंध में बात करने का मुझे कोई अवसर ही नहीं मिला और कुछ न हो सका। इस सबका क्या मतलब है, यह दिखाकर कि मुकदमा कानून के अनुसार चलाया जा रहा है, क्या लोगों की आँखों में धूल नहीं झोंकी जा रही? अपने बचाव का इंतजाम करने के लिए बंदियों को कतई कोई अवसर नहीं दिया गया। इस बात के खिलाफ हम रोष प्रकट करते हैं। यदि सबकुछ उचित ढंग से नहीं किया जाता तो इस तमाशे की कोई जरूरत नहीं है। न्याय के नाम पर हम अन्याय होता नहीं देख सकते। इन परिस्थितियों में हम सभी ने सोचा कि या तो हमें अपनी जिंदगी बचाने का उचित अवसर मिलना चाहिए अथवा हमें हमारी अनुपस्थिति में चले मुकदमे में हमारे खिलाफ दी सजाओं को भुगतने के लिए तैयार रहना चाहिए।

तीसरी बड़ी शिकायत अखबारों के बाँटने संबंधी है। विचाराधीन कैदियों को कभी भी दंड प्राप्त कैदी नहीं माना जाना चाहिए और यह रोक उन पर तभी लगाई जा सकती है, जब उनकी सुरक्षा के लिए बेहद जरूरी हो। इससे अधिक इसे उचित नहीं माना जा सकता। जमानत पर रिहा न हो सकनेवाले बंदी को कभी भी दंड के तौर पर कष्ट नहीं देने चाहिए। सो प्रत्येक शिक्षित विचाराधीन कैदी को कम-से-कम एक अखबार लेने का अधिकार है। अदालत में एग्जीक्यूटिव कुछ सिद्धांतों पर हमें हर रोज एक अंग्रेजी अखबार देने के लिए सहमत हुई, लेकिन अधूरी चीजें न होने से भी बुरी होती हैं। अंग्रेजी न जाननेवाले बंदियों के लिए स्थानीय अखबार देने के अनुरोध व्यर्थ सिद्ध हुए। अतः स्थानीय अखबार न देने के आदेश के विरुद्ध रोष प्रकट करते हुए हम दैनिक 'द ट्रिब्यून' लौटाते रहे हैं।

इन तीन आधारों पर हमने 29 जनवरी को अदालत में आने से इनकार करने की

घोषणा की थी। ज्यों ही ये मुश्किलें दूर कर दी जाएँगी, हम बाखुशी अदालत में आएँगे।

भगत सिंह व अन्य

('हिंदुस्तान टाइम्स' में 13 फरवरी, 1930 को प्रकाशित)

अदालत एक ढकोसला है

छह साथियों का ऐलान

कमिश्नर,
विशेष ट्रिब्यूनल,
लाहौर षड्यंत्र केस, लाहौर

जनाब,

अपने छह साथियों की ओर से, जिनमें कि मैं भी शामिल हूँ, निम्नलिखित स्पष्टीकरण इस सुनवाई के शुरू में ही देना आवश्यक है। हम चाहते हैं कि यह दर्ज किया जाए।

हम मुकदमे की काररवाई में किसी भी प्रकार भाग नहीं लेना चाहते, क्योंकि हम इस सरकार को न तो न्याय पर आधारित समझते हैं और न ही कानूनी तौर पर स्थापित। हम अपने विश्वास में यह घोषणा करते हैं कि समस्त शक्ति का आधार मनुष्य है। कोई व्यक्ति या सरकार किसी भी ऐसी शक्ति की हकदार नहीं है, जो जनता ने उसको न दी हो, क्योंकि यह सरकार इन सिद्धांतों के विपरीत है, इसलिए इसका अस्तित्व ही उचित नहीं है। ऐसी सरकारें, जो राष्ट्रों को लूटने के लिए एकजुट हो जाती हैं, उनमें तलवार की शक्ति के अलावा कोई आधार कायम रहने के लिए नहीं होता। इसीलिए वे वहशी ताकत के साथ मुक्ति और आजादी के विचार और लोगों की उचित इच्छाओं को कुचलती हैं।

हमारा विश्वास है कि ऐसी सरकारें—विशेषकर अंग्रेजी सरकार, जो असहाय और असहमत भारतीय राष्ट्र पर थोपी गई है—गुंडों, डाकुओं का गिरोह और लुटेरों का टोला है, जिसने कत्लेआम करने और लोगों को विस्थापित करने के लिए सब प्रकार की शक्तियाँ जुटाई हुई हैं। शांति-व्यवस्था के नाम पर यह अपने विरोधियों या रहस्य खोलनेवाले को कुचल देती है।

हमारा यह भी विश्वास है कि साम्राज्यवाद एक बड़ी डाकेजनी की साजिश के अलावा कुछ नहीं। साम्राज्यवाद मनुष्य के हाथों मनुष्य के और राष्ट्र के हाथों राष्ट्र के

शोषण का चरम है। साम्राज्यवादी अपने हितों और लूटने की योजनाओं को पूरा करने के लिए न सिर्फ न्यायालयों एवं कानून का कत्ल करते हैं, बल्कि भयंकर हत्याकांड भी आयोजित करते हैं। अपने शोषण को पूरा करने के लिए जंग जैसे खौफनाक अपराध भी करते हैं। जहाँ कहीं लोग उनकी नादिरशाही शोषणकारी माँगों को स्वीकार न करें या चुपचाप उनकी ध्वस्त कर देनेवाली और घृणा योग्य साजिशों को मानने से इनकार कर दें तो वह निरपराधियों का खून बहाने में संकोच नहीं करते। शांति-व्यवस्था की आड़ में वे शांति-व्यवस्था भंग करते हैं। भगदड़ मचाते हुए लोगों की हत्या, अर्थात् हर संभव दमन करते हैं।

हम मानते हैं कि स्वतंत्रता प्रत्येक मनुष्य का अमिट अधिकार है। हर मनुष्य को अपने श्रम का फल पाने जैसा सभी प्रकार का अधिकार है और प्रत्येक राष्ट्र अपने मूलभूत प्राकृतिक संसाधनों का पूर्ण स्वामी है। अगर कोई सरकार जनता को उसके इन मूलभूत अधिकारों से वंचित रखती है तो जनता का केवल यह अधिकार ही नहीं, बल्कि आवश्यक कर्तव्य भी बन जाता है कि ऐसी सरकार को समाप्त कर दे; क्योंकि ब्रिटिश सरकार इन सिद्धांतों, जिनके लिए हम लड़ रहे हैं, के बिल्कुल विपरीत है। इसलिए हमारा दृढ़ विश्वास है कि जिस भी ढंग से देश में क्रांति लाई जा सके और इस सरकार का पूरी तरह खात्मा किया जा सके, उसके लिए हर प्रयास और अपनाए गए सभी ढंग नैतिक स्तर पर उचित हैं। हम वर्तमान ढाँचे के सामाजिक, आर्थिक और राजनीतिक क्षेत्रों में क्रांतिकारी परिवर्तन लाने के पक्ष में हैं। हम वर्तमान समाज को पूरे तौर पर एक नए सुगठित समाज में बदलना चाहते हैं। इस तरह मनुष्य के हाथों मनुष्य का शोषण असंभव बनाकर सभी के लिए सब क्षेत्रों में पूरी स्वतंत्रता विश्वसनीय बनाई जाए। जब तक सारा सामाजिक ढाँचा बदला नहीं जाता और उसके स्थान पर समाजवादी समाज स्थापित नहीं होता, हम महसूस करते हैं कि सारी दुनिया एक तबाह कर देनेवाले प्रलय-संकट में है।

जहाँ तक शांतिपूर्ण या अन्य तरीकों से क्रांतिकारी आदर्शों की स्थापना का संबंध है, हम घोषणा करते हैं कि इसका चुनाव तत्कालीन शासकों की मरजी पर निर्भर है। क्रांतिकारी अपने मानवीय प्रेम के गुणों के कारण मानवता के पुजारी हैं। हम शाश्वत और वास्तविक शांति चाहते हैं, जिसका आधार न्याय और समानता है। हम झूठी और दिखावटी शांति के समर्थक नहीं, जो बुजदिली से पैदा होती है और भालों व बंदूकों के सहारे जीवित रहती है। क्रांतिकारी अगर बम व पिस्तौल का सहारा लेता है तो यह उसकी चरम आवश्यकता में से पैदा होता है और आखिरी दाँव के तौर पर होता है। हमारा विश्वास है कि अमन और कानून मनुष्य के लिए है, न कि मनुष्य अमन और कानून के लिए।

फ्रांस की एक अदालत के एक न्यायाधीश का यह कहना उचित है कि कानून

की आंतरिक भावना स्वतंत्रता समाप्त करना या प्रतिबंध लगाना नहीं, वरन् स्वतंत्रता को सुरक्षित रखना और उसे आगे बढ़ाना है। सरकार को कानूनी शक्ति बनाए गए उन उचित कानूनों से मिलेगी, जो केवल सामूहिक हितों के लिए बनाए गए हैं और जो जनता की इच्छाओं पर आधारित हों, जिनके लिए वे बनाए गए हैं। इससे विधायकों समेत कोई भी बाहर नहीं हो सकता।

कानून की पवित्रता तभी तक रखी जा सकती है, जब तक वह जनता के दिल, यानी भावनाओं को प्रकट करता है। जब यह शोषणकारी समूह के हाथों में एक पुरजा बन जाता है, तब अपनी पवित्रता और महत्त्व खो बैठता है। न्याय प्रदान करने के लिए मूल बात यह है कि हर तरह के लाभ या हित का खात्मा होना चाहिए। ज्यों ही कानून सामाजिक आवश्यकताओं को पूरा करना बंद कर देता है, वह जुल्म और अन्याय को बढ़ाने का हथियार बन जाता है। ऐसे कानूनों को जारी रखना सामूहिक हितों पर विशेष हितों की दंभपूर्ण जबरदस्ती के सिवाय कुछ नहीं है।

वर्तमान सरकार के कानून विदेशी शासन के हितों के लिए चलते हैं और हम लोगों के हितों के विपरीत हैं। इसलिए उनकी हमारे ऊपर किसी भी प्रकार की सदाचारिता लागू नहीं होती।

अतः हर भारतीय की यह जिम्मेदारी बनती है कि इन कानूनों को चुनौती दे और इनका उल्लंघन करे। अंग्रेज न्यायालय, जो शोषण के पुरजे हैं, न्याय नहीं दे सकते। विशेषकर राजनीतिक क्षेत्रों में, जहाँ सरकार और लोगों के हितों का टकराव है। हम जानते हैं कि यह न्यायालय सिवाय न्याय के ढकोसले के और कुछ नहीं है। इन्हीं कारणों से हम इसमें भागीदारी करने से इनकार करते हैं और इस मुकदमे की काररवाई में भाग नहीं लेंगे।

5-5-1930

जज ने नोट किया—यह रिकॉर्ड में तो रखा जाए, लेकिन इसकी कॉपी न दी जाए, क्योंकि इसमें कुछ अवांछित बातें लिखी हैं।

विशेष ट्रिब्यूनल के पुनर्गठन पर

(1 मई, 1930 को अध्यादेश द्वारा स्थापित विशेष ट्रिब्यूनल के सदस्य थे—जस्टिस जे. कोल्डस्ट्रीम (अध्यक्ष), जस्टिस आगा हैदर एवं जस्टिस जी.सी. हिल्टन। 5 मई को काररवाई शुरू हुई। पुंछ हाउस को अदालत बनाया गया। क्रांतिकारी युवक अदालत में क्रांतिकारी गीत गाते और क्रांतिकारी नारे लगाते आते। भगत सिंह ने माँग की कि उन्हें

15 दिन का समय दिया जाए, ताकि वे ट्रिब्यूनल के गैर-कानूनी होने संबंधी तर्क पेश कर सकें; लेकिन वह माँग मानी नहीं गई। 24 क्रांतिकारियों के नाम मुकदमे के लिए लिये गए, जिनमें से 16 पर मुकदमा चलाया गया। बाद में बटुकेश्वर दत्त के खिलाफ केस वापस ले लिया गया। जिन पर मुकदमा शुरू किया गया, वे थे—सुखदेव, भगत सिंह, किशोरीलाल, देशराज, प्रेमदत्त, जयदेव कपूर, शिव वर्मा, महावीर सिंह, यतींद्रनाथ दास, अजय कुमार घोष, शचींद्र सान्याल, विजय कुमार सिन्हा, शिवराम राजगुरु, कुंदनलाल व कमलनाथ तिवारी। भगत सिंह और उनके साथियों ने वकील करने से इनकार कर दिया। 12 मई, 1930 को भगत सिंह और उनके साथियों को हथकड़ियों में अदालत में लाया गया। हथकड़ियाँ न खोलने के विरोध में उन्होंने बस से उतरने से इनकार कर दिया। ट्रिब्यूनल के अध्यक्ष ने उन्हें जबरदस्ती उतारने का आदेश दिया। भगत सिंह और उनके साथियों ने अदालत का बायकॉट कर दिया। यद्यपि उन लोगों को हथकड़ियाँ दोपहर के खाने के लिए खोली गईं, लेकिन खाने के बाद फिर लगाने का आदेश दिया गया, जिसका भगत सिंह और उनके साथियों ने विरोध किया। अध्यक्ष ने भारतीयों को गाली देते हुए भगत सिंह को लाठियों से पीटने का आदेश दिया।

अदालत में क्रांतिकारियों, खासकर भगत सिंह को संवाददाताओं और जनता के सामने लाठियों से मारा गया। भगत सिंह ने भारतीयों को गाली देने पर आपत्ति करते हुए जस्टिस आगा हैदर से भारतीय होने संबंधी प्रश्न किया और पूछा कि ऐसी मानसिक स्थिति वाले जज न्याय कैसे करेंगे? जस्टिस आगा हैदर ने उस दिन की काररवाई पर हस्ताक्षर करने से इनकार कर दिया। इस घटना की दुनिया भर में चर्चा हुई। सारे भारत में 'भगत सिंह दिवस' मनाया गया, जिसके फलस्वरूप जस्टिस कोल्डस्ट्रीम को लंबी छुट्टी पर जाना पड़ा और 21 जून को ट्रिब्यूनल नए सिरे से गठित किया गया। अब जस्टिस जी.सी. हिल्टन को अध्यक्ष तथा जस्टिस जे.के. टैप और जस्टिस अब्दुल कादिर को सदस्य बनाया गया।

इस पर भगत सिंह और बटुकेश्वर दत्त ने निम्नलिखित पत्र में अपने विचार प्रकट किए।

कमिश्नर,
विशेष ट्रिब्यूनल,
लाहौर षड्यंत्र केस, लाहौर

श्रीमानजी,

जबकि ट्रिब्यूनल के दो न्यायाधीशों को हटा दिया गया है या वे हट गए हैं और दो नए न्यायाधीश उनके स्थान पर नियुक्त कर दिए गए हैं, इसलिए हम अपना स्पष्टीकरण

दर्ज कराना आवश्यक समझते हैं, ताकि हम अपना पक्ष स्पष्ट कर सकें और किसी भी प्रकार की शंकाएँ पैदा होने से बचा जा सके।

12 मई, 1930 को न्यायाधीश कोल्डस्ट्रीम ने, जो कि अध्यक्ष भी हैं, एक अदालती आदेश पास किया, जिसके अंतर्गत हमें अदालत में हथकड़ियाँ पहनाने का आदेश दिया गया। इस आदेश का पालन कराने के लिए पुलिस को बल-प्रयोग करने के लिए भी कहा गया।

इस अचानक और असाधारण आदेश का कारण जानने के लिए हमने इस अदालत से निवेदन किया था, जिसे सुनने की आवश्यकता महसूस नहीं की गई। ऐसी स्थितियों में पुलिस हमें जबरन हथकड़ियाँ लगाकर वापस जेल ले आई। अगले दिन तीन में से एक न्यायाधीश आगा हैदर ने अध्यक्ष के इस आदेश से अपने को अलग कर लिया। उस दिन से हम न्यायालय में नहीं जा रहे।

जिन शर्तों पर हम न्यायालय में आने को तैयार हैं, वे अगले दिन न्यायालय के समक्ष रखी गई थीं। शर्तें थीं कि या तो अध्यक्ष क्षमा माँगें या फिर उन्हें बदल दिया जाए; लेकिन इसका अर्थ यह नहीं था कि उनकी जगह पर ऐसे एक न्यायाधीश को बैठा दिया जाए, जो उस आदेश में भागीदार था।

पाँच हफ्ते तक तो अपराधियों की शिकायत को विचार योग्य ही नहीं समझा गया।

वर्तमान ट्रिब्यूनल के निर्माण में दोनों अध्यक्ष और दूसरे न्यायाधीश, जो उनके साथ सहमत नहीं हुए थे, को बदलकर दो नए न्यायाधीश लगाए गए हैं। इस तरह एक न्यायाधीश को, जो उस आदेश में भागीदार था, क्योंकि आदेश बहुमत के आधार पर दिया गया था, ट्रिब्यूनल का अध्यक्ष बनाया गया है। ऐसी स्थिति में हम पुरजोर ढंग से यह कहना चाहते हैं कि न्यायाधीश कोल्डस्ट्रीम से व्यक्तिगत स्तर पर हमारा कोई शिकवा नहीं था और न ही शिकायत थी। हमारे विरोध का कारण तो न्यायाधीश कोल्डस्ट्रीम की ओर से पास किया गया बहुमत का आदेश और उसके बाद हमारे साथ हुआ दुर्व्यवहार था। न्यायाधीश कोल्डस्ट्रीम और न्यायाधीश हैमिल्टन का हम सम्मान करते हैं, जैसा कि एक मनुष्य द्वारा दूसरे मनुष्य का किया जाना चाहिए। हमारा रोष एक विशेष आदेश के विरोध में था, जिसके कारण ट्रिब्यूनल, जो कि उस आदेश के लिए जिम्मेदार है, के अध्यक्ष से क्षमा माँगने की माँग की गई थी। अध्यक्ष को हटा देने से कोई अंतर नहीं पड़ता, क्योंकि अब जज हैमिल्टन, जो उस आदेश में शरीक थे, न्यायाधीश कोल्डस्ट्रीम के स्थान पर अध्यक्षता कर रहे हैं। हम तो केवल यह कह सकते हैं कि बदली हुई स्थितियों ने अब जख्म पर नमक छिड़कने का ही काम किया है।

आपके

भगत सिंह, बी.के. दत्त

(भगत सिंह और बटुकेश्वर दत्त की ओर से जेल से भेजा गया यह पत्र 19 अक्तूबर, 1929 को पंजाब छात्र संघ, लाहौर के दूसरे अधिवेशन में पढ़कर सुनाया गया था। अधिवेशन के सभापति थे नेताजी सुभाषचंद्र बोस।)

इस समय हम नौजवानों से यह नहीं कह सकते कि वे बम और पिस्तौल उठाएँ। आज विद्यार्थियों के सामने इससे भी अधिक महत्त्वपूर्ण काम हैं। आनेवाले लाहौर अधिवेशन में कांग्रेस देश की आजादी के लिए जबरदस्त लड़ाई की घोषणा करने वाली है। राष्ट्रीय इतिहास के इन कठिन क्षणों में नौजवानों के कंधों पर बहुत बड़ी जिम्मेदारी आ पड़ेगी। यह सच है कि स्वतंत्रता के इस युद्ध में अग्रिम मोर्चों पर विद्यार्थियों ने मौत से टक्कर ली है। क्या परीक्षा की इस घड़ी में वे उसी प्रकार की दृढ़ता और आत्मविश्वास का परिचय देने से हिचकिचाएँगे? नौजवानों को क्रांति का यह संदेश देश के कोने-कोने में पहुँचाना है—फैक्टरी-कारखानों के क्षेत्रों में, गंदी बस्तियों और गाँवों की जर्जर झोंपड़ियों में रहनेवाले करोड़ों लोगों में इस क्रांति की अलख जगानी है, जिससे आजादी आएगी और तब एक मनुष्य द्वारा दूसरे मनुष्य का शोषण असंभव हो जाएगा। पंजाब वैसे ही राजनीतिक तौर पर पिछड़ा हुआ माना जाता है। इसकी भी जिम्मेदारी युवा वर्ग पर ही है। आज देश के प्रति अपनी असीम श्रद्धा और शहीद यतींद्रनाथ दास के महान् बलिदान से प्रेरणा लेकर यह सिद्ध कर दें कि स्वतंत्रता के इस संघर्ष में वे दृढ़ता से टक्कर ले सकते हैं।

22 अक्तूबर, 1929 को 'द ट्रिब्यून' (लाहौर) में प्रकाशित।

संपादक, 'मॉडर्न रिव्यू' के नाम पत्र

(भगत सिंह ने अपने विचार स्पष्ट रूप से भारतीय जनता के सामने रखे। उनके विचार में, क्रांति की तलवार विचारों की धार से ही तेज होती है। वे विचारधारात्मक क्रांतिकारी हालात के लिए संघर्ष कर रहे थे। अपने विचारों पर हुए सभी वारों का उन्होंने तर्कपूर्ण उत्तर दिया। ये वार अंग्रेजी सरकार की ओर से किए गए या देशी नेताओं की ओर से अखबारों में।

शहीद यतींद्रनाथ दास 63 दिनों की भूख हड़ताल के बाद शहीद हुए। 'मॉडर्न रिव्यू' के संपादक रामानंद चट्टोपाध्याय ने उनकी शहादत के बाद भारतीय जनता द्वारा शहीद के प्रति किए गए सम्मान और उनके 'इनकलाब जिंदाबाद' के नारे की आलोचना की। भगत सिंह और बी.के. दत्त ने 'मॉडर्न रिव्यू' के संपादक को उनके उस संपादकीय का निम्नलिखित उत्तर दिया था)

'इनकलाब जिंदाबाद' क्या है?

श्री संपादकजी,
'मॉडर्न रिव्यू'

आपने अपने सम्मानित पत्र के दिसंबर 1929 के अंक में एक टिप्पणी 'इनकलाब जिंदाबाद' शीर्षक से लिखी है और इस नारे को निरर्थक ठहराने की चेष्टा की है। आप सरीखे परिपक्व विचारक तथा अनुभवी एवं यशस्वी संपादक की रचना में दोष निकालना और उसका प्रतिवाद करना, जिसे प्रत्येक भारतीय सम्मान की दृष्टि से देखता है, हमारे लिए एक बड़ी धृष्टता होगी, तो भी इस प्रश्न का उत्तर देना हम अपना कर्तव्य समझते हैं कि इस नारे से हमारा क्या अभिप्राय है।

यह आवश्यक है, क्योंकि हमारे देश में इस समय इस नारे को सब लोगों तक पहुँचाने का कार्य हमारे हिस्से में आया है। इस नारे की रचना हमने नहीं की है। यही नारा रूस के क्रांतिकारी आंदोलन में प्रयोग किया गया है। प्रसिद्ध समाजवादी लेखक अप्टन सिंक्लेयर ने अपने उपन्यासों 'बोस्टन' और 'आईल' में यही नारा कुछ अराजकतावादी क्रांतिकारी पात्रों के मुख से प्रयोग कराया है। इसका अर्थ क्या है? इसका यह अर्थ कदापि नहीं है कि सशस्त्र संघर्ष सदैव जारी रहे और कोई भी व्यवस्था अल्प समय के लिए भी स्थायी न रह सके; दूसरे शब्दों में, देश और समाज में अराजकता फैली रहे।

दीर्घकाल से प्रयोग में आने के कारण इस नारे को एक ऐसी विशेष भावना प्राप्त हो चुकी है, जो संभव है कि भाषा के नियमों एवं कोश के आधार पर इसके शब्दों में उचित तर्कसम्मत रूप में सिद्ध न हो पाए; परंतु इसके साथ ही इस नारे से उन विचारों को पृथक् नहीं किया जा सकता, जो इसके साथ जुड़े हुए हैं। ऐसे समस्त नारे एक ऐसे स्वीकृत अर्थ के द्योतक हैं, जो एक सीमा तक उनमें उत्पन्न हो गए हैं तथा एक सीमा तक उनमें निहित हैं।

उदाहरण के लिए, हम यतींद्रनाथ दास का नारा लगाते हैं। इससे हमारा तात्पर्य यह होता है कि उनके जीवन के महान् आदर्शों तथा उस अथक उत्साह को सदा-सदा के लिए बनाए रखें, जिसने इस महानतम बलिदानी को उस आदर्श के लिए अकथनीय कष्ट झेलने एवं असीम बलिदान करने की प्रेरणा दी। यह नारा लगाने में हमारी यह लालसा प्रकट होती है कि हम भी अपने आदर्शों के लिए अचूक उत्साह को अपनाएँ। यही वह भावना है, जिसकी हम प्रशंसा करते हैं। इसी प्रकार हमें 'इनकलाब' शब्द का अर्थ भी कोरे शाब्दिक रूप में नहीं लगाना चाहिए। इस शब्द का उचित एवं अनुचित प्रयोग करने वाले लोगों के हितों के आधार पर इसके साथ विभिन्न अर्थ एवं विभिन्न विशेषताएँ जोड़ी जाती हैं। क्रांतिकारी की दृष्टि में यह एक पवित्र वाक्य है। हमने इस बात को ट्रिब्यूनल के सम्मुख अपने वक्तव्य में स्पष्ट करने का प्रयास किया था।

इस वक्तव्य में हमने कहा था कि क्रांति (इनकलाब) का अर्थ अनिवार्य रूप में

सशस्त्र आंदोलन नहीं होता। बम और पिस्तौल कभी-कभी क्रांति को सफल बनाने के साधन मात्र हो सकते हैं। इसमें भी संदेह नहीं है कि कुछ आंदोलनों में बम एवं पिस्तौल महत्त्वपूर्ण साधन सिद्ध होते हैं; परंतु केवल इसी कारण से बम और पिस्तौल क्रांति के पर्यायवाची नहीं हो जाते। विद्रोह को क्रांति नहीं कहा जा सकता, यद्यपि यह हो सकता है कि विद्रोह का अंतिम परिणाम क्रांति हो।

इस वाक्य में 'क्रांति' शब्द का अर्थ प्रगति के लिए परिवर्तन की भावना एवं आकांक्षा है। लोग साधारणतया जीवन की परंपरागत दशाओं के साथ चिपक जाते हैं और परिवर्तन के विचार मात्र से ही काँपने लगते हैं। यही एक अकर्मण्यता की भावना है, जिसके स्थान पर क्रांतिकारी भावना जाग्रत् करने की आवश्यकता है। दूसरे शब्दों में कहा जा सकता है कि अकर्मण्यता का वातावरण निर्मित हो जाता है और रूढ़िवादी शक्तियाँ मानव समाज को कुमार्ग पर ले जाती हैं। ये परिस्थितियाँ मानव समाज की उन्नति में गतिरोध का कारण बन जाती हैं।

क्रांति की इस भावना से मनुष्य जाति की आत्मा स्थायी तौर पर ओत-प्रोत रहनी चाहिए, जिससे कि रूढ़िवादी शक्तियाँ मानव समाज की प्रगति की दौड़ में बाधा डालने के लिए संगठित न हो सकें। यह आवश्यक है कि पुरानी व्यवस्था सदैव न रहे और वह नई व्यवस्था के स्थान रिक्त करती रहे, जिससे कि एक आदर्श व्यवस्था संसार को बिगड़ने से रोक सके। यह है हमारा वह अभिप्राय, जिसको हृदय में रखकर हम 'इनकलाब जिंदाबाद' का नारा ऊँचा करते हैं।

भगत सिंह, बी.के. दत्त
22 दिसंबर, 1929

बटुकेश्वर दत्त की बहन प्रोमिला को पत्र

सेंट्रल जेल, लाहौर
17 जुलाई, 1930

प्यारी बहन,

कल बटु ने स्वयं तुम्हें एक पत्र लिखा था, जिसमें यह सूचित किया था कि जब तक तुम्हें उनका दूसरा पत्र न मिले, यहाँ मत आना। कल रात बटु को किसी दूसरी जेल में भेज दिया गया। इस समय तक हमें उनके स्थान के बारे में कुछ भी ज्ञात नहीं है। जो भी हो, मैं तुमसे प्रार्थना करूँगा कि तुम बनारस से लाहौर के लिए तब तक न चलना, जब तक कि तुम्हें उनका पत्र न मिले।

उनकी जुदाई मेरे लिए भी असह्य है। आज यह पहला दिन है, जब मैं अपने को पूरी तरह उद्विग्न पा रहा हूँ और मेरे लिए हर मिनट एक बोझ बन गया है। सचमुच एक मित्र से जुदा होना, जो मुझे सगे भाइयों से भी अधिक प्रिय है, बहुत दुःखद है। खैर, हमें यह सब शांति से सहना है। मैं तुमसे धीरज रखने की प्रार्थना करता हूँ। हौसले से काम लेना, घबराना नहीं। इसी में से कुछ अच्छी बात निकलेगी।

तुम्हारा
भगत सिंह

बटुकेश्वर दत्त के नाम पत्र

सेंट्रल जेल, लाहौर
अक्तूबर, 1930

प्रिय भाई,

मुझे दंड सुना दिया गया है और फाँसी का आदेश हुआ है। इन कोठरियों में मेरे अतिरिक्त फाँसी की प्रतीक्षा करने वाले बहुत से अपराधी हैं। ये लोग यही प्रार्थना कर रहे हैं कि किसी तरह फाँसी से बच जाएँ; परंतु उनके बीच शायद मैं ही एक ऐसा आदमी हूँ, जो बड़ी बेताबी से उस दिन की प्रतीक्षा कर रहा हूँ, जब मुझे अपने आदर्श के लिए फाँसी के फंदे पर झूलने का सौभाग्य प्राप्त होगा।

मैं खुशी के साथ फाँसी के तख्ते पर चढ़कर दुनिया को यह दिखा दूँगा कि क्रांतिकारी अपने आदर्शों के लिए कितनी वीरता से बलिदान दे सकते हैं।

मुझे फाँसी का दंड मिला है, किंतु तुम्हें आजीवन कारावास का दंड मिला है। तुम जीवित रहोगे और तुम्हें जीवित रहकर दुनिया को यह दिखाना है कि क्रांतिकारी अपने आदर्शों के लिए केवल मर ही नहीं सकते, बल्कि जीवित रहकर हर मुसीबत का सामना भी कर सकते हैं। मृत्यु सांसारिक कठिनाइयों से मुक्ति प्राप्त करने का साधन नहीं बननी चाहिए; बल्कि जो क्रांतिकारी संयोगवश फाँसी के फंदे से बच गए हैं, उन्हें जीवित रहकर दुनिया को यह दिखा देना चाहिए कि वे न केवल अपने आदर्शों के लिए फाँसी पर चढ़ सकते हैं, बल्कि जेलों की अंधकारपूर्ण छोटी कोठरियों में घुल-घुलकर निकृष्टतम दर्जे के अत्याचारों को सहन भी कर सकते हैं।

तुम्हारा
भगत सिंह

सलेम जेल से 5 मार्च, 1931 को बटुकेश्वर दत्त द्वारा भगत सिंह के पिता सरदार किशन सिंह को लिखा गया पत्र

मेरे जीवन का यह पहला ही अवसर है कि मैं आपको पत्र लिख रहा हूँ; लेकिन इस मौके पर जब मेरे प्यारे कॉमरेड सरदार भगत सिंह की किस्मत का फैसला होने वाला है, यह बहुत ही कठिन मालूम होता है कि मैं इस चिट्ठी को किस तरह शुरू करूँ! तो भी अवस्था मुझे कुछ शब्द लिखने को लाचार करती है। अगर आपके दिल को इससे कुछ रंज पहुँचे तो आशा करता हूँ कि आप मुझे इसके लिए क्षमा करेंगे। सरदारजी, यह तो आप अच्छी तरह जानते हैं कि मेरा भगत सिंह से क्या संबंध है। यह संबंध भ्रातृ-भाव के प्रेम और मित्रता का है, जिसे मानव जाति के कल्याण के क्षेत्र में हमारे सम्मिलित दायित्व ने और मजबूत कर दिया है। प्रेम का यह स्रोत मेरे हृदय में उमड़ रहा है और इसने मुझे लाचार कर दिया है कि मैं उच्च अफसरों से यह प्रार्थना करूँ कि यदि मेरा भाग्य साथ नहीं देता है कि मैं अपने उन मित्रों का, जिनके ऊपर काली घटाएँ घिर रही हैं, अंत तक साथ दे सकूँ और इस अवसर पर अपने प्रेम-भाव का परिचय दे सकूँ और सदा के लिए एक-दूसरे से पृथक् होने के पहले एक-दूसरे का अंतिम अभिवादन कर सकें; लेकिन मुझे बहुत अफसोस है कि अफसरों ने एक ऐसे व्यक्ति के भाव की परवाह नहीं की, जिसे अपने प्यारे मित्र के शोकजनक वियोग के बाद जेल की चारदीवारी के भीतर जिंदा ही गड़ जाना है! यदि संभव हो तो मेरे ये भाव मेरे साथी सरदार तक पहुँचा दें। मैं अनुभव करता हूँ—

आजमाइश है कड़ी, लब पर कोई शिकवा न हो।
फिर मिलेंगे जा यकीं, दिल में कोई धड़का न हो॥

आपका
बटुकेश्वर दत्त

20 जुलाई, 1965 को बिहार विधान परिषद् में श्री बटुकेश्वर दत्त, स.वि.प. के निधन पर शोक प्रकाश।

उप सभापति : अत्यंत शोक के साथ कहना पड़ता है कि भारतीय स्वतंत्रता के वीर सेनानी, परम देशभक्त तथा इस सदन के पूर्व सदस्य श्री बटुकेश्वर दत्त का दिल्ली के इंस्टीट्यूट ऑफ मेडिकल साइंस में देहांत हो गया। कुछ दिनों पहले वे पटना में ही बीमार पड़े। स्थिति अधिक नाजुक होने पर समुचित चिकित्सा के लिए उन्हें दिल्ली ले जाया गया, किंतु काल के क्रूर हाथों ने उन्हें हमसे अलग कर दिया।

अमर क्रांतिकारी श्री बटुकेश्वर दत्त का जन्म 1909 ई. में कानपुर में हुआ था। वहीं पर उन्होंने इंटर तक शिक्षा पाई थी। कानपुर में ही उनका क्रांतिकारी जीवन प्रारंभ हुआ था। 1923 ई. में अमर शहीद सरदार भगत सिंह से उनकी मैत्री हुई। 1927 ई. में कलकत्ता में मजदूर आंदोलन में उन्होंने भाग लिया। तत्पश्चात् आगरा में क्रांतिकारी बम फैक्टरी का प्रबंध करने वे चले गए। 8 अगस्त, 1929 को शहीद भगत सिंह के साथ उन्होंने केंद्रीय असेंबली में बम फेंका और दोनों व्यक्तियों को आजन्म कालापानी की सजा हुई। उस समय राजनीतिक कैदियों के साथ भी जेल में साधारण कैदियों का-सा बरताव किया जाता था। इसके विरोध में उन्होंने आमरण अनशन किया। इसमें अमर शहीद श्री यतींद्रनाथ दास भी शरीक हुए और अनशन करते हुए ही वे शहीद हुए। सन् 1937 में प्रांतों में जब कांग्रेसी सरकारों की स्थापना हुई तो श्री बटुकेश्वर दत्त कालापानी की सजा से मुक्त हुए। इस बार स्वर्गीय श्री अनुग्रह नारायण सिंह ने उन्हें स्नेहवश बिहार में ही रख लिया। वर्ष 1940-42 में वे बिहार की जेलों में नजरबंद हुए। इस प्रकार वे बिहारी हो गए।

वे 3 अक्तूबर, 1963 से 6 मई, 1964 तक बिहार विधान परिषद् के सदस्य रहे। अभी हाल में सरदार भगत सिंह की 80 वर्षीया वृद्धा माँ उनसे अस्पताल में भेंट करने के लिए स्ट्रेचर पर लाई गई थीं। अपने पुत्र के अंतरंग मित्र में माँ के भावुक हृदय ने अपने शहीद पुत्र की प्रतिच्छाया पाई थी।

श्री बटुकेश्वर दत्त की मृत्यु से देश के स्वतंत्रता संग्राम का एक महान् योद्धा तथा भारत माता का एक सच्चा सपूत उठ गया। उनके स्मरण मात्र से भारतवासी युग-युग तक प्रेरणा प्राप्त करते रहेंगे।

ईश्वर दिवंगत आत्मा को चिर-शांति प्रदान करे।

श्री जाफर इमाम (मंत्री) : सभापति महोदय, जो कुछ आपने स्वर्गीय श्री बटुकेश्वर दत्त के बारे में कहा है, आपके एक-एक लफ्ज से इत्तफाक है। उनकी जिंदगी तूफान की जिंदगी थी। वे एक बहुत बड़े रिवॉल्यूशनरी लीडर थे। उन्हें जेल की यातनाएँ भुगतनी पड़ीं। आज एकाएक उनकी मृत्यु की खबर सुनकर काफी दुःख हुआ। उनके परिवार के जो अन्य लोग हैं, ईश्वर उन्हें ढाढ़स दे।

श्री अनिल कुमार सेन : माननीय उपाध्यक्ष महोदय, आपने और मंत्री महोदय ने श्री बटुकेश्वर दत्त के बारे में जो बातें कही हैं, उनसे मैं सहमत हूँ। उनकी मृत्यु सिर्फ इस प्रांत के लिए ही नहीं, बल्कि सारे हिंदुस्तान के लिए दुःखद है। मैं समझता हूँ, उनकी मृत्यु के साथ-साथ एक युग खत्म हो गया। वे एक ऐसे युग में पैदा हुए थे, जब अंग्रेजों की यहाँ पर हुकूमत थी। अंग्रजों का जुल्म जोरों पर चल रहा था। उस वक्त अंग्रेजों से मुकाबला करना आसान बात नहीं थी; लेकिन उन्होंने ऐसा कठिन काम किया, जिससे

अंग्रेज लोग आश्चर्यचकित हो गए। आज हिंदुस्तान के लिए उनके ऋण से मुक्त होना मुश्किल है। आजादी के बाद श्री दत्त साहब इस देश की सेवा करना चाहते थे; लेकिन बहुत अफसोस के साथ कहना पड़ता है कि उनके साथ हम लोगों ने ठीक-ठीक इनसाफ नहीं किया। हम ईश्वर से प्रार्थना करते हैं कि उनकी आत्मा को शांति प्रदान करें।

सरदार हरिहर सिंह : उपाध्यक्ष महोदय, आपने जिन शब्दों में अपनी भावनाओं को श्री दत्त के बारे में प्रकट किया है, उसके साथ मैं अपनी सहमति प्रकट करता हूँ। श्री बटुकेश्वर दत्त ने हिंदुस्तान की राजनीति को झकझोरकर जगा दिया। जिस समय इस देश के राजनीतिक वातावरण में शिथिलता आ गई थी, उन्होंने अपने जोश के साथ खुलेआम झंडा लेकर देश को झकझोरा। इस सदन के लोग और बाहर के लोग साक्षी हैं कि एक समय था, जब श्री भगत सिंह और श्री बटुकेश्वर दत्त के अलावा दूसरा कोई नाम ही नहीं था। इस देश का बच्चा-बच्चा उनके नाम से उत्साहित होता था। वक्त की बात है कि जिन लोगों ने अपनी कुरबानी की तथा इस देश को स्वाधीन बनाने के लिए अपनी जिंदगी लगा दी, वे एक-एक करके जा रहे हैं।

उपाध्यक्ष महोदय, मैंने पहले ही कहा है कि उस समय सरदार भगत सिंह और बटुकेश्वर दत्त के नाम पर देश का बच्चा-बच्चा उत्साहित हो जाता था और उत्साह से उसकी छाती फूल जाती थी। हुजूर, यदि धृष्टता को क्षमा किया जाए तो मैं यह कहूँगा कि उस समय सरदार भगत सिंह और बटुकेश्वर दत्त जैसे क्रांतिकारियों का स्थान युवकों के हृदय में महात्मा गांधी से कहीं अधिक महत्त्व रखता था। उन क्रांतिकारियों के प्रति युवकों की भावनाएँ बहुत ही ऊँची थीं। किंतु खेद है कि आज उन महान् क्रांतिकारियों का सम्मान अब इस देश में नहीं रहा। श्री दत्त की तरह ही हमारे एक क्रांतिकारी भाई श्री योगेंद्र शुक्ल वर्षों से अस्पताल में बीमार पड़े हुए हैं। वे शायद पागल हो गए हैं; लेकिन उन्हें कोई पूछनेवाला नहीं है। इस सूबे में भाई बसावन सिंह का स्थान भी बहुत ऊँचा है। भाई योगेंद्र शुक्ल हाथ में पिस्तौल लेकर छह-छह मील दौड़कर भाग जाते थे और एक बार तो वे गंगा नदी को भी पार कर गए थे। 1930 ई. में वे हम लोगों से यह पूछा करते थे कि हमको वाकर साहब को दिखला दो। ऐसे क्रांतिकारी वीर आज मर रहे हैं। यदि वे मर जाते तो अच्छा था, क्योंकि आज के युग में ऐसे महान् वीर और महान् हस्ती की कोई पूछ नहीं है। उपाध्यक्ष महोदय, आपने जिस सेंटीमेंट के साथ उनका नाम लिया है, उसके साथ मैं भी सहमत हूँ और मैं चाहता हूँ कि इस शोक प्रस्ताव की सूचना उनके शोक-संतप्त परिवार को भेज दी जाए। बहुतों की यादगार में सदन की कारररवाई स्थगित होती है, इसलिए मैं आपसे और आपके मार्फत सदन के नेता से अनुरोध करूँगा कि आज इस महान् वीर की यादगार में सदन की कारररवाई स्थगित की जाए।

श्री भोला प्रसाद सिंह : उपाध्यक्ष महोदय, आपने आज एक बड़ा ही दुःखद

समाचार सुनाया कि महान् क्रांतिकारी श्री बटुकेश्वर दत्त का देहांत हो गया। मुझे ऐसा लगता है कि जैसे आज की पीढ़ी ने कोई गुनाह किया है। प्रत्येक क्षण मेरे मस्तिष्क में यह भावना तीव्र होती जा रही है कि जैसे हमने कोई गुनाह किया है और हम गुनाहगार हैं। अभी सरदार साहब ने भी ठीक ही कहा है कि आज हमारी पीढ़ी ने कोई बहुत बड़ा पाप किया है, कोई गुनाह किया है, ऐसी उनकी धारणा है। इस धरती पर कुछ ऐसी परंपरा है कि किसी महान् व्यक्ति के मरने पर हम उनकी पूजा करते हैं, उनके स्मारक पर फूल-मालाएँ चढ़ाते हैं और लाखों की संख्या में जाते हैं, लेकिन जिन महान् रास्तों को वे बना जाते हैं, उन पर चलना तो दूर रहा, हम लोग उसे मिटा देते हैं, भूल जाते हैं। मुझे भी ऐसा ही लगता है कि जो रास्ते श्री दत्त ने बनाए हैं—अन्याय, गुलामी, अत्याचार आदि के विरुद्ध विद्रोह करने का रास्ता, क्रांति का रास्ता—उन्हें हम भूलते जा रहे हैं, मिटाते जा रहे हैं। ऐसा लगता है कि एक विद्रोही अमर सेनानी के रूप में जो अमर संदेश अमर शहीद भगत सिंह तथा श्री दत्त ने हमें दिए हैं, उस विद्रोही संदेश के स्वरूप को हम धुंधला करते जा रहे हैं और इसके विपरीत, सभी के आगे समर्पण कर देनेवाला चित्र बनाते जा रहे हैं। श्री दत्त को मैंने आज से पाँच-छह साल पहले अस्पताल में देखा था। एक आदमी साधारण से कपड़ों में लाइन में लगकर खड़ा था। वे शायद बिजली लगवाने के लिए खड़े थे। कोई उन्हें पूछनेवाला भी नहीं था। उनकी तरफ कोई मुखातिब नहीं था। वहाँ घूमते-फिरते कोई डॉक्टर साहब आए, जो उनको जानते थे। डॉक्टर साहब ने उनसे कहा कि क्यों नहीं आप पहले बिजली लगवा लेते हैं ? आप क्यों बैठे हुए हैं ? इस पर उन्होंने कहा कि नहीं। और लोगों को बिजली मिल जाने दीजिए, उसके बाद मैं बिजली लगवाऊँगा। मैंने डॉक्टर से पूछा कि ये कौन व्यक्ति हैं, तो डॉक्टर ने बताया कि यही बटुकेश्वर दत्त हैं। तो इस पर उन्होंने कहा कि पहले क्यों नहीं। इस पर दत्त साहब ने विद्रूप हँसी हँसकर कहा कि हम भोला सिंह के दोस्त थे। दत्त साहब चार साल पहले से मरीज बनकर बैठे थे। बाद में इस सदन में बैठने का उन्हें सौभाग्य प्राप्त हुआ। इस सदन में वे चुपचाप बैठे रहते थे। मैं उनसे बहुत बार कहता था कि दत्त साहब, हाउस में कुछ भाग लीजिए। लेकिन वे चुप रहते थे। वे विरोधी पक्ष में बैठते थे। वे कहते थे कि कुछ समझ नहीं पा रहा हूँ कि कुछ बोलूँ। मैं समझता हूँ कि उनके दिमाग में बीमारी की स्थिति एवं मौजूदा देश की स्थिति की तसवीर सदैव मौजूद रहती थी। वे समझ नहीं पाते थे कि क्या हो रहा है। ऐसा लगता था कि खुद वे बहुत बड़े बोझ से दबे जा रहे थे।

इसके बाद एक ऐसा मौका आया, जब कुछ माननीय सदस्यों की सेवानिवृत्ति पर इस सदन के लोगों की दावत थी। उस समय श्री रामाश्रय प्रसाद सिंह, श्री इंद्र कुमार, सहाय साहब, सभापतिजी मौजूद थे। वहाँ फोटो सेशन हो रहा था। उन्होंने कहा था कि आज हम लोगों की विदाई कर रहे हैं, कल हम आपका स्वागत करेंगे। अभी तो थोड़े

ही दिन हुए थे, मैंने अखबार में पढ़ा कि दत्त साहब बीमार हो गए। फिर सुना कि वे इस दुनिया से चले गए। ऐसा लगता है कि हम लोगों ने हिंदुस्तान के एक वीर सेनानी के साथ अन्याय किया है। मैं नहीं कहता हूँ कि मैं उसमें अपने को शामिल करता हूँ। शुक्लजी के साथ अन्याय हो रहा है। जिन लोगों के चलते देश की आजादी हासिल हुई, उनकी जिंदगी की हालत को देखकर रोना पड़ता है। सभी लोगों ने अपनी जान को हथेली पर रखकर, नदी-नाले लाँघकर आजादी की लड़ाई लड़ी और हम इतने गिर गए हैं कि उनका आदर नहीं कर सकते हैं। तो उपाध्यक्ष महोदय, मुझे ऐसा लगता है कि बिहार गुनहगार है और उनकी मौत के बाद हम लोगों को कुछ-न-कुछ करना चाहिए। मैं आपके माध्यम से सरकार के लोगों को सरकारी या गैर-सरकारी स्तर पर उनकी यादगारी के लिए एक स्मारक बनवाने के लिए आग्रह करता हूँ। इसके साथ ही उनकी विधवा पत्नी हैं, उन्हें आर्थिक सहायता मिलनी चाहिए। दत्त साहब की आर्थिक स्थिति अच्छी नहीं थी। अगर उनकी आर्थिक स्थिति अच्छी होती तो वे कुछ दिन और जीते और बीमार नहीं रहते। इसलिए उनकी विधवा पत्नी को हम लोगों की ओर से एवं सभी लोगों की ओर से कुछ-न-कुछ सहायता मिलनी चाहिए। इन्हीं शब्दों के साथ, जैसा कि आदरणीय जाफर साहब ने कहा, मैं विश्वास दिलाता हूँ कि उनकी यादगार को कायम रखने के लिए कुछ करूँगा।

श्री महामाया प्रसाद सिंह : अध्यक्ष महोदय, मुझे कुछ ज्यादा नहीं कहना है, सिर्फ अपनी श्रद्धांजलि अर्पित करना चाहता हूँ। वे हमारे पुराने साथी थे। जब वे रिवॉल्यूशनरी पार्टी में थे, तभी से हमारे साथी थे और अभी भी वे साथ चल रहे थे। इससे आप खुद समझ सकते हैं कि हमारा दिल कितना भरा हुआ है। मेरी एक ही प्रार्थना है कि इस मृत्यु से सारे लोगों को सदमा पहुँचा है। इसलिए सदन को स्थगित कर देना ही श्रेयस्कर है। आज यही होना चाहिए। इन्हीं शब्दों के साथ मैं श्रद्धांजलि अर्पित करता हूँ।

श्री जगदीश शर्मा : अध्यक्ष महोदय, उस महापुरुष के निधन पर शोक प्रकट करने के लिए मैं खड़ा हुआ हूँ। श्री बटुकेश्वर दत्त इतिहास के निर्माता थे। बड़ी लंबी पराधीनता के चलते देश में मायूसी छा गई थी। बाहर के लोग समझने लग गए थे कि इतना विशाल देश लगातार पराधीनता की बेड़ी में जकड़ा रहता है। देश के नवयुवक मुरझाए हुए थे। श्री बटुकेश्वर दत्त ने अपने कार्य से ललकारते हुए कहा—

''के बोले माँ तुमी अबले!''

कौन कहता है कि देश पराधीन रहेगा? और देश आजाद हुआ। संसार में जितने लोग जन्म लेते हैं, सभी मरते हैं। राम, कृष्ण, बुद्ध और गांधी भी नहीं रहे। उसी तरह से श्री बटुकेश्वर दत्त भी नहीं रहे। इस समय उनकी अवस्था 56 वर्ष की थी। विदेशी सरकार की यातना से उनका शरीर जर्जर हो गया था। स्वाधीन भारत ने उनके जर्जर

शरीर की सेवा नहीं की। सेवा द्वारा ऋण से मुक्त होने का देश ने प्रयत्न नहीं किया। देश ने नहीं, बल्कि बिहार ने नहीं किया। बटुकेश्वर दत्त को चंडीगढ़ से आमंत्रण आया। श्री गुलजारीलाल नंदा ने उन्हें बुलाया; मगर हम लोग उनको यहाँ नहीं रख सके।

ऐसे महापुरुषों की तपस्या के बल पर देश को स्वाधीनता प्राप्त हुई। उन्होंने इतिहास में बहुत उज्ज्वल स्थान पाया। उनका नाम लेकर देश का सिर ऊँचा होता रहेगा। उनका नाम भले ही हम लोग भूल जाएँ, देश के लोग भूल जाएँ, लेकिन जब तक इतिहास रहेगा, तब तक बटुकेश्वर दत्तजी का नाम रहेगा और देश के नौजवान तो नौजवान, हम जैसे बुड्ढों के हृदय में भी वे प्रेरणा देते रहेंगे। वीर बटुकेश्वर दत्त और भगत सिंह ने सेंट्रल असेंबली में जब बम फेंका तो वे छिपकर भाग नहीं गए, बल्कि वे डटे रहे और कहा कि हाँ, हमने बम फेंका है। फेंकना वाजिब है। सोए हुए देश को हमें जगाना है। हम लोग यहाँ बैठकर मौज उड़ाते हैं और उनकी नीति नहीं अपनाते हैं। बंगाल की एक पत्रिका ने एक महापुरुष के निधन पर लिखा था कि उनके निधन पर भारत आँसू ही नहीं बहाता है, बल्कि समुद्र की तरह आँसू ने रूप ले लिया है। यही हम वीर बटुकेश्वर दत्त के निधन पर कहते हैं। उनके निधन से जो हानि हुई है, उसकी पूर्ति नहीं हो सकती।

अध्यक्ष महोदय, वीर बटुकेश्वर दत्त जैसे महापुरुष दुनिया में बहुत कम होते हैं। वे त्यागी थे और उन जैसा त्यागी कम होता है। इतिहास ऐसे लोगों के नाम सुनाकर क्राइसिस के समय देश को साहस देता है। ऐसे ही महापुरुषों के लिए कहा गया है—'अनेन सदृशो लोके न भूतो न भविष्यति।' मैं इन शब्दों के साथ उनके संबंध में अपनी श्रद्धांजलि अर्पित करता हूँ।

श्री बसावन सिंह : अध्यक्ष महोदय, बटुकेश्वर दत्तजी के निधन पर आपने और मिनिस्टर साहब ने और दूसरे माननीय सदस्यों ने जो श्रद्धांजलि अर्पित की है, मैं भी उनके साथ हूँ। इस सदन में बटुकेश्वर दत्त थोड़े दिनों के लिए सदस्य भी रह चुके थे। इसलिए सदन के लिए यह उचित था कि उनके निधन पर शोक प्रकट करें। वे इधर वर्षों से राजनीति के क्षेत्र में उतने सक्रिय नहीं थे, जितने हम या आप हैं। वे कोई काम नहीं करते थे।

श्री बटुकेश्वर दत्त के साथ काम करने, घूमने-फिरने, उनको नजदीक से देखने और उनके साथ बातचीत करने का मौका मुझे मिला है। वे बड़े हिम्मतवाले आदमी थे। सरदार साहब ने ठीक ही कहा है कि गांधीजी के आंदोलन चलाने के पहले बहुत मायूसी फैली हुई थी। वह आठ-नौ सालों की जो अवधि थी, उसमें श्री गोपी मोहन साहा और सरदार भगत सिंह आदि लोगों ने सोचा कि इस देश को जगाना चाहिए और उन्होंने जो आखिर काम हो सकता है, वह करके देश को जगाया। पैंतीस-छत्तीस साल की एक लंबी अवधि हो गई। श्री दत्त एक महान् व्यक्ति थे। उनकी तकलीफों का हम

लोग आज अनुमान भी नहीं लगा सकते। हिंदुस्तान में हर जगह साइमन कमीशन गया था। पंडितजी ने लिखा है कि किस तरह पंतजी के ऊपर लाठी चली थी। यह संयोग है कि यहाँ पटना में कुछ नहीं हुआ। वे उस दिन यहाँ नहीं थे, नहीं तो यहाँ भी वही दृश्य उपस्थित होता, जो लखनऊ में हुआ था। लाला लाजपतराय के सीने में बंदूक का कुंदा लगा था। स्वराज का काम करने में बड़ी तकलीफ उठानी पड़ती है। आज तो समय ही बदल गया है। लाला लाजपतराय को जो चोट लगी, उससे उनके मुँह से खून निकलने लगा। कुछ नौजवानों ने फैसला किया कि अगर महीने भर के अंदर स्कॉट और सांडर्स नहीं मारे गए तो हम बदला लेंगे। सांडर्स मारा गया और स्कॉट भाग गया। वे कई महीनों तक पटना, हाजीपुर, सदाकत आश्रम और करनौता में अपना समय गुजारते रहे। सन् 1928 गें कलकत्ता गें कांग्रेस का अधिवेशन हुआ। उसके बाद भगत सिंह ने असेंबली में बम फेंका। जब चारों तरफ त्रासवाद फैल रहा था तो उसको रोकने के लिए पब्लिक सेफ्टी ऐक्ट का निर्माण हुआ, तो दो हिस्से थे—एक, जिसमें सिर्फ आवाज हुई और जो कुरसियों के नीचे छिपे। एक केवल मोतीलाल नेहरू अपनी सीट पर बैठे रहे और दूसरे सरदार वल्लभभाई पटेल। स्वराजी लोग भी भाग गए और ट्रेजरी बेंचोंवाले भी। बड़े जोर की आवाज हुई। अब किसने फेंका, कैसे फेंका। कुरसियाँ भी टूटीं और दीवार भी, लेकिन आदमी तो सब भाग गए। तब से श्री बटुकेश्वर दत्त और श्री भगत सिंह दोनों का अटूट संबंध रहा। उन दोनों को सजा हुई कालेपानी की।

मामला दूसरा चला था लाहौर कांस्पिरेसी केस। मारने का मुकदमा था। महाराष्ट्र में कांस्पिरेसी और दिल्ली में कांस्पिरेसी, सारे भारत में षड्यंत्रों का जाल फैला था। सही-गलत आदमियों को पकड़कर जेल भेजा जा रहा था। लाहौर में 29 आदमियों को एक साथ पकड़ा गया। वे दोनों कैदी हो गए थे—सरदार भगत सिंह और श्री बटुकेश्वर दत्त। उन्हें अंडरट्रायल प्रिजनर्स में रखा गया था। जिस वक्त श्री यतींद्रनाथ दास का अनशन हुआ, जिसमें उनका देहांत हुआ, जेल के कानून को बदलने के लिए, उस समय वे भी अंडरट्रायल प्रिजनर्स के रूप में रखे गए। वे दो जगह रखे गए थे। 31 मार्च को, जब आप में से कुछ भाई कराची में जमा हुए होंगे, सोचिए कि उनका हृदय कैसा होगा। एक साथी, जो दो देह और एक साँस के थे, उनकी फाँसी ही नहीं हुई थी, बल्कि उनकी बोटी-बोटी काटकर रावी नदी के किनारे फेंक दी गई थी। उसके बाद भी उन्होंने हिम्मत नहीं छोड़ी। काफी हिम्मत के साथ रहे। उस बीच में मिलने का मौका तो मुझे नहीं मिला, लेकिन जब गवर्नमेंट ऑफ इंडिया एक्ट, 1935 पास हुआ था, उसके चुनाव के बाद तीन प्रांतों का इस्तीफा हुआ था—संयुक्त प्रांत, बिहार और मद्रास का। उसके बाद कालेपानी से अपने राजनीतिक कैदियों को छोड़ा गया और तब श्री सिकंदर ने उन्हें पंजाब से बाँकीपुर जेल में भेज दिया। मैं कभी-कभी मिलने जाता था। उनमें उत्साह की

कमी नहीं थी। जो संकल्प था, उसमें कमी नहीं थी। फिर रिहाई हुई। लेकिन ऐसा लगा कि 15 अगस्त, 1947 के बाद से ऐसी योनि, जिसमें श्री बटुकेश्वर दत्त थे, छिन्न हो गई है। उसी दिन उनका देहांत हो गया था। आज केवल लाश ही थी। अब वह योनि उच्छिन्न हो गई है। उनका देहांत हो गया और ऐसे सभी लोगों का देहांत हो गया, जो उस श्रेणी के थे। मुझे बहुत दुःख हुआ था और दुःख का शायद यही कारण था कि वे ऐसे व्यक्ति थे, जिसने मन को चंचल नहीं होने दिया और अपनी निगाह मातृभूमि पर रखी और यही मनोभावना लेकर, चाहे श्री बटुकेश्वर दत्त हों, चाहे श्री योगेंद्र शुक्ल हों, चलते रहे। मैं अपनी श्रद्धांजलि स्वर्गीय बटुकेश्वर दत्त को समर्पित करता हूँ। गलत या सही, उन्होंने देश की स्वतंत्रता-प्राप्ति के बाद बुढ़ापे में शादी कर ली। मैं नहीं जानता कि मेरा यह कहना उचित है या नहीं, लेकिन मैं सरकार को अपनी तरफ से कहना चाहता हूँ कि उनकी विधवा और उनके बच्चे निराश्रय हैं। ऐसा नहीं हो, जैसा श्री चंद्रशेखर आजाद के साथ हुआ था। श्री चंद्रशेखर आजाद की माँ को साढ़े तीन वर्ष के बाद सहायता मिली थी। श्री दत्त ने पटना में शादी की थी और उनकी विधवा शायद यहीं हों। हम लोग कुछ इंतजाम कर सकें तो अच्छा होगा। मैं इन्हीं शब्दों के साथ अपनी श्रद्धांजलि अर्पित करता हूँ।

श्री इंद्रदीप सिंह : उपाध्यक्ष महोदय! आपने, सदन के नेता ने और कई माननीय सदस्यों ने अपने शब्दों में स्वर्गीय बटुकेश्वर दत्त के प्रति श्रद्धांजलि दी है; मैं भी अपनी श्रद्धांजलि अर्पित करता हूँ। जब मैं विद्यार्थी था, उस वक्त केंद्रीय असेंबली में बम फेंका गया था। मुझे वह जुमला याद है, जो स्वर्गीय मोतीलाल नेहरू ने कहा था—नो वकील, नो दलील और नो अपील; यानी जहाँ कि न कोई वकालत कर सकता था, न दलील दे सकता था और न अपील हो सकता था, तो स्वर्गीय भगत सिंह और स्वर्गीय बटुकेश्वर दत्त न केवल देश की पूर्ण आजादी के लिए लड़ रहे थे, बल्कि नागरिक स्वतंत्रता के लिए अपने प्राणों की बाजी लगा दी थी। कुछ समय के बाद स्वर्गीय भगत सिंह, स्वर्गीय बटुकेश्वर दत्त, स्वर्गीय चंद्रशेखर आजाद और दूसरे क्रांतिकारियों ने मिलकर हिंदुस्तान सोशलिस्ट रिपब्लिकन आर्मी की स्थापना की थी। उस वक्त उन्होंने न केवल स्वराज की कल्पना की थी, बल्कि समाजवाद के साथ वर्गहीन समाज की कल्पना की थी। अफसोस की बात है कि वे लोग अपना समय पूरा नहीं कर सके और हम लोगों में जो बाद की पीढ़ी में आए हैं, वह लगन, वह मर मिटने की आशा क्षीण-सी मालूम हो रही है।

लेकिन मुझे पूरा विश्वास है कि सरदार भगत सिंह, श्री चंद्रशेखर आजाद तथा श्री बटुकेश्वर दत्त, जिन्होंने इस देश के लिए अपनी जिंदगी दी, के संकल्प को इस देश की जनता पूरा करेगी। मैं इस समय उन तमाम माननीय सदस्यों के सुझाव का समर्थन

करता हूँ कि श्री बटुकेश्वर दत्त की विधवा पत्नी तथा बच्चों की परवरिश की जिम्मेदारी बिहार की होनी चाहिए और सर्वप्रथम बिहार सरकार की होनी चाहिए। हमारे बिहार के श्री योगेंद्र शुक्ल अस्पताल में पड़े हुए हैं। वे सरदार भगत सिंह के साथी हैं। वे पंद्रह दिन पहले अपने गाँव में अचेत होकर गिर गए थे और अपने घर में पड़े हुए थे। मैं समझता हूँ कि हम लोगों को अपने पुराने क्रांतिकारी लोगों के साथ कम-से-कम इतना करना चाहिए, ताकि वे चिकित्सा के अभाव में मर नहीं सकें। इन्हीं शब्दों के साथ मैं अपनी हार्दिक श्रद्धांजलि अर्पित करता हूँ।

श्री रामाश्रय प्रसाद सिंह : उपाध्यक्ष महोदय, विधि का विचित्र विधान है। एक दिन बीता नहीं कि आज फिर श्री बटुकेश्वर दत्त के निधन पर शोक प्रस्ताव इस सदन में पेश किया गया। वैसे मैं उनके बारे में बहुत नहीं कहना चाहता हूँ, क्योंकि इस सदन के बहुत से बुजुर्ग माननीय सदस्यों को उनके साथ काम करने का मौका मिला है, जिन्होंने बहुत सारी बातें इस सदन के समक्ष रखी हैं। अब श्री बटुकेश्वर दत्त के बारे में कोई बात कहने को रह नहीं जाती। मैंने जब से होश सँभाला है, तब से मैं श्री बटुकेश्वर दत्त को जानता हूँ—पुस्तकों में पढ़कर तथा स्वतंत्रता की लड़ाई की कहानियाँ सुनकर। मैं समझता हूँ कि मेरे जैसा इस देश का हर बच्चा उसी तरह उनका नाम जानता है। मेरी बातें उनके साथ हुई हैं, जिसका जिक्र मैं सदन के समक्ष कर देना चाहता हूँ। श्री बटुकेश्वर दत्त जितने कड़े हृदय के थे, उतने ही कोमल हृदय के भी थे। मुझे इस सदन का सदस्य होने के बाद उनसे मिलने का सौभाग्य प्राप्त हुआ। मुझे एक बार उनकी बगल में बैठने का गौरव मिला था। मैंने स्वप्न में भी नहीं सोचा था कि मुझे ऐसे महान् व्यक्ति की बगल में बैठने का मौका मिलेगा। हमारे कुछ विरोधी साथियों ने कहा कि उनके साथ इनसाफ नहीं हुआ। इस मुतल्लिक उनसे मेरी बातें हुई थीं। उन्होंने एक बात कही कि उन्होंने देश की स्वाधीनता के लिए जो कुछ किया, किसी कीमत के लिए नहीं किया। जब वे अस्पताल में थे तो मैं घंटों उनके साथ बैठा करता था। उन्होंने बताया कि किस परिस्थिति में स्वतंत्रता की लड़ाई हुई। जिस समय ब्रिटिश सरकार की कड़ी निगरानी उनके मूवमेंट पर थी, उस समय उनकी माँ बीमार पड़ीं।

मृत्यु-शय्या पर पड़ी हुई उनकी माताजी ने कहा कि मुझे काशी ले चलो, क्यों कि मैं चाहती हूँ कि मेरा वहीं पर देहांत हो और यह मेरे लिए बहुत बड़ा पुण्य का काम होगा। दत्तजी एक महान् आज्ञाकारी पुत्र की तरह अपनी माताजी को उनकी आज्ञानुसार काशी ले जाने के लिए तैयार हो गए और उन्होंने बनारस में अपनी बहन को खबर दी कि मैं अपनी माँ, जो मृत्यु-शय्या पर पड़ी हैं, को लेकर बनारस आ रहा हूँ। ब्रिटिश सरकार की यह आज्ञा थी कि श्री दत्त बनारस में प्रवेश नहीं करने पाएँ। उनकी बहन की भी यही लालसा थी कि वे मृत्यु-शय्या पर पड़ी हुई अपनी माँ का दर्शन कर लें

और वे भी यही चाहती थीं कि उनकी माँ यहीं रहें; लेकिन ब्रिटिश सरकार और उनकी पिट्ठु पुलिस को जब इस बात की सूचना मिली तो पुलिस ने उनकी बहन और बहनोई पर यह दबाव डाला कि वे उनके यहाँ नहीं ठहरें। पर उन लोगों ने पुलिस की बात मानने से इनकार कर दिया। इसके बाद पुलिस ने मकान मालिक पर दबाव डाला। ऐसी स्थिति में मकान मालिक बड़े धर्म-संकट में पड़ गया। एक तरफ ब्रिटिश सरकार का दबाव था और दूसरी तरफ श्री दत्त के प्रति मकान मालिक की महान् भावना। जब ऐसी अवस्था में श्री दत्त मृत्यु-शय्या पर पड़ी हुई अपनी माँ के साथ बनारस पहुँचे तो मकान मालिक और उनके बहन व बहनोई मकान का दरवाजा बंद करके आँखों में आँसू लिये बाहर खड़े थे। उपाध्यक्ष महोदय, यह कहने की मेरी हिम्मत नहीं हो रही है कि उनके बहन-बहनोई की आँखों से अविरल अश्रु प्रवाहित हो रहे थे और उनके सामने श्री दत्त टमटम पर अपनी माताजी को लेकर बैठे हुए थे। यह एक ऐसी हृदय-विदारक घटना है, जिसे कोई भी भारतवासी भूल नहीं सकता है। जिन दुःखद परिस्थितियों में और वीरतापूर्वक उन्होंने देश की महान् सेवा की है, उसका वर्णन शब्दों में इस सदन के सामने हम नहीं व्यक्त कर सकते हैं।

उनकी महान् सेवाओं के लिए सारा देश उनका कृतज्ञ रहेगा। सदन में उनके प्रति मात्र श्रद्धांजलि अर्पित कर देने से ही उनके प्रति हमारे कर्तव्य की इतिश्री नहीं हो जाती है, बल्कि हमें उनके मार्ग का अवलंबन करना चाहिए। अभी सरदार साहब और बसावन बाबू ने कहा कि उनकी विधवा पत्नी एक साधारण शिक्षिका हैं और उनकी एकमात्र पुत्री प्री यूनिवर्सिटी की छात्रा हैं। मैं सरकार से निवेदन करता हूँ कि उनकी विधवा पत्नी को हर संभव सहायता दी जाए तथा उनकी पुत्री के लिए पढ़ने का प्रबंध किया जाए। उस कठोर हृदय के व्यक्ति ने जिन कठिन परिस्थितियों में देश की महान् सेवा की, उस व्यक्ति का हृदय कितना कोमल था, उसका एक उदाहरण मैं देना चाहता हूँ। एक दिन उनसे बातचीत के सिलसिले में उन्होंने मुझसे पूछा कि रामाश्रय, तुम्हारी पत्नी कहाँ हैं ? मैंने कहा कि दुर्भाग्यवश मेरी पत्नी अब इस दुनिया में नहीं हैं। इस पर उन्होंने तुरंत ही मेरा हाथ पकड़ लिया और कहा कि तुम जैसे बच्चे के साथ ईश्वर ने यह बहुत बड़ा अन्याय किया है। वे अपने कर्तव्य के लिए कठोर हृदय के अवश्य थे, किंतु उनका हृदय कितना कोमल था, यह इसी घटना से प्रकट हो जाता है। इन्हीं कुछ शब्दों के साथ मैं सरकार से अनुरोध करूँगा कि वह इस महान् क्रांतिकारी के परिवार के साथ उचित न्याय करे।

(दिवंगत आत्मा के प्रति श्रद्धांजलि अर्पित करने के लिए सदन के सदस्यगण दो मिनट तक मौन खड़े रहे।)

उप सभापति : शोक-संतप्त परिवार को इस सदन की संवेदना सूचित कर दी जाए।

परिषद् की काररवाई कल 12 बजे दिन तक स्थगित की जाती है।

(परिषद् की काररवाई बुधवार, दिनांक 21 जुलाई, 1965 के 12 बजे मध्याह्न तक के लिए स्थगित हुई।)

(स्रोत : बिहार विधान परिषद् वादवृत्त, दिनांक 20 जुलाई, 1965)

(बिहार विधानसभा में बटुकेश्वर दत्त के लिए पारित शोक प्रस्ताव)

अध्यक्ष : माननीय सदस्यगण, मुझे एक अत्यंत हृदय-द्रावक समाचार देना है। आज यह समाचार सुनकर हम सभी का मन दु:ख से भर गया है कि सुप्रसिद्ध क्रांतिकारी श्री बटुकेश्वर दत्त का देहावसान दिल्ली में हो गया।

श्री बटुकेश्वर दत्त का जन्म सन् 1909 में कानपुर में हुआ था। वहीं उनकी इंटर तक की शिक्षा हुई। कानपुर में ही उनके क्रांतिकारी जीवन का आरंभ हुआ। सन् 1923 में ही श्री बटुकेश्वर दत्त की मैत्री सरदार भगत सिंह से हुई। सन् 1927 में श्री बटुकेश्वर दत्त ने कलकत्ता में मजदूर आंदोलन में भाग लिया। इसके बाद वे क्रांतिकारियों द्वारा आगरा में स्थापित बम फैक्टरी के प्रबंध में चले गए। 8 अप्रैल, 1929 को सरदार भगत सिंह के साथ श्री बटुकेश्वर दत्त ने तत्कालीन केंद्रीय असेंबली में बम फेंककर ब्रिटिश सरकार के अन्यायपूर्ण कार्यों का क्रांतिकारी विरोध किया। दोनों को आजन्म कालेपानी की सजा मिली। उस समय राजनीतिक कैदियों का कोई अलग वर्ग नहीं था। राजनीतिक कैदियों के साथ भी साधारण कैदियों का-सा बरताव होता था। ब्रिटिश सरकार के इस अन्यायपूर्ण कार्य के विरुद्ध 14 जून, 1929 से सरदार भगत सिंह और श्री बटुकेश्वर दत्त ने आमरण अनशन आरंभ किया, जिसमें आगे चलकर यतींद्रनाथ दास शरीक हुए और अनशन करते हुए ही शहीद हुए।

सन् 1937 में प्रदेशों में कांग्रेसी सरकारों की स्थापना के बाद श्री बटुकेश्वर दत्त कालापानी की कारा से मुक्त हुए। उस समय बिहार विभूति श्री अनुग्रह नारायण सिंहजी ने अपने स्नेह से श्री बटुकेश्वर दत्त को बिहार में ही रख लिया। सन् 1940-42 में श्री बटुकेश्वर दत्त बिहार की जेलों में नजरबंद थे। इस प्रकार श्री बटुकेश्वर दत्त बिहारी हो गए थे। सन् 1973 में कुछ महीनों के लिए श्री बटुकेश्वर दत्त बिहार विधान परिषद् के सदस्य हुए। इसके बाद श्री बटुकेश्वर दत्त बीमार हो गए। पहले तो उनका इलाज पटना मेडिकल कॉलेज अस्पताल में हुआ, उसके बाद भारत सरकार ने इलाज के लिए उन्हें ऑल इंडिया इंस्टीट्यूट ऑफ मेडिकल साइंसेज, दिल्ली में बुला लिया, जहाँ उनकी मृत्यु हो गई।

श्री बटुकेश्वर दत्त का जीवन त्याग और तप से परिपूर्ण था। उन्होंने भारतीय राजनीति को एक क्रांतिकारी मोड़ दिया था। ऐसे महान् देशभक्त और क्रांतिकारी के चले जाने से देश को बहुत बड़ी क्षति हुई है। भगवान् उनकी आत्मा को शांति और

उनके शोकाकुल परिवार को धैर्य प्रदान करे।

श्री कृष्ण वल्लभ सहाय : माननीय अध्यक्ष महोदय, श्री बटुकेश्वर दत्त के निधन का समाचार सुनकर मैं घोर वेदना से भर गया। मैं आपकी संवेदना के साथ हूँ। वे सरदार भगत सिंह के परम मित्र थे। उन्होंने भारतीय स्वतंत्रता आंदोलन में एक क्रांतिकारी कदम उठाया था। उसके लिए उनको अनेक वर्षों तक घोर यातना सहन करनी पड़ी थी। केंद्रीय असेंबली में बम फेंकने के कारण उनको कालापानी की सजा मिली। अंत में, प्रथम कांग्रेसी सरकार की स्थापना के बाद उनको कालापानी की सजा से मुक्ति मिली। अपनी बीमारी के इलाज के लिए उन्हें दिल्ली जाना पड़ा। उनकी चिकित्सा का सारा खर्च भारत सरकार ने वहन किया। भगवान् उनकी आत्मा को चिर शांति प्रदान करे। आपसे मेरा अनुरोध है कि दिवंगत आत्मा के शोक-संतप्त परिवार को संवेदना का संदेश भेज दें।

श्री कर्पूरी ठाकुर : अध्यक्ष महोदय, क्रांति सम्राट् सरदार भगत सिंह के सहयोगी श्री बटुकेश्वर दत्त के निधन से सारा देश शोक-मग्न है। निस्संदेह सारे भारतवासी आज दु:खी हैं। विशेष रूप से वे दु:खी हैं, जो आजादी के प्रेमी हैं और आजादी के सिपाही रह चुके हैं। हमारे देश के करोड़ों लोगों को यह देखकर या सुनकर अत्यंत वेदना होती है कि आजादी की लड़ाई के एक-एक सरदार और सिपाही धीरे-धीरे उठते जा रहे हैं। हमारे देश के कोटि-कोटि नर-नारियों को जिन सपूतों के त्याग ने, जिन सपूतों की देश-सेवा ने मर-मिटने की प्रेरणा प्रदान की थी, उनमें श्री बटुकेश्वर दत्त भी थे। उनका विगत कई महीनों का जो जीवन था, वह बहुत ही दु:खमय था। वे रुग्ण शय्या पर पड़े हुए थे। आजादी के जो सिपाही हैं, वे वर्तमान परिस्थिति में क्या सोचते हैं और उनकी मानसिक स्थिति क्या है, श्री दत्त की स्थिति क्या थी और वह क्या सोचते थे, इसका एहसास उन्हीं को हो सकता है, जिनको उनके साथ बैठकर जीवन बिताने का मौका मिला था। कुछ विशेष न कहकर आजादी के उस अमर सिपाही के प्रति मैं अपनी संवेदना प्रकट करता हूँ और अपनी ओर से तथा अपनी पार्टी की ओर से मैं भगवान् से प्रार्थना करता हूँ कि उनकी दिवंगत आत्मा को शांति प्रदान करे और उनके शोक-संतप्त परिवार को धैर्य प्रदान करे।

श्री सुनील मुखर्जी : श्री बटुकेश्वर दत्त के निधन से निश्चय ही सभी को दु:ख है। मैं उन व्यक्तियों में से हूँ, जिनका उनके साथ संपर्क था। मैं जानता हूँ कि वे न केवल क्रांतिकारी अमर सिपाही थे, न केवल उनके हृदय में देश-सेवा और बलिदान की भावना थी, बल्कि वे एक सज्जन व्यक्ति भी थे और जिस चीज को लेकर वे जीवन में आगे बढ़े, उसको बड़े उत्साह से करते रहे। यह सही है कि उनका स्वास्थ्य देश के बलिदान के लिए गिरा और देश की आजादी की चिंता के कारण उनका स्वास्थ्य गिरा,

लेकिन फिर भी देश को सही दिशा की ओर ले जाने में वे अग्रसर रहे और जीवन में संघर्ष करते रहे। यही कारण है कि उनका स्वास्थ्य टूटा और फिर जुड़ा नहीं। मैं ऐसे क्रांतिकारी के प्रति अपनी ओर से एवं अपनी पार्टी की ओर से श्रद्धांजलि अर्पित करता हूँ। मैं अनुरोध करता हूँ कि उनके शोक-संतप्त परिवार को संवेदना का संदेश भेज दिया जाए।

श्री जनार्दन तिवारी : माननीय अध्यक्ष महोदय, उस महान् क्रांतिकारी के जीवन से देश को स्वतंत्रता के जमाने में आजादी की लहरें मिलीं। आज क्रांतिकारी हमारे बीच में नहीं है। उन्होंने अपने त्यागमय जीवन से हिंदुस्तान को जोश दिया और उसी कारण से आज देश स्वतंत्र भी हुआ। आज मैं अपनी और पार्टी की ओर से उस आत्मा के प्रति श्रद्धांजलि अर्पित करता हूँ और ईश्वर से प्रार्थना करता हूँ कि उनकी आत्मा को चिर शांति दें।

श्री सूरज नारायण सिंह : अध्यक्ष महोदय, श्री बटुकेश्वर दत्त क्रांतिकारियों के सिरमौर थे। मुझे भी उस क्रांतिकारी के साथ सहयोग करने का अवसर मिला। मैं कह सकता हूँ, आज उनकी असामयिक मृत्यु हुई और उसका कारण सिर्फ यही है कि श्री बटुकेश्वर दत्त अन्य क्रांतिकारियों की तरह फाँसी पर चढ़कर नहीं मरे, बल्कि तिल-तिलकर कुरबानी दी। अध्यक्ष महोदय, आपने ठीक ही चर्चा की है कि राजनीतिक क्षेत्र में जिस तरह भगत सिंह और यतींद्रनाथ दास ने कुरबानी दी है, ठीक उसी तरह श्री बटुकेश्वर दत्त ने भी दी है। श्री बटुकेश्वर दत्त अंडमान जेल भी भेजे गए थे और वहाँ भी हिंदुस्तानी कैदियों को राहत दिलाने के लिए अनशन व्रत किया था। यह वह समय था, जब अंग्रेजों का राज था और उस समय वहाँ से यहाँ खबर आने में बड़ी दिक्कत थी, लेकिन तो भी श्री बटुकेश्वर दत्त ने राजनीतिक कैदियों को राहत दिलाने के लिए अपनी कुरबानी दी। वह समय ऐसा था, जिस समय पाँच आदमी भी एक साथ बैठकर कुछ बातचीत नहीं कर सकते थे। श्री बटुकेश्वर दत्त ने उस समय देश का नेतृत्व किया और आजादी दिलाने में मदद की। आज केवल हमारे देश को ही क्षति नहीं हुई है, बल्कि अंतरराष्ट्रीय जगत् को भी क्षति पहुँची है। उनके जीवन से हमारे नवयुवकों को प्रेरणा लेनी चाहिए। मैं अपनी तथा अपनी पार्टी की ओर से उनके प्रति श्रद्धांजलि अर्पित करता हूँ और उनके शोक-संतप्त परिवार के प्रति संवेदना प्रकट करता हूँ तथा ईश्वर से प्रार्थना करता हूँ कि उनकी दिवंगत आत्मा को चिर शांति दे।

(इसके बाद दिवंगत आत्मा की शांति के लिए सभी सदस्यों ने एक मिनट तक मौन खड़े होकर भगवान् से प्रार्थना की।)

बटुकेश्वर दत्त के साथ अंडमान जेल में बंद राजनीतिक कैदी

अवनी भूषण चक्रवर्ती	अवनी रंजन घोष
अवनी मुखर्जी	अब्दुल कादिर चौधरी
अभयपद मुखर्जी	अविनाश भट्टाचार्यजी
अच्युत घटक	अधीर नाग
अधीर सरकार	अधीर सिंह
अजीत कुमार मित्रा	अजय सिन्हा
अक्षय चौधरी	अली अहमद सिद्दीकी
अमलेंदु बागची	अमर मुखर्जी
अमर सिंह	अमर सूत्रधार
अमृतलाल हाजरा	अमृतेंदु मुखर्जी
अमूल्य सेनगुप्ता	अमूल्य कुमार मित्रा
अमूल्य राय	आनंद गुप्ता
अनंत भट्टाचार्यजी	अनंत चक्रवर्ती
अनंत कुमार चक्रवर्ती	अनंत डे
अनंत मुखर्जी	अनंत सिंह
अनथ बंधु साहा	अनिल मुखर्जी
अन्नदाचरण पॉल	अनुकूल चटर्जी
अरविंद डे	अतुल चंद्र दत्ता
आशुतोष लाहिड़ी	अश्विनी कुमार बसु
बाबा पृथ्वी सिंह आजाद	बाबा रंजन पतिटुंडु
बाबू प्यारा सिंह	बच्चू लाल
वागेश्वर राय	बंकिम चक्रवर्ती
वारींद्र कुमार घोष	वारींद्र कुमार घोष
बसावा सिंह	बटुकेश्वर दत्त (स्वयं)
विजोयकृष्ण बनर्जी (चक्रवर्ती)	विजय कुमार सिन्हा
विनॉय बोस	विनॉय राय
विनय तरफदार	बाबूतोष कर्मकार
भवेश तालुकदार	भगवान विश्वास
भाई परमानंद	भान सिंह
भरत शर्मा राय	भोलानाथ राय

भुवन चंद्र
भूपेन भट्टाचार्य
भूपेश बनर्जी
विभूति बनर्जी
विभू भूषण डे
विभू भूषण सरकार
विद्याधर साहा
विजॉन सेन
विमल चक्रवर्ती
विमल दारागुप्ता
विनॉय लस्कर
वीरेन चौधरी
वीरेन रॉय
विशेन सिंह (1)
विशेन सिंह (3)
विश्वनाथ माथुर
चंद्रिका सिंह
छत्तर सिंह
चिंता हरण दास
चित्त दत्त
चुन्नीलाल देव
देव कुमार दास
धनंतरी ओझा
धरणी विश्वास
धरणी रॉय
धीरेन चौधरी
धीरेंद्र भट्टाचार्य
धीरेंद्र चंद्र दास
दिनेश वानिक
दिनेश दासगुप्ता
दिनेश धर
दुर्गा शरण दास
भुपाल बोस
भूपेंद्रनाथ घोष
भूपेशचंद्र गुहा
विभूति भूषण सरकार
विभू भूषण गुहा विश्वास
विभू भूषण सेन
विजॉय घोष
विमल भौमिक
विमल चंद्रा
विमल सरकार
विराजदेव
वीरेन लाहिड़ी
वीरेंद्रनाथ सेन
विशेन सिंह (2)
विशेन सिंह (4)
चंदन सिंह
चंद्रकांत भट्टाचार्य
चेतनाम
चित्त विश्वास
चुहुर सिंह
दाजी नारायण जोशी
देवेंद्र तालुकदार
धरणी वाणिक
धरणी चक्रवर्ती
धीरेन विश्वास
धीरेन दत्ता
धीरेंद्र चक्रवर्ती
ध्रुवेश चटर्जी
दिनेश चंद्र दास
दिनेश दास (पहले ये मैमन सिंह जेल में थे)
दिनेश साहा
द्वारिका प्रसाद पांडेय

द्विजेंद्रनाथ नाहा
द्विजेंद्र तालपत्रा
फकीर चंद्र सेनगुप्ता
गगन डे
गमीरुद्दीन सरकार
गणेश दामोदर सावरकर
गणेश घोष
गया प्रसाद (डॉक्टर)
गोविंद चंद्र कार
गोविंद कार
गोविंद प्रसाद बेरा
गोविंद राम
गोपाल आचार्य
गोपाल देव
गोपेन रायु
गोपेंद्र लाल राय
गोपी मोहन साहा
गौड़ गोपाल दत्त
गौरांग मोहन दास
गौरी शंकर दुबे
गुरुदास सिंह
गुरुदीत सिंह
गुरुमुख सिंह
हाजरा सिंह
हरबंधु समझदार
हरन खानगार
हरदीत सिंह
हरेकृष्ण कोनार
हरेंद्र भट्टाचार्य
हरेंद्र नाथ (मोहन) दास
हरिबल चक्रवर्ती
हरिदास साहा
हरिपद बनर्जी
हरिपद भट्टाचार्य
हरिपद बोस
हरिपद चौधरी
हरिपद डे
हरिहर दत्त
हरनाम सिंह
हाजरा सिंह
हेमचंद्र बक्शी
हेमचंद्र दास (कानूनगो)
हेमदत्त
हेमेंद्र नाथ चक्रवर्ती
हीरा राम
हिमांशु भौमिक
हीरा मोहन चटर्जी
हिरदा सिंह
होतीलाल
हृदय दास (हरिपुर)
हृदय दास (चिट्टगोंग)
हृषिकेश बोस
हृषिकेश दत्त
हृषिकेश कांजीलाल
हृषिकेश भट्टाचार्य
इंदर सिंह (1)
इंदर सिंह (2)
इंदर नाथ नंदी
इंदुभूषण दास
इंदर भूषण राय
जगदानंद मुखर्जी
जगत बोस
जगत राम
जगत रॉय

जगेन शुकुल
जयदेव कपूर
जयनेश्वर दास
जानकी दास
जितेंद्र डे
जतींद्र नाथ नंदी
ज्वाला सिंह
जवान सिंह
जयेश भट्टाचार्य
जीवन गुहा ठकुराता
जीवन मोल्ला
जीवन सिंह
जीवेन दास
जीतेन गुप्ता
जीतेंद्रनाथ चक्रवर्ती
जीतेंद्र मजूमदार (फरीदपुर)
ज्ञान गोविंद गुप्ता
जोगेन गुहा
जोगेंद्र चक्रवर्ती
जोगेश चक्रवर्ती
जयेश चंद्र दास
ज्योतिर्मय राय
ज्योतिष चंद्र पॉल
ज्योतिष मजूमदार
काला सिंह (1)
काला सिंह (2)
काला चंद चक्रवर्ती
काली बनर्जी
काली भट्टाचार्य
कालीकिंकर डे
काली प्रसन्न चौधरी
कालीपद चक्रवर्ती
कालीपद रॉय
कामाख्या घोष
कमलनाथ तिवारी
कमल श्रीमानी
कामिनी डे
कन्हाई लाल मिसिर
कार्तिक (परेश) चंद्र डे
कार्तिक सरकार
करतार सिंह
कौमुदी कांतो भट्टाचार्य
केदार मोनी शुक्ल
केहर सिंह
केशर सिंह
केशव समझदार
केशव लाल चटर्जी
केशव प्रसाद
खगेंद्र नाथ चौधरी उर्फ सुरेश चंद्र
खोखा राय (सुधींद्र नाथ रॉय)
खुदीराम भट्टाचार्य
खुशीराम मेहता
कीनूराम पई उर्फ प्रियनाथ
किरण डे
कीर्तिभूषण मजूमदार
कृपा सिंह
कृपाल सिंह
कृपानाथ डे
कृष्णा विश्वास (पाबनावाले)
कृष्णा पदो चक्रवर्ती
क्षितीश चंद्र चौधरी
क्षितीश रॉय
क्षितीश सान्याल
कुमुद मुखर्जी

कुमुदिनी घोष
कुशल सिंह
लक्ष्मीकांत शुक्ल
ललित चक्रवर्ती
ललित सिंह
लाधा राम
मदन भौमिक
मदन सिंह
मधुसूदन दत्त
महेंद्र भौमिक
माखन डे
मंगल सिंह
मणींद्र चंद्र सेन
मणींद्र लाल चौधरी
मनमोहन साहा
मास्टर राजा राम
मोहावीर सिंह
मोहन लाल नाग
मोहित मोइत्रा
मोक्षदा रंजन
मनोहर सिंह
मनोरंजन गुहा ठकुराता
मृत्युंजय बनर्जी
मुकुल रंजन सेन
मुरारी गोस्वामी
नगेन मोडाक
नागेंद्र मोहन मुश्तफी
नागेंद्र नाथ गुप्ता
नलिनी सेन (गुप्ता)
नंद दुलाल सिंह
नंदी गोपाल
नानी दासगुप्ता

कुंदन लाल गुप्ता
लषण सिंह
लाल सिंह
ललित राहा
लालमोहन सेन
लोकनाथ बॉउल
मदन रायचौधरी
मधु बनर्जी
महावीर मिसिर
महेश बरुआ
मलय ब्रह्मचारी
मणिलाल दत्ता
मणींद्र डे
मन्मथ दत्त
मनोरंजन बनर्जी
माथुर नाथ दत्त
मोहन किशोर नामादास
मोहित अधिकारी
मोक्षदा बाबू
मोनी गांगुली
मनोरंजन चौधरी
मोतीलाल रॉय
मुज्तबा हुसैन
मुंशा सिंह
नगेन दासगुप्ता
नागेंद्र देव
नागेंद्र नाथ डे
नलिनी दास
नंद सिंह
नंदलाल दासगुप्ता
नानी गोपाल दास
नानी गोपाल मुखर्जी

ननकू सिंह
नारायण चंद्र राय
नरेन दास
नरेन घोष (1)
नरेन घोष (2)
नरेन घोष चौधरी
नाथा सिंह
नेपाल सरकार
नेहर सिंह
निब्रान चक्रवर्ती
निदान सिंह
निखिल रंजन गुहा राय
निकुंज बिहारी पॉल
निर्मलेंदु गुहा
निरंजन सेन
निरपद राय
निरेन बरुआ
निशाकांतो रॉयचौधरी
नित्य रंजन चौधरी
नृपेंद्र दत्त राय
पंडित प्रमांदा झाँसी
परेश चौधरी
परेश गुहा
परिमल चंद्र घोष
फणिभूषण रॉय
फणिदास गुप्ता
फणि नंदी
प्रभाकर विरुनी
प्रभेष राय
प्रवीर गोस्वामी
प्रबोध कुमार रॉय
प्रफुल्ल भौमिक
प्रफुल्ल कुमार विश्वास
प्रफुल्ल कुमार मजूमदार
प्रफुल्ल नारायण सान्याल
प्रकाश शील
प्रमाथा घोष
प्राण गोपाल मुखर्जी
प्राण कृष्ण चक्रवर्ती
प्राण कृष्ण चौधरी
प्रेम प्रकाश
प्रियदा चक्रवर्ती
प्रोभत चक्रवर्ती
प्रोभत कुसुम घोष
प्रोभत मित्रा
प्रद्योत रायचौधरी
प्रमौदी बोस
प्रशांत कुमार सेन
पुलिन बिहारी दास
पूर्णा गोस्वामी
पूर्णेंदु शेखर गुहा
रवींद्र चंद्र नियोगी
रवींद्र गुहा रॉय
राधा वल्लभ गोपी
राधिका डे (दास)
रजनीकांत सरकार
रजत दत्ता
राजमोहन करंजयी
राजेंद्र नाथ चक्रवर्ती
राखाल दास मल्लिक
राखाल डे
रामचंद्र दास
राम हरि
रामकृष्ण सरकार

राम प्रोताप सिंह
राम राखा भाले
राम शरण दास
रामसिंह डोगरा
रामेन समझदार
रमेशचंद्र चटर्जी
रमेश चंद्र दास (रॉय)
राणाधीर दासगुप्ता
रणधीर सिंह
रेवती मोहन साहा
रवींद्र बनर्जी
रोदा सिंह जेठ
रोशन लाल
रूढ़ सिंह
रुलिया सिंह
सचिन नंदी
शचींद्र चंद्र होमी
शचींद्र लाल कारगुप्ता
शचींद्रनाथ मित्रा
शचींद्रनाथ दत्ता
शचींद्रनाथ सान्याल
सहाय रामदास
शैलेश चंद्र राय
शैलेश दत्त
सज्जन सिंह
समाधीश रॉय
समरेंद्र घोष
शंभूनाथ आजाद
सनातन रॉय
शांति चक्रवर्ती
शांति गोपाल सेन
संतोष कुमार दत्ता
सनुकूल चटर्जी
सावन सिंह
शरदेंदु भट्टाचार्य
शरद धुपीदास
सरोदा प्रसन्न बोस
सरोज गुहा
सरोज कुमार बोस
सरोज रॉय
सरोषी मोहन मैत्रा
शशि भट्टाचार्य
सतीश बासुरॉय
सतीश चंद्र पकरासी
सशिन चक्रवर्ती
सत्य रंजन बोस
सत्य रंजन घोष
सत्यव्रत चक्रवर्ती
सत्येंद्र कुमार बोस
सत्येंद्र नारायण मजूमदार
सत्येंद्र राय
शेर सिंह
शिव वर्मा
श्यामा चरण भर्त्तवार
श्यामदेव नारायण
श्याम कृष्ण अग्रवाल
सिंगारा सिंह
सिराजुल हक
सितेंशु दत्त राय
शिव सिंह
सोहन सिंह
श्रीधर गोस्वामी
सुबल रॉय
सुबोध चौधरी

सुबोध रॉय
सुच्चा सिंह
सुधांशु दासगुप्ता (1)
सुधांशु दासगुप्ता (2)
सुधांशु दासगुप्ता (3)
सुधांशु लाहिड़ी
सुधांशु सेनगुप्ता
सुधेंदु डाम
सुदिंद्रनाथ भट्टाचार्य
सुधीर भट्टाचार्य
सुधीर चंद्र डे
सुधीर कुमार रॉय
सुधीर कुमार समझदार
सुधीर मजूमदार
सुधीर सत्कार
सुधींद्र राय (डेका)
सुखेंदु दस्तीदार
सुकुमार घोष
सुकुमार सेनगुप्ता
सुनील चटर्जी
सुनिर्मल सेन
सूरजनाथ चौबे
सुरेन आचार्य
सुरेन वानिक
सुरेन विश्वास
सुरेन दत्त गुप्ता
सुरेन दत्त
सुरेन सारखिल
सुरेंद्र धर चौधरी
सुरेंद्र मोहन कार रॉय
सुरेश चंद्र सेन
सुरेश दास
सुरजन सिंह अहलूवालिया
सुशील बनर्जी
सुशील चक्रवर्ती
सुशील दासगुप्ता
सुशील कुमार डे
टी.एस. शिवम
तर्पदा उर्फ मो. इब्राहिम
तेजा सिंह
ठक्कर सिंह
त्रैलोक्यनाथ चक्रवर्ती (महाराज)
ऊधम सिंह
उल्हासकर दत्त
उमाशंकर कोनार
उपेंद्रनाथ बनर्जी
उपेंद्र नाथ मंडल
उपेन साहा
उषा रंजन डे
वेंकटाचारी
विनायक दामोदर सावरकर
विष्णु शरण डबलिस
विजय कुमार सिन्हा

(स्रोत : पेनल सेटलमेंट इन अंडमान, लेखक आर.सी. मजूमदार, प्रकाशक : गजेटियर यूनिट, संस्कृति विभाग, शिक्षा एवं समाज कल्याण विभाग, भारत सरकार, नई दिल्ली, पृष्ठ 319-324)

कुछ चिट्ठियाँ जज्बात भरी
बचपन के दोस्त जयदेव गुप्ता को पत्र

सेंट्रल जेल, लाहौर
3 जून,1930

मेरे प्रिय श्री जयदेव,

कृपा करके मेरा हार्दिक धन्यवाद स्वीकार कीजिए—कपड़े के उन जूतों और सफेद पॉलिश की शीशी के लिए, जो आपने भेजे हैं। आपके शब्दों में (जैसा कि श्री कुलबीर ने कहा) मैं आपको कुछ अन्य चीजें लाने को यह पत्र लिख रहा हूँ। मुझे विश्वास है कि आप इसे महसूस नहीं करेंगे। कृपया देख लें कि क्या आप श्री बी.के. दत्त के लिए कपड़े का एक और जूता भेजने की व्यवस्था कर सकते हैं। (साइज नं. 7) लेकिन दुकानदार से वापसी की शर्त पर लेना, शायद इनके पैर में फिट न आए। यह बात मैंने अपने लिए लिखते समय ही लिखी होती, पर श्री दत्त उस दिन सरल भाव (इजी मूड) में नहीं थे, लेकिन मेरे लिए इसे अकेले पहनना बहुत मुश्किल है। इसलिए मैं आशा करता हूँ कि अगली मुलाकात के समय एक और जूता यहाँ होगा।

साथ ही कृपया एक ट्वेल शर्ट (कमीज), जिसका साइज छाती 34 और कमर 29 हो, भेज दें। उस पर शेक्सपीरियन कॉलर हो और आधी आस्तीन हो। वह भी श्री दत्त के लिए चाहिए। क्या आप सोचेंगे कि हम जेल में भी अपने रहन-सहन के खर्चीले ढंग पर रोक नहीं लगा सके? किंतु ये आवश्यकताएँ हैं, विलासिताएँ नहीं। नहाने और व्यायाम करने के लिए किसी मुलायम कपड़े के बने दो लँगोट भी भेज दें और कपड़े धोने के साबुन की कुछ टिकियाएँ भी, साथ ही कुछ बादाम और स्वान इंक की एक शीशी भी।

सरदारजी (पिताजी) के बारे में क्या खबर है? क्या वे लुधियाना से वापस आ गए हैं? इन दिनों में कचहरी बंद रहेगी और मुकदमा आगे नहीं बढ़ेगा। यदि वे नहीं आए तो उन्हें लाने के लिए किसी को भेज दें। जो हो, उनके और मेरे मुकदमे का अंत करीब ही है। कह नहीं सकता कि हमें एक-दूसरे से मिलने का और अवसर मिलेगा या नहीं, इसलिए उन्हें तुरंत बुला लें, ताकि वे इस सप्ताह में मुझसे दो बार मिल सकें।

यदि जल्दी ही नहीं आ पा रहे हैं तो कृपा कर कुलबीर और बहनजी को मुझसे मुलाकात के लिए कल या परसों भेज दें। मेरे मित्रों को मेरी याद दिलाना। क्या आप फारसी का एक कायदा उर्दू अनुवाद सहित भेजने की व्यवस्था कर सकेंगे? चार आने की सूची भी भेज दें।

तुम्हारा भगत सिंह

बटुकेश्वर दत्त के कुछ संस्मरण

मैं तो एक मुश्ते-गुबार हूँ…

सरदार की गुनगुनाहट आज भी मेरे कानों से टकरा रही है—मैं तो एक मुश्ते-गुबार हूँ…। धोकर निचोड़े गए कपड़ों को झटके दे-देकर जैसे वह धूप में फैला रहा हो और पूरी तन्मयता के साथ गुनगुना रहा हो।

कानपुर स्थित सुरेश दादा के मेस की दूसरी मंजिल की छत पर किशोर सरदार के कपड़े धोने का दृश्य अब भी उसी तरह अम्लान है—कंधे सहित सिर पर लिपटा केश-गुच्छ, कमर में एक कच्छा छोड़कर पूरा नंगा बदन, जल की धार पर वह लगातार कपड़े पटक रहा है। साबुन के शुभ्र फेन उड़-उड़कर इधर-उधर फैल रहे हैं। मैं बगल में बैठा अन्य कपड़ों पर साबुन घिस रहा हूँ और सरदार बार-बार वही एक पंक्ति दोहराए जा रहा है—मैं ता…।

वर्ष 1924 की शुरुआत का कोई महीना। मैं उन दिनों कानपुर के बंगाली मिडिल स्कूल का विद्यार्थी और पारिवारिक अनुशासन की आँखें बचाकर क्रांतिकारी दल की स्थानीय शाखा का एक सक्रिय कार्यकर्ता था। श्री गणेशशंकर विद्यार्थी के समाचार-पत्र 'प्रताप' से संबद्ध दल के प्रमुख नेता श्री सुरेश चंद्र के निर्देशानुसार एक शाम उनसे मिलने कंपनी बाग गया। क्यों और किसलिए बुलाया गया था, यह पूछना दलीय अनुशासन के विरुद्ध था और आदेश पर आँख मूँदकर चलना ही हमारे विप्लवी जीवन का प्रथम पाठ। इसलिए हर तरह की परिस्थिति के प्रति अपने को तैयार कर समय से वहाँ पहुँचा। सुरेश दादा नहीं थे। बाग के एक छोर से दूसरे छोर तक मेरी चंचल निगाहें ढूँढ़ गईं, पर कहीं भी वह नजर नहीं आए। मुझे आश्चर्य हुआ, क्रांतिकारियों के कार्यक्रम में इस तरह की भूल पहले कभी देखने को नहीं मिली थी। घनघोर अँधेरी रात में भी मूसलाधार वर्षा सिर पर झेलते हुए, सी.आई.डी. की निगाहें बचाता निर्दिष्ट कार्य के लिए ठीक जगह निर्धारित समय पर हाजिरी बजाने में इसके पहले मुझसे कभी भूल नहीं हुई थी। फिर आज प्रमुख क्रांतिकारी नेता के निर्देश और कार्य में यह अंतर क्यों?

इसी उधेड़बुन में पड़ा था कि मेरी आँखें एक घनी, काँटेदार झाड़ी से जाकर उलझ गईं। क्या ही अजीब रोंगटे खड़े कर देने के साथ-साथ हँसानेवाला दृश्य था। झाड़ी में एक उजली पगड़ी बाएँ से दाएँ मोर की पंखी की तरह डोल रही थी। मैं नजर गड़ाए उसे देखता रहा। बीच-बीच में वह स्थिर हो जाता और फिर घड़ी के पेंडुलम की तरह अपनी चाल पकड़ लेता। बाग के निस्तब्ध वातावरण में, जबकि संध्या का रक्तिम प्रकाश रात के अँधेरे में अपना मुँह छिपाने की तैयारी कर रहा हो, काँटेदार झाड़ी के ऊपर से सफेद पगड़ी का वह हिलता सिर इशारे से जैसे मुझे अपने पास बुला रहा था।

मैं आगे बढ़ा। झाड़ी के समीप पहुँचे ही थे कि उस सफेद पगड़ी का अधिकारी साढ़े पाँच फीट से भी लंबा एक सिख युवक मेरी आहट पर उछलकर खड़ा हो गया। उसकी काली चमकती आँखों में शंका की भावना और लंबी मुखाकृति पर किसी परिस्थिति का मुकाबला करने की दृढ़ता मौजूद थी। लंबी लटकती दोनों भुजाओं पर कमीज के चढ़े आस्तीन, दृढ़ मुट्ठियों में बंद लंबी उँगलियाँ, दोनों गालों पर दाढ़ी की हलकी रेखा, सिर पर पगड़ी में कैद केश-गुच्छ, जिसकी कुल लटें खड़ी थीं और मैं उसकी तात्कालिक मुद्रा के प्रति उदासीन कि तभी बगल में निश्चल गिरिराज की भाँति बैठे विप्लवी सुरेश दादा पर ध्यान गया। मुझे देखकर उनके चेहरे पर चिर-परिचित मुसकराहट खेल गई और सरदार शांत पड़ा। उसकी दृढ़ मुट्ठियों की उँगलियाँ सहज और शिथिल हुईं। मुझ नवागंतुक को देखते ही जो चमक और खून उसकी आँखों में उतर आया था, सुरेश दादा की मुसकराहट से जैसे पूरे चेहरे पर लालिमा बन फैल गया और मुझे लगा, अपनी अनावश्यक दृढ़ता के लिए वह कुछ झेंप-सा रहा है। सुरेश दादा ने हँसते हुए हम दोनों को आमने-सामने बैठाया और उस तरुण सरदार से मेरा परिचय कराया—'नाम बलवंत सिंह, पंजाब के नेशनल कॉलेज में बी.ए. का छात्र है।' प्रमुख क्रांतिकारी नेता रासबिहारी बोस के निकटतम सहयोगी शचींद्रनाथ सान्याल बंदी जीवन के लेखक एवं बाद में काकोरी षड्यंत्र के प्रमुख अभियुक्त उस समय उत्तरी भारत में क्रांतिकारी दल के प्रमुख संगठनकर्ता थे। पंजाब नेशनल कॉलेज के अध्यापक श्री जयचंद्र विद्यालंकार की मार्फत शचींद्र दादा से उस सिख नवयुवक का परिचय हुआ और वह क्रमशः विप्लवी संगठन में खिंच आया। उसकी क्रांतिकारी विचारधारा देखते हुए परिवार के लोग छात्रावस्था में ही उसका विवाह कर देने का निर्णय कर चुके थे; लेकिन क्रांति-पथ के पथिक उस तरुण को अपने विवाह का प्रस्ताव मंजूर नहीं था और उसी से मुक्ति पाने के लिए तमाम पारिवारिक आत्मीयता एवं परिवार के लोगों से संबंध-विच्छेद कर वह लाहौर से सुरेश दादा के आश्रय में कानपुर भाग आया था। रूसी विप्लवियों का प्रभाव उसकी स्मृतियों में था और उन्हीं की तरह उसने भी शपथ ले रखी थी कि जीवन में न किसी से प्रेम करेगा, न किसी का प्रेम-पात्र बनेगा; न विवाह करेगा, न किसी का विवाह रचाएगा। उससे संबंधित ये तमाम बातें मुझे धीरे-धीरे बाद में मालूम हुईं। पहले परिचय के बाद प्रत्येक दिन, प्रत्येक घड़ी हम एक-दूसरे के करीब आते गए।

और उसी वर्ष, यानी सन् 1924 में ही, जीवनदायिनी गंगा का प्रलयंकारी प्लावन। दोनों तटों पर बसे कानपुर शहर के साथ-साथ अनगिनत गाँव उस प्लावन के शिकार हुए थे। प्लावन के शिकार ग्रामवासियों ने वृक्षों की ऊँची डालों पर आश्रय लिया। बहते हुए लोगों को सहारा देने के लिए गंगा के पुल पर मोटी-मोटी रस्सियाँ बाँधकर लटकाई गई थीं, ताकि धारा के साथ बहते हुए लोग उन रस्सियों को पकड़कर अपने प्राण बचा

सकें। शहर में बाढ़-पीड़ितों की सेवा के लिए कैंप लगाए गए। तरु संघ नाम की एक संस्था काम कर रही थी और हमें भी सेवा दल में काम करने की पुकार मिली। बाढ़ से क्षतिग्रस्त लोगों की सेवा में जुट गया। बलवंत सिंह साथ था। घर के अनुशासन की उपेक्षा कर किसी सार्वजनिक सेवा कार्य के लिए घर छोड़ दिन-रात काम करने का मेरा वह पहला मौका था। बलवंत का नाता घर से पहले ही टूट चुका था, इसलिए उसे किसी तरह के पारिवारिक अनुशासन की चिंता थी नहीं। सेवा कार्य में जुट जाना उसके लिए अनायास था, जबकि उसी काम के लिए मेरे किशोर मन ने घर के विरुद्ध पहली दफा विद्रोह का रास्ता अपनाया।

हम दोनों की ड्यूटी प्राय: एक साथ ही पड़ती। रात में हम दोनों गंगा के अँधेरे तट पर खड़े होकर हाथों में जलती लालटेन लिये शून्य में अविराम हिलाया करते, ताकि प्लावन की तीक्ष्ण धारा में बहते हुए मनुष्य-मवेशी अँधेरी रात में किनारे का संकेत पा सकें और जब कभी मवेशियों का कोई झुंड उस रोशनी के सहारे हमारे पैरों के पास पहुँच जाता, हम उसे बाहर निकालते। फिर उसे रखने की व्यवस्था की जाती थी।

दिन के समय हम दोनों मल्लाहों के साथ निकलते और बाढ़ग्रस्त निराश्रित परिवारों को उनकी बची हुई सामग्री के साथ नाव पर लादकर गंगा तट के कैंपों में पहुँचाते। किशोर सरदार का हृदय यह सब देख-देखकर पसीजता रहता और उसकी आँखों में उस वक्त एक अव्यक्त-सी करुणा समाई होती थी। शहर के पास ही कल्याणपुर के बाढ़-पीड़ित कैंप का वह दृश्य आज भी मेरी आँखों में सुरक्षित है। बाढ़ की प्रलयंकारी लीला में सबकुछ गँवाकर हताश, भूखे, असहाय लोगों का वह हुजूम। उनकी हृदयवेधी चीख-पुकार से पूरा इलाका गूँज रहा था। भोजन की प्रतीक्षा करते स्त्री-पुरुष अलग-अलग कतारों में पत्तल के सामने बैठे थे कि तभी गरम पूड़ियों की टोकरी दोनों हाथों से ऊपर उठाए तरुण सरदार दिखाई पड़ा। सिर पर सफेद रेशमी पगड़ी, बदन पर साधारण कपड़े की कमीज, जिसकी दोनों आस्तीनें ऊपर चढ़ती थीं। मुझसे आँखें मिलते ही उसके होंठों पर स्वत:स्फूर्त मुसकान एवं आँखों में चमक कौंध उठी; लेकिन बातचीत का समय कहाँ। वह उत्साह एवं उमंग के साथ भूख से बेचैन लोगों की कतार की तरफ बढ़ गया।

बाढ़-पीड़ितों की सहायता सेवा के उस दौर ने हम दोनों को एक-दूसरे के करीब लाने में काफी मदद की। उस दिन क्षुधित, सर्वहारा जनों के बीच पूड़ियाँ बाँटने का सरदार का अंदाज, काम के प्रति उसकी लगन एवं निष्ठा आज भी मैं नहीं भूल पा रहा हूँ। पूड़ियाँ परोसनेवाले उसके हाथों ने बाद के क्रांतिकारी जीवन में उसी निष्ठा के साथ पिस्तौल या बम भी चलाए। उस रोज किसे मालूम था कि परवर्ती क्रांतिकारी जीवन में हमें अति साधारण भोजन भी नियमित रूप से नसीब न होगा या यह कि पूड़ियाँ परोसनेवाले उन हाथों पर सूखी रोटी और नमक ही शेष जीवन के आधार होंगे।

उन दिनों हम दोनों के किशोर जीवन में एक-दूसरे के प्रति आकर्षण भाव के साथ-साथ जो सबसे बड़ा आकर्षण था, वह शहर (कानपुर) के पास कनालफाल के समीप गंगा के तट पर बैठ उसकी सुषमा को अनवरत निरखते रहना और बीच-बीच में किसी विषय, किसी बात या योजना पर परस्पर विचार-विमर्श करना। इसी सिलसिले में अकसर हम क्रांतिकारी जीवन के आनेवाले दिनों की कल्पना में तल्लीन हो जाया करते। प्रसिद्ध क्रांतिकारी जीवनियों या क्रांति से संबंधित साहित्य का पाठ हम यहीं बैठकर किया करते। एक ओर गंगा की अश्वेत जलधारा गरज के साथ लगातार आगे की ओर बढ़ती और दूसरी ओर क्रांतिकारी साहित्य का प्रभाव हमारी किशोर रगों में खून की रफ्तार बढ़ा जाता। पानी का प्रचंड वेग एवं उसकी अथक गतिशीलता की छाप हमारे ऊपर सर्वाधिक पड़ी और शायद इसीलिए गंगा के तट का आकर्षण हम दोनों के मन में सदैव बना रहा।

एक शाम हम गंगा के तट पर बैठे अपनी क्रांति संबंधी कल्पनाओं को अमली जामा पहनाने के तरीकों पर विचार-विमर्श कर रहे थे कि अचानक ही आकाश काले बादलों से पटने लगा, गंगा पार की बस्तियाँ धुँधली पड़ने लगीं, हवा का वेग बढ़ गया और थोड़ी ही देर में बादलों की भीषण गड़गड़ाहट से लगा कि आसमान फट जाएगा। क्षण भर में ही प्रकृति ने भयंकर रूप धारण कर लिया था। इससे पहले कि हम उठकर वहाँ से शहर की ओर चल देते, बूँदाबाँदी शुरू हो गई थी और शहर के फूलबाग स्थित एडवर्ड मेमोरियल हॉल पहुँचते-पहुँचते जमकर वर्षा होने लगी थी। वहाँ पहुँचकर हमें मालूम हुआ कि साथ ही बहुमूल्य पुस्तक 'हीरोज एंड हीरोइन्ज ऑफ रशिया' तो हम जल्दबाजी में गंगा किनारे ही छोड़ आए हैं। रूस पर जनतंत्र के निरंकुश अत्याचार और निर्वासन के विरुद्ध रूसी युवक-युवतियों के सशस्त्र संग्राम की वह इतिहास पुस्तक दुर्लभ होने के कारण हमारे लिए बहुत मूल्यवान् थी; लेकिन उस घने अंधकार में वर्षा के साथ प्रचंड वायु का वेग सँभालता हुआ दो मील का रास्ता तय करके उसे लाए कौन? मेरे जाने की बात सरदार को नागवार-सी लगी। शरीर में वह मुझसे निश्चित रूप से तगड़ा था और अपने उसी तगड़ेपन की दलील देकर उस वक्त उसने मुझे जाने से रोक दिया और खुद लंबे डग भरता हुआ अँधेरे में गुम हो गया। उसे जाते हुए कुछ ही क्षण गुजरे होंगे कि मेरी भावुकता ने मुझे झिंझोड़ा और मैं भी उस बीहड़ अंधकार में सरदार के पीछे हो गया। घने अंधकार में बेतहाशा भागते मेरे पैरों को अपने भागने का अहसास तब हुआ, जब वे बीच सड़क पर बैठे सरदार से टकराए। सिर की रेशमी पगड़ी आधी खुलकर कीचड़ में सनी थी। एक हाथ से पुस्तक एवं दूसरे से अपने पैर का अँगूठा थामे वह लथपथ पड़ा था। पैर के अँगूठे का नाखून उखड़ गया था। पगड़ी चीरकर मैंने पट्टी बाँधी और उसे सहारा देकर सुरेश दा के मेस भागते हुए वापस आया।

उससे अलग अपने घर लौटकर मेरा मन सरदार के दु:ख से बेचैन था। मैं वहाँ से रुई-पट्टी, जैंबक की डिबिया लेकर उसी मूसलाधार वर्षा में सरदार के पास पहुँचा, उसके अँगूठे का खून साफ कर उस पर मरहम-पट्टी की और रात भर उसके पास बैठा रहा। सुबह होते ही घर के अनुशासन की सुधि आई। उस दिन परिवार से मिलनेवाली तमाम यंत्रणाएँ मैं धैर्यपूर्वक सह गया, सिर्फ इस तसल्ली पर कि अपने प्रिय मित्र के प्रति मैंने अपना छोटा-सा कर्तव्य निभाया।

और सरदार का वह स्नेह-युक्त आवेश—''पीओ, देर न करो। तुम्हें पीना ही पड़ेगा।'' दूधवाले की दुकान के सामने गरम दूध से भरा गिलास लिये वह मुझे आदेश दे रहा है। दूध से उन दिनों अरुचि नहीं थी, लेकिन भरपेट भोजन के बाद आधा सेर दूध चढ़ा जाना मेरे पेट के लिए मुश्किल था। आज भी दिल्ली और आगरा स्थित दूध की दुकानों के दृश्य मेरी आँखों के सामने आ जाते हैं। उन्हीं दुकानों के मालिक बाद में हमारी उपस्थिति दिल्ली और आगरा में सिद्ध करने के लिए हमारे मुकदमों में आए थे।

दरअसल, भोजन के बाद गरमागरम दूध का गिलास चढ़ा जाने का पाठ मुझे सरदार ने ही दिया। जब कभी पैसा पास होता, वह दूध पीने के विलास से नहीं चूकता था। जहाँ रोटी का लुकमा भी निश्चित न हो, वहाँ दुग्धपान विलासिता की ही श्रेणी में आएगा न? और उसे सिर्फ तीन पाव गरमागरम दूध से ही संतोष नहीं था, बल्कि गिलास के दूध पर कम-से-कम डेढ़ छटाँक मोटी मलाई का टुकड़ा भी अलग से पड़ना चाहिए। मलाई न रहने पर घी का तड़का (छौंक) वह गरम दूध में दे लेता था। शरीर में खून बढ़ाने का उसका यही उपयुक्त नुस्खा था। दूध के प्रति एक असीम आसक्ति उसके मन में थी। स्वास्थ्य के प्रति वह कभी उदासीन न रहा, हालाँकि बाद के पार्टी जीवन में नियमित रूप से हमें भोजन भी नसीब नहीं हुआ। विप्लवी जीवन की अनिश्चित परिस्थिति एवं जीवन-धारण के लिए सीमित साधन एवं व्यवस्था के अभाव में भी वह शरीर और स्वास्थ्य के प्रति हमेशा सचेत रहा। यद्यपि जीवन के प्रति उसके मन में जबरदस्त आसक्ति थी, तथापि उसका कहना था कि जीवन जब अधिक सुंदर और प्रिय मालूम पड़ने लगे, तभी अपने आदर्श के लिए उसे बलिदान करना चाहिए।

संस्मरण की इस कड़ी के रूप में एक और दृश्य मेरी आँखों के सामने अब भी कौंध जाता है—

कानपुर स्टेशन का जन-प्लावित प्लेटफॉर्म। जो बोले सो निहाल···। सतश्री ···अ···का···ल··· के गगनभेदी नारे से दिग-दिगंत गूँज उठा है। गुरु के बाग के सत्याग्रही सिख मोर्चा डालने के लिए पंजाब जा रहे हैं। उन दिनों हर स्टेशन पर, जहाँ ट्रेन रुकती थी, अधीर जनता सत्याग्रहियों के दर्शनार्थ टूट पड़ती थी। प्रत्येक स्टेशन पर वीर सत्याग्रहियों को भोजन कराने के लिए लंगर खोले गए थे। कानपुर स्टेशन पर भी ऐसी ही व्यवस्था

थी और सत्याग्रहियों की एक झलक लेने के लिए जनता उमड़ पड़ी थी। फूलों और फूलमालाओं की वर्षा। मैं भी स्टेशन गया था। अपार जन-समूह के वेग को ठेलकर सत्याग्रहियों के डिब्बों तक न पहुँच पाने की मजबूरी में ओवरब्रिज पर जाकर खड़ा हो गया और असंख्य सिरों से पटे प्लेटफॉर्म का दृश्य वहीं से देखने में तल्लीन था कि भीड़ को चीरती मेरी दृष्टि अपने सरदार मित्र पर पड़ी। वही रेशमी पगड़ी और सफेद कमीज। दोनों आस्तीनें बाँह पर चढ़ी हुईं। एक हाथ में शरबत की बालटी और दूसरे में लंबा सा गिलास। अपने दोनों कंधों से भीड़ को ठेलता हुआ वह सत्याग्रहियों के हाथों में शरबत के गिलास पकड़ा रहा था। भीड़ की खींचातानी में पगड़ी सिरे से खिसककर कंधे पर लटक आई है, जिसकी चिंता उसे नहीं थी। कम-से-कम समय में ज्यादा-से-ज यादा सत्याग्रहियों की प्यास बुझा पाने की व्यग्रता उसके चेहरे, आँख और चाल में स्पष्ट देखी जा सकती थी। ट्रेन के एक सिरे से दूसरे सिरे तक उसकी विश्रामहीन भाग-दौड़। मेरे प्रिय साथी सरदार का यह एक और रूप था।

थोड़ी देर ठहरने के बाद ट्रेन चल पड़ी। फिर एक बार 'सतश्री अकाल' के नारे से आकाश गूँजा और कोलाहल-मुखरित स्टेशन का प्लेटफॉर्म खाली होना शुरू हो गया। भीड़ पिघलने लगी। जो सत्याग्रहियों को देखने, उनसे मिलने-मिलाने आए थे, बाहर की ओर खिसकने लगे और बच गया हाथों में गिलास-बालटी लिये मेरा वह सरदार मित्र। मैं ओवरब्रिज से उतर उसकी बगल में खड़ा हुआ, पर उसे जैसे किसी बात की सुधि नहीं थी। ट्रेन जाने की दिशा में मंत्रमुग्ध आँखों में उदासी लिये अब भी वह खाली पटरी देखे जा रहा था। अपने कंधे पर मेरे हाथ का दबाव महसूस कर वह मुड़ा और मुसकराकर एक हाथ से मेरे पंजे को दबाया—बोटू···। उसकी आँखों में कोई अदृश्य निर्णय कौंध उठा था उस घड़ी।

उस दिन लगभग गुमसुम और उदास वह जन-शून्य स्टेशन से मेरे साथ बाहर आया था और फिर वह दिन भी आया, जब दल के आदेशों पर उसे कानपुर, 'प्रताप' सुरेश दादा और मुझे छोड़कर, एक छोटे स्कूल का हेडमास्टर बनकर अन्यत्र जाना पड़ा। विप्लव दल के नियमानुसार कौतूहलवश जरूरत से ज्यादा किसी का परिचय प्राप्त करना हमारे लिए मना था और सरदार शायद सब दिन ऐसा अनुभव करता रहा था कि कोई रहस्य वह अपने एकमात्र एवं अनन्य साथी—मुझसे छिपाता रहा है, वरना कानपुर से विदाई देने के दिन ही क्या खुलता ? शिक्षक का पद ग्रहण करने जाते वक्त मुझसे मिलने आया था और हमारी आत्मीय घनिष्ठता के बावजूद दल की मर्यादा रखने के लिए अब वह जिस रहस्य को छिपाए हुए था, विदाई के क्षण उसे व्यक्त किए बगैर न रह सका। जिस तरुण बलवंत सिंह के स्नेहपाश में मैं अब तक बँधा था, वही सरदार भगत सिंह के रूप में मुझसे विदा ले गया।

यही उसका असली परिचय था। लोगों ने उसे बाद में विप्लवी सरदार भगत सिंह के रूप में जाना, लेकिन मेरे लिए तो वह सब दिन मानवीय गुण-संपन्न, भाव में गंभीर भावुकता से ओत-प्रोत बलवंत सिंह बना रहा। बाद की हमारी मैत्री परवर्ती क्रांतिकाल में एक-दूसरे के साथ सहयोगी की भूमिका, उसकी फाँसी से लेकर मेरे जलावतन तक का प्रसंग इस कड़ी की अगली कहानी है।

सन् 1927-28 का समय हमारे राष्ट्रीय जीवन में क्रांति के साथ-साथ संकट का काल भी कहा जा सकता है, क्योंकि उन्हीं दिनों हमारी आजादी की लड़ाई का स्रोत एक नए रास्ते की ओर प्रवाहित हुआ। उस वक्त तक देशवासी क्रांतिकारी आंदोलन और उसकी विचारधाराओं से ज्यादा परिचित नहीं थे और अंग्रेज सरकार क्रांतिकारियों को साधारण खूनियों और डकैतों की श्रेणी में रखकर देश की जनता को सब दिन गुमराह करने का प्रयत्न करती रही थी। ब्रिटिश सरकार का यह कहना था कि विप्लवी देश में त्रास एवं अराजकता फैलाना चाहते हैं, जबकि विप्लवी देश में परिवर्तन के प्रति आग्रही थे। जन-साधारण को विप्लव के प्रति जागरूक बनाकर आर्थिक परिवर्तनों द्वारा शोषण-विहीन समाज की स्थापना ही उसका लक्ष्य था—इस लक्ष्य की पूर्ति के लिए यह जरूरी था कि क्रांतिकारियों की ओर से देशवासियों के सम्मुख एक निश्चित कार्यक्रम पेश किया जाए और देश के नेताओं को असेंबली भवन के भीतर वैधानिक कार्यक्रमों के दाँव-पेंच से मुक्त कर जनांदोलन के प्रति उत्साहित किया जाए। दिल्ली की केंद्रीय असेंबली में अंग्रेज सरकार की ओर से भारत के लिए स्वायत्त शासन की माँग बार-बार ठुकरा दी गई थी। जननेताओं के लाख विरोध के बावजूद यहाँ की जनता के मानवीय अधिकारों को विलुप्त करने के लिए केंद्रीय धारा सभा से ट्रेड डिस्प्यूट बिल स्वीकृत करा लिया गया था। कानून स्वीकृत हो जाने के फलस्वरूप देश के करोड़ों भूखे-मेहनतकश लोग अपनी आर्थिक दशा सुधारने के प्रारंभिक स्वत्व एवं एकमात्र उपाय हड़ताल से वंचित कर दिए गए थे। केंद्रीय विधानसभा में हमारे जन-प्रतिनिधियों के उस अपमान और उस अमानुषिक बर्बरतापूर्ण कानून द्वारा देश की करोड़ों जनता पर जो हमला हुआ था, उसी के विरोध में भारतीय क्रांतिकारी संस्था हिंदुस्तान सोशलिस्ट रिपब्लिकन आर्मी द्वारा केंद्रीय असेंबली के सभाकक्ष में बम डालकर गोरी हुकूमत को एक चेतावनी देने के सुझाव पर आगरा हेड क्वार्टर में आलोचना-गोष्ठी की बैठक चल रही थी। असेंबली में बम डालकर आत्मसमर्पण करना और बाद में मुकदमे के दौरान अभियुक्त के कठघरे में खड़े होकर भारतीय क्रांतिकारी दल की ओर से विप्लवियों के विचारों, आदर्शों एवं उद्देश्यों का दिग्दर्शन कराने के लिए एक विशद राजनीतिक वक्तव्य देने की सूझ सरदार भगत सिंह के मस्तिष्क की ही उपज थी; लेकिन इसे निभाए कौन? इसे पूरा करने का सीधा एवं साफ अर्थ था—मृत्यु। लाख सावधानी के बावजूद असेंबली भवन के फर्श

पर बम फटने के साथ किसी की मृत्यु की संभावना स्पष्ट थी और उसके बाद वहाँ नियुक्त सुरक्षा पुलिस या सार्जेंट द्वारा बम फेंकनेवाले को तुरंत मौत के घाट उतार देना भी लगभग निश्चित ही था। बावजूद इसके कि हम सभी क्रांतिकारी देश को स्वतंत्र कराने की बलिदानी भावना से प्रेरित हो, प्रियजनों से नाता तोड़, किसी भी क्षण मृत्यु का आलिंगन करने का संकल्प ले, सिर पर कफन बाँधे गृह-त्यागी बनकर निकल पड़े थे; फिर भी विचार गोष्ठी में बैठकर अपनी-अपनी सुरक्षा पर नजर गड़ाए दूसरे साथी को निश्चित मौत का फरमान सुनाना किसी के लिए संभव न था। सरदार ने सहर्ष आगे बढ़कर निश्चित मौत से खेलने का बीड़ा उठाया, साथ-साथ मैंने भी। वर्षों पहले कानपुर में गंगा के किनारे बैठे-बैठे जिन अनागत दिनों की कल्पनाएँ हम बार-बार किया करते थे कि एक साथ ही दोनों देश की स्वतंत्रता के लिए आहुति देंगे। उसे साकार करने का समय आ गया था।

हम दोनों—सरदार और मैं—बम के साथ आगरा से दिल्ली पहुँचे। लगभग महीने भर तक दिल्ली में ही टिके रहे। मैं हाफ पैंट, कमीज व जूते पहनता था और सरदार फ्लैट हैट लगाने लगे थे। प्रत्येक संध्या बम को अखबार में ढँककर कोट की नीचेवाली जेब में रखे हम साथ-साथ असेंबली भवन जाते, वहाँ का वातावरण परखते, पहरे पर संतरियों की गतिविधि देखते और अनुमान लगाते कि कैसे अपने उद्देश्यों में सफल हो सकेंगे।

इसी बीच एक दिन सरदार ने साथ-साथ फोटो खिंचवाने की बात रखी। कुछ देर तो मैं टालता रहा, लेकिन सरदार जब जिद पर उतर आए, तब मुझे भी झुकना पड़ा और वही एकमात्र तसवीर हम दोनों की आखिरी यादगार बनकर रह गई।

फिर आया वह दिन, जिसके लिए हम आगरा से चलकर दिल्ली आए थे और लगातार महीने भर तक बिना नागा असेंबली भवन के अगल-बगल चक्कर लगाते रहे थे, यानी 8 अप्रैल, 1928।

वह जोर का धमाका

दिन के 11 बजे। स्थान केंद्रीय असेंबली हॉल, जिसे अब संसद् कहा जाता है। ट्रेड डिस्प्यूट बिल और पब्लिक सेफ्टी बिल पर जनमत जानने के लिए प्रस्ताव स्वीकृत हो गया था। अध्यक्ष की कुरसी पर सरदार वल्लभभाई पटेल विराजमान थे। ट्रेजरी बेंचों पर सर जेम्स क्रेरर एवं सर जॉर्ज शुस्टर। विशिष्ट व्यक्ति के रूप में वाइसरॉय की सीट पर, दर्शक दीर्घा में सर जॉन साइमन। सरकारी बेंचों के सामने विरोधी सीट पर पं. मोतीलाल नेहरू, पं. मदनमोहन मालवीय एवं डॉ. मुंजे आदि। बम हम दोनों ही की जेब में थे। ऊपर से पीछे की खाली बेंचों को लक्ष्य करके हमने बम फेंके। जोरों का धमाका हुआ, लेकिन चूँकि किसी को मारने का इरादा तो था नहीं, इसलिए कमजोर बम बनाए गए

थे, ताकि धमाके पैदा करने के अलावा और किसी तरह का भयंकर, घातक या मारक प्रभाव उससे पैदा न हो सके। 'इनकलाब जिंदाबाद' एवं 'साम्राज्यवादी शासकों के बहरे (राष्ट्रीय माँगों के प्रति) कानों को खोलने के लिए जोरदार आवाज की जरूरत है' के नारों एवं फटे बम के धुएँ से हॉल भर गया और भगदड़ मच गई। डर के मारे सर जेम्स क्रेरर बेंचों के नीचे जा छिपे। बम के साथ फेंके गए लाल रंग के छपे परचे धुएँ की सतह पर हॉल में इधर-उधर तैर रहे थे। उस परचे में गोरी हुकूमत की आँखें खोलने के लिए भारतीय क्रांतिकारी दल के उद्देश्यों का स्पष्ट हवाला दिया गया था। दो नगण्य इकाइयों (सरदार भगत सिंह एवं बटुकेश्वर दत्त) को कुचलने से राष्ट्र नहीं दबेगा।''' सरकार इस बात को समझे कि पब्लिक सेफ्टी बिल एवं ट्रेड डिस्प्यूट बिल तथा लाला लाजपतराय की निर्मम हत्या के विरुद्ध जनमानस का विरोध प्रदर्शित करने के अतिरिक्त हम इतिहास को भी यह साक्ष्य देना चाहते हैं कि व्यक्तियों का दमन करना आसान है, लेकिन विचारधाराओं का दमन नहीं किया जा सकता। विशाल साम्राज्य नष्ट हो जाते हैं, लेकिन विचारधाराएँ नष्ट नहीं होतीं। बोरबोन और जार का पतन हो गया, किंतु क्रांतिकारी आगे बढ़ते गए। हमें, जिनको मनुष्य जीवन से प्रेम है और जो एक बड़े ही गौरवमय भविष्य की कल्पना करते हैं, व्यक्ति की पूर्ण स्वतंत्रता के लिए बाध्य होकर मानव-रक्त बहाना पड़ रहा है। यह आवश्यक है, क्योंकि जो मनुष्यता के लिए शहीद होते हैं, उनके त्याग से क्रांति की वह वेदी बनती है, जहाँ से मानव द्वारा मानव के शोषण का अंत हो सकेगा—'इनकलाब जिंदाबाद।'

बमों का प्रहार : अंग्रेजी शासन पर

अपनी पूर्व योजनाओं के अनुसार एवं मार्शल लॉ जारी न हो या बम फेंकने के अपराध में निर्दोष व्यक्ति न पकड़ लिये जाएँ, हम दोनों ही ने आत्मसमर्पण कर दिया। तत्कालीन वाइसरॉय लॉर्ड इर्विन ने उस घटना का तात्पर्य अच्छी तरह समझा और बम विस्फोट के बाद ही व्यवस्थापिका सभाओं के संयुक्त अधिवेशन में भाषण के समय चर्चा करते हुए बताया कि बमों का यह प्रहार किसी एक व्यक्ति पर नहीं, बल्कि एक संस्था (अंग्रेजी शासन) पर किया गया है।

हम दोनों को दिल्ली के दो अलग-अलग थानों में रखा गया। मुकदमे शुरू हुए। फिर हमारा स्थानांतरण दिल्ली जेल में हुआ, जहाँ एक साथ सटी दो अलग-अलग कोठरियों में हमें रखा गया। बीच में खड़ी अभेद्य दीवार। नियाज अली हमारा जेल वार्डर था, जिसे एक अरसे तक हम हाड़-मांस का न होकर पत्थर का बना समझते रहे। नियाज अली ने कभी मुझे और सरदार को एक साथ न होने दिया। स्पर्शानुभूति की बात तो दूर रही, उसने कभी हम दोनों को एक-दूसरे का चेहरा तक नहीं देखने दिया—उन

दो-चार दिनों को छोड़कर, जबकि इकट्ठे हमें अदालत ले जाया जाता था। दिल्ली की उस विशेष अदालत में न्यायाधीश के सामने प्रविष्ट होते समय अपने-अपने हाथ-पाँवों में पड़ी बेड़ियों की झनकार के साथ हम 'क्रांति चिरंजीवी हो' का नारा लगाते। पूरा न्यायालय गूँज उठता था और तभी से यह नारा राष्ट्रीय जीवन में व्याप्त हो गया। बम विस्फोट के साथ पहले-पहल सरदार के मुँह से निकली 'इनकलाब जिंदाबाद' की घोषणा जैसे पूरे राष्ट्रीय जन-जीवन में व्याप्त हो गई।

मुकदमे के दौरान न्यायाधीश महोदय ने सरदार से 'क्रांति' शब्द की व्याख्या करने को कहा तो सरदार ने बताया क्रांति या विप्लव खून-खच्चर ही का रास्ता नहीं और न ही उसमें व्यक्तिगत प्रतिशोध का कोई स्थान है। बम और पिस्तौल ही क्रांति का धर्म हो, ऐसा भी नहीं है। क्रांति से हमारा मतलब है कि वर्तमान समाज और शासन-व्यवस्था, जो स्पष्टतः अन्याय एवं अत्याचारों पर आधारित है, परिवर्तित हो। आप पूर्ण परिवर्तन के द्वारा ऐसी व्यवस्था की स्थापना करें, जिसमें सर्वसाधारण की सत्ता कायम हो सके।

सरदार का वह पत्र

आसफ अली साहब ने हमारी ओर से वकालत की थी और हमारे गवाह बने थे डॉ. मुंजे एवं पं. मदनमोहन मालवीय। न्यायालय ने हम दोनों को आजीवन कालापानी की सजा दी। सन् 1930 में लाहौर षड्यंत्र केस के अंत में जब मैं सदा के लिए सरदार से बिछुड़कर मुलतान जेल भेज दिया गया, तब सरदार ने मेरी बहन को एक पत्र लिखा था, जो आज भी मेरे जीवन की अमूल्य निधि है। 17 जुलाई, 1930 को लाहौर सेंट्रल जेल से लिखा गया वह पत्र सरदार के व्यथातुर हृदय की अभिव्यक्ति है—"बटुक की जुदाई आज मेरे लिए असह्य हो रही है। इस बिछोह से मैं एकदम स्तब्ध-सा हो गया हूँ...एक-एक पल मेरे लिए असह्य भार बन गया है। सचमुच, अपने सगे भाई एवं परिजनों से भी ज्यादा प्रिय उस मित्र से अलग हो जाना आज मेरे लिए अत्यंत ही कठिन गुजर रहा है।...हमें सबकुछ धैर्यपूर्वक सहन करना है और आपसे भी हिम्मत के साथ परिस्थिति का सामना करने का अनुरोध करूँगा।"

लाहौर षड्यंत्र केस में जब सरदार को फाँसी की सजा का फैसला सुनाया गया, तब अपने एक पत्र में उसने मुझे लिखा—

"प्रिय बटुक,

दीर्घकाल तक हम लोगों का विचार-प्रहसन चलने के बाद अब उस पर यवनिकापात हुआ। न्यायाधीश ने सजाएँ घोषित कर दी हैं और उन सजाओं की इत्तला हमें भेज दी गई है। मुझे फाँसी की सजा मिली है।

तुम्हें मालूम है कि मैं लाहौर जेल की उन्हीं फाँसी की कोठरियों में हूँ, जहाँ चंद रोज पहले तुम मेरे साथ थे। इन फाँसी की कोठरियों में कुल पैंतालीस मृत्यु दंड प्राप्त बंदी हैं, जो प्रतिक्षण अपनी अंतिम घड़ी की प्रतीक्षा कर रहे हैं। वे अभागे बंदी फाँसी के फंदे से छूट पाने के लिए दिन-रात भगवान् से प्रार्थना कर रहे हैं। उनमें से अधिकांश अपने कृत्यकर्म के लिए अत्यंत ही अनुलप्त हैं और इन अभागे बंदियों के बीच मैं ही एक ऐसा व्यक्ति हूँ, जिसकी भगवान् के बदले अपने आदर्शों में ही अविचल आस्था है और जिस आस्था के लिए मैं मृत्यु का आलिंगन करने जा रहा हूँ। मैं इसके लिए संतुष्ट हूँ। तुमसे मेरा बिछोह अत्यंत ही पीड़ादायक है; लेकिन इससे कुछ विशेष उद्देश्यों की पूर्ति होगी। मैं फाँसी के तख्ते पर अपना प्राण विसर्जित कर दुनिया को दिखाऊँगा कि क्रांतिकारी उद्देश्यों की पूर्ति के लिए खुशी-खुशी आत्म-बलिदान कर सकता है। मैं तो मर जाऊँगा, लेकिन तुम आजीवन कारावास की सजा भुगतने के लिए जीवित रहोगे और मेरा दृढ़ विश्वास है कि तुम यह सिद्ध कर सकोगे कि विप्लवी अपने उद्देश्यों के लिए आजीवन तिल-तिल कर यंत्रणाएँ सहन कर सकता है। मृत्युदंड पाने से तुम बचे हो और मिलनेवाली यंत्रणाओं को सहन करते हुए दिखा सकोगे कि फाँसी का फंदा, जिसके आलिंगन के लिए मैं तैयार बैठा हूँ, यंत्रणाओं से बच निकलने का एक उपाय नहीं है। जीवित रहकर विप्लवी जीवन भर मुसीबतें झेलने की दृढ़ता रखते हैं।

तुम्हारा भगत सिंह

ध्येय के लिए जीवन की आहुति

सरदार अपने विचारों या व्यवहारों में कट्टरपंथी कभी नहीं रहे। मस्तक पर सिख धर्म के द्योतक लंबे बाल, कंघा, कच्छा और कड़ा लेकर वह कानपुर आए थे; लेकिन बाद के दिनों में परिस्थिति के अनुसार उन्होंने खुद को दूसरे रूप में ढाल लिया। लंबे-लंबे बाल कटवाकर नीचे से ऊपर तक सूट एवं हैट से लैस उन्होंने अंग्रेज साहबों का रूप धारण किया। हिंसा एवं अहिंसा की उधेड़बुन में उनके विचार उलझे हुए नहीं थे, न ही उनके मन में कभी किसी के प्रति हिंसा या द्वेष पनपा। राजनीतिक बंदियों को युद्धबंदी (प्रिजनर ऑफ वार) की स्वीकृति दिलाने एवं तदनुसार उनके सम्मानपूर्वक व्यवहार की माँग पर बंदियों द्वारा सामूहिक अनशन का संग्राम आरंभ करना तथा उसी संग्राम के द्वारा देश की मुरझाई हुई चेतना में फिर से स्पंदन जगाने की कल्पना सरदार ने ही की थी और उसी संग्राम के फलस्वरूप पूरे देश में एक अभूतपूर्व परिस्थिति उत्पन्न हुई तथा बाद में सन् 1930 का जनांदोलन जिससे प्रेरित हुआ। खुद सरदार ने जेल के भीतर 14 जून, 1929 से प्रारंभ करके लगातार 127

दिनों तक भूख की अनंत ज्वाला में घुलते हुए मौत की प्रतीक्षा की थी···

गंभीर मननशीलता, राजनीतिक दूरदर्शिता एवं आत्मबल पर अटूट विश्वास सरदार के अन्य गुण थे। दूसरे देश के क्रांतिकारी आंदोलनों के साथ पराधीन भारतवर्ष की राजनीतिक परिस्थिति का तुलनात्मक विचार सरदार के चिंतन का एक विशिष्ट पक्ष था। बलिष्ठ हाथों में पिस्तौल लेकर जिस प्रकार लक्ष्य-भेद करने में वे माहिर थे, उसी प्रकार उनकी सुंदर उँगलियाँ लेखनी चलाने में माहिर थीं। 'प्रताप' में काम करते समय डेन ब्रीन लिखित 'माई फाइट फॉर आइरिश फ्रीडम' का बड़ा ही सुंदर अनुवाद उन्होंने किया था। दिल्ली के साप्ताहिक 'अर्जुन' के संपादकीय में भी वह लेखनी चलाते रहे। उन्हीं दिनों पंजाब के विद्रोही किसान आंदोलन, कूका विद्रोह और बब्बर अकाली आंदोलन पर लिखी उनकी पांडुलिपियाँ मैंने पढ़ी थीं। फाँसी के पहले पंजाब के तत्कालीन गवर्नर के पास उन्होंने अपने साथ फाँसी की सजा से दंडित अन्य साथियों को फाँसी के फंदे से लटकाने के बजाय युद्धबंदियों की भाँति गोली से उड़ा दिए जाने के लिए जो आवेदन-पत्र भेजा था, उसकी शैली एवं दलील दोनों ही अपने ढंग की अकेली चीज थीं, यानी सरदार न सिर्फ एक क्रांतिकारी भर ही थे, बल्कि इसके साथ-साथ एक दूरदर्शी राजनेता, सफल अनुवादक, पत्रकार एवं चिंतक का अद्‌भुत सम्मिश्रण उनके व्यक्तित्व में मौजूद था। अपने ध्येय के लिए जीवन की आहुति चढ़ा देने की प्रबल प्रेरणा एवं आकांक्षा से ही वे सब दिन प्रेरित हुए और निश्चित मृत्यु की ओर बढ़ते गए। अनासक्त हृदय का कोई व्यक्ति ही इस प्रकार संसार की स्थूल वासनाओं से मुक्त होकर मृत्यु को सहर्ष गले लगा सकता है। स्वामी विवेकानंद की वाणी सरदार के संदर्भ में मुझे हमेशा याद आती रहती है—"यदि तुम्हारा मन अनासक्त है तो तुम्हारी भक्ति भी अपरिसीम है। संसार की कोई भी शक्ति तुम्हारी गति का प्रतिरोध नहीं कर सकती।"

और इसमें संदेह नहीं कि अंग्रेज शासकों की विशाल राक्षसी शक्ति भी सरदार की जीवन गति का प्रतिरोध कर पाने में सब दिन असमर्थ रही। 7 अक्तूबर, 1930 को फाँसी की सजा सुनाई गई थी और 23 मार्च, 1931 की शाम उन्हें फाँसी दे दी गई। वे सब दिन कहा करते थे, "मातृभूमि की बलिवेदी पर कौन पहले जाएगा, कौन पीछे, नहीं मालूम; लेकिन चाहे जो कोई पहले जाए, उसके लिए हम आँसू नहीं बहाएँगे, बल्कि उसके अधूरे कार्यों को पूरा करने की कोशिश करेंगे। हमारा बलिदान यों ही नहीं जाएगा, बटुक। यह और बात है कि आनेवाले परिणामों को देखने के लिए हम संसार में नहीं रहें।···"

सरदार सचमुच आजादी देखने के लिए नहीं रहे, लेकिन उनका बलिदान भी यों ही नहीं गया। आज सोचता हूँ तो लगता है कि जैसे उनकी दृष्टि में आनेवाला

समय बिल्कुल ही स्पष्ट और साफ होकर कैद था—शहादत के बाद चाहे जितना समय लगे, देश आजाद होगा और जरूर होगा।

(कथादेश, अक्तूबर 2007 से साभार)

(बटुकेश्वर दत्त के महाप्रयाण के संबंध में दैनिक 'हिंदुस्तान', नई दिल्ली में प्रकाशित समाचार-पत्रों की कतरनें)

'हिंदुस्तान', नई दिल्ली, 18 जुलाई, 1965, पृष्ठ-3

बटुकेश्वर दत्त की हालत गंभीर

अमर शहीद सरदार भगत सिंह के साथी और सुप्रसिद्ध क्रांतिकारी श्री बटुकेश्वर दत्त की हालत आज ऑल इंडिया मेडिकल इंस्टीट्यूट के डॉक्टरों की राय में बहुत गंभीर है। शाम को 5 बजे डॉक्टरों ने बताया कि श्री दत्त को साँस लेने में कठिनाई अनुभव हो रही है। उनके रक्त का दौरा शिथिल होता जा रहा है।

श्री बटुकेश्वर दत्त पिछले तीन महीनों से यहाँ अस्पताल में हैं। हिंदुस्थान समाचार के अनुसार श्री दत्त सुबह से ही अचेतावस्था में पड़े हैं। डॉक्टरों का कहना है कि श्री दत्त का अंतिम समय आ पहुँचा है और उनका दिल धीरे-धीरे डूबता जा रहा है। यद्यपि श्री दत्त को ऑक्सीजन आदि दी जा रही है, किंतु डॉक्टरों को उनके बचने की आशा बहुत कम रह गई है।

भारत रक्षा कानून के अंतर्गत तिहाड़ सेंट्रल जेल में कम्युनिस्ट नेता श्री शिव वर्मा को आज सायंकाल पैरोल पर कुछ घंटे के लिए जेल से छोड़ा गया, ताकि वह ऑल इंडिया मेडिकल इंस्टीट्यूट में श्री बटुकेश्वर दत्त से मिल सकें।

'हिंदुस्तान', नई दिल्ली, 19 जुलाई, 1965, पृष्ठ-1

बटुकेश्वर दत्त की बेहोशी जारी

प्रसिद्ध क्रांतिकारी नेता बटुकेश्वर दत्त की हालत में कोई सुधार नहीं हुआ है। उनकी हालत चिंताजनक बनी हुई है। वे कल से बेहोश हैं।

'हिंदुस्तान', नई दिल्ली, 21 जुलाई, 1965, पृष्ठ-1

बटुकेश्वर दत्त का शव फिरोजपुर के लिए रवाना
अंत्येष्टि भगत सिंह की समाधि के निकट : पुलिस सलामी देगी

नई दिल्ली : 20 जुलाई (यु.न्यू.प्रे.ट्र.) प्रसिद्ध क्रांतिकारी श्री बटुकेश्वर दत्त का शव, जिनकी आज तड़के यहाँ मृत्यु हो गई थी, उनकी अंतिम इच्छा के अनुसार क्रांति

के अपने अमर साथी श्री भगत सिंह और श्री राजगुरु और श्री सुखदेव की चिताओं के पास ही अंत्येष्टि क्रिया के लिए आज रात 9.30 बजे रेल द्वारा फिरोजपुर के लिए ले जाया गया।

श्री दत्त का शव जब फिरोजपुर पहुँचेगा, तब पुलिस दल अपने हथियारों को अधोमुख कर सलामी देगा।

फिरोजपुर से शव सतलुज नदी के तट पर हुसैनीवाला ले जाया जाएगा, जहाँ 34 वर्ष पूर्व 23 मार्च को भगत सिंह, राजगुरु, सुखदेव के शवों को जला दिया गया था। पुलिस दल अंत्येष्टि क्रिया संपन्न होने के बाद पुन: सलामी देगा और अंतिम धुन बजाई जाएगी।

श्री दत्त के शव के साथ उनके भाई, पत्नी, पुत्री, भगत सिंह की माता व बहन तथा बड़ी संख्या में उनके मित्र, पुराने क्रांतिकारी साथी भी गए हैं।

मृत्यु के समय श्री दत्त की आयु 55 वर्ष की थी। वे गत 30 वर्षों से क्षय रोग से संघर्ष कर रहे थे।

श्री दत्त की हालत कल आधी रात के थोड़ी देर बाद ही ज्यादा बिगड़ गई। वे रविवार से ही बेहोश थे। मृत्यु के समय उनकी पत्नी व पुत्री तथा शहीद भगत सिंह की 80 वर्षीया माँ मौजूद थीं।

राष्ट्रपति डॉ. राधाकृष्णन की ओर से श्री दत्त के शव पर फूल-माला चढ़ाई गई। प्रधानमंत्री श्री लालबहादुर शास्त्री ने स्वयं अस्पताल जाकर श्री दत्त को श्रद्धांजलि अर्पित की।

दिल्ली में शव-यात्रा

शव-यात्रा आज दोपहर अस्पताल से शुरू हुई। शहर के विभिन्न भागों से होते हुए शव टाउन हॉल ले जाया गया। दिल्ली में श्री दत्त की शव-यात्रा के लिए किए गए प्रबंध की देख-रेख स्वयं प्रधानमंत्री श्री शास्त्री ने की।

श्री दत्त का शव एक बड़ी काली कार पर रखा गया, जो उनके मित्रों तथा विभिन्न संस्थाओं द्वारा अर्पित फूलों व मालाओं से सज्जित थी। श्री दत्त की विधवा पत्नी तथा पुत्री के अतिरिक्त शव के पास भगत सिंह की माता श्रीमती विद्यावती तथा बहन अमर कौर भी बैठी थीं। जुलूस संसद् भवन के सामने रुका, जहाँ पर लोकसभा के अध्यक्ष श्री हुकुम सिंह तथा राज्यसभा के सचिव श्री बी.एन. बैनर्जी ने दोनों सदनों की ओर से शव पर पुष्पमाला अर्पित की। श्री जगजीवन राम, श्री भूपेश गुप्त, श्री प्रकाशवीर शास्त्री, श्री रघुनाथ सिंह तथा अन्य अनेक संसद् सदस्यों ने भी अपनी श्रद्धांजलियाँ अर्पित कीं।

केंद्रीय सूचना व प्रसारण मंत्री श्रीमती इंदिरा गांधी ने भी दिवंगत क्रांतिकारी को अपनी श्रद्धांजलि अर्पित की। कनॉट प्लेस में श्री दत्त को श्रद्धांजलि अर्पित करने के लिए लोगों की भारी भीड़ एकत्र हो गई, जिसके कारण यातायात जाम हो गया।

जम्मू में पूर्ण हड़ताल

श्री दत्त के प्रति अपना सम्मान प्रकट करने के लिए आज जम्मू में पूर्ण हड़ताल रही। विभिन्न राजनीतिक व सामाजिक संगठनों ने एक सार्वजनिक सभा में श्री दत्त को श्रद्धांजलियाँ अर्पित कीं।

चंडीगढ़ में पंजाब प्रदेश कांग्रेस समिति और साम्यवादी दल ने अलग-अलग सभाएँ कर श्री दत्त के प्रति अपना आदर-भाव प्रकट किया। प्रदेश कांग्रेस के प्रस्ताव में कहा गया कि श्री दत्त ने त्याग, बलिदान और अपनी देशभक्ति से लाखों-करोड़ों लोगों को प्रेरणा प्रदान की। दोनों अकाली दलों के अध्यक्ष संत फतेह सिंह और ज्ञानी भूपिंदर सिंह ने भी श्री दत्त को श्रद्धांजलियाँ अर्पित कीं।

पंजाब के मुख्यमंत्री श्री रामकिशन और गृह मंत्री श्री दरबारा सिंह ने श्री दत्त की अंत्येष्टि में भाग लेने के लिए बेंगलुरु जाने का अपना कार्यक्रम बदल दिया है। शिक्षा मंत्री श्री प्रबोध चंद्र, पुराने क्रांतिकारी केंद्रीय संसदीय कांग्रेस के उपनेता श्री सुरेंद्र मोहन घोष, श्री मन्मथनाथ गुप्त और श्री सच्चिदानंद हीरानंद वात्स्यायन भी फिरोजपुर पहुँच रहे हैं।

'हिंदुस्तान', नई दिल्ली, 21 जुलाई, 1965, पृष्ठ-8

बटुकेश्वर दत्त को नगर निगम की श्रद्धांजलि

(हमारे कार्यालय संवाददाता द्वारा)

नई दिल्ली, 20 जुलाई। प्रसिद्ध क्रांतिकारी श्री बटुकेश्वर दत्त को आज दिल्ली नगर निगम ने भावभीनी श्रद्धांजलि अर्पित की। इसी निगम ने हाल में ही उनके सम्मान में नागरिक स्वागत करने का निश्चय किया था। सदन की बैठक आरंभ होते ही अध्यक्ष, डिप्टी मेयर श्री हरि किशन लाल भगत ने कहा कि आज हमारे एक बड़े क्रांतिकारी नेता नहीं रहे। वे हमारी आजादी की लड़ाई के अन्यतम योद्धा थे। डिप्टी मेयर के बाद सभी दलों के नेताओं ने अमर शहीद सरदार भगत सिंह के साथी को श्रद्धांजलि अर्पित की।

जनसंघ के नेता श्री विजय कुमार मल्होत्रा, निर्दलीय श्री रामचरण अग्रवाल, कांग्रेस दल के नेता श्री बृजमोहन ने दिवंगत योद्धा की देश-सेवाओं तथा त्याग की चर्चा करते हुए कहा कि ऐसा देशभक्त मिलना मुश्किल है।

श्रद्धांजलि के बाद सदन की बैठक स्थगित हो गई। स्थगन से पूर्व सदस्यों ने दो मिनट मौन रखकर दिवंगत नेता की आत्मा की शांति के लिए प्रार्थना की।

श्री बटुकेश्वर दत्त का शव तीसरे पहर टाउन हॉल पहुँच गया था, जहाँ उनके अंतिम दर्शन करनेवालों की भीड़ लग गई। दिल्ली के प्रायः सभी पुराने क्रांतिकारी वहाँ उपस्थित

थे। भगत सिंह की 80 वर्षीया माता श्रीमती विद्यावतीजी वहाँ अश्रुपूरित नेत्रों से अपने दूसरे बेटे के शव को देख रही थीं। माताजी तो दत्तजी के अंतिम क्षणों में भी वहीं थीं।

संस्थाओं द्वारा श्रद्धांजलि

श्री बटुकेश्वर दत्त के प्रति दिल्ली की अनेक संस्थाओं ने श्रद्धांजलि अर्पित करते हुए कहा कि देश की आजादी के इतिहास में दत्तजी के समान नेताओं का नाम सुनहरे अक्षरों में लिखा जाएगा।

जनसंघ के नेता बलराज मधोक ने एक वक्तव्य में कहा कि दत्तजी उन महान् नेताओं में थे, जिन्होंने अपना रोम-रोम जलाकर भारत की आजादी का दीपक जलाया। श्री दत्त का नाम भारतीय इतिहास के उच्चतम बलिदानियों में लिखा जाएगा।

दिल्ली पब्लिक कॉलेज की एक हजार से अधिक कन्याओं ने एक शोक सभा में श्री दत्त को श्रद्धांजलि अर्पित की। प्रिंसिपल श्री कपूर ने उनके जीवन पर प्रकाश डालते हुए कहा कि युवा जनों को विशेषकर उनके जीवन के अमूल्य पृष्ठों से कुछ सीखना चाहिए।

म्यूनिसिपल प्रेस कर्मचारियों और अनुसूचित जाति समाज कल्याण संगठन की ओर से भी शोक प्रस्ताव पास किए गए।

श्री दत्त के प्रति सम्मान प्रकट करने के लिए दिल्ली प्रदेश कांग्रेस समिति और पाँचों जिला कमेटियों के कार्यालय बुधवार को बंद रहेंगे।

'हिंदुस्तान', नई दिल्ली, 22 जुलाई, 1965, पृष्ठ-1
(विशेष संवाददाता द्वारा)

हुसैनीवाला, फिरोजपुर, 21 जुलाई। श्री बटुकेश्वर दत्त का अंत्येष्टि संस्कार आज यहाँ उनके पुराने क्रांतिकारी साथियों—भगत सिंह, राजगुरु और सुखदेव की समाधि के निकट कर दिया गया। जीवन और मरण में साथ देने की शपथ के अनुसार चारों साथी चौंतीस वर्ष बाद पुनः मिल गए।

श्री दत्त के बड़े भाई श्री विशेश्वर दत्त ने जब चिता में अग्नि प्रज्वलित की तब वहाँ उपस्थित हजारों व्यक्तियों ने 'बटुकेश्वर दत्त अमर रहें' और 'भगत सिंह अमर रहें' के नारों से आकाश गुँजा दिया।

इससे पूर्व शव वाहन को मुख्यमंत्री श्री रामकिशन, उनके मंत्रिमंडल के सदस्य और दत्त के लगभग एक दर्जन पुराने क्रांतिकारी साथी खींचकर चिता तक लाए। पुलिस ने शोक धुन बजाई।

मुझे भी बुला लो

उस समय बड़ा हृदय-द्रावक दृश्य उपस्थित हो गया, जब भगत सिंह की 83 वर्षीया वृद्धा माता ने समाधि पर रखे भगत सिंह, राजगुरु और सुखदेव के चित्र को तथा श्री दत्त के माथे को छूकर विलाप करना शुरू किया। उन्होंने कहा, ''मेरे बेटो! अब सबका साथ हो गया है। सभी आपस में मिल गए हैं। अपनी देख-रेख करने के लिए मुझे भी अपने पास बुला लो।''

सन् 1931 में भगत सिंह की मृत्यु के बाद से ही उनकी माता बटुकेश्वर दत्त के साथ अपने पुत्र की तरह व्यवहार करती थीं। बटुकेश्वर दत्त की बीमारी के समाचार पर ही वे दिल्ली गई थीं तथा उनकी मृत्यु तक दिल्ली में ही रहीं।

श्री दत्त का शव जब फिरोजपुर पहुँचा, तब उनकी अगवानी मुख्यमंत्री रामकिशन, अन्य मंत्रियों तथा सरकार एवं पुलिस के उच्च अधिकारियों ने की। जब शवगाड़ी चिता स्थल की ओर रवाना हुई, तब मार्ग के दोनों ओर हजारों लोग खड़े थे। चिता स्थल के निकट बाद में आयोजित सभा में श्री दत्त को भावपूर्ण श्रद्धांजलियाँ अर्पित की गईं।

मुख्यमंत्री श्री रामकिशन ने अपने भाषण में कहा कि श्री दत्त चौंतीस वर्ष बाद फिर कभी अलग न होने के लिए अपने शहीद साथियों से जा मिले हैं। जिस वाणी ने 'क्रांति चिरंजीवी हो' का नारा दिया था, वह अब मौन हो गई है; परंतु श्री दत्त और उनके साथियों ने जो काम किए हैं, उनके कारण उनकी स्मृति सदा भारतीयों को प्रेरणा देती रहेगी।

इस अवसर पर श्री दरबारा सिंह, श्री प्रबोध चंद्र और श्री जी.एस. ढिल्लो ने भी श्रद्धांजलि अर्पित की।

पत्नी के लिए मासिक पेंशन

फिरोजपुर, 21 जुलाई। भारत के स्वतंत्रता आंदोलन में स्वर्गीय बटुकेश्वर दत्त द्वारा की गई सेवाओं को मान्यता प्रदान करते हुए पंजाब सरकार ने उनकी विधवा पत्नी के लिए 250 रुपए माहवार की पेंशन प्रदान की है।

पंजाब सरकार के इस निर्णय की घोषणा मुख्यमंत्री श्री रामकिशन ने श्री बटुकेश्वर दत्त की जलती हुई चिता के पास की। श्री रामकिशन ने स्वर्गीय बटुकेश्वर दत्त के परिवार के लिए 5 हजार रुपए के एक और अनुदान की भी घोषणा की। फिरोजपुर जिले के लोगों ने वहीं पर 27 हजार रुपए एकत्र कर श्री बटुकेश्वर दत्त की विधवा पत्नी को भेंट किए।

'हिंदुस्तान', नई दिल्ली, 21 जुलाई, 1965, पृष्ठ-4
(संपादकीय पृष्ठ)

उनके नाम को भी प्रणाम है

—भवानी शंकर द्विवेदी

उस दिन पत्रों में यह पढ़कर कि श्री बटुकेश्वर दत्त अस्वस्थ हैं और उन्हें उपचार के लिए ऑल इंडिया मेडिकल इंस्टीट्यूट में लाया गया है, मेरे मन में तत्काल वहाँ पहुँचकर उस महान् क्रांतिकारी के दर्शन की लालसा प्रबल हो उठी। मैं अपनी पत्नी व पुत्री (शकुंतला देवी व सुधा) के साथ मेडिकल इंस्टीट्यूट के विशाल भवन के द्वार पर जा पहुँचा। सुबह 9–10 बजे का समय रहा होगा। उस समय उक्त दरवाजे पर 25–30 लोग खड़े थे और वे रोगियों से मिलने के लिए या उन्हें फल–फूल, दूध, चाय आदि पहुँचाने के लिए अस्पताल के अंदर जाना चाहते थे, पर दरवाजे पर खड़ा लंबे–चौड़े डील–डौल वाला पहरेदार (चुस्त वरदी व आकर्षक व्यक्तित्व के कारण लगता था जैसे कोई सैनिक हो) और उसके दो साथी एक–एक से कह रहे थे कि 'पास दिखाओ, बिना पास के अंदर नहीं जा सकते।'

हम लोगों के पास तो कोई पास था नहीं। सो क्षण भर के लिए कुछ ठिठके और फिर साहस करके आगे बढ़े कि हम उससे अनुनय करें कि हम तो उस महान् देशभक्त के दर्शन के लिए आए हैं, तो शायद वह हमें बिना पास के ही अंदर चले जाने दे और इस तरह मिलने के लिए निर्धारित समय—शाम को 5 बजे दोबारा आने का झंझट बच जाए। हमारे आश्चर्य व आनंद का ठिकाना न रहा, जब बटुकेश्वर दत्त का नाम अभी हम पूरा बोल भी नहीं पाए थे कि उस रोबीले पहरेदार ने कहा, ''दत्त साहब ? जाइए, उनके तो नाम को भी प्रणाम है।''

उनके तो नाम को भी प्रणाम है। यह वाक्य मानो हमारे कानों में अमृत रस घोल गया और यह जानकर कि इस क्रांतिकारी वीर के देश के लिए किए गए महान् बलिदान को लोग अभी भूले नहीं हैं और छोटे–बड़े सभी के हृदयों में उनके प्रति यथोचित आदर का भाव विद्यमान है, हमें एक विचित्र आनंद का अनुभव हुआ। (क्षण भर के लिए हम भी भूल गए कि हम छह महीने से रुग्ण शय्या पर पड़े व्यक्ति को देखने के लिए आए हैं) और इसी उल्लसित भाव को अंतर में सँजोए हुए हम जब ऊपर कमरा नं.–107 में पहुँचे तो पलंग पर लेटे हुए बटुकेश्वर दत्त के पास ही बैठी हुई सिंह जननी अमर शहीद सरदार भगत सिंह की माताजी को पहचानने में देर न लगी। बातों–ही–बातों में उस वीर जननी के मुख से यह सुनकर कि धर्मपुत्र तो मेरा यही है, मानो रोम–रोम आनंद–विभोर हो उठा। लगा कि भगत सिंह की माता सर्वात्मना बटुकेश्वर दत्त को अपने पुत्र का प्रतिरूप ही मानती हैं। मैं मन–ही–मन सोचने लगा कि कहाँ कानपुर के रहनेवाले ब्राह्मण परिवार

में उत्पन्न बटुकेश्वर दत्त और कहाँ पश्चिमी पाकिस्तान के सिख परिवार की ऐसी वृद्धा, जिसे पंजाबी के सिवा किसी दूसरी भाषा में बातचीत भी शायद ही करनी आती हो। आखिर वह कौन सी बात है, जिसने इन दोनों में ऐसी अनन्य आत्मीयता उत्पन्न कर दी ? मुझे उत्तर मिला—महान् देशभक्ति।

हाँ, तो जिस महान् देशभक्ति की भावना से प्रेरित होकर सरदार भगत सिंह ने अपने प्राणों को होम दिया और उनके साथी वर्षों तक जेलों की कठोर यंत्रणाओं और कालेपानी की अमानवीय विभीषिकाओं को हँसते-हँसते सहते रहे, पर नौकरशाही के सामने झुके नहीं, उसी महान् भावना के कारण सरदार भगत सिंह की माँ बटुकेश्वर दत्त को अपना धर्मपुत्र मानती हैं और यह जानकर कि वह बीमार पड़ा है, अपने रुग्ण व अशक्त शरीर की कुछ परवाह न कर देश के कोने-कोने पहुँचती और स्वागत-सम्मान में प्राप्त द्रव्य राशि चुपचाप अपने उस पुत्र को लाकर दे देती है, यहाँ तक कि हार और गुलदस्ते भी। दैव योग से हम उसी दिन वहाँ पहुँचे थे, जिस दिन भगत सिंह की माता ने उज्जैन-रतलाम से प्राप्त 3,300 रुपए की राशि लाकर श्री दत्त को दी थी।

मैं अतीत की स्मृतियों में खो-सा गया था। सहसा कुशल पूछने का ध्यान आया। दत्तजी का स्वास्थ्य खराब होने पर भी उनका चेहरा कांतिपूर्ण था और बातचीत भी वे उत्साह के साथ कर रहे थे। मेरे मन ने कहा, जिस वीर ने अपने वर्षों तक जेल की दानवीय यातनाओं से हार नहीं मानी, उसे भला कुछ महीनों की यह बीमारी कैसे झुका सकती है !

वे एक ऐसे भयंकर असाध्य रोग से ग्रस्त थे कि अक्तूबर 1964 से पलंग नहीं छोड़ पाए थे। शौचादि भी पलंग पर लेटे-लेटे ही करना होता था। कमर और पीठ की असाध्य वेदना को भी वे हँसते-हँसते सह रहे थे।

महत्त्वपूर्ण बातें

उस दिन से हम लोग समय निकालकर उन्हें देखने के लिए पहुँचने लगे। प्रसंग आने पर उन्होंने अपने जीवन की महत्त्वपूर्ण बातें भी बताईं। पहली बात तो यह कि असेंबली में बम एक नहीं, दो फेंके गए थे। एक सरदार भगत सिंह ने फेंका था और दूसरा बटुकेश्वर दत्त ने। उस दृश्य का वर्णन करते हुए उन्होंने बताया कि उस समय असेंबली हॉल में ऐसी भगदड़ मची कि कुछ न पूछो। सरकारी बेंचों में, जहाँ एक के बाद एक करके दो बम फेंके गए थे, बैठे हुए गोरे उच्च अधिकारी मेजों के नीचे जा छिपे। उस धुआँधार भगदड़ में से यदि हम दोनों चाहते तो अनायास ही बाहर निकल सकते थे; पर हम तो बम फेंकने के बाद अपने आपको गिरफ्तार कराने के उद्देश्य से ही वहाँ गए थे। इसलिए लगभग दस मिनट बाद पुलिस के अधिकारी असेंबली हॉल में आए तो हम दोनों ने स्वयं आगे बढ़कर अपने आपको उनके हाथों में सौंप दिया।

एक और विशेष बात हमें यह मालूम हुई कि गिरफ्तारी के बाद भगत सिंह और दत्त को एक जगह न रखकर अलग-अलग जेलों में भेज दिया गया। भगत सिंह को चाँदनी चौक की कोतवाली के हवालात में रखा गया और श्री दत्त को दिल्ली गेट के बाहर सेंट्रल जेल में। इस अवधि में इन दोनों को पुलिस अधिकारी बार-बार यह कहते कि तुम्हारे दूसरे साथी ने माफी माँग ली है या उसने सबकुछ बता दिया है तो तुम्हीं मुसीबत क्यों सह रहे हो? तुम भी माफी माँग लो, मुखबिर बन जाओ। पर उन दोनों वीरों को एक-दूसरे पर अटल विश्वास था और सरदार भगत सिंह जानते थे कि तिल-तिल करके मर जाएगा, पर मेरा साथी बटुकेश्वर दत्त मुखबिर नहीं बनेगा और इधर बटुकेश्वर दत्त को निश्चय था कि जीते-जी मेरा साथी (सरदार भगत सिंह) नौकरशाही के आगे कभी नहीं झुक सकता। और दोनों का यह विश्वास सही सिद्ध हुआ।

एक बार मैंने श्री दत्त से पूछा कि असेंबली बम कांड के बाद आप दोनों कभी आपस में मिले भी कि नहीं? श्री बटुकेश्वर दत्त ने बताया कि "असेंबली बम कांड में आजीवन कैद की सजा सुनाए जाने के बाद जब हमें सांडर्स हत्याकांड के सिलसिले में लाहौर षड्यंत्र केस का अभियुक्त बनाकर दिल्ली से लाहौर ले जाया जा रहा था, तब लाहौर से पहले किसी स्टेशन पर एक अंग्रेज पुलिस अधिकारी ने हम दोनों को यह कहकर एक ही कंपार्टमेंट में साथ-साथ बैठा दिया कि फिर कभी भी तुम दोनों जिंदगी में एक-दूसरे के पास बैठ नहीं पाओगे। उससे पहले हम दोनों अलग-अलग डिब्बों में थे। बस, अंतिम बार उस ट्रेन में ही हम कुछ देर के लिए साथ रह पाए थे।"

"और उसके बाद फिर कभी आपने एक-दूसरे को नहीं देखा?" मैं सहज भाव से पूछ बैठा।

"नहीं, ऐसी बात तो नहीं थी। जब सरदार भगत सिंह को फाँसी की सजा सुनाई गई थी, उन दिनों हम दोनों लाहौर की एक जेल में थे। अपनी कोठरियों से शौचादि के लिए इधर-उधर से आते-जाते हम एक-दूसरे को देख लिया करते थे, पर ऐसा मौका शायद कभी नहीं आया कि हम दोनों को एक साथ कोठरियों से बाहर निकाला गया हो।"

जन-मानस में प्रतिष्ठित

जेल जीवन का यह प्रसंग आने पर मेरी आँखों के सामने वे दिन घूम गए, जब (वर्ष 1930-31) में घर-घर में भगत सिंह और दत्त के रंगीन चित्र और कैलेंडर टँगे रहते थे। दो वर्ष के अंदर ही हजारों-लाखों की संख्या में बिकनेवाले और विभिन्न पत्र-पत्रिकाओं में छपनेवाले उन चित्रों ने भी कई रूप बदल लिये थे। पहले-पहले दोनों ओर कांग्रेस के लहराते हुए झंडों के बीच भगत सिंह के अंडाकार गोल फोटो छपते रहे। बाद में यतींद्रनाथ दास जब अट्ठावन दिनों की भूख हड़ताल कर स्वर्ग सिधार गए, तब भगत

सिंह और दत्त के कंधों के ऊपर दास का एक छोटा सा गोलाकृति चित्र सुशोभित हो गया। इस प्रकार दो के स्थान पर तीन क्रांतिकारी वीर जन-मानस में प्रतिष्ठित हो गए।

भारत जननी के उन तीन महान् सपूतों में से एक के साथ कुछ क्षण बिताते हुए जो आनंद और आत्म-गौरव की भावना मानस में उदित होती, वह उनकी असह्य पीड़ा को देखकर तत्काल धूमिल हो उठती। उनके उपचार और परिचर्या में कोई कसर नहीं रखी गई। गृहमंत्री माननीय श्री गुलजारी लाल नंदा स्वयं उनके स्वास्थ्य के बारे में बहुत रुचि ले रहे थे। दूसरे उच्च अधिकारियों, मंत्रियों और नेताओं का भी अपने इस महान् देशभक्त क्रांतिकारी वीर के प्रति पूरा ध्यान था। फिर भी उनकी दशा में उत्तरोत्तर गिरावट आती गई और अंत में 20 जुलाई को प्रातःकाल वे हमसे बिछुड़कर अपने अनन्य साथी सरदार भगत सिंह से मिलने स्वर्ग सिधार गए।

'हिंदुस्तान', नई दिल्ली, 21 जुलाई, 1965, पृष्ठ-5, कॉलम-7

संक्षिप्त विवरणी

श्री बटुकेश्वर दत्त का जन्म सन् 1910 में हुआ था। उनका 21 वर्ष की उम्र में भगत सिंह और चंद्रशेखर आजाद के क्रांतिकारी दल से परिचय हो गया। उन्होंने दिल्ली में सेंट्रल असेंबली में भगत सिंह के साथ बम फेंककर अपने को गिरफ्तार करवाया था।

बम कांड में उन्हें आजीवन कारावास की सजा हुई। बाद में उन्हें अंडमान जेल भेज दिया गया। वहाँ वह राजनीतिक बंदियों के अधिकारों के लिए लड़ते रहे। उन्हें सन् 1938 में रिहा किया गया; परंतु उत्तर प्रदेश, बंगाल या पंजाब जाने की आज्ञा नहीं दी गई। 'भारत छोड़ो' आंदोलन में उन्हें गिरफ्तार कर लिया गया और बाद में सन् 1947 तक पटना में नजरबंद रखा गया।

श्री बटुकेश्वर दत्त ने स्वाधीनता के पश्चात् विवाह कर लिया और पटना में रहने लगे। उनकी पुत्री भारती इस समय एक कॉलेज में पढ़ा रही हैं।

श्री दत्त को कोबाल्ट रेज उपचार के लिए मेडिकल इंस्टीट्यूट में भरती किया गया था। उनका फेफड़ा बहुत खराब हो गया था और दाएँ पाँव में लकवा मार गया था।

'हिंदुस्तान', नई दिल्ली, 21 जुलाई, 1975, पृष्ठ-1, कॉलम-5

बटुकेश्वर दत्त इतिहास में अमर रहेंगे

शास्त्रीजी, अन्य नेताओं तथा संस्थाओं की वीर क्रांतिकारी को श्रद्धांजलि।

नई दिल्ली, 20 जुलाई (यू.न्यू.प्रे.ट्र.) प्रधानमंत्री श्री लाल बहादुर शास्त्री ने प्रसिद्ध क्रांतिकारी श्री बटुकेश्वर दत्त के निधन पर कहा है कि उनका नाम इतिहास में सदा बना रहेगा। उन्होंने अपना सारा जीवन देश की सेवा में लगाया। गृहमंत्री श्री वाई.बी. चव्हाण

ने कहा—अपने युग का एक महान् क्रांतिकारी हमें छोड़कर चला गया है।

श्री बटुकेश्वर दत्त के निधन पर पंजाब के मुख्यमंत्री श्री रामकिशन ने एक शोक-संदेश भेजते हुए कहा कि वह अपने समय के महानतम क्रांतिकारियों में से एक थे। उन्होंने कहा कि श्री दत्त ने जो बलिदान दिए हैं, वे राष्ट्रीय एकता के लक्ष्य को प्राप्त करने की दिशा में हमें प्रेरित करते रहेंगे।

जालंधर से प्राप्त एक समाचार के अनुसार, श्री बटुकेश्वर दत्त के निधन के समाचार से सारे पंजाब में शोक की लहर छा गई। महान् क्रांतिकारी के शव के दर्शन के लिए सभी राजनीतिक दलों और समूहों द्वारा तैयारी की जा रही है। उनकी अंत्येष्टि सतलुज के किनारे उसी स्थान पर की जाएगी, जहाँ भगत सिंह, राजगुरु और सुखदेव की समाधि बनी हुई है। वहाँ सभी अपने नेता को अंतिम श्रद्धांजलि देंगे।

संसद् सदस्य श्री जगत् नारायण ने कहा कि बटुकेश्वर दत्त के निधन से देश को महान् क्षति पहुँची है।

पंजाब प्रजा समाजवादी दल के प्रधान श्री हरभजन सिंह ने कहा कि भारत का एक क्रांतिकारी पुत्र 55 वर्ष की कम उम्र में ही चला गया।

बिहार राज्य स्वातंत्र्य योद्धा संघ के महामंत्री श्री के.एन. शांडिल्य ने अपने शोक-संदेश में कहा है—जिन पुराने क्रांतिकारियों ने भारतीय युवकों को प्रेरित किया है, उनमें वे प्रमुखतम थे। शव पर संघ की ओर से भी पुष्प मालाएँ अर्पित की गईं।

लुधियाना स्थित हमारे संवाददाता के अनुसार महान् क्रांतिकारी श्री बटुकेश्वर दत्त के निधन के समाचार से यहाँ सभी को आघात पहुँचा। सभी क्षेत्रों में शोक प्रकट किया गया।

पंजाब व्यापार मंडल के प्रधान श्री तुलसीदास जेतवानी, अखिल पंजाब गल्ला व्यापारी संघ के महामंत्री श्री धर्मपाल तथा अन्य अनेक संस्थाओं के नेताओं ने एक वक्तव्य जारी कर कहा है कि श्री बटुकेश्वर दत्त ने देश के स्वतंत्रता आंदोलन में प्रमुख भूमिका अदा की थी।

□

संदर्भ पुस्तकें

1. एस.पी. सेन, 'डिक्शनरी ऑफ नेशनल बायोग्राफी', खंड-1 ए-डी, इंस्टीट्यूट ऑफ हिस्टोरिकल स्टडीज, कलकत्ता
2. नागेंद्र मोहन प्रसाद श्रीवास्तव, जयश्री दत्त, 'आजादी की जंग, बिहार के मशहूर क्रांतिकारी', बिहार हिंदी ग्रंथ अकादमी, पटना, 2001
3. 'वर्धमानेर रत्नभंडार' (बांग्ला), निरोद वरण सरकार, वर्धमान, 2005
4. अनिल वर्मा, 'भगत सिंह के सहयोगी : बटुकेश्वर दत्त', नेशनल बुक ट्रस्ट, दिल्ली
5. भगवान सिंह राणा, 'भगत सिंह, एन इमॉर्टल रिवॉल्यूशनरी ऑफ इंडिया', डायमंड पॉकेट बुक्स प्रा.लि., एक्स-30, ओखला, इंडस्ट्रियल एरिया, फेज-2, नई दिल्ली-110020
6. वारिंद्र सिंह संधू, 'युगद्रष्टा भगत सिंह', राजपाल एंड संस, दिल्ली, 1997, पृष्ठ 146-47
7. हंसराज रहबर, 'भगत सिंह : एक ज्वलंत इतिहास'
8. मोतीलाल भार्गव, 'आधुनिक भारत के निर्माता गणेशशंकर विद्यार्थी', प्रकाशन विभाग, सूचना एवं प्रसारण मंत्रालय, भारत सरकार, 1992
9. श्रीकृष्ण सरल, 'क्रांतिकारी कोश', प्रभात प्रकाशन, 4/19 आसफ अली रोड, नई दिल्ली-110 002, प्रथम संस्करण 1998
10. एस.एल. नागौरी, जीतेश नागौरी, 'आधुनिक भारत का सामाजिक, आर्थिक एवं राजनीतिक इतिहास' (1858-1956), यूनिवर्सिटी बुक हाउस प्रा.लि., जयपुर, 2004
11. कल्पना दत्त, 'चटगाँव शस्त्रागार पर आक्रमण', संस्मरण, अंग्रेजी, 1945
12. के.के. दत्त, 'द कांप्रीहेंसिव हिस्टरी ऑफ बिहार', खंड-III, पार्ट-I
13. मन्मथनाथ गुप्त, 'भारतीय क्रांतिकारी आंदोलन का इतिहास', आत्माराम एंड संस, कश्मीरी गेट, दिल्ली, 110006
14. अयोध्या सिंह, 'भारत का मुक्ति संग्राम', मैकमिलन इंडिया लिमिटेड, नई दिल्ली, प्रथम संस्करण 1977
15. सुबोध राय, 'कम्युनिज्म इन इंडिया', भारत के सचिव के नाम वाइसराय का 8 जुलाई, 1928 का तार, 1925-1934
16. पट्टाभि सीतारामय्या, 'हिस्टरी ऑफ इंडियन नेशनल कांग्रेस'
17. शिवानी किंकर चौबे, 'भारत में उपनिवेशवाद : स्वतंत्रता संग्राम और राष्ट्रवाद', ग्रंथ शिल्पी (इंडिया) प्रा. लि., जी-82, विजय चौक, लक्ष्मी नगर, दिल्ली-92
18. चमन लाल, 'भगत सिंह', मेधा बुक्स, नवीन शाहदरा, दिल्ली-32
19. बिपिन चंद्र, 'भारत में उपनिवेशवाद और राष्ट्रवाद', अनामिका पब्लिशर्स एंड डिस्ट्रिब्यूटर्स,

29 ए, पाकेट डी, दीप इन्क्लेव, अशोक विहार-III, दिल्ली-110052

20. मालविंदरजीत सिंह वड़ाइच, गुरुदेव सिंह सिद्धू, 'भगत सिंह को फाँसी', राजकमल, 2010
21. पी.एन. ओझा, 'हिस्टरी ऑफ इंडियन नेशनल कांग्रेस इन बिहार', 1885-1985, के.पी. जायसवाल रिसर्च इंस्टीट्यूट, 1985
22. के.के. दत्त, 'बिहार में स्वातंत्र्य आंदोलन का इतिहास', भाग-2, प्रकाशन, बिहार हिंदी ग्रंथ अकादमी, प्रेमचंद मार्ग, राजेंद्र नगर, पटना-16, प्रथम संस्करण 1974, द्वि. 1998
23. एस.के. वार्ष्णेय, 'शहीद-ए-आजम भगत सिंह', पाराशर पुस्तक भंडार, 30/21-ए, प्रथम तल, गली नंबर-9, विश्वास नगर, शाहदरा, दिल्ली 110032, 2004
24. मन्मथनाथ गुप्त, 'क्रांतिदूत भगत सिंह'
25. सुभाष सी. कश्यप, 'हिस्टरी ऑफ पार्लियामेंट ऑफ इंडिया'
26. नित्यानंद सिंह, 'भारत के स्वतंत्रता संग्राम का इतिहास', सत्या प्रकाशन, रोड नंबर-13बी, राजेंद्र नगर, पटना-16
27. मन्मथनाथ गुप्त, 'भारतीय क्रांतिकारी आंदोलन का इतिहास', आत्माराम एंड संस, कश्मीरी गेट, दिल्ली 110006, संस्करण 1996, पृ. 227
28. अजय घोष, 'भगत सिंह ऐंड हिज कॉमरेड्स', बंबई 1946
29. मालविंदर सिंह जीत वड़ाइच, 'भगत सिंह : द इटर्नल रेबेल', प्रकाशन विभाग, सूचना एवं प्रसारण मंत्रालय, भारत सरकार, 2007, अंग्रेजी
30. अजय कुमार घोष, 'सरदार भगत सिंह और उनके साथी', स्वर्ण जयंती, 1/5971, कबूल नगर, शाहदरा, दिल्ली 110032, वर्ष 2002
31. आर.सी. मजूमदार, 'हिस्टरी ऑफ फ्रीडम मूवमेंट ऑफ इंडिया', वॉल्यूम III, अध्याय-VII , भारत सरकार, नई दिल्ली
32. विनायक दामोदर सावरकर, 'मेरा आजीवन कारावास', प्रभात प्रकाशन, 4/19 आसफ अली रोड, नई दिल्ली-110002, वर्ष 2009
33. आर.सी. मजूमदार, 'पेनल सेटलमेंट इन अंडमान्स', गजेटियर यूनिट्स, संस्कृति विभाग, शिक्षा एवं समाज कल्याण विभाग, भारत सरकार
34. एल.पी. माथुर, 'हिस्टरी ऑफ दि अंडमान एंड निकोबार आईलैंड', (1756-1966)
35. 'स्वतंत्रता संग्राम में बिहार के बलिदानी', बिहार विधान परिषद्, पटना
36. 'अंडमान के कैदी' बंकिम चक्रवर्ती के संस्मरण पर आधारित पुस्तिका
37. विजय कुमार सिन्हा, 'अंडमान्स दि इंडियन बास्टाइल'
38. एन.एम.पी. श्रीवास्तव, अनुग्रह नारायण सिंह, 'मेकर ऑफ मॉडर्न बिहार', ए.एन. सिन्हा इंस्टीट्यूट ऑफ सोशल स्टडीज, 18 जून, 1997
39. सदस्य परिचय, बिहार विधान परिषद्

संसद् एवं विधानमंडल के वाद वृत्त

1. लेजिस्लेटिव असेंबली डिबेट्स, भाग 1, 1929
2. लेजिस्लेटिव असेंबली डिबेट्स भाग-III, 1929, पृष्ठ-2995
3. विधानसभा वाद वृत्त 13 अक्तूबर, 1936

4. लेजिस्लेटिव असेंबली डिबेट्स, 25 अगस्त, 1937
5. बिहार विधानसभा वाद-विवाद, दिनांक 10 मई, 1938
6. बिहार विधान परिषद् वाद वृत्त, 20 जुलाई, 1965

अभिलेखागारों के दस्तावेज

1. फाइल सं. 7/16/33 जेल्स, होम पॉलिटिकल डिपार्टमेंट, राष्ट्रीय अभिलेखागार, दिल्ली
2. पॉलिटिकल (स्पेशल), बिहार सरकार, फाइल सं. 363, 1938
3. संचिका सं. 363, वर्ष 1938, पॉलिटिकल(स्पेशल) बिहार सरकार
4. फाइल सं.-एफ-22/72/37, होम पॉलिटिकल डिपार्टमेंट, राष्ट्रीय अभिलेखागार, नई दिल्ली
5. फाइल सं.-171, गृह राजनीतिक विभाग, राष्ट्रीय अभिलेखागार, नई दिल्ली
6. फाइल सं.-71 सी, संख्या-36/4/1930, होम पॉलिटिकल डिपार्टमेंट, राष्ट्रीय अभिलेखागार, नई दिल्ली
7. क्रमांक-क्यू 35/111/1930, पृष्ठ-12, होम पॉलिटिकल डिपार्टमेंट, राष्ट्रीय अभिलेखागार, नई दिल्ली, बटुकेश्वर दत्त की मेडिकल रिपोर्ट
8. फाइल सं.-7/13 जेल 1930, होम पॉलिटिकल डिपार्टमेंट, राष्ट्रीय अभिलेखागार, नई दिल्ली
9. फाइल सं.-23/1/31 जेल, होम पॉलिटिकल डिपार्टमेंट, राष्ट्रीय अभिलेखागार, नई दिल्ली
10. बिहार गजट (एक्सट्रा ऑर्डिनरी), दिनांक 4 सितंबर, 1963

भेंट वार्त्ता

1. माधव बनर्जी, ग्राम ओआड़ी, वर्धमान, प. बंगाल
2. बटुकेश्वर दत्त की पुत्री प्रो. भारती बागची, पटना
3. आर.एस. गांगुली, अधिवक्ता, पटना हाई कोर्ट
4. मधुसूदन चंद्र, माधव बनर्जी, प्रणव घोष एवं अन्य ग्रामीण, ग्राम ओआड़ी, वर्धमान, प. बंगाल

न्यायालय से संबंधित दस्तावेज

1. आई.एल.आर.1930 लाहौर, पृष्ठ सं. 220
2. सम्राट् बनाम सुखदेव एवं अन्य ए.आई.आर. 1930, लाहौर पृष्ठ 465

महत्त्वपूर्ण टेलिग्राम एवं पत्र

1. टेलिग्राफ संख्या-1914/1933 दिनांक 21 मई, 1933, भारत सरकार के गृह विभाग के माध्यम से सेक्रेटरी ऑफ स्टेट को प्रेषित टेलिग्राम
2. पत्रांक 292/पी-118/डब्ल्यू.बी.एच.सी./2009-10, दिनांक 17 मई, 2010, प. बंगाल हेरिटेज कमीशन, 43, शेक्सपिअर सरणी, कोलकाता-700 017

समाचार पत्रिका

1. एवरी टाइम्स, एवरी टाइम-पूजा टाइम, 2010-11, बांग्ला पत्रिका, वर्धमान, 2010-11
2. 'आयला बांग्ला समाचार पत्रिका', वर्धमान, जुलाई 2011

दैनिक समाचार-पत्र

1. 'दैनिक सर्चलाइट', पटना, 16 जुलाई, 1978 एवं 14 अप्रैल, 1979
2. 'द हिंदू', 9 जनवरी, 1929
3. 'द ट्रिब्यून', लाहौर, 2 मई, 1929
4. 'न्यू एज', 20 मार्च, 1955
5. दैनिक 'हिंदुस्तान', दिल्ली, जुलाई 1965

भगत सिंह से संबंधित पुस्तकें

1. भगत सिंह और उनके मृत्युंजय पुरखे, वीरेंद्र सिंह संधू
2. सरदार भगत सिंह : पत्र और दस्तावेज, (सं.) वीरेंद्र सिंह संधू
3. शहीद भगत सिंह की चुनी हुई कृतियाँ, (सं.) शिव वर्मा
4. संस्मृतियाँ, शिव वर्मा
5. भगत सिंह और उनके साथियों के दस्तावेज, (सं.) जगमोहन सिंह/चमन लाल
6. अमर शहीदों के संस्मरण, राजाराम शास्त्री
7. यश की धरोहर, भगवानदास माहौर, शिव वर्मा
8. चाँद, फाँसी अंक (नवंबर 1928), सं चतुरसेन शास्त्री
9. सिंहावलोकन, यशपाल
10. बलिदान, नंदकिशोर निगम
11. भगत सिंह और उनके साथी, अजय घोष
12. भगत सिंह और उनका युग, मन्मथनाथ गुप्त
13. भारतीय क्रांतिकारी आंदोलन का इतिहास, मन्मथनाथ गुप्त
14. भगत सिंह : एक जीवनी, हंसराज रहबर
15. अमर शहीद भगत सिंह, विष्णु प्रभाकर
16. अमर शहीद सरदार भगत सिंह, जितेंद्रनाथ सान्याल
17. भगत सिंह से मेरी मुलाकातें, सोहन सिंह जोश
18. मेरे भाई : शहीद सुखदेव, मथरादास थापर
19. शहीदे-आजम की जेल नोटबुक, सं. सत्यम वर्मा
20. क्रांति का पुनर्पाठ 'पल प्रतिपल' (भगत सिंह विशेषांक)

अंग्रेजी

1. A Martyr's Notebook—Ed. Bhupendra Hooja
2. The Trial of Bhagat Singh—A.G. Noorani
3. Militant Nationalism in Punjab—Kamlesh Mohan
4. Why I am an Atheist—Bipan Chandra
5. Martyr : Bhagat Singh : Experiments in Revolution—Kuldeep Nayyar

□□□

* 9 7 8 9 3 5 3 2 2 9 1 7 7 *
FCW - #0020 - 061026 - C0 - 216/140/14 - PB - 9789353229177 - Matt Lamination